外国文学前沿问题研究

吴笛 ◎ 主编

中国社会科学出版社

图书在版编目(CIP)数据

外国文学前沿问题研究/吴笛主编. —北京:中国社会科学出版社,2023.7

(浙江大学中国语言文学研究书系)

ISBN 978-7-5227-1552-0

Ⅰ.①外… Ⅱ.①吴… Ⅲ.①外国文学—文学研究 Ⅳ.①I106

中国国家版本馆 CIP 数据核字(2023)第 039164 号

出 版 人	赵剑英
责任编辑	郭晓鸿
特约编辑	杜若佳
责任校对	师敏革
责任印制	戴 宽

出　　版	中国社会科学出版社
社　　址	北京鼓楼西大街甲 158 号
邮　　编	100720
网　　址	http://www.csspw.cn
发 行 部	010-84083685
门 市 部	010-84029450
经　　销	新华书店及其他书店
印　　刷	北京明恒达印务有限公司
装　　订	廊坊市广阳区广增装订厂
版　　次	2023 年 7 月第 1 版
印　　次	2023 年 7 月第 1 次印刷
开　　本	710×1000　1/16
印　　张	23.25
插　　页	2
字　　数	419 千字
定　　价	118.00 元

凡购买中国社会科学出版社图书,如有质量问题请与本社营销中心联系调换
电话:010-84083683
版权所有　侵权必究

目　　录

前言 …………………………………………………………………（1）

第一部分　欧美文学跨学科视野

论《红字》中神性因子与人性因子的伦理冲突 ……………………（3）
普希金《别尔金小说集》的文学伦理学批评的审视 ………………（11）
论布尔加科夫"魔幻三部曲"中的科技伦理与科学选择 ……………（20）
论但丁《神曲》的跨媒体传播及其变异 ……………………………（30）
"绿色探索"语境下的生态批评 ………………………………………（39）

第二部分　英国旅行文学研究

英国旅行文学与现代"情感结构"的形成 ……………………………（47）
英国旅行文学与小说话语的形成 ……………………………………（60）
旅行文学、乌托邦叙事与空间表征 …………………………………（74）
《暴风雨》：荒岛时空体的文化叙事功能 ……………………………（85）

第三部分　现代斯拉夫文论的中国之旅

巴赫金文论核心话语的中国之旅：回望与反思 ……………………（99）
俄罗斯形式论学派文论的中国之旅
　　——以"陌生化学说"为中心 ………………………………（110）
"含泪的笑"之"形而上的意蕴"
　　——果戈理艺术"肖像"剪影 ………………………………（125）

目录

经典的深度与品读的维度
　　——从陀思妥耶夫斯基的《罪与罚》谈起 …………………（139）
"后现实主义"
　　——今日俄罗斯文学的一道风景 …………………………（148）

第四部分　文学史的对话

布尔加科夫和果戈理：文学史的对话 ……………………………（163）
《维》与布尔加科夫幻象的表达 ……………………………………（174）
布氏"黑弥撒"对歌德《浮士德》的继承与改造 …………………（185）
关于《大师和玛格丽特》体裁属性的两种界说 …………………（194）
"犬儒主义者"的悲剧和死亡
　　——试论《群魔》对《枯枝败叶》的创作影响 ………………（206）
《异乡人的国度》的殖民和后殖民批评 …………………………（213）

第五部分　莎剧经典的中国重生

野心／天意
　　——从《麦克白》到《血手记》和《欲望城国》……………（223）

第六部分　西方目光下的俄罗斯文化

以赛亚·伯林与俄罗斯文化 ………………………………………（239）
"落在两扇磨石间的谷粒"：索尔仁尼琴在西方（1974—1994）…（257）
《在西方目光下》中的俄罗斯 ……………………………………（288）

第七部分　中、日、俄文学关系

地区作为方法
　　——兼论俄、日、中三国比较文学研究 ……………………（309）
"俄国想象"与近代中日对俄罗斯文学的引介 ……………………（325）
"风景"／"人生"：写实主义与中、日文学的现代性转型 ………（336）

参考文献 ……………………………………………………………（348）

前　言

吴　笛

外国文学研究中的前沿性学术问题涉及诸多方面，随着时间的更替和学术语境的发展而不断变化和更新。然而，作为外国文学学科研究的中国学者，为建构自己的学术家园，无论面对什么样的前沿问题，世界文学意识是必须尊崇和巩固的一个重要的学术根基。

一

外国文学研究，尤其是国别文学研究，需要世界文学的整体意识。培养世界文学的整体意识，对于很多文学现象都可以做出更加全面的认知。因为各种文学流派和文学思潮之间，不同时代、不同民族的作家之间，以及国别的主题和创作方法之间，都有千丝万缕的关联。认识到这一点，我们的文学研究，既要从宏观的视角整体把握，又要从微观的方面进行比较和分析。

强调世界文学意识的培养，有助于我们不再孤立地看待各个国家各个民族的文学，而是将此看成一种重要的文学现象。尤其是有助于我们从比较文学影响研究和平行研究的视角来审视文学经典以及相应作家的文学创作。

譬如，对于19世纪的英国作家哈代的创作，我们从世界文学的整体视野进行观照，便可发现，他的重要作品与同时代的俄国作家托尔斯泰的重要作品有着独特的血性关联。仅从内容和作品结构方面考察，我们就可以看出在这两位不同民族的伟大作家之间所存在的共性。

以长篇小说《安娜·卡列尼娜》和《苔丝》为例。这两部作品是同时代的作品，先后创作于19世纪70年代和80年代初，两者之间不存在影响和被影响的关系。但是，在人物形象塑造、作品框架结构等许多方面，我们都可以看出这两位作家的内在关联。

前　言

　　在人物塑造方面，哈代笔下的女主人公苔丝和托尔斯泰笔下的安娜都是传统道德原则以及宗教法律等社会原则的勇敢的叛逆者，同时，也都是两位作家所竭力描述的各自民族中和作者心目中理想的充满激情和愤恨的优美的女性形象。在哈代的理想世界中，苔丝是美的象征和爱的化身，更有坚强的意志和叛逆的精神，同时也有威塞克斯人的正直忠实和自然纯朴。

　　托尔斯泰笔下的安娜同样是一位被极力美化的形象，她被视为俄罗斯民族文学中最优美迷人的女性艺术形象之一。如同苔丝，她不仅天生丽质、光彩夺人，而且显得极为纯真、自然，并且有着一个深邃复杂的、充满激情和诗意的内心世界。

　　尽管都是优美迷人的艺术形象，有着高尚的品质，但与此同时，这两个人物形象也都存在着宿命论思想和一定程度的悲观情绪。尤其是对待爱情方面，尽管她们有着不同的家庭出身，但她们也都是爱情至上者，把爱情看得高于一切，甘心做克莱尔或沃伦斯基的爱的奴隶，甚至以死相报，这些都是有着同样局限性的。

　　在结构方面，其中一个显著的特征是：两部作品都是以一个女性和两个男性的关系为主要框架的。而且在这一框架中，女性是作为轴心的，两个男性都是在不同的方面起着烘托和完善这一女性形象的作用。

　　在《安娜·卡列尼娜》中，安娜所遭受的肉体和精神的迫害主要是通过卡列宁和沃伦斯基来体现的，安娜身上所具有的火热的爱和强烈的恨也是通过这两个人物来实现的。卡列宁形象的作用，体现在烘托安娜的对虚伪家庭和传统道德原则的反感和叛逆，而沃伦斯基的形象则烘托了安娜爱与激情的一面。同样，在哈代的《苔丝》中，人物之间的关系也是这样体现的。哈代通过克莱尔的形象，来展现女主人公苔丝的火热的爱，又通过亚雷克的形象，来展现她强烈的恨，所以，两个男主人公以不同的方式完善了苔丝的形象。克莱尔和亚雷克都以各自不同的方式，在苔丝性格典型化的过程中，在苔丝奇异的优美的特性和诗化特征的认知中，发生着重要的作用。

　　除了各自以女主人公命名并且表现女主人公命运和叛逆的长篇小说《安娜·卡列尼娜》和《苔丝》，哈代和托尔斯泰之间另一个值得关注的"血性联系"则是《列王》与《战争与和平》了。

　　如同托尔斯泰的《战争与和平》，《列王》所叙述的剧情也是《战争与和平》所关注的发生在1805年至1815年的历史事件。尽管这两部题材相近的作品出版年代有一定的距离，相差30多年，但是，有证据表明，哈代几乎是在托尔斯泰《战争与和平》创作的同时期开始构思《列王》的，但是由于这是史诗剧的形式，篇幅巨大，直到20世纪初才完成和出版。如同《战争与和平》，《列王》在战争与和平相互交替、宏观与微观相互结合的框架之下，写进了许许多多的思想观点，可以说，《列王》是哈代哲学思想的集中体现。

哈代所选择的题材尽管与《战争与和平》相近，但是，像托尔斯泰那样现实主义地表现战争的本来面目以及宏观再现当时的现实生活并非哈代的本意，哈代所要表现的是他一贯关注的具有积极意义的悲观主义思想内涵以及他的"进化向善论"的思想体系。

二

有了世界文学意识，我们才能更好地理解民族文学与世界文学之间的关系。

谈及民族文学与世界文学的关系，我们不能不联想到19世纪初歌德关于"世界文学"的构想。尽管同时代的其他作家或许也提出过这一概念，但是，产生影响的却是歌德的观点。歌德在1827年写道："我愈来愈深信，诗是人类的共同财产。……我们德国人如果不跳开周围环境的小圈子朝外面看一看，我们就会陷入上面说的那种学究气的昏头昏脑。所以我喜欢环视四周的外国民族情况，我也劝每个人都这么办。民族文学在现代算不了很大的一回事，世界文学的时代已快来临了。"[①] 歌德的世界文学构想中，有两点应该引起我们必要的注意：一是各个民族文学之间需要交流，只有通过交流，才能互鉴，才能得到更好的发展；二是他将世界文学看成一个价值的尺度，认为民族文学应当走向世界，同时力求达到世界文学的高度，达到世界的水准。

所以，关于民族文学与世界文学之间的关系，有一些学者辩证地认为，越是民族的，越是世界的。可见，民族文学是世界文学的有机组成部分。没有民族文学，何来世界文学？只有通过世界文学之间的交流，才能达到互学互鉴的目的。

我国很多作家，尤其是现代作家，在民族文学与世界文学的关系方面处理得非常好，很多现代作家本身就是翻译家，他们通过自己的文学翻译活动，使得民族文学与世界文学之间，形成了一种互动关系。譬如，鲁迅先生在自己的作品中成功地借鉴了俄苏文学的营养。鲁迅所翻译以及关注

[①] ［德］爱克曼辑录：《歌德谈话录》，朱光潜译，人民文学出版社1978年版，第113页。

的俄国文学,特别是描写平民百姓和普通知识分子的作品,如果戈理、契诃夫等著名俄罗斯作家所描写的"小人物"的作品等,都在他的创作中留下了深深的痕印。

湖畔诗人汪静之先生也正是读了数首外国浪漫主义诗人的诗歌作品,受其启发和影响,才开始了自己的诗歌创作道路。

抒情诗人徐志摩由于翻译哈代的作品,受到哈代思想和艺术两个方面的影响。正是受到哈代思想的影响,徐志摩在作品中表现出对人类命运的深切的关爱;正是在继承传统和艺术创新方面受到哈代的影响,徐志摩的诗歌无论在意象选择还是在韵律节奏方面,都有意无意地烙下了哈代诗歌的印记。

在三四十年代的创作中,戴望舒、夏衍等著名作家都是在翻译和创作两个方面取得了极大的成就。而且他们所从事的翻译活动直接影响了他们的创作。

戴望舒的文学翻译活动与诗歌创作活动几乎是同步进行的,他的诗歌创作充分汲取了欧美现代诗歌的营养。他尤其受到象征派的影响,在自己的诗歌创作中,他注重象征意象的使用。他的思想情感主要是通过相应的象征意象来表现的,他常常注意寻找妥帖的"客观对应物"来把自己的心境恰当地展现出来。

夏衍的戏剧创作在很大程度上受到外国戏剧的影响,譬如,正是在契诃夫作品的影响下,夏衍剧作形成了一些重要特质:平凡地展现重大语境,淡化戏剧冲突、强化诗化效果,现实主义创作规律下讲究细节的真实,以及轻松的喜剧氛围中蕴含悲剧气质。

夏衍最初喜爱直接描写重大历史事件,然而,自《上海屋檐下》起,他在创作中往往将政治事件或者其他重大事件置于一个背景之中,着力于表现人物在这种情境之下的琐碎行为。

他坚持现实主义创作手法,随着时间的磨砺,当大量着力于空泛宣传的作品逐渐失去其生命力的时候,夏衍的剧作依旧熠熠生辉,因为他的剧作是生活化的,是"严格地遵循真实的原则"的。

在诗歌创作方面,著名九叶诗人唐湜在回忆自己四十年代所受到的西方诗歌的影响时,非常形象地描述说,他喜欢"倾听欧洲诗人们在明媚的河畔歌咏,有时听着雪莱的云雀鸣啭、济慈的夜鹰轻啼,有时也进入象征的森林漫游,浪漫主义的激情引起了我的狂放不羁的幻想"。他总结道:"在三十年代,尤其是二十年代,诗人往往是高级知识分子,文化水平较高,知识十分渊博,十分熟悉中国的古典诗词,也可以从原文直接欣赏西方的诗,直接接受西方诗的影响。"① 可见,正是西方浪漫主义诗歌以及象征主义诗歌的不朽的魅力激发了诗人的灵感,从而影响了我国一些现代诗人的创作。

其他国家的文学也是如此,譬如,果戈理的《死魂灵》。《死魂灵》是鲁迅翻译的,很多人认为这一翻译是错误的,所以,出现了《死农奴》《农奴魂》等译本名称。其实,我认为,只有《死魂灵》这样的翻译才能体现果戈理这部杰作的精神内涵。因为,这部作品的创作,是从但丁的《神曲》中得到灵感的。《神曲》中通过梦游三界的故事来探索意大利路在何方。同样,果戈理的这部作品也是在探索俄罗斯路在何方。果戈理本打算写三部,对应但丁的《神曲》,他甚至将这部长篇小说称为长诗。但只完成了第一部的创作。其他两部都没有写完。完成的第一部,其实是对应《神曲·地狱》篇的,书写了俄罗斯乡村地主的亡灵一般的生活状态,以及展现对俄罗斯路在何方的探索。

可见,民族文学需要借鉴其他民族或国别文学的营养,才能实现文明互鉴的理想,达到世界文学的高度。

三

只有充分理解民族文学与世界文学的辩证关系,我们才能清晰地理解各个民族之间的文化交融和文明互鉴。其中,外国文学研究中的影响研究,表现得尤为典型。

国别文学之间具有互文关系,我们在研读外国各语种文学经典的时候,关注这种互文关系,不仅可以整体把握文学经典的精髓,而且能够认知文学经典的生成。探究这种互文关系,我们可以适当采用影响研究的方法。

影响研究也是一个重要的研究方法,使用这一方法,可以追溯经典生成的渊源,也可以探究经典传播的途径。

以意大利作家彼特拉克为例,若置身于英国作家莎士比亚,追溯到彼特拉克对他的影响,便是属于探究经典生成的渊源研究。

如果以意大利作家彼特拉克为例,着眼于彼特拉克,探究他的十四行诗对欧洲各国的影响以及其演变过程,便是属于影响研究中寻找终点的研究。

类似的研究具有鲜明的考据性质。如莎士比亚十四行诗受到彼特拉克

---

① 唐湜:《关于诗歌问题的随想》,《文学评论》1988 年第 4 期。

十四行诗的影响，那么彼特拉克是不是十四行诗的首创者呢？这种追溯，可以就十四行诗的生成问题拓展研究思路。

当然，这种研究并不限于单个作家，影响与渊源也可以是集体的影响与渊源。如骑士传奇（Romance）对浪漫主义（Romanticism）的影响以及对近代长篇小说的影响。

既然谈及骑士传奇，在此适当展开。骑士传奇对其后世界文学发展的影响是多方面的。概括起来，主要集中在四个方面。

一是对现代叙事文学的影响，尤其是对长篇小说形成和发展的影响。骑士传奇有着曲折离奇的故事结构、跌宕起伏的情节线索、充满异国风情的自然风光，还有性格丰满的人物塑造，这些都是现代长篇小说的重要结构因素。受其直接影响的典型例子便是塞万提斯的《堂·吉诃德》。而且，从一些民族语言的"长篇小说"名称中也可以清晰地看出这种影响以及长篇小说与骑士传奇的渊源关系。如法语的"长篇小说"为同一词根，拼为 r-o-m-a-n；俄语"长篇小说"也是这样拼写的，相应为"роман"。这些名称进一步说明了近代小说与骑士传奇之间的密不可分的关联。

二是对文学题材的影响。由于骑士传奇中有着曲折感人的爱情故事，而且，骑士的一个重要职责就是忠实于自己理想的恋人，心甘情愿地为她去行侠冒险。这一题材在一定的程度上作用于后世的创作，在主题学意义上深深地影响了爱情小说，因此有了爱情小说（love story）等基本题材。而正是这一题材，使得骑士传奇在被翻译成中文时，有了"罗曼史"等译名，甚至使其常常被当成"风流韵事"而普遍接受。在西方语言中，现在"romance"也通常指"romance novel"，在这类小说中，也主要是关注男女主人公之间的关系和富有浪漫色彩的爱情故事，而且，这类小说往往具有获得情感满足的充满乐观情调的结尾。

三是对浪漫主义文学的影响。浪漫主义的名称"romanticism"便来源于骑士传奇"romance"。骑士传奇反映了理想化的骑士生活，富有神秘色彩，也充满想象和异国情调，说它是欧洲最早出现的浪漫主义文学也不为过。正是这些独特的文学色彩，使得19世纪浪漫主义作家予以承袭，发扬光大，并且发展成为一场具有革新色彩的文学运动，在世界文学进程中发挥了重要作用。

四是对后来作家创作风格的影响。非凡的人物性格、感伤的情感渲染、奇特的幻境描写、对忠诚和荣誉的崇尚、故事场景的童话倾向——后世文学中的这些特性都是从中世纪骑士传奇中接受而来的。甚至连一些科学幻想作品，以及诸如奥康尼等西方当代作家作品中的怪诞风格，都有一定的骑士传奇的痕迹。奥康尼在谈到小说中的怪诞风格的时候，甚至将其标为"现代骑士传奇传统"。

四

强调世界文学意识，也就是强调文学研究的国际视野，因此，研究方法必然发生相应的变更。世界文学意识促使文学研究方法发生变更的，不仅体现在文学内部的影响研究等方面，而且更多地体现在跨学科研究、跨媒体研究等方面。这部由多位学者撰写的书稿，较多地体现了跨学科、跨媒介研究方法。

譬如研究但丁《神曲》的跨媒介传播，就是典型的跨媒介研究方法的运用。《神曲》不仅是以翻译等纸质文本的形式传播，还以影视网络传播、美术传播、绘画传播等多个方面进行跨媒介传播。

再如莎士比亚著名悲剧作品《哈姆莱特》中的哈姆莱特延宕之谜的跨学科解读。在《哈姆莱特》中，王子通过"戏中戏"等各个方面，已经知道杀死他父亲的是克劳狄斯。可是，哈姆莱特犹豫不决，迟迟没有复仇，很长时间过去了，他不但没有复仇，反而考虑着"生存还是毁灭"这一问题。这就是哈姆莱特的延宕。

从文学自身研究这一延宕问题，结论无疑是哈姆莱特性格的软弱。这么一来，人们甚至将作品中的台词"脆弱啊，你的名字是女人"改为"脆弱啊，你的名字是哈姆莱特！"。

当然，在文学研究中，形象是特定时代的折射，所以，哈姆莱特不仅有性格方面的软弱，还包括这一形象的时代特质，譬如，德国著名作家歌德认为，哈姆莱特的延宕出自自身能力的限定，"莎士比亚的意图是再现一桩伟大的行动由一个不适合去执行它的灵魂来担负会产生的后果——一只应该盛放美艳花卉的花盆，里面却栽了一棵橡树；树根伸展开来，花盆就裂成了碎片"。[①]

从现代心理学——尤其是弗洛伊德的精神分析学说——对此进行分析，人们认为，这一延宕中，主要是"俄狄浦斯情结"发生作用。如对莎士比亚《哈姆莱特》中的主人公的延宕行为的解释：王子之所以一味地延宕，犹豫不决，迟迟不采取行动为父报仇，缘由便是他对母亲的眷恋，出

---

① Goether, "Wilhelm Meister's Critique of 'Hamlet'", *Goethe's Literary Essays*, ed. J. E. Spingarn, New York: Harcourt, Brace and Co., 1921, p. 152.

自恋母情结,奸王克劳狄斯所做的一切,实际上是哈姆莱特想要做的,正如西方学者厄内斯特·琼斯（Ernest Jones）的阐述具有代表性,在琼斯看来,哈姆莱特的延宕出自恋母情结,这也是颇具说服力的。"当他父亲的鬼魂告诉他自己是被他的叔父杀死的,而他的叔父又娶了他的母亲的时候,那在沉睡之中的童年的欲望又部分地觉醒了；克劳狄斯杀死了他的父亲,娶了他的母亲,做到了哈姆莱特自己曾想做的事。在这一意义上克劳狄斯就是哈姆莱特。杀死克劳狄斯就等于杀死他自己。这正是哈姆莱特拖延的原因。"① 在这一意义上,克劳狄斯就是哈姆莱特的化身,杀死克劳狄斯,无异于哈姆莱特自杀,正是这一点,阻碍了哈姆莱特的复仇。

如果从文学伦理学批评的视野对此进行解读,主要结论是"伦理禁忌"。因为,克劳狄斯对于哈姆莱特而言,既是继父,也是国王,弑君和弑父双重伦理禁忌阻碍了哈姆莱特的行动。国内学者认为,哈姆莱特的母亲嫁给克劳狄斯为哈姆莱特的复仇造成伦理禁忌,而伦理禁忌在悲剧中同一个个伦理结紧密地交织在一起,并自始至终主导着哈姆莱特的思想和行动。

如果从文学法律批评的视野对此进行解读,结论又不一样了：莎士比亚是一个十分关注法律问题的作家。"莎士比亚的戏剧中确实能发现多处同时代的其他任何作品无法匹敌的相关法律表达,而且这些都用得非常精确。"② 莎士比亚的代表作《哈姆莱特》涉及诸多法律问题,其主人公哈姆莱特也具有强烈的法律意识。哈姆莱特内心潜在的强烈的法律意识与他的身份和其所接受的人文主义教育密切相关。正是这一法律意识,极大地作用于他的行动,造成了哈姆莱特复仇行动中的延宕。哈姆莱特之所以这样做主要是源自他内心对法律的尊重和敬畏,法律意识是个人复仇与"重整乾坤"的试金石。正是哈姆莱特所接受的人文主义思想以及所具有的法律意识,阻碍了哈姆莱特个人复仇的实施,从而强化了重整乾坤的历史使命,也使得这一形象更为辉煌。

可见,文学研究以及文学批评方法总是在不断更新,国内外学者也总是在寻求拓展文学批评的空间,知识更新的速度不断加快,评论界出现的包括生态批评、跨媒介批评、后人类主义理论在内的多种批评理论和批评方法都有一个共同的特征,就是强调文学研究中的"全球意识"和"国

---

① 谈瀛洲：《莎评简史》,复旦大学出版社2005年版,第191页。
② [日]小室金之助：《法律家莎士比亚》,小林正弘译,法律出版社2015年版,第24—25页。

际视野"。

同样，随着世界文学格局的形成，以整体联系的视角进行文学批评，不但能拓展我们的视野、扩充我们的知识结构，并且使得外国文学研究与我国本土文化意识的建构发生关联，而且会使得文学的探索和研究更加具有科学性。

由于学院科学向后学院科学转变，知识生产模式也发生了变化。其中一个重要的特征是从学科语境朝跨学科语境的转向。于是，学术研究的跨学科视野如今已经渗透到人文社会科学研究的方方面面，探究各个学科之间的关联以及共同的规律和价值取向，无疑是人文社会科学研究捕捉热点问题以及选择恰当的研究方法的重要内涵。而外国文学研究一直是体现跨学科视野的丰富领域。尤其是 21 世纪以来，很多学者一直在追踪学科的交会和联动。正是在这一语境下，浙江大学世界文学与比较文学研究所的同人对文学跨学科研究、比较文论、文学史对话、中外文化交流等领域努力进行开拓。呈现在读者面前的这部集体著作中所提及的"前沿问题"，便是跨学科研究视野以及世界文学意识的典型体现。我们期望对前沿问题的关注以及跨学科视野的呈现，能够有助于推动我们共同钟爱的外国文学事业的发展，并且能为祖国的文化繁荣和学科建设做出应有的贡献。

第一部分

欧美文学跨学科视野

吴笛 著

论《红字》中神性因子与人性因子的伦理冲突

长篇小说《红字》取材于新英格兰殖民时期的历史以及现实生活。尽管是以新英格兰的现实生活为背景,但是他在这部作品中,所表现出的却是对人类命运和发展历程的关注,以及对于改善人类社会道德的理想。正因表现了这一具有"人类命运共同体"性质的命题,所以西方学者珀森(Leland S. Person)认为:"《红字》是美国19世纪最著名的两三部长篇小说之一。"[①] 本文拟从文学伦理学批评视角,探索历史的、道德的以及心理的主题是如何在这部小说中呈现,以及霍桑以"红字"的象征对人类发展历程所作的独特审视。

一 "红字":人类发展历程的隐喻

《红字》是一部具有多重主题的作品,因此,对于这部作品的解读,同样存在着多视角的可能。从文学伦理学批评的视野进行介入,我们认为,尽管霍桑的《红字》有着复杂的内容和多层次的意义,并且是高度抽象化的,但是,无论如何,作者的意图不是描写具体的"虚伪"与"诚实",不是对人们进行"要诚实"的说教,而是反映了人类发展历程中人性因子与神性因子的冲突,以及最终向人性价值的转向。

正是因为这是一部多重主题的作品,所以,"也存有一些比较偏颇的倾向,常有学者以诸如'爱情的颂歌'、'社会的悲剧'、'道德的探索'之类的'单一主题论'来概括整部作品,容易得出较为片面的结论。譬如,持'道德探索'主题论的人,常常简单地将作品主人公的活动过程

[①] Leland S. Person, *The Cambridge Introduction to Nathaniel Hawthorne*, Cambridge: Cambridge University Press, 2007, p.66.

归结为在所谓的'道德'标准上的升浮与下降的过程,用简单的'道德'标准来衡量主人公的形象意义"①。在《红字》面世之初,热衷于超验主义的奥雷斯蒂斯·布朗森就批评霍桑不该寻求原谅赫斯特和她的情人,认为两位主人公"既没有为犯罪行为真正忏悔过,甚至从未认为那是有罪的"②。同时代的神学家亚瑟·考克斯不仅反感于霍桑对主人公所犯罪恶的同情,甚至认为这部小说是"雅致地不道德"③。于是,有学者将赫斯特形象的发展也归结于从犯罪到认错的过程,并且就此争论她的认错态度是否诚恳,导致有人提出:女主人公只是"装扮出俯首帖耳、勇于认错的样子……""事实上,作品中最虚伪的人莫过于赫丝特·白兰了。"④ 也正是基于这样的道德概念,有人提出这部作品是"一部揭示犯罪和隐瞒犯罪的悲剧作品"⑤。英国《简明不列颠百科全书》的编者也正是以这样的观点,来给《红字》这一条目下了定义:这部小说"详细描述了隐瞒罪行所招致的悲剧性后果"⑥。

我们认为,对于这部以1642—1649年北美殖民地新英格兰为语境的小说,如果仅是围绕主人公是否道德,是否隐瞒了罪行来对作品主题进行评说,不仅有失公允,而且难以把握作品的实质。在某种意义上,就人类的发展历程来说,这是一部史诗性作品,尽管其主人公中并没有一个历史人物,正因如此,有学者认为,霍桑是"新英格兰殖民历史的最为杰出的编年史家"⑦。

这部小说中的主要人物,虽然各自经历了心理层面的艰难的搏斗,但是这些搏斗恰恰是一种隐喻,霍桑正是借助主人公的心理历程,来展现更为重要的历史的进程。正如西方学者所说:"尽管霍桑迷恋于描写道德负罪感给人物带来的漫长的痛苦,但他的正面观点却与爱德蒙德·伯克没有不同,这种观点对19世纪中期美国文化的意义越来越重要:'人类正常

---

① 吴笛:《阴暗的土地上的辉煌的罪恶——评霍桑的〈红字〉》,见[美]霍桑《红字》,周晓贤、郑延远译,浙江文艺出版社1991年版,第452页。
② Brownson, Orestes, *Brownson's Quarterly Review*, Ⅳ, October, 1850. See *Nathaniel Hawthorne*, ed. by Harold Bloom, New York: Infobase Publishing, 2008, p. 177.
③ Coxe, Arthur Cleveland, "The Writings of Hawthorne", *Church Review*, January 1851. See *Nathaniel Hawthorne*, ed. by Harold Bloom, New York: Infobase Publishing, 2008, pp. 181 – 182.
④ 曹精华:《赫丝特·白兰的虚伪》,《外国文学》1991年第3期。
⑤ Myerson, Joel ed., *The American renaissance in New England*, edited by Joel Myerson, Detroit: Gale Research Co., 1978, p. 93.
⑥ 《简明不列颠百科全书》第3卷,中国大百科全书出版社1985年版,第804页。
⑦ Leland S. Person, *The Cambridge Introduction to Nathaniel Hawthorne*, Cambridge: Cambridge University Press, 2007, p. 1.

的本能'是可贵的。"①

其实，这部作品所展现的不仅仅是新英格兰殖民地的思想发展历程，更是整个人类思想发展历程的一个隐喻，尤其是反映了人类发展进程中的伦理选择。我国学者聂珍钊认为，在人类文明发展进程中，已经经历了两次重要的选择，即生物性选择和伦理选择，但是，"人类的生物性选择并没有把人完全同其他动物即与人相对的兽区别开来"②。只有经历过伦理选择，才能真正成为人。在生物性选择之后，"人类同其他生物没有本质的区别，这就意味着人类实际上并无可能实现上帝的意志。只是人类最后选择了吃掉伊甸园中善恶树上的果实，人类才有了智慧，因知道善恶才把自己同其他生物区别开来，变成真正的人"③。由此可见，伦理选择，体现了兽性因子、神性因子与人性因子的较量。从霍桑的这部《红字》中，我们可以明晰地看出，在人类最初的伦理选择中，除了兽性因子与人性因子的较量，还有人性因子与神性因子的冲突。

亚当和夏娃偷食禁果，就是人类祖先违背上帝意志的抉择，就是人类神性因子与人性因子最初的搏斗。可以设想，如果神性依然占据统治地位，智慧果没有遭到采摘，人类也就没有了自己的祖先，正是因为在伦理选择中人性因子获胜，亚当和夏娃偷食了禁果，犯下了原罪，所以人类才有了伦理意识，开始自身的成长历程。

在《红字》中，神性因子与人性因子的较量和冲突贯穿整部作品，也渗透在《红字》四个主人公的心理活动中。对于女主人公赫斯特，神性因子与人性因子经过激烈的冲突，最终在她身上达到了一种理想的和谐。对于她女儿珀尔而言，由于两种因子的冲突，使得她游移在"天使"与"人类的孩子"之间。对于狄梅斯代尔而言，则主要是神性因子占据上风，赫斯特是他身上人性因子得以体验和作用的唯一机遇。而对于齐林沃斯，在他身上发生冲突的，则主要是兽性因子和神性因子。因此，哈罗德·布鲁姆就认为："齐林沃斯既是魔鬼，也是复仇的天使。"④

如果按上述说法，认为这部作品共有四个主人公，其实还是不够全面的。可以说，《红字》中，还有一个主人公，甚至是一位至关重要的主人

---

① [美]伯科维奇主编：《剑桥美国文学史》第二卷，史志康等译，中央编译出版社2008年版，第685页。
② 聂珍钊：《文学伦理学批评：伦理选择与斯芬克斯因子》，《外国文学研究》2011年第6期。
③ 聂珍钊：《文学伦理学批评：伦理选择与斯芬克斯因子》，《外国文学研究》2011年第6期。
④ Harold Bloom ed., *Bloom's Guides: The Scarlet Letter*, New York: Infobase Publishing, 2011, p. 7.

公，这就是"红字"本身，它最能代表这部小说的思想内核。这位主人公所具有的特性和内涵在作品中不断发生变换，从最初的代表神性惩罚的耻辱标志，到最后成为代表人性力量的理想象征，从而成为人类历史发展进程的一个隐喻。

在《红字》中，为了表示对赫斯特的惩罚，让她佩戴耻辱的红字 A。红字 A 是"Adultery"，是她与狄梅斯代尔偷食禁果的符号，是对她的一种严厉的惩罚。实际上，即使红字 A 所体现的是"通奸"这一罪孽，那么，这也是一种与生俱来的"原罪"，是神性意志的体现。于是，"Apple"具有神性因子的内涵。这样，《红字》中所犯的"罪孽"也就成了原罪的象征。而佩戴 A 字的赫斯特的"罪孽"性质也就变得十分明了：这种代表原罪的"A"并不是不道德的，更不是体现堕落的罪孽。如果说赫斯特和狄梅斯代尔所犯的不过是与亚当、夏娃一样的"错误"，那么，打破神性的枷锁，回归人性的本质，是人类经过生物性选择之后的又一重要的伦理选择，正是经过了这一选择，人性因子才得以焕发光彩，促使人类逐步趋于成熟，拥有自身的能力（Ability），从而走向独立。

于是，亚当与夏娃所犯的原罪以及他们被驱逐出伊甸园的故事，是人类发展历程从"Apple"到"Able"的转向，是象征着人类由天真向经验的转化，从神性向人性的转化，若没有这种转化，人类的进步和发展简直是难以想象的。《红字》所表现的是人类从童年的罪孽"Adultery"转向"成熟"（"Adult"），进而使得这部描写这一艰难历程的作品也成为人类的一种"艺术"（Art）。

在这个意义上，我们可以说，《红字》的作者所要着重描写的，并不是具体的"奸情"，并不是具体的"罪孽"，而是以"红字"这一大写的 A 为象征的抽象的"罪孽"，这样，A 所能代表的，也已不是清教主义范畴的"通奸"之罪，而是表达了从体现神性因子的原罪意识的"Apple"（禁果）到体现人性因子的创造意识的"Able"（能干）这样一个艰苦的人类历史的进步历程。

二　珀尔："红字"的生命形态

有学者把珀尔的形象意义纯粹地看成"是将赫斯特的通奸始终呈现在她的面前，使她怎么也无法逃脱她自己行为所招致的后果"[①]。

[①] Fogle, Richard Harter, *Hawthorne's Fiction: The Light & the Dark*, Norman: University of Oklahoma Press, 1952, p. 114.

联想到人类历史发展的进程，从某种意义上来说，赫斯特和狄梅斯代尔就是亚当和夏娃的化身，他们违反了人类道德与法律的禁令，偷食了禁果，从而使得珀尔得以诞生。不过，珀尔的诞生依然属于"自然选择"的范畴。"人类的自然选择是一种生物性选择"，"在现代文明社会里，人类仍然还在不断地重复着自然选择和伦理选择的过程"[①]。人性因子与神性因子的冲突是人类在经过自然选择之后所进行的伦理选择这一过程的一种体现。在《红字》中，霍桑在珀尔这一形象上所关注的问题，是"人类"身上人性因子与神性因子是否具有达到和谐境界的可能。

其实，《红字》中的人物，大多具有双重性。无论是赫斯特·普林、狄梅斯代尔，还是奇林沃斯，或是珀尔，都有着鲜明的双重性，尤其是体现了人性因子与神性因子的伦理冲突。

从清教的观点而言，珀尔是一个在社会上没有立足之地的不合法的孩子，是赫斯特·普林罪孽的直接结果。然而，在霍桑的笔下，珀尔被塑造成一个极为复杂的充满矛盾的形象。对珀尔形象的态度，直接关系到作者对待原罪的态度。最为重要是：珀尔的身份是红字的具体化，珀尔是另一种形态的红字，是一种赋予了生命形态，既对赫斯特进行惩罚又对赫斯特不断激励的生命形态。在这部作品中，作者借助赫斯特之口，强调"她就是红字"[②]。而且，对待珀尔的认知，也是伴随着赫斯特观念的转变而逐渐转变，开始的时候，珀尔对于赫斯特而言，是一种罪行的惩罚，赫斯特认为上苍通过这一形象，将她的罪孽的"惩罚力度"加大了"百万倍"[③]。然而，随着时间的推移，赫斯特逐渐意识到，珀尔是"红字"的生命形态的一种体现。

于是，具有神性因子的抽象的罪孽逐渐转变为人类具体的"生命的形态"。这其中集中概括了神性因子与人性因子之间的冲突与搏击，以及最终朝人性价值的伦理转向。

在霍桑的笔下，珀尔被塑造成一个人性因子与神性因子集聚一体并且在两者之间不断游移的形象，以至于人们感到困惑，不得不发出疑问："你是淘气的小精灵还是小仙女中的一个？"[④]

其实，关于这一问题，答案是很清楚的，霍桑在塑造这一形象时，是在一定程度上体现了他对自己女儿乌纳的情感和认知。尽管珀尔似乎被塑

[①] 聂珍钊：《文学伦理学批评导论》，中国社会科学出版社2014年版，第6页。
[②] ［美］霍桑：《红字》，吴笛译，西安交通大学出版社2017年版，第51页。
[③] ［美］霍桑：《红字》，吴笛译，西安交通大学出版社2017年版，第51页。
[④] ［美］霍桑：《红字》，吴笛译，西安交通大学出版社2017年版，第48页。

造成一个现实层面的清教小孩,如霍桑所称的"精灵小孩",但是,她的形象基于作者自己的女儿乌纳。霍桑存有他孩子成长的完整的日记,他直接将其中的一些描写乌纳的段落移植到《红字》中。他在描写女儿时写道:"这个小孩的有些事情几乎让我震惊,我不知道她是小精灵还是小天使,但是,在一切方面,她都是超自然的……她的形象不时地对我产生这样一种印象,使得我不能相信她是我的人类的女儿,而是一个混杂着善与恶的一种精神,出没在我所居住的屋子里。"①

从以上引文中,我们可以看出,霍桑本人对自己的女儿乌纳也同样发出"我不知道她是小精灵还是小天使"的疑问,甚至怀疑她究竟是不是"人类的女儿"。对于这一疑问,同样体现在对珀尔的描写上。在《红字》中,霍桑指出,珀尔拥有"一种极其聪颖而又令人费解的神色,极其倔强而有时又怀着恶意的神色,但一般来说,这种表情都伴有灵魂的骚动,以至于赫斯特在这一特定时刻情不自禁地发出疑问:珀尔到底是不是人类的孩子?她看起来倒更像一个虚幻的精灵"②。

正是因为在珀尔的身上同时存在着体现神性因子的"精灵",以及体现人性因子的"人类的孩子",所以霍桑为此而困惑。

对于这样一个在人性因子与神性因子之间游移不定的人物,最应该启迪人们的是如何对她进行教育,使得两种因子在经过一段时间的冲突之后,能够达到和谐的境界。而作为小说中心主人公的赫斯特,便是这样的一个经过两种因子的冲突最终归于融合的理想的形象。

三 赫斯特:神性因子与人性因子的理想融合

如果说,在珀尔的身上,由于神性因子与人性因子的冲突,使得她游移在"天使"与"人类的孩子"之间,那么,在赫斯特身上,神性因子与人性因子经过激烈的冲突,在她身上终于达到了一种和谐的境界。"最终,感情与原则完美的结合在理想的赫斯特身上体现了。"③

赫斯特是霍桑竭力歌颂的形象,也是他的笔下所塑造的一个将神性因子与人性因子融会一体的理想形象。她曾经因为两者的失衡而遭难。

必须强调的是,赫斯特的"失衡",是"神性因子"与"人性因子"

---

① Hawthorne, Nathaniel, *The American Notebooks*, Columbus: Ohio State University Press, 1972, pp. 430-431.
② [美]霍桑:《红字》,吴笛译,西安交通大学出版社2017年版,第35页。
③ [美]伯科维奇主编:《剑桥美国文学史》第二卷,史志康等译,中央编译出版社2008年版,第697页。

的失衡，而不是"兽性因子"与"人性因子"的失衡，更不是很多学者所认为的"堕落"。赫斯特与齐林沃斯的婚姻，本身就是一种社会礼教的枷锁，更多的是神性因子的体现，它直接导致神性因子与人性因子的对立。因为"堕落"是发生在赫斯特在自己的丈夫齐林沃斯下落不明，被认为因海难而"葬身海底"两年之后。人们都认为她的丈夫齐林沃斯因海难而死亡了，所以，她的"堕落"不是"兽性因子"获胜的一般意义上的出轨，甚至在法律意义上，也是属于原配失踪两年之后、在法律层面上原来的夫妻关系不复存在的前提下所发生的并不违法的行为。而且，她的行为是对清教道德原则的反抗，她身上的神性因子与人性因子经过激烈的搏斗，人性因子一时获胜，于是，为了获取生命意义的实现，她对纯洁真诚的爱情进行了勇敢的追求，她大胆地打破了神性的精神枷锁，让人性进行了一次自由的翱翔。结果，违反了宗教戒律，犯下了"罪孽"。

可见，她是曾经因为在并不违法的前提下追求人间真挚的恋情而触怒了清教的波士顿，遭受了严厉惩罚，不仅让她示众，而且让她永久地戴着刻有所犯罪孽的耻辱的标记——红色的 A 字。在她戴上这一耻辱标志的起始，她所承受的痛苦我们难以想象。在《红字》中，赫斯特第一次出场时，已经是经受了一段时间的牢狱之灾，但那还是在七年之前，当她怀抱三个月的婴儿被拉出监狱示众的时候，她依然是一个披着长发的美女："这位年轻女子身材修长，体态优美。她满头乌黑的秀发在阳光下熠熠生辉。她那张脸上不仅五官端庄、肤色红润，而且眉毛秀丽出众、眼睛乌黑深邃，给人以深刻印象。"[①]

然而，经过长达七年的艰难的孤独抗争，虽然她的外貌逐渐失去了原先的光彩，但是她的内心却变得异常坚强。而且，经过长期的内心搏斗，人们对她产生了好感，甚至对红字产生了新的理解，人们"开始重新审视红字，不是把它当作她为此遭受长期的凄惨惩罚的罪孽的标志，而是把它看成从那以后她的许多善行的象征"[②]。

神性因子与人性因子的对立与冲突，同样也是作者霍桑世界观矛盾的一个反映。在霍桑创作《红字》的时候，"与霍桑自己的矛盾一样，他的党派也面临着进退两难的困境"[③]。所以，他笔下的人物才如此充满了矛盾的双重性。

---

① ［美］霍桑：《红字》，吴笛译，西安交通大学出版社2017年版，第6页。
② ［美］霍桑：《红字》，吴笛译，西安交通大学出版社2017年版，第88页。
③ ［美］伯科维奇主编：《剑桥美国文学史》第二卷，史志康等译，中央编译出版社2008年版，第696页。

赫斯特形象的最重要的意义在于，当人性因子被神性因子击败的时候，她通过自身的不懈努力，最终恢复了人性的尊严，达到了理想的平衡。就连她所佩戴的红字，也不再是针对人性堕落的罪孽的标记，而是被赋予了神性因子的成分，甚至给波士顿的居民带来意想不到的慰藉：

> 刺绣的红字闪烁着，圣洁的光辉中蕴涵着慰藉。在别的地方，红字是罪孽的标志，然而在病房里，它却是一片烛光。在受难者艰难的临终时分，它甚至放射出超越时光界限的光芒。当尘世之光迅速变暗、来世之光尚未来临之时，它向受难者指引该走的道路。①

从上述引文中我们可以发现，"红字"的内涵之所以发生变换，是因为它逐渐具有了"圣洁的光辉"，从而能够在黑暗的土地上"闪烁"。这就是霍桑在女主人公身上所体现的神性因子与人性因子理想融合的意义所在。

《红字》的象征和寓意是极其深邃的，对霍桑的《红字》做过专门论述的英国著名作家劳伦斯认为："这是一篇精彩的寓言。我认为这是所有文学中最伟大的寓言之一。"② 劳伦斯关于《红字》是寓言的观点是十分中肯的。霍桑在长篇小说《红字》中，通过赫斯特·普林等形象的刻画，将罪孽的标志：红色的 A 字转变成美国的现实象征，红字从原有的内涵"Adultery"朝"Arthur"的转换，从"Apple"朝"Able"的转变，在极大的程度上象征着人类发展历程中的伦理选择，代表了人类从神性因子朝人性因子的伦理价值的转向。

---

① ［美］霍桑：《红字》，吴笛译，西安交通大学出版社 2017 年版，第 88 页。
② ［英］劳伦斯：《劳伦斯文艺随笔》，黑马译，漓江出版社 2004 年版，第 96 页。

普希金《别尔金小说集》的
文学伦理学批评的审视

俄国作家普希金不仅创作了抒情诗、长诗、诗剧和诗体长篇小说《叶甫盖尼·奥涅金》等诗体作品,而且创作了中短篇小说《上尉的女儿》《杜勃罗夫斯基》《彼得大帝的黑教子》《黑桃皇后》《别尔金小说集》等许多散文体作品。普希金的中短篇小说,是俄国现实主义散文创作的良好开端。普希金的散文体作品,风格简洁、清新。他在《论散文》一文中曾经写道:"准确和简练——这就是散文的首要特点。散文要求有思想,思想,——没有思想的华丽词藻是什么用处也没有的。"① 中短篇小说集《别尔金小说集》典型地体现了普希金的这一特征。本文拟从文学伦理学批评的视角探究《别尔金小说集》中的决斗书写以及通过子女教育命题所体现的文学伦理教诲功能。

一 西尔维奥决斗的伦理观照

普希金《别尔金小说集》(«Повести покойного Ивана Петрович Белкина», 1830)以质朴的美学原则为特色。这部小说集是属于普希金"波尔金诺的秋天"的丰硕成果,共由五个中篇小说组成,包括《一枪》(«Выстрел»)、《暴风雪》(«Метель»)、《棺材店老板》(«Гробовщик»)、《驿站长》(«Станционный смотритель»)、《小姐扮村姑》(«Барышня-крестьянка»)。小说集从各个不同的角度展现了19世纪20年代俄国广阔的社会生活场景,洋溢着浓郁的人道主义精神,并且富有重要的艺术价值。小说情节内容集中凝练,仿佛是长篇小说的缩写本,人物形象也都显得栩栩如生。《别尔金小说集》采用了多种不同的艺术手法与创作倾向,

---

① [俄] 普希金:《论散文》,邓学禹、孙蕾译,引自沈念驹、吴笛主编《普希金全集》第5卷,浙江文艺出版社2012年版,第9—10页。

《一枪》所采用的是现实主义的手法,《暴风雪》和《驿站长》具有一定的感伤主义的情调,《小姐扮村姑》具有轻松的喜剧风格,而《棺材店老板》则蕴涵着哥特小说的结构要素。

  在普希金时代,决斗是俄罗斯人解决许多矛盾冲突的一种方法。"19世纪的头30多年,在俄国文化记忆中,是俄国决斗史上决斗数量最多的一个时期。"① 普希金的小说《一枪》以现实主义的笔触描写了决斗。小说的叙述者是位军人,小说的两个部分中叙述了主人公西尔维奥(Сильвио)和一位伯爵的两次决斗。小说的第一部分描写的是第一次决斗。西尔维奥枪法娴熟,而且在爱好争斗的部队中享有极高的地位。然而,这一地位不久便受到了威胁。他所在的部队里来了一位富家出身的年轻浪子,英俊、聪明、胆大。于是,西尔维奥的威望受到了挑战。在病态的嫉妒心的驱使下,他故意制造事端,挑起决斗。通过拈阄,英俊的年轻浪子拈到了第一号,先开枪,但没有打中西尔维奥。轮到西尔维奥开枪了,但是他发现,对方根本无动于衷,在面临死亡威胁的时候,居然满不在乎地挑着樱桃吃,并且把樱桃核吐到西尔维奥的脚下,面对西尔维奥的枪口,没有一丝一毫慌张的表情,根本没有将生死当回事儿。西尔维奥意识到,在这种情况下,立刻打死这个浪子没有任何意义,于是保留了这一枪的权利,结束了决斗。小说的第二部分描写的是第二次决斗。六年之后,那个年轻的浪子成了一名尊贵的伯爵,娶了一位美若天仙的妻子,过着十分美满的生活。西尔维奥认为报复的时机已到,于是找到了伯爵的住处,来到了书房,将枪口对准了伯爵,声明了自己所拥有的"一枪"的权利。然而,他不愿开枪打死不拿武器的人,于是,再次拈阄,与过去的浪子、现在的伯爵举行了第二次决斗。伯爵先开枪,由于生活幸福,荒废了枪法,只是打中了西尔维奥身后墙上的一幅油画。轮到枪法娴熟的西尔维奥开枪的时候,他发现此刻的伯爵已是今非昔比,对生命和幸福无比眷恋,面对即将降临的死亡感到无比惊慌和胆怯,于是,西尔维奥获得了应有的满足,移动枪口,对准了墙上的同一幅油画开了一枪,然后坐上马车离去。而且,在放弃对伯爵开枪而离去之前,说了一句:"我把你交给你的良心吧。"② 这句话极为重要,它充分说明,在主人公看来,在伦理选择中,比生命更为重要的东西是良心。当然,还有荣誉,西尔维奥为什么在能够实现决斗

---

  ① Reyfman, Irina, "The Emergence of the Duel in Russia: Corporal Punishment and the Honor Code", *The Russian Review*, Vol. 54, No. 1 (Jan., 1995), 26–43.
  ② 本文中的相关作品引文均出自[俄]普希金《别尔金小说集》,力冈译,沈念驹、吴笛主编《普希金全集·第5卷》(浙江文艺出版社2012年版),以下标出页码,不再一一说明。

胜利的时候，依然放弃？他为什么要将即将获胜的"一枪"向后推延？他为什么自动退伍，告别辉煌的近卫军军官生活，来到偏僻的乡下，练习枪法？这一切，都说明了良心和荣誉的价值所在。普希金在19世纪初期独特的社会语境中探讨良心、荣誉、复仇，以及生命与死亡等命题。

从爱好决斗的西尔维奥这一形象中，我们也看到了他对生命的尊崇以及对生命意义的眷恋。当年轻浪子的生命掌握在他手中的时候，他觉得对方轻视生命的意义而不愿对他开枪射击。既然对方连自己的生命都毫不在乎，开枪把他打死又有什么意义？同样，在第二次决斗中，他觉得对方已经对生命无比眷恋而再次放过了他。小说结尾一段交代了西尔维奥的最后结局，他在了结了那场决斗之后，又回到军队。后来，西尔维奥在希腊民族独立运动中，率领一支民族独立运动部队，在斯库列尼战役中牺牲了。短短的几句更是突出了这一形象的英勇色彩，以及作者对生命意义的探索。

这篇小说尽管篇幅不长，但具有一定的自传色彩，这一点，被很多学者认可。尤其1822年6月普希金在基什尼奥夫与一位名叫茹波夫的军官决斗的经历，在这篇小说的叙述中具有明显的体现。普希金在那场决斗中，就是拿着装满了樱桃的帽子，边吃边等待着对手开枪的。

普希金的《一枪》，还突出体现了伦理困境在小说艺术结构方面的功能。"伦理困境指文学文本中由于伦理混乱而给人物带来的难以解决的矛盾与冲突。"[①] 普希金善于在小说创作中利用伦理困境来营造悬念。在《一枪》中，自始至终充满了悬念，充满着伦理困境。在作品的开头，有一个新来的蛮横军官在酒后无端欺辱西尔维奥，还用铜烛台砸了西尔维奥，在这种情况下，西尔维奥却忍气吞声，没有与他决斗，从而严重损害了他在青年人心中的威望。那么，他为什么不向蛮不讲理的醉鬼提出决斗？他真的缺乏勇气吗？作者在开篇的悬念激起了人们极大的好奇心。随着作品情节的展开，人们才逐渐明白，西尔维奥没有权利让自己去冒死亡的威胁，因为他有另一场决斗尚未了结。于是作品自然而然地转向了六年前的一场决斗。而六年前的决斗同样充满了悬念：西尔维奥为什么在能够获胜的时候却终止决斗，留下一枪？于是，一个悬念又导出一个新的悬念，一个困境又导出一个新的困境，环环相扣。作品正是在一个接一个的伦理困境和悬念中展现西尔维奥独特的内心感受和精神境界。所有这些困境和悬念直到作品的最后方才一一解开。

---

① 聂珍钊：《文学伦理学批评导论》，北京大学出版社2014年版，第258页。

可见，《一枪》的情节发展过程，就是普希金剖析西尔维奥伦理选择的过程，并且"揭示不同选择给我们带来的道德启示"①。尽管"西尔维奥生命的全部内容在于复仇"②，但是，他所达到的复仇目的，不是索取对手的生命，而是"索取"比生命更为重要的对生命的尊严感以及对生命存在的荣誉感。

二 "独生女儿"形象及其伦理教诲命题

在普希金时代，关于教育问题，尤其是子女教育问题，是很受关注的话题，当时的《欧罗巴通报》等杂志也颇为关注这一话题，发表过一系列论述教育的文章。如《两性离子》（Амфион）当时发表过题为《论少女教育》（«О воспитании девиц»）的评论。《欧罗巴通报》（Вестник Европы）当时发表过《论初始教育的必要性》（«О необходимости первоначального воспитания»）等论文。

这一话题，也没有被文学家忽略。"在文学中，并没有对这一话题漠不关心：正确的与并非正确的教育历史以及所产生的后果，在俄国受到普遍的关注。"③《别尔金小说集》中三个独生女儿的形象塑造，在一定的意义上表现了普希金对教育主题以及文学伦理教诲问题的关注。

普希金《别尔金小说集》的五篇小说中，有三篇小说的主要人物是"独生女儿"的形象。作者不仅由此塑造了性格各异的女性形象，而且通过这类"独生女儿"形象，涉及了教育、伦理等命题。这些形象包括《驿站长》中维林的独生女儿杜尼娅，《暴风雪》中加夫里洛维奇的独生女儿玛丽亚，以及《小姐扮村姑》中的俄国贵族穆罗姆斯基的独生女儿丽莎。

（一）《驿站长》中的平民独生女儿杜尼娅

《别尔金小说集》中，最具特色的是中篇小说《驿站长》，该小说以作者虚构的叙述人的三次访问驿站，向读者讲述了一个完整的故事，描写了十四品文官驿站长维林的悲惨遭遇。维林在艰辛的生活中，因为自己美丽的女儿杜尼娅而感到安慰。杜尼娅不仅给小小的驿站增添了活力，同时也为父亲减轻了许多负担。在驿站，因为有时不能及时换到马匹，常常有

---

① 聂珍钊：《文学伦理学批评导论》，北京大学出版社2014年版，第6页。
② Коровин，В. И. ред．，История русской литературы XIX века. В 3 ч. Ч. 1. М．：Гуманитар，2005.
③ Китанина，Т. А．，"Еще раз о старой канве"，Пушкин и мировая культура. Материалы VI Международной конференции，Санкт-Петербург：Симферополь，2003. 98 – 104.

客人对维林大发脾气。这时,客人只要一见到杜尼娅出面,脾气也就消了。有一天,一位年轻英俊的骠骑兵路过驿站,没有及时换到马匹,马上破口大骂,正要对维林大打出手时,杜尼娅从里屋走了出来,于是,像往常一样,一场风波顷刻消解了。这位名叫明斯基的骠骑兵上尉不仅不再发火,反而在有马可换的时候,躺在长凳上昏迷不醒了。上尉病倒了,通过几天与杜尼娅的交往,装病的上尉觉得康复了,于是就在礼拜天离开驿站,可怜的维林答应了客人让杜尼娅送他一程的请求,就这样,杜尼娅没有被留在下一个驿站,而是被上尉拐走了。驿站长经受不住这一打击,大病一场,稍有康复,便四处寻找女儿,终于知道杜尼娅被带到了圣彼得堡。在圣彼得堡,维林找到了明斯基,但是没能要回女儿,他气愤地将明斯基所塞的几张钞票揉成一团扔到了地上。随后,为了能够见上女儿一面,维林又经过艰辛的努力,终于认出明斯基乘坐的四轮马车停在一座豪华的三层楼房前面。可是,当他走进屋子,却被明斯基推了出来。维林只得离开圣彼得堡,回到了自己的驿站,后来孤苦伶仃地离开了人世。

在《驿站长》中,十四品文官维林的命运无疑是值得人们深深同情的,而以明斯基为代表的贵族阶层对下层百姓的肆意欺辱也是十分可恶的。但是,"面对荣华富贵的诱惑,女主人公没能守住自己的精神防线,杜尼娅在普希金的心中成了传统美德落败的可悲象征。诗人对这种现象极为痛心。实际上,在普希金看来,贵族欺压下层小人物的现象固然可恶,应该抨击,但亲情的丧失和美德的埋没,却让人更感心痛"①。

可见,普希金的《驿站长》不仅充满了深深的人道主义的同情和关怀,而且在伦理教诲和道德批判方面具有震撼人心的力量。作者以满腔的同情描写了一个处于社会底层的小人物的遭遇,从而开了俄国文学史上描写"小人物"形象之先河,直接影响了其后的果戈理、陀思妥耶夫斯基、契诃夫等许多俄国著名作家的创作。

俄罗斯作家高尔基在《论普希金》一文中讲道:"他的《黑桃皇后》……《驿站长》和其他几篇短篇小说为近代俄国散文奠定了基础,大胆地把新的形式运用到文学中去,并将俄国的语言从法国和德国语言的影响下解放出来,也把文学从普希金的前辈们所热心的那种甜得腻人的感伤主义中解放出来。"② 同时高尔基还讲:"我们有充分理由说:俄国文学

---

① 吴晓都:《俄国文化之魂:普希金》,山东画报出版社2006年版,第162页。
② [苏联] 高尔基:《论文学·续集》,缪灵珠等译,人民文学出版社1979年版,第210页。

的现实主义始于普希金,就是由他的《驿站长》开始的。"① 更有学者认为,《驿站长》"预示着别林斯基时代一个文学流派的诞生,它仿如自然学派的一个宣言,宣告社会—心理现实主义在俄国古典小说中已经获得前所未见的发展"②。

普希金对伦理教诲的关注还体现在文学作品中的画家技巧以及画家视野。如在《驿站长》开头部分,叙述者到达驿站后,所欣赏和着力描述的是简陋的屋子里有关"浪子回头"故事的四幅画。这四幅画不仅折射了维林的道德伦理观以及他的理想与期冀,同时也为作品结局时叙述者所期盼的杜尼娅的返乡埋下了伏笔。

在《驿站长》中,维林作为父亲,在"简陋而整洁"的家中,尽管他以自己的方式力所能及地对他可爱的女儿进行了必要的教育,但是,他对她过于宠爱,尤其是在别人面前,他会当着孩子的面得意忘形地对她进行夸耀:"这孩子很聪明,很灵巧,完全像她去世的妈妈。"(105)

维林家中有关"浪子回头"故事的四幅图画,实际上就是具有伦理教诲意义的旨在培养杜尼娅四个方面基本素质的图画。在每幅画的下面,还附有非常得体的德文诗。然而,令人遗憾的是,小说中并没有标出这四首德文诗的内容。但是,作品中对这四幅画的简要说明也给我们提供了必要的线索,使得我们能够了解到维林的目的所在。图画是出自《圣经·路加福音》中的故事。第一幅画是"一位头戴睡帽、身穿晨衣的慈祥老人在送一个不安分的青年,那青年急不可耐地在接受老人的祝福和钱袋"(105)。这其中的道理是极其明晰的,就是在处理子女与父母的关系方面,子女要学会孝顺,学会照顾父母,不要像这个不安分的青年,只知道接受父母的钱袋。第二幅画"用鲜明的笔法画出青年的放荡行为:他坐在桌旁,周围是一些不三不四的朋友和无耻的女人"(105)。这幅画的寓意十分明晰:生活应俭朴,不应花天酒地。第三幅画所画的是该青年穷困潦倒、与猪争食的画面,脸上露出深沉的悲哀和悔恨。在《圣经》中,对犹太人而言,猪是不洁净的动物,"与猪争食"象征着他的堕落,所以,这幅画的启示是虔诚。第四幅画则是回头的浪子跪在地上受到父亲迎接的画面。远景中是一名厨师正在宰杀一头肥牛犊。这幅画不仅蕴涵着父母对浪子回头的期待,也预示着"回头"之后对家庭责任的担当。

尽管"浪子回头"的故事"在普希金的艺术世界中占据异乎寻常的

---

① [苏联]高尔基:《俄国文学史》,缪灵珠译,上海译文出版社1979年版,第219页。
② [苏联]格罗斯曼:《普希金传》,李桅、马云骧译,天津人民出版社1996年版,第427页。

重要地位"①，但是，有限的教育难以取代必要的看管。维林对女儿正是缺乏必要的看管，而且放松警惕，过于轻信。于是，当人们送她手帕、耳环等礼物时，他听之任之；别人要求他女儿送上一程时，他也毫无戒心；当客人大发雷霆，杜尼娅一旦出面，一场风暴顷刻歇息的时候，他也没有一丝深入的思考，只是感到不合时宜的由衷的骄傲。

由于生活贫困，再加上没有得到应有的良好教育，所以，杜尼娅缺乏正确的伦理观和人生观。她不仅随便接受别人的礼物，而且也随便接受别人的亲吻。到头来，她做出了错误的伦理选择，"自愿地"跟着明斯基离开了视她为全部生命意义所在的父亲，不顾亲情，到圣彼得堡享受荣华富贵。而且，维林历尽艰难，终于在圣彼得堡找到她的时候，她也只是因为父亲的突然出现打扰了她与明斯基的"含情脉脉"的场面，从而"大叫一声，倒在地毯上"（111）。

（二）《暴风雪》中的贵族独生女儿玛丽亚

不顾亲情，只愿满足自身欲望而作出错误的伦理选择的不只是平民的女儿杜尼娅，还有《暴风雪》中的贵族独生女儿玛丽亚。与杜尼娅与明斯基私奔一样，玛丽亚与人私奔的冲动，也是由于缺乏应有的教育而造成的。这位富有的贵族小姐，不同于贫寒人家的杜尼娅，她有优裕的条件接受应有的教育，可她过分受到的是法国浪漫主义小说的影响。小说的开篇部分，就点明了这一后果："玛丽亚·加夫里洛芙娜受法国小说影响很深，所以容易怀春。"（84）她不顾自己的行为对父母造成的伤害，只愿满足自己的"浪漫遐想"，充当"感情俘虏"的角色。她的身上还有着"游戏爱情"的成分，"她乘车去与一个人结婚，却在教堂里与另一个人举行婚礼；她想嫁给一个人，实际上却又嫁给了另一个人"②。

如果说她对陆军准尉弗拉基米尔忠贞不渝，那么，在小说结局部分中，普希金以她与布尔明的意外婚姻打破了那个忠贞不渝的神话。

普希金《暴风雪》的故事发生1812年反抗拿破仑的卫国战争期间。整部作品充满了感伤的情调，尤其是在开篇部分。这部小说讲述了一个凄凉但又巧合的爱情故事。作品的女主人公玛丽亚小姐与一位前来度假的贫寒的陆军准尉弗拉基米尔深深相爱，但是遭到玛丽亚家庭的强烈反对。两人只能秘密幽会，互通情书。他们坚贞不渝，山盟海誓，同时悲叹命运的

---

① Турбин, Владимир, *Пушкин. Гоголь. Лермонтов: Об изучении литературных жанров*. М.: Просвещение, 1978.

② Коровин, В. И. ред., *История русской литературы XIX века*. В 3 ч. Ч. 1. М.: Гуманитар, 2005.

不幸。最后他们决定私下秘密结婚,然后一起私奔。弗拉基米尔请了神父,定好了教堂,玛丽亚私自离开父母,径直奔向教堂。但是,弗拉基米尔遭遇了暴风雪,马车也驶错了方向,错过了秘密婚礼。玛丽亚没有等到自己的恋人,回到父母家中,一病不起,万分悲痛。父母出于对女儿的关心,只得同意他们的婚事。然而,弗拉基米尔已经奔赴前线,参加反抗拿破仑的卫国战争,并且受了重伤,几个星期后不幸死亡。故事的结尾部分安排了玛丽亚与从战场活着归来的布尔明上校的离奇而巧合的婚姻,尽管打破了她那个忠贞不渝的神话,却也使得凄凉的爱情故事有了些许暖色。

(三)《小姐扮村姑》中贵族独生女儿丽莎

在《小姐扮村姑》这篇小说中,俄国贵族穆罗姆斯基的独生女儿丽莎,尽管也是一个娇生惯养的贵族小姐,但是她在家庭中受过良好的教育,很有主见,很有个性,而且也很讨人喜爱:

> 她今年十七岁。一双乌溜溜的眼睛使她那一张黑黑的、讨人喜欢的脸儿更加艳丽动人。她是独生女儿,因而也是一个娇生惯养的孩子。她活泼好动,常常淘气,使父亲很喜欢,却使杰克逊小姐伤透了脑筋。(117)

丽莎所接受的是英国式的家庭教育,她的父亲为她请了英国女教师杰克逊小姐,由于受到英国文化的熏陶,丽莎成了一个地地道道的英国迷。正是由于受到了良好的英国文化的教育,所以,丽莎小姐通情达理,她与邻村的贵族别列斯托夫的儿子阿列克塞相爱了,但是,她顾及自己父亲与阿列克塞父亲之间的怨仇关系,不愿让父亲受到伤害。即使与阿列克塞交往,也是以自己所能想到的独特的方式,装扮成村姑,以贫苦人家的姑娘阿库莉娜的身份与对方交往。在村姑的假面具下,她更能看清阿列克塞的真实面目,由于普遍存在的阶级偏见和社会不公,她在这样的面具下更能看出阿列克塞对爱情的理解,以便走出金钱婚姻的樊篱,寻找到值得信赖的心灵伴侣。所以,正是她所受的良好的教育,使得她避免了《暴风雪》和《驿站长》中的女主人公对长辈的伤害。她最终不仅化解了父辈之间的怨仇,也与倾心相爱的阿列克塞结为眷属。丽莎正是因为有了良好的家庭教育,所以,才不会被命运捉弄,也不会被动地受人欺骗,而是主动地按照心灵的呼唤选择理想的伴侣。"有别于《暴风雪》中的被命运捉弄的玛丽亚,丽莎不是命运的戏弄者,她自己创造机缘,利用偶然,设法与贵族青年相识,将他诱入自己的爱情之网。"①

从《小姐扮村姑》这篇小说中有关丽莎美丽聪颖的描述中,以及最后有情人终成眷属的喜剧结尾中,我们不难看出普希金对英国文化的积极态度,也是他的《上尉的女儿》《叶甫盖尼·奥涅金》等作品的创作之所以受到瓦尔特·司各特和乔治·拜伦创作影响的一个明晰的注脚。

综上所述,普希金的《别尔金小说集》不仅以审美价值影响了俄罗斯小说的进程,而且也具有鲜明的认知价值。"就文学认知而言,有些虚构文学作品是知识的潜在的渊源。"② 因而,我们从普希金的这部小说集中,可以清楚地看到普希金在对待决斗问题上的伦理选择和荣誉理念,这也为他 1837 年最终解决自身的伦理困境提供了参照。而且,普希金通过对三个独生女儿的形象所作的对文学伦理教诲功能的审视,对于今天的人们来说,同样具有伦理启示价值。

参考文献

[1] Gorky, Maxim, *On Literature (Continued)*, Trans. Miao Lingzhu, Beijing: People's Literature Press, 1979.

[2] *History of Russian Literature*, Trans. Miao Lingzhu, Shanghai: Shanghai Translation Press, 1979.

[3] Grosman, *Biography of Alexander Pushkin*, Trans. Li Wei & Ma Yunxiang, Tianjin: Tianjin People's Publishing House, 1996.

[4] Kitanina, T. A., "Once More about the Groundwork", *Materials of the Sixth International Conference on Alexander Pushkin and the World Culture*, St. Petersburg: Simferopole, 2003.

[5] Korovin, V. A. Ed., *History of 19th Century Russian Literature*, Vol. 1, Moscow: Humanitar, 2005.

[6] Nie Zhenzhao, *Introduction to Ethical Literary Criticism*, Beijing: Peking UP, 2014.

[7] Pushkin, Alexander, "On Prose", Trans. Deng Xueyu & Sun Lei, *Complete Works by Alexander Pushkin*, Vol. 6. Eds. Shen Nianju & Wu Di, Hangzhou: Zhejiang Publishing House of Literature and Arts, 2012. 9 – 10.

[8] Turbin, Vladimir, *Pushkin. Gogol. Lermontov: The Study of Literary Genres*, Moscow: Education Press, 1978.

---

① Коровин, В. И. ред., История русской литературы XIX века. В 3 ч. Ч. 1. М.: Гуманитар, 2005.

② Hagberg, Garry L. ed., *Fictional Characters, Real Problems: The Search for Ethical Content in Literature*, Oxford: Oxford University Press, 2016.

论布尔加科夫"魔幻三部曲"中的
科技伦理与科学选择

俄罗斯弃医从文的著名作家布尔加科夫被誉为"文学的魔法师"[①],与此同时,他也是一位在作品中极其关注科技伦理的作家。在他的《魔障》《不祥之蛋》《狗心》等一系列中篇小说作品中,他强调了科技伦理的重要性。他以自己的作品中的一系列荒诞离奇的情节和事件说明:科学技术本是用来为人类造福的,但是,如果科学研究中缺乏伦理道德的制约,缺乏科技伦理的理念,那么,科学研究不仅不能为人类服务,反而只会给人类造成无尽的伤害,甚至灾难。

一 讽刺艺术还是伦理警示?

布尔加科夫(Михаил Булгаков)在 20 世纪世界文学中占有独特的地位。"布尔加科夫是富有魔幻技巧的大师之一。"[②] 他的作品,构思精巧,想象丰富,常常超出常理,打破现实与幻想的界限,充满怪诞和离奇,以此审视人类社会。如中篇小说《魔障》(«Дьяволиада»)就以离奇怪诞的情节和虚实交加的书写,表现了伪劣产品对于大众生活的影响,以及普通民众与官僚机器的矛盾与冲突。所以,对待布尔加科夫的这类小说作品,学界大多强调布尔加科夫作品中的讽喻特色。譬如,在论及《不祥之蛋》时,有些学者将作品中佩尔西科夫教授在科学研究中的有关"红光"的发现,看成"对布尔什维克社会主义实验的一种影射"[③]。

类似的评论是牵强附会的。其实,布尔加科夫是一位在 20 世纪初期就

---

① Губианури, Л. В., *Михаил Булгаков*. Киев: Юма Пресс, 2004.
② Fleming, Svetlana Le, "Bulgakov's Use of the Fantastic and Grotesque", *New Zealand Slavonic Journal* 2 (1977): 29–42.
③ Haber, Edythe C., "The Social and Political Context of Bulgakov's 'The Fatal Eggs'", *Slavic Review* 51.3 (Autumn, 1992): 497–510.

开始关注科技伦理的作家，尤其在一些幻想型的作品中，科技伦理问题是他关注的一个焦点问题。科技伦理的理念尽管在其代表作《大师与玛格丽特》中也有所涉及，但是，最为集中的体现，是他于1923年至1925年创作的被视为"魔幻三部曲"的《魔障》《不祥之蛋》《狗心》这三部中篇小说中。这三部中篇小说都涉及了人类知识在运用过程中应该遵守的基本道德原则，一旦违背了这一原则，一味为了政治和经济的利益，或者为了一己私利，进行不负责任的科技活动或科技生产，都会让人类为此付出沉痛的代价。

三部曲中的每部小说各有侧重，《魔障》中所涉及的是假冒伪劣产品的问题，《不祥之蛋》（«Роковые яйца»）中所涉及的是科学实验问题，而《狗心》中所涉及的则是医学科技中的器官移植问题。

在布尔加科夫的中篇小说《魔障》中，所叙述的是制造假冒伪劣商品以及由此引发的严重后果。俄罗斯文学界的评论中，大多强调这部作品所具有的对官僚主义的讽喻意义，却忽略了作品中科技生产的警示价值，认为"《魔障》所书写的是果戈理笔下的'小人物'在苏联官僚主义机器压制下的疯狂和死亡"[1]。此处的"小人物"指的是火柴基地的文书克罗特科夫。他因单位发不出薪水，便领回了以货物代替工资的四大包火柴。他的邻居在酒厂工作，同样因工厂发不出工资，领回的是46瓶替代工薪的葡萄酒。卑微的公务员克罗特科夫，为了基本的生存，顽强地奔波，可是，以卡利索涅尔为代表的官僚主义者处处设置"魔障"，使得克罗特科夫的日常生活步履艰难。他与当时的社会，尤其是官僚主义机器发生了严重的冲突，并且最后以失败而告终。应该说，克罗特科夫的悲剧是由于生产活动中违背科技伦理而造成的。伦理违背（ethical violation）贯穿这部小说的始终。在作品的起始，"火柴基地"违背科技伦理，在火柴生产过程中，逾越底线，全然不顾火柴生产的特性，以及火柴使用中应该具有的安全保障，一味地追求产能，从而制造劣质产品，使得火柴中的硫黄严重超标。在劣质产品已经被他人知晓，无法进行正常销售的情况下，工厂的主要领导竟然将这些极具危害性的劣质火柴产品冲抵工资摊派给内部职工。克罗特科夫正是因为使用这些劣质火柴，使得自己的一只眼睛受伤。紧接着，正是因为眼睛受伤，他在火柴基地才将新来的厂长的名字"内库"错当成"内裤"，"致使重要文件引起令人发指的误解"[2]，次日，

---

[1] Соколов, Борис, *Михаил Булгаков: загадки судьбы*. Москва: Вагриус, 2008.
[2] ［俄］布尔加科夫：《布尔加科夫文集》第二卷，曹国维、戴骢译，作家出版社1997年版，第10页。

鉴于不能容忍的"玩忽职守"以及因眼睛受伤半边脸绑上了绷带被当成在斗殴中被打伤,从而被领导开除公职。

同样,他到邻居家推销火柴,却得到了同样作为冲抵工资的假冒的葡萄酒。正是这些假冒葡萄酒,使得克罗特科夫陷入困境,游离于真实与幻想之间,他要求复职而追逐的卡利索涅尔,也成了两个相同的人物,甚至其中一个还变成了一只拖着长尾巴、皮毛亮闪闪的大黑猫。最后,幻想着与卡利索涅尔作战的克罗特科夫,完全丧失了对自己伦理身份的认知,终于从高楼纵身跳了下去,成为官僚主义违背科技伦理的牺牲品。"克罗特科夫成了现代官僚主义机器的牺牲品,在主人公模糊不清的意识中,与之冲突的官僚主义机器变成了一种难以捉摸的魔力,一道无法逾越的魔障。"①

在《魔障》这部小说的结尾,作者写道:"阳光灿烂的深渊是那么吸引着克罗特科夫,他简直喘不过气来。随着一声胜利的尖叫,他纵身一跳,腾空飞了起来。一刹那间,他无法呼吸了。他模糊地、非常模糊地看到,一个有许多黑洞的物体像爆炸似的在他身旁向上飞去。接着他非常清楚地看到,那个灰色物体掉到下面去了,而他自己则正向头顶上方那条缝隙的小巷飞升。接着血红的太阳在他脑袋里咚的一声绷裂,于是他再也没有看到什么。"② 这部小说充分说明,包括商品生产在内的一切科技活动,必须坚守科技伦理。缺乏基本的科技伦理道德理念,难以为人类造福,只会适得其反。

中篇小说《不祥之蛋》也是如此,它不是一般意义上的科幻讽刺小说,作品中的讽刺描写甚至只是表层的内容。这部作品所着重探讨的是科学与自然之间的关系,对这一关系的探讨,在一定程度上有着对官僚主义的讽刺,但是,更为重要的,是对人类科技活动的一种警示。科学可以用来改造自然,为人类造福,但是,如果违背科学精神和自然原则,滥用职权,急功近利,那么,无疑会给人类带来灾难。

以器官移植这一题材创作的《狗心》(《Собачье сердце》)更是如此。这部作品在一定程度上体现了布尔加科夫在弃医从文之后对医学的一如既往的眷恋。对于这部作品,学界所普遍赞赏的是其中的怪诞和黑色幽默,我国学者的观点具有一定的概括性:(布尔加科夫)"在《狗心》中建立

---

① 王宏起:《〈魔障〉:怪诞小说的精品》,《外国文学评论》2003 年第 3 期。
② [俄]布尔加科夫:《布尔加科夫文集》第二卷,曹国维、戴骢译,作家出版社 1997 年版,第 46 页。

了一种医学乌托邦和社会乌托邦理论,成功地运用滑稽、怪诞、荒诞、讽刺、模拟来描述、刻画主要的人物和事件,借以讽刺当时的社会政治风气。他一方面继承俄罗斯批判现实主义传统,将社会现实作为表现和批评的主要对象,另一方面又兼容现代主义艺术手法,以荒诞、讽刺的手法拟造狗变人的故事,制造黑色幽默效果"①。

但是,我们还应该看到,这部作品并非在此刻意制造黑色幽默,而是强调科学伦理的重要性,以及科技活动中不可逾越的伦理底线。因为,一切科学技术,如果缺乏伦理道德,那么它不仅不能为人类服务,反而只会给人类造成伤害。甚至连作品中的主人公也不例外。我们阅读作品,可以发现,三部作品的主人公都是悲剧主人公。其中,《魔障》的主人公克罗特科夫和《不祥之蛋》的主人公佩尔西科夫教授都是以死亡为终结的,只有《狗心》中的主人公——医学教授普列奥布拉任斯基最后安然无事。不过,我们认为,《狗心》中的真正的中心主人公并非教授普列奥布拉任斯基,而是从"萨里克"演变而来的具有"狗心"的萨里科夫。《狗心》始于"萨里克"的独白,而终于萨里科夫还原术后的感悟。

二 自然原则与科技伦理

布尔加科夫小说艺术是极具创新意识的。他的创新意识在于他的创作能够紧扣时代的脉搏,关注新的现实问题。"布尔加科夫在新的时代思考'生存与命运',从而具有新的小说形态,并且由此引导出独具一格的观点。"② 从布尔加科夫的三部曲中,我们可以看出,他的作品中令人感到启迪的独特之处在于强调科学精神和伦理道德的一致性。科学的探索要经得起伦理道德的监督和审视,科技生产和科技实验以及相应的科学研究,一定要遵循科技伦理。所谓科技伦理,是指"科技创新活动中人与社会、人与自然和人与人关系的思想与行为准则,它规定了科技工作者及其共同体应恪守的价值观念、社会责任和行为规范"③。

1925年,布尔加科夫在《俄罗斯》杂志上发表的中篇小说《不祥之蛋》,是一部在当时受到高度关注的作品,譬如,高尔基就盛赞这部作品"写得机智、精巧"④,但是,这绝不是针对作品风格而言的,机智也好,

---

① 温玉霞:《布尔加科夫创作论》,复旦大学出版社2008年版,第92页。
② Gudkova, V., "The Apologia of Subject: On the Lyrical Hero in the Works by Mikhail Bulgakov", *Revue des études slaves*, 65.2 (1993): 349–359.
③ 李磊:《科技伦理道德论析》,《理论月刊》2011年第11期。
④ Сахаров, В. И., *М. А. Булгаков в жизни и творчестве*, Москва: Русское слово, 2013.

精巧也罢，甚至连科幻本身，都不是作家创作的目标，他是力图通过这些要素，来探索作品中所描述事件的历史意义。在《不祥之蛋》这部作品中，作者所倾心的，是对科学精神与自然法则之关系的严肃探索。尽管这部作品被视为一部情节怪诞的讽刺性科幻作品，但是，所表现的就是缺乏科学精神以及对抗自然法则的严重后果。在作品中，所描写的是一次科学实验。莫斯科动物研究所的领导佩尔西科夫教授发现了一种神奇的红色的"生命之光"，这种红光的一个重要特性是：在该光的照射下，生物能够迅猛地生长。

这本是一个尚处观察和研究阶段的科研活动，然而，这一项目成果不是被专业刊物推出，而是被新闻媒体广泛报道。"《消息报》在第二十版的《科技新闻》栏目内发表了一条介绍这种光的简讯。简讯谈得很笼统，仅说第四大学有位著名的教授发明了一种可以大大提高低级生物生命力的光，不过这种光还有待试验。"[①]

消息见报后，佩尔西科夫教授不得不遭遇各路媒体的采访。经过记者们的胡编乱写，这一事件逐渐发酵。

尽管该项科技试验还不够成熟，可是媒体却对此大肆吹嘘，说这种"生命之光"可以改变人类生活。于是，一个从克里姆林宫派来的不学无术的外行领导罗克，为了一己私利，急于将这项科研成果运用到国营农场的生产中去，妄想孵鸡生蛋，以其弥补由于爆发鸡瘟而带来的经济损失，弥补共和国养鸡事业方面的缺陷。结果，孵出来的不是小鸡，而是蟒蛇。蟒蛇以惊人的速度繁殖、生长，蔓延到各地农庄，最长的甚至长达百米，它们一窝蜂地向四方游动，吞噬、毁坏周围的一切，并且威胁到莫斯科，因为它们成群结队地向莫斯科进发，一路上又产出无数的蛇蛋，蛇蛋又孵出无数咝咝作响的蟒蛇。

在科技伦理的基本理念中，人们必须遵守人与自然的关系。在所有的科技活动中，不能忽略自然原则的作用。在布尔加科夫看来，正是由于克里姆林宫派来的不学无术的外行领导罗克既违背了科学精神，又违背了自然原则，所以，导致了灾难性的后果，甚至使得莫斯科都面临毁亡的危机。而且，在面临如此危机的时刻，违背了科学精神的科学家常常无能为力，唯有在遵从自然原则的前提下，才会避免灾难的发生。于是，在布尔加科夫的笔下，政府派来的特种部队无论怎样对无数的咝咝作响的蟒蛇进

[①] ［俄］布尔加科夫：《布尔加科夫文集》第二卷，曹国维、戴骢译，作家出版社1997年版，第119页。

行扑灭，都毫无成效。正当大家惶恐不安、一片混乱，灾难就要降临之际，在八月的日子里，却突然袭来了北极的特大寒流，冻死了所有可怕的怪物，避免了一场即将降临的灾难。在此，布尔加科夫所强调的是自然的力量，正是大自然本身，面对违背自然原则的行为进行及时的干预和修正，才避免了灾难的蔓延。

然而，布尔加科夫并没有就此止步，他通过后续事件的描写，进一步强调在科技伦理中，人与人以及人与社会之间的和谐关系是不可缺失的。一旦缺乏这样的和谐关系，就必然为新的灾难性事件埋下隐患。在《不祥之蛋》中，科学家在办公室里"发现"的红光，绝对不可能成为"生命之光"，因为，在大自然中，真正的"生命之光"——阳光，是大自然所创造的，也是大自然所赐予人类的。正因如此，有学者直接声称，"佩尔西科夫的'生命之光'不过是艺术之光"[①]。更有学者看到了佩尔西科夫的研究具有闭门造车的嫌疑。"佩尔西科夫对于实验室大门之外的情形不感兴趣，他所需要的只是一个无菌的环境，以便摆脱阻碍他研究的事项，倾心从事科学实验。"[②] 一切违背自然规律的人为的创造，只能是臆想，也只能受到大自然的嘲弄。更为重要的启示在于，当人类的科学技术已经无能为力，而作为大自然代表的"特大寒流"却能冻死怪物，进行必要的自我修复，并且挽救了人类，在此之后，布尔加科夫笔下的故事并没有结束。在事后调查事故责任的时候，嫉妒佩尔西科夫教授才能的伊万诺夫副教授采用诬告、陷害等手段，将责任推向了教授。在伊万诺夫的恶意煽动下，一些不明真相的愤怒的人们打死了佩尔西科夫教授。伊万诺夫也成功地获取了动物研究所的领导岗位。可见，"在新的社会时代，新的社会秩序和新的伦理道德关系遭到破坏带来的后果是极其严重的"[③]。布尔加科夫的这部作品充分说明，在具体的科研活动中，一定要遵守道德规范。"科技人员在科研活动中涉及个人与集体的关系时，要以最广大人民群众的利益为出发点和归宿，并把能否为人类造福作为评价自己科技实践善恶、正邪的最高道德标准。"[④]

三 社会秩序与科学选择

出于自己自然科学的学术背景，布尔加科夫在 20 世纪 20 年代，是作

---

① Сахаров，В. И.，*М. А. Булгаков в жизни и творчестве*，Москва：Русское слово，2013.
② Laursen, Eric, "An Electrician's Utopia: Mikhail Bulgakov's Fateful Eggs", *The Slavic and East European Journal*, 56.1（Spring 2012）: 56 – 70.
③ 聂珍钊：《文学伦理学批评导论》，北京大学出版社 2014 年版，第 185 页。
④ 王学川：《现代科技伦理学》，清华大学出版社 2009 年版，第 38 页。

为一位对科学技术问题极为关注的作家而呈现在读者面前的。早在 1923 年,在原子弹尚未出现的时候,甚至极少被人提及的时候,他就在自己的作品《基辅城》中,提及了"原子弹"这一源于尖端科学而制造的杀人武器,正如俄罗斯学者萨哈洛夫所说:"布尔加科夫是一位聚精会神的读者,他不放过 20 年代的任何一部稍纵即逝的科幻作品。"[1]

《狗心》这部中篇小说所描写的是医学教授普列奥布拉任斯基在自己的实验室里所做的器官移植手术。

《狗心》创作于 1925 年,但是,一直未能获得面世的机会。直到 1987 年,当布尔加科夫作为杰出作家的文学地位得到普遍认可的时候,这部重要的作品才得以正式出版。作品中的主要形象之一普列奥布拉任斯基这一姓氏源自"转换"、"换貌"或"脱胎换骨"之意。这一名字本身就道明了这部作品的主题和情节结构。作品开头,布尔加科夫以第一人称书写一条流浪狗在冬天的日子里被一名厨师用沸水烫过,绝望地躺在门洞里,不停地哀号,可怜地等待着自己的末日。"它彻底绝望了,内心是那么痛苦,那么孤独和恐怖,一滴滴丘疹大小的狗泪夺眶而出。"[2] 令人震惊的是,普列奥布拉任斯基见此情形,给了狗一截香肠,于是,极度兴奋的流浪狗就跟随他到了他的住处。普列奥布拉任斯基教授是医学权威,他所擅长的是器官移植,在作品中,我们可以见到他给形形色色的人治病,其中包括给女性"移植一副猴子的卵巢"[3]。

与此同时,一个名叫克里姆·丘贡金的无赖汉因为酗酒而意外死亡。为了探明人、狗移植后能否成活以及能否恢复青春等问题,继而研究进化论以及优生理论等课题,教授开始进行大胆的试验,将克里姆·丘贡金的性腺和脑垂体移植到了这条四处流浪、跟随他来到他家中的狗的身上。结果,这条狗出现了"人化"倾向,变成了一个具有"狗心"的人。他为这个具有狗心之人取名为萨里科夫。应该说,就移植手术本身而言,这次手术是相当成功的,狗的适应性也显得良好。然而,就科学伦理而言,这一手术是违背科学精神的,不应该制造这样的具有"狗心"的人。于是,医学教授不仅没有感到高兴,反而忧心忡忡,因为这个萨里科夫徒具人形,狗性不改,而且,其后还逐渐继承了原器官所有者克里姆·丘贡金所

---

[1] Сахаров, В. И., *М. А. Булгаков в жизни и творчестве*, Москва:Русское слово,2013.
[2] [俄]布尔加科夫:《布尔加科夫文集》第二卷,曹国维、戴骢译,作家出版社 1997 年版,第 197 页。
[3] [俄]布尔加科夫:《布尔加科夫文集》第二卷,曹国维、戴骢译,作家出版社 1997 年版,第 213 页。

具有的一切恶习，变得粗野、爱撒谎、好色、无耻，而且，经过教授的对头施翁得尔的"调教"，经常为非作歹，干尽了一切坏事，甚至诬告教授"私藏枪支"，发表反革命言论，尤其是这个萨里科夫当上了"清除流窜动物科"科长的时候，更是趾高气扬，不可一世，甚至利用职务之便，欺骗并威逼一位姑娘嫁给他。最后，普列奥布拉任斯基教授经过极为艰难的内心搏斗，不得不对这条狗做了第二次手术，改变了这个具有"狗心"的人，让其还原为狗。

在人类文明的发展进程中，人之所以为人，是"自然选择"的结果。在人类经过自然选择，成为人之后，为了适应人类的道德规范，所面临的是伦理选择。而在布尔加科夫的《狗心》中，"萨里科夫"作为一个具有"狗心"的人，这一器官移植的结果，本身就是颠覆了人类文明进程中的"自然选择"和"伦理选择"，于是，违背自然和伦理的技术无疑是有害于人类的。"萨里科夫"是姓氏，其名字为"波利格拉夫"（Полиграф）。在俄语中，"поли"这一词根本身就含有"技术"之意，"полиграф"则意为"复写器"或医学中的"多种波动描记器"，这从一个侧面暗示，离开了自然原则的技术是极为有害的。

我们从"魔幻三部曲"中可以看出，早在20世纪20年代，布尔加科夫就以自己敏锐的感悟，意识到了科学与人类之间的辩证关系。一方面，人类要发展科学，科学选择（scientific selection）是人类发展的必经之路，"科学选择是人类文明在经过伦理选择之后正在或即将经历的一个阶段。在人类文明的发展过程中，自然选择解决了人的形式的问题，从而使人能够从形式上同兽区别开来。伦理选择解决了人的本质问题，从而使人能够从本质上同兽区别开来。科学选择解决科学与人的结合问题"[①]。另一方面，科学选择离不开科技伦理的支撑和制约。"科学选择强调三个方面，一是人如何发展科学和利用科学；二是如何处理科学对人的影响及科学影响人的后果；三是应该如何认识和处理人同科学之间的关系。"[②]没有经历科学选择的人，是无法以掌握先进的科学技术来造福于人类的，而经历了科学选择的人则不同，"在接受科学影响或改造的同时，也可以主动地掌握科学和创造科学，让科学为人服务"[③]。

人们总是说，科学技术是第一生产力。自工业革命以来，科学技术极

---

① 聂珍钊：《文学伦理学批评导论》，北京大学出版社2014年版，第251页。
② 聂珍钊：《文学伦理学批评导论》，北京大学出版社2014年版，第251页。
③ 聂珍钊：《文学伦理学批评导论》，北京大学出版社2014年版，第252页。

大地造福人类，使得人类有了飞跃式的发展，与此同时，科学又以其无形之手掌控着人类的生活，成了人类的一个新的主宰，受到人们的崇拜。然而，进入 20 世纪之后，尤其当科学技术被大量运用于人们所经历的世界大战，不断以其制造新式武器的时候，人们开始对科学技术产生了畏惧之情，譬如，核试验就成了人们感到惧怕的科学试验。"自 1951 年至 1963 年，美国在内华达州进行了超过一百次的地面核试验。……1991 年，医学界的研究表明，美国这长达 12 年的核武器试验，将会额外增加世界上二百四十万人得癌症死亡。"① 布尔加科夫的"魔幻三部曲"充分说明，科学技术既能为人类造福，也能成为人类进步历程中的"魔障"。事实证明，科学技术在给人类创造更多的财富以及带来更好的物质文明的同时，也带来了运用于现代战争的杀人武器，以及引发环境污染和人类生存条件的恶化。因此，布尔加科夫"魔幻三部曲"的启迪意义是极为深刻的，人类进入 20 世纪之后，实际上已经进入科技革命的时代，面对科技革命，我们不得不作出相应的选择，而不是逃避，我们必须认识到："由于科学技术的发展，科学选择的时期已经来到，我们每一个人不仅都要经历这个阶段，而且还要努力通过科学选择使人类变得完善。"② 为了使得人类生活变得更为完善，我们在科技发展和科技活动中，必须强化科技伦理的制约，以科技伦理进行权衡，弘扬科技活动的正面效益，并且扼制它的负面影响。正是由于急功近利，缺乏科技伦理的制约，在布尔加科夫的《不祥之蛋》中，在相应的科学技术还不成熟的情况下，过分强调科研成果的运用，结果导致蟒蛇泛滥成灾，莫斯科差点毁于一旦。中篇小说《狗心》中的教训同样令人难以忘怀。在没有科技伦理制约的前提下，普列奥布拉任斯基教授进行违反伦理道德的科学实验，通过高科技医学活动，将"萨里克"变成了"萨里科夫"，然而，他将作为"狗"的萨里克变成了具有人形的萨里科夫的行为，实际上是对自然选择的颠覆，为此，必须付出沉重的代价。他最后不得不再次通过手术，将"萨里科夫"还原为"萨里克"。但是，我们应该看到，如果说他的第一次器官移植的行为属于缺乏科技伦理制约的"伦理违背"的行为，那么，他的第二次器官还原的行为已经属于典型的严重刑事犯罪行为。因为对已经成为人类一员的萨里科夫采取类似的器官移植手术，其性质与杀人犯罪毫无二致。这一

---

① Shrader-Frechette, Kristin, *Ethics of Scientific Research*, London: Rowman & Littlefield Publishers, Inc., 1994.
② 聂珍钊：《文学伦理学批评导论》，北京大学出版社 2014 年版，第 252 页。

行为的潜在的风险以及将会对社会秩序所造成的影响是显而易见的。普列奥布拉任斯基教授并没有因此受到应有的法律惩处，这其中的寓意是令人深思的。

"魔幻三部曲"的伦理警示是极为强烈的。布尔加科夫的《魔障》和《不祥之蛋》告诫我们，在科技产品和相应的科技活动中，我们不仅要杜绝违背科学原则的行为，也不能急功近利，更不能被不懂科学的官僚利用；布尔加科夫的《狗心》更是告诫我们，在器官移植以及生物医学等现代科技活动中，更要遵循科技伦理，否则，社会秩序就会遭到破坏，轻则造成对个体生命的伤害，重则引发难以估量的灭绝人类的灾难。可以说，布尔加科夫的警示是振聋发聩的。

综上所述，随着时代的发展和科学的进步，科学选择成为必然。但是，在科学选择中，如果没有科技伦理的制约，从而造成"伦理违背"，那么，人类的灾难在所难免。世界文学史上有一些先知先明的作家，早已意识到科技伦理的重要的制约作用，而布尔加科夫在20世纪20年代所创作的由《魔障》《不祥之蛋》《狗心》所构成的"魔幻三部曲"，更是以独到的视角，审视了这一重要问题。他通过生物实验、器官移植等具体事例，告诫我们，科学研究以及科技成果的运用中的伦理缺失，将会给人类招致毁灭性的灾难。

参考文献

[1] Gubinuri, L. V., *Mikhail Bulgakov*, Kiev: Uma Press, 2004.

[2] Gudkova, V., "The Apologia of Subject: On the Lyrical Hero in the Works by Mikhail Bulgakov", *Revue des études slaves*, 65.2 (1993): 349–359.

[3] Laursen, Eric, "An Electrician's Utopia: Mikhail Bulgakov's Fateful Eggs", *The Slavic and East European Journal*, 56.1 (Spring 2012): 56–70.

[4] Saharov, V. I., *M. A. Bulgaokov in His Life and Works*, Moscow: Russian Speech, 2013.

[5] Shrader-Frechette, *Kristin. Ethics of Scientific Research*, London: Rowman & Littlefield Publishers, Inc., 1994.

[6] Sokolov, Boris, *Mikhail Bulgakov: The Mystery of the Fate*, Moscow: Vagrius, 2008.

论但丁《神曲》的跨媒体传播及其变异

《神曲》（*La Divina Commedia*）作为但丁的代表作，有着高深莫测的神圣主题和崇高的意境。在《神曲》中，"地狱—炼狱—天堂的历程，……与基督教神学所描述的'原罪—审判—救赎'的人类历程是一致的"[①]。正是这一宏大的主题和普遍的精神，使得这部作品成为中世纪思想和学术的经典，广为流传，并且具有广泛的影响。

这一影响，不限于对文学创作特别是文学类型的深远影响，在跨媒体传播方面，但丁《神曲》的作用和影响同样不可低估，而且是一种重要的资源和素材，在影视、动漫、绘画、音乐、雕塑等多个艺术领域，它在长达七个世纪里为无数的艺术家提供了创作的灵感和构思的源泉。匈牙利作曲家李斯特（Franz Liszt）、法国雕塑家奥古斯特·罗丹（Auguste Rodin）、英国拉菲尔前派画家但丁·罗赛蒂（Dante Rossetti），都是《神曲》跨媒体传播并且让作家从中得到灵感使得自己的艺术品流芳百世的范例。甚至在电脑游戏领域，但丁的《神曲》也是一个重要的题材。

一 但丁作品的影视改编

作为中世纪的著名作品，《神曲》对现代文化生活也产生了重要的影响。这一影响，首先体现在影视传播方面。从《神曲》所改编的影视作品，随着影视的发展而广泛流传，同时也为影视产业的发展作出了应有的贡献。

早在电影产生的年代，《神曲》就成了电影这一视觉艺术领域的重要的创作题材，根据《神曲》改编的第一部影视作品早在1911年就得以面世，这是由吉奥塞普（Giuseppe de Liguoro）执导的无声电影《地狱》（*L'Inferno*）。1924年，由亨利·奥托（Henry Otto）执导的《但丁的地

---

① 朱耀良：《走进〈神曲〉》，天津社会科学院出版社2004年版，第9页。

狱》（Dante's Inferno），片长60分钟，由福克斯电影公司制作发行，同属于早期的无声电影。随后，在1935年，福克斯电影公司制作发行了由哈里·拉契曼（Harry Lachman）执导的《但丁的地狱》（Dante's Inferno）。由于执导者本人是一位后印象派画家，所以，该片的部分细节的描述较为出色。

而在电影广为普及的当代世界，但丁的《神曲》依然是重要的创作源泉。不仅出现了很多以《神曲》或其中三个部分名称为名的影视作品，而且还有以其他名称为名的作品，大多受到了《神曲》的影响。如1972年，瑞典由丹尼尔逊（Tage Danielsson）执导的喜剧电影《戒烟的人》（Mannen som slutade röka），部分受到《神曲》的启示，表现主人公但丁游历天堂的故事。英国著名导演格林纳威（Peter Greenaway）于1987—1990年间则为BBC对《神曲》进行了系列改编，创作了《电视但丁》（A TV Dante）。在格林纳威的诠释中，天堂随着年代的变迁不断改头换面，而地狱却一如既往。

美国制片人兼导演阿柯斯塔（Boris Acosta）是一个值得赞赏的人物，多年以来一直献身于但丁《神曲》的影视改编，近年来，已经完成十多部改编自《神曲》的电影或动画电影的制作。如《但丁地狱记录》（Dante's Hell Documented）。本片基于但丁作品《神曲》改编，讲述了但丁的地狱之旅。但丁在英雄维吉尔的带领下，穿越一层层地狱，走遍地狱的各个区域，最终来到地心，并到达另一半球，即炼狱。

他还将《神曲》改编为3D电影。其3D电影包括3D故事片和3D动画片。3D动画片包括《但丁的地狱》（Dante's Hell 3D Animation）、《但丁的炼狱》（Dante's Purgatory 3D Animation）、《但丁的天堂》（Dante's Paradise 3D Animation）。

3D故事片包括《但丁的地狱——史诗故事》（Dante's Inferno-The Epic Story）、《但丁的炼狱——史诗故事》（Dante's Purgatory-The Epic Story）、《但丁的天堂——史诗故事》（Dante's Paradise-The Epic Story）。

可见阿柯斯塔对《神曲》的钟爱是多么深沉。如果说阿柯斯塔的创作还属于国别的或个人的创作，那么动画电影《但丁的地狱—动画史诗》（Dante's Inferno：An Animated Epic）则具有国际规模和国际影响了，是多国编创人员共同合作的产物。

动画电影《但丁的地狱——动画史诗》，片长达100分钟，由美国、日本、韩国于2010年联合制作完成，由维克多·库克（Victor Cook）等7名成员共同执导。影片紧扣原著中的神游三界这一主线，将全剧分成七个部分,而每个部分都是表现游历的某一阶段,并且赋予相应的标题。由于分属不同的执导者,所以各个部分风格各异,形象也有些许差异。与原著相比,在情节和精神内涵方面都有一定的变异,更为突出了可视性和叙事性。如开始部分的《到达》由维克多·库克执导。在影片中,一改原著中的但丁迷路、进退两难的描写,而是以主人公但丁内心独白的形式描述阴森的森林。他想要查明追在他身后的某个人物,但是,每当他快要接近的时候,追赶者便消失了。当他到达的时候,发现他的仆人被杀,父亲死了,他亲爱的恋人贝阿特丽丝躺在地上,因胸口被戳伤而奄奄一息。她死亡的时候,化为一个精灵开始升向天堂。然而,路西法来了,带着她穿越地狱之门。但丁追赶着来到门口,维吉尔答应领他游历地狱。

从改编来看,其中的变异是显而易见的,而且,《神曲》的动画改编的变异也体现在突出故事情节而忽略宗教内涵这一倾向。在但丁的《神曲》中,《炼狱篇》的"罪孽",可能存在着伦理道德上的一些障碍,而《天堂篇》不仅涉及理想的境界,而且所讨论的话题涉及神学、哲学等众多方面,内容也显得庞杂,所以,相对于《炼狱篇》和《天堂篇》,《地狱篇》更容易被影视编导人员选择和钟爱。

二 但丁《神曲》的绘画传播

文学与绘画之间,有着千丝万缕的联系,尤其是诗歌与绘画,无论是文艺复兴时期的米开朗基罗、18世纪英国的布莱克,或19世纪的但丁·罗赛蒂,都是集绘画与诗歌于一身的大师;无论是19世纪英国的拉菲尔前派,还是20世纪欧美的达达主义、立体主义、未来主义,或超现实主义,都是诗歌与绘画合而为一的文学—美术运动。

就但丁的作品而言,其《神曲》的绘画传播主要体现在插图作品、油画作品、壁画作品等三个方面。

1. 插图作品

早在14世纪,当但丁的《神曲》以手抄本形式得以流传时,就有艺术家或出于自身喜爱或受命权贵为《神曲》插图。其后,每个世纪几乎都有为《神曲》插图的艺术家。其中包括15世纪的意大利画家古列尔莫·吉拉尔迪、博蒂切利、米开朗基罗,18世纪的意大利著名画家萨巴泰利、皮内利,19世纪瑞士画家富利斯、德国画家科赫、法国画家多雷,20世纪西班牙画家达利、英国画家巴滕等。在为但丁《神曲》插图的画家中,最为著名的无疑是19世纪法国著名版画家、雕刻家和插图作家古斯塔夫·多雷(Gustave Doré,1832—1883)。他被出版商邀请为多部世界名著作画，成为著名的插图画家。

时至今日，在最初的插图出版 150 多年之后，古斯塔夫·多雷的插图与但丁的《神曲》依然紧密相连，常常被评论界相提并论。艺术家对但丁文本的透视依然激发着我们的视觉美感。多雷的但丁《神曲》插图完成于 1855 年，是他最早的文学经典插图。其后，他为荷马、拜伦、歌德、莱辛等许多作家的经典作品插图。他为《神曲》所作的插图在所有的插图作品中最为著名。其《神曲》插图作品多是黑白两色构成，层次分明，对照鲜明，质感强烈。无论是宏大的场面还是细部的个体描绘，他都善于使用极细的线条来编织物象的表面和体块，并且善于以线条的疏密来表现物体的明暗色调，从而显得光感强烈，并且具有极强的立体感。他的《神曲》插图作品同时引发了法国文坛对但丁的浓厚兴趣，直接导致其后出现多种版本的《神曲》的法文译本、批评著作、专题杂志，以及这一题材的绘画等方面的迅猛增长。

当时，由于多雷为《神曲》所作的插图版画数量多，而且开本制作成本昂贵，大多出版商不愿意出版多雷的插图版《神曲》，多雷不得不在 1861 年自费出版了插图版《神曲·地狱》。这一版本获得了艺术成就与经济效益方面空前的成功。由于这一成功，出版商在 1868 年又单独出版了《炼狱篇》和《天堂篇》。其后，多雷的插图作品广为流传，出现在 200 多种版本中，包括意大利源语和各种语种的译本。

多雷的《神曲》插图作品，部分汲取了米开朗基罗的裸色技法，并且结合了宏伟风景画的北方传统和通俗文化的元素，成为他艺术创作中的最高成就。他的插图作品，以画家的技艺娴熟地体现了诗人的生动的视觉想象。

如果说 19 世纪的插图作品的代表是法国的多雷，那么 20 世纪的《神曲》插图作品中，最具代表性的就是长年生活在美国的西班牙画家达利（Salvador Dali，1904—1989）的创作了。这位天才的艺术家在 1951—1960 年间，创作了 101 幅水彩画，阐释但丁的《神曲》。他的这些作品后来又以木刻术进行了重新处理，构成 100 幅版画。

达利的《神曲》插图线条明快，色彩和谐，既有非现实的细节真实，又有着立体的美感和超现实主义的风格。他的一丝不苟的写实手法与超现实的形象融为一体，给人带来一种激烈的视觉冲击，恰如其分地体现了但丁《神曲》的独特的表现手法和梦魇般的地狱场景。如《神曲·地狱》篇第 13 章的"自杀者之林"的插图，典型地体现了这一特征。

达利对"自杀者之林"的描绘，不仅有着绘画的立体的美感，而且借助了诗歌中的许多技巧,尤其是画中的超现实主义意象,是借助于诗歌的"双关语"来具体体现的,从而构成树枝与肢体的结合,达到了独特的艺术效果。

谈及《神曲》的插图绘画,英国诗人兼画家布莱克(William Blake)同样是一位不可忘却的人物。他的视觉艺术引发一位当代艺术批评家声称他是"大不列颠曾经创造的绝无仅有的最伟大的画家"(Jones,2005)。布莱克作为画家,他更多的是汲取《神曲》中的精神和境界,而非故事情节,他不是一般意义上为《神曲》插图,而是从《神曲》中获取精神内核,服务于自己的美术创作。所以他以水彩画等形式创作的《神曲》,可以看成一部独立成篇的画集。

2. 油画作品

在油画创作领域,但丁的《神曲》影响了许多艺术家的创作,尤其是英国拉菲尔前派画家亨利·霍利兑(Henry Holiday)、但丁·罗赛蒂(Dante Rossetti)等。如霍利兑的《但丁与贝阿特丽丝》(*Dante and Beatrice*)、但丁·罗赛蒂的《但丁之梦》(*Dante's Dream*)等,都是受其影响的重要的作品。

拉菲尔前派力图恢复英国美术"忠实于自然"的传统,着力表现宗教和现实题材,喜欢从文学经典中汲取营养,善于精雕细凿,追求细节真实。亨利·霍利兑所创作的油画《但丁与贝阿特丽丝》,被认为是他最重要的作品,画中所描写的是但丁与贝阿特丽丝在佛罗伦萨圣三一桥边的一次偶然相逢①。贝阿特丽丝身穿白色服装,娴雅端庄,与女友同行,而但丁站在一旁,竭力掩饰着内心的激情,并且还因为贝阿特丽丝故意的冷漠而显现出了一种淡淡的忧伤,整个情景,正如但丁在《新生》中的描述:"她走过,在一片赞美的中央,/但她全身却透着谦逊温和,/她似乎不是凡女,而来自天国,/只为显示神迹才降临世上。//她的可爱,使人眼睛一眨不眨,/一股甜蜜通过眼睛流进心里,/你绝不能体会,若不曾尝过它:/从她樱唇间,似乎在微微散发/一种饱含爱情的柔和的灵气,/它叩着你的心扉命令道:'叹息吧'。"②

联想到但丁生平中假装对其他女性的爱而掩饰自己对邻居姑娘贝阿特丽丝的爱恋,以及贝阿特丽丝对但丁的误解,画中但丁和贝阿特丽丝的表

---

① Walker Art Gallery ed., *The Walker Art Gallery*, London: Scala, 1994.
② [意]但丁:《我的恋人如此端庄》,吴笛主编《外国诗歌鉴赏辞典》,上海辞书出版社 2009 年版,第 853—854 页。

情也有一定程度的体现。

而但丁·罗赛蒂对意大利诗人但丁有着矢志不渝的浓烈兴趣，他创作了不少与但丁以及《神曲》有关的作品。他的著名油画作品《但丁之梦》，基于《新生》或但丁的生平，其中的但丁、贝阿特丽丝、天使等主要意象突出了《神曲》的天堂境界，以及贝阿特丽丝引导但丁游历天堂的由来。在这幅画中，但丁·罗赛蒂用复杂的象征创造了一个幻想的世界。画中贝阿特丽丝的两位女仆所穿的绿色衣裳在一定意义上象征着希望，而画面前方的一朵朵鲜花，以及画面中央的天使之吻，无疑具有圣洁的象征，画面右方出现的红色的鸽子如同罗赛蒂其他的创作，象征着爱情。

但丁·罗赛蒂的另一重要油画作品《贝阿塔·贝阿特丽丝》（*Beata Beatrix*），也是受到但丁《神曲》的影响，该幅画的突出位置是贝阿特丽丝昂头闭目的迷醉般的形象，后方左右所画的只有单调的红绿色彩彼此孤立反衬的两个形象，是爱神与但丁。而背景处的日晷仪以及衔着花朵的红鸟，创造出了一种神秘的效果，更是强化了离奇的时空感。这幅以画家妻子希达尔为原型的油画，简直就是罗赛蒂的"神曲"。而但丁·罗赛蒂也作了这样的解释：在这一"神曲"中，"她以突然死去进入天国并坐在俯视全城的天国阳台发愣的形式来体现。你们记得但丁是怎么描述她死后全城的凄切情景吗？所以我要把城市作为背景，并加上两个彼此投着敌意目光的但丁和爱神的形象。当那只传播死讯的鸟把那枝罂粟花投入贝阿特丽丝的手中时，这有多么不幸！她，从她那对深锁的眼眉间看出，她已意识到有一个新世界，正如《新生》的结尾中写的：幸福的贝阿特丽丝，从此她将永远可以凝视着他的脸了"[①]。

因此，《贝阿塔·贝阿特丽丝》成为罗赛蒂最著名的作品之一，而且使得"希达尔的名字经常与但丁的贝阿特丽丝相提并论"[②]。

3. 壁画作品

十分有趣的是，揭开《神曲》壁画创作序幕的，是但丁的知交乔托。而且，但丁在《神曲·炼狱篇》第11歌中还曾写道："契马菩想在绘画上立于不败之地，/可是现在得到采声的是乔托，/因此那另一个的名声默默无闻了。"[③] 乔托是但丁同时代的著名画家，他在1303—1305年间曾为

---

① Rossetti, Dante Gabriel, *The Correspondence of Dante Gabriel Rossetti*, Vol. 5, ed. William Freceman, Cambridge: Brewer, 2002.
② Hawksley, Ludinda, *Essential Pre-Raphaelites*, London: Parragon, 2000.
③ [意] 但丁：《神曲》，朱维基译，上海译文出版社2011年版，第305页。

帕多瓦的斯克罗韦尼礼拜堂绘制《基督生平事迹》和《末日审判》等壁画。乔托的《末日审判》的右下部，描绘了地狱里的恐怖景象，与但丁《神曲·地狱篇》的描述十分吻合。考虑到但丁是在1292年"情人"死后立即开始写作这部作品，直到他逝世前的1321年完成，这幅壁画借鉴但丁的部分描绘是可能的，尽管但丁卷入佛罗伦萨的派系斗争而被放逐到维罗纳、帕多瓦等地。

但丁的《神曲》，对后世基督教绘画的"末日审判"这一题材的创作上，产生了深远的影响。譬如，由安德烈亚·奥卡格纳（Andrea del Orcagna）在佛罗伦萨新圣母教堂斯特罗齐祈祷室所作的大幅壁画《末日审判》，便在整体构思方面受到《神曲》的影响，此画右壁上部为《炼狱》，下部为《地狱》，左壁为《天堂》，画了数位圣者和天使，包括被认为是但丁的人物。同样受到影响的还有米开朗基罗所作的梵蒂冈西斯廷教堂壁画《末日审判》。此外，但丁的形象也主要是通过壁画的形式而广为人知。多梅尼科·迪·米凯利诺（Dominico di Michelino）于1465年在佛罗伦萨大教堂的壁画《但丁与〈神曲〉》，在描绘地狱和炼狱的景象的同时，凸显了但丁的独特形象。加上拉斐尔（Raffaello）在梵蒂冈的两幅壁画《教义争论》和《帕尔纳斯山》中所描绘的但丁的肖像，使得人们对于但丁的肖像有了立体的认知。

而到了19世纪，德国的科赫（Koch）所创作的马西莫别墅壁画《地狱》，以及德国魏特（Veit）所创作的马西莫别墅天顶画《天堂》，使得《神曲》题材的壁画达到了新的高度，"堪称西方艺术家的'神曲世纪'"[1]。

三 《神曲》的雕塑传播

在美术领域，不仅绘画与文学关系密切，就连人们很少关注的文学与雕塑，也是有着难舍难分的血缘关系。"文学与雕塑之间存在着一种平行关系，对此研究可以加深我们理解作家和雕塑家在共同的创意过程中怎样结合词语和雕塑意象来创造意义。"[2] 譬如在19世纪的法国，深深影响雕塑家创作的作家主要有雨果、拉封丹、维吉尔、奥维德、但丁、歌德、莎士比亚等人。

在雕塑领域，但丁的《神曲》深深影响了罗丹（Auguste Rodin）的

---

[1] 邢啸声编著：《神曲插图集》，上海人民美术出版社1994年版，第42页。
[2] Aspley, Keith, Cowling, Elizabeth, Ssharratt, Peter eds., *From Rodin to Giacometti: Sculpture and Literature in France, 1880 – 1950*, Rodopi, 2000.

创作。他的许多重要雕塑受到《神曲》的启发。根据《神曲·地狱篇》而创作的雕塑群《地狱之门》(*The Gates of Hell*),在雕塑领域享有盛誉。

同样还有根据但丁《神曲·地狱篇》第五章而创作的雕塑群《保罗与佛兰采斯加》,以及根据文学作品这一情节创作的著名的雕塑作品《吻》。

但丁的《神曲·地狱篇》的相关诗歌描写了佛兰采斯加与保罗的爱情悲剧。诗的素材来源于现实生活。佛兰采斯加由父母作主嫁给了里米尼的贵族拉台斯太的残废儿子祈安启托。十年之后,祈安启托发现妻子和他的弟弟保罗之间有奸情,遂将二人杀死。在《神曲》中,这对情侣的灵魂和其他一些生前堕落情网者的灵魂同住在地狱第二圈——"色欲场"里,他们在长年不息的凄风苦雨中相互偎依,永不分离。但丁随维吉尔漫游地狱来到此处时,被此情景深深感动,于是便引发了这段对话体诗行:"有一天,为了消遣,我们阅读/兰塞罗特怎样为爱所掳获的故事;/我们只有两人,没有什么猜疑。/有几次这阅读使我们眼光相遇,/又使我们的脸孔变了颜色;/但把我们征服的却仅仅是一瞬间。/当我们读到那么样的一个情人/怎样地和那亲切的微笑着的嘴接吻时,/那从此再不会和我分开的他/全身发抖地亲了我的嘴:这本书/和它的作者都是一个'加里俄托';/那天我们就不再读下去。"①

但丁的这段诗,在艺术上独立成篇,所采用的是梦幻与真实相结合的手法。诗中的背景是虚无缥缈的幻境,但诗人却以非常简练的文字,把一幕动人的爱情悲剧,包括人物、事件,甚至细节都有声有色地写了出来,给人以身临其境之感。其中男女主人公在读传奇时流露衷情这一情节写得尤为生动活泼。其中提及的兰塞罗特是圆桌骑士中最著名的一个。在亚塔尔王的朝廷里,他爱上了归内维尔皇后。他是古代法兰西传奇《湖上的兰塞罗特》中的主角。而其后的加里俄托是《湖上的兰塞罗特》传奇中的另一角色。兰塞罗特和归内维尔皇后的第一次相会,就是由他撺掇而成的。所以,佛兰采斯加说,书和书的作者都是起着引导作用的"加里俄托"。

罗丹的雕塑《吻》取材于但丁的《神曲》里所描写的佛兰采斯加与保罗这一对情侣的爱情悲剧。《吻》是大理石雕像,罗丹采用《神曲》中的题材塑造了两个不顾一切世俗诽谤的情侣,使得在幽会中热烈接吻的瞬间成为永恒。

在罗丹的雕塑作品中,艺术家将但丁细腻的文字表述化为生动的形象。雕塑家突出所创造的人物的优雅的肌体和姿态,尤其是女主人公的细

---

① [意]但丁:《神曲》,朱维基译,上海译文出版社2011年版,第38页。

腻的肌肤，起伏不定，引发了生动的光影效果，而凭借这些光影的闪烁，其内在的青春、热情与生命的活力全都幸福地荡漾，给人们带来无限的美感和丰富的联想。

受但丁《神曲》影响而激发灵感的还有罗丹著名的雕塑作品《思想者》（*Le Penseur*）。这是青铜雕塑，原本名为《诗人》（*Le Poète*），自 1880 年开始创作，本来用于《地狱之门》的门口。罗丹的创作基于但丁的《神曲》，作品中的大多数其他人物也都代表着这部长诗中的一些主要人物。多数评论家认为，位于门口的中心人物便是描述进入地狱之门的但丁本人。然而，这一解释，也存有一些令人困惑的地方，譬如，雕塑作品中的人物是裸体形象，而在原著的长诗作品中，但丁自始至终都是穿有服装的。但是，这显然也无关紧要，重要的是，罗丹继承了米开朗基罗的传统，突出表现了这一人物的智性和诗性。

综上所述，作为一部杰出的文学经典，但丁的《神曲》不仅深深地影响了后世的文学创作，而且也极大地影响了影视领域和美术领域的创作活动，在视觉艺术领域里极大地激发了创作的想象，为许许多多的电视艺术家和美术家提供了创作的源泉和智慧的灵感，从而不仅在文学史上也在艺术上成为跨艺术传播或是跨媒体传播的一个优秀的范例，而且在不断地改编和跨媒体传播中得以再生，得以不朽。

"绿色探索"语境下的生态批评

西方当代文学中的生态批评的出现,是人类发展过程中的具有积极意义的必然反思,也是激进的后现代主义哲学自然观的一种体现。就文学研究而言,随着我们人类赖以生存的地球上的生态环境问题越来越严峻,随着生存忧患意识越发强烈,一定的社会活动必然会在文学领域引起相应的反映。正如联合国把20世纪90年代确定为"环境年代"一样,人们对生态环境的危机感也必然在文学中逐渐展现出来。因此,文学研究领域又开始进入一个新的探索阶段,一个旨在激发人类生态意识和生态伦理的可称为"绿色探索"的阶段。

既然生态环境问题已经成为文学所关注的时代主题,文学生态学(Literary Ecology)与生态批评(Ecocriticism)也就应运而生,并且已经成为文学和文化研究领域的一种最新也最具活力的跨学科研究和批评方法。正如西方学者所说:"生态批评是涌现在文学和文化研究领域的最前沿的跨学科研究之一。"[①]

而且,随着后现代主义哲学与文化的逐渐深入和渗透,以及人们对以人类为中心的人道主义思想的深刻反思,文学生态学与生态批评的意义也就显得尤为突出,它必将在人类生活和人类文化中扮演越来越重要的角色。正是这一研究方法的涌现,使得生态意识得以形成和发展。

(一)生态批评的产生及其哲学意义

作为一个学科,文学生态学开始于20世纪80年代末90年代初。到了90年代中期,正如美国学者所说,生态学与文学的比较研究改变了少数学者孤立研究的局面,文学研究中的生态批评作为一个独立的公认的批

---

① Ursula K. Heise, "Science and Ecocriticism", *The American Book Review*, 18.5 (July-August 1997), p.4.

评流派已经基本建立。① 进入 21 世纪以来，文学生态学研究更是吸引着众多的学者。

追溯起来，作为词语的"文学生态学"最早出现于 20 世纪 70 年代。评论家米克（Joseph W. Meeker）在《生存的喜剧：文学生态学研究》（1972）一书中引进了"文学生态学"这一术语，说明它是"研究出现在文学作品中的生物学主题及其关系。它也企图揭示文学在人类生态学方面所起的作用"。而"生态批评"这一术语可追溯到 1978 年威廉·洛克的论文《文学与生态学：生态批评的一种尝试》。② 按威廉·洛克的观点，生态批评是"把生态学和生态概念应用到文学研究中"。③ 1985 年，弗列德里克·瓦格主编了《环境文学教学：材料、方法、资源》一书，1989 年，尼特基创办了《美国自然文学创作通讯》，目的是为文学中以自然和环境为主题的作品的研究提供园地。从 1990 年起，一些高校开始开设文学与生态学比较研究的课程。1991 年，美国现代语言学会召开特别的学术研讨会，其名称为："生态学批评：文学研究的绿色化"，1999 年，该学会又举办了"生态批评论坛"。1992 年，美国文学学会召开的学术年会是："美国的自然文学创作：新的建构，新的进程。"同一年，美国成立了以斯洛维克为会长的"文学与环境研究学会"（ASLE），1993 年，新的研究刊物《文学与环境跨学科研究》（ISLE）创刊，迄今已经出版 18 期。1995 年，"文学与环境研究学会"召开第一次学术研讨会，此时，该学会的会员已经达到 750 人。2003 年，该学会还在波士顿召开第 5 届大会，并在圣迭戈等地召开专题学术研讨会。

虽然生态批评学派直到 20 世纪 90 年代才在真正的意义上得以形成，但是其根基却延伸于历史的土壤之中。实际上，人们对生态学与文学之间的密切联系也早已有一定的认识。譬如，文学批评中时常出现的诸如"地方色彩"（regionalism）、"田园风格"（pastoralism）、"回归自然"（return to nature）之类的术语和短语，就包含着一定的生态批评的成分。正如有的论者所说："从古至今，不同的人们在不同的时代以不同的原因一直表达着对自然世界的关注。"④ 而以《寂静的春天》（Silent Spring,

---

① Cheryll Glotfelty and Harold Flomm eds., *The Ecocriticism Reader*, *Landmarks in Literary Ecology*, Athens and London: The University of Georgia Press, 1996, p. xviii.

② William Rueckert, "Literature and Ecology: An Experiment in Ecocriticism", *Iowa Review*, 9.1 (Winter 1978), pp. 71–86.

③ William Rueckert, "Literature and Ecology: An Experiment in Ecocriticism", *Iowa Review*, 9.1 (Winter 1978), p. 72.

④ Simon C. Estok, "A Report Card on Ecocriticism", *The Journal of the Australasian Universities Language and Literature Association*, Nov. 2001, p. 220.

1962）闻名的蕾切尔·卡逊（Rachel Carson）等人的创作，更为生态批评提供了优秀的文本。

生态批评主要理论意义是对人本主义局限性和弊端进行反思。运用生态批评等角度来研究文学，不只是作为一种文学中对自然进行分析的方法，更蕴含着朝以生物为中心的世界观的转变以及道德规范的一种延伸，也表明了包括非人类的生命形式和物质环境在内的国际社会中的人类生存概念的拓展。

西方人本主义思想的杰出代表莎士比亚关于人类是"一件了不起的杰作"，是"宇宙的精华，万物的灵长"的经典名言，在相当程度上构造了人与自然的相互关系中一种主宰与被主宰、掠夺与被掠夺的基本格局。这种不平等关系的种种弊端越来越清晰地暴露出来。由于人本主义的根深蒂固的影响，随着人类的发展进程，尤其在现代社会的经济开发和局部战争过程中，人与自然的关系不断恶化。所以，文学生态学以及生态批评这一批评观念的出现，对于我们建立新型的人与自然的关系具有极其重要的启迪意义。其理论意义在于引导我们重新认知自然，改变以人类为中心的人本主义思想，构造人与自然的平等的、相互依存的新型关系。

（二）文学生态学与生态批评的内涵

那么，这轰轰烈烈的文学生态学的内涵究竟是什么呢？切里尔·格洛特费尔蒂（Cheryll Glotfelty）对此作出了一般的定义："文学生态学主要研究文学与生态环境之间的相互关系。"[1] 威廉·洛克也声称他要"力图发现文学中的生态因素，或者通过生态学概念在文学阅读、教学和创作中的运用来创建生态诗学"。[2] 正如女性主义批评是从性别意识的视野来检验语言和文学，马克思主义批评是把一种对生产模式和经济阶层的领悟带入文本解读一样，生态批评强调在文学研究中关注人类的地球，认为在环境危机的时代文学及文学批评的任务是要保护人类的家园，保护环境。威廉·霍华斯（William Howarth）在《生态批评的诸种原则》（"Some Principles of Ecocriticism"）一文中甚至从词源的角度认为："生态"（eco）和"批评"（critic）都源自希腊语 oikos 和 kritis。将两个字串在一起，意思

---

[1] Cheryll Glotfelty and Harold Flomm eds., *The Ecocriticism Reader*, *Landmarks in Literary Ecology*, Athens and London: The University of Georgia Press, 1996, p. xviii.

[2] William Rueckert, "Literature and Ecology: An Experiment in Ecocriticism", *Iowa Review*, 9.1 (Winter 1978), p. 72.

便是"家园的评判者",① 从而说明了生态批评的使命。

生态批评学者认为 20 世纪的文学过多地关注了人种、阶级、性别,让这些属性成了 20 世纪(尤其是 20 世纪后期)相当时间内的热门课题,但人们似乎忽略了地球生命所处的环境危机,以及整个生命支撑体系所面临的严峻的考验。既然文学即人学,那么,作为文学中的生态批评,就是要有参与意识,认识到这一环境危机的严重性。

因此,生态批评所关注的内容相当广泛,譬如,除了种族、阶级、性别以外,场所等生态因素能否成为一个新的批评的范畴?环境条件与精神健康之间应该具有什么样的关联?环境危机以什么样的方式和什么样的效果进入当代文学和通俗文化的视野之中?还有,文学研究应该以什么样的方式来影响人类与自然世界的关系的发展及其嬗变?在文学研究中,究竟怎样借鉴生态科学的方法和成果?——所有这些,都是生态批评面对的问题。

西方生态批评探究的范围是相当广泛的。如劳伦斯·库泊主编的《绿色研究读本》② 由 6 个部分组成,勾勒了从浪漫主义、现代主义到当代生态学批评的全景图;弗洛姆等主编的《生态批评读本》(1996)则强调生态批评的开放性,从"对自然与文化的反思"等 3 个方面汇集了该学科研究的重要论文;贝克的《绿色的回声》③,主要是研究浪漫主义等对以自然为主题的作家的环境保护意识;吉弗德的《绿色的声音》④ 重点研究当代诗歌中的自然主题;莎玛的《垮掉派的生态学与东方哲学》⑤ 主要研究佛教以及禅宗等东方文化及哲学所追求的"天人合一"这一概念的生态学意义;塔尔玛治主编的《生态批评新论》(2000)以及阿姆布鲁斯特等主编的《生态批评探究》(2001)则力图进行新的融合,汇集了文学批评界和环境科学界学者的最新成果。

譬如,在人与赖以生存的地球之关系方面,威廉·霍华斯在《生态批评的诸种原则》一文中认为:在当代地理学中,大地形式的英语名称

---

① William Howarth, "Some Principles of Ecocriticism", See Cheryll Glotfelty and Harold Flomm eds., *The Ecocriticism Reader*, *Landmarks in Literary Ecology*, Athens and London: The University of Georgia Press, 1996, p.69.

② Laurence Coupe, *The Green Studies Reader: From Romanticism to Ecocriticism*, New York: Routledge, 2000.

③ Carlos Baker, *The Echoing Green*, 1984.

④ Terry Gifford, *Green Voice*, *Understanding Contemporary Nature Poetry*, 1995.

⑤ B. D. Sharma, *Ecology and Oriental Philosophies in the Beats*, 2000.

经常与人体的名称或人类的日常生活用品相一致。① 也许，人体（如：foot, head, vein, arm, mouth）以及人类服饰（如：cap, mantle, belt, girdle）的名称与地理名词的高度一致性是对人类与地球关系以及文学生态学概念的最中肯的诠释。

（三）生态批评与传统批评的比较

文学生态学和生态批评的意义只有在与别的批评方法进行一定的比较分析时，才能够充分体现出来。同时，生态批评的特征也只有通过与传统批评的比较，才能够显示出其特有的价值。

首先，与传统文学批评中的"环境""背景""场景"的比较，尤其是与现实主义文学批评相比较，两者有着不同的侧重。在现实主义文学批评中，所特别强调的是"典型环境中的典型人物"，包括自然环境在内的场景和环境都是为人物的性格的展现而服务的。所强调的是人物活动的环境，或者说，环境是以人的生存活动为中心。

而生态批评则是强调人与自然环境的互相依存的关系，是从人本主义向生存环境的转换，人与自然环境的生态关联被视为人的生存所面临的一个终极问题，人物不应是人类生存活动的中心，而只是一个组成要素，与自然环境相辅相成，共同构成适应生存活动的生态体系。譬如，从生态批评的角度来看，英国哈代的小说、诗歌以及史诗剧的创作中时常出现的"埃格敦荒原"，这不是一般意义上的人物活动的场景，而是具有自身的独立的意蕴。通过对于"埃格敦荒原"的研读，我们可以看出哈代对自然的真挚的关爱，以及他对于人与自然之间的相互关系所作出的有意义的探索。哈代酷爱荒原的一个最基本的原因，也是在于荒原所具有的未被人类文明践踏、适于理想回归的"原始性"。

其次，与心理分析理论相比较，生态批评的视野也有着一些理应引起关注的方面。在一些生态批评学者看来，心理学早就在自己的关于人的心灵的理论中忽略了自然。不过，也有少数几个当代的心理学家显然意识到了这一忽略，因而开始探索环境条件与精神健康之间的关系。有些学者甚至一针见血地指出：现代人与自然的疏远是我们社会和心理疾病的基础。正因如此，生态批评也特别关注自然以及自然意象的独特的"性情"。

最后，生态批评在文本分析等方面，有一定的现实的理论意义和实践

---

① William Howarth, "Some Principles of Ecocriticism", See Cheryll Glotfelty and Harold Fromm eds., *The Ecocriticism Reader*, *Landmarks in Literary Ecology*, Athens and London: The University of Georgia Press, 1996, p. 75.

意义。就生态学意义的探究而言，从欧美诗歌中，我们可以感知，许多诗人一直在不倦地追求自然意象与人类灵魂的契合，以及对非人类的生命形式和物质环境的关注。而且，东方的天人合一、物我合一等思想，无疑对一些诗人的自然观念的形成起了重要作用。例如，爱默生学说体系中关于"超灵"的思想，以及因"超灵"的存在，大自然与人类，人与上帝得以融为一体等"万物一统"的思想，即是在受到了孔子的思想的影响下形成的。

再如，我们通过对欧美诗歌自然诗篇的动植物意象、鸟的意象等自然意象使用方面的考证性的分析研究，以及对劳伦斯的《鸟·兽·花》、休斯的《乌鸦》、惠特曼的《草叶集》、艾略特的《荒原》等重要诗集的解读，可以发现自然意象中所体现的作家生命意识等哲理思想以及生态意义上的追求。还有，从生态批评的角度，我们在英国诗歌史上最善于描写动植物意象的布莱克、劳伦斯、休斯等诗人的笔下，可以发现动物有情，植物有智。这些诗人力图通过动植物意象来探寻人类与自然的血性联系，发掘这些意象的充满神秘的力与美，运用动植物意象的寓意性象征来表现自己的哲学观点，并以动植物世界对立面的相互依存和相互转换来反映真实的人世间的纷争和人类世界的复杂情境。

尽管探究范围广阔，分析层次各异，各种生态批评也共享着一个基本的前提：人类文化与物质世界相连，影响着它，也被它影响着。生态批评将自然与文化之间的内在关系看成是自身的课题，特别是语言和文学的文化现象。主张生态批评的学者常常探究文学作品中大自然的呈现以及作品情节中物质背景所发挥的作用等现象。

生态批评能够进一步将自己与其他批评方法区分开来。在大多数文学理论中，"世界"常常是社会或社会范畴的同义词。生态批评则扩展了"世界"的概念，包含了整个生态层。因为文学并不能以某种感官上的缥缈来漂浮在物质世界之上，相反，是在能量、物质、思想相互作用的庞杂的地球体系中起着作用和关联。或许正是这种关联，是文学生态学得以产生和发展的基础。也正是这种关联，使人类固有的传统的人文主义的世界观及其内涵正在发生着悄然的变更和拓展。

第二部分

英国旅行文学研究

张德明 著

英国旅行文学与现代"情感结构"的形成

在《马克思主义与文学》(*Marxism and Literature*)一书中,当代英国马克思文化理论家雷蒙·威廉斯(Raymond Williams)对传统的西方文化研究模式提出了质疑和批评。他指出,在大多数描述和分析模式中,文化与社会是在一种"习惯的过去时态"(habitual past tense)中得到表现的,许多关系、体制和结构被这种模式转换成一个已经成形的整体,而不是正在形成和发展的过程。于是,分析就集中于这些已经完成的产品(finished products),而活生生的当下按其定义则隐退到了幕后[①]。

为了克服这种重结果而不重过程、重整体而不重局部、重社会而不重个人的弊病,威廉斯提出了一种补救措施,那就是以流动的"情感结构"(structures of feeling)来取代明确而抽象,但很可能是僵死的"世界观"或"意识形态"之类固定的术语和分析模式。威廉斯将"情感结构"定义为变动不居的社会经验(social experiences in solution),有别于其他已经被沉淀且更明显和更直接的现成的社会语义结构[②]。隐匿在"情感结构"中的是活生生的、紧张不安的、尚未成形、尚未露面的"感受中的思想"和"思想中的情感"。唯其如此,我们不能用"习惯的过去时态"将其简化为一个已经形成的整体,而应该描述那些"正在被体验和感受的、与正规的或系统的信仰之间存在着不确定关系的意义与价值"[③]的东西,才有可能还原真实的历史。

笔者认为,威廉斯的"情感结构说"为我们深入理解18世纪英国旅行文学与社会文化的互动关系提供了一种新的视野和研究路径。启蒙时代的英国正处在贵族精英与中产阶级同时并存、海外冒险与殖民开拓齐头并

---

① 转引自 P. Hulme & T. Youngs (eds.), *The Cambridge Companion to Travel Writing*, Cambridge: Cambridge University Press, 2002, p. 41。
② R. Williams, *Marxism and Literature*, New York: Oxford University Press Inc., 1977.
③ R. Williams, *Marxism and Literature*, New York: Oxford University Press Inc., 1977.

进、大陆旅行与国内旅游互相促进的年代。产生于这一时期的旅行文学不但忠实记录了一个新兴的世界帝国与异域的"他者"交往的过程,而且也积极参与了启蒙时代英国的"情感结构"及其相关的美学观念的建构。本文着重通过对大陆旅行的研究,分析旅行文学对现代"情感结构"形成的影响。

一 大陆旅行与崇高体验

据西方学者的考证,大陆旅行(Continent tourism)作为一项英国的制度(an English institution)可追溯到17世纪。欧洲大陆的旅行(the Grand Tour of Europe)作为年轻的贵族子弟完成其教育的一项,起源于都铎王朝时代(the Tudors)。早在亨利八世执政期间,当时的外交官托马斯·怀亚特(Thomas Wyatt)就从他的意大利之旅中带回一件新奇的纪念品:一种令人兴奋的新诗体,即十四行诗(sonnet)。1642年,詹姆斯·豪威尔(James Howell)出版了首部《外国旅行指南》(Instructions for Forreine Travel),被使用了好几年[1]。1670年,理查德·拉塞尔斯(Richard Lassels)在其《意大利航行》(The Voyage of Italy)一书中发明了Grand Tour一词(可译为"大旅行"或"大陆旅行"),用于指称英国人在法国和意大利的旅行[2]。从英国贵族设定的目标看,大陆旅行的目的是为了让本阶级中的年轻人融入欧洲上流社会,吸收古典传统文化的精华和营养,确定自己的文化精英身份。因此,它实际上是一种社会性的成人仪式,为这些年轻人在国内承担起命定的领导责任而作准备[3]。正如《大陆旅行》一书的作者托马斯·纽简特(Thomas Nugent)所说,大陆旅行旨在"以知识丰富心灵,矫正判断力,驱除教育的偏见,培养优雅的举止,一言以蔽之,造就一个完美的绅士"[4]。

但是,在实际的旅行中,旅行者的身份、动机、目标和兴趣都悄然发生了变化。随着中产阶级的兴起,大陆旅行也从贵族精英的文化特权演变为整个社会所追逐的时髦举动。年轻的贵族后代和富家子弟急切地踏上欧

---

[1] E. A. Bohls & I. Duncan (eds.), *Travel Writing, 1700 – 1830: An Anthology* (Oxford World's Classics), New York: Oxford University Press Inc., 2005.

[2] E. A. Bohls & I. Duncan (eds.), *Travel Writing, 1700 – 1830: An Anthology* (Oxford World's Classics), New York: Oxford University Press Inc., 2005.

[3] P. Hulme & T. Youngs (eds.), *The Cambridge Companion to Travel Writing*, Cambridge: Cambridge University Press, 2002.

[4] R. Williams, *Marxism and Literature*, New York: Oxford University Press Inc., 1977.

陆之旅，不光可以暂时脱离古板的家庭教师的束缚，享受自由自在的游荡之乐，还可以欣赏意大利歌剧和法国时装，结交社会名流，拜访豪门显贵，并在寻访黝黯的修道院和废弃的古堡的同时，观赏到阿尔卑斯山壮丽的自然风光。这样一来，大陆旅行就在已经成形的贵族社会体制、精英意识形态和古典美学理念中引入了一种新的"情感结构"，而对崇高的体验和感伤主义的追寻无疑是其中两个最主要的构成因素。

众所周知，作为美学概念的"崇高"一词出自公元1世纪古罗马作家朗吉努斯（Longinus）的美学著作《论崇高》（*On the Sublime*）。这部著作后来被人遗忘，直到1712年才被翻译成英语。古老的崇高概念之所以会引起18世纪英国人的浓厚兴趣，主要在于当时的社会文化为它提供了合适的土壤。方兴未艾的旅行热及相应的旅行文学的流行大大扩展了人们的地理—文化视野，丰富的情感体验急欲打破狭隘的古典美学理念，为自己找到新的、合适的语义形象。对于崇高这一美学概念，虽然各家各派的分析不尽相同，但所达成的共识是相当一致的，那就是"把一系列毫不相关的景致，依据它们雄壮、空旷或险峻的特征，归纳成同一类，并指出这些景致能引起共鸣，让人产生一种美好而善良的感受。景观的价值不再单纯依赖于古典的审美准则（比如颜色是否协调、线条是否匀称），或者经济或实用的考量，而在于它是否能引发崇高的感觉。在这个赋意的模式中，荒野、废墟和古堡是核心意象，为想象力的驰骋提供了空间"[1]。

1756年，年轻的英国哲学家博克（Edmund Burke）发表了他的美学著作《论崇高与美》（*A Philosophical Enquiry into the Origin of Our Ideas of the Sublime and the Beautiful*）。该书中提出了一系列重要的现代美学观念，挑战了古典美学体验的理性主义观点，突出了美与崇高这两种对立的经验，认为它们是潜藏于理性之下的互补形式。美学经验不是智力的判断（如比例或平衡），而是人类的本能。博克发现，美以优雅的曲线、柔和的轮廓诉诸男性的性欲，推动着种族繁衍后代；崇高则引发了"适度的恐惧"（agreeable of horror），满足了我们自我保存的冲动，并向我们提供了从安全的位置思索恐怖事物的战栗感（frisson）[2]。

事实上，博克崇高美学中的许多核心观念，如惊奇（the marvellous）、怪异（the monstrous）、崇高（the sublime）和丰富性（the luxuriant）等，

---

[1] P. K. Nayar, *English Writing and India*, 1600 – 1920 p. 52：*Colonizing Aesthetics*, London & New York：Routledge, 2008.

[2] 转引自 J. Vivies, *English Travel Narratives in the Eighteenth Century*, Surrey：Ashgate Publishing Limited, 2002, p. 74。

首先是在旅行文学中出现的。18世纪初，约瑟夫·艾迪生（Joseph Addison）在一篇为《旁观者》撰写的散文中写道：他站在"一片广阔郊野、荒芜的大沙漠、悬崖峭壁和浩瀚江河前面"，总会感觉到一种"美好的宁静和诧异"①。希尔德布兰·雅各布（Hildebrand Jacob）也在《崇高之观如何提升心灵》一文中列出能够引发这种珍奇感受的景致，包括平静无浪或汹涌澎湃的海洋以及落日、悬崖、洞窟和瑞士的高山②。在此文的影响下，旅人纷纷前去欧洲大陆探秘。墓园诗人汤姆斯·格雷（Thomas Gray）是当时几个有意识追求崇高景致的先锋之一。1739年，他到阿尔卑斯山远足，为它写下了许多诗句，赞美其提升心灵的魔力。在给他的朋友理查德·威斯特（Richard West）的信中，他这样写道：在登上大卡尔特修道院（Grand Chartreuse）的短途上，无须走上十步，就有令人感到叹为观止的地方。"这里没有悬崖峭壁、没有惊涛骇浪，却处处孕育着神圣而充满诗意的气息。某些景致会使无神论者因敬畏而产生信仰，而无须别的论证。"③ 同一年，著名的哥特体小说家贺拉斯·沃尔浦尔（Horace Walpole）对阿尔卑斯山西侧旅游胜地沙瓦（Savoy）作了描述，此外还有约翰·布朗（John Brown）对昆布兰湖区的凯斯维克（Keswick）的描述，以及撒缪尔·约翰逊博士（Dr. Samuel Johnson）对霍克斯顿（Hawkestone）的描述，所有这些描述都堪称18世纪文学中描述崇高地形景观的典范，其描述风景的形象和比喻在当时已经流行，可现成地适用于新的地域。

18世纪英国旅行文学中与"崇高"相关的另一个重要的美学词汇是picturesque（如画的、独特的）。据考证，picturesque一词最早出现在文艺复兴时期的意大利，意大利语为pittoresco，意为"以画家的方式"（after the manner of painters）。到18世纪，克劳德·洛兰（Claude Lorrain）和萨尔瓦多·罗莎（Salvator Rossa）将此风格进一步发展为"理想化"的意大利古典风景画。他们两人的创作分别代表了古典风景画中"崇高的"和"优美的"两种风格。18世纪后半叶，随着水彩风景画的兴起，英国

---

① J. Addison, "The Spectators", in A. Ashfield & P. de Bolla (eds.), *The Sublime: A Reader in British Eighteenth-Century Aesthetic Theory*, Cambridge: Cambridge University Press, 1996.

② H. Jacob, "How the Mind is Raised by the Sublime", in A. Ashfield & P. de Bolla (eds.), *The Sublime: A Reader in British Eighteenth-Century Aesthetic Theory*, Cambridge: Cambridge University Press, 1996.

③ E. A. Bohls & I. Duncan (eds.), *Travel Writing, 1700 – 1830: An Anthology* (Oxford World's Classics), New York: Oxford University Press Inc., 2005.

知识界开始用 picturesque 一词作为这两个对立概念之间的调停者，将相对柔和的英国风景推向阿尔卑斯山风景中令人心悸的瀑布和峭壁，使其具有了"诗情画意""风景如画""多姿多彩""多样化"等含义①。

18 世纪末，由于法国大革命的爆发和拿破仑战争的扩展，大陆旅行一度中断，"欧洲变得不可进入、不可理解，充满仇恨，而过时的大陆旅行（the old fashioned Grand Tour）则成为这个变化的牺牲品。旅游继续进行，但遵循了不同的方向"②。英国人不得不将旅行的热情转向本国较少受到文明"污染"的地区。处在大不列颠边缘的凯尔特（Celts）和苏格兰高地（Scottish Highlands），因其浪漫、粗犷、孤寂的自然之美以及众多的中世纪遗迹而成为旅行者的首选。但更吸引旅行者的是那些还说着古老的盖尔语的高地居民，他们天性高贵、热爱自由，千百年来一直过着与其祖先一样淳朴的生活，使现代社会中的文明居民对这些"自然之子"的崇敬之情和怀旧之感油然而生。1760 年，年轻的诗人詹姆斯·麦克菲森（James MacPherson）借助方兴未艾的高地旅行热，编辑出版了《古代诗歌碎片，收集于苏格兰高地，翻译自盖尔语或欧斯语》。尽管这是一个模仿—造假之作，但它复活了已被现代人遗忘的中古行吟诗人莪相（Osian）的崇高形象，在很长一段时间里，莪相的诗歌吸引了无数居住在非高地的英格兰读者，给他们提供了以新的方式看待和表述苏格兰风景的途径。利亚·利纳曼（Leah Leneman）曾指出这本书所带来的三重效果。首先，莪相的诗歌提供了一种看待荒野和孤独景观的新方式。其次，旅行者开始将风景与莪相的诗歌直接联系起来，涌进这位盲人行吟歌手以其想象力创造了无数英雄的地方。最后，这些诗歌哺育了启蒙主义关于"原始的"社会"高贵性"的观念，影响了法国大革命以后的一代高地人，使他们能够被接受和欣赏：围绕着他们生活的环境被说成对莪相时代的英雄有着深刻的影响，这些环境几个世纪来没有发生重大变化，因此，18 世纪的高地人还保持着他们高贵的祖先同样的品质③。18 世纪末 19 世纪初的英国旅游者将这些诗篇看作是具有历史和地理意义上可验证的事实。当他们在高地旅行时，他们追寻着诗篇中描写过的景致。同时，他们自己带着关于

---

① P. Hulme & T. Youngs（eds.），*The Cambridge Companion to Travel Writing*，Cambridge：Cambridge University Press，2002.

② B. Colbert，*Shelley's Eye：Travel Writing and Aesthetic Vision*，Surrey：Ashgate Publishing Limited，2005.

③ C. Hooper & T. Youngs（eds.），*Perspectives on Travel Writing*，Surrey：Ashgate Publishing Limited，2004.

我相诗中人物的想象拥进这个地方，以真正的我相般的热情对风景作出了反应①。于是，从粗犷的自然景观和中古民间文学中散发出来的崇高气息渐渐渗入了贵族精英古典的"情感结构"中。

除了欧洲大陆和苏格兰高地的旅行热，大量来自东方（尤其是印度）殖民地的目击者的描述也是形成并深化崇高美学理念的一个重要资料来源。最初与印度接触的英国人面对的是一种浩大、丰富、繁茂且无法归类的风景，殖民者普遍的情感体验是惊奇、敬畏、恐惧和嫌恶。按照纳亚尔（Pramod K. Nayar）的分析，英国的旅行者在与这个威胁性的、崇高的荒凉打交道时，经历了三个阶段：首先是面对来自这种景观时的自我保存阶段；其次是肯定阶段，旅行者试图在这种过度的空旷或荒凉上刻写某种意义，以减轻威胁；最后，旅行者通过自我肯定的行为，从孤独转向社会，从受威胁转到安全，进入"欣赏"阶段，恢复了旅行者与风景之间的平衡。最终，旅行者处在相对安全的状态或舒适的景观中②。在这个体验过程中，"帝国主义的崇高"（imperial sublime）发挥了积极的作用，它将殖民者面对无法控制的东方景观而产生的负面情绪，转化为一种"殖民的美学"（colonial aesthetics）③，满足了殖民者自我保存的冲动，并向他们提供了从安全的位置思索恐怖事物的战栗感。

二 感伤主义与移情能力

对崇高美的体验，对中古民风的怀旧式向往，以及对东方景观的殖民化体验，表明近代英国人的"情感结构"已经发生了微妙的变化，从贵族精英式的典雅、平衡、对称的古典美学理念逐渐演变为更具现代意义的，强调崇高、粗犷和原始的美学观念。这种新兴的美学观念说明现代性主体试图将自己内心中负面的力量投射到相应的自然客体中去，进而释放自己的本能欲望和紧张情绪。18 世纪后期，现代性主体逐渐将这种移情能力从自然客体转向了主体自身和同类，于是，社会文化中出现了感伤主义（sentimentalism）倾向。

据雷蒙·威廉斯在《关键词：文化与社会的词汇》一书中对"感伤

---

① C. Hooper & T. Youngs (eds.), *Perspectives on Travel Writing*, Surrey: Ashgate Publishing Limited, 2004.

② P. K. Nayar, *English Writing and India*, 1600–1920: *Colonizing Aesthetics*, London & New York: Routledge, 2008.

③ P. K. Nayar, *English Writing and India*, 1600–1920: *Colonizing Aesthetics*, London & New York: Routledge, 2008.

的"（sentimental）溯源，与该词最接近的词源是中古拉丁文 sentimentum，可追溯的最早词源为拉丁文 sentire，意指感觉（to feel）。按照他的考证，sentiment 在 14 世纪指的是身体的感觉，在 17 世纪指的是意见和情感。在 18 世纪中叶，sentimental 是一个普遍通用的词。"这个在上流社会广为流行的词'sentimental'（多情的；情感上的）……从这个词可以了解到任何愉快、巧妙的事情。当我听到下列的话，我经常会感到惊讶：这是一个 sentimental 的人；我们是一伙 sentimental 的人；我做了一个 sentimental 的散步。"① 此处 sentimental 的意涵与 sensibility 的意涵关系密切，指的是情感上率真的感受，同时也指有意识的情感发泄。后者的意涵使 sentimental 这个词备受批评，并且在 19 世纪被随意地使用。如："那一种粉红色的烟雾，里面包含多愁善感（sentimentalism）、博爱与道德上的趣事。"（卡莱尔，1837）② 许多道德或激进的意涵（与意图及效果有关）亦被用来描述情感（sentimental）的自我表现。在骚塞（Robert Southey）的保守阶段，他将 sensibility 与 sentimental 结合在一起："这些感情用事的阶级（sentimental classes）指的是具有热烈的或病态情感的人"③，这个怨言是针对情感"过剩"（too much）和"放纵情感"（indulge their emotions）的人。这个论点使 sentimental 变成一个固定的贬义词，并且完全决定了 sentimentality 之意涵④。

　　按照一些国内学者的观点，感伤主义或善感性倾向的出现"是更长期更全面的社会转型的一个方面"⑤。"18 世纪初，上层中产阶级进入了统治阶级行列并与贵族联起手来。这些大商人和金融巨头多半是克伦威尔清教共和国公民的后代。他们在获取了巨大财富之后开始追求过去只有贵族阶级垄断的典雅文化，接受了古典文学的价值观，同贵族汇成一体并逐渐也变得保守起来。"⑥ 从社会学的角度看，敏锐的感觉和细腻的情感原

---

① ［英］雷蒙·威廉斯：《关键词：文化与社会的词汇》，刘建基译，生活·读书·新知三联书店 2005 年版，第 430 页。
② P. Hulme & T. Youngs (eds.), *The Cambridge Companion to Travel Writing*, Cambridge: Cambridge University Press, 2002.
③ P. K. Nayar, *English Writing and India, 1600–1920: Colonizing Aesthetics*, London & New York: Routledge, 2008.
④ ［英］雷蒙·威廉斯：《关键词：文化与社会的词汇》，刘建基译，生活·读书·新知三联书店 2005 年版，第 431 页。
⑤ 黄梅：《推敲"自我"：小说在 18 世纪的英国》，生活·读书·新知三联书店 2003 年版，第 313 页。
⑥ 吴景荣、刘意青：《十八世纪英国文学史》，外语教学与研究出版社 2000 年版，第 8 页。

本是闲暇中的贵族上流社会人士的特权，迫于生计的平民百姓自然无意于浪漫的爱情，开口眼泪闭口羞红。随着中产阶级社会地位的上升和阶级意识的形成，情感主义美德成为"阶级权力再分配中的一种自觉的文化武器，是某些社会群体和个人谋求更高社会地位、争取更大社会影响的方式"①。不论在虚构作品中还是在当时的实际生活中，展示自身的"善感性"都明显是一种自我关注、自我赞美、自我提升的行为，而且很有成效。对个人感情的强调和尊重甚至导致了家庭形态的调整，使家长制大家庭渐渐向核心家庭过渡，女性的位置也日渐突出②。

从思想渊源分析，情感主义又是18世纪英国人对强调理性至上的现代文明社会有意识作出的一种回应、批评或矫正。情感主义思潮可溯源到复辟时代的国教会派宽容派（latitudinarian）和剑桥柏拉图学派（Cambridge Platonists）③，影响深远的苏格兰学派（Scottish school）的思想中也包含显著的情感主义成分。休谟的《人性论》问世的时间与理查逊的小说《帕梅拉》相差无几，其副标题为："把实验性推理方法导入道德话题的尝试。"休谟一方面用"科学"的理性方式条分缕析地讨论人的情感和爱憎，另一方面又认为作为人类社会基石的道德根植于人的直接感受和情愫，不能从理性或推理中产出，强调人的知觉、想象和情感的作用④。

从18世纪60年代起，感伤和敏感开始在旅行文学中宣告自己的存在。1766年，著名作家托比亚斯·斯摩莱特（Tobias Smollett）以自己的实地旅行为本，写下一部经典的旅行记《法国与意大利游记》，记述了他对当地人物性格、风土人情、宗教、政府和商业的观察。此书影响了劳伦斯·斯特恩（Lawrence Sterne）于两年后写下的一部戏仿性的旅行记《感伤旅行》（*A Sentimental Journey through France and Italy*，一译《多情客游记》）。虽然此书因作家的早逝而未完成，但学界普遍认为，这是一本新型的旅行文学书，作者在书中集中关注了旅行对他本人的影响⑤。按照当

---

① 黄梅：《推敲"自我"：小说在18世纪的英国》，生活·读书·新知三联书店2003年版，第317页。
② 黄梅：《推敲"自我"：小说在18世纪的英国》，生活·读书·新知三联书店2003年版，第318页。
③ 黄梅：《推敲"自我"：小说在18世纪的英国》，生活·读书·新知三联书店2003年版，第314页。
④ 黄梅：《推敲"自我"：小说在18世纪的英国》，生活·读书·新知三联书店2003年版，第315页。
⑤ A. Amoia & B. L. Knapp, *Multicultural Writers from Antiquity to 1945: A Bio-Bibliographical Sourcebook*, Westport: Greenwood Press, 2002.

代美国小说史家亚当斯（Percy G. Adams）的说法，"斯特恩的《感伤旅行》如今被看做小说，而在18世纪它只是一部旅行书，受到了当时许多感伤的旅行记录的启发，包括在英国出版的德国的、法国的、西班牙的旅行文本"①。但结果是，它比所有它所借鉴过的旅行书更为出名，对后世文学的影响也更大。个中原因何在？

从"情感结构"角度出发考察《感伤旅行》，斯特恩的功绩在于将个人在旅行中情感的发展和微妙变化作为推动小说叙事的内驱力。在这部旅行小说中，情感不仅成为经验的基本单位，而且取代了历险，成为叙述的基本单位。除了每章作为篇名的地点（如"加莱""蒙特吕尔""凡尔赛"等）提醒读者这是一部旅行书之外，整个小说几乎没有涉及一般的旅行书必备的对旅行目的地的自然景观、风土人情等外在事实的描述，而将关注的重点集中在主体情感的微妙变化上。维吉尼亚·伍尔夫（Virginia Woolf）在1935年为这部作品所作的优美的序言中赞叹说："似乎没有一部作品能那样准确地恰好流进个人的大脑的皱褶，既表述它不断变化的情绪，又回应它最轻微的一时的奇思异想和一时冲动……他的确是在法国旅行，但那道路常常经过他自己的头脑，他主要的历险，不是碰上盗匪，攀登悬崖，而是他内心的情感的历险。"② 斯特恩这种"旧瓶装新酒"的做法符合威廉斯对"情感结构"的定义，说明这部旅行小说尚处在"已有的语义结构的边界上，具有许多前结构（pre-formation）的特征，直到在物质的实践中找到明确的表述，即新的语义形象"③。

小叙事的建构是《感伤旅行》最本质的特征。对尤利克这个感伤的叙述者—旅行者来说，除非激荡起他心灵的反应，否则外界发生的事件很难进入他的视野。相反，最微妙的内心颤动都能成为一件值得叙述的大事（"脉动"）。文本通过经验的小型化（miniaturization）而发挥功能，提升和强化了敏感性。而我们知道，注意"小"事和"对微小刺激作出精致反应"正是所谓sensibility即"善感性"的本质特征④。在《感伤旅行》中，所有那些以前的旅行文本所关注的对象（大教堂、战争、演说）消

---

① P. G. Adams, *Travel Literature and the Evolution of the Novel*, Lexington: The University Press of Kentucky, 1983.

② ［英］劳伦斯·斯特恩：《多情客游记》，石永礼译，人民文学出版社1990年版，第174—175页。

③ R. Williams, *Marxism and Literature*, New York: Oxford University Press Inc., 1977.

④ 黄梅：《推敲"自我"：小说在18世纪的英国》，生活·读书·新知三联书店2003年版，第302页。

失了，作者关注的是小的、琐碎的事物，转瞬即逝的姿势、话语或片段。定语已经说明了一切，尤利克的旅行是"感伤的"，理解这个文本的关键无疑在于理解这个词语。在斯特恩眼中，小东西常常显得比大东西还大。他从一个德国游客与一头死驴的喃喃对话中，看到了人间的真情和仁慈；从一个理发师提到假发的发卷的谈话中，而不是从法国政治家的夸夸其谈中，了解了法国人的性格；以几枚硬币作比方，就对英法两国民族性的差异作出了精辟的概括和比较。一只手套、一个鼻烟壶，都能引发他对人性的思考和自我情感的体验。在法国一家小客店里，主人公听到一个哀婉动人的声音，以为那是一个孩子的声音，结果抬头一看，"原来是小笼子里的一只欧椋鸟被吊在那里。——'我出不去！——我出不去！'欧椋鸟说道"①。

这种对小事物的关注和对微妙情感变化的记录也能在当时的哲学中找到对应的例子，说明启蒙时代"情感结构"的形成和变化是全方位、多向度的。哲学家约翰·洛克（John Locke）曾观察到，人具有比最精微的显微镜强大千百倍的视觉，生活在一个不同于别人的世界中：

> 如果我们的五官中最有教益的视觉，比如今最好的显微镜要精妙千百倍……那么他就能更切近地发现物质的最微妙的构成和运动……不过，这样一来他就拥有一个不同于他人的世界；对他来说没有什么东西是一样的，别人也是如此。②

移情能力和善感主义是现代性主体"情感结构"形成的标志。正如彼得·伯克（Peter Burke）指出的："新型的男人或女人的特征是具有高度的移情能力（即他们的各种替代性经历导致的结果），乐于接受变化，乐意从一地迁移到另一地，乐意对社会发表自己的观点。这个特征，一言以蔽之，就是'现代性'。"③

---

① [英]劳伦斯·斯特恩：《多情客游记》，石永礼译，人民文学出版社1990年版，第95页。
② E. Burke, "A Philosophical Enquiry into the Origin of Our Ideas of the Sublime and the Beautiful", in A. Ashfield & P. de Bolla (eds.), *The Sublime: A Reader in British Eighteenth-Century Aesthetic Theory*, Cambridge: Cambridge University Press, 1996.
③ [英]彼得·伯克：《欧洲近代早期的大众文化》，杨豫、王海良等译，上海人民出版社2005年版，第310页。

三 现代性主体的情感结构

无论是崇高观念的出现，还是感伤主义的流行，都说明了一点，在旅行文学的影响下，18世纪英国社会文化中的"情感结构"正在发生一种更具有现代意义的变化。而这种"情感结构"反过来又促进了18世纪末和19世纪初旅行文学中崇高美学和感伤情调的进一步发展。当代美国学者玛丽·路易斯·普拉特（Mary Louise Pratt）在《帝国主义的眼睛》一书中指出，感伤的旅行写作引出了一种古老的、可称之为幸存文学的传统，由第一人称叙述的有关海难、幸存者、哗变、抛弃（特别的岛屿版本）和被俘的故事①。作者分析了18世纪苏格兰探险家蒙戈·帕克（Mungo Park）的《非洲内陆地区旅行记》，指出在帕克的旅行记中，有一段写的是他陷入最深的危机的时刻，在充满敌意的国度，一伙强盗抢劫了他，他奄奄一息待在荒野等死。他发现自己"赤身裸体，孤独无援，周围全是野兽和更野蛮的野人"。帕克承认，"我的灵魂开始背弃我"，是博物学家的幻象拯救了他：

> 正当我痛苦思索的时候，一小片奇特美丽的苔藓突然出现在我眼前。我提到这个是为了说明，心灵有时在微不足道的小事上也能引出安慰；尽管这植物整个算起来不及我的一个指尖大，但我不得不怀着赞叹的心情，思索它的根、叶、荚的构造之精巧。我想，那个造物主尚且会在这个世界看不见的地方，给如此卑微的小生命栽培、浇水，并使之完美，难道他会对那些按照他自己的形象创造出来的存在物遭受的痛苦无动于衷吗？肯定不会。②

在这段旅行记中，感伤主义的倾向是显而易见的，正如普拉特所分析的，一个敏感的人在他需要的时间里，通过科学的语言，发现了另类的精神理解，将自然视为神性的形象。由结果实的苔藓带来的灵光一闪（epiphany）是一个超验的时刻，不是因为帕克幸存下来了，而是因为他最终失去了一切。他不再由欧洲商业社会来定义，他已经成了他的读者们可能一直以来就渴望相信的具有生存能力和权威性的生物，一个赤裸的、本

---

① M. L. Pratt, *Imperial Eyes: Travel Writing and Transculturation*, London & New York: Routledge, 2008.

② M. L. Pratt, *Imperial Eyes: Travel Writing and Transculturation*, London & New York: Routledge, 2008.

真的、具有内在力量的白种人①。

差不多在蒙戈·帕克的非洲游记出版的同时,哥特体小说家安妮·雷德克利夫(Ann Radcliffe)写下了她的《1794年夏荷兰和德国西部边界游记》。这部文学性极强的游记中有如下一段写景文字:

> 从[莱茵]河远眺,科隆(Cologne)似乎显得更加古老庄严。码头沿岸伸展,高耸的堡垒,掩映在古老的栗树丛中,在无数长满苔藓的塔楼的簇拥下,显出岁月的沧桑;古老的城门面对莱茵河开放,无数的尖塔超拔于万物之上,给它带来一种庄严如画的品质。尽管如今整个城市已经熙熙攘攘,但河岸之外还是一片沉寂,几乎被人遗弃;哨兵们把守着城门,从城堡内注视着外面,城楼下有几个妇女,踽踽而行,其所裹着的修女头巾,看上去是那么的忧郁,仿佛全被科隆的岁月磨损了,她们几乎是唯一能够看到的人影。②

在上引不长的文字中,女作家大量运用了诸如"古老的威严"(ancient majesty)、"庄严的"(venerable)、"如画的"(picturesque)、"沉寂的"(silent)、"被遗弃的"(deserted)、"忧郁的"(melancholy)等词,试图将崇高、感伤、怀旧和沉思融于一体。

上述两段旅行记分别出自一位自然科学家和一位职业作家之手,但其风格却具有惊人的相似性,这就是重心灵轻物质、重情感轻理性、重个体感觉轻群体感受,作者都试图最大限度地通过敏锐的观察和感伤的抒写,将自己在旅行中被激发的情感投射到自然客体上,以引发那些乐于体验崇高、欣赏感伤情调的同时代人的共鸣。

上述种种迹象表明,在旅行文学的影响下,历经近一个世纪的发展,18世纪英国人的"情感结构"已经发生了微妙的、深刻的、具有决定性的变化:从注重平衡对称的古典美学理念转而强调崇高和宏伟的情感体验,从理性至上的态度转而注重感伤主义和情感主义。表面看来,崇高和感伤似乎是美学体验的两极,前者关注宏伟的客体,后者专注微小的事物。但从"情感结构"的形成来看,它们是一体之两面。因为无论是对崇高的自然景观的观赏,还是对微妙的内心情感的体验,都要求主体全身

---

① M. L. Pratt, *Imperial Eyes: Travel Writing and Transculturation*, London & New York: Routledge, 2008.

② E. A. Bohls & I. Duncan (eds.), *Travel Writing, 1700–1830: An Anthology* (Oxford World's Classics), New York: Oxford University Press Inc., 2005.

心地沉浸于自我之中，区别只在于，前者是将客体作为自我的感光板，从对象中找到自我投射的影子；后者是将主体作为客体，即将另一个自我作为观察、描述和分析的对象。无论如何，这两者都有赖于旅行文学这种特殊的身体—话语实践为中介。持续不断的旅行刺激了文化感受力的复苏，激发了旅行主体的移情能力；借助移情能力而获得的"替代性经历"，使现代性的旅行主体更加深刻地认识了自己。通过时空的转换，旅行主体持续不断地躲避着固定的身份和定义，持续不断地发现自我和确认自我。"情感结构"中出现的这种重心灵、重情感、重自我的倾向，在此后的浪漫主义思潮中获得了进一步发展。

参考文献

[1] P. Hulme & T. Youngs（eds.），*The Cambridge Companion to Travel Writing*，Cambridge：Cambridge University Press，2002.

[2] P. Fussell（ed.），*The Norton Book of Travel*，New York & London：W. W. Norton & Company，1987.

[3] ［英］雷蒙·威廉斯：《关键词：文化与社会的词汇》，刘建基译，生活·读书·新知三联书店2005年版。

[4] J. Vivies，*English Travel Narratives in the Eighteenth Century*，Surrey：Ashgate Publishing Limited，2002.

英国旅行文学与小说话语的形成

自从福柯的知识社会学诞生以来,共时的话语分析代替了以往各种历时的、连续性分析模式,成为人文科学方法论转型的关键。按照福柯的说法,主体,人类的意识,需要创造连续的历史观念以建构它自身及其合法性。或者,如赛义德在《源始》(Beginnings)中所说,源始(beginning)的观念"是为了指示、澄清,或定义一个更后的时代、地方或行为而被设计出来的"。

当代美国学者列纳德·J. 戴维斯(Lennard J. Davis)指出,在有关小说起源或兴起的讨论中,"首要的和突出的观念是关于开端(threshold)的概念。这就是说,在什么历史起点上,叙述成了我们可以称之为小说的东西。在考察这样一种开端的概念时,我们实际上是在询问小说话语的界限是什么,并且试图看出其建立的历史时刻中的那些界限。换言之,我们是在询问什么是小说的基本构成因素,以及读者如何能够把某种特殊的写作行为确认为小说,而不是其他别的形式,如罗曼司、历史或故事之类"。

从共时的话语结构出发考察小说的源始,可以认为,小说只是编织在人类话语结构中的一种元素,是一系列杂糅的文本集合体,这些话语—文本在现代早期被统称为文学(literature)或话语(discourse),其中不仅包括我们现在称为小说与文学批评的话语,还包括一系列其他的非文学性文本,如国会法令、报纸、广告、印刷记录、传单、信件等,其中最为重要的是旅行故事、传奇(罗曼司)、宗教布道文和新闻写作等。

在上述几种主要的叙事话语中,有一个共同的要素是不可忽视的,这就是旅行(travel)。所谓的旅行,最简单的定义是指人类的身体在空间中的移动,这种移动可以出于各种不同动机(宗教的、世俗的、经济的、战争的或纯粹愉悦的)。在大多数情况下,这些动机是互相交织在一起,难分彼此的。如传奇,既是宗教性的(传播基督教),又是战争性的(十字军圣战）；宗教布道文则往往借用旅行的叙事模式，暗示或隐喻人类必须经过长途跋涉，历经一番艰苦的考验和抉择，最终才能进入神秘的幸福境界。而所谓的新闻也是如此。在交通不便、信息不畅的时代，只有那些具有足够的财力和能力、经常出门旅行、见多识广的人才有可能将远方异域发生的事情记述下来，让自己的同胞或老乡分享。按照伊丽莎白·A. 波尔（Elizabeth A. Bohls）和伊兰·邓肯（Ian Duncan）的说法，旅行写作与小说在许多方面有重叠之处。旅行写作的流行在小说之前。两种文体共有的一个特征是主题（thematic）：早期的小说像旅行写作一样，是对不同社会和人性的多样性进行严肃的文化思考的结果。从形式上看，小说和旅行书籍都具有很大的灵活性（flexibility）。两者"结构都比较松散，具有几乎无限扩展的能力，对于各种不同的方向和速度具有敏感性"。这样，旅行就成为把所有这些涉及了"小说"与"新闻"，"事实"与"虚构"等复杂的话语类型联系起来的一个纽带。分析这些话语内部相互缠绕和纠结的语义演变，将使我们更清楚地看出旅行文学与小说话语之间复杂的互动关系。

一 小说与新闻：事实与虚构

从词源来看，众所周知，英语中的小说（novel）一词来自西班牙语 novela，它既指新闻中谈到的事情（journalistic referent），也可指故事（tale）或短篇小说（short story）。据牛津英语词典，"novel"一词的后一层意思是1566年进入英国的。当时 news 一词的涵盖范围极为广泛。"小说"与"新闻"（news）的词义基本对等，两者之间只有细微的区别。作为形容词，novel 和 news 也是可以互换的，只不过 novel 及其派生词 novelty 更多强调了带有惊奇感（marvellous）的"新"（或可翻译为"新奇"）。作为名词，novel 一般指来自远方异域的消息，而 news 往往指本地发生的即时消息；不过，news 有时也被用于描述国外的战争和重大事件的书籍，如《安特卫普新闻》就是一本从1580年开始创办的新闻书（newsbook）。与 novel 相关的还有一个法文词，即 novella（中篇小说）。戴维斯指出，重要的是，新闻/小说（news/novel）话语似乎与我们所谓的事实（fact）和虚构（fiction）之间没有什么区别。也就是说，虚构的故事似乎很容易被认为是新闻，例如海上战斗或国外战争之类的记录。当代英国文化批评家雷蒙·威廉斯在其影响广泛的《关键词：社会与文化的词汇》一书中对小说一词作了历史的回顾之后总结说，从该词的众多意涵来看，小说家（novelists）的意思依序为创新者（17世纪）、爱传播新闻的人（18世纪）

第二部分　英国旅行文学研究

及散文体小说作家（18 世纪）。①

按照保拉·R. 贝克席德（Paula R. Backscheider）和凯瑟琳·英格拉西亚（Catherine Ingrassia）两位学者的说法，直到 18 世纪中叶，"小说"甚至还不是一种被认可和被编码的文类（a recognized and codified genre）。"小说"这个概念并未停留在英国文化内，其范围和影响始终是欧洲性的，以至是全球性的。18 世纪初，广泛存在于同时代话语中的是诸如"原创"（original）故事、间谍故事，或"第三人称"叙述（"it" narrative），以及新奇的虚构。这种文类开始起步时是不稳定的、偶然的，就像一位批评家所说，它是"一种完美的杂交"（a perfect creole）。② 约翰·理查蒂（John Richetti）这样提到小说："那个我们称之为小说的变化不定的范畴。"克利夫·帕罗宾（Clive Probyn）在他关于小说的著作中开宗名义，将其定名为"不稳定的文类"（the unstable genre），认为小说形式的历史与其笔下的主人公形成一种奇妙的对应：

> 作为一个社会事件，我们可以说，小说，正如其笔下的男女主人公那样，是以弃儿的身份开始其生活的，它从一个杂种，变成一个被抛弃的局外人，之后成为一个暴发户，直到我们这个时代才最终取代了所有其他的文学类型。③

彼得·休姆认为，很难找到比这个更简明的对旅行叙事的描述了。④ 由此，小说与流浪汉或弃儿的冒险、旅行就联系起来了。

与"小说/新闻"相联系的是有关"事实/虚构"的概念。据朱莉亚·舒勒克（Julia Schleck）考证，现代认识论意义上的"事实"概念在现代早期尚不存在，"事实"这个词语在 16—17 世纪的文本中的确经常出现，只是引起这个时期的学术著作普遍误解的一个事件。"事实"一词来自 faict，是中古法语动词 faire（意为"做"或"干"）的过去分词，在哈克路特（Richard Hakluy）的时代，一个"事实"就是一件已经完成的东

---

① ［英］雷蒙·威廉斯：《关键词：文化与社会的词汇》，刘建基译，生活·读书·新知三联书店 2005 年版，第 182—183 页。
② Paula, R., Backscheider and Catherine Ingrassia, A Companion to the Eighteenth-Century English Novel and Culture (Malden USA, Oxford UK: Blackwell Publishing House, 2005), p. 1.
③ Peter Hulme, The Cambridge Companion to Travel Writing (University of Essex and Cambridge University Press, 2002), p. 30.
④ Peter Hulme, The Cambridge Companion to Travel Writing (University of Essex and Cambridge University Press, 2002), p. 30.

西，一个已经完成的动作，一种已经实现的行为。这个词语最初是通过司法系统进入英语的，自从诺曼人入侵以来，这个系统的专用术语是法语。在16、17世纪之交，"事实"是法庭传唤证人的普通习语，被传唤者用来澄清过去行为的细节，或事实——在这种情况下是指犯罪行为，因此，陪审团可以根据涉及的真实发生的事实作出推断，即确凿无疑的事实（the facts of the matter）。因此，现代早期的"事实"，是指一种引起高度争议的行为，在这个行为中，第一目击者的证词是该事件的最可信的证据，其次是第二或第三者的证词，最后才是有文字记录的证据。[1]

在虚构的文学尚未取得其合法地位之前，早期的小说家不得不就范于传统的话语模式，将自己的虚构之作假冒为实录文本。许多小说家在小说正文开始之前，总会先写一段序言，强调其创作的真实性与权威性。比如，英国第一位女性旅行小说家贝恩在其《奥鲁诺克》（Oroonoko: or the Royal Slave, A True History）开头就如此写道：

> 在给你们提供这个王奴的历史时，我不想用杜撰的英雄冒险故事来取悦读者，诗人或许会乐于让幻想来安排他的生活和命运；也不想用任何偶然事件来装扮它，只想如其本然地描述落在他头上的事情；真相自会现身于世，凭借其本身就具有合适的价值和自然的兴趣而受人欢迎；现实足以支持它，给它提供消遣，而无须添油加醋。[2]

这番夫子自道式的序言给我们提供了几点信息。第一，女作家竭力表明自己的创作不同于英雄冒险故事即罗曼司，可见在她生活的时代，这种叙事模式已经不大受人欢迎，传奇与小说的区别正在逐渐明确起来。当时的一位批评家威廉·康格瑞夫（William Congreve）在其1692年出版的《匿名者》（Incognita）中，直接在封面上标明这是一部"小说"，并对小说和传奇这两种话语类型作了大致区分，提出"传奇一般是描写贵族或英雄人物的坚贞的爱情和无比的勇气，运用高雅语言、奇妙故事和难以置信的行动来予以表现……小说则描写常人较易接受的人物，向我们表现生活中的争斗暗算，用新奇的故事取悦读者，但这些故事并非异常或罕见……

---

[1] Julia Schleck, "'Plain Broad Narratives of Substantial Facts': Credibility, Narrative, and Hakluyt's Principal Navigations", *Renaissance Quarterly*, 59.3 (Fall 2006), p. 768.

[2] Aphra Behn, Oroonoko: or, the Royal Slave, *A True History*, ed. by Lore Metzger (New York & London: W. W. Norton & Company, 1973), p. 1.

传奇让我们多感惊异,小说则给我们更多快乐"。①

第二,传奇是允许虚构的,但贝恩则声称自己的作品是实录。而据说她确实也去过英国在南美的殖民地苏里南。书中提供了不少非亲临现场者无法提供的第一手资料,包括对当地的自然环境、动植物分布、珍禽异兽,以及风土人情的描述。尽管如此,在现代小说史家的心目中,《奥鲁诺克》是一部早期小说而不是旅行记。由此可见,虚构的话语在当时还没有地位,小说只能借助于真实性,或打着真实性的旗号才能生存。

引人注目的是,贝恩还给她的小说起了个副标题,"一段真实的历史",或"一段信史"(a true history),强调了它的非虚构性。上述情况不是偶然的个案,而是相当普遍的现象,据当代美国小说史家帕西·G. 亚当斯(Percy G. Adams)的考证,近代早期出现的小说标题大都冠以如下名称,"关于某某的历史"(the history of...),"关于某某的生平"(the life of...),"关于某某的传奇"(the romance of...),"关于某某的史诗"(the epic of...),等等。② 这些标题词语说明,早期的小说作者竭力突出其话语的真实性,以迎合读者的阅读期待。因为,哪怕是虚构的真实性(fictional facts)也比真实的虚构性(factual fiction)更具有权威性,而权威性即是话语能否被读者接受,能否发挥其最大作用的关键。在虚构话语尚未建立其权威性的时候,小说家不得不暂时"韬光养晦",躲藏在旅行话语或新闻话语的背后来掩盖自己的真正的创作动机,于是,纪实性的旅行话语就与虚构性的小说话语混淆在一起,成为后者的"前结构"。

二 前结构:制造/打破逼真的幻觉

"前结构"(pre-structure)这个术语是列纳德·J. 戴维斯提出的,在他看来,读者的阅读期待非常重要,阅读期待即他们认为叙述应该是什么样的,在这种叙述中他们想得到什么,等等。在一本小说出现时,这种期待,这种完整性决定了一个作品的结构。我们可以把这种期待理解为一种概念上的灵氛(aura),一种表述的语境,这种语境围绕着书本,形成作品的"前结构"。这个术语是指这种表述的语境实际上就像情节、人物、发展等,是作品的组成部分。为了说明这一点,戴维斯比较了两位近代欧洲小说的创始人——笛福和塞万提斯——与其文本联系的方式。塞万提斯

---

① 转引自申丹、韩加明、王丽亚《英美小说叙事理论研究》,北京大学出版社 2005 年版,第 13—14 页。

② Peter Hulme, *The Cambridge Companion to Travel Writing* (University of Essex and Cambridge University Press, 2002), p. 30.

宣称，他的作品纯粹是他头脑的产物；笛福则否认其作品的虚构性，宣称自己只是偶然偷听到或发现了故事，把它记录下来，有时他承认是别人提供了现成的故事，自己只不过是个编者而已。对此，戴维斯指出，笛福实际上是通过否认自己与作品的联系，让自己"退出了中心的、创造性的地位。这种否认行为将叙述的重心转到主人公，转到文本的权威性，转到逼真的人类生活本身。这样一种转向，以及由于作者退出而产生的距离感，正是小说的独特性所在，而塞万提斯的方法更多属于传统的故事讲述经典"。

究其实质，笛福之所以竭力否认自己与作品的联系，是因为这个袜商出身的精明作家完全知道他的读者需要什么，期待什么。按照卡伦·R. 布鲁姆（Karen R. Bloom）的说法，18世纪的公众阅读关于陌生的土地（如非洲、印度和中东，以及南北美洲）的游记，其兴奋程度犹如20世纪的公众打探名人轶事一般。[①] 这一阅读期待背后，实际上反映了公众对逼真性的要求。因为人们相信，旅行文学是逼真的，是亲历者的叙述，而不是虚构捏造的产物。"笛福早年作为一个记者受到的训练与他后来作为一个小说家的生涯，以一种强烈的方式结合起来；他脚踩新闻/小说两条船，但每只脚都踩在一个不同的位置。他自己的生活中充满了伪装、撒谎、躲躲闪闪、捏造、欺骗和口是心非，这种怪癖奇事似乎必将把他置于有关叙述的真实性问题、有关框架和含混的问题、有关指意和可靠性问题的中心位置。"

正如丹纳所说，笛福是个地道的商人，但他经营的却是文字和思想，他有着商人的精明，知道一字一句表达着什么思想，每一思想又有着多重的分量，能值几个钱。[②] 正是出于迎合文化市场需求、以卖出更多复本为商业性目的，笛福给他的小说起了一个长长的标题：

> 约克水手鲁滨孙·克鲁梭奇异的冒险故事，记述他如何在海难中幸存下来，孤身一人漂流到美洲海岸，在靠近奥鲁诺克河口一个无人居住的荒岛上生活了28年，最后如何不可思议地被海盗所拯救。由他本人书写。

[①] Julia Schleck, "'Plain Broad Narratives of Substantial Facts': Credibility, Narrative, and Hakluyt's Principal Navigations", *Renaissance Quarterly*, 59.3 (Fall 2006), p. 768.

[②] 转引自 [南非] J. M. 库切《异乡人的国度》，汪洪章译，浙江文艺出版社2010年版，第31页。

这个标题基本概括了全书的主要内容，而其关键词或卖点是"由他本人书写"，此人有名有姓，有出生地和职业，足以吸引读者的眼球。通过这个标题，笛福实际上已经为他的小说建立起一种逼真的幻觉，一种概念上的灵氛（aura），一种表述的语境，这种语境围绕着书本，形成作品的"前结构"，迎合了公众的需求和期待。这也是自文艺复兴以来旅行文学通行的做法。据亚当斯考证，当时出版的旅行文学标题往往很长，经常被现代的编辑和评论者缩简，但在他看来，它们"不仅反映了全书的实际内容，也反映了作者希望吸引预期中的读者的注意力，同时让自己的书进入流行传统的欲望"。① 光说旅行家的冒险是不够的。他还得给出他所去过的地方和人群的事实，最好是独一无二的，或许是令人惊叹的。比如，1550 年之后，几乎所有最流行的文艺复兴时代的旅行文学版本和译本，都突出了扉页上的标题，让读者从标题就可以获得关于不同的人群及其生活和思想，以及非洲和近东的动物生活的事实。例如，与莱瑞（Ralegh）一起到过南美的哈考特（Robert Harcourt）出版了一部旅行书，从他和他的出版商定的标题来看，与其说是行程叙述，不如说是一本促销用小册子——《一部圭亚那的航行记述。描述了这个国家的地形、环境、土地、省份和出产》（1613）。与小说一样，这种写法通常被称为"历史"。耶稣会教士阿科斯塔（Joseph Acosta）到南美旅行许多年，写了一本《印第安的自然史和道德史》（*A Historia natural y moral de las indias*，1590，英译本出版于 1604 年）。到了 17 世纪末，诸如此类的标题已经成为一种常规。18 世纪最流行的两部旅行文本，一本是弗雷泽尔（A. F. Frezier）撰写的关于南美的旅行记，另一本是笛福的三卷本《大不列颠本岛旅游大全》（*Tour Thro' the whole Island of Great Britain*，1724 – 1727），此书标题上作了同样的承诺，第一部提供"当地土著的天赋和体质……他们的风土和习俗；他们的自然史、矿物、出产……"；第二部的标题更长，宣称描述"这些人群的习俗、礼仪、语言……建立在实用性整体观察的基础上"。②

无疑，与笛福同时代的斯威夫特同样深谙读者的阅读期待，不过，他比他的同行看得更为透彻。在写作《格列佛游记》之前，他以严肃的态度研读了有关这方面的大量书籍，而不是道听途说某个冒险家的生平事迹。

---

① Peter Hulme, *The Cambridge Companion to Travel Writing* (University of Essex and Cambridge University Press, 2002), p. 30.

② Peter Hulme, *The Cambridge Companion to Travel Writing* (University of Essex and Cambridge University Press, 2002), p. 30.

据亚当斯考证，1697—1698年间，斯威夫特在坦布尔的图书馆中，曾编过一份他阅读过的书籍的清单，包括6本旅行书。在1722年与瓦内萨（Vanessa）的谈话中，他提到他愉快地阅读旅行文学作品；他自己的图书室里虽然只有两张地图，却收藏着大量的航海类著作。他可以在《格列佛游记》中戏弄那个子虚乌有的"表兄辛浦生"，但之前却阅读了大量的航海类书籍，包括威廉·丹皮尔、托马斯·赫伯特或列昂尼尔·沃弗写的冒险故事，积累了大量具有地方色彩的事实和形象运用于小说创作。[1]

在《格列佛游记》中，斯威夫特充分利用了他的阅读经验，将其转化为小说的"前结构"，制造出一种比笛福的《鲁滨孙漂流记》更加逼真的幻觉。首先，他在《格列佛游记》首版扉页上用了一个庄重的标题：

> 进入世界若干遥远国度的旅行，共分四部分，由莱缪尔·格列佛讲述，他起先是一个医生，后来在好几艘船上当过船长。

这个标题与《鲁滨孙漂流记》如出一辙，它以虚构的传记（fictional biography）制造出逼真的幻觉，宣称并且承诺了某种亲历性和逼真性。但比笛福更加高明的地方是，斯威夫特在小说正文开始之前，又特意虚构了两封与小说内容无关的信。在第一封信中，作者以格列佛船长的口气写信给他的子虚乌有的亲戚、出版商辛浦生，声称自己是在后者的说服下才同意出版这部游记的，但结果发现书稿的编排和印刷质量都非常糟糕，他发了一通牢骚后，随信附上一张勘误表。而在第二封信中，作者又以出版者理查·辛浦生的名义向读者介绍了他与格列佛船长的亲密关系（既是知心老友，又是母亲方面的亲戚），从而确保了书稿作者品格的忠实性，并通过对书稿的所谓"删节"，证明了书稿的真实性和可靠性。

在小说正文开始后，为了造成旅行的真实性假象，作家在每卷开头均提供一幅假地图，并详细标明了出航的时间、地点、风向、纬度、海岸线。不仅如此，他还不时在书中穿插一些题外话，对当时大量泛滥的虚构的游记展开猛烈抨击：

> 我认为我们的游记已经出版得太多了，没有什么特别的内容就不

---

[1] Peter Hulme, *The Cambridge Companion to Travel Writing* (University of Essex and Cambridge University Press, 2002), p. 30.

可能有任何成就。所以我经常怀疑有些作家为了贪图名利，或者为了博得无知读者的欢心，会把真实性丢在脑后。我的游记却不会像大多数游记那样，充满关于奇怪的草、木、鸟、兽，或者未开化的民族的野蛮风俗、偶像崇拜等华而不实的描写。我只写一般事实，而不记别的事情。①

最后，在小说的结尾（第 4 卷第 12 章），作家又跳出情节，直接对读者发了一段议论，再次强调了他的讲述的可靠性和真实性：

敬爱的读者，我已经把十六年又七个多月以来的旅行经历老老实实地讲给你听了。我着重叙述的是事实，并不十分讲究文采。我也许也可以像别人一样述说一些荒诞不经的故事使你吃惊，但我宁愿用最简单朴素的文笔把平凡的事实叙述出来，因为我写这本书主要是向你报道而不是供你消遣。②

通过上述一系列叙述技巧和修辞策略制造的逼真幻觉，斯威夫特成功地把读者引入了旅行文学的"前结构"框架中。他的"造假术"的成功，可用一个事实来说明。1726 年 11 月 8 日阿布特诺博士（Dr. Arbuthnot）在写给斯威夫特的一封信中说，当他把此书（《格列佛游记》）借给一位乡绅时，这位老先生竟立即打开自己家里的地图，查询小人国所在的方位。当然，现代版《格列佛游记》的编辑会在这部小说中发现诸多明显的地理常识错误，比如，第三卷中提到，格列佛在离开大人国后，被一艘路过的船救起，当时方位是东经 143°、北纬 44°，他被告知，他离开任何陆地起码都有 100 里格。可以推测，那只把他从大人国南端向南带走的老鹰是在北纬 50°左右的地方把他带走的。根据这个纬度，地球到北极的距离每一经度起码就要缩减 45 英里。诸如此类的错误似乎不能归咎于出版商、排字工或制图员的疏忽，只能说明斯威夫特是有意在对航海叙事作夸张性的戏仿。因为，他写作此书的目的正在于先制造一种逼真的幻觉，进而再打破这种幻觉，通过在事实与虚构、小说与游记间的不断往返游移，来凸现小说话语的建构性和虚构性特征。

---

① 转引自申丹、韩加明、王丽亚《英美小说叙事理论研究》，北京大学出版社 2005 年版，第 13—14 页。
② 转引自申丹、韩加明、王丽亚《英美小说叙事理论研究》，北京大学出版社 2005 年版，第 13—14 页。

这种叙述策略在叙述者与主角的关系中也体现出来了。我们看到，在《鲁滨孙漂流记》中，旅行叙事的讲述人—写作者就是冒险航行的亲历者，冒险过程和讲述过程是完全合一的。而在《格列佛游记》中，叙事者和亲历者分离开来了，叙述者是在事后回忆他的冒险历程。叙述和事件分离的结果是逼真幻觉的打破，出现了双重主人公和双重视角，正是这种新的观察世界的视角和方法，使这部小说有了被瓦特称为的新的、"形式现实主义"的一个特征。正如卡伦·布卢姆指出的，斯威夫特让格列佛的故事在两个时间点和两个意义层上同时发生。首先，这是一个回忆：格列佛是在历险结束后讲述他的一连串冒险故事的。格列佛坐在家里写下的旅行故事是"叙事框架"，是一个关于故事的故事，就像一个画框一样，它使格列佛的性格以及他记述的事件得以成形。其次，除了叙事框架以外，所有的事件都是在过去发生的。[1] 这两个时间层次使得斯威夫特能够创造出一部具有两层意义的作品：直接的格列佛游历的故事；间接的对斯威夫特的世界的讽刺。但是，在让格列佛返回他的生活和解释它时，斯威夫特也允许读者觉得格列佛不可靠，质疑他的观点。[2] 所以，现在读者读到的不仅是一个游历故事，而且还是一个关于这个故事的故事。用戴维·F. 罗蒂诺（David F. Venturo）的略显拗口的话来说，就是——"斯威夫特这个作者写了关于格列佛这个作者写作格列佛这个人物的故事。"（Swift the author writes the story of Gulliver the author writing the story of Gulliver the character.）这样，正如J. 保罗·亨特（J. Paul Hunter）所言，《格列佛游记》完全超越了它所唤出的旅行文学，而是参与了当时方兴未艾的整个小说传统，斯威夫特看出这种新的写作形式正开始成为一种"现代的"、有意义的新的理解世界的方式实行编码（codify）。相比之下，"笛福的作品似乎还明显带有新闻/小说话语紧密联系的印记。它们没有足够的'艺术性'，没有令人目眩的情节，没有太多的构思方法，只有一种对于堆砌细节的固执的关注，把故事记录下来"。而斯威夫特的作品则越来越倾向于分离这两种次话语（subdiscourses）。

三 视角主义和相对主义

借助航海时代流行的旅行文学热，《格列佛游记》不但成功地制造/

---

[1] Julia Schleck, "'Plain Broad Narratives of Substantial Facts': Credibility, Narrative, and Hakluyt's Principal Navigations", *Renaissance Quarterly*, 59.3 (Fall 2006), p. 768.

[2] Julia Schleck, "'Plain Broad Narratives of Substantial Facts': Credibility, Narrative, and Hakluyt's Principal Navigations", *Renaissance Quarterly*, 59.3 (Fall 2006), p. 768.

打破了读者对逼真性的阅读期待，从而对事实—新闻、虚构—小说这两类不同的话语作了明确的划分，体现了一种清醒的自反（self-reflectivity）意识，而且还在跨文化旅行和交往的基础上形成了视角主义（perspectivism）的哲学方法和相对主义的价值立场。

在《格列佛游记》第二卷中，格列佛说："毫无疑问，还是哲学家们说得对，他们说：没有比较，就分不出大小来。"[①] 据凯瑟琳·斯肯（Catherine Skeen）分析，格列佛所说的"哲学家们"实有所指，暗示了贝克莱（George Berkeley）的经验主义哲学对他的影响。贝克莱认为，"存在就是被感知"。一切知识都是正在经验着或知觉着的人的一种机能。物理对象只不过是我们经验到的各种感觉的累积，是我们心中的联想将这些感觉结合为一个整体的。因此，经验世界就是我们的感觉的复合。事物只有通过感知才能变成实在；事物的实在性并不先于感知而存在。在《视觉新论》（1709）中他提出，我们在观察事物的时候，依赖经验和想象两种力量的共同作用。在地平线上占据一定空间的物体，如果把它看成一座塔，就会显得大（比如72英尺），如果把它看成一个人，就会显得小（如6英尺）。贝克莱认为他的观点是具有实用性的。

将贝克莱哲学与《格列佛游记》放在一起阅读就会明白斯威夫特在小说中采取的策略，尤其是他对感知、想象和经验运用于现实的视觉的探索。例如，在描述小人与大人、人与物的比例关系时，一概按1与12之比缩小或放大。小人国里的小人是格列佛的1/12；大人国的大人是格列佛的12倍。格列佛的一块区区手帕，可以给小人国皇宫当地毯；大人国农妇的那块手帕，盖在格列佛身上，就变成一床被单了。在描述飞岛的运行、宫殿的建筑、城镇的结构时，作者还有意运用了数学、物理、化学、天文、医药诸方面的知识与数据。这样，就使人物局部细节的真实、和谐、匀称，转化为整个画面和场景的真实、和谐、统一，极大地增强了作品的真实感和感染力：

> 读者也许会注意到，在让我恢复自由的条约的最后一条中，皇帝规定每天供给我足以维持一千七百二十八个利立浦特人的肉食与饮料。以后不久我问在朝廷做官的一位朋友，他们怎样得出这样一个确定的数目。他告诉我，御用数学家用四分仪测定了我的身高，计算出

[①] 转引自申丹、韩加明、王丽亚《英美小说叙事理论研究》，北京大学出版社2005年版，第13—14页。

我的身长，他们的比例是十二比一，由于他们的身体和我完全一样，因此得出结论：我的身体至少抵得上一千七百二十八个利立浦特人，我所需要的食物数量足够供给这么多的利立浦特人。读者可以想象得到这个民族是多么聪明、敏捷，也可以想像到这位伟大的君王的经济原则是多么精明、精确。①

凯瑟琳·斯肯推测，小人国和大人国是按照6英寸到6英尺的比例缩小和放大的，这也得之于贝克莱。贝克莱为了说明标准是根据我们对大小的估计而使用时，曾这样写道："比如，我们说，一个物体看上去有6英寸长，或6英尺长。"斯威夫特的灵感可能就来自这句话中的"或"字；或者，斯威夫特和贝克莱都受到他们作为新教徒和规划者的经验的影响，与无权无势的天主教徒（以及更无权的不从国教者）相比，他们是"大"人，而在英国人眼中，他们又成了"小"人。

不过，当斯威夫特熟练地运用比较和对比作为他的修辞目标时，他想讲述的不仅仅是关于大人国和小人国的故事，也不仅仅是为了证明贝克莱的哲学理论的正确性，而是以比例上的变化探索了跨文化交往中视角主义的重要性。正如斯蒂芬·柯亨（Steven Cohan）所说，通过将格列佛塑造成一个流浪的旅行者，斯威夫特显示了"他的许多不同类型的经验，建立起一个对比的系统，作为全书的组织原则"。借助航海叙述和冒险旅行，作家把熟悉的英国转化为陌生的远方异域；把平常的事物转化为陌生的新异事物；把英国议会中托利党和辉格党之争转化为小人国中"高跟党"和"矮跟党"之别；将平常的视角转换为平视、仰视或俯视，从而使得游记中的每一部分都形成了对前一部分的逆转。他所游历的国家包括从简单到复杂，从科学的到自然的各种形态；政府的形式（与英国相比）也包括从坏到好，或从更坏到更好的一系列变化。

通过上述一系列视角的转换，斯威夫特不但将观察对象置于一种相对主义的立场中，动摇了绝对论意义上的价值观，也让主体—观察者对自身有了一种全新的理解和认识。格列佛的身材和智力虽然是固定不变的，但在他与之交往的不同国度中的人们眼中，却呈现出不同的面貌，他的身体时而变小，时而变大；他对事物的感知时而敏感、时而麻木；他的头脑时而聪明，时而盲目无知。他时而处在优势地位，居高临下地观察、审视和

---

① 转引自申丹、韩加明、王丽亚《英美小说叙事理论研究》，北京大学出版社2005年版，第13—14页。

批评着"他者";时而处在弱势地位,成为"他者"把玩、细察和嘲弄的对象。格列佛看待小人国的邪恶和肆无忌惮,与大人国的国王看待欧洲的态度一模一样。格列佛觉得勒皮他的人不合情理,而慧骃国的主人同样认为格列佛不合人性。

通过《格列佛游记》,作者想告诉读者的是,所有的价值都是相对的,换个说法,即所有的现实都是相对的,是随着观察角度和话语秩序的变化而变化的。小说中无处不在的戏仿、反讽手法和清醒的自反意识,正是在这种相当具有现代性的观念的支配下形成的。通过不断变换的视角和不断变化的经验,斯威夫特不但打破了那种以本土的、已知的、熟悉的对象(A)来描述或表述外来的、未知的、相异的对象(B)的殖民主义认知方式,而且也戏仿和讽刺了主体性的、第一人称叙事,显示了一种清醒的自反意识或"自居作用"。而"自居作用",正如瓦特在《小说的兴起》中所说:"在某种程度上……无疑是一切文学的必要条件,正如它也是生活的必要条件一样。人是一种'接受角色的动物';他之变成一个人并发展他的个性,乃是无数次地走出自我、进入别人的思想和情感之中的结果。一切文学显然都依靠进入别人内心及他们的情境之中的能力。"① 在《格列佛游记》中,主人公正是在一次又一次的历险,一次又一次的跨文化交往过程中,走出自我中心和本族中心主义,进入他者的思想和情感,进而抛弃绝对主义思维模式,学会用相对主义和视角主义哲学来看待世界、看待自我、看待他者的。而即将成为一种新的文类(genry)的小说话语,也正是在一次又一次地模仿、戏仿和调侃其他话语的过程中,将自己与写实的新闻、游记等区别开来,逐步形成明确的自反意识和自居作用的。"18 世纪后半期,随着印刷市场的扩展,英国旅行写作中渐渐出现了趋向更大的主体性的运动。"在理查逊、菲尔丁、斯摩莱特和斯特恩等人的共同努力下,小说话语终于从其他话语的牵缠中脱颖而出,发展成为一门独立的叙事艺术。

参考文献

[1] Lennard J. Davis, *Factual Fictions*: *The Origins of the English Novel* (New York: Columbia University Press, 1983).

[2] Elizabeth A. Bohls and Ian Duncan eds., *Oxford World's Classics*, *Travel Writing*, 1700 –

---

① [美]伊恩·P. 瓦特:《小说的兴起》,高原、董红钧译,生活·读书·新知三联书店 1992 年版。

1830, Anthology (New York: Oxford University press Inc., 2005).

[3] Percy G. Adams, *Travel Literature and the Evolution of the Novel* (Lexington: The University Press of Kentucky, 1983).

[4] Karen R. Bloom, "An Overview of Gulliver's Travels", Detroit: Gale, Literature Resource Center, <http://go.galegroup.com/ps/start.do? p = LitRC&u = jiang >. 7Nov. 2009.

[5] [英] 斯威夫特:《格列佛游记》, 张健译, 人民文学出版社1979年版。

[6] J. R. Moore, "The Geography of Gulliver's Travels", *Twentieth Century Interpretations of "Gulliver's Travels": A Collection of Critical Essays*, ed. Frank Brady (Prentice Hall, Inc., 1968).

[7] David F. Venturo, "Gulliver's Travels: Overview", *Reference Guide to English Literature*, ed. D. L. Kirkpatrick (Chicago: St. James Press, 1991), Detroit: Gale, Literature Resource Center. < http://go.galegroup.com/ps/start.do? p = LitRC&u = jiang > . 7 Nov. 2009.

[8] J. Paul Hunter, "Gulliver's Travels and the Novel", *The Genres of Gulliver's Travels*, ed. Frederik N. Smith (Newark, Delaware: University of Delaware Press, 1990).

[9] Catherine Skeen, "Projecting Fictions: Gulliver's Travels, Jack Connor, and John Buncle (Early Prose Fiction: Edges and Limits of the Novel)", *Modern Philology*, 100.3 (Feb. 2003).

[10] Jonathan P. A. Sell, *Rhetoric and Wonder in English Travel Writing, 1560 – 1613* (Surrey UK: Ashgate, 2006).

旅行文学、乌托邦叙事与空间表征

自人类历史产生以来，对现实社会的批判和对理想社会的追寻就如影随形般难舍难分，而对理想社会的追寻又与旅行文学和乌托邦叙事结下了不解之缘。尽管如此，对于旅行文学、乌托邦叙事与空间表征之间的互动关系，至今尚未引起学界的足够关注。国内许多学者在论及乌托邦主题时，大多重在意识形态和政治体制方面的宏观描述，而对于来自乌托邦的旅行，或在乌托邦内部的旅行，或追寻乌托邦的旅行中涉及的空间表征问题，以及相关的叙事策略和修辞手段等，则鲜有细密的文本分析和详尽的理论阐释。有鉴于此，本文试图通过对托马斯·莫尔的《乌托邦》的重读，兼及弗兰西斯·培根的《新大西岛》和詹姆斯·哈林顿的《大洋国》，展开对上述问题的讨论，希望为近代西方乌托邦话语的生成和发展提供一条新的研究路径。

一 乌托邦空间的表征

在展开本文的讨论之前，有必要先交代一下本文采用的几个理论概念。笔者主要借鉴了当代法国学者列斐伏尔（Henri Lefebvre）在《空间的生产》（*The Production of Space*，1984）中提出的两个概念，"空间的表征"（the representation of space）和"表征的空间"（the representational space）。按照列斐伏尔的说法，前者指与生产关系和这种生产关系置于其中的秩序有关，并且因此而与知识、符号、符码以及"正面的"关系有关；后者则将复杂的象征具体化了，"有时与社会生活中隐秘的或隐晦的方面的编码有关，有时则无关"。[1]

列斐伏尔主要是从社会学角度出发阐释空间的生产和再生产过程及其机制的，上述两个概念虽然对文学批评和文化研究颇具启发性，但不能简

---

[1] Henri Lefebvre, *The Production of Space* (Oxford: Blackwell, 1984), p. 33.

单生硬地套用于旅行文学和乌托邦叙事。因为毕竟文学批评和文化研究的主要对象是文本，乌托邦叙事涉及的空间表征主要与文本的制作及话语的操作相关。因此，在本文中，笔者对列斐伏尔的上述概念稍加修正，将"空间的表征"简单地定义为通过文本和话语被表征出来的空间，而"表征的空间"则指作者的意图和动机等是如何通过叙事策略和修辞手段表征出来的；两者之间的关系是互为表里、相辅相成的。

众所周知，从乌托邦思想史的发展来看，莫尔的理想社会设计超越前人之处，就在于他借鉴或引入了一个新的空间视野和架构。虽然西方思想文化史上有着悠久的追寻完美社会的传统，但无论是柏拉图的《理想国》还是圣奥古斯丁的《上帝之城》，都将其理想社会建立在可望而不可即的天国，这就不可避免地使他们的理想蓝图披上了虚幻的色彩。[①] 而莫尔的《乌托邦》则是以15—16世纪方兴未艾的航海发现为背景，并以当时大量出版的旅行文学为思想文化资源的。由于乌托邦是现实中无法实现的理想社会的空间表征，借助旅行文学来表征这种可望而不可即的"他者性空间"（Space of Otherness），无疑是最好的叙事策略。正如克里珊·库玛尔指出的，"这些旅行作家的故事是乌托邦的原料，几乎是乌托邦的源头"。[②] 2002年出版的《剑桥旅行文学指南》进一步提醒我们，莫尔的《乌托邦》与这个时期出现的真实的游记作品惊人的相似，都附加了一幅地图和一张乌托邦语言的字母表，[③] 给人一种相当坚实、可靠、逼真的空间感觉。

综观近代英国旅行文学史上三个典型的乌托邦叙事——莫尔的《乌托邦》（1516）、培根的《新大西岛》（1626）和哈林顿的《大洋国》（1656），其对理想社会的空间表征具有以下共同的或相似的特征。

首先是空间定位的不确定性。细读《乌托邦》，我们发现莫尔对乌托邦所在的空间位置一直没有明确的说法。按说，既然乌托邦是一个迥异于英格兰的吸引人的理想空间，莫尔理应问清乌托邦所在的方位，而那位既具有丰富的航海经验，又在乌托邦生活了五年的拉斐尔·希斯罗德也应该对乌托邦坐落的位置有所交代。但是，我们从小说开头莫尔致贾尔斯的信中得知，他说自己已经完全忘记乌托邦的位置，因为"我们忘记问，他（希斯罗德）又未交代，乌托邦是位置于新世界的哪一部分。……我感到

---

① [古希腊]柏拉图：《理想国》，郭斌和、张竹明译，商务印书馆1996年版，第386页。
② Krishan Kumar, *Utopia and Anti-Utopia in Modern Times* (New York: Basil Blackwell Ltd., 1987), pp. 23–24.
③ Peter Hulme and Tim Youngs, *The Cambridge Companion to Travel Writing* (Cambridge: Cambridge University Press, 2002), p. 3.

惭愧，我竟不知道我所畅谈的这座岛在哪一个海里"。① 莫尔的解释显然很难自圆其说。因为第一卷结尾时，他明明提醒过希斯罗德，在描述乌托邦时，"不要说得简略，请依次说明地域、江河、城镇、居民、传统、风俗、法律，事实上凡是你认为我们想知道的一切事物"。② 因此，我们只能把这个疏忽理解为作者的一种叙事策略。

无独有偶，培根在《新大西岛》中也没有给我们提供有关新大西岛——本色列国的准确方位。文本一开头，叙述者说他是从秘鲁经南海（即太平洋）驶往中国和日本，之后由于风向不断变换，最后叙述者和他的船员被吹到了一块他们从未到过的陆地，虽然他们最终上了岸，却无法确定其所在的具体位置。哈林顿的《大洋国》同样如此，引言中讲到了这个虚构的理想共和国的两个殖民省玛辟细亚和庞诺辟亚。从作者描述的地形地貌特征来看，它们与希腊、威尼斯和英国均有相似之处，是几个处在大洋之中的岛屿，但作者也未对其所在的空间位置作出任何明确的交代。总之，上述三个文本对乌托邦空间的定位均是含混不清的，三个理想社会似乎都"置身于新旧两个世界之外"，介于此岸与彼岸、存在与非存在的"阈限空间"（liminal space）中③。

与此相关的第二个特征是乌托邦空间的封闭性及其被发现的偶然性。在《乌托邦》第二卷中，作家以"海客谈瀛洲"的方式，通过希斯罗德之口，对乌托邦的地形地貌作了详细的描述：乌托邦岛像一叶小舟，静静地停泊在无边的海洋上。远远看去，就像一座海市蜃楼，虚无缥缈中透出神秘的气息。全岛呈新月形，长500英里，中部最宽处达200英里。重要的是，这个岛屿最初并不是四面环海的，而是多年前一位名叫乌托普的国王下令掘开本岛连接大陆的一面，让海水流入围住岛屿才形成目前与世隔绝的状态。因此，直到它被欧洲旅行者偶然发现时，乌托邦的居民对于外部世界一无所知，正如外部世界对他们一无所知一样。④

格贝尔（Richard Gerber）在研究19世纪乌托邦故事中发现，几乎所有的乌托邦都是偶然被发现的。⑤ 这个偶遇性特征其实可追溯到16世纪

---

① ［英］托马斯·莫尔：《乌托邦》，戴镏龄译，商务印书馆1997年版，第5页。
② ［英］托马斯·莫尔：《乌托邦》，戴镏龄译，商务印书馆1997年版，第47页。
③ J. C. Davis, "Going nowhere: travelling to, through, and from Utopia", *Utopian Studies* (Winter 2008), p. 4.
④ ［英］托马斯·莫尔：《乌托邦》，戴镏龄译，商务印书馆1997年版，第48页。
⑤ Romuald I. Lakowski, "Utopia and the 'Pacific Rim': The Cartographical Evidence", *Early Modern Literary Studies* (January 2000), p. 1.

以来英国旅行文学中的乌托邦叙事传统。在《新大西岛》中，叙述者详细描述了他们的船队是如何被不断转向的风偶然吹到一片不为外界所知的陆地边缘；这个岛国中派来的使者拒绝他们登陆上岸，"还急忙警告我们离开"。这个"警告"与其说反映了新大西岛—本色列国人对来自外界的疫病的惧怕，不如说透露了他们更深层次的一种恐惧——来自外部世界的异风殊俗会给本国居民带来精神上的污染。在经过了一番严格的检查终于被允准登陆后，这些外来的旅行者被安置在一个处于岛国边缘、既不在彼也不在此的空间——"外邦人宾馆"中，三天后才受到宾馆馆长的接见，后者向这些来自欧洲的访问者暗示，这个岛国对于外邦人是有保密的法律的。又过了几天，叙述者才得以进入这个名为本色列的国家。但他本人并没有给我们提供多少目击的证据，而主要是通过在此生活定居多年的一位犹太人之口，才间接了解到有关这个国家的一些情况。读者沮丧地发现，直到《新大西岛》的文稿突然中断，来自欧洲的航海者还无法进入本色列国内部，一睹其"庐山真面目"。

乌托邦外部空间的特征是与世隔绝性和不可接近性，而其内部空间结构则表现为自我复制性和普遍类同性。通过希斯罗德之口我们得知，乌托邦总共有54个城市，这些城市有着共同的语言、传统、风俗和法律，它们的总体布局和建筑样式都是类同的，每个城市之间的距离基本相等，最近的相隔不到24海里，最远的从不超过一天的路程；任何城市的每一个方面都至少有12海里区域；郊区农村的空间也是整齐划一，根据理性和效率的原则布局的。每座城市分成四个大小一样的部分，以市场为中心依次排列厅馆、医院、餐厅和住所。每幢房屋都按照统一的模式建造，在外观上无甚差别。房子没有门锁，只要移动统一装配的移门，任何人都可以任意出入。每隔十年，居民以抽签的方式调换房子，以免产生私有观念。简言之，乌托邦中没有公共空间和私人空间之分，前者已经完全吞并和取代了后者。

总之，外部空间定位的不确定性、偶遇性和自我封闭性，以及内部空间的类同性、相似性和无隐私性构成了乌托邦空间表征的主要特征。那么，这些特征背后体现了什么样的表征意图和意识形态，简言之，"空间的表征"背后，究竟有着怎样"表征的空间"呢？

二 表征的空间与地理学描述传统

众所周知，《乌托邦》首先是一种社会批判，借助一个去过新世界的"他者"的视野，展开对旧世界的"自我"（英国）的批判。其次是一种

— 77 —

理想社会的建构，通过"把当下的社会结构挪移和谋划到一种虚构的叙事中来重建社会"。① 这两种相辅相成的动机，都需要借助空间诗学的操作和建构。新的、理想的和想象的空间必须与旧的、人们熟悉的现实空间联系起来，使之形成一种熟悉中的"异化"（defamiliarization）或陌生中的"归化"（naturalization），才能唤起人们追寻它的欲望和动力。过于熟悉的空间没有吸引力，完全陌生的空间没有亲和力，且会令人不安，理想的乌托邦空间应该介于这两者之间。莫尔正是这样表征他的乌托邦空间的。为了达到这个目的，莫尔精心选择或生造了"乌托邦"（Utopia）一词。众所周知，该词以古希腊语中表示"无"的字母 ou 为前缀，与表示"地方"的词干 topia 拼合在一起，意为"乌有之乡"，而古希腊语表示"好"的形容词 eu 发音与 ou 相似，于是，"乌托邦"就成了一个双关语，既指"无—地方"（ou-topia），又指"好—地方"（eu-topia），② 通过这种词语游戏，莫尔实际上已经暗示了乌托邦是一个既令人神往又令人沮丧的空间。

当代西方学者拉柯威斯基（Romuald I. Lakowski）认为，虽然《乌托邦》是一个词语建构起来的岛屿，但它并不是存在于真空中，而明显是对欧洲航海发现和探险时代作出的一种回应。③ 笔者想进一步指出的是，这种回应不是直接的，而是一个间接的、复杂的话语建构过程。总结西方学者近年来相关的研究成果，《乌托邦》表征的空间实际上内含三个层次的地理学描述传统，一是航海大发现的"新世界"，二是欧洲中世纪后期的地理学理论，三是英国本土的地理—地形学描述传统。莫尔把这三者融合在一起，形成一种同中有异，异同有同，既熟悉又陌生，既具写实性又具幻想性的乌托邦空间，通过这种表征的空间建构起他的未来理想社会的蓝图。

按照拉柯威斯基的说法，实际上在 16 世纪欧洲人心目中，有两个"新世界"，除了美洲外，还有次撒哈拉非洲（sub-Saharan Africa）和亚洲之大部。所以，一般认为的乌托邦是对新发现的美洲的一种反映，这种观

---

① 在1959年商务印书馆版《乌托邦》中，中译者戴镏龄将"Ultraequinoctials"译为"昼夜平分线以外的居民"（第57页）；在1997年商务印书馆版《乌托邦》中，该词被修订为"赤道那边的人"（第46页）。

② Kay Gilliland M. Stevenson, "Utopia: Overview", in Reference Guide to English Literature, ed. D. L. Kirkpatrick (Chicago: St. James Press, 1991), http://go.galegroup.com/ps/start.do? p = Lit RG&u = jiang.

③ William T. Cotton, "Five-fold Crisis in Utopia: a Foreshadow of Major Modern Utopian Narrative Strategies", *Utopian Studies*, 14.2 (Spring 2003), p. 44.

点只说对了一半。尽管在莫尔写作《乌托邦》的1516年，欧洲人已经知道南美是一块与亚洲分离的大陆（不一定是洲），但在麦哲伦完成环球航行（1519年）之前，没有人知道真正的太平洋有多大。当时流行的世界地图是修道士马丁·维尔德西姆勒（Martin Waldseemuller）根据亚美利哥·韦斯普契的《航海日记》绘制的，第一次用了"美洲"这个名字。莫尔在写作《乌托邦》时可能利用过1507年出版的《宇宙志引论》（Cosmographiae introductio）中维尔德西姆勒绘制的世界地图。但无论是1507、1516年版的《世界地图》和1507年版的《宇宙志引论》中的地图，还是1507年版的《斯特拉斯堡托勒密地图》都说明，当时欧洲人对"美洲"的概念与当代人的理解相差甚远，美洲有时只包括南美和加勒比海诸岛，而且它与印度（亚洲）的距离非常近，形成一个制图学上的半圆（结合了印度洋和泛太平洋地区）。①

此外，"对跖地"（antipodes）也是从古典时代一直延续到16世纪的欧洲地理学的一个重要概念。所谓对跖地，是指南北两半球中地理位置正好相反或相对的两块陆地，例如，位于北半球的英格兰，其对跖地是南半球的澳洲。莫尔本人在提到乌托邦时多次用了"对跖地"这个字眼。在第一卷结尾，希斯罗德告诉我们，乌托邦人管欧洲人叫"昼夜平分线以外的居民"（Ultraequinoctials）（14），也就是指生活在赤道或赤道带另一边的人。在第二卷中，我们得知，乌托邦处在南温带，"但是在这个新世界中，由于赤道将它与我们远远隔离了，因此他们的生活和性格都与我们不同，他们不相信条约"。由此可见，莫尔心目中的"新世界"不限于或不等同于南美。

进一步考察可以发现，《乌托邦》中理想社会的空间构造还与英国的历史—现实空间之间有着微妙的对应关系。换言之，莫尔既借鉴了韦斯普契有关新世界航行的记录和中世纪晚期的地理学理论，也继承了英国地理—地形学描述的传统。

据英国学者摩根-拉塞尔（Morgan-Russell）考证，对不列颠描述的文类源于公元6世纪一位不十分出名的圣徒，修道院中的编年史学家吉尔达斯（Gildas）。他出于对"上帝之屋"及其神圣的律法的热情，描述了"不列颠的地形"。从地形地貌上看，莫尔描述的乌托邦与吉尔达斯描述的英格兰有着惊人的相似之处：两者均坐落在大地的边缘，有着"新月

---

① Romuald I. Lakowski, "Utopia and the 'Pacific Rim': The Cartographical Evidence", *Early Modern Literary Studies* (January 2000), p. 2.

形"的地形，像一柄三角形的白石英宝剑；两者宽度均为 200 英里，整个岛屿被海水包围，形成无法通过的天然屏障；两者均有着坚固的海防。此外，乌托邦的 54 个城邦对应于英国的 53 个郡，外加首都伦敦，人口稠密，物产丰富。乌托邦首都名字亚马乌罗提（Amaurotum）意为"黑暗之城"，暗示了"雾都"伦敦。吉尔达斯提到的"两条宏伟的河流"——泰晤士河与塞汶河，与亚马乌罗提城内一大一小两条河流遥相呼应，而横跨阿尼德河（Anydrus，意为无水之河）上的石桥即象征了伦敦桥。总之，无论是地形地貌、面积大小、城市数量、物产丰富方面，乌托邦与英格兰之间都有着极为惊人的相似性。每位读过《乌托邦》的读者，几乎"不需要多大想像力就可以选出（英国的）可识别的陆相（land formation），康沃尔的'海岬'、威尔士的诺福克的峰丘和肯特的低地"。[1]

就这样，吉尔达斯描述的英国的地理—地形结构及其隐含的民族主义萌芽被莫尔整合进他表征的乌托邦空间中，在这个空间中，旧世界与新世界，现实中的英格兰与理想中的英格兰形成一种互相呼应的关系，两者之间既有断裂又有联系。正如格林布拉特（Stephen Greenblatt）指出的："《乌托邦》在同一个文本空间中呈现了两个不同的世界，同时又坚持认为这样做是不可能的。我们既不能将它们完全分离，又不能让它们谐和一致，因此，智力既无法满足于达到绝对的断裂，又无法满足于完全整合的形式。我们不断地被英国与乌托邦之间的相似性所吸引，又不断地为横亘在两者之间的深渊而感到灰心丧气。乌托邦既是（又不是）英国。亚马乌罗提既是（又不是）伦敦。"[2] 莫尔的目的就是希望通过阅读《乌托邦》，"有效地唤起读者在现实的英国及其虚构的、理想的对应物之间架起桥梁"，从而实现他的社会改革计划；"换言之，凡是明显不属于英格兰的，实际上就是它应该成为的"。[3]

从修辞策略上看，按照摩根-拉塞尔的说法，这种批判的功能是通过"（隐喻性地）将当下的现实投射到'乌有之乡'"，以及"一种（换喻性的）挪移"来达到的。在莫尔的《乌托邦》中，批判既依赖于隐喻性的联系（不列颠像乌托邦，伦敦像亚马乌罗提），又伴随以换喻性的重新连

---

[1] Simon Morgan-Russell, "St. Thomas More's Utopia and the Description of Britain", *Cahiers Elisabéthains* (Apr. 2002), p. 3.

[2] Simon Morgan-Russell, "St. Thomas More's Utopia and the Description of Britain", *Cahiers Elisabéthains* (Apr. 2002), p. 2.

[3] Simon Morgan-Russell, "St. Thomas More's Utopia and the Description of Britain", *Cahiers Elisabéthains* (Apr. 2002), p. 5.

接（rearticulation）：如果说伦敦像亚马乌罗提，那么"大街"就从整体上与这个城市发生了换喻性的联系，于是伦敦换喻性地代表的肮脏的现实就在亚马乌罗提的大街上得以重新连接，这些大街又宽敞又整齐，结果在两者之间造成了一种明显的"有节奏的变化"（accentual variation）或"鸿沟"（18）。简言之，隐喻和换喻手法的交替运用，更使得乌托邦成为一个可望而不可即的、虚拟的符号空间。

可见，莫尔笔下的乌托邦空间，是在上述既传统又现代，既具有世界性又具有本土性，包含了新世界、欧洲和英国的三重地理学描述传统中得到表征的。这也在一定程度上解释了造成乌托邦空间定位的不确定性、不可接近性、封闭性和偶遇性的原因所在。用克里珊·库玛尔的话来说，乌托邦"处在诱人的可能性边缘，某个刚刚超越现实边界的地方"。① 如果这个理想的社会与我们的不完美社会无法融合，不愿受它的污染，那么我们就被告知，其先决条件就是隔绝。但是凭借这种隔绝（isolation），我们实际上已经处在了荒岛、大海和航行的语义域中。②

三 旅行空间与文本空间

从形式结构上看，《乌托邦》是一个典型的旅行文学文本。两个有名有姓的人物的旅行，即现实人物作家托马斯·莫尔从英国到荷兰再回到英国的旅行，以及虚构人物航海家拉斐尔·希斯罗德从欧洲到新世界再回到欧洲的旅行，无疑是《乌托邦》这个旅行—文本空间得以形成的主要构件。

从作品提供的书信、附录及其他相关的背景材料中我们得知，莫尔是作为英王亨利八世的使者前往荷兰的法兰德斯的，由于外交事务的纠葛，他不得不在这个低地国家逗留了三个月。出国旅行和异国居留经验往往能使人获得一种距离感和陌生化视角，可以更为客观地打量自己的国家和自己的内心。按照当代历史学家海克特（J. H. Hexter）的说法，莫尔在出使荷兰期间和回国之后经历了一场危机，处在既不在此，也不在彼的边缘状态。在出使荷兰期间，莫尔正面临一场心理危机，一方面，他是一个已有相当地位和名声的大律师，但一直疲于律师事务，无暇从事他心爱的学术研究；另一方面，英王亨利八世邀请他为朝廷服务，这个闲职能给他提供充裕的时间从事学术研究，但同时也意味着成为朝廷的仆人。于是，处在

---

① J. C. Davis, "Going nowhere: travelling to, through, and from Utopia", *Utopian Studies* (Winter 2008), p. 3.

② J. C. Davis, "Going nowhere: travelling to, through, and from Utopia", *Utopian Studies* (Winter 2008), p. 3.

进退维谷状态中的莫尔,将自己的焦虑和矛盾投射到了小说人物希斯罗德身上(21)。第一卷开头不久,读者读到的两人对话就影射了莫尔的这一两难处境。莫尔规劝结识不久的希斯罗德前去侍奉国王,当一个谋臣,为国家效力,为人民谋福利。而希斯罗德则断然拒绝,并借此话题展开了对英国现实的猛烈抨击和对乌托邦理想空间的热情赞美和描述。

  从某种意义上,我们可以说希斯罗德是莫尔的镜像人物。与莫尔一样,他也经历了一个从本土到异域,再从异域回归本土的历程。据小说中牵线人物彼得·贾尔斯所述,希斯罗德将自己的财产分给兄弟后,离开了家人和祖国,像奥德修斯一样漫游世界,参加了亚美利哥·韦斯普契发现美洲的四次远航中的三次。之后,他自愿留在新世界生活了一段时间。当他回到旧世界时,便将他看到的(不如说希望看到的)乌托邦告诉了欧洲人。为了更好地表征乌托邦空间,莫尔有意给他起名为拉斐尔·希斯罗德,让这个虚构人物扮演起一个双重性角色。众所周知,拉斐尔(Raphael)这个名字来自希伯来语,意为"传播神的福音的使者";希斯罗德(Hythloday)这个姓来自古希腊语,意为"不可靠消息的传播者"。拉斐尔·希斯罗德姓名的双关性,也在一定程度上反映了旅行文学具有的双重性文化功能———既可能带来远方异域的福音,也可能带来蛊惑人心的胡言乱语;读者既可以从旅行文学中获得启示,也可能被它引入歧途。按照威廉·科顿(William T. Cotton)的观点,希斯罗德是一位柏拉图式的哲学家,他在见过白日的阳光后,又重新返回洞穴,来启发他的同胞。当他的福音被拒绝时(因为在这些愚昧之徒看来,他当然是个胡言乱语者),他拒绝再把时间浪费在为得到报偿而继续谈话中,而是把俗务留给了像莫尔那样会顺时应变的人,让他在现实政治的世界中对这些实践性作出必要的调整,以实现他的梦想。[①]

  换个角度我们也可以说,莫尔就是拉斐尔·希斯罗德,他希望通过写作和出版《乌托邦》,将来自新世界的福音传递给他的国人。但与此同时,他自己心中也明白,乌托邦的完美社会只是一种胡言乱语,是不可能实现的一个梦想。因此,在写作过程中,莫尔又将自己分身为两个人。一个是作为小说人物的"莫尔",他倾听并同意拉斐尔的看法,猛烈抨击自己的国家存在的种种弊病;另一个是作为现实中"英国名城伦敦的公民和行政司法长官"的莫尔,他对于希斯罗德设想的取消私有制的理想社

---

① William T. Cotton, "Five-fold Crisis in Utopia: a Foreshadow of Major Modern Utopian Narrative Strategies", *Utopian Studies*, 14.2 (Spring 2003), p. 49.

会不屑一顾，认为公有制会使人们懒惰，缺乏切身利益作为动力，最终必然会导致社会贫困和流血暴乱。①

从这个角度看，莫尔与希斯罗德之间的对话和争辩，实际上反映了作者内心两个自我、两种理念的冲突。这种冲突也在一定程度上影响了乌托邦叙事在空间表征上的含混性和不确定性。这种含混性和不确定性在文本的整体结构和布局上也明显体现出来了。

我们知道，《乌托邦》采用了对话与独白交替的叙事策略。全书两卷分别讲述了两个不同的社会，第一卷通过作者与希斯罗德之间的对话揭露了现实中英国社会的种种弊病，并对此展开了猛烈的抨击和讽刺。第二卷通过希斯罗德的独白，讲述了一个理想的完美社会。但我们知道，实际创作过程中是第二卷在先，第一卷在后。具体来说，莫尔是在1515年出使荷兰期间，利用三个月的赋闲时间写下了第二卷，对乌托邦这个理想社会的图景作了全面的描述。之后在回国后的一个月内，又完成了第一卷，放在第二卷前面，形成一个先有英国的现实社会再有乌托邦的理想社会这种结构。这样，《乌托邦》的创作过程就体现了一种独特的"逆序性构思"。②

那么，莫尔这种独特的构思过程和结构策略的用意何在？为何不能单独发表第二卷，为何要将正常的创作过程颠倒，要在第二卷之前再加上第一卷？

仔细阅读第二卷文本我们会发现，其实，莫尔通过希斯罗德之口讲述的乌托邦社会图景内容是相当乏味的，描述也是相当粗略的。正如威廉·科顿指出的，第二卷中几乎没有对日常生活的描写，没有提到过一个有名有姓的人物（除了国王乌托普以外）。拉斐尔待在这个岛国期间所发生的事件也没有具体记录。在拉斐尔讲的"故事"中几乎没有令人特别感兴趣的叙述。③ 产生这种状况的原因，归结到一点，就是因为乌托邦是一个完全处在理想状态中，没有发展，缺乏动力和活力的社会。就其定义而言，完美社会之所以完美就在于它在地理上是自我封闭的，在时间上是没有发展变化的。因为一旦与外界接触就必定会产生交流，产生差异和比较心态，从而打破现存的静止状态。一旦有变化发展就说明它还不是一个完美社会，或尚未达到完美状态。为了解决这个逻辑悖论，莫尔（以及其

---

① [英]托马斯·莫尔：《乌托邦》，戴镏龄译，商务印书馆1997年版，第45页。
② William T. Cotton, "Five-fold Crisis in Utopia: a Foreshadow of Major Modern Utopian Narrative Strategies", *Utopian Studies*, 14.2 (Spring 2003), p.42.
③ William T. Cotton, "Five-fold Crisis in Utopia: a Foreshadow of Major Modern Utopian Narrative Strategies", *Utopian Studies*, 14.2 (Spring 2003), p.41.

他乌托邦主义者）设计的理想社会就不能不是一个与世隔绝、缺乏行动、没有变化、没有差异的社会。

或许莫尔从本能上感觉到，一个完美、静止的社会是没有吸引力的，也是不可能存在的，因为按莫尔服膺的基督教思想，人本身是不完美的，只有上帝是完美的，但乌托邦不是属于天国的"上帝之城"，而是属于尘世的人之城。既然是人就免不了有感情，有欲望，有需求要满足，就必然会产生私有观念，而这些观念又都是与乌托邦的完美理念相悖的。如何解决这个悖论，在理想与现实，完美与不完美之间架设起一座桥梁，就成为作家不得不加以考虑的问题。按照J. H. 海克特的观点，第二卷描述的完美的静止状态需要一个不完美的、处于行动中的社会作为增补或陪衬，才能消除它的抽象性和非现实性，成为人们追求的对象。① 于是，我们就有了第一卷。如果说，第二卷充满了想象的幻景、理想的激情、明智的建议和智慧的闪光，那么，第一卷的描述则真实、具体，充满了微妙的讽刺、尖锐的批评和猛烈的抨击，这里的人物是有名有姓、有血有肉的，他们在对话，争论，说服和辩解，在表述自己的政治主张和社会理念。这样，第一卷与第二卷互为镜像，反映了行动与沉思、现实与理想、批判与建构之间的紧张关系。因此，正如科顿所说："《乌托邦》的伟大……不在于它的和谐，而在于它的紧张，这种紧张来自于一种持续想象的幻景，正是对此幻景的体验紧紧抓住了作者。"②

综上所述，《乌托邦》既是一个话语和文本的建构，也是一种空间的表征。在此建构和表征过程中，旅行文学发挥了不可替代的叙事功能。作家借助本人和虚构的"他者"的旅行经验，通过隐喻和换喻的修辞策略，在旧大陆与新大陆，现实的英国与理想的不列颠之间建立起微妙的对应关系；与此同时，他也通过"逆序性构思"的手法，为其本人所处的两难境地提供了虚拟的解决之道。

---

① William T. Cotton, "Five-fold Crisis in Utopia: a Foreshadow of Major Modern Utopian Narrative Strategies", *Utopian Studies*, 14.2 (Spring 2003), p. 45.
② William T. Cotton, "Five-fold Crisis in Utopia: a Foreshadow of Major Modern Utopian Narrative Strategies", *Utopian Studies*, 14.2 (Spring 2003), p. 46.

《暴风雨》:荒岛时空体的文化叙事功能

在英国旅行文学史上,莎士比亚占有一个特殊的地位。虽然这位生活在大探险时代的伦敦剧作家从来没有扬帆出海、周游世界的经历,但他的视野却超越了英伦三岛,从东半球延伸到西半球,从地中海扩展到大西洋。他的戏剧作品的场景囊括了南欧、北非和斯堪的纳维亚半岛,乃至当时正在被开发和殖民中的新世界——美洲。而莎翁在告别他的剧作家生涯之前写下的最后一部戏剧《暴风雨》(*The Tempest*, 1611),在英国旅行文学史上有着特别重要的意义。在这部传奇剧中,来自新世界的异国情调和源于旧大陆的罗曼司互相纠结,上层阶级的钩心斗角和下层阶级的谋反叛乱互为镜像;而欧洲殖民者与非欧洲原住民在戏剧舞台上的相遇,则是全剧的核心,它既激发了17世纪伦敦观众的跨文化想象力,又吸引了历代莎学家的兴趣,成为西方莎学研究的焦点。本文试图从空间诗学出发,探讨荒岛作为一个时空体在《暴风雨》中发挥的文化叙事功能。

一 荒岛时空体

在展开本文的讨论之前,先对"时空体"(chronotope)这个概念做一解释。时空体一词由希腊语的"时间"(chrono)和"空间"(tope)两词合并而成,源于爱因斯坦的相对论,强调时间与空间的不可分割性(时间是空间的第四维)。在《小说的时间形式和时空体形式》一文中,巴赫金首次借用这个术语分析小说中的时空关系,把"文学中已经艺术地把握了的时间关系和空间关系相互间的重要联系"称为"时空体",并着重指出:"对我们来说,重要的是这个术语表示着空间和时间的不可分割。我们所理解的时空体,是形式兼内容的一个文学范畴。"在这个时空体中,"时间的标志要展现在空间里,空间则要通过时间来理解和衡量。这种不同系列的交叉和不同标志的融合,正是时空体的特征所在"。(274—75)在同一篇文章的结语中,巴赫金特别分析了几种典型的时空体(如

"道路""城堡""沙龙客厅""小省城""门槛""贵族宅邸"等）在组织情节、描绘事件、塑造形象等方面发挥的叙事功能。

笔者发现，将巴赫金的时空体概念移用于莎剧《暴风雨》的分析，既符合学理，又贴近文本。众所周知，戏剧是在一个相对封闭和浓缩的时空中再现生活的，而《暴风雨》又是公认的所有莎剧中最符合古典主义"三一律"的两个作品之一（另一个是《爱的徒劳》）。全剧的场景设置在一个远离大陆、荒无人烟的小岛上。虽然巴赫金并未将荒岛列入他的时空体分析，但细读剧本即可发现，荒岛具有时空体的一切特征，尤其与巴氏分析过的"道路"时空体有着诸多相似之处。像道路一样，荒岛主要是偶然邂逅的场所，在这个时空相会体中，有许多各色人物的空间路途和时间进程交错相遇；这里有一切阶层、身份、信仰、民族、年龄的代表。在这里，通常被社会等级和遥远空间分隔的人，偶然相遇到一起；在这里，任何人物都能形成相反的对照，不同的命运会相遇一处相互交织。在这里，人们命运和生活的空间系列、时间系列，带着复杂而具体的社会性隔阂，不同一般地结合起来；社会性隔阂在这里得到了克服。这里是事件起始之点和事件结束之处（445）。

更为重要的是，在西方现代性展开的进程中，岛屿作为时空体还承担着一种特殊的文化叙事功能。美国学者德宁（Greg Dening）指出，岛屿与其说是物理的，不如说是文化的：它是一个文化的世界、一种精神的建构，只能通过一片海滩，一种划分了此与彼、我们与他们、好与坏、熟悉与陌生的世界的文化界线，才能接近。在越过海滩的时候，每个航海者都带来了某种新的东西，并制造了某种新的东西。因此，海滩"既是开端也是终结"。德宁甚至认为，整个欧洲的扩张就是以岛屿和海滩为条件的，"欧洲人发现，世界只是一片大洋，其所有的大陆全是岛屿。所有的部分通过海峡和航道相连。它们包围了这个世界"。（Daunton and Halpern：55）于是，岛屿就成为联结欧洲与美洲、地中海与大西洋、旧世界与新世界、殖民者与原住民的场所和空间。在《暴风雨》中，莎翁正是借助荒岛这个特殊的时空体，让来自不同社会阶层和文化背景的人们在此偶然相遇，展开对话，发生冲突，最后通过一种人为的、理想的方式解决之或化解之。

要进一步理解荒岛在《暴风雨》中实际承担的文化叙事功能，首先得解决荒岛的空间定位问题。由于莎翁在剧中并未对荒岛所在位置做出明确的说明，结果在后世的莎学评论中形成了"大西洋—美洲说"和"地中海—北非说"两种主要的观点。"大西洋—美洲说"的主要依据，是莎翁创作该剧时的历史背景。就在《暴风雨》上演的前两年即 1609 年，由九艘英国移民船编成的船队，满载着数百位怀着新世界发财梦的男女乘客，前往美洲殖民地弗吉尼亚。其中萨莫斯爵士（Sir George Somers）驾驶的海上探险号（Sea-Adventure）在经过百慕大海域时遇上飓风，触礁沉没。幸运的是，船上的乘客全都奇迹般生还，漂流到了一座荒岛上。他们在岛上待了近一年，修好了船只，逃离了百慕大水域，继续前往弗吉尼亚。1610 年 7 月，一位名叫斯特拉契的幸存者在一封致某女士的长信中详述了其落难经过，此事被披露后，成为伦敦街头巷尾的谈资。历来有不少莎评专家认为，莎翁创作的《暴风雨》就是以这起海难事件为依据的。（Daunton and Halpern：53）除了历史背景的外证外，剧本本身也为"大西洋—美洲说"提供了不少内证。比如，莎翁为岛上的原住民起的名字卡力班（Caliban）似乎暗示了此人与加勒比地区的食人族（Carib/Cannibal）的联系；卡力班崇拜的塞蒂包（Setebos）是南美巴塔哥尼亚人崇拜的"大魔鬼"；风暴是精灵爱丽尔从百慕大群岛采集来的露水酿成的，并以萨莫斯爵士对在这些岛屿附近发生海难的记载为依据，同一个记载中还讲到了这些岛屿上存在着精灵、百慕大是"魔鬼之岛"。（Hankins：793—801）如此看来，《暴风雨》中的荒岛应当坐落在大西洋的某片水域中。

"地中海—北非说"的依据主要是戏剧文本本身。莎翁在剧中明确告诉我们，流落荒岛的欧洲人全来自意大利，似乎与英国毫不相干；那不勒斯国王一行的船队是在参加了公主克拉莉蓓的婚礼后，在回国途中突遇暴风雨而触礁沉没的；克拉莉蓓嫁的是突尼斯王子，突尼斯古称迦太基，位于北非。因此，这些海难余生者流落的荒岛应该是在地中海—北非一带，而这片水域也正是古罗马诗人维吉尔在《埃涅阿斯纪》中讲到的特洛伊王子伊尼阿斯遭遇海难、被迦太基女王狄多相救、双方萌生爱情的场所。这样，古典的史诗与近代的戏剧之间就隐含了一种互文性的对应关系。当代美国学者斯蒂芬斯（Charles Stephens）指出，从公元 7 世纪到近代，这片由奥德修斯、伊尼阿斯和圣保罗到过的海域，被古罗马人称为"我们的海"（the mare nostrum of the Romans），一直是由基督徒和穆斯林平分的。因此，普洛士帕罗的荒岛坐落在基督教所属的区域，只有这样，发生在这个地方的所有事情才能顺理成章，不然就说不通了。（6—31）另一位持"地中海—北非说"的学者布洛顿（Jerry Brotton）进一步指出，在 16 和 17 世纪欧洲的政治和商业世界中，东地中海和北非沿岸发挥了特别重要的作用。在现代早期国际关系的记载中，这片区域（水域）是欧洲文明与非洲及其他文明的接触地带（contact zone）。只是在大西洋世界占据历史叙事的优势地位后,这种作用才不断地被低估,地中海和北非沿岸才成了"被遗忘的前沿"(23—42)。除了那不勒斯国王船队的行进路线外,剧中还有不少细节可以为"地中海—北非说"提供佐证。比如剧本告诉我们,卡力班的母亲来自东半球的阿尔及尔,卡力班的皮肤是黑色的,属于典型的非洲土著而不是美洲红种人的特征,等等。

"大西洋—美洲说"和"地中海—北非说"究竟孰是孰非,至今仍无定论。笔者认为,双方各有充分理由,无须定于一尊,不妨综合两说形成互补,或许更有利于全面理解莎翁创作该剧的主旨。从戏剧效果上考虑,将荒岛设置为一个介于"此"(欧洲)与"彼"(非洲/美洲)、旧大陆与新世界、熟悉的与陌生的、虚构的与现实的之间的时空体,让"时间在这里浓缩、凝聚,变成艺术上可见的东西;空间则趋向紧张,被卷入时间、情节、历史和运动之中"(巴赫金:275),显然有助于更集中地反映时代矛盾和人性冲突。而将现实中英国移民船在百慕大水域遭遇的海难,转化为舞台上那不勒斯国王的船队在地中海—北非的遇险和漂流,无疑拉开了艺术与现实的审美距离,使剧作家能够借助戏剧的"间离效果",对当时国内面临的社会矛盾及相关的普遍人性问题提出自己的看法。

二 空间革命与新世界话语

从现代性出发考察《暴风雨》,可以认为,莎剧中出现的荒岛时空体与英格兰民族的空间革命密切相关。按照德国学者施密特在《陆地与海洋》一文中的说法,英国在17世纪进行了一场根本的变革,将自己的存在真正地从陆地转向了海洋这一元素。由此,它不仅赢得了许多海战和陆战的胜利,而且也赢得了其他完全不同的东西,甚至远不止这些,也就是说,还赢得了一场革命,一场宏大的革命,即一场行星的空间革命。正是这场革命,使得这个在16世纪时还在牧羊的民族摇身一变,成了海的女儿。它成了从陆地转向海洋这一根本变革的承担者和中枢,成为当时所有释放出来的海洋能量的继承人,把自己真正变成了人们所称的海岛。(31)

1576—1578年间,弗洛比歇(Martin Frobisher)三次出海航行寻找西北航道;1577—1580年间,德雷克(Francis Drake)做了首次环球航行;1576年,吉尔伯特(Humphry Gilbert)发表了《关于新发现的通往中国的航道的演讲》("Discourse of a Discoverie for a New Passage to Cataia"),并航行到了纽芬兰,他想在那里建立殖民地;1582年,著名的地理学家理哈克路特(Richard Hakluyt)出版了他的第一部著作《与美洲发现相关的若干航行》。之后,他又写了具有开创性的、影响巨大的《关于向西拓殖的演讲》（*A Discourse of Western Planting*，1584），旨在推进英国在美洲的殖民化事业；首次把英国和爱尔兰臣民移送到美洲去定居的尝试发生在1585 至 1586 年，其时首先在罗诺克岛（Roanoke）、接着又在弗吉尼亚建立了第一批殖民地（1587），之后哈略特（Thomas Harriot）发表了《关于新发现的弗吉尼亚简单而真实的报告》（*Briefe and True Report of the New Found Land of Virginia*，1588—1590）。

　　上述这些真实的历史事件及其相关的文本表征，在建构英国的"新世界话语"（New World discourse）、拓展殖民空间的过程中发挥了重要的作用。据当代西方莎学专家斯库拉（Meredith Anne Skura）等人的考证，在莎士比亚创作《暴风雨》的 1611 年前后，似乎存在着大量出于不同的动机、观点和社会背景的"新世界话语"。官方的宣传强调了新世界的新奇、美丽和富饶，竭力鼓动和吸引民众到新世界去投资和移民。而一些从美洲殖民定居点归来的目击者则说，弗吉尼亚这个殖民计划（the colonial project）已经失败，定居在那儿的英国人退化堕落、贪婪成性，他们与当地原住民之间也经常发生冲突（53—54）。因此，在 17 世纪初英国人的心目中，像弗吉尼亚和詹姆斯顿这样的美洲殖民定居点似乎就成了矛盾的时空结合体，它们既是《旧约》中耶和华上帝承诺给希伯来人的"应许之地"，又是穷人聚居、道德堕落、法纪混乱的藏污纳垢之所。

　　在《暴风雨》中，莎翁让荒岛时空体承担了将 16 世纪以来形成的各种不同的"新世界话语"融为一体的文化叙事功能。按照亨尼迪（John F. Hennedy）的说法，文艺复兴时代的主要传统人文主义，与当时流行的被海登·怀特名为"反人文主义"（counter-Renaissance）的各种思想观点之间的冲突，在《暴风雨》中得到了曲折的反映。其中最有影响的是四个思想家集团，基督教人文主义者、神秘主义信仰、蒙田式自然主义者、物质主义者或马基雅维利式的纵欲主义者（90—105）。借助荒岛时空体这个远离大陆的封闭空间，莎翁让上述几种互相冲突的社会话语展开了平等的对话，使全剧呈现出一种丰富的复调性。从人类学角度考察，我们可以说，《暴风雨》的荒岛时空体类似特纳（Victor Turner）所谓的"阈限空间"。在这个"反结构"空间中，所有来自欧洲的"文明人"都展现了某种"阈限性"，因为他们都暂时被切断了日常的社会角色、身份或地位，进入了一个完全不同的社会环境，经历了一场从日常时空到非日常的、极端的时空的运动；在与他者交往的同时，也与自我相遇；在身体经受空间位移的同时，又经历了精神的历练或灵魂的悔罪。

　　弗莱等人认为，贡扎罗发表的关于在荒岛上建立"共和国"的言谈，来自蒙田《食人族》一文中对"高贵的野蛮人"的赞扬，代表了一种自然主义的社会理想。（Bloom：81）但下述这番言谈出自一位忠臣之口未免有点"越权"，暗示了无政府主义与集权统治的矛盾：

> 在这个共和国，我实行的一切办法
> 可与众不同；什么经营买卖，
> 我一概禁止；用不着地方长官；
> 都不懂得学问；再不分贫富贵贱，
> 那主人、仆人；再没有契约、继承，
> 领域、地界，葡萄园、耕熟的土地；
> 那五金和五谷，酒和油，都不需要了；
> 再不用做事干活了，都闲着双手，
> 妇女们也这样，可是天真又纯洁；
> 没有君主——
> ……
> 凡人人需要的东西都应有尽有，
> 不用流血汗，费心力。什么叛逆、
> 烧杀抢劫，刀剑枪炮，一切武器，
> 我一律都不要；我只要大自然给我
> 自愿地献上"丰饶"与"富庶"，来供养
> 我那些纯朴的老百姓。
> ……
> 我要把这岛国治理得十全十美，
> 胜过那黄金时代。（莎士比亚：548）

而另两位来自欧洲的落难贵族安东尼和西巴斯显企图借王子失踪之际杀死国王、填补权力真空的举动，则属于典型的马基雅维利式的现实政治行为。另外，小丑特伶口和司厨斯蒂番试图与当地土著合谋杀死普洛士帕罗、成为荒岛新主人的未遂叛乱，又代表了一种来自底层的、盲目的社会力量的骚动。通过来自欧洲的"文明人"在荒岛这个特殊时空体中的所思所欲和所作所为，莎翁突出了新世界话语的两极性——人性中的卑下与高贵、欲望与理想——在蛮荒地带的大暴露和大冲撞，也隐晦地表达了对詹姆斯一世时代社会现实的担忧。

三 主体—他者的建构

在上述不同思想和社会话语交锋的过程中，来自欧洲的魔法师普洛士帕罗与荒岛原住民卡力班之间的相遇和交往特别引人注目，也成为历代莎学研究的一个焦点。

普洛士帕罗是莎翁的向壁虚构，还是实有其人？如果确有其人，那么原型是谁？有不少西方学者认为，普洛士帕罗的原型很有可能就是伊丽莎白时代一位博学多才的奇人，约翰·迪博士（Dr. John Dee，1527—1608）：他既是天文学家、数学家，又精通占星术、炼金术和犹太秘仪。他曾将欧几里得的几何学翻译为英文，并将其应用于制图学上。据说伊丽莎白女王曾亲自骑马登门拜访，请他为自己掐算并择定加冕典礼的吉日。更为重要的是，此人还是不列颠帝国的预言家（visionary），他发明了"大不列颠"（Britannia）一词，竭力鼓吹英国探险家去寻找并开通西北航道（Northwest Passage）。[①] 他还为发展英国皇家海军制订了计划，在1588年英国皇家海军与西班牙无敌舰队对阵时，据说他曾在英吉利海峡上施展魔法，为英国的最终取胜立下了汗马功劳。之后，他被伊丽莎白女王委派到北美，为英国对北美殖民的合法化奠定了基础。[②] 约翰·迪博士的这一系列带有传奇色彩的行为，与《暴风雨》中的魔法师普洛士帕罗确有诸多相似之处。

不过，莎翁的伟大之处在于，他总会将自己的情理哲思注入其所本的原型中，使之具有了某种超越时空限制的普遍意义。普洛士帕罗的原型虽来自英国本土，但只有在新世界的荒岛时空体中，与来自异域的"他者"卡力班等互为镜像，才能最大限度地发挥其作为主体的文化叙事功能。那么，作为"他者"的荒岛畸人卡力班，这个原型又来自何方？

《暴风雨》第二幕第二景中，小丑特伶口在第一次见到卡力班时说：

> 这是什么玩意儿？一个人还是一条鱼？……在英国，凭这么个怪物就可以让你做个阔人啦——在那个国家里呀，随便什么怪畜生都可以让你当上个阔人。要他们掏出一文钱来舍施给一个跛脚的叫

[①] 自15世纪中期起，由于奥斯曼土耳其人征服中东，切断了欧洲通往东方的陆路，西方探险家一直试图在哥伦布发现的美洲大陆西北面开通一条商业航道。所谓"西北航道"，是指由格陵兰岛经加拿大北部北极群岛到阿拉斯加北岸的航道，这是大西洋和太平洋之间最短的航道。

[②] 参见"约翰·迪学会"（The John Dee Society）网站，http://www.johndee.org/deesociety.html. 2010-6-23。

花，那就别想了；可他们就是肯拿出十个铜子去看一看一个死了的印第安人。(莎士比亚：560—61)

这段台词与其说是小丑的夸张，不如说是当时实情的记录。据一些莎学专家考证，在16世纪末和17世纪初，口头的和书面的旅行文学对于居住在远方异域中的怪人和半人（semihuman）的描述非常丰富。当时伦敦大街上有不少游荡的土著。莎士比亚的庇护人南桑普顿伯爵出于实用的兴趣，经常带些土著进来，让剧作家与这些陌生人面对面交谈，而伊丽莎白时代的旅行文献又补充了莎士比亚的第一手观察，所有这些来自不同源头的知识凑在一起发挥了作用。莎士比亚并不是唯一的一位将印第安人带上舞台，或让他穿土著服装表演的戏剧家。当时的假面舞会上这种场面是很常见的，演员装扮成弗吉尼亚的酋长，戴上有羽毛的头饰和袍子，脸上挂满装饰品，手中拿着弓箭，口中衔着长如滑膛枪的烟袋。但莎士比亚的非同寻常之处，在于透过这些外在特征，刻画出土著个性中的本质意义（Bloom：20）。

但也有学者认为，不能完全将卡力班视为新世界的土著，因为从其出身来看，卡力班的母亲来自东半球的阿尔及尔，如果荒岛在西半球的百慕大群岛，那么卡力班也只能算半个土著。从外形上看，他的皮肤是黑色的，这是非洲土著而不是美洲红种人的特征（Skura：42—69）。斯库拉指出，尽管卡力班接近自然，非常天真，信奉鬼神，背信弃义（这是当时的欧洲殖民者对印第安人的成见），但是，他缺乏几乎所有的有关新世界的报道中最具有决定性的外在特征：他没有超人的体力，没有赤裸身体，没有动物般的皮肤，没有装饰性的羽毛，没有弓箭，没有烟管，没有烟草，身上没有彩绘，等等。莎士比亚特别强调的还有一点是，卡力班不喜欢欧洲人带来的小饰物和垃圾玩意儿。从这些特征来看，卡力班实际上更像斯特拉契在百慕大群岛期望发现而没有发现的魔鬼，而不像他在弗吉尼亚遇到的印第安人（42—69）。

笔者认为，从上述来自不同源头的描述和考证来看，卡力班这个形象似乎是莎翁在综合了旅行文学中的相关记载和现实中观察到的土著形象的基础上，发挥自己的跨文化想象力，结合了东西两半球、新旧两大陆上的原住民的体貌特征建构起来的"他者"。而普洛士帕罗与卡力班的交往过程，则象征性地反映了欧洲文化与美洲或非洲等异质文化相遇和交往中的一些根本性问题。

在论及欧洲殖民者对非欧洲（主要是非洲、美洲和澳洲）人的态度时，美国新历史主义批评家格林布拉特（Stephan Greenblatt）曾利用"他者"（other）和"兄弟"（brother）这两个单词的相似性，发明了一个双关语。他指出，在欧洲殖民者眼中，这些他者（other）通常缺乏人性，只有通过欧洲人的恩赐，他们才能成为兄弟（brother）（Nayar：443）。而这样一个转换的过程——熟悉化和陌生化、兄弟化和他者化的过程——在《暴风雨》中表现得特别明显。综观全剧，普洛士帕罗与卡力班的交往经历了一个从他者化（othering）到兄弟化（brothering）、再回到他者化的复杂过程。

众所周知，普氏是被他的兄弟夺去爵位后，与其女儿一起漂流到荒岛上的。由于自己的"兄弟"变成了"他者"，所以他不得不把他在荒岛上遇到的第一个"他者"视为自己的"兄弟"。卡力班回忆说：

> 你［普洛士帕罗］刚来新到的时候，拍拍我的背，待我可好呢：把浆果泡了水给我喝；教给我：白天升起的大亮光叫什么，黑夜升起的小亮光那又叫什么；我就此喜欢你了，把岛上那许多好地方都领你去看——清泉啊，盐坑啊，还有荒地啊，肥土啊；真该死，我指点你！（莎士比亚：528）

而卡力班后来对另外两位落难的欧洲人说出的一段充满诗意的台词，表明这个荒岛畸人不但热情好客，而且还具有非常丰富而实用的"地方性知识"（local knowledge）：

> 请让我带你到生野苹果的地方去吧；
> 我会用我这长指甲给你挖落花生；
> 领你去找青鸟的窝，教给你该怎样
> 捕捉那灵活的小猴子。我给你去采摘
> 一串串榛果，有时候我还会从岩石边
> 给你把幼小的海鸥捉来。（莎士比亚：568）

一些莎剧专家认为，《暴风雨》中卡力班对普洛士帕罗及其他欧洲人提供的帮助，实际上折射出17世纪初刚到弗吉尼亚的英国移民与当地土著阿尔冈纪人（Algonkians）之间的关系（Sokol：21）。正是在后者的帮助下，前者才渡过了初到新大陆、面对一个未知的陌生世界时的生存困境。

那么这种亲密的"兄弟"关系是如何解体的呢？按照普洛士帕罗的

说法，是由于卡力班想要进入他的洞穴，侵犯他的女儿的贞操，从此他就不得不使用魔法，将卡力班时时刻刻置于自己的监控下。但细读剧本即可发现，其实，对此应负责任的是普氏自己。因为正是他贪婪的土地占有欲，使卡力班丧失了荒岛的所有权，从而产生了仇恨心理和报复念头。从卡力班的自白来看（Oho, O ho! would't had been done! /Thou didst prevent me; I had peopled else/This isle with Calibans.），他产生强奸蜜兰达的冲动似乎不只是为了满足性欲，而是为了象征性地收复原本属于他的领土，"让大大小小的卡力班住满这个岛屿"。这里，莎翁有意用 people 作动词，表明了这个荒岛原住民的真实心理。而卡力班对普洛士帕罗的诅咒，则说明这位荒岛野人已经朦胧意识到，他的主人在奴役他的身体的同时还试图奴役他的精神。于是，正如斯库拉所说，通过《暴风雨》，"莎士比亚首次显示了'我们'对一个土著的虐待，首次表现了土著的内心世界，首次让一个土著在舞台上说出了他的抱怨，首次让新世界的相遇成为一个足以引起当时关注的问题"（58）。

既然谈到了卡力班，就不得不说一下剧中的精灵爱丽尔。后者同样也经历了一个从"他者化"到"兄弟化"的过程。普洛士帕罗将她从被女巫作法的树干中解救出来，使她甘心情愿地成了自己的仆人。与卡力班这个不肯服从、经常反抗和诅咒的奴隶相反，爱丽尔顺从、听话，甘愿为其救命恩人赴汤蹈火；与畸形、重浊、污秽的卡力班相比，这个新世界的"他者"空灵、轻快，如风一般不可捉摸，代表了欧洲人心目中理想化的"他者"形象。借助爱丽尔这个精灵，普洛士帕罗完满地实现了他的复仇计划，将昔日的仇人玩弄于自己的股掌之中。但更为重要的是，爱丽尔还在使普氏从魔法师向人文主义者转化的过程中发挥了积极的作用。

第五幕第一景洞府前，爱丽尔向普氏汇报了执行其命令（兴风作浪）的完成情况，"国王、他弟弟，你的弟弟，三个人都疯疯癫癫；其余几个人，都对着他们伤心，万分地难过、哀愁……你的法术够他们受用了，要是这会儿你看到了他们的光景，你的心会软下来"。

　　　　普洛士帕罗　你这么想，精灵？
　　　　爱丽尔　我心里会这样，主人，如果我是人。
　　　　普洛士帕罗　那我更不用说了。你不过是一阵风，
　　　　对他们的痛苦尚且有感触、抱同情，
　　　　我是他们的同类，跟他们一样
　　　　有喜怒哀乐，一样地知疼知痒，

> 难道能不比你更受感动吗？他们
> 罪孽深重，虽说叫我感到心痛；
> 但是我听从高贵的理性，压制了我胸中的怒火。……（莎士比亚：609）

这里，普氏自称是听从高贵的理性，压制了胸中的怒火，但实际上，正如索科尔（B. J. Sokol）指出的，是爱丽尔引导普洛士帕罗去欣赏一种比温和的善或无论怎样勇敢的光荣的复仇更为高贵而痛苦的道德。尽管爱丽尔只是假定自己是人，但她教化了一个高贵的魔法师（21）。

从根本上说，卡力班—爱丽尔是一体两面的形象，投射出17世纪欧洲人在与异文化交往时普遍的文化心理。妖魔化的卡力班外形来自非洲与美洲，而其性格及行为模式则源于欧洲中世纪以来的魔鬼系统，表征了当时的英国公众对殖民定居点中未知的他者的担忧和恐惧（Hankins：793—801）。理想化的爱丽尔则来自蒙田关于"高贵的野蛮人"的臆断和幻想，投射出欧洲人的理想和愿望。但无论如何，这两者都不是真实的新世界原住民形象，而是欧洲主体出于自身的目的、借助旧世界的话语传统建构起来的"他者"。

剧本结尾，普洛士帕罗通过因荒岛而增势的巫术力量，重新界定并获得了他作为米兰公爵的身份和地位；而他的兄弟安东尼及其同谋那不勒斯国王则在魔法幻景下幡然悔悟，从一度的"他者"复归为"兄弟"身份。与比同时，一度被"兄弟化"的卡力班复归其妖魔化的"他者"身份，继续留在荒岛上；而理想化的"兄弟—他者"爱丽尔则在圆满完成了其主人交代的任务后，化作一股轻风，融入新世界的大气中。于是我们看到，《暴风雨》中不同文化的相遇和交往最终以迷失人性、流落荒岛的欧洲人复归人性、荒岛原住民失去土地和话语权并继续保持其野性或魔性而告终。荒岛时空体在完成了它建构新世界话语和建构主体—他者的双重文化叙事功能后，回归其原先与世隔绝、自我封闭的蛮荒状态。而它的创造者莎士比亚也如同他笔下的魔法师一样，抛弃了法衣和法杖，从艺术世界隐退到日常生活世界，回到自己的家乡安度晚年。于是，《暴风雨》就成为一个英国戏剧家借一位欧洲魔法师之手创造出来的"一场无影无踪的幻梦"。

参考文献

[1] Barnes, Dana Ramel, "Redeeming The Tempest: Romance and Politics", *Cahiers*

Elisabéthains, 49 (Apr. 1996): 23 – 38.
- [2] Bloom, Harold, ed., *Caliban*, New York: Chelsea House, 1992.
- [3] Brotton, Jerry, "'This Tunis, sir, was Carthage': Contesting Colonialism in The Tempest", Post-Colo-nial Shakespeares. Eds. Ania Loomba and MartinOrkin. London: Routledge, 1998.
- [4] Daunton, Martin, and Rich Halpern, eds., Empireand Others: British Encounters with Indigenous Peoples, 1600 – 1850. London: U College of London P, 1999.
- [5] Hankins, John E., "Caliban the Bestial Man", PM-LA62. 3 (Sept. 1947): 793 – 801.
- [6] Hennedy, John F., "The Tempestand the Counter-Renaissance", *Studies in the Humanities* 12. 2 (Dec. 1985): 90 – 105.
- [7] Nayar, Pramod K., *English Writing and India, 1600 – 1920: Colonizing Aesthetics*, London: Rout-ledge, 2008.
- [8] Skura, Meredith Anne, "Discourse and the Individu-al: The Case of Colonialism in-The Tempest", *Shakespeare Quarterly*, Vol. 40, No. 1 (Spring 1989).
- [9] Sokol, B. J., "Text-in-history: The Tempestand newworld cultural encounter", *George Herbert Journal*, 22 (Fall 1998): 1 – 2.
- [10] Stephens, Charles, "Shakespeare", *Shakespearean Criticism*, Vol. 94. Ed. Michelle Lee. Detroit: Gale, 2006.
- [11] 钱中文主编:《巴赫金全集》第三卷, 河北教育出版社1998年版。
- [12] [英] 莎士比亚:《新莎士比亚全集》第三卷, 方平译, 河北教育出版社2000年版。
- [13] [德] 施密特:《陆地与海洋——古今之"法"变》, 林国基、周敏译, 华东师范大学出版社2006年版。

第三部分

现代斯拉夫文论的中国之旅

周启超　著

巴赫金文论核心话语的中国之旅：
回望与反思[*]

一

巴赫金文论在当代中国的登陆与旅行，或者说，当代中国从事欧陆文论、美英文论、俄苏文论之引介与研究的学者们对巴赫金理论学说之多路径的"拿来"与接受，自 1982 年《世界文学》第 4 期刊发《陀思妥耶夫斯基诗学》第一章汉译，已然穿越 45 个春秋。21 年前，中文版第一部《巴赫金文论选》问世（中国社会科学出版社 1996 年版）；19 年前，中文版第一部多卷本《巴赫金文集》（河北教育出版社，1998）面世。8 年前，读者们分享中文版第一部《巴赫金全集》（河北教育出版社 2009 年版）。今年秋天，我们，在当代中国的外国文论与比较诗学园地耕耘的学者们，将迎来"全国巴赫金研究会"成立十周年（2007 年 10 月 22 日，北京）。在当代中国，"复调""多声部""对话""狂欢化"已成为文学研究的高频词，已成为人文研究的基本话语。

"复调""多声部""对话""狂欢化"这些话语，已经且还在极大地开拓当代中国的文学研究乃至整个人文研究的理论视野与思维空间，已经且还在积极地推动当代中国文论界乃至整个人文学界的思想解放与变革创新。巴赫金文论核心话语的中国之旅，其跨语言、跨学科、跨文化而形成的覆盖面之大，其文学理论建构与文学批评实践相结合而达致的可操作性之强，堪称一个重大现象。它既能与当代世界多种文论思潮学派理论资源相对接，又能与当代中国文论建设的现实需求相应和，它极富张力的参与性与极富潜能的生产力，是文学理论跨文化旅行、跨文化互动的一个典型标志，是外国文论在改革开放的中国被拿来、被借鉴的历史进程中一个思

---

[*] 本文系作者在"第 16 届国际巴赫金学术研讨会"上的主旨报告。

想十分活跃、成绩十分可观、内涵十分丰富、空间十分开阔的交流平台。[①] 已有学者以博士学位论文形式对1993—2007年这15年间当代中国5家重要期刊上外国文论大家被研究的情况做过调查，对这一时段里受到中国学者专题研究的国外文论大家的论文进行频率统计：巴赫金位居前5名之首，其后才是德里达、詹姆逊、拉康、赛义德[②]。在中国社会科学院2013—2017为期5年的创新工程"当代外国文论核心话语反思"（后易名为"外国文学重要思潮研究"）这个项目[③]中，巴赫金也与巴尔特、伊瑟尔、伊格尔顿一起被确认为对当代中国文学研究话语实践影响最大的理论家。巴赫金文论核心话语的中国之旅，生动地映射着当代中国对当代国外文论的拿来与借鉴实践中的曲折印迹，也相当典型地折射着文学理论跨文化旅行中被吸纳也被重塑、被传播也被化用的复杂境遇。

回望巴赫金文论核心话语的中国之旅，有不小的成绩值得梳理，也有一些问题有待反思。"复调""对话""狂欢化"被套用、被滥用、被"简化"、被"泛化"的现象，也频频见之于各种报刊与各类著述。譬如，将巴赫金的"对话"套用到中小学课堂教学活动中的问答；巴赫金当年不愿意同雅各布森通电话，被一些学者认定为巴赫金其实是一个"独白主义"者；譬如，巴赫金的"复调"被"简化"为小说故事的多重结构、多重情节；等等。尤其是在无所不及的文化批评与文化研究中，巴赫金的"狂欢"被肆意"泛化"，巴赫金"狂欢化理论"被随意套用。这样无处不在的"狂欢"，与巴赫金笔下的"狂欢"之本原内涵已相去甚远。在影视研究、传媒研究、时尚研究、流行音乐研究、通俗文学研究中，巴赫金的"狂欢"思想尤其受到偏爱。许多文章被冠以"狂欢"之名，许多言说涌动着"狂欢"话语。甚至有文章用巴赫金"狂欢化理论"来分析美式摔跤中身体的狂欢，有专著用巴赫金"狂欢化理论"来解读中国的"春晚"。对巴赫金的"对话""狂欢"这样一些无边界的征用之所以产

[①] 参见周启超《在"大对话"中深化马克思主义美学研究——巴赫金的"大对话哲学"的启示》，《马克思主义美学研究》第10辑，中央编译出版社2004年版，第19—22页；《巴赫金的"复调理论"对人文科学研究的意义》，《哈尔滨工业大学学报》（社会科学版）2013年第1期；《"复调"、"对话"、"狂欢化"之后与之外——当代中国学界巴赫金研究的新进展》，《北京第二外国语学院学报》2010年第4期；《多语种跨学科的辐射与覆盖，理论与实践有效结合的平台——论当代中国对巴赫金文论的接受》，《求是学刊》2013年第1期。

[②] 参见赵淳《话语实践与文化立场——西方文论引介研究：1993—2007》，南京大学出版社2008年版，第219—227页。

[③] 《"对话"与"狂欢"：巴赫金文论核心话语研究》为该项目最终成果的五部专著之一，2017年12月19日已通过专家组鉴定。

生，自有多种原因。其中，一个很重要的症结，就在于对巴赫金文论核心话语的丰富内涵与外延了解得不透，对"复调说""对话说""狂欢化学说"之生成语境把握得不准，对巴赫金学术思想的理解仍然处于"若明若暗"的状态。

面对无边界的征用，如何有深度地开采？

面对当代中国文学研究话语实践中的这一现实，有必要也有可能正本清源——针对"对话"与"狂欢化"这样的巴赫金文论之核心话语进行有深度的清理：将其置于它们于其中生成的那个原生语境之中，来梳理出它们原有的多层内涵与外延；继而，基于文学理论跨文化旅行的机理，来对这些核心话语在当代中国的译介、传播、接受与化用实践中的正面与负面的效果加以批判性的反思。

二

首先来看巴赫金的"狂欢化学说"：

> "狂欢"概念——这是巴赫金《论拉伯雷》那部著作的一个中心概念，一个得到最为充分地建构的概念。巴赫金是在两个意义上谈论狂欢的：一是"狭义的"，一是"广义的"。狭义的"狂欢"——大斋前禁止食肉那一周里的一个节日。广义的"狂欢"——这是一个"思想—形象"系统，其基础是一种独特的生活感与历史感。原本意义上的节庆生活，它的整体、它的整个存在，它的种种关联与关系（对于上帝与人，对于空间与时间，对于身体与心灵，对于吃与喝，对于笑谑与严肃，等等），乃是"狂欢"之通用的形式。[①]

多年潜心研究巴赫金《论拉伯雷》这部名著的俄罗斯学者伊·波波娃对巴赫金的"狂欢"观念的孕育已做出梳理。伊琳娜·波波娃主张，不仅是思想史，而且基本概念史都应该透过文本史——从三十年代里最初的底稿、草稿、手稿到1965年版书稿——来加以梳理。她发现，在《狂欢思想》草稿中，"狂欢"这一概念的语义已得到广义的界说。它既涵盖语言、作家的"文体面貌"（作为"话语的狂欢"的拉伯雷的文体面貌），也涵盖现实主义的特征，后来他将这一现实主义称为"哥特式的"，

---

① ［俄］伊琳娜·波波娃：《狂欢》，周启超译，周启超编选《俄罗斯学者论巴赫金》，南京大学出版社2014年版，第375页。

再后来易名为"怪诞的"。"狂欢的现实主义"思想,恰恰是狂欢的、乌托邦的现实主义,是为文艺复兴时代(薄伽丘、莎士比亚、塞万提斯、拉伯雷)所典型的。作为没有边界的景观(广场上与街头的)的狂欢,狂欢的笑,狂放的相对性——乃是对所有历史地形成的形式之相对性、所有的等级关系之相对性的一种特别的感觉,乃是对于从这些形式、这些关系中解放出来的一种特别的感觉,同所有的东西进行游戏——一切皆可游戏的那种感觉——狂欢的自由。狂欢节的"自由与平等"具有乌托邦性。"狂欢的广场""狂欢的自由""狂欢的任意""狂欢的身体""对时间之狂欢式的接受""对世界之狂欢式的思索""对历史之狂欢式的思索"。巴赫金曾一直不停地提醒这些术语自身具有"假定性":"我们的术语——'怪诞'与'狂欢'——之有条件性"。[①] 及至1949/1950《拉伯雷》第2稿本里,巴赫金引进"狂欢化"这一概念,它一直保存到1965年《论拉伯雷》的书稿里,并被吸纳进论陀思妥耶夫斯基诗学那本书里被修订的第四章之中。巴赫金强调,"意识的狂欢化""世界的狂欢化""思想的狂欢化""话语的狂欢化""地狱、炼狱、天堂的狂欢化""言语的狂欢化",从官方的世界观那种充满敌意的、阴沉的严肃性之中解放出来,同样也从流行的真理与流俗的见解之中解放出来。[②] 其实,"狂欢化"作为话语实践也是一柄多刃剑,"狂欢化"的社会文化功能不仅有叛逆、对抗、颠覆、解放,也有减压、释放、收编、招安;"狂欢化"在现实生活中不仅仅有正能量。可以说,有积极的狂欢化,也有消极的狂欢化。对巴赫金"狂欢化理论"的理解阐释与应用之旨趣、之动机是复杂而多样的。巴赫金的"狂欢化学说"被征用时,既有正面效应也有负面效应。[③]

可见,巴赫金笔下的"狂欢",既可指生活中可见的"狂欢节"景观,也可以指意识中潜隐的"狂欢情结",更可指思想上同世界进行对话的一种"狂欢式姿态";巴赫金笔下的"狂欢化",则既可指一种生活方式,也可指一种艺术样态,既可指一种文学表现方式,更可指一种话语表述方式,一种生存状态。正是基于"狂欢"与"狂欢化"之如此丰厚的内涵,才有"狂欢化的形象""狂欢化的氛围""狂欢化的意识""狂欢

[①] Бахтин Михаил Михайлович: Собрание Сочинений. Т. 4 (Первый полутом), С. 675, М.: Языки славянской культуры, 2008.

[②] 参见[俄]伊琳娜·波波娃《狂欢》,周启超译,周启超编选《俄罗斯学者论巴赫金》,南京大学出版社2014年版,第375—385页。

[③] 参见《克里斯特瓦谈巴赫金》(1995),周启超译,周启超编选《剪影与见证:当代学者心目中的巴赫金》,南京大学出版社2014年版,第173—174页。

化的话语""狂欢化的世界""狂欢化的存在"之类的表述。"狂欢"与"狂欢化"由一种民间文化现象向文学创作机制、文化发育生态绵延。对于"狂化"与"狂欢化"的勘察与考量,便由民间文学研究向世界文学研究、向人类文化研究辐射;进而,有关"狂欢"与"狂欢化"的言说谈论,便由民间文艺学向文学学、文化学、人类学穿越。

巴赫金文论的核心话语,就是这样在语言学、文学学、符号学、阐释学、美学、哲学等诸多人文学科之间穿行,可谓博大精深。其博大,在于巴赫金文论的核心命题具有丰厚内涵;其精深,在于巴赫金文论的核心话语具有多重意指。

三

再来看看巴赫金文论的另一个核心话语——"复调"。

在巴赫金笔下,"复调"具有多重含义。在不同的界面它有不同的所指。在文学理论中,"复调"指的是小说结构上的一种特征,因此而有"复调型长篇小说";在美学理论中,"复调"指的是艺术观照上的一种视界,因此而有"复调型艺术思维";在哲学理论中,"复调"指的是拥有独立个性的不同主体之间"既不相融合也不相分割"而共同建构真理的一种状态,因此而有"复调性关系";在文化理论中,"复调"指的是拥有主体权利的不同个性以各自独立的声音平等对话,在互证、互识、互动、互补之中共存共生的一种境界,在比较诗学的意义上与中国文化中的"和而不同"相契相通的一种理念,因此而有"复调性意识"。

然而,在巴赫金笔下,"复调"首先是一个隐喻,是巴赫金从音乐理论中移植到文学理论中的一个话语。"复调"这一话语的意义涵纳,实际上是经历了从音乐形式到小说结构再到艺术思维范式直至文化哲学理念这样一种"垂向变奏",一种滚雪球式的扩展与绵延。在"复调"的诸多所指构成的一环套一环的"意义链"上,"小说体裁"这一环,显然是巴赫金"复调说"的思想原点。巴赫金首先用"复调"来建构他的小说体裁理论,用它来指称长篇小说的一种类型,具体说,就是指陀思妥耶夫斯基的长篇小说。巴赫金是在将陀思妥耶夫斯基首先看成一位语言艺术家,而对其叙事艺术形式加以深入解读这一过程中,发现陀思妥耶夫斯基是"复调型长篇小说"的首创者,进而提出其新人耳目的"复调小说理论"的。

以巴赫金之见,陀思妥耶夫斯基的小说中,人物的主体意识世界是那么丰富多彩,人物的声音充满矛盾两重性与内在对话性,其关联其结构,恰似一种多声部。

第三部分　现代斯拉夫文论的中国之旅

巴赫金看到，陀思妥耶夫斯基小说中多种形态的对话，无论是发生于不同人物的主体意识之间的公开对话，还是展开于某一人物的主体意识内部的内心对话，抑或是作者与人物之间的对话，最终都体现于小说话语的结构，落实于人物言语的"双声语"结构。

巴赫金指出，在陀思妥耶夫斯基的人物言语中，"明显占着优势的，是不同指向的双声语，尤其是形成内心对话关系的折射出来的他人话语，即暗辩体、带辩论色彩的自白体、隐蔽的对话体"。[①]

"双声语"，既针对一般话语的言语对象，又针对别人的话语即他人言语而发。具有双重指向的双声语，使陀思妥耶夫斯基小说的对话对位艺术植根于小说话语这一层面。

可见，巴赫金是由人物的主体性来谈论其独立性，是由意识的流动性来谈论其多重性，是由话语的双向性来谈论其对话性，如此一层一层地论证了陀思妥耶夫斯基小说艺术在结构上与复调音乐的对应。

后来，巴赫金以更为明晰的语言重申陀思妥耶夫斯基的小说是复调小说。巴赫金强调，作为杰出的语言艺术家，陀思妥耶夫斯基有三大发现或三方面的艺术创新。其一是创作着（确切地说是"再造"）独立于自身之外的有生命的东西，他与这些再造的东西处于平等的地位。作者无力完成它们，因为他揭示了是什么使个人区别于一切非个人的东西。其二是发现了如何描绘（确切地说是"再现"）自我发展的思想（与个人不可分割的思想）。思想成为艺术描绘的对象。思想不是从体系方面（哲学体系、科学体系），而是从人间事件方面揭示出来。其三是发现了在地位平等、价值相当的不同意识之间，对话性是它们相互作用的一种特殊形式。[②] 这三种创新，是复调这一现象的不同侧面。这三大发现，均可以"复调性"来概括。

在对"复调型"小说的理解上，一个关键问题是作者的位置在哪里。作者不是在笔下人物之上，像福楼拜在《包法利夫人》中那样；也不是在笔下人物之下，像果戈理在《死魂灵》中那样。作者应放弃他那种君临万物之上的、《旧约》中耶和华似的特权，而降身于他的那些被创造者之中，就像《卡拉马佐夫兄弟》中的基督那样，以自己的沉默促使他人去行使其自由。作者应当如同陀思妥耶夫斯基那样，占据那种巴赫金称为

[①] ［苏］米·巴赫金：《陀思妥耶夫斯基诗学问题》，钱中文主编《巴赫金全集》第五卷，白春仁、顾亚铃等译，河北教育出版社2009年版，第266页。

[②] ［苏］米·巴赫金：《1961年笔记》，钱中文主编《巴赫金全集》第四卷，白春仁、晓河等译，河北教育出版社2009年版，第335—336页。

"外位性"的位置。正是这一位置,在保障着作者对人物的对话性艺术立场、对话性审美姿态。作者意志的这种"节制",并不意味着作者由积极变成消极甚至放弃自己的意志,不去表现自己的意识。作者不仅从内部,即从"自己眼中之我",同时也从外部,即从他人的角度,"他人眼中之我",进行双向的艺术思考,使人物不被物化。作者意识与人物意识一样,都处于运动之中,处于不断建构之中,处于开放的对话之中,一样是未完结而在不断丰富的,未确定而有待充实的形象。"复调型"小说,正是内在于若干各自独立但彼此对位的意识或声音之对话关系中互动共生的统一体。"复调型"小说的艺术世界,就是多样性的精神之间以艺术手法加以组织的共存共在和交流互动。复调世界就是多种声音平等对话的世界。在复调中作者立场之观念性的、体裁上的条件——并不是恰恰以作者身份出场的作者与主人公的对话(作者只是在从功能上被改造之——作为客体化的人物,才可能进入所描写的对话),而是从"对话"中走出来("自我消除""虚己")而自觉地放弃所有的自身话语方式。

　　巴赫金的"复调性"的核心语义乃是"对话性"。巴赫金所谓的"复调",可以说,就是与"独白性"针锋相对的"对话性"艺术思维的别称。"对话性"作为一种新的艺术思维方式,在全面地革新作者的艺术立场、人物的艺术功能与作品的结构范式。这种确认笔下人物也具有主体性而恪守"外位性"的作者立场,这种获得内在自由具有独立意识因而能与他人(作者与其他人物)平等"对话"的人物功能,这种以作者与人物、人物与人物这些不同主体之间不同声音的并列"对位"而建构的作品范式,充分体现了"复调性"对"独白性"艺术思维方式的突破与超越。

　　当巴赫金将"复调性"艺术思维对"独白性"艺术思维的突破,与哥白尼的"日心说"宇宙观对"地心说"宇宙观的突破相提并论时,"复调性"这个概念的所指便升级了:"复调性"不仅指称一种艺术思维方式,更是指称一种哲学理念乃至一种人文精神。"日心说"使地球移出其宇宙中心的"定位",天文学家由此而得以进入宇宙复杂的交流互动实况的重新观察;"复调性"使作者迁出其在作品世界话语中心的"定位",文学家由此而得以进入对生活本相、对"内在于若干各自独立但彼此对立的意识或声音之对话关系中互动共生的统一体"作生动逼真的艺术描写;"复调性"更可以引导思想家由此而得以进入对自我意识如何运作于文学世界以外的人际交往活动的重新理解,对主体间的交往机制乃至真理的建构机制、意义的生成机制等一系列关涉哲学、社会学、美学、伦理学、语言学、符号学、人类学、文化学等重大命题的重新思考。"复调性"作为一种哲学理念乃至一种人文精神,在当代人文学科诸领域引发变革。尊重他人的主体性,确认交流中的多声部性,倡导彼此平等的对位对话与共存共生,这些"复调性"的基本元素的思想能量,确实难以估量。①

"复调性"作为哲学理念,其精髓乃是"不同主体间意识互动互识的对话性",其根源乃是"人类生活本身的对话性"。巴赫金从"复调性"与"对话性"出发,考察作为主体的人相互依存的方式,考察两个个体的相互交往关系,进入他那独具一格的哲学人类学建构。他谈的是文学学问题,实际上阐发的却是哲学思想。巴赫金的文学理论已然溢出其传统的界面。譬如说,"复调性"艺术思维要求不同的意识保持"对位"状态,巴赫金便以此为思想原点,论述人的存在问题。当人物与作者平起平坐,人物的意识与作者的意识并列对位,就构成存在中的"事件",就形成一种交往。"存在就意味着进行对话的交际""两个声音才是生命的最低条件,生存的最低条件……"② 巴赫金文论的核心话语还向美学、伦理学、宗教学延伸,譬如说,他论述两个不同主体各自独立的意识"既不相融合也不相分割"③,才构成审美事件;两种意识一旦重合,就会成为伦理事件;一个主体意识面对一个客体时,只能构成认识事件;当另一个意识是包容一切的上帝意识的时候,便出现了宗教事件。在这个意义上,就可以理解巴赫金本人并不是用"文学理论",而是"哲学人类学"来描述他一生的活动领域。

巴赫金的文学理论,的确是以深厚的哲学思想为底蕴、为支点。艺术思维方式上的"复调性"与"对话性",是建立在巴赫金关于真理的建构机制、意义的生成机制等伦理哲学与语言哲学之上的。巴赫金文论中的"对话性",植根于他的伦理哲学的本体论。巴赫金认为,真理并不存在于那外在于主体的客体,也不存在于那失落了个性的思想之中。真理不在我手中,不在你手中,也不在我们之外。真理在我们之间。它是作为我们对话性的接触所释放的火花而诞生的。巴赫金甚至坚持,创作过程即主体间对话过程,意义只能在对话中产生。在这个意义上,可以说,小说结构与艺术思维中的"复调性",乃源生于巴赫金的"大对话哲学"。对于"大对话哲学","复调说"只不过是一种局部的、应用性的变体。

---

① 参见周启超《复调》,《外国文学》2002 年第 3 期。
② [苏]米·巴赫金:《陀思妥耶夫斯基诗学问题》,钱中文主编《巴赫金全集》第五卷,白春仁、顾亚铃等译,河北教育出版社 2009 年版,第 335 页。
③ [苏]米·巴赫金:《陀思妥耶夫斯基诗学问题》,钱中文主编《巴赫金全集》第五卷,白春仁、顾亚铃等译,河北教育出版社 2009 年版,第 4 页。

四

　　追根究底，巴赫金的"大对话哲学"所高扬的"对话性"，乃植根于"话语"的"对话性"。巴赫金的话语理论，与福柯的话语理论一样，为我们从新的视界理解文学创作、文学批评、文学研究乃至整个人文科学这样的话语实践，开辟了新的空间，开拓出新的路径。

　　围绕着巴赫金的"话语理论"，我们至少可以追问："话语"的"对话性"具有哪些特征？"话语"何以具有"对话性"？所有类型的话语都具有"对话性"吗？抑或只是"诗性话语""文学话语""审美话语""人文话语"才具有"对话性"？从"文学是一门语言艺术"到"文学是一门话语艺术"这样的变化意味着什么？由文学话语的"对话性"出发，从"主体间性"到"文本间性"（互文性）这样的转换，是如何发生的？文学话语的"双声性"或"多声性"是何以产生的？人文话语何以具有"应答性"与"开放性"？这些关涉当代文学理论乃至人文研究之基本的同时又是前沿的轴心问题，需要给予专题性的有深度的讨论。

　　同样值得深度开采的还有巴赫金的"外位性"思想。

　　回望巴赫金文论核心话语的中国之旅，相对于"复调""对话""狂欢化"受到普遍的关注与广泛的征用，"外位性"这一话语的使用频率还是不高的。学界对巴赫金的"外位性"思想的研究大多局限于审美的角度。其实，"外位性"思想贯穿于巴赫金的"复调说""对话说""狂欢化学说"之中。

　　巴赫金"外位性"思想基本内涵是什么？"外位性"理论产生的思想语境是什么？如何理解"外位性"思想是一种视界，也是一种立场，更是从事具体的外国文学研究所应把握的一种方法论？如何系统地理解"外位性"思想的伦理维度、审美维度、认知维度？这就要系统梳理巴赫金文学研究实践中的"外位性"视界（拉伯雷研究中的"外位性"批评、《陀思妥耶夫斯基诗学问题》中的"外位性"批评），系统梳理从"复调理论"到"狂欢化学说"，巴赫金的"外位性"思想的流变轨迹。这就要从哲学方法论意义上来探讨"外位性"视界对于文学研究空间的拓展。其实，巴赫金的"外位性"思想从学理上阐明了外国文学研究与比较文学研究之独特的存在价值，论证了这一研究的合法性，提出了外国文学研究与比较文学研究的基本路径。

陈涛的博士学位论文《巴赫金"外位性"思想与文学研究》① 已尝试探讨以上问题。这篇论文以巴赫金文论的核心话语"外位性"为主题。通过对巴赫金"外位性"思想生成的历史背景之清理，对巴赫金"外位性"思想不同维度内涵之阐发，对巴赫金文学研究实践中"外位性"视界的具体呈现之梳理，来探讨"外位性"理念在巴赫金整个思想探索与理论建树中的轴心地位，来揭示"外位性"视界对于文学研究对于跨文化交际的方法论价值。这部学位论文的一个结论是，巴赫金的"外位性"视界对于文学研究的重大意义恰恰在于人们可以重新认识"对话""复调""狂欢化"。对话思想的哲学基础恰恰就是"外位性"。"外位性"视界、对话思想、复调理论和狂欢化学说——这才是巴赫金文学研究的基本路径；论文的另一个结论是，"外位性"视界有助于从两个维度对文学研究方法论实现重要突破。一是转变研究对象，另一个是转变思维方式。文学研究的对象不再是孤立存在的文学作品，而是处于开放中的、诸多对话关系中的文本间对话、主体间对话；文学研究的思维应是一种开放式的对话型思维。在"外位性"视界里，文学研究要永葆活力，就需要在文学文本的意义阐释中考察其他意识形态环境里其他文化的参与，在不间断的、未完成的、开放性思考中彼此互摄；也只有置身于巴赫金的"外位性"思想所孕育的文化场里，巴赫金的思想力量才能获得充分释放。其实，论文还应从认识论层面来阐述"外位性"视界对于文学研究中"去除盲点，激发洞见"的独特功能。

诚然，我们也可以使用巴赫金倡导并践行的"外位性"视界、"外位性"立场、"外位性"路径来检阅当代"巴赫金学"。俄罗斯、欧美、拉美以及其他国度的巴赫金研究者来了解中国的"巴赫金学"之最新成果，中国的巴赫金研究者来了解俄罗斯的"巴赫金学"、欧美的"巴赫金学"、拉美以及其他国度的"巴赫金学"之最新进展②，这不正是在践行巴赫金的"外位性"思想而进行的学术对话吗？在第 16 届国际巴赫金学术研讨会上，与会专家就下列议题展开了广泛而深入的学术交流："巴赫金，哲学阐释学与艺术""巴赫金体裁理论与小说阐释""巴赫金的理论概念在教育中的文化意义""巴赫金的语境化与其理论在文学研究中的应用"

---

① 参见陈涛《巴赫金"外位性"思想与文学研究》，博士学位论文，中国社会科学院研究生院，2015 年。

② 参见《跨文化视界中的巴赫金丛书》，周启超、王加兴主编，南京大学出版社 2014 年版。该丛书共 5 卷：《俄罗斯学者巴赫金》《欧美学者论巴赫金》《中国学者论巴赫金》《对话中的巴赫金：访谈与笔谈》《剪影与见证：当代学者心目中的巴赫金》。

"重温巴赫金与狂欢化""巴赫金，阐释学与反科学主义""巴赫金，传记和自传写作与小说史""巴赫金和教育学：理论与实践""巴赫金，人文科学危机与生态对话""巴赫金，心理学、美学和政治学""教学及媒体语境中的巴赫金与文化研究"[1]。以巴赫金理论学说为主题的国际学术交流应努力形成真正意义上的多声部对话的"复调"，应努力进入各自独立彼此平等的主体声音在对话关系中的互证互识互动共生，进入中国文化的一个核心话语所表述的"和而不同"的境界；以巴赫金理论学说为主题的多边的跨文化对话，也有可能成为巴赫金话语意义上的一个"事件"，成为国际"巴赫金学"史册上新的、精彩的、承先启后的一页。

（原刊于《中国社会科学院研究生院学报》2018年第1期）

---

[1] 第16届国际巴赫金学术研讨会于2017年9月6日—10日在中国上海举行。本届年会由复旦大学外文学院主办，中国中外文艺理论学会巴赫金研究会、中国外国文学学会外国文论与比较诗学研究会、英国谢菲尔德大学巴赫金研究中心、英国伦敦大学玛丽女王学院比较文学系、俄罗斯科学院高尔基世界文学研究所协办。年会开幕式上共有三个主旨报告：浙江大学周启超教授的《巴赫金文论核心话语的中国之旅：回望与反思》、俄罗斯科学院世界文学研究所伊琳娜·波波娃研究员的《米哈伊尔·巴赫金的"大时代"》，英国伦敦大学加林·吉汉诺夫教授的《米哈伊尔·巴赫金与中国文学》；第二场大会上，复旦大学外文学院曲卫国教授的《我们应该与谁交谈？跨文化语境下文化研究的巴赫金式批判》，英国谢菲尔德大学巴赫金研究中心克雷格·布兰迪斯特教授的《重新思考巴赫金及殖民遭遇》；北京大学凌建侯教授的《呼唤对话思维——论互文性与对话性之关系》；第三场大会上，复旦大学汪洪章教授作题为《巴赫金与中国小说批评》的报告、加拿大学者肯·赫契考普教授作题为《巴赫金、欧洲与现代》的报告，南京大学王加兴教授作题为《巴赫金语调理论阐析》的报告。年会闭幕式上，与会学者听取了中国学者卢小合研究员题为《人文科学中的"涵义"与"意义"——兼谈巴赫金的"涵义观"》的报告、俄罗斯科学院哲学研究所柳德米拉·戈戈吉什维里研究员题为《语言图像中的复调资源——米·巴赫金的现象学发明》的报告（将由伊琳娜·波波娃宣读），这是国际巴赫金年会首次在中国举办，来自世界各地的专家第一次有规模地见证当代中国"巴赫金学"的实绩与气象，第一次有规模地与中国巴赫金学者进行广泛对话与充分交流，这在当代中国的巴赫金研究进程上，在国际"巴赫金学"历史上都具有里程碑意义。

俄罗斯形式论学派文论的中国之旅

——以"陌生化学说"为中心

"俄罗斯形式主义"在20世纪30年代就在中国登陆了。1936年11月出版的《中苏文化》第1卷第6期刊登过"苏联文艺上形式主义论战特辑",介绍过当时苏联国内批评形式主义的情况。[①] 后来,钱钟书先生在《谈艺录》(1946)中,多次提到俄国形式主义,并运用这一学派的理论对中西文学进行比较考察,阐释文艺理论中的一些基本问题。[②] 之后,20世纪40年代末至70年代末的30年间,中国学界很少谈及俄罗斯形式主义。

20世纪70年代末,当代中国进入改革开放的"新时期",俄罗斯形式论学派在当代中国的接受也进入一个"新时期"。这个新时期可分为三个阶段。

其一为20世纪70年代末至80年代末(1979—1989)。在向当代西方文学理论各种思潮流派的开放大潮之中,尤其是在对结构主义文论的开放背景之中,俄罗斯形式论学派得到初步"译述型"引介。"陌生化"理论令当代中国的文学创作界与文学批评界大开眼界。

其二是20世纪80年代末至90年代末(1989—1999)。对俄罗斯形式论学派著作的翻译得以正面展开,有多种文选,如《俄苏形式主义文论选》《俄国形式主义文论选》;也有专著,如维克多·什克洛夫斯基的《散文理论》;更有名篇论文,如《艺术即手法》《词语的复活》《文学事实》;有的名篇还有多种译文,如《艺术即手法》《作为手法的艺术》《作为艺术的手法》;一些名篇进入高校文科教材《西方文艺理论名著教程》,对俄罗斯形式论学派的研究全面展开。有专题研究,如对轴心概念

[①] 汪介之:《俄国形式主义在中国的接受》,《中国比较文学》2005年第3期。
[②] 汪介之:《俄国形式主义在中国的接受》,《中国比较文学》2005年第3期。

"文学性""陌生化"的探讨,对"俄罗斯形式论学派的文学史观"与"文学观"的勘察。也有整体研究,如"形式研究法""形式主义问题""形式主义学派"等,出现了《形式主义文论》与《陌生化诗学:俄国形式主义研究》这样的专著。①

其三为 21 世纪以来(2000—2012),对俄罗斯形式论学派著作的翻译继续得到拓展,塔尔图大学 1976 年编选的《俄罗斯形式论学派文选》②也被翻译成中文。对俄罗斯形式论学派的研究得到深化:如俄罗斯形式论学派两大支脉即"诗语研究会"与"莫斯科语言学小组"之学术追求上的分野,俄罗斯形式论学派与"国家艺术研究院"在诗学研究取向上的相通,20 世纪 20 年代俄苏文论格局中的俄罗斯形式论学派,巴赫金与形式论学派,现代斯拉夫文论语境中的俄罗斯形式论学派。对艾亨鲍姆、雅各布森、什克洛夫斯基这些形式论学派大学者的个案研究,对俄罗斯形式论学派历史局限的考察,等等。

如今看来,俄罗斯形式论学派的一些核心学说与基本理念在当代中国已经得到相当广泛的接受,成为当代中国文学批评与文学研究的一种重要思想资源,被广泛运用于文学文本的解读与文学史的建构。这一学派的"文学观"与"文学史观",这一学派推崇文学形式、文学手法、文学本位的思想旨趣,积极参与了当代中国文学观念的变革与文学研究范式的更新与丰富,有效推动着文学研究思维空间的拓展。

一 新时期第一个十年(1979—1989)

20 世纪 70 年代末至 80 年代末。在向当代西方文学理论各种思潮流派的开放大潮之中,尤其是在对结构主义文论的开放背景之中,俄罗斯形式论学派得到初步"译述型"引介。"陌生化"理论,令当代中国的文学

---

① 可参见[法]茨维坦·托多罗夫编选《俄苏形式主义文论选》,蔡鸿滨译,中国社会科学出版社 1989 年版;[苏]维·什克洛夫斯基《俄国形式主义文论选》,方珊等译,生活·读书·新知三联书店 1989 年版;[苏]维·什克洛夫斯基《散文理论》,刘宗次译,百花洲文艺出版社 1994 年版;李辉凡《艺术即手法》,《外国文学评论》1989 年第 1 期;什克洛夫斯基《词语的复活》,李辉凡译,《外国文学评论》1993 年第 2 期;[俄]尤·蒂尼亚诺夫《文学事实》,张冰译,《外国文学》1996 年第 4 期;方珊《作为手法的艺术》,什克洛夫斯基《俄国形式主义文论选》,生活·读书·新知三联书店 1989 年版;谢天振《作为艺术的手法》,《上海文论》1990 年第 5 期;胡经之主编《西方文艺理论名著教程》,北京大学出版社 1989 年版;方珊《形式主义文论》,山东教育出版社 1999 年版;张冰《陌生化诗学:俄国形式主义研究》,北京师范大学出版社 2000 年版。

② [爱沙尼亚]扎娜·明茨、伊·切尔诺夫编选:《俄罗斯形式论学派文选》,塔尔图大学出版社 1976 年版。

创作界与文学批评界大开眼界。

在改革开放的当代中国，对俄罗斯形式论学派的介绍最早出现于 1979 年。英美文论专家袁可嘉在这一年的《世界文学》第 2 期上发表了《结构主义文学理论》一文，提及作为结构主义先驱的"俄罗斯形式主义"。1980 年，比利时学者 J. M. 布洛克曼的《结构主义——莫斯科—布拉格—巴黎》被译成中文，原著为 1971 年德文版，1974 年英文版，在第二章"莫斯科"中有专门一节介绍"俄罗斯形式主义"。1983 年，俄苏文论专家李辉凡在《苏联文学》第 2 期上发表《早期苏联文艺界的形式主义理论》。也是在这一年，发行量很大的《读书》第 8 期刊登英美文论专家张隆溪的文章《艺术旗帜上的颜色——俄国形式主义与捷克结构主义》。1984 年，面向文学创作与文学批评界的《作品与争鸣》在第 3 期发表比较诗学专家陈圣生、林泰的《俄国形式主义》一文。俄罗斯形式学派文论就这样通过不同渠道的译述型引介，进入当代中国文学界。

不同学术背景的学者对俄罗斯形式论学派持有不同的评介倾向。

李辉凡的文章《早期苏联文艺界的形式主义理论》，对俄苏形式主义的否定多于肯定，将其视为"形而上学和唯心主义"世界观的反映，甚至定性为"资产阶级的形式主义"。文章介绍了"诗语研究会"（ОПОЯЗ）代表人物的主要理论主张和影响。但是，对于什克洛夫斯基、日尔蒙斯基、艾亨鲍姆、托马舍夫斯基的理论学说，该文作者都是以一种批判的方式将之呈现出来的。这种"形式主义"观，是此前长期以来中国俄苏文学界追随苏联官方文艺学而对"形式主义"之政治的、阶级的定性之延续。但这种意识形态式的否定式评介在当代中国文学界并没形成主流。

张隆溪的文章《艺术旗帜上的颜色——俄国形式主义与捷克结构主义》准确地捕捉到了该流派的核心概念：罗曼·雅各布森的"文学性"和什克洛夫斯基的"陌生化"，以"陌生化"为基础的文学史观，以及"本事"（фабула）和"情节"（сюжет）。作者指出，正是这些概念和"陌生化"理论的提出，为现代反传统艺术奠定了理论基础。文章指出，形式主义文论的意义在于它希望建立一种科学的文学研究，而不是哲学研究、文化研究、心理研究等。文章强调："形式主义者实际上并不是那么'形式主义'，即并非全然抱着超历史、超政治的态度。他们的'文学性'概念不过是强调，文学之为文学，不能简单归结为经济、社会或历史因素，而决定于作品本身的形式特征。他们认为，要理解文学，就必须以这些形式特征为研究目标，也正是在这个意义上，他们反对只考虑社会历史因素。"张隆溪的文章客观地解读了形式主义强调的"文学性"内涵，辩证地评价了俄国形式主义的局限。作者提出,"把形式的陌生和困难看成审美标准,似乎越怪诞的作品越有价值,就有很大的片面性"了;把它们推到极限,也是不可取的,俄罗斯形式论学派早期的失误正在于此。这篇文章对俄罗斯形式论学派的重要人物、概念、观点、意义和局限的准确把握和中肯评价,为当代中国学者后来的进一步研究奠定了良好的基础。

新时期第一个十年里,"俄罗斯形式论学派"主要是在中国学界对当代西方文论引介大潮的席卷之中进入中国的。罗里·赖安与苏珊·范·齐尔合编的《当代西方文学理论导引》,原著为 1982 年、中译本为 1986 年;英国学者安纳·杰弗森、戴维·罗比等人合著的《西方现代文学理论概述与比较》,原著为 1982 年、中译本为 1986 年;荷兰学者 D. 佛克马、E. 易布思合著的《20 世纪文学理论》,原著为 1977 年、中译本为 1988 年;英国学者伊格尔顿的《文学理论:导引》,原著为 1983 年、中译本有多种,有的译本易名为《20 世纪西方文学理论》,中译本为 1986 年;英国学者 T. 霍克斯的《结构主义和符号学》,原著为 1977 年、中译本为 1987 年;美国学者罗伯特·休斯的《文学结构主义》,中译本为 1988 年;巴赫金的《文艺学中的形式主义方法》①。这些著作的中译本,将当代中国学者的目光引向"俄罗斯形式主义"。当代中国文学理论界是在纵览西方文论思潮、梳理西方文艺学方法论的语境之中而与俄罗斯形式论相遇的。那个年代的读者,主要是在辽宁大学中文系编写的《文艺研究的系统方法》,傅修延、夏汉宁的《文学批评方法论基础》,中国人民大学中国语言文学系编写的《文艺学方法论讲演集》,文化部教育局编写的《西方现代哲学与文艺思潮》,班澜、王晓秦的《外国现代批评方法纵览》,马克思主义文艺理论研究编辑部选编的《美学文艺学方法论》(续集),张秉真、黄晋凯的《结构主义文学批评论》,伍蠡甫、胡经之主编的《西方文艺理论名著选编》,胡经之、张首映主编的《西方 20 世纪文论选》

---

① 可参见罗里·赖安、苏珊·范·齐尔编《当代西方文学理论导引》,李敏儒等译,四川文艺出版社 1986 年版;[英]安纳·杰弗森、戴维·罗比《西方现代文学理论概述与比较》,湖南文艺出版社 1986 年版;[荷兰]D. 佛克马、E. 易布思《20 世纪文学理论》,林书武、陈圣生、施燕、王筱芸译,生活·读书·新知三联书店 1988 年版;[英]特雷·伊格尔顿《20 世纪西方文学理论》,伍晓明译,陕西师范大学出版社 1986 年版;[英]T. 霍克斯《结构主义和符号学》,上海译文出版社 1987 年版;[美]罗伯特·休斯《文学结构主义》,刘豫译,生活·读书·新知三联书店 1988 年版;[苏]巴赫金《文艺学中的形式主义方法》,李辉凡、张捷译,漓江出版社 1987 年版。

二 新时期第二个十年（1989—1999）

20世纪80年代末至90年代末。1989年俄罗斯形式论学派在当代中国的接受史上可是不平凡的一年。这一年，有关俄罗斯形式论学派的两部文选于3月同时面世：一部是《俄苏形式主义文论选》，由北京大学法文教授蔡鸿滨1987年完成翻译，据茨维坦·托多罗夫1964年编选的法译本译为中文。一部是《俄国形式主义文论选》，由北京师范大学学俄文出身的青年学者方珊1986年完成编选与翻译，主要选自《1917—1932苏联美学思想史略》[2]、日尔蒙斯基的《文学理论·诗学文体学》[3]，梯尼亚诺夫的《诗语问题》[4]，托马舍夫斯基的《文学理论·诗学》[5]，什克洛夫斯基的《情节的展开》[6]等。第2个选本在1992年6月第2次印刷7000册。

1989年第1期《外国文学评论》刊发了什克洛夫斯基著名论文的新译《艺术即手法》，由资深俄罗斯文学专家李辉凡译。之前，有青年学者方珊的译文《作为手法的艺术》[7]；之后，有谢天振的译文《作为艺术的手法》[8]。1989年《外国文学评论》第1期刊发了笔者的文章《在结构—功能探索的航道上——俄国形式主义在当代苏联文艺理论界的渗透》。笔者看到，自20世纪60年代以降，苏联国内对俄苏形式学派文论进行了重新评价。这一学派的理论思想又一次对苏联学术界乃至世界学术界产生影响。有一批学者开始努力透视形式论学派的思想精髓，竭力汲取其中方法论的精华。笔者认为，俄苏形式论学派影响深远，它所焕发的生命力可从巴赫

---

[1] 参见辽宁大学中文系编《文艺研究的系统方法》，辽宁大学出版社1985年版；傅修延、夏汉宁编著《文学批评方法论基础》，江西人民出版社1986年版；中国人民大学中国语言文学系编《文艺学方法论讲演集》，中国人民大学出版社1987年版；文化部教育局《西方现代哲学与文艺思潮》，上海文艺出版社1987年版；班澜、王晓秦《外国现代批评方法纵览》，花城出版社1987年版；马克思主义文艺理论研究编辑部选编《美学文艺学方法论》（续集），文化艺术出版社1987年版；张秉真、黄晋凯《结构主义文学批评论》，辽宁大学出版社1987年版；伍蠡甫、胡经之主编《西方文艺理论名著选编》，北京大学出版社1987年版；胡经之、张首映主编《西方20世纪文论选》，中国社会科学出版社1989年版。

[2] 《1917—1932苏联美学思想史略》，莫斯科艺术出版社1980年版。

[3] ［苏］日尔蒙斯基：《文学理论·诗学文体学》，列宁格勒科学出版社1977年版。

[4] ［苏］梯尼亚诺夫：《诗语问题》，莫斯科苏联作家出版社1965年版。

[5] ［苏］托马舍夫斯基：《文学理论·诗学》，莫斯科国家出版社1928年版。

[6] ［苏］什克洛夫斯基：《情节的展开》，彼得格勒"奥波亚兹"1921年版。

[7] 方珊：《作为手法的艺术》，什克洛夫斯基《俄国形式主义文论选》，方珊等译，生活·读书·新知三联书店1989年版，第6页。

[8] 谢天振：《作为艺术的手法》，《上海文论》1990年第5期。

金、洛特曼、柯日诺夫——"以思想十分活跃、构想相当丰硕、多有卓然见识而引人瞩目"的这三位学者的著述中显现出来。这篇文章，其实源于笔者在1989年7月赴苏联科学院世界文学研究所留学之前完成的一项研究：俄罗斯形式论学派在当代苏联的命运。该文是长篇专论的一部分。另一部分后来就以《俄苏形式主义在当代苏联文艺学界的命运》为题，以乔雨这个笔名刊发在1991年第3期的《外国文学评论》上。

更为重要的还是正面研究。也是在1989年，《外国文学评论》第1期刊发了钱佼汝的文章《"文学性"和"陌生化"——俄国形式主义早期的两大理论支柱》。

1989年俄罗斯形式论学派学说进入中国高校课堂，被列入高等学校文科教材的《西方文艺理论名著教程》（下）。① 在总共20章里给了俄罗斯形式论两章的篇幅：一章是"什克洛夫斯基及其《关于散文理论》"，一章是"雅克布逊的语言学诗学观"。

1989年，当代中国学界对俄罗斯形式论学派的译介与研究全方位展开。就当代中国学者对俄罗斯形式论学派的接受而言，这一年简直可以说是这一个十年的缩影。

可以说，在新时期的第二个十年里，中国学者不仅全面译介俄罗斯形式论学派的理论文本，而且还关注这一学派在当代文论界的命运。

随着时间的推移，中国学者对俄罗斯形式论学派的开采不断向纵深推进。1993年的《外国文学评论》第2期刊发了李辉凡翻译的什克洛夫斯基的另一名篇《词语的复活》；1994年，什克洛夫斯基的专著《散文理论》的中译本终于面世②；1996年《国外文学》第4期上发表了北京大学俄文系青年学者张冰翻译的迪尼亚诺夫的论文《文学事实》；1994年面世的《结构—符号学文艺学》③ 里收入雅各布森的《语言学与诗学》、雅各布森与列维·斯特劳斯合著的《评夏尔·波德莱尔的〈猫〉》、扬·穆卡洛夫斯基撰写的《什克洛夫斯基〈散文理论〉捷译本序》等重要文章。

巴赫金《文艺学中的形式方法》的中译本④、美国学者乔纳森·卡勒

---

① 胡经之主编：《西方文艺理论名著教程》下卷，北京大学出版社1989年版，2002年已是第20次印刷。
② 由北京外国语大学俄语系资深教授刘宗次据苏联作家出版社1983年的版本。
③ 参见 M. 波利亚科夫编选《结构主义："赞成"与"反对"》，莫斯科进步出版社1975年版。资深俄罗斯文论翻译家佟景韩完成了中译本。
④ ［苏］巴赫金：《文艺学中的形式方法》，邓勇、陈松岩译，中国文联出版公司1992年版。

《结构主义诗学》的中译本①、法国学者让-伊夫·塔迪埃的《20世纪的文学批评》中译本的出版②,无疑从不同角度推动了当代中国学者对俄罗斯形式论学派的研究。

这些文本的翻译,标志着我国形式主义文论的接受进入了一个新的阶段,它们为我国学者进一步研究打下了基础,并出现了各类研究成果。一类是以论文为主,进行专题研究;另一类是以著作为主,整体研究俄国形式主义。

(一)专题研究

这一时期,在一些重要期刊,如《外国文学评论》《国外文学》《当代外国文学》《北京社会科学》《文艺理论与批评》上发表了对俄罗斯形式论学派专题展开研究的论文,其中一个最为重要的专题研究就是对两个核心概念"文学性"与"陌生化"的深入探讨。其中,最具代表性的是发表在1989年第1期《外国文学评论》钱佼汝的文章《"文学性"和"陌生化"———俄国形式主义早期的两大理论支柱》。钱佼汝多年从事英美文论研究,时任南京大学外语学院院长。在关于"文学性"何以成为俄罗斯形式主义核心价值的问题上,钱佼汝认为:"俄罗斯形式主义的基本出发点是剔除传统文学研究中非科学的印象主义成分和伪科学的实证主义成分,使文学研究建立在真正'客观'的和'科学'的基础上。""他们指出文学研究不应该再依附于哲学和美学,而应该成为一门独立的、自成一体的科学;不应该再热衷于那些与文学关系不大的有关历史、社会、道德、哲学、心理学或作者生平等方面的讨论,而应该把研究的注意力集中到文学本体,即文学本身上面,着重探讨文学自身的特点和规律。"钱先生在文章中十分准确地把握了俄国形式主义的"革命性"意义,他写道:"俄国形式主义在本世纪初给西方传统的文学理论以一次革命性冲击,开创了现代批评的新时代,并留下了深远的影响。我们不能把俄国形式主义简单地看成是一种阅读文学作品和展开文学批评的新方法:它的最终目的是要建立一种'科学的'、享有独立地位的文学理论,从根本上改变文学批评的性质、任务、方法。"③这一评述十分到位。钱佼汝对"陌生化"的探讨也比较深入。文章认为,"陌生化"概念不仅是语言层次上的,而且是结构层次上的。什克洛夫斯基的"故事"与"情节"

---

① [美]乔纳森·卡勒:《结构主义诗学》,盛宁译,中国社会科学出版社1991年版。
② [法]让-伊夫·塔迪埃:《20世纪的文学批评》,史忠义译,百花文艺出版社1998年版。
③ 钱佼汝:《"文学性"和"陌生化"———俄国形式主义早期的两大理论支柱》,《外国文学评论》1989年第1期。

的理论，托马舍夫斯基的著作《主题论》，都是形式主义在结构层次上的"陌生化"理论；语言层次上的"陌生化"是一种纵向选择，是语言的选择和替代问题，使语言变得陌生；结构层次上的"陌生化"是一种横向联合，是一个排列顺序问题，使顺序变得陌生。这两者都通过"陌生化"使语言于结构变为审美对象。

另一个专题研究是"文学史观"的研究。陶东风在《外国文学评论》1992年第3期撰文《俄罗斯形式主义的文学史观》，论述了其文学史的二元论模式——文学发展动力的自律性和他律性并存，以及多元论文学史观——在系统和功能视野中的文学发展史观。他所说的形式主义的二元论文学史观，主要是指形式主义后期理论的发展，从日尔蒙斯基主张文学既是艺术事实也是道德事实、托马舍夫斯基认为文学既有不依赖于环境的固定性又有对环境的依赖性出发。文章认为他们的文学史观是二元论的：文学演变既是自我约定的、自律的，又是受外因影响的、他律的，但他们并没有回答自律性和他律性两者之间是否可以沟通，如何沟通。特尼亚诺夫的以"系统"与"功能"两个概念为核心的文学史观则是一种多元论文学史观：特尼亚诺夫通过"体系"与"功能"建构起外部与内部各"要素"间的复杂关系，通过"言语定向"沟通了"自律性"与"他律性"。文学就是在"自律性"与"他律性"的多元"要素"的共同作用下得到演变与发展。

（二）整体研究

在20世纪80年代末至90年代末这十年里，俄罗斯形式论学派得到了整体观照。譬如，《俄国形式主义诗学研究》[①]《形式主义文论》[②]将20世纪形式主义文论作为一个体系来考察。在考察英美新批评与法国结构主义之前，全书用四章的篇幅来梳理"俄罗斯形式派"的缘起、演变概况、基本特征，什克洛夫斯基的艺术即程序、材料与程序、反常化与自动化、变形与差异，形式派中坚的诗性语与实用语、形式与内容、情节与情节分布，雅各布森的文学性、文学和语言学、语言学与诗学、极性概念与对等概念。

由于翻译与研究之全面推进，俄罗斯形式论学派的历史地位得到进一步确认：不仅仅在《苏联文艺学学派》[③]里，形式主义学派终于被确定为

[①] 赵志军：《俄国形式主义诗学研究》，新疆大学出版社1993年版。
[②] 方珊：《形式主义文论》，山东教育出版社1994年版。
[③] 彭克巽主编：《苏联文艺学学派》，北京大学出版社1999年版。

苏联文艺学派的开端。在复旦大学中文系朱立元主编的高校教材《当代西方文艺理论》(1997)、南京大学中文系赵宪章主编的《西方形式美学研究》(2008)、苏州大学中文系朱栋霖主编的以外国文论来解读中国文学文本的《文学新思维》(1997),和一些学者研究当代形态的文艺学、研究小说叙述学与文体学的著作里,俄罗斯形式论学派已经成为不可或缺的一个章节。

十年里,译介的深化还体现在俄罗斯形式论学派的历史源头也得到深度开掘。在拙著《俄国象征派的文学理论建树》一书里[1],笔者通过对安德列·别雷与瓦列里·勃留索夫的一些理论学说的梳理,阐述这两位象征派的理论建树还体现为他们是后来的形式论派"复活词语"的先驱。

三 新世纪的新气象(2000—2012)

进入21世纪,对俄罗斯形式论学派著作的翻译继续得到拓展。2005年,塔尔图大学两位学者早年编选的《俄罗斯形式论学派文选》[2] 也被翻译成中文,第三部《俄罗斯形式论学派文选》是对前两部文选的一个补充。这尤其体现在对雅各布森文本之中译本的充实上。2001年,《罗曼·雅柯布森文集》[3] 中译本的问世更是充实了雅各布森文本在当代中国的译介,尽管这个选本偏重雅各布森的语言学文章,包括《索绪尔语言理论回顾》《语言的符号与系统——重评索绪尔理论》《音位与音位学》《音位概念》《零符号》等。2004年《符号学文学论文集》[4] 中也收入雅各布森几篇文章的中译,主要是布拉格学派期间雅各布森的几篇文章。

进入21世纪以来,中国学界对俄罗斯形式论学派的研究得到深化而呈现出新的气象。俄罗斯形式论学派两大支脉即"诗语研究会"与"莫斯科语言学小组"之学术追求上的分野,俄罗斯形式论学派与"国家艺术研究院"在诗学研究取向上的相通,20世纪20年代俄苏文论格局中俄罗斯形式论学派,巴赫金与形式论学派,现代斯拉夫文论语境中的俄罗斯形式论学派等。譬如笔者在《文学评论》2001年第2期撰文《直面原生

---

[1] 周启超:《俄国象征派的文学理论建树》,安徽教育出版社1998年版。
[2] [爱沙尼亚]扎娜·明茨、伊·切尔诺夫编选:《俄罗斯形式论学派文选》,塔尔图大学出版社1976年版。
[3] [美]罗曼·雅柯布森:《罗曼·雅柯布森文集》,钱军、王力译注,湖南教育出版社2001年版。钱军编选,译自英文。
[4] 赵毅衡编选:《符号学文学论文集》,百花文艺出版社2004年版。这个译文集是20世纪八九十年代就完成的。

态　检视大流脉——20年代俄罗斯文论格局刍议》强调，所谓"形式主义方法"与"形式学派"并不是一回事。从"词语的复活"到"词语的内在形式"这种诗学思想的演进，乃是一个由诸多环节共同构建的"理论之链"，行进在"重语言艺术形态之解析"这一航道上的"形式研究"，乃是拥有诸多学派或集群的。有"诗语研究会"（ОПОЯЗ），也有"国立艺术史研究院（РИИИ）的语言艺术学部"，有莫斯科语言学小组 МЛК，也有国立艺术科学院 ГАХН 语言艺术部。他们以不同的视角切入文学形式，但几乎同时被语言学方法论召唤，几乎同时被把文学定位为一种独特的语言艺术这一理念陶醉，他们彼此呼应，共同致力于"语言艺术形态解析"而建设"科学化"的文论。正是由于他们的共同奋斗，俄罗斯文论在 20 世纪第一个 25 年终于完成了由传统形态现代范式的第一次大转型。

新世纪的新气象体现在当代中国学界开始深入到对艾亨鲍姆、雅各布森、什克洛夫斯基这些形式论学派大学者的个案研究，对俄罗斯形式论学派历史局限的考察，等等。

这集中体现在研究俄罗斯形式论学派的专著不断涌现。譬如：《陌生化诗学：俄国形式主义研究》[1]、《诗学话语中的陌生化》[2]。张冰的专著《陌生化诗学：俄国形式主义研究》分为七个部分。第一部分对俄国形式主义形成的历史文化语境给予了探讨；第二部分对俄国形式主义产生和沿革的过程进行描述；第三部分对诗歌的"审美本质"加以探究；第四部分对奥波亚兹新的"审美批评"方式给予述评；第五部分对"陌生化"审美特征进行了系统论述；第六部分对"陌生化"与小说诗学建构的关联加以分析；第七部分对奥波亚兹文学史观进行了详尽的辨析。杨向荣的专著《诗学话语中的陌生化》则从美学、文学理论和文化社会学视角出发，在历时性和共时性两个层面对"陌生化"理论展开研究。该书分为六个部分，所涉及的论题有："陌生化诗学之滥觞""陌生化与俄国形式主义""陌生化与布莱希特""陌生化与批判理论""陌生化与中国古典诗学""陌生化与现代性"。这些论题对"陌生化"理论进行了全方位的探究和研讨，对它与现代戏剧、社会理论、中国诗学以及现代生活方式关联给予了深入的考察和评价。与"陌生化"理论受到深度开采的同时，"文学性"命题也受到多方位多维度的清理。譬如，将雅各布森提出的"文学性"命题与穆卡若夫斯基的结构主义，与英加登的现象学文论加以

---

[1] 张冰：《陌生化诗学：俄国形式主义研究》，北京师范大学出版社 2000 年版。
[2] 杨向荣：《诗学话语中的陌生化》，湘潭大学出版社 2009 年版。

比较。可见笔者的论文《"形式化"·"语义化"·"意向化"——现代斯拉夫文论中"文学性"追问的不同路径之比较》。

研究的深入还体现在对俄罗斯形式论学派领袖人物或主要干将理论建树的个案研究。这体现在好几篇博士学位论文上。譬如2006年，中国社会科学院研究生院李冬梅的博士学位论文《20世纪俄罗斯文化语境中的艾亨鲍姆文艺思想研究》，2007年，南京师范大学田星的博士学位论文《罗曼·雅各布森诗性功能理论研究》，2011年，南京大学杨建国的博士学位论文《审美现代性视野中的雅各布森诗学》，2013年，北京师范大学江飞的博士学位论文《罗曼·雅各布森结构主义语言诗学研究——以"文学性"问题为中心》[①]。

新世纪以降，当代中国对俄罗斯形式论学派的接受之新气象，体现在不少学者开始以比较诗学的视野来考察俄罗斯形式论学派。譬如笔者在《外国文学评论》2005年第4期撰文《理念上的"对接"与视界上的"超越"》，探讨穆卡若夫斯基与什克洛夫斯基之文论比较。朱涛在博士学位论文《扬·穆卡若夫斯基的文学与美学理论研究》第7章专门探讨穆卡若夫斯基与俄罗斯形式论学派的关系。这新气象还体现在当代中国学者积极运用俄罗斯形式论学派的理论解读文学现象、文学文本。[②] 譬如，用"陌生化"理论解读中国的唐诗宋词、鲁迅的小说、当代中国的新诗潮、美国诗人狄金森的诗、拉美魔幻现实主义小说，等等。进入新世纪，接受与研究呈现出一个突出特征，就是俄罗斯形式学派文论运用的领域不再局限在文学领域。俄罗斯形式论学派已经被当代中国学界（甚至民间）广泛接受，"陌生化"理论不再陌生。

当代中国对俄罗斯形式论学派的研究已经取得了一定的可以加以回顾、加以反思的成就。2003年11月，中国社会科学院文学理论研究中心在北京师范大学外语学院举行了"纪念俄罗斯形式论学派诞生90周年"学术研讨会。[③] 2012年5月，中国外国文论与比较诗学学会在北京外国语大学举办了"斯拉夫文论与比较诗学：新空间、新课题、新路径"国际

---

① 可参见李冬梅《20世纪俄罗斯文化语境中的艾亨鲍姆文艺思想研究》，博士学位论文，中国社会科学院研究生院，2006年；田星《罗曼·雅各布森诗性功能理论研究》，博士学位论文，南京师范大学文学院，2007年；杨建国《审美现代性视野中的雅各布森诗学》，博士学位论文，南京大学文学院，2011年；江飞《罗曼·雅各布森结构主义语言诗学研究——以"文学性"问题为中心》，博士学位论文，北京师范大学文学院，2013年。
② 朱涛：《扬·穆卡若夫斯基的文学与美学理论研究》，博士学位论文，中国社会科学院研究生院，2009年。
③ 张凌云：《俄国形式学派百年纪念活动拉开帷幕》，《俄罗斯文艺》2004年第1期。

学术研讨会。来自莫斯科大学、彼得堡师范大学、普希金之家、乌克兰顿涅茨克大学、爱沙尼亚塔林大学、波兰华沙大学、捷克查理大学的几位知名学者与60多位中国学者出席了这次盛会。俄罗斯形式论学派的理论学说成为这次国际学术对话与交流的重要议题："形式论学派与俄罗斯象征派的文学学探索""雅各布森1935年论形式论学派""什克洛夫斯基后期文艺思想探讨""艾亨鲍姆研究现状述评""蒂尼扬诺夫与刘勰的文学史观与批评史观"以及"陌生化理论的旅行与变异"这些学术报告，构成大会发言的第一个单元。[1] 如今看来，一个毋庸置疑的事实是：俄罗斯形式论学派的一些核心学说与基本理念，譬如"文学性""陌生化"在当代中国已经得到相当广泛的接受[2]，或被列为普通高等教育国家级规划教材的《20世纪西方文论》[3]，或《西方文论史教程》[4] 都为俄罗斯形式论学派辟出专章；俄罗斯形式学派文论轴心学说思想已经成为当代中国文学批评与文学研究的一种重要思想资源，被广泛运用于文学文本的解读与文学史的建构。这一学派的"文学观"与"文学史观"，这一学派推崇文学形式、文学手法、文学本位的思想旨趣，积极参与了当代中国文学观念的变革与文学研究范式的更新与丰富，有效推动着文学研究思维空间的拓展。

维·什克洛夫斯基1916年在《艺术即手法》一文中提出的"остранение"，作为俄罗斯形式论学派的轴心范畴之一，在20世纪80年代初开始其在当代中国的理论旅行，已被写入当代中国高校普遍使用的教材《西方20世纪文论史》[5]、《西方文艺理论名著教程》（下卷）[6]、《外国文论简史》[7]。

在《艺术即手法》不同译本里[8]，"остранение"有不同汉译。这一现象之所以发生，不仅是由于从事俄罗斯文论汉译的学者对这个俄文词有各自不同的理解，更是由于当代中国文论界对俄罗斯形式主义的引介渠道

---

[1] 杜常婧：《全国外国文论与比较诗学研究会第4届年会在京召开》，《俄罗斯文艺》2012年第3期。
[2] 可参见刘象愚主编《外国文论简史》，北京大学出版社2005年版。这本书被列为21世纪外国文学教材，其中的俄罗斯形式学派一节为笔者撰写。
[3] 朱刚编著：《20世纪西方文论》，北京大学出版社2006年版。
[4] 王一川主编：《西方文论史教程》，北京大学出版社2009年版。
[5] 胡经之、张首映：《西方20世纪文论史》，中国社会科学出版社1988年版。
[6] 胡经之主编：《西方文艺理论名著教程》下卷，北京大学出版社1989年版。
[7] 刘象愚主编：《外国文论简史》，北京大学出版社2005年版。
[8] 该文译文至少有三种版本：李辉凡：《艺术即手法》，《外国文学评论》1989年第1期；谢天振：《作为艺术的手法》，《上海文坛》1990年第5期；刘宗次：《作为手法的艺术》，维·什克洛夫斯基：《散文理论》，百花洲文艺出版社1994年版，第4—23页。

第三部分　现代斯拉夫文论的中国之旅

是曲折而复杂的。"остранение"一开始是搭"结构主义文论"之车，经由用法文、英文写成的20世纪西方文论著作。① 尤其是经由多种以"结构主义"为主题的英文、法文著作的汉译而在中国旅行的。② 简言之，当代中国一些学者不是直接面对俄文的"остранение"，而是经由英文"ostranenie"或法文"alienation"（异化）而接受什克洛夫斯基的"остранение"这个概念的。"остранение"的汉译至少有5种，被译为"异化"③、被译为"陌生化"④、被译为"反常化"⑤、被译为"奇特化"⑥、被译为"奇异化"⑦，在这几个版本中，"陌生化"这一译法的流行度最高。

《文艺学和新历史主义·世界文论》⑧ 第1辑的"术语译释"中有张黎写的"陌生化效果"与张捷的谈"остранение"的译法。张黎指出，"陌生化"是布莱希特从他家乡的方言里借来的。陌生化的经典定义见于布莱希特1939年的文章《论实验戏剧》："把一个事件或一个人物陌生化，其意思首先是去掉事件或人物不言而喻的、熟知的、显而易见的东西，并对它产生惊异和新奇……"

"陌生化"成为当代中国文论界持续研究的主题：《关于"陌生化"理论》《"文学性"和"陌生化"——俄国形式主义早期的两大理论支柱》《俄国形式主义的"陌生化"与艺术接受》《陌生化，或者不是形式主义——从陌生化理论透视俄国形式主义》《陌生与熟悉——什克洛夫斯基与布莱希特"陌生化"对读》；出现了以"陌生化理论"为主题的专

---

① 参见［英］安纳·杰弗森、戴维·罗比等《西方现代文学理论概述与比较》，陈昭全、樊锦鑫等译，湖南文艺出版社1985年版；［英］特里·伊格尔顿《西方20世纪文学理论》，伍晓明译，陕西师范大学出版社1986年版；［荷兰］佛克马、易布斯《20世纪文学理论》，林书武、陈圣生等译，生活·读书·新知三联书店1988年版。
② 参见［比利时］布洛克曼《结构主义》，李幼蒸译，商务印书馆1980年版；［英］特伦斯·霍克斯《结构主义与符号学》，瞿铁鹏译，上海译文出版社1987年版；［美］罗伯特·休斯《文学结构主义》，刘豫译，生活·读书·新知三联书店1991年版；［美］乔纳森·卡勒《结构主义诗学》，盛宁译，中国社会科学出版社1991年版。
③ 参见［比利时］布洛克曼《结构主义》，李幼蒸译，商务印书馆1980年版。
④ 参见张隆溪《俄国形式主义与结构主义》，《读书》1983年第8期。
⑤ 参见方珊《作为手法的艺术》，什克洛夫斯基等《俄国形式主义文论选》，方珊等译，生活·读书·新知三联书店1989年版，第6页。
⑥ 参见［法］托多罗夫选编《艺术作为手法》，蔡鸿滨译，什克洛夫斯基等《俄苏形式主义文论选》，中国社会科学出版社1989年版，第65页。
⑦ 参见［苏］维·什克洛夫斯基《散文理论》，刘宗次译，百花洲文艺出版社1994年版。
⑧ 中国社会科学院外国文学研究所《世界文论》编辑委员会编：《文艺学和新历史主义·世界文论》第1辑，社会科学文献出版社1993年版。

著,《陌生化诗学——俄国形式主义研究》《诗学话语中的陌生化》①。

当代中国学者认识到,什克洛夫斯基的"陌生化"有语言层次上的陌生化——"纵向选择",通过词语的选择与替代,使语言变得陌生;也有结构层次上的陌生化——"横向联合",通过排列顺序而使叙述顺序变得陌生,进而使得语言与结构变为审美对象。

当代中国学者观察到,戏剧理论家布莱希特的"间离理论"与电影理论大师爱森斯坦的理论思想,也是"陌生化"理论的变体。当代中国学者肯定,"陌生化"是文艺发展的一个基本动力;"陌生化理论"包含巨大潜能,可从诗歌扩展到小说、戏剧、电影。"陌生化"的提出,是一种新理念的建立。

当代中国学界也积极关注国外同行在"陌生化"理论研究上的最新成果。不久前,我们已经翻译了德国学者汉斯·君特论什克洛夫斯基的"陌生化"与布莱希特的"间离效应"的一篇论文②,以及法国学者卡特琳娜·德普莱托梳理什克洛夫斯基的这一学说在法国的翻译与接受的一篇文章。③

当代中国学者自觉运用"陌生化"理论解读中国文学文本或外国文学文本。有文章或从"陌生化"视角探讨美国诗人狄金森诗歌中的抽象意向、或考察作为艺术手法的"陌生化"在美国小说家海明威的《老人与海》中的运用,或探讨康拉德的力作《黑暗之心》的叙述者、叙述接受者和"陌生化";也有文章分析中国古代文学经典作家杜甫的诗创作、李清照的词创作与"陌生化"相通之处;以"陌生化"理论梳理古代中国文学批评理论④;甚至有学者致力于建构中国的"陌生化"理论,检阅到当代中国著名学者钱钟书在20世纪40年代的比较诗学论著《谈艺录》里,已经将什克洛夫斯基的"陌生化"理论与中国宋朝著名诗人与批评

---

① 参见杨岱勤《关于"陌生化"理论》,《当代外国文学》1988年第4期;钱佼汝《"文学性"和"陌生化"——俄国形式主义早期的两大理论支柱》,《外国文学评论》1989年第1期;刘万勇《俄国形式主义的"陌生化"与艺术接受》,《山西大学学报》1999年第2期;杨帆《陌生化,或者不是形式主义——从陌生化理论透视俄国形式主义》,《学术界》2003年第3期;杨向荣、熊沐清《陌生与熟悉——什克洛夫斯基与布莱希特"陌生化"对读》,《钦州师范高等专科学校学报》2003年第1期;张冰《陌生化诗学——俄国形式主义研究》,北京师范大学出版社2000年版;杨向荣《诗学话语中的陌生化》,湘潭大学出版社2009年版。
② 周启超:《外国文论与比较诗学》第2辑,知识产权出版社2015年版,第74、95页。
③ 周启超:《外国文论与比较诗学》第2辑,知识产权出版社2015年版,第74、95页。
④ 李刚:《诗歌语言的陌生化——宋诗话中的语言批评》,硕士学位论文,华中师范大学,2002年。

家梅尧臣在其诗话中提及的"以故为新、以俗为雅"的诗学主张相会通。

当代中国作家在创作中充分体认"陌生化",不断追求"陌生化"。著名小说家韩少功在《再提陌生化》一文中写道:

> 小说是一种发现。陌生化则是发现的效果呈现。客体陌生化是最容易想到和操作的一种。作家们不能用陈言扰民,总得说一点新鲜的人和事,于是"传奇"和"志怪"便成为其基本职能,有独特经历及体验的作家最易获得成功。战争(海明威)、监禁(索尔仁尼琴)、贫困(契诃夫)、救赎(托尔斯泰)、革命(雨果)、恋情(曹雪芹)等由此进入公共视野,总是搅得风生水起,让读者们惊讶不已又感天动地。主体陌生化是另一种,相对难度要高一些,却是新闻业高度发达以后作家们更应重视的看家本领,体现于审美重点从"说什么"向"怎么说"的位移。一些看似平淡的凡人小事,在这种叙述主体的魔变处理下,变成惊天动地的痛感轰炸或喜感淹没,也就有了可能。从玻璃、墙壁、尘土、窗钩、虫眼等最为寻常无奇的对象中,发现自己的惊讶和美。这种发现,就是陌生化的同义语,需要一种变常为奇或说废为宝的强大能力。这种能力首先是一种态度,即对人类认识成规和认识自满的挑战。在成熟的小说家眼里,这个世界永远充满陌生感。陌生化是对任何流行说法的不信任,来自揭秘者的勇敢和勤劳。[1]

当代中国文学批评家在文本解读中积极吸纳"陌生化"理论,积极运用"陌生化"学说。"陌生化"与"文学性""形式主义"一同进入《中国文学批评99个词》[2]。当代中国作家与艺术家、批评家与理论家对"陌生化学说"已不陌生。"陌生化理论"已然融入当代中国文学、艺术、美学的话语实践。

---

[1] 韩少功:《再提陌生化》,《文艺报》2012年11月26日第6版。
[2] 南帆主编:《中国文学批评99个词》,浙江文艺出版社2003年版。

"含泪的笑"之"形而上的意蕴"

——果戈理艺术"肖像"剪影

一

果戈理写过一部耐人寻味的小说《肖像》，画家笔下的肖像在那里会"活动"而"变容"。其实，经历岁月风雨历史风云社会风暴的形塑，读者/批评家心目中的果戈理的艺术"肖像"又何尝不也是在"活动"而"变容"？

别林斯基曾推重果戈理的"解剖刀"把全部可怕的丑恶和全部庄严的美一起揭示出来。列夫·托尔斯泰曾认为果戈理是一个"巨大的天才"，正是他将束缚我们生活的全部可怕的、震撼人心的卑微琐屑的污泥浊水全都抛到表面上来。陀思妥耶夫斯基曾看出果戈理那"笑的面具"拥有令人可怕的强大能量——那种强大可是有史以来任何时候任何地方不曾在任何人身上得到表现的。契诃夫曾称赞果戈理为"最伟大的俄国作家"。

及至果戈理诞辰一百二十周年，有人对果戈理的艺术"肖像"做过这样一番描绘：

> 果戈理！这个名字依然首先使我们想到那阳光普照、草木葱茏的乌克兰，想到它那往昔时代舒适的穷乡僻壤，那里居住着那么憨厚、那么懒惰同时又那么狡黠而机智的哥萨克、农民和居民。
>
> 接着，大家在同一分钟内便会蓦地想起那洪亮的、胜利的、富有人性的笑声。这笑声嘲弄着那些外省小市民的脑满肠肥，嘲弄着形形色色古怪滑稽的小地主的丑态，嘲弄着可笑的官僚们。果戈理心中蕴藏着巨大的欢乐，欢乐是非常健康的标志，是内心出发点极高的标志。这种出发点使他能够高屋建瓴地审视生活的丑恶，超脱于愤怒之上，采取蔑视的态度，其中甚至还包含着那带有宽容和怜悯色彩的幽

默。但地主、官僚、警察——农奴制的、黑暗的俄国并不是滑稽可笑的。于是，笑容便越来越经常地从果戈理的脸上消失，他的双唇也越来越经常地严峻地紧闭，因为那些在幽暗沼泽底层蠕动的丑恶的全部可怕性，无法逃脱作家明察秋毫的眼睛。

然而他不愿放弃自己的笑的立场，不想放下手中的响弓，不想抛弃那装满金矢的箭囊。他仍希望像普希金那神殿里的阿波罗一样，在蟒怪面前毫无惧色，用致命的大笑，战胜妖蟒。[1]

这是著名的马克思主义批评家卢纳察尔斯基笔下果戈理的艺术"肖像"。俄罗斯象征派的领袖人物之一——梅列日柯夫斯基则断言：果戈理所倾心审视的对象是"人类之不朽的庸俗"，是作家超越地域与时代而洞察出来的绝对的、永恒的、世界性的邪恶。"果戈理第一个不是在悲剧中，而是在没有悲剧的地方，不是在力量中，而是在没有力量的地方，不是在疯狂的极端行为中，而是在过于有理智的中庸中，不是在最伟大的事物中，而是在最渺小的事物中，看出了不为人所察觉的最可怕的永恒邪恶。果戈理在道德量度方面所建立的业绩，跟莱布尼茨在数学方面的建树一样，——他像发现了微分学似的，发现了善与恶的无穷小数的无穷大值。他第一个明白了：魔鬼最渺小，只是因为我们自身渺小，它才显得伟大；魔鬼最虚弱，只是因为我们自身虚弱，它才显得强大。"[2] 梅列日柯夫斯基为论证自己的观点，曾援引果戈理的自白："我对一切事物都实事求是，直呼其名"，"对魔鬼就直呼其为魔鬼，决不仿效拜伦给它穿上华丽衣着，我知道，它是穿着燕尾服的……"，"魔鬼已不戴假面具降临人世了：它露出了本相"[3]。梅列日柯夫斯基笔下的魔鬼即是作为本体存在的中庸，"它否定一切深和高，永远是平庸，永远是庸俗"。而"果戈理的笑实际上是人同魔鬼的斗争"[4]。

看来，作家果戈理的艺术"肖像"在不同的批评家笔下是大不相同的。果戈理艺术的"肖像"是多重多样的。不同时代的读者/批评家在塑造不同的果戈理艺术"肖像"，不同的历史文化语境在孕生不同的果戈理艺术"肖像"剪影。检阅果戈理艺术"肖像"的这些"剪影"，或许可

---

[1] 袁晚禾、陈殿兴编选：《果戈理评论集》，柳芭等译，复旦大学出版社1993年版，第351—352页。
[2] 袁晚禾、陈殿兴编选：《果戈理评论集》，柳芭等译，复旦大学出版社1993年版，第301页。
[3] 袁晚禾、陈殿兴编选：《果戈理评论集》，柳芭等译，复旦大学出版社1993年版，第300页。
[4] 袁晚禾、陈殿兴编选：《果戈理评论集》，柳芭等译，复旦大学出版社1993年版，第300页。

以推进果戈理小说艺术的再解读，可以深化我们对果戈理艺术在世界文学史上之地位的再认识。

二

　　果戈理的文学创作对于俄罗斯文学发展进程的分量，是随着岁月流逝而渐渐展开的。对于果戈理最直接的追随者——所谓"自然派"作家而言，具有头等意义的当是果戈理文学探索上的反浪漫主义取向，当是那种从平凡的生活中吸取诗意，用对生活的忠实描绘来震撼心灵的现实主义姿态，当是果戈理式对现实生活的鄙俗之无情袒露，当是《钦差大臣》与《死魂灵》中所洋溢的社会批判甚至政治批判的旋律，当是作家果戈理在创作中对小说主题、题材禁区的勇敢突破，当是艺术家果戈理对当下社会问题与民族前途的热切关注与深沉忧患。

　　然而，果戈理不仅仅是俄罗斯批判现实主义奠基人。仅仅将果戈理称为"讽刺作家"或"幽默大师"是不充分、不到位的。"自然派"当年对果戈理艺术的热情承传之时是有所失落的。果戈理艺术世界之形而上的意蕴，历史哲学内涵，果戈理诗学武库中的怪诞、魔幻，果戈理文学语言的象征、反讽，在整体上均落在"自然派"的接受视野之外。

　　历史将果戈理的艺术这些被遮蔽、被冷落的层面留给了"白银时代"及其后继者。在19世纪末20世纪初这一俄罗斯文化转型期，一些热衷于检视历史重估价值的文学家、思想家、哲学家率先重读果戈理。瓦·罗赞诺夫、阿·沃伦斯基、德·梅列日柯夫斯基、米·格尔申宗、瓦·勃留索夫、安德烈·别雷等人对果戈理的文学遗产展开重新开掘，他们推重果戈理创作的非现实主义品性，高扬果戈理艺术的历史哲学品味，强调果戈理艺术中的怪诞、夸张、魔幻、象征品质。勃留索夫在纪念果戈理诞辰百周年的讲演中声称："尽管果戈理力图做一个认认真真描写他周围生活的风俗派作家，他在自己的创作中却始终是一个空想家，一个幻想家……果戈理的全部作品都是他幻想的世界，这里，一切都被夸大到不可思议的程度，一切都以夸张的形式出现——或者是骇人听闻的可怕，或者是令人目眩的美丽。"[①] 别雷在《果戈理的技巧》一书中指出，"认出"果戈理是"亚细亚文体特征在俄罗斯最典型的代表"，在这种文体中，"荷马、阿拉

[①] 袁晚禾、陈殿兴编：《果戈理评论集》，柳芭等译，复旦大学出版社1993年版，第258、278—279页。

伯式文体、巴洛克式风格、哥特式风格均得到了独创性的折射"①。显然，在新的文化语境中，果戈理文学遗产的接受与阐释都被打上了新时代的烙印；在现代主义文学大潮中，果戈理的艺术世界自然要被浸染上与现实主义时代迥然有别的新色彩。

继象征派之后，形式学派文论、结构—符号学派文论乃至历史诗学文论，对果戈理的艺术建树均有新人耳目的开采。果戈理的艺术"肖像"在不断丰厚起来。巴赫金在其1940年完成的学位论文《拉伯雷与现实主义历史》中，把果戈理的创作视为"现代文化史上笑文学中最为令人可观的现象"②。他认为果戈理的小说属于"怪诞现实主义"，强调"果戈理的笑与讽刺作家的笑不可同日而语"，叹息"果戈理之高品位的笑，孕生于民间笑文化土壤之中的笑，未曾得到理解（且在许多方面它至今也还未得到理解）"③。

一百多年来，果戈理文学作品的巨大文化能量，越来越受到更有深度的勘探。果戈理艺术的"肖像"越来越受到更为多维的观照。读者可以多方位地感受果戈理贴近生活、拷问灵魂、鞭挞鄙俗、弹劾腐败的战斗精神，多视角地欣赏果戈理独出的"含泪的笑"与幽默、讽刺、怪诞、魔幻的艺术魅力，多层面地领略果戈理着眼于平凡的生活而净化庸俗的灵魂的审美视野。

果戈理的艺术之最夺目的闪光点，就是他善于对生活的形而下与形而上层面之双向度呈现，善于用不倦的雕刀来"解剖"那冷酷的、破碎的、平凡的人物性格与生活场景，善于把生活中的庸俗那样鲜明地描绘出来，把庸夫俗子的庸俗那么有力地勾勒出来，善于透过世人所能听得见的笑和世人见不到的、没有尝味过的泪，来再现人生，来审视魂灵。

三

诚然，对这种"解剖"与再现，这种审视与呈现，读者尽可见仁见智。

别林斯基当年看中的是果戈理揭露并解剖生活到了琐屑之处，并且赋予这些琐屑之处以普遍意义，进而推举果戈理是勇敢而直率地注视俄国现实的第一人；梅列日柯夫斯基后来高扬的则是果戈理在"道德量度"上

---

① Белый，Андрей，*Мастерство Гоголя*，Москва-Ленинград："ГИХЛ"，1934.
② Бахтин，М. М.，*Творчество Франсуа Рабле и народная культура средневековья и Ренессанс*，а. М.：Художественная литература，1990.
③ Бахтин，М. М.，*Творчество Франсуа Рабле и народная культура средневековья и Ренессанс*，а. М.：Художественная литература，1990.

的建树，在最渺小的事物中看出了不为人所察觉的最可怕的"永恒的邪恶"。应当指出，别林斯基与梅列日柯夫斯基对果戈理艺术"肖像"的建构，虽以不同的意识形态参数为指归，但都在不同的文化语境中把握到了果戈理艺术的精髓。将果戈理誉称为"批判现实主义奠基人"，或将果戈理尊奉为"象征主义祖师"，都是不无理据的。

一旦超越文学史与文学批评史上的那些标签，而将着眼点与思考力投向作家的诗学品格，我们就会进入一个作家艺术探索的独创性之识读。果戈理艺术探索的独创性在于他善于将通常处于两极对立状态的东西糅合为一体。一方面，果戈理致力于最大限度的艺术概括，追求以全俄罗斯甚至全人类的范畴来思索自己的艺术命题，倾心于不断地拓展自己的审美视野，不断地开辟崭新的表现空间。从《狄康卡近郊夜话》经《米尔戈罗德》到《彼得堡故事》，果戈理将其"不倦的雕刀"深入乡村、城镇与都市，完成了独具一格的"俄罗斯生活三部曲"，而从《钦差大臣》经《死魂灵》到《与友人书简选》，果戈理以其"高品位的笑"无情鞭挞贪官污吏横行霸道的官场，行尸走肉投机钻营的国家，最后甚至毫不留情地解剖自己，完成了对可见的鄙俗与不可见的鄙俗全面荡涤的"三级跳"：官场的腐败、社会的黑暗、心灵的扭曲这些"魔鬼"的画皮被他一层一层地剥落。果戈理艺术探索的轨迹，行进于思维空间不断拓开审美视线不断向纵深推进的"垂向变奏"之中。这也许是托尔斯泰称他为"巨大的天才"而契诃夫称他为"最伟大的俄国作家"的缘由之所在。

然而，这仅仅是果戈理艺术多重"肖像"当中的一个剪影。果戈理的视线直逼生活最底层，囊括所有的垃圾与污秽、琐屑与无聊，对那些自称为"生活的主人"的丑类的庸俗、愚昧、贪婪、腐朽以及资本原始积累者的那种不择手段、冷酷无情的欺诈行径，尽情地加以嘲笑，使地主贵族的卑琐志趣、动物式的贪欲、精神的空虚、道德的堕落情状，赤裸裸地暴露出来；他撕下那些道貌岸然的伪君子的种种面具，也袒露自己关于民族前程人类命运的乌托邦般的幻想、迷惑、忧患、恐慌。这种"真实"，这份"真诚"，也许是果戈理的作品赢得无数读者的一个动因。果戈理执着地立足于那宏伟的、飞腾着的生活的理想，来审视"魔鬼"当道、正不压邪的现实。果戈理艺术地袒露出整个生活那令人发怵的肢解与分化过程，生动地展示了完整生命那令人震惊的被碾碎、被窒息的过程，最主要的是，形象地显示了生存意义被僵化、被阉割的过程。这也许是果戈理的艺术世界至今仍然吸引着我们的一个深层"诱因"！

在《伊万·伊万诺维奇与伊万·尼基福罗维奇吵架的故事》中，叙述者在结尾评点道：这世上可真是沉闷啊，诸位！在《与友人书简选》中，可以读到这样一段话：在大家眼前增长着的唯有那庞大的沉闷形象。果戈理所耿耿于怀的这种"沉闷"，乃是与传统的意义上易于被辨认出来的"忧郁"或"怅惘"相去甚远的。"忧郁"与"怅惘"通常还会导致行动或孕生鲜明的特征。"沉闷"则是行动与特征的双双缺席。"沉闷"乃是意义的"空虚"与"失落"，"被消解"与"被阉割"。然而，这种意义的"被消解"与"被阉割"，在果戈理笔下又是相当含混而迷离的。原始的天真与文明的庸俗常常奇诡地反映着或替代了高品位的心态。《钦差大臣》中的行尸走肉之一——饱食终日无所事事，只以搬弄是非为职业的地主寄生虫博布钦斯基，一心要让京都乃至沙皇陛下本人也知道：这世上还有他博布钦斯基存在着。这一细节自然是此人爱慕虚荣的品性之写照，但同时它又是凡夫俗子所通有的、要让他人要让社会对自己的个体生命加以确认这一普遍心态胶着在一起的。

总体上看，果戈理艺术世界堪称"百科全书式"的包罗万象，通过喜剧性的细节来折射生活被肢解、生命被窒息、生存被僵化的过程。果戈理在尽最大努力贴近可见的形而下的现实之同时，竭力把读者的注意力引向不可见的形而上的对自身的审视。果戈理一生坚持不懈地强化自己的艺术探索的这一文化品位。果戈理在阐释赫列斯塔科夫这一人物形象时有句名言："任何一个人都曾经做过或就要做过一分钟的赫列斯塔科夫……如果不说是好几分钟的话。"[①] 果戈理之艺术的笑拥有奇特的机制：能转换"所指"，即从对人物的嘲笑转向读者或观众的自嘲；人们从对果戈理或辛辣或温和或幽默或尖刻或冷嘲热讽"他者"的喜剧场景之欣赏之中，会突然顿悟出"自身"也在无形之中受到他那"不倦的雕刀"的解剖。果戈理之艺术的笑，拥有这种"指涉客体"而又"反顾主体"、"鞭挞具体"而又"弹劾一般"、"抨击个别"而又"敲打普遍"的巨大能量。这也许正是巴赫金所说的"能战胜一切"的"高品位的笑"；笑的锋芒在果戈理笔下的这种游移与变更，伴随着作家对其审视对象的整个情感音域的弹性张力，渗透着引人入胜的戏剧性与发人深思的悲剧性，诚如鲁迅先生所说的"不可见之泪痕"。这，也许正是果戈理之"含泪的笑"那撩人回味、促人沉思的魅力之所在。

果戈理善于运用艺术的笑在存在的形而下与形而上层面自由穿行，既抨击现实黑暗又拷问灵魂鄙俗。正是他的这一艺术才华成就了他在世界文

[①] 周启超编选：《果戈理精选集》，耿济之等译，山东文艺出版社1997年版，第663页。

学史上的地位。

四

这一才华最出色的体现,当推果戈理在世界文学史上安身立命的作品——《死魂灵》。正是一部《死魂灵》使果戈理跻身于世界级经典作家之林。《死魂灵》(第一部)共有十一章,它的情节并不复杂:第一章叙述主人公乞乞科夫来到某县城,结识了该县城的官员和乡绅地主们;第二章到第六章讲述乞乞科夫为了购买"死魂灵"(即已死的农奴),逐个走访地主庄园的情景,每一章描写一个地主,一共塑造了五个地主形象;第七章到第十章继续讲述乞乞科夫买了"死魂灵"之后,回到某县城办理法定的过户手续,以及这件奇闻传开以后在县城里所引起的骚动和风波;最后一章以乞乞科夫在流言的压力下仓皇逃离某县城结束,其间穿插了对主人公生平的倒叙。"死魂灵"在果戈理笔下既实指死去的农奴,又泛指精神性灵已然僵死的地主与官僚。"死魂灵"是一个象征形象,其蕴藉相当丰厚。它从故事情节层面(购买死农奴)转换到作品风格层面(僵死的精神氛围、死沉沉的生活气息是苟活着的人物品性的基本特征);它从直接的语义层面转换到间接的象征暗示,甚至延伸到关于俄罗斯、关于整个人类的性灵状态的历史沉思。

《死魂灵》第一部是果戈理在1836年至1842年这六年里倾注主要精力而推出的力作。作家构思中的《死魂灵》共有三部。自1842年至1852年这十年里,果戈理呕心沥血地投入其第二部的创作,数易其稿,希望它将如但丁的《神曲》一样引导俄罗斯从"地狱"经过"净界"走向"天堂"。果戈理对写出来的章节总不满意,曾两次将文稿焚去,只留下残缺不全的几章。但《死魂灵》第一部已足以为果戈理在俄罗斯文学史乃至世界文学史上赢得辉煌的一页。罗马不是一日建成的。果戈理在写出其文学生涯中这最为辉煌的一页之前,也经过了一段十分艰苦的修炼。在《死魂灵》第一部震撼了整个俄罗斯之六年前,果戈理就以其《钦差大臣》而令京都文坛刮目:某小城官员们获悉钦差大臣将微服私访本城,他们在惊慌之中竟把住在该城一小旅馆里的一个彼得堡花花公子赫列斯塔科夫误认为是钦差大臣,实际上后者是由于赌博输得一文不名,而不得不困守在这里。双方各怀鬼胎碰到了一起。以市长为首的全城官员这一方为了掩饰自身贪赃枉法的罪行,对"大臣"竭尽全力阿谀奉承,贿赂收买,演出了一幕幕丑态毕露的滑稽戏;赫列斯塔科夫则将错就错,捞饱喝足,又逢场作戏,同市长的妻子调情,最后竟在许诺要娶市长的女儿为妻之后离开小城，扬长而去。正当市长得意忘形庆贺自己有了乘龙快婿，又做着步步高升的美梦时，骗局被拆穿，全剧在通报真正的钦差大臣驾到，小城官员们顿时惊恐万状、呆若木鸡的哑场中落下帷幕。真正的钦差大臣到来之后会发生什么呢？贪污行贿、欺诈勒索、鱼肉百姓——已然像瘟疫一样蔓延全国，从已经发生的这一切来看，读者与观众便不难推想。剧本的开放性结尾给读者与观众留下了思索的余地。《钦差大臣》没有正面主人公。果戈理在这里展示了作为整个俄国缩影的一个小城里贪官污吏的百丑图，这里没有一个高尚的人物。"笑"就是剧中唯一正面的形象。在剧场演出的哄堂大笑中，沙皇官僚集团的假面具被——撕下。这样的喜剧，在当时十分黑暗的岁月里，其社会效果可想而知。然而，《钦差大臣》又不仅仅是社会讽刺喜剧的典范。请读者诸君特别留意剧本第五幕第八场中市长的一句台词："你们笑什么？笑你们自己！"[①] 果戈理在把他的笑的锋芒投向剧中人物之同时，又引导观众去拷问自己。

《死魂灵》旨在从一个侧面来表现整个俄罗斯，《钦差大臣》的意图是将俄罗斯的全部丑恶集成一堆来同时加以嘲笑。这两部作品，在当时的俄罗斯堪称具有巨大爆炸力的重磅炸弹。一个是抨击整个体制，一个是抨击官场腐败，都是果戈理的杰作，是其在长篇叙事文学与戏剧文学这两类体裁里的杰作。

五

果戈理在中短篇小说园地里也为后人留下了脍炙人口的名篇。《外套》便是这类名篇之中的佼佼者。九品小文官阿卡基·阿卡基耶维奇·巴什马奇金历尽千辛万苦省吃俭用做了一件聊以过冬的新外套，不料次日参加朋友家的晚会后回家途中，外套就被他人从身上剥下夺走。巴什马奇金又急又恼告到官府，反遭"大人物"一顿训斥，回家后一病不起。巴什马奇金既失去外套又遭遇"大人物"的专横粗暴，在绝望中一命呜呼。巴什马奇金死后经常出现在彼得堡广场上，寻找被抢劫的外套，最后，他终于一反生前怯弱，抓住曾冷酷无情地斥骂过自己的那位"大人物"，从后者的身上剥下外套，为自己报仇雪恨。《外套》充分表达了果戈理同情弱者、维护人权、抗议弱肉强食的现代文明之人道主义的激情。然而《外套》不仅仅具有鲜明的社会批判倾向，也还有更深的意味，没有人尊重的小官员巴什马奇金在忍无可忍的情形下，央求那些与他同一阶层但玩

[①] 周启超编选：《果戈理精选集》，耿济之等译，山东文艺出版社1997年版，第658页。

忽职守的同僚们别平白无故地欺负他，但这一可怜的愿望在现实生活中并没有得到任何回应，在等级森严、人性扭曲的官场里，他尽管安分守己、任劳任怨也无望使自己不幸的命运有所改变，只能在死后借阴魂之力来反抗一番。这一荒诞不经的结局，分明折射出现实生活中恶的强大与普遍。

如果说《外套》是对"大人物"的弹劾，那么，《狂人日记》则是对现实社会生活之畸形之病态的控诉了。

正是社会的不公正导致贫困的小公务员精神失常。正是"狂人"貌似痴狂的话语道破了常人所不敢道破的真相：世上一切最好的东西都被侍从官与将军们霸占了！"小人物"丧失了享受一切生活欢乐的权利，包括恋爱的权利。《狂人日记》是对有权有势者的愤怒控诉，《肖像》则是对金钱万能的大都市里金钱诱人堕落这一现代文明景观的生动写照。在拜金主义主宰社会之际，不论是个人的才华，还是善的艺术，若抵抗不住金钱这一魔鬼的诱惑，必然走向毁灭。至于《涅瓦大街》，它是果戈理"彼得堡故事系列"的开篇，小说通过中尉皮罗戈夫和艺术家皮斯卡廖夫这两个人物的不同遭遇，揭示了京都彼得堡乃是庸人的乐园，天才的坟墓，涅瓦大街上一切都是假的，一切都可以用金钱来收买，连人的情感也沦为市场上可以买来买去的商品，涅瓦大街上的价值都是虚幻的，连京都彼得堡本身都如同幽灵，俄罗斯乃至整个现代文明世界，其价值，其存在，究竟又有几何呢？由《涅瓦大街》、《狂人日记》、《肖像》与《外套》所构成的"彼得堡故事系列"，栩栩如生地展示了社会经济变化中的 19 世纪 30 年代俄罗斯贫富的悬殊、道德的蜕化、官府的腐败、权势的淫威、金钱的罪恶，确立了现实主义文学的社会批判取向，实录了小人物被欺凌、受损害的凄怆，高扬了俄罗斯文学传统中的民主主义人道主义精神。

在"彼得堡故事系列"中，比较独特的要算《鼻子》。故事以热衷于升官发财的八等文官柯瓦廖夫丢失鼻子这么一个怪诞荒唐的情节，收到了一箭双雕的社会效果：既尖刻地嘲讽了彼得堡官僚们不择手段追名逐利的虚荣心态，又有力地鞭挞了现代文明社会里人们心灵的扭曲。

果戈理对这"鼻子"形象的刻画上着力强调其幽灵性、魔幻性。细细品读，这故事情节的魔幻与怪诞，这人物形象的魔幻与怪诞，又何尝不是在影射、在象征这人世、这人生、这生存本质的怪诞呢？

"鼻子"在这里不仅仅是官迷的符号。"鼻子"这一能指还另有所指。现实尘世之魔幻，现实生存之怪诞，是不是也涵纳于这魔幻与怪诞的"鼻子"？或者说，这个"鼻子"的象征意蕴，召唤着我们去探寻对"鼻子"这一符号的其他所指。小说通过少校"丢鼻子""找鼻子"的种种心态与行径,多方面地展示了"鼻子"的文化价值。从"丢鼻子"意味着什么,我们可以追问"鼻子"在这篇小说中的多重所指。

其一,生理层面上的"丢鼻子"、"没鼻子"或"烂鼻子",此乃影射一个人在性生活上的不检点,影射寻花问柳的放荡行径。小说中的少校对这一影射是很惶恐的。"我这人鼻子没了,您得承认,这是不成体统的。一个在复活桥上卖剥皮橙子的女商贩,是可以没有鼻子而坐在那里叫卖的,但是,身为……"① 如果说,这种对"没鼻子"会使人联想到"花柳病"的恐惧,在这段表白中还是转弯抹角的,那么,警察分局局长对"没鼻子"的指责,则已然是一种毫不掩饰的揭露了:"一个正派人的鼻子是不会被人家揪掉的","这世上各式各样的少校可多了,有些少校连件像样的衬衣内裤都没有,却还总去各种下流场所……"② 应该注意到,同是在生理层面上讲"丢鼻子""没鼻子",但少校的自白与局长的指责又有不同的所指。少校唯恐自己的鼻子没了会让人联想到"鼻子烂掉了",局长直言少校去"下流场所""鼻子会被人揪掉"③,此乃影射阳具被人阉割。"鼻子"在这里是男性阳刚品质的符号,"丢鼻子"便是主人公潜意识里的男性恐惧。

其二,交际层面上的"丢鼻子",被人家"牵鼻子",这是意味着让人家给骗了,给耍了,给戏弄了。小说里,那位有女待嫁的校官夫人——亚历山大德拉·波德托齐娜在给这位"丢鼻子""找鼻子"的少校回信中写道:"如意谓我将嗤之以'鼻',亦即正式拒绝之意……"④ 这里的"丢鼻子",大体上等同于"丢面子"。然而,果戈理笔下的"鼻子"又不仅仅是一般交际意义上的"面子",不仅仅是通常意义上的"体面""威望""声誉"。这个"鼻子"在这里"膨胀"成了一种令人敬畏的幽灵。当少校的"鼻子"一转身变成了"鼻先生",这"鼻先生"就令人刮目。"鼻子真的出来了。他身穿绣有金线的高领制服,鹿皮裤子,腰挎一把长剑。从那顶带羽饰的帽子上可以推断,他是个五等文官";"这鼻子将其脸部整个儿埋在那高大而又竖起的衣领里,正显出十分虔诚的样子

---

① 沈念驹主编:《果戈理全集》第一、三卷,徐振亚等译,河北教育出版社2002年版,第44页。
② 沈念驹主编:《果戈理全集》第一、三卷,徐振亚等译,河北教育出版社2002年版,第52页。
③ 周启超编选:《果戈理精选集》,耿济之等译,山东文艺出版社1997年版,第213页。
④ 周启超编选:《果戈理精选集》,耿济之等译,山东文艺出版社1997年版,第219页。

而在做祈祷呢"①；这鼻子声称"我是独立自主的"；"从鼻子本人的回答中就可以看出，这人心目中是没有什么神圣可言的，在这种场合他也会撒谎"②；"它现在正乘着马车满城闲逛，还自称是五等文官"。——种种迹象表明。这"鼻子"乃是有头有脸有权有势的"大人物"。这种拟人化描写，这种神乎其神的形象膨胀，着实耐人寻味。这一形象蕴涵，远非"鼻子"与"人"之喜剧性替换所带来的幽默讽刺所能穷尽。"鼻子"本系人的五官之一，本来是要听命于人的。然而，一旦它"独立自主"，人反倒要为这"鼻子"所役。这种"异化"，这种植根于人自身的"异化"。难道不发人深思，令人发怵吗？

其三，存在层面上的"丢鼻子"。"鼻子"与少校的冲突，最终导致少校对个体存在个人生命的危机感。看看少校这人：不仅在其身心上为"丢鼻子""找鼻子"所累所役，而且也清楚地意识到："没有鼻子的他"乃意味着他个体生命被毁灭。用柯瓦廖夫自己的话来说，"哪怕让我没有手或是没有脚，那也比这强；哪怕让我没有了耳朵——那很糟糕，不过勉强也还可以将就；可是，一个人没有鼻子——鬼知道那是什么：说鸟不是鸟，说人不是人；干脆，抓起来，扔到窗外去得了！"③ 一个"丢了鼻子"的人已然不是人！"鼻子"在这里已是一个特殊的符号，一个独特的象征。"丢鼻子"乃是一个人莫大的不幸，莫大的灾难："鼻子"没了就意味着一个人生命的窒息，一个人人格的丧失，一个人生存的毁灭。也正是在这个层面上，我们可以理解柯瓦廖夫少校为何惶惶不可终日。遭受"丢鼻子"厄运打击的他，简直如一条沮丧绝望的丧家犬。若不是那"鼻子"被"截捕归案"，谁又能料到这个少校不会干出比在报上登广告"寻鼻子"，到街上去教堂"跟踪鼻子"更荒唐的行径来呢？主人公之所以做出这些令人不可思议的离奇举动，乃是因为他难以承受如此沉重的打击。"鼻子"之于他柯瓦廖夫，绝非一般的五官，简直无异于生命之根了。

"鼻子"这一形象在这些不同层面上的不同含义和不同的意味在相互纠结，彼此胶着。"鼻子"这一符号的不同所指、不同语义也在这不同层面自由穿行，自由游移。不同的意味，犹如不同的音符，在共同织就

---

① 沈念驹主编：《果戈理全集》第一、三卷，徐振亚等译，河北教育出版社2002年版，第43页。

② 沈念驹主编：《果戈理全集》第一、三卷，徐振亚等译，河北教育出版社2002年版，第46页。

③ 沈念驹主编：《果戈理全集》第一、三卷，徐振亚等译，河北教育出版社2002年版，第52页。

《鼻子》这篇小说的异常丰厚的意蕴。在这里，喜剧性与悲剧性相交错，令人发笑与引人深思的东西相共生。正是这多重意味的互动共生，使《鼻子》从不假思索信笔写就的幽默讽刺小品，提升为技艺精湛出奇制胜的怪诞艺术杰构。果戈理在用他那才华出众的幻想，创造出魅力无穷的《鼻子》；果戈理也在用他这奇诡神魔的"鼻子"唤醒一代又一代读者的幻想。

《鼻子》所展示的魔幻结构，在艺术构思上是十分大胆的，在果戈理那个时代的俄罗斯文学乃至世界文学中都实属罕见，它预示了20世纪以降才相当流行的艺术倾向。索洛古勃的《小矮人儿》、卡夫卡的《城堡》等现代派小说中对人体特征在不期而至的灾变中发生的奇特变异的描写，纳博科夫在他于1944年撰写的专著《果戈理》一书中对《鼻子》的青睐，都印证了果戈理在这篇小说中的艺术开拓。

实际上，《鼻子》与《外套》一样，对于我们把握果戈理中短篇小说艺术成就中多姿多彩的怪诞形态，是很有必要的。在《鼻子》中，魔幻的载体完全隐去，与此同时却保留了事件的魔幻性本身。一方面是故事情节的"不自然"，另一方面是故事所言说的事理"很现实"。读者所面对的世界真可谓亦幻亦真，简直是霍夫曼那出神入化的魔幻。荒唐的事情"确实"发生，但文本中并无解释，并不那么神秘兮兮、扑朔迷离，只不过是怪异的日常生活场景。这种写法，隐含着对浪漫主义诗学之细腻的"讽拟"：浪漫主义者总喜欢借助道听途说的流言或奇诡神秘的梦境这些偶然的、外在的因素贯穿情节，果戈理在《鼻子》中则运用了十分精细、讲究之至的技巧，对浪漫主义的法宝展开了反讽。果戈理在叙事艺术上的这一开拓，不仅给后来的艺术家提供了激活灵感的源泉，而且在他自身的艺术探索道路上也是一个转折点。果戈理在《鼻子》中所运用的荒诞，可以称之为"朦胧式""隐在型"的怪诞：魔幻的载体在这里被遮蔽了、被掩饰了；相比之下，《旧式地主》与《死魂灵》则是一种"非魔幻型的怪诞"，古怪的、不自然的因素在那里完全摆脱了魔幻的氛围，而直接或间接地参与情节的展开与冲突的进行，怪异的、奇诡的东西完全融化在生活的日常的、现实的流动之中，它们既体现于描写本身，更体现于被描写的事物本身。而相对于这种"非魔幻型的怪诞"，便是《肖像》与《维》之中所见的，"公然的、显在的怪诞"，在这种情形中，魔鬼势力直接地、公开地"侵入情节"，干涉故事叙述，决定人物的命运，裁断冲突的结局。《维》最接近《狄康卡近郊夜话》，取材于民间广为流传的神话与童话，魔幻氛围在这里得到了最为浓郁的显示，扣人心弦。与《维》同属

《米尔戈罗德》这本集子中的佳作的,便是《塔拉斯·布尔巴》,它是果戈理浪漫主义艺术的杰作。果戈理在这里以酣畅淋漓的笔墨描绘了一群热情、豪爽、狮子般勇敢活跃,向乌克兰全境泛滥出哥萨克的意态和气度的扎波罗什人,用史诗式笔法描绘了杜勃诺城下战役,刻画了天主教文化和风俗,赞美了第聂伯河的优美风景。生龙活虎的扎波罗什哥萨克对祖国的无限忠诚和炽烈热爱跃然纸上,这份讴歌,开了后来的《静静的顿河》中那悲壮场面的先河。

六

诚然,提起果戈理笔下的乌克兰,说起果戈理在浪漫主义文学探索中的实绩,若遗漏掉众口交誉的《狄康卡近郊夜话》,实在是不可饶恕。这《夜话》中的一颗珍珠,自然是使果戈理蜚声文坛的《五月的夜》。"你可知道乌克兰的夜色吗?啊,你没见过乌克兰的夜色!那末,仔细瞧瞧吧!弦月当空,无际的苍穹膨胀起来,更加广阔无垠。天幕闪闪发亮,匀匀地呼吸着。大地整个儿沐浴在一片银光里,奇妙的空气里有几丝凉意,又充满安适的乐趣,阵阵幽香如海波浮动。多么美妙的夜啊!多么令人陶醉的夜啊!"[①]

就是在这样奇妙的五月之夜,热恋中的小伙子列弗柯的那些爱好自由的朋友帮他骗过有权势而愚蠢的村长,终于得到富于幻想的美人甘娜的爱情;勇敢善良的青年哥萨克为冤死的姑娘的鬼魂找到了谋害她的妖精,已是鬼魂的姑娘炽烈地回报了小伙子的热望。这样动人的五月之夜,连普希金也为之神往。大诗人记录了《狄康卡近郊夜话》问世时留给圣彼得堡作家同人的印象:"大家都曾为对一个能歌善舞的民族的生动描写,为小俄罗斯自然风光的这些新鲜画面,为这种朴实而狡黠的欢快而高兴过。"[②]也正是这样奇妙的乌克兰春夜,孕育了果戈理!须知,尼·瓦·果戈理是于1809年4月1日(即俄历3月20日),在乌克兰,在波尔塔瓦,在狄康卡——在索罗奇镇,降生到我们这个世界上的。在这个意义上,读者能欣赏到果戈理的作品,首先得感激美妙的乌克兰春夜!

果戈理笔下的那部《肖像》因其会"活动"而"变容",因其多重多变而耐人寻味。果戈理本人的艺术"肖像"不也是因其丰厚而多彩,

[①] 沈念驹主编:《果戈理全集》第一、三卷,徐振亚等译,河北教育出版社2002年版,第69页。

[②] 袁晚禾、陈殿兴编选:《果戈理评论集》,柳芭等译,复旦大学出版社1993年版,第29页。

因其形而下的讥讽与形而上的批判之兼备而形成多维度多界面而令人着迷？可以说，果戈理的艺术"肖像"也是多重多面的。唯其多重唯其多面，一代代读者才会驻足揽胜于其中，才会流连忘返于其中，才会在不断的重读之中有新的发现，新的收获，新的欣喜。

（原刊于《外国文学研究》2017 年第 6 期）

参考文献

［1］ Bakhtin, M. M., *Francois Rabelais' Creation and Folk Culture of the Middle Ages and Renaissance*, Moscow: Literary Publishing House, 1990.

［2］ Bely, Andrei, *The Mastery of Gogol*, Moscow-Leningrad: State Literary Publishing House, 1934.

经典的深度与品读的维度

——从陀思妥耶夫斯基的《罪与罚》谈起

一 品读的维度与视界

经典，自有其深度。

正是这深度在召唤着我们对经典作多维度的品读。

品读的维度，有社会学的，有历史学的，也有心理学的；有政治学的，有伦理学的，也有美学的；有符号学的，有叙事学的，也有修辞学的……

从品读者之主要的关切或聚焦的轴心所形成的视界来看，文学经典品读实践中多种不同的维度，大体上可以归为三大视界："解译式品读"、"解析式品读"、"解说式品读"。

"解译式品读。"这一视界主要的关切在于一个文学文本述说了什么，表现了什么，反映了什么，再现了什么。这一视界，重点关注一个文学文本的思想内涵；在"解译式的品读"实践中，文学文本被视为"载道的工具"；文学文本的布道、教化和认识功能得以突出。所谓"镜子"，所谓"兴、观、群、怨"。社会学文论、心理学文论和精神分析文论大体就是持这种"解译"视界的，大体上都是在追问：一个文学文本书写了什么？

"解析式品读。"这一视界主要倾心于一个文学文本是怎么写成的，怎么"缝制"的，怎么"编织"的，怎么"生产"出来的。这一视界，重点关注一个文学文本的审美方式，关注一个文学文本如何表现、如何反映或如何再现，关注一个文学文本的生成机制、结构方式；勘察一个文本的"文学性"是何以产生的。在"解析式品读"实践中，文学文本被看成是一个自主的、自足的、自律的、自成系统的机体，要探求的是文学作为一门话语艺术，其审美功能是怎么形成的。所谓化"胸中之竹"为"纸上之竹"的过程是怎样的，工艺是怎样的。语义学文论、符号学文论和叙事学文论大体就是持这种"解析"视界的：大体上都是在勘探一个文学文本是如何生成的。

"解说式品读。"这一视界基本的旨趣在于追问：一个文学文本的作者是什么样的人？他/她为什么要这样来写一个文本，这一文本是在怎样的背景和场合中写出的？它的"前文本"与"潜文本"、"互文本"又还有哪些？同一个故事由不同的人来讲，或者在不同的场合下来讲，自有不同的意味。在"解说式品读"实践中得到重点关注的是：这个文本作者的真实意图是什么？这个文本的"弦外之音"何在？这个作者在其叙事、抒情背后的动机是什么？"解说式品读"视界还关注读者对文本接受的情况，即读者对一个文学文本可能有的种种解读。作者的意图和读者的解读都是多种多样的。以这种"解说"视界看来，一部文学作品是由读者建构出来的：由读者在其对一个文学文本解读的过程中建构出来的。文学文本是开放的，是充满多方位对话的、多链环的语义场。从语言学上来说，同样的话语在不同语境下的语用效果是不同的。在这一视界里，就要面对"互文性"的问题，"文学场"的问题，话语权力的问题；以这种视界看文学文本，便可以一个形象、一个情节，甚至一个场景为由头谈开去。透过文学甚至跨过文学而延伸开去的种种文化批评，新历史主义文论、后殖民主义文论、女性主义文论，大体上都属于这种"解说"视界。这种视界，已经不再追问或不再聚焦于文学文本本身，其兴趣点主要在于作者这样写的意图何在，故事这样讲意味着什么。

这三种视界各有优长，也各有局限。

对有深度的经典文本持有不同的视界，便会获得不同的品读维度。

二 对拉斯柯尔尼科夫形象的几种解读

俄罗斯文学的经典文本为我们谈论经典蕴含上的深度与品读上的维度，提供了相当丰富的例证。19世纪的文学大师陀思妥耶夫斯基的小说力作，无疑就是具有深厚蕴含而能召唤多维度品读的文本范例。这里，我们不妨从《罪与罚》谈起。限于篇幅，且聚焦于这部名著的主人公形象的品读。

《罪与罚》面世已有150年之久。150年来，这部小说拥有无数读者，至今仍然位居世界十大名著行列。根据这部小说改编的电影、戏剧被不断地搬上银幕、舞台。在当代中国，1990—2000年间，《罪与罚》有14种新译本；2000—2015年间，《罪与罚》汉译（重译与新译）至少有16种之多，其中，仅2001—2005年间，《罪与罚》就至少出了10种新译本。

国际陀思妥耶夫斯基学会已将第 26 届年会主题确定为纪念《罪与罚》面世 150 年，在某种意义上可以说，也就是纪念这部小说的主人公拉斯柯尔尼科夫这个人物诞生 150 年。150 年来，这个经典人物形象经历了不同维度上的品读。

第一种解读："双重人格。"拉斯柯尔尼科夫身上仿佛有两种相反的人格在轮流起作用。他为人忠厚，心地善良。念大学的时候，他曾经帮助过一个患病的穷同学，维持其生活达半年之久。这个同学病故后，他又负责照料死者的老父。他还从一座失火的屋子里救出两个孩子，在贫病交加之中，还倾其所有而为马拉美多夫料理丧事。与此同时，他却是一个杀人犯。他不但杀死了那个放高利贷的老太婆，还"顺带着"也杀害了那个老太婆无辜的妹妹。显然，拉斯柯尔尼科夫这个人物就是一个"双重人格"的化身。

第二种解读：拉斯柯尔尼科夫是一个生活在梦想中的才智出众的青年学生，是一个通过自己那颗不受压制的心灵向善与恶的深度进行探寻的人，他的意志在梦想中化为超人的智力，他的躯体成了心灵的奴隶。他写下的一切思想、一切文章都变成了一种推动他前进的机械意志。拉斯柯尔尼科夫这个人物简直就是一个"超人"。

第三种解读：这个拉斯柯尔尼科夫是资产阶级社会"自由"意识的化身。这种意识内含三种理论基因的冲突与斗争。其一，利他主义——帮助被侮辱的人们，为他们向社会进行报复；其二，利己主义——上帝死了，因而"一切都是允许的"，自由的个性应敢于在现实生活中证实自己是完全自由的，"地下人"要迫使社会承认他也能成为拿破仑；其三，自我惩罚。利他主义或利己主义的冲动后果都使良心备受折磨。良心与理智较量的结果是良心以痛苦为代价才得以取胜。这种解读，较"双重人格说"或"超人说"似乎有所深入，但细究起来，仍未超脱将良心与理智割裂开来对立起来，利他与利己水火不容非此即彼这一"定格"。

若跳出这一"定格"，我们或许就会看出：陀思妥耶夫斯基是在通过拉斯柯尔尼科夫这个彼得堡穷大学生的形象塑造，艺术地呈现遭受已然"异化"的社会存在深深压抑着的俄国青年个性意识海洋"自由"聚变所产生的"内爆"能量。

三　对现代个性"内爆"能量的呈现

拉斯柯尔尼科夫是一个倾心哲理思考、尚未定型的青年学生。他在自己的斗室里执着地展开个性存在之根本问题的探索，在意识海洋中诞生的思想，他要拿到现实生活中去检验。这种"实验—探索"活动的轴心是跨越现存社会的价值标准。他所置身于其中的现实生活之生存法则是弱肉强食。他要反抗这种非人道的生活，要跨越这种人吃人的法则。于是，他要杀死那以放高利贷为生的老太婆。杀人，在拉斯柯尔尼科夫的意识中，只是他将那"跨越理论"付诸实践的一个尝试，只是他去践行那精心预定的"伟大计划"的第一步。他认为，那老太婆过着剥削他人的生活，应消灭她，用她的金钱救济穷人，他这可是为人道的生活而杀人；同时他又意识到杀人手段本身却是不人道的。而一意识到这一点，他就感到十分痛苦——他这"跨越"行动的第一步就违反了他自己所追求的那崇高的人道主义目标；他认为，"他杀死了老太婆之同时杀死了他自己"，跨越社会生活法则之同时也跨越了自己心爱的原则。因此，他在行凶后扪心自问：难道我这是杀死了老太婆吗？我杀死的是我自己。因此，他痛苦地对杜尼娅说："你会走到这样一条界限：不跨过去——你会不幸，而跨过去——也许会更不幸。"这句话，极其精辟地概括了主人公意识世界中深刻的矛盾、强烈的冲突。整部《罪与罚》的情节结构、形象体系、主题思想都构筑在这一块基石之上。这是《罪与罚》一个不可忽视的"文心"。

　　细心的品读者，还会看到，拉斯柯尔尼科夫对这种"跨越"后果的意识并不是"历时性"的进化，即并不是通过杀人之后因精神"震动"而出现的良心发现。在这之前，甚至在行凶前的最后一刻，他就已觉得杀人是一种卑劣行为。拉斯柯尔尼科夫不是一时冲动而是有计划地践行自己的理论，迈出自己的步子去"跨越"；在意识到自己杀人这一行为的反人道性之同时，他还在思考"为什么别人能杀人，我就不行？""大家都杀人，现在杀人，过去也杀人，血像瀑布一样地流，像香槟酒一样地流，为了这，有人在神殿里被戴上桂冠，以后又被称作人类的恩主。"他感到痛苦的是他自己未能经受住这一"实验"的考验。"他对自己作了严格的审判——承认自己是凶手而投案自首；他那变得冷酷的良心并没有从他以往的所作所为中找到特别可怕的罪恶。"小说结尾时主人公与小说开头时一样认为自己的"跨越"计划不是犯罪。如果说，良心迫使他去自首，那么，良心又使他意识到自己杀人并非罪恶。可以说，它们源于同一个良心的能量，而并不是理智与良心的较量。

四 对"两分法"解读模式的挑战

　　如何来理解这种精神现象？拉斯柯尔尼科夫这个人物的性格本身未曾发生实质性的变化。由什么转变为什么的线性思维方式，在"这一个"

人物性格内蕴之审美评价上已不适应；理智上是魔鬼，良心上是天使的"两分法"的解读模式，在这里已与实情相悖而失去效力。

"自从开天辟地以来"——作家借另一个人物之口来为读者解惑了——"世界上就涌现出各式各样互相冲突的思想和理论。人们只消用完全独立的、开阔的眼界去看待事情，不为庸俗的影响所左右，那么，我的思想当然就根本不会显得那么荒诞了。"这是一种什么样的思想呢？在作家心中，体现着这种思想的人物拉斯柯尔尼科夫是个具有强大精神能量的现代个性。这样的个性对现存社会价值准在意识上进行的"跨越"，有着多种可能性。备受"异化"的社会存在压抑而极有思想的青年身上，潜伏着强大的精神能量，这能量一旦得到"自由"释放，会产生多种各具指向的力量，有可能对社会、对他人、对主体自身发生各种各样的撞击。这里有美好的憧憬和天真的想象，也有疯狂的幻想和荒诞的梦魇。为着人类的幸福而对非人道的生存法则之勇敢"跨越"与对人类社会最基本的伦理道德的无情践踏，对思考与行动之自由的追求与对"什么都是可以的"这一理论的践行，起点充满人性，终端惨无人道。由崇高的人道起跑线出发，主人公强大的内在能量推动他不顾一切地奔向"极端"，越过"临界点"，从痛苦的忧患意识起步又回到痛苦地反省的深渊——意识到自己探索中的迷误，目标的失落，激情满怀地思考与行动着的主体便十分鄙视自己的无能，加倍地惩罚自身。从心理学角度来看，这是长期受压抑、无人权、不自由的个性对自由、对权利、对人道生活的火热的渴望，这是强烈的激情之非常态的释放。这种渴望，这种激情，恰似火山爆发时迸出的岩浆。它燃烧起来，使得"地下人"的意识结构发生了变形，使得在社会底层挣扎着的苦命的小人物的心理空间无限膨胀，进而使他成为无所不及的"幻想家"；从社会学的角度来看，19世纪中叶，沙俄遭受资本主义冲击而异化的社会现实在孕生着像拉斯柯尔尼科夫这样的反抗者。可是，充满人道主义精神的反抗意识又有可能"变异"，而结出极端个人主义、无情践踏人类社会伦理道德的恶果。这也许就是作家的意图——这是对这个已然"异化"的社会发出预警！这是从作家方面来看人物形象的内蕴。若要更好地解读作品"文本的意图"，就要不止于作家的创作语境，而要沉潜到人物形象于其中被建构的文本结构之中。

细细地品读《罪与罚》的文本，就会看出：拉斯柯尔尼科夫首先是一个积极思考而痛苦不安、献身于反抗斗争而未找到理想途径的俄罗斯青年。致力于挑战那不人道的社会现实去"跨越"那不人道的生存法则，是这一人物全部生活的目的。他在"罪与罚"的双重打击中求索这种

"跨越"路径；他的良心不承认自己对社会犯罪，但又为自己的理论从人道主义出发却以反人道主义为归宿而无限痛苦。跨越的激情与超人的意志、否定人吃人与自己去杀人、要求社会承认自己与"什么都是可以的"，还有对这一切互相冲突而又不可思议地纠结在一起的意识之意识，对这些具有各种指向的意识"细胞"竟能在一个人的头脑里杂然共存这一状态有清晰的意识，这些难以排遣的情结致使拉斯柯尔尼科夫极为不幸。

如此看来，拉斯柯尔尼科夫这个艺术形象的价值蕴含堪称有深度的：这是一个具有强大精神能量敏于思考敢于挑战的现代个性，一个致力于跨越"异化"的生存法则与不人道的现实社会价值标准的反抗者；一个在对社会的超越中也超越了自身崇高理想而遭遇失落的悲剧主人公；一个在各种意识的聚变中始终不懈地探求着超越的理想途径即完全人道主义地变革现实生活的探索者。反抗、失落、探索这三个层面彼此交织，在构成拉斯柯尔尼科夫"这一个"人物形象的美学内蕴。反抗、失落、探索这三种不同指向的意识犹如三个声部，既矛盾冲突又互动互生，在合成拉斯柯尔尼科夫"这一个"人物形象。

五　不同声部在合成"这一个"

试问，反抗、失落、探索这三种不同声部怎能同时存在于同一个人的头脑里呢？

从常识的角度来看，拉斯柯尔尼科夫这个人物，确实有点"怪"。在他身上，在他的脑海里，"不能相容的意识竟能相容"。他这样的人可以被看成废话与激情的混合物，天使般的魔鬼，在愚蠢中如此聪颖，在智慧中如此愚昧，是白痴又是罪犯，是圣贤又是坏蛋。正是这种"不自然的混合"性格，使不少读者感到困惑。然而，换一个参照系，就会"柳暗花明"。

马克思指出："人是一个特殊的个体，并且正是他的特殊性使他成为一个个体，成为一个现实的、单个的社会存在物。同样地，他也是总体，观念的总体，被思考和被感知的社会主体的自为存在，正如他在现实中既作为社会存在的直观和现实享受而存在，又作为人的生命表现的总体而存在一样。"[①]"有意识的生命活动把人同动物的生命活动直接区别开来。或者说，正因为人是类存在物，他才是有意识的存在物，也就是说，他自己

[①] 马克思：《1844年经济学—哲学手稿》，《马克思恩格斯全集》第42卷，人民出版社1979年版，第123页。

的生活对于他是对象。仅仅由于这一点,他的活动才是自由的活动。"①陀思妥耶夫斯基笔下的主人公,正是以他自己的生活为思考对象的"自由"个性,他们把"观念的总体"即意识作为感知与思考的客体,他们都热衷于观察和分析,他们观察、分析的不是情感而是意识,不是别人的意识而是自身的意识。在这里,"自我意识"是人物性格据以生成的核心成分。诚如茨威格所言:陀思妥耶夫斯基的小说"总是在人的灵魂里,在精神的世界中展开的。他的每一个主人公都象俄罗斯本身那样询问自己:我是谁?我的价值是什么?……他渴望认识站在上帝面前的那个他自己,而且要审问自己"。②纪德也看出:"如果说,西欧文学所注重的是人与人的相互关系,那么,陀思妥耶夫斯基所处理的则是人与其自身或人与上帝的关系。这正是他卓越的地方。"③

陀思妥耶夫斯基认为,为了改革这个世界,我们需要的不是一个暴力行动,而是一桩伟大的业绩,一场内部的革命。生命的意义不在于代代相传,而在于把野蛮人改造为天使,把罪人改造为圣人。生命是从低级意识向高级意识的不断攀登。作为艺术家与思想家,陀思妥耶夫斯基毕生致力于唤醒人对自我形象的认识,致力于推进人类"认识你自己"的伟大进程,致力于运用艺术的解剖刀与显微镜"在人身上发现人",发现真实的"多声部"的人。陀思妥耶夫斯基所感兴趣的乃是那种体现为对世界、对自我有着独特看法的主人公,那种体现为人对自我与周围现实关系的思索和评价的主人公。陀思妥耶夫斯基拥有天才独具的艺术穿透力,在别人只见出千篇一律的地方,他能看出许许多多各式各样的东西,在别人只听见一种思想独白的地方,他能听出好几种思想之间的对话。陀思妥耶夫斯基发现,具有较强思维能力的人在自由地思考时所形成的意识海洋,由无穷多的意识细胞汇成,每一意识细胞都具有自己的伦理哲理思想行动的指向。这些意识细胞之纠结与共生,形成个性意识潜在能量的丰富性与多向性。诚如鲁迅先生所言:"人能组织,能反抗,能为奴,也能为主。"④这种诸多不同指向的意识如此复杂多向地相纠结相聚合的状态,正是"多声部共生"。

---

① 马克思:《1844年经济学哲学手稿》,《马克思恩格斯全集》第42卷,人民出版社1979年版,第96页。
② 参见中国社会科学院文学研究所编《世界文学中的现实主义问题》,人民文学出版社1959年版,第206页。
③ [法]纪德:《陀思妥耶夫斯基论》日译本,转引自《国外文学》1983年第3期。
④ 鲁迅:《花边文学·倒提》,转引自《文学评论》1985年第5期。

六 "多声部共生"在显示"人身上的人"

致力于"多声部共生"状态的发现,这一追求决定了陀思妥耶夫斯基独特的叙事方式。陀思妥耶夫斯基认为,人是不断变化的,也是不易捉摸的。人的变化中不乏突发性、非逻辑因素。人具有过渡性。人只是发展着的人,而不是完成了的人。作家的视线要透入人的内心深处,要勘探人的心灵深层感受的种种形式,要描写出意识海洋波澜起伏的辩证运动。陀思妥耶夫斯基聚焦于特定的心理空间内非常态的意识活动的共时性运动即截面的存在状态,醉心于呈现出同一时间(瞬间)内人的脑海里多种不同指向的意识之间的相互渗透、相互干预、彼此博弈之复杂境况。简言之,陀思妥耶夫斯基则着力于刻画出人的心灵深处多种意识思想截面上的"聚变"实况,一心要给读者显示:一个人在特定时刻是什么同时又会是什么。

陀思妥耶夫斯基倾心于"显示人的心灵深处",呈现出"多声部共生"状态的人之"意识的涡流",这是对人的内心世界之动态性从另一维度的把握。"多声部共生"即多种具有不同指向的自我意识在特定瞬间的聚合共存。由此而导致人物言行的多种可能性。人物性格很难用现成的单一的概念来"定性",而显得似乎"不确定""未完成"。"多声部共生"乃是作家陀思妥耶夫斯基对人性之复杂、深厚、丰富、广阔的特征进行挖掘的产物,乃是文学世界性格形态中独特的"这一个"。陀思妥耶夫斯基倾心于人物瞬间自我意识多层次结构的勘探,致力于表现从常识看来似乎不确定、未定型的个性,使活生生的人之富有弹性的性灵空间得以客观的显示,这体现出文学作为"人学"的巨大潜力,表明了这位天才的文学家审美意识的深化。

陀思妥耶夫斯基小说人物形象的独特性之一就在于:这些形象是以意识活动为其内蕴,这些人物的言行由其自我意识的流变所统摄。具有不同指向的意识细胞非常态地纠结共生于这些人物的脑海里,而构成意识形象的"多声部结构"。各种思想多层对话展开冲突,冲突中各种力量交锋搏击而显示精神世界的复杂多变。陀思妥耶夫斯基致力于潜入人的意识海洋深层,以新的视界捕捉心灵深处隐秘的细微的真实律动,以"完全的现实主义"在人身上发现人。现实生活中人的意识世界有可能就是这样,由多向多层交织渗透、胶着复合的"多声部共生"来构成,有可能就是像拉斯柯尔尼科夫这样来发生意识能量之"聚变"。生活于19世纪中叶的俄国社会中下层的知识青年,面临着旧的价值体系崩溃、新的价值体系又未确立，在矛盾中思考危机的根源，在迷惘中探索人生的支点，在水火不容的伦理道德冲突中，是会产生非常态的心理激变的，会产生"超越"、"叛逆"、怀疑、反抗的激情。这激变，这激情，又伴随着一系列由此滋生的各种不同指向的意识、思想、理念、理论之互相撞击、彼此交锋。这些大相径庭的意识、思想、理念、理论之冲突与博弈，并未生成明确清晰的结论，呈现出来的仍是它们流动不居、并存不悖的"多声部共生"。这些处于激变之中充满激情的青年，敢于超越，勇于挑战：挑战社会，也挑战自身。在五光十色的意识海洋里，他们的人生航船未发现罗盘，未找到支点，而失去平衡，而骚动不宁。陀思妥耶夫斯基笔下这些非常态的人物内涵就在于，这些人物在超越社会的同时也在超越自身，叛逆上帝的同时也失落人性。这种非常态的人物，根源于现实生活，植根于客观存在，完全有权利进入文学家、艺术家的审美视野。"文学是什么呢?"可以有多种如是观。有思想深度的文学，正是要艺术地呈现"人性的迷误"而对"迷误的人性"对孕育这一迷误的现实社会艺术地发出预警。为人生的文学，其社会职责其文化功能在于它负载着人类对自身的忧患，引导人类无情地拷问自身，清晰地认识自己，进而去促进人自身的完善，去引导人类一级一级地攀登全面和谐、自由发展的圣殿。陀思妥耶夫斯基最杰出的贡献，就在于他以自己的辛勤笔耕，留给后人一个闪耀着如此深刻的人道光芒与人学魅力的文学世界。这位毕生倾心于"在人身上发现人"的大作家，对世界文学最卓越的建树，就在于他对被现代文明"异化"的个性精神世界中的"多声部共生"结构刻画得如此深刻而入木三分，就在于他将真实的人的性灵之"多声部共生"状态呈现得如此精彩而栩栩如生。

拉斯柯尔尼科夫这样有深度的人物，已然得到并还会召唤多维度的品读；《罪与罚》这样有深度的经典，已然得到并还会召唤多维度的品读。

（原刊于《甘肃社会科学》2016年第6期）

"后现实主义"

——今日俄罗斯文学的一道风景

苏联解体以来的当代俄罗斯文坛,有"后现代主义"文学的狂飙突进,更有"后现实主义"文学的亮丽风景。"后现实主义"文学是苏联解体之后俄罗斯文学发育进程中出现的新气象。它是新俄罗斯对这片土地上根深叶茂的现实主义文学传统的继承与更新。这不是"批判现实主义""社会主义现实主义"的复活,而是经历"后现代主义"文学思潮强劲冲击之后,俄罗斯文学超越传统、应对挑战的一次浴火重生。

一 "后现实主义"文学的基本表征

"后现实主义"文学,是现实主义文学发育进程中一种新型的现实主义。在时间维度上,这"后"既是指苏联解体之后,更是指俄罗斯后现代主义文学之后;在空间维度上,这"后"既是指对于现实主义文学传统的继承,也是指对于后现代主义文学时尚的超越。俄罗斯后现实主义文学思潮,既是指当代俄罗斯文学向现实主义的回归更新,更是指当代俄罗斯现实主义文学经历后现代主义文学思潮冲击之后的"死而后生"。

"后现实主义"文学覆盖了好几代俄罗斯作家,呈现出一波又一波绵延不断的艺术气象。有"解冻"岁月成长起来的"30后"与"40后"作家。譬如,弗·马卡宁(1937—)、柳·彼得鲁舍夫斯卡娅(1938—)、柳·乌里茨卡娅(1943—);也有"停滞"年代成长起来的"50后"与"60后"作家。譬如,尤·科兹洛夫(1953—)、尤·波尼亚科夫(1954—)、安·德米特里耶夫(1956—)、奥·斯拉夫尼科娃(1957—)、阿·瓦尔拉莫夫(1963—)、安·格拉西莫夫(1966—);更有"解体"之后成长起来的"70后"与"80后"作家。譬如,奥·巴甫洛夫(1970—)、罗曼·先钦(1971—)、米·叶利扎罗夫(1973—)、扎·普里列平(1976—)、谢·沙尔古诺夫(1980—),等等。

"后现实主义"文学覆盖了当代俄罗斯文坛上多种色彩的现实主义艺术探索。各具个性的"后现实主义"作家也有共通的美学理念,其文学世界呈现出多种诗学类型。

1. "带有存在主义色彩的现实主义"作品。譬如,马卡宁的小说《铺着呢子、中央放着长颈玻璃瓶的桌子》(*Стол, покрытый сукном и с графином в середине*,1993)、《高加索俘房》(*Кавказский пленный*,1995)、《地下人,抑或当代英雄》(*Андеграунд, или Герой нашего времени*,1998),德米特里耶夫的小说《河湾》(*Поворот ключа*,1995)、《一本合上的书》(*Закрытая книга*,1999)、《回程的路》(*Дорога обратно*,2001)。

2. "带有象征主义色彩的现实主义"作品。譬如,科兹洛夫的小说《夜猎》(*Ночная охота*,1995)、《预言家之井》(*Колодец пророков*,1997),瓦尔拉莫夫的小说《生》(*Рождение*,1995)、《沉没的方舟》(*Затонувший ковчег*,1997)、《圆顶》(*Купол*,1999)。

3. "带有自然主义色彩的现实主义"作品。譬如,彼得鲁舍夫斯卡娅的小说《黑夜时分》(*Время ночи*,1991),巴甫洛夫的小说《官方的童话》(*Казённая сказка*,1994)。

4. "带有浪漫主义色彩的现实主义"作品。譬如,叶利扎罗夫的小说《图书管理员》(*Бибиотекарь*,2008),普里列平的小说《萨尼卡》(*Санькя*,2006)。

5. "带有感伤主义色彩的现实主义"作品。譬如,乌里茨卡娅的小说《索涅奇卡》(*Сонечка*,1992)、《忠实于您的舒里克》(*Искреие ваш Шурик*,2004),格拉西莫夫的小说《草原神》(*Степные боги*,2009),等等。

覆盖了好几代作家、呈现出多种诗学类型的"后现实主义"文学,致力于反思苏联历史,更直面当代现实,致力于走出传统的"红"与"黑"的锁定,检视多灾多难的生存境遇中的困顿,呈现剧烈动荡的生活大潮中被裹挟者的面影,倾心于今日俄罗斯人生存状况之凝重的写生。[①]经历了20年发育的"后现实主义"文学,已显示出独特的哲学取向与美学追求,已展现出独有的艺术定位与诗学特征,确乎构成当代俄罗斯文学中一种有气势成气象的文学思潮。作为当代俄罗斯文学一种思潮的"后

---

① 周启超:《沉郁的检视 凝重的写生——新俄罗斯中篇小说艺术谈》,周启超主编"新俄罗斯文学丛书"之一《在你的城门里——新俄罗斯中篇小说精选》,昆仑出版社1999年版,第3页;"新俄罗斯文学"丛书是当代中国最早有规模地译介当代俄罗斯"后现实主义"文学作品的一套丛书。

现实主义"，已经被写进当代俄罗斯文学史。①

"后现实主义"文学，是在苏联解体之后的当代俄罗斯文坛上，坚持并发扬俄罗斯文学素有的丰厚的现实主义（"启蒙现实主义""批判现实主义""社会主义现实主义"）的美学传统之基础上，充分吸纳"后现代主义"文学的艺术成就之后，而发育起来的一种新型的现实主义。这种新型现实主义文学，其艺术哲学立基于已然得到普适性地理解的相对性，立基于对于这个在不断变化着的世界之体认上的对话性，立基于作者观照与审视、描写与叙述这个世界之立场上的开放性。米哈伊尔·巴赫金是这种高扬相对性、对话性、开放性的美学思想之最早的开路人。

以相对性、对话性与开放性为基石的"后现实主义"文学，有自己的艺术书写策略。当代俄罗斯学者 H. 莱伊德曼对"后现实主义"文学的艺术书写策略有过这样的概括：

一、将决定论与对非因果的（非理性的）关联的寻找相结合。

二、将典型性与原型性之互渗作为艺术形象的构建原理。将社会性与心理描写同对于人的本性之类属的、形而上层面的勘察相结合。

三、形象结构自身提供出艺术评价的含混性。评价对于作者、对于读者都成为一个不可裁断的问题。其实，只是在后现实主义的艺术体系中，列夫·托尔斯泰1898年提出的那个创作方案方才得以实现："要是写出这样的艺术作品有多好，在那里会清晰地呈现出人的流变性，呈现出他原本就是那同一个人，一会儿是恶棍，一会儿是天使，一会儿是智者，一会儿是白痴，一会儿是大力士，一会儿是最为软弱无力的东西……"（《列夫·托尔斯泰文集》二十二卷本，第22卷，莫斯科文学出版社1985年版，第86页）。

四、将世界形象作为对话（甚或是多边对话）——来加以建构。

如果说，传统的现实主义之原初的公设——现实中有意义，如果说，现代主义之原初的公设——现实中没有意义，那么，后现实主义作家们则已抛弃先验的立场，而用不断的追问来取代它：什么是现实？现实中究竟有没有意义？如何使得意义成为现实的，而使得现实成为可以被反思的？……

然而，"后现实主义"之相对论美学不能被等同于精神上的相对主义……

在"后现实主义"的作品里发生着对宇宙的重建。这是相对的宇宙，源自混沌的宇宙。这一宇宙在世界的碎片之中发现世界的整一，在对立面

---

① H. 莱德尔曼、M. 利波韦茨基：《当代俄罗斯文学》2卷本，莫斯科："学术"出版中心2003年版。

的冲突之中发现关联，在无休止的运动之中发现稳定。这一宇宙，巩固了人的抵抗力——不仅仅是对于兵营式的思想一统步调一致的抵抗力，而且也是对于精神上的相对主义的抵抗力。①

二 同"后现代主义""社会主义现实主义"的双重对话

当代俄罗斯文坛上的"后现实主义"，是在同后现代主义文学的对话中发育起来的。

这是作家们的选择。这既体现为主动的开放与积极的吸收，也体现被洗礼被渗透。

"后现实主义"孕生于现实主义文学观念的拓展与更新。后现实主义作家们主张，新型的现实主义对后现代主义诗学是开放的。波尼亚科夫认为，"没有后现代主义的现实主义是枯燥乏味的"。②"后现实主义"孕育于后现代主义文学的冲击与渗透。批评界谈论"后现实主义"，缘起于关注"那些完全是后现代主义的因素对传统的现实主义诗学之深度而有机的渗透"，"那种吸收了后现代主义的某些诗学成分，然而其作者仍相信'最高的精神本质的实际存在'并努力使读者注意这些本质的作品。"（K. 斯捷潘尼扬）；缘起于关注有些后现代主义作家已然向现实主义靠拢，创作出一些兼有后现代主义和现实主义特征的"现实主义后现代主义作品"（П. 巴辛斯基），缘起于关注"后现代主义超越者"（H. 伊万诺娃）；在这个意义上可以说，"后现实主义既是后现代主义的克服，又是它的继续"。③

"后现实主义"文学也是在同苏联的社会主义现实主义文学之间的潜对话之中成长起来的。晚年的特里丰诺夫的小说已经预示出对主流的社会主义现实主义与地下的后现代主义的双重超越。马卡宁描写城市生活，刻画知识分子心态，被视为特里丰诺夫之最杰出的传人。马卡宁笔下的现实更为荒诞，知识分子更加边缘，而且视自己的边缘性为生活的恩赐。后现代作家假设所有真实的都是虚拟的、虚幻的。马卡宁正相反，他将所有虚拟的、虚幻的都赋予现实的况味。

瓦尔拉莫夫叙写当代俄罗斯乡村境况，继承了20世纪七八十年代苏联乡村题材小说的传统，但他是站在世纪末的高度叙写今日俄罗斯农民的

---

① H. 莱伊德曼：《体裁理论》，叶卡捷琳堡乌拉尔国立师范大学2010年版，第797—799页。
② 《苏维埃俄罗斯文学报》1997年1月21日。
③ M. 利波韦茨基：《死亡的摆脱——俄罗斯后现代主义的特点》，《旗》1995年第8期。

生存境况。"俄罗斯农村正在从地球上消失"——这成了作者的一块心病。瓦尔拉莫夫公开宣称，他在文学上的导师是别洛夫与拉斯普京。

格拉西莫夫的小说《草原神》，继承了苏联战争小说传统，但他讲述的是被制度全然不同的两个帝国所抛弃的边缘人之间的遭遇，关注的是被战争压制的人性，他致力于呈现残酷的世界中人性的光辉，抒写信仰创造奇迹。格拉西莫夫坦言：以写战争小说闻名的老作家邦达列夫、瓦西里耶夫以及苏联战争文学是自己的导师。

巴甫洛夫笔下的"劳改营""监狱"同苏联时代某些作家笔下的"劳改营""监狱"大异其趣。苏联时代某些作家是以一个劳改人员的身份描写集中营生活，巴甫洛夫则是从监狱看守战士的视角表现守卫劳改营区的军人生活。巴甫洛夫在对专制加以揭露的同时，对自由、对爱与尊严、对人性的复杂裂变予以更有深度的勘察。

普里列平的小说《萨尼卡》的问世，引起了社会很大反响。有批评家认为，这部作品可能成为一代人社会行动的独特宣言，是新形势下《钢铁是怎样炼成的》再版。作品提出了社会的新问题，宣扬的还是那种天不怕地不怕的极端的英雄主义。扎哈尔·普里列平有点像马克西姆·高尔基。①

后现实主义作家们这种同社会主义现实主义文学的潜对话，绝非偶然。这些作家们不再像那些后现代主义作家那样同苏联彻底决裂，一味地对苏联时代苏联文学大加嘲讽，而是回望苏联文学，对话苏联文学。一些年轻的后现实主义作家对苏联文学的一代宗师有着浓厚的研究兴趣，纷纷为他们写评传。譬如，普里列平写列昂诺夫，瓦尔拉莫夫写普里什文、写阿·托尔斯泰，叶利扎罗夫写帕斯捷尔纳克，巴辛斯基写高尔基。这种选择，耐人寻味。

这是读者们的选择。文学生产与文学消费是互动互生的。后现实主义文学的发育，也得力于文学消费市场的变化，得力于读者阅读心理的变化。有批评家看出，读者已经读腻了后现代主义、超级隐喻和低级趣味的读物，读腻了怪诞与乖谬的东西，没有从大做广告的新作品中找到特殊的意义，便回过头来阅读反映现实生活并把玩弄辞藻降到最低限度的作品。丧失广大读者的后现代主义作品在文化市场上缺乏竞争力，经历了短暂的风光之后急遽衰退，为后现实主义文学腾出了文化空间。有调查表明，一些后现实主义作家，如乌里茨卡娅与波尼亚科夫的作品，是当今俄罗斯最

---

① В. 邦达连科：《何谓俄罗斯文学中的主流文学？》，《俄罗斯文艺》2008 年第 1 期。

为畅销的文学作品。波尼亚科夫的小说《我想要逃离……》自2001年以来在俄罗斯已再版10次；乌里茨卡娅的小说《翻译达尼艾尔·施泰因》首印15万册，及至2008年2月，已发行近80万册。乌里茨卡娅的成名作《索涅奇卡》被改编成话剧，小说《库科茨基医生的病案》被改编为电视剧。

这是文学批评的引导。现实主义文学在当代俄罗斯文坛的回归更新拓展，与俄罗斯作家组织、大型文学期刊、各种文学基金会的引领与推动，密切相关。俄罗斯文坛经历了20世纪80年代下半期开始直至90年代初期政治上的分裂、文化上的分立（自由派、传统派、正统派、民主派），及至90年代中期，一个不是互相攻讦而是彼此对话，不是互相敌视而是彼此开放的整一的"文学场"终于得以形成。

自20世纪90年代中期以来，大型文学期刊越发重视推出后现实主义文学作品与文学批评，经常组织围绕着"新型的现实主义"而展开的争鸣。一批年轻批评家脱颖而出。"现实的批评"得以复兴。新生代批评家群体共同表现出那种对待文学作品的严肃认真的态度，那种重新在作家身上看出精神领袖的意愿，那种要去帮助人们有自省、有反思、有目标、有意义地生活的心愿。新生代批评家不仅仅通过美学的、语文学的透镜来看文学作品，而且动用哲学的、社会学的、政治学的、地缘政治的，甚至是神学的武库来解读文学作品。[①]

20世纪90年代以降，当代俄罗斯文坛的重要文学奖项越来越青睐"后现实主义"作家与作品。彼得鲁舍夫斯卡娅的《黑夜时分》，马卡宁的《铺着呢子、中央放着长颈玻璃瓶的桌子》，乌里茨卡娅的《索涅奇卡》，巴甫洛夫的《官方的童话》，瓦尔拉莫夫的《生》，科兹洛夫的《夜猎》，乌里茨卡娅的《美狄亚和她的孩子们》，斯拉夫尼科娃的《放大到狗一样大的蜻蜓》，马卡宁的《地下人，或当代英雄》，乌里茨卡娅的《库科茨基医生的病案》，德米特里耶夫的《回程的路》，沙尔古诺夫的《一个男孩受到了惩罚》，巴甫洛夫的《卡拉干达九日记》，格拉西莫夫的《拉西尔》，斯拉夫尼科娃的《2017》，普里列平的《萨尼卡》，乌里茨卡娅的《翻译达尼艾尔·施泰因》，叶利扎罗夫的《图书管理员》，格拉西莫夫的《草原神》等先后入围并赢得"俄语布克奖""反布克奖""大书奖""国家畅销书"等文学奖项。

---

① 罗曼·先钦编选：《新俄罗斯文学批评：20世纪第一个十年》，莫斯科："奥林匹亚"出版社2009年版，第3—11页。

三 作为一种艺术范式的"后现实主义"

正是当代俄罗斯文学创作实践中的新气象,引发人们谈论俄罗斯文学中的新思潮,谈论艺术范式意义上的新探索,谈论一种对于现代主义元素、后现代主义元素与现实主义元素之积极的耦合——有效果而能感动人的,艺术上成功的、美学上新颖的耦合。"后现实主义"这一概念,就是产生于文学思潮研究方法论上的突破:不再仅仅将现实主义同现代主义、社会主义现实主义同后现代主义看成是水火不容的对立面,而是在其对立对抗之中也看到其互动互渗而生成第三条路径的可能性,看到一种既有别于后现代主义文学又不同于社会主义现实主义文学之新的艺术范式生成的可能性。

作为新的艺术范式的"后现实主义",自有其生成与其中的历史文化语境,更有其独具的世界观,独特的人生观、独到的意义观。

> "后现实主义"没有忽视后现代主义诗学的财富。然而,"后现实主义"在世界观上超越了"后现代主义"。"后现实主义"力图将决定论与对非因果性关联的探寻耦合起来,将典型性与原型性耦合起来,将日常性与永恒性耦合起来。"后现实主义"作品中的主人公在深刻体验着"对意义的渴望",从自身汲取意义,从个人对于自己在这个世界上的使命的认识之中来汲取意义。
>
> 俄罗斯"后现实主义"文学在其人生观与意义观上最为突出的一个特征,就是对于"自由"、对于"意义"之新的体认。在后现实主义文学作品中,"绝对的自由"已受到质疑,被推向首位的乃是新的"意义观"——作为自由之不可或缺的条件的那种意义观,没有这一条件,自由就会蜕变成那种"无法承受的存在之轻"。直面现实,立足现实,植根于现实,在"不自由的现实"之中超越现实而建构"有意义的现实",这是后现实主义者的那种积极发挥正能量的处世态度。

"后现实主义"文学中的主人公,大多是在不自由的现实中探寻意义的边缘人。譬如,马卡宁笔下的"地下人"。[①] 这是城市底层的代表,是俄罗斯新资本原始积累时代的乞丐。"地下人"有许多缺点和劣迹。他不

---

① 参见[俄]马卡宁《地下人,或当代英雄》,田大畏译,外国文学出版社2002年版。

接受过去的制度，但也与苏联解体后的新秩序格格不入。他不被社会承认，不受社会保护，以边缘性为自我选择的一种生存状态，不随波逐流，不趋炎附势，不见风使舵，不投机钻营，而是"坚定地知道自己的力量，像以前一样坚持自己，坚持自己的观点"的"当代英雄"。通过对这样的人物命运的描写，作品对苏维埃时代人的命运加以反思，也对当代俄罗斯社会加以批判，同时也体现出作者对当代人的"自我"进行深入探索的旨趣。

"后现实主义"作品贴近现实，叙写的大多是日常生活中的平凡故事，这些平凡故事往往却是耐人寻味的寓言、象征。譬如，瓦尔拉莫夫的小说《生》[①]叙写一个在娘胎里就有病的孩子出生后受到病痛的折磨，最后勉强活下来的遭遇。这里的"生"，既指孕育子女的过程，也指胎儿出生并艰难地生存下来的过程。贯穿这些过程的是爱与恨、生与死、真善美与假丑恶的较量与斗争。《生》可以解读为女人和男人灵魂生命之"诞生"，也可以解读为女人和男人之间爱情的"复活"；"生"还可喻指俄罗斯在经历天翻地覆变化之后的"新生"。作家笔下的"孩子"的遭遇具有象征性。

> 他不过是几千万个刚刚诞生的俄罗斯儿童中的一个，他诞生在贫困交加、兄弟互相残杀，到处有肮脏的交易，到处有谎言，到处能听到世界末日即将降临这可怕的预言这样一种时刻。

艰难降临人世的婴儿跟命运多舛的俄罗斯形成强烈类比。婴儿的平安，便是俄罗斯有"新生"之希望的象征。俄罗斯批评家指出，《生》这部小说是"对新世界的晚孕和早产作了社会学的诊断"；"反布克奖"评委会认为，"人的诞生"这一永恒主题在其中得到独特的阐明。作品"同时从现实的和艺术的方面反映了当代生活的本质"。[②]

出色的"后现实主义"作家会艺术地反映现实，会讲故事。讲得出色的故事，则会幻化成现实、文献、神话。在后现实主义作家笔下，严肃与通俗、庄严与滑稽、现实与虚幻之间的对立已经被消弭。"后现实主

---

① 参见［俄］瓦尔拉莫夫《诞生》，郑永旺译，载《在你的城门里——新俄罗斯中篇小说精选》，周启超编，昆仑出版社1999年版；又见［俄］瓦尔拉莫夫《生——瓦尔拉莫夫小说集》，余一中译，外国文学出版社2002年版。

② 参见1995年12月5日的《独立报》，转引自张捷编《当代俄罗斯文学纪事（1992—2001）》，人民文学出版社2007年版，第79页。

义"作家善于以其对历史的戏拟,对现实的写生,以讽刺的口吻,用迷宫般的情节,来艺术地刻画典型形象,生动地讲述人物命运。其故事能让人读得饶有趣味,其作品之丰满的意义空间,能为读者提供个性化解读的可能。譬如,叶利扎罗夫在其《图书管理员》① 这部小说里,叙写曾"被束之高阁的作品"在历史转折时期竟具有极为神奇的魔力,让 90 年代的俄罗斯人为之痴迷不已。只要"连续阅读"与"专注阅读",作家格罗莫夫的作品就会像施魔法一般显灵。"愉悦之书"让人产生不可名状的愉悦感;"回忆之书"能促使人回忆起甜蜜的往昔;一个人读了"愤怒之书"便去杀人而被送进监狱,而在监狱里读了"权力之书"后则感觉到自己变成一个大人物,拥有控制他人的特异功能。护士在病房里朗读"力量之书",年老的病人顿时变得活力四射。这些作品简直是神奇的法宝。只要不间断地阅读它们,"美好的回忆、崇高的坚忍、真正的愉悦、巨大的力量、神圣的权力、善意的愤怒和一个伟大的创意"就会帮助人们"渡过难关,并在祖国上空构建起一个牢固的圆形穹顶,庇护着祖国和人民"。

《图书管理员》堪称"后现实主义"文学的一个标本。我国俄罗斯文学界已有两位学者对这部作品做出了细致的解读。不妨由这部小说管窥"后现实主义"文学风貌之一斑。

《图书管理员》的主人公阿列克谢,是一个 20 多岁的大学生,被指定为其叔叔——一个图书管理员——的财产继承人,有机会走进一个叫格罗莫夫——一个"只能用左手写作,其作品有一股魔力"的苏联作家——的作品,而被人们视为一个能够破解这神奇世界密码的"超人"。20 世纪 90 年代初,格罗莫夫作品的收藏家们收集了六类作品,唯独缺少"思想之书"。据说正是这一部书可以破解格罗莫夫创作的真谛。这可以解读为一个隐喻,喻指对思想真理的求索是苏联解体后俄罗斯社会普遍的精神诉求。经历了国家解体、政体更替与经济震荡的俄罗斯人在精神信仰上确实备感惶惑,对家国命运有着深深的关切。② 小说中对"思想之书"的追寻可以被看成是这一精神诉求的表征。图书管理员阿列克谢被人们期待——只有他最有希望成为"思想"真谛的破解者。只有阿列克谢"这样的读者——祖国永久的保护人",才能破解"思想之书"的奥秘:这样的人"死亡对他不构成威胁","他为广阔的宇宙站岗放哨,他的劳动是永恒

---

① 参见 [俄] 叶利扎罗夫《图书管理员》,赵丹选译,《外国文学》2009 年第 11 期。
② 陈爱香:《历史记忆:思想溃退后的精神引力》,《俄罗斯文艺》2010 年第 2 期。

的,保卫祖国牢不可破"。① 可见,对"思想之书"的搜寻,可以解读为苏联解体之后的俄罗斯人对真理的诉求心态的一种反映。

如此叙写,是不是在用"社会主义现实主义"文学那样的笔调——对绝对真理加以建构?

然而,叶利扎罗夫笔下,据说只有一册遗存于世的那部"思想之书",并没有奇诡的神力。"思想之书"不过是精神鸦片。可是,民众百姓对"思想之书"的迷恋,却不曾有丝毫减弱的势头。小说结尾叙写的是:所有的图书室之间的血腥争斗只是为了把格罗莫夫的作品都搜集齐全,以期破解"思想之书"的奥秘。②

这几近于一个寓言。作者的寓意可能是:人们总想寻找一种现成的理论化的真理去指导自己的实践活动,人们甚至因为对之迷恋而变得迷信。不过,在作者看来,任何一种理论形态的真理似乎都难以承担凝聚民族精神的历史重任。许多宏论对活生生的实践缺乏理论阐释力,它们并无积极有效地改造世界的生命力。

如此叙写,是不是在用"后现代主义文学"那样的笔调——对绝对意义加以解构?

如何走出对"思想之书"的迷信?小说中,有识之士开始转向作为思想生成始源的历史经验、历史记忆。"记忆之书"存量最多(有几百册),对读者最具吸引力。"记忆之书"的阅读,使主人公获得社会责任感。"我们所有的人对祖国具有无尽的义务"。然而,对苏联的追忆并不是想退回到苏联去。作者叶利扎罗夫强调,"怀旧——这不是对过去的怀念。历史记忆,尤其是苏联时代的历史记忆,是俄罗斯民族重塑辉煌的精神引力"。"苏联——是延展的,连续不断地存在着,无法回避它的存在。"③正是这种对苏联历史之"整体性的追怀"而不是"全面的憎恶",使得后现实主义得以超越后现代主义那种虚无主义的历史观。这种新的历史观,来自新一代俄罗斯人的社会责任感:在读第七部"记忆之书"时,"祖国"一词频现于阿列克谢的脑海,他想起小时候在舞台上朗诵过的一句话"我们对祖国有无尽的义务",便产生强烈的责任感。阿列克谢是"70后",年少时接受的是苏联式教育,对祖国充满自豪感;成年后准备报效祖国,却遭遇苏联解体。阿列克谢的人生阅历凸显俄罗斯新生代曲折的成

---

① M. 叶利扎罗夫:《图书管理员》,莫斯科:Ad Marginem 2007 年版,第 311 页。
② 陈爱香:《历史记忆:思想溃退后的精神引力》,《俄罗斯文艺》2010 年第 2 期。
③ 陈爱香:《历史记忆:思想溃退后的精神引力》,《俄罗斯文艺》2010 年第 2 期。

长轨迹。他的性格由软弱转为坚强,这是重温苏联历史所滋生的精神力量。"我将永远不会死。绿灯不会熄灭。"①

如此叙写,已然是在用"后现实主义"的那种笔调——对有意义的现实加以重构。

《图书管理员》情节曲折离奇,像一部通俗小说。小说中描写的故事发生在 20 世纪 70 年代到世纪末之间,叙事集中在苏联解体之后的俄罗斯。作家虚构的"格罗莫夫世界"与历史上的苏联社会竟惊人地相似,读者可以从中辨识出真实的苏联历史的某些画面。作家笔下,"莫霍娃图书馆"夺取养老院政权的叙述与教科书上对十月革命的描述如出一辙;在塑造苏联作家格罗莫夫的形象时有意模仿苏联文学话语;格罗莫夫的 7 部作品会让人联想起"社会主义现实主义文学"。对于苏联元素的这种戏拟,这种反讽,酷似后现代主义的笔法。作家对解体后的俄罗斯社会现实的写生,则是现实主义的笔法:人与人之间缺乏信任,冷漠的人际关系让人们陷入现代社会的生存困境:养老院的老妇人被亲人遗弃,被看护人员虐待;主人公则是当代的"多余人";每个人、每个组织都在为争夺有魔力之书而战;兄弟姐妹最终因利益而争斗而相残。这个世界充满竞争、暴力,但也不乏爱、友谊、责任。②

作品里苏联历史和俄罗斯现实的描绘之下还隐藏着作者对历史与现实的独特思考。这种思考,同苏联某些现实主义作家当年对苏联的反思可谓大相径庭。叶利扎罗夫不再像《阿尔巴特街的儿女》《穿白衣的人们》的作者们那样倾心于对苏联的"清算情结"。这位"70 后"作家笔下,"回忆之书"引发了主人公阿列克谢对苏联的"怀旧情结":"苏联就像一个本性善良的人,由于生活的艰难没有展示出他所有的潜能,你不能因此而怪他,他又有多大错呢?"③ 这一番独白令人深思:这是不是在反映今日俄罗斯 30—40 岁一代那种对苏联的"特殊心结"?已然超越了全盘的否定,一味的决裂;已然进入对历史的回望,对故园的追思。这种对苏联的"回望"与"追思",确乎是当下俄罗斯人心中真实存在的一种思绪。

这样一种既反思记忆中的历史又直面当下的现实的叙写,这样一幅亦幻亦真、亦庄亦谐的写生,在生动地呈现俄罗斯"后现实主义"文学的

---

① 陈爱香:《历史记忆:思想溃退后的精神引力》,《俄罗斯文艺》2010 年第 2 期。
② 赵丹:《虚构世界中的真实》,《外国文学》2009 年第 11 期。
③ M. 叶利扎罗夫:《图书管理员》,莫斯科:Ad Marginem 2007 年版,第 438 页。

思想取向与艺术追求，在形象地体现"后现实主义"文学的探索路向，在深刻地展现"后现实主义"文学的现实价值与美学价值：作为当代俄罗斯文学的一种思潮，它在实现双重超越——对"后现代主义文学"与"社会主义现实主义文学"的双重超越。

（原刊于《求是学刊》2016年第1期）

第四部分

文学史的对话

许志强 著

布尔加科夫和果戈理:文学史的对话

一 谁是小说的主人公?

根据现有的一种说法,《大师和玛格丽特》一书总共有"三个大师":约书亚、沃兰德和大师。换句话说,这三个角色都可以算作小说主人公。[①] 我们知道这与作者书中的声明并不一致。作为一种读法也是未尝不可,但在这部小说中这并不是一个自由的环节,可由我们任意阐释。为了把问题弄清楚,不妨从布尔加科夫创作这部小说的经过探究一番,这个方面,莱斯莉·米尔恩的《布尔加科夫评传》给我们提供了一个大致轮廓。

从小说原始底本到现在出版的定稿本,作者不断修改和扩充的过程本身是一条颇有启发的线索。比如说,1931年,"有关基督和魔鬼的长篇小说"的创作已几易其稿,布尔加科夫开始重写这部小说。一个值得注意的现象是,"玛格丽特"的名字直到这个时候才首次提到。玛格丽特,还有她那位无名的伴侣出现在手稿当中。这个变化不能不说是具有里程碑式的意义。尔后,1934年秋天至1936年夏天,作者对已经完成的第一个完整修订本进行加工,增加了一些内容。那位新来的主人公——"诗人"、"浮士德"、玛格丽特的情人——开始占据原先是由魔鬼沃兰德主宰的空间,并且拥有了阐明其本质的名字:大师。大师的称号在此前修订本中都是属于沃兰德的,现在则转移到了新的主人公身上。至此,小说总体的规模确定下来,只有标题尚无定名。我们现在读到的在俄语和英语中均为押头韵的那个联合标题,是要等到次年11月才最终确立。[②]

作品出现新的主人公,这一点出乎读者意料。作者的密友帕维尔·波

[①] [英]莱斯莉·米尔恩:《布尔加科夫评传》,杜文娟、李越峰译,华夏出版社2001年版,第262页。

[②] [英]莱斯莉·米尔恩:《布尔加科夫评传》,杜文娟、李越峰译,华夏出版社2001年版,第209—235页。

波夫熟悉手稿内容，后来他写信给叶莲娜·谢尔盖耶夫娜（作者妻子）时这样说道："后半部是对我的一个启示。我根本不知道这一部分。都是新的人物形象和各种关系。标题中的玛格丽特是您本人。我原以为新标题提到的是沃兰德及其夫人。"①

玛格丽特这个人物，据说是与作者新婚妻子（叶莲娜）有关。可为什么会把玛格丽特当作沃兰德夫人？这涉及形象和叙述的常规理解。因为，读者注意力主要集中在沃兰德身上，以为后半部他仍是男性主角。等到作者宣布真正的主角登场，他们已有的认识在某种程度上被打乱了。初读《大师和玛格丽特》，看到另有一个主角出现都会有类似感受。撇开小说后半部不谈，单从上半部讲，小说主人公无疑应该是沃兰德。其实后半部他的戏份也一样不少。他是贯穿全篇的人物，是叙事轴心，是和读者有默契的主角。这一点与作者原先构想是吻合的。在1928—1929年的《工程师的蹄子》中，沃兰德，这位"有点儿像恶魔的外国人"②，乐于伪装，故弄玄虚，以目击者口吻对两位文学家讲述耶稣被审判然后被钉上十字架的故事，用了单独一章的篇幅（基督的故事当时还没有分离出来）。可以说，无论是精神还是言行的风貌，沃兰德更像是作者的代言人或曰"同貌人"。这些都增添了这个角色的分量。《评传》提供的材料告诉我们，1931年以前的几个修订本中，沃兰德一直被视为中心人物。另外，手稿的名字亦可说明这一点。在相当长一段时间里，小说比较固定的标题都是"有关魔鬼的小说"，"有关沃兰德的小说"以及"有关基督与魔鬼的小说"，③ 等等。

这一节我们要谈的问题是：谁是小说的主人公？

这个问题的答案已经很清楚，主人公是大师。这是作者亲口告诉我们的。《大师和玛格丽特》第一部第13章标题"主角登场"④，便是在澄清问题。它更像是深思熟虑之后的宣告，是别有意味的强调。作者通过这个章节的标题明确告诉我们，这部小说的主人公是大师，而不是沃兰德。这样，随着大师这个人物在第一部后半截登场，作者最终解决了小说中主人

---

① ［英］莱斯莉·米尔恩：《布尔加科夫评传》，杜文娟、李越峰译，华夏出版社2001年版，第270页。
② ［英］莱斯莉·米尔恩：《布尔加科夫评传》，杜文娟、李越峰译，华夏出版社2001年版，第188页。
③ ［英］莱斯莉·米尔恩：《布尔加科夫评传》，杜文娟、李越峰译，华夏出版社2001年版，第235页。
④ 《布尔加科夫文集》第四卷，戴骢、曹国维译，作家出版社1998年版，第171页。

公归属的问题。他必须澄清类似帕维尔·波波夫那封信中的误解,直截了当地说明谁是小说的主人公。然而,尚有一个疑问:这个写法如此特殊的作品,同时拥有几个主角也未尝不可,为什么还要格外加以强调?后面的阐述中我们会逐渐触及问题所包含的决定性意义。

第一部总共 18 章,而主角直到第 13 章才登场亮相。只能说作者这么做是别有用意的。那么,这是出于何种考虑?从小说第一部和第二部之间结构的平衡来考虑,这是可以理解的。可以说,主角此刻出场,是后半部的引子,从而延伸出新的形象和人物关系。

从另一个方面看,这添加的内容(大师和玛格丽特的悲剧故事)最终是把小说第一部给拆开了。给它的叙述打入一个楔子,一个不同的声音和调子,如同彼拉多的故事在章节之间形成的那些隔断,它把莫斯科讽刺剧那连绵的长廊撬开了又一道缝隙;第一部中的讽刺剧的结构原本可以自成一体,现在被迫变形、移位,逐渐综合在新的时空演变的整体格局中。由于加入新的元素,原先各个要素的性质也就产生了始料不及的变化。所以说,不联系后半部,大概不容易理解"主角"的位置和出场时间,以及作者总体上这样安排的匠心。

然而,这个并不是我们要关心的问题。我们的问题是:作者为什么要重新确立主人公?还有,如果大师是这部小说的主人公,那么沃兰德又是什么?大师这一后来添加进去的角色,对于整部作品的构想究竟有何种意义?

这一系列问题,如果单从《大师和玛格丽特》文本内部去分析是容易忽略的。事实上,从最终的效果看,基督和彼拉多,大师和玛格丽特,这两组人物已经构成对称的两极,像是一对翅膀插在沃兰德小说的肉身之上。这个变幻的造型正是我们所要探究的。本文单是选用大师这一面详加说明。现在,不妨另觅途径,在人们尚未涉足的领域去探索问题的答案。我们尝试将这部小说放入文学史中考察,为它找到问题的另一种来源,找到美学上的一个参照,这个时候就会发现事情背后是有故事的。布尔加科夫对小说主人公的精心设计,实质是牵涉文学史的一个悬而未决的课题。

正是从这个背景出发,我们看到,小说从"沃兰德的福音书"演变为最后这个定稿本,这个过程中布尔加科夫遇到的课题以及来自叙述本身的挑战,是与另一位前辈作家有着密切的对应和联系。概括地讲,《大师和玛格丽特》的作者所面对的问题,恰好就是《死魂灵》的作者所遗留的问题。果戈理那未能解决的难题,像棋谱上的残局,留给了另一个作家。这是一种唯有在文学史内部才能结成的潜在对话关系。俄国讽刺文学从其不朽的开端到一个辉煌的终结,仿佛命里注定,要在这里联系起来并且成就一个美学上的课题。我们或许可以发现,《死魂灵》第二部的创作悲剧,果戈理呕心沥血、终告失败的写作,他临终前焚毁的残稿所包含的未竟之业,其实就是布尔加科夫这部小说创作上的一个起点。

二 乞乞科夫或沃兰德:讽刺作家的视角

把书中的基督和彼拉多故事,还有大师和玛格丽特故事统统抹掉,剩下的会是一部什么样的小说?我们说,那就是一部果戈理式的小说。《大师和玛格丽特》中魔鬼访问莫斯科单独构成的那一部分,与乞乞科夫造访 NN 城的历险故事属于同一个艺术样式。布尔加科夫从果戈理独创性的写作当中至少继承了两个艺术样式,这里我们要讲的是其中一个。

在《死魂灵》开篇,乞乞科夫独自来到 NN 城,他引出的是一个长篇喜剧的连锁结构。与以往的叙事文学不同,这一人物的存在,他与故事中的其他角色一律体现为主客的间离关系,构成一种戏剧性的互动。他是情节的施动者,像幽灵一样游离于他人的生活之外,而每一次漫游、出击和行骗都引发一场笑剧。没有他,这部小说就进行不下去。由于这个人物特殊的存在,一幕幕喜剧涌现出来,每一幕都有一个新的角色或曰人物典型,身份大抵相仿(都是俄国地主),但是人物性格以及故事的笑料绝不重复。将这些角色各异的独幕剧串成一部长篇小说的中心人物是乞乞科夫。他是叙述的主角,与他所见的一个接一个的典型人物打交道,又是每一个故事中的演员,在情节的戏剧性变化之中将小说推向讽刺喜剧的狂欢。《死魂灵》第一部形成的这个艺术样式,融合了叙事与戏剧的双重要素,在讽刺文学中可以说是独一无二的创造。高尔基《俄国文学史》第五章"果戈理论"将这位作家贬得几乎一无是处。他能承认的两部作品《钦差大臣》和《死魂灵》,他认为主要也是由于普希金现实主义思想的功劳。出于某些奇怪的原因,高尔基始终不承认果戈理是有独创性的,但是却赞赏布尔加科夫和伊萨克·巴别尔。他的思想似乎有些任性古怪。

俄国文学史上,尤其是安德鲁·菲尔德(Andrew Field)提到的"果戈理传统"(Gogolian tradition)[1] 的众多作家中,除了布尔加科夫之外,迄今还没有哪一个人如此直观地利用过《死魂灵》的艺术样式。此前没

---

[1] Field, Andrew, *Nabokov, His Life in Art*, Boston: Little Brown and Company, 1967, p. 192.

有，之后也未曾有过。这是我们要谈论的一个现象。《大师和玛格丽特》中的莫斯科故事，就其形制而言是《死魂灵》的一个翻版，受到果戈理创作的主体性影响。置于比较之中，就可以看得更加清楚。农奴制俄国的乡村与新经济政策的苏联首都，时代与生活的布景已经大大改换，而魔鬼沃兰德访问莫斯科城引出的，则是一个我们已经熟悉的长篇喜剧的连锁结构。

这个样式从《死魂灵》移植过来，成为作家写作的一个起点。因为，同为戏剧家和小说家的布尔加科夫，他也需要在一部长篇小说中制作喜剧套餐，融入滑稽、有时是漫画式的连锁闹剧的细节，加入对欲望的道德讽刺以及他所偏爱的大骚乱结局。其中每一幕笑料也绝不重复，带有精心刻画的《死魂灵》叙事原则。果戈理的影响是不言而喻的。作家早期的集子《恶魔纪》中《乞乞科夫的冒险经历》便是对果戈理作品公开的滑稽模仿，而这里魔鬼访问莫斯科的篇章则可视为一种更为全面的效仿。

撇开个人气质与独创性不谈，例如莱斯莉·米尔恩的书中也谈到，布尔加科夫是"一位喜好探讨时事的幽默作家"，"他的怪诞的想象力有时事的以及个人的刺激因素"①。至于说他在讽刺文学上受到的影响，其影响也是不限于果戈理。然而，从常识世界的幽默与调和的中间领域到达讽刺与不妥协的较高领域，我们可以较充分地意识到布尔加科夫的选择，他与这个类型的文学之间那种天然的亲缘关系，他对于特定范例的认同。这些都可以告诉我们，俄国社会那种异常肥沃的喜剧土壤，其实并不是专门储备起来以供某一位作家使用的。布尔加科夫和果戈理一样，本质上是冒险的作家。能使他们达到同一高度的那种内在力量，正是基于作家的自我意识。他们似乎难以停留在现实的调和与幽默的领域内，成为（左琴科那样）针砭时事和讽喻政策的小说家。无论是乞乞科夫还是魔鬼沃兰德，个人与社会显示其对立面的那种主客立场，乃是作者思想的一个共同表征：倾心于突入社会禁区（《狗心》即是一个例子），通过伪装的面具表达活力。两位作家笔下的角色因此获得了内涵上的相似：乞乞科夫或沃兰德，他们都是"不明身份"的人，都是从一个外部世界闯入俄国封闭的社会。现在或许可以理解：他们是讽刺作家在长篇小说中努力寻找的那个透视现实的视角。

布尔加科夫必然意识到这个视角内含的威力，并使之具有再生的可能。比如，我们谈到过《工程师的蹄子》描绘的沃兰德是个"有点儿像

---

① ［英］莱斯莉·米尔恩：《布尔加科夫评传》，杜文娟、李越峰译，华夏出版社2001年版，第65、75页。

恶魔的外国人"。这种对角色的设计反映作者思想上的某种偏爱，可它本身是一个相当有力的诠释，可以说，是在艺术的功能上诠释了乞乞科夫这一人物的作用及其创造性意义。布尔加科夫自觉的仿效与提炼，在某种程度上能使我们对角色理解得更为透彻。与其说是作品的主人公或中心人物，还不如说是一种特殊类型的角色。他们是作者展开叙述的合作对象，与作者分担一部小说的叙述、观察、经历与见闻。角色自身游离于社会生活的内与外之间，其出入的自由度有点类似古代史诗中的游吟诗人。而他们另一个重要特征则体现在这两部作品的开篇：这两个人物均是以陌生的造访者身份出现。这是读者不能不注意到的一个现象。都是外来者，外来的"绅士"，或是乔装改扮的"外国人"，进入读者与文本的双重视野中，而且始终保持陌生化的身份。也就是说，人物自身是一个切入角度，不仅揭开当代生活题材真实的观察，还要激发讽刺的戏剧性。后者使长篇小说得以摆脱乏味的表象展览，使它有可能对日常现实作戏剧的改造。

如此说来，充当视角的人物委实是居于一个锐意进取的地位，在叙述中形影不离，参与作家本质上是虚无的创造，并且与"人物群像"所处的现实世界构成一种主客关系，构成其突发性的好奇、惊疑、紧张、动乱或行为的诸种遭遇。这是人处于世界之中，世界处于压力之下发生的几种瞬间性际遇；在事物濒临破灭的关节，得以谛视一个虚无或新生。《死魂灵》的魅力亦在于此，讽刺作家凭借这个自由出入的戏剧性视角获得一种神秘的叙述能量。后来我们看到的布尔加科夫有关"魔术"的观念，其实主要还是来源于果戈理的几种实验，并非全然（像米尔恩所说的[①]）是神话和科幻读物的影响。

另外，如果仅从道德立场加以审视，那么，承担此项功能的角色，在小说中却并不具备肯定的尺度与力量。相反，这类角色总是显示其怀疑、欺瞒、阴谋、挑衅或沉沦，在实际行动中（或是因其行动而）背离精神的完善与光明面，像《大师和玛格丽特》扉页歌德诗句所昭示的那样，是在低于生活的层面上展开的持续向下的活动。魔鬼或骗子，成了讽刺作家的合作对象。类似的交易在创作中一旦达成，其过程是不可逆转的。这个就是讽刺作家的冒险，其悲剧性的后果是由工作的本质决定的。在这个与恶为伍、自我统一性瓦解并滑落的过程中，作者是通过其合作对象才得以突入精神猥亵的现场，触及俄国社会荒唐可笑的现实，并且因为这一特

[①] [英]莱斯莉·米尔恩：《布尔加科夫评传》，杜文娟、李越峰译，华夏出版社2001年版，第65页。

定的现实而获得喜剧的灵感高涨。我们可以看到,沃兰德或是乞乞科夫,角色与现实世界之间主客互动的立场,互相融合又彼此对立,在时间维度上包含自我与现实意识的微妙差异,其严肃性与滑稽性的表演造成了一种持续传递的情节高潮,这一点在《大师和玛格丽特》中表现得更加自觉和巧妙,其颠覆性的力量也更加尖锐,而这也正是戏剧的间离化原则运用于叙事文学的一个结果,其始作俑者是《死魂灵》的创作。

现在看来,要对果戈理的开创性工作做出评估,在价值上有一个较充分认识,可能这不是别林斯基时代的批评家能够做的。一种艺术样式如果称得上是样式,那就不能是一种孤零零的存在。文学史的创造肯定是需要时间,也需要通过创造性提炼才会对已有的东西产生新的发现。正如人们必须借助于《大师和玛格丽特》第二部"幻象"的表达,才能深入认识果戈理《维》的创作价值。有时候这是一个需要回溯的过程。

因此,谈到布尔加科夫,当我们说魔鬼沃兰德实质上是作者的"同貌人"时,我们应该是以人物作为透视现实的视角这一充分的意义上说的。布尔加科夫仿效《死魂灵》的样式,汲取其视角、人物群像与连锁喜剧三位一体的结构。在他1931年之前的手稿中,不管是《工程师的蹄子》还是稍后的《蹄足顾问》,长篇小说的原始雏形应该是一部非常典型的果戈理式作品。彼拉多的故事尚未从魔鬼的口述中分化出来,大师和玛格丽特部分还没有添加进去。而不管什么时候我们都可以看到,在果戈理奠定的这个三位一体的样式中,唯独没有传统意义上的正面形象或主人公。这一点,果戈理自己也已经看到了。

三 史诗及其变体

果戈理认为,他的长篇小说是"史诗",是多卷本的规模宏大的创作;《死魂灵》第一部不过是刚刚开了个头。他在书中是这样对读者交代的:

> 可是,一股神奇的力量决定我还要和我的古怪的主人公们携着手一起长久地走下去,去历览整个浩阔壮大的、奔腾不息的人生,透过世人所能见到的笑和世人见不到的、没有尝味过的泪去历览人生!至于灵感的狂飙将何时从笼罩着神圣的恐怖和有时闪现光明的头脑里发出另一种威力,人们又将何时在一片惶惑不安的战栗中谛听到另一番庄严的雷鸣般的话语……那还要隔很长很长的时间。①

---

① [俄]果戈理:《死魂灵》,满涛、许庆道译,人民文学出版社1995年版,第163页。

第四部分 文学史的对话

作者的预告与他题写在初版封面上的"史诗"二字遥相呼应,也是他对自己作品做出的一个鉴定。人们对此感到不解,似乎难以将史诗的题名和已经出版的这部《死魂灵》联系起来。尼古拉·波列伏依撰文批评:"不用说,这种题名是闹着玩的。"① 小说面世后有过许多争论,这是其中一点。

从上面的引文里,至少可以窥见诗人果戈理撰写本书的一个初衷。那就是,他要写的不仅仅是一个喜剧作品。史诗的庄严崇高的威力也是必须进一步展现的内涵。至于小说接下来是将以悲剧的形式出现,还是悲剧与喜剧的某种结合,或者是以其他什么形式来表现,这些他并未作出交代。

在写给普希金的一封信中他介绍说,这"将是一部卷帙浩繁的长篇小说,而且它也许会使人发笑……我打算在这部长篇小说里,即使只从一个侧面也好,一定要把整个俄罗斯反映出来"。②

从既有的状况来看,《死魂灵》的第一部是个喜剧的讽刺作品。作者在第二部的写作中试图突破已经形成的模式,他首先碰到的问题是,他必须要塑造一个主角。未来的史诗中的正剧或悲剧需要一个新角色。这个问题在他写第一部时还没有触及,但是第二部却把问题暴露出来了。

第二部开篇,乞乞科夫又像幽灵似的出现。这个人物是在重复第一部里的差事。几个章节过后读者逐渐意识到,小说是过去的一个翻版。第二部里仍有出色的笑料和典型,但的确是在重复过去的模式。(这个问题,布尔加科夫在写沃兰德的篇章时同样也会遇到)我们注意到在刚才那段引文中,作者提到他"古怪的主人公们",他用的是一个名词的复数形式。这是指第一部里精心刻画的"人物群像"。在作者的理解当中,他们(玛尼洛夫,索巴凯维奇,诺兹德廖夫……)都是这部小说的主人公。那么,对于整部小说来讲,这究竟是一个可喜的前景还是一个可怕的前景?复数的主人公意味着数量上还要不断增长。也就是说,只要乞乞科夫的漫游还在继续,长篇小说的主人公们将源源不断繁殖出来,而且似乎没有终止,没有一个真正的结束。

《死魂灵》第二部留下的五个章节的残篇证明,史诗已经钻入死胡同。根本上讲,这是作者所创造的艺术样式与其直觉的远景之间内在矛盾的体现。我们可以说,单就第一部而言,未必真的需要确立一个主角或是

---

① [俄]别林斯基:《文学的幻想》,满涛译,安徽文艺出版社1996年版,第192页。
② 转引自[俄]果戈理《死魂灵》,满涛、许庆道译,人民文学出版社1995年版,《〈死魂灵〉前言》第2页。

通常意义上的那种正面形象。"所有受过教育的俄国人都熟悉果戈理的那一主张，即在一部没有正面人物的喜剧中扮演正面角色的就是笑声"。① 但是，在喜剧的写作已经奠定，作者想要离开这个模式继续往下写的时候，他面对和考虑的问题就不同了。也就是说，我们所讨论的主人公概念是与史诗结合在一起的。可作者后来并没有去另立主角，却煞费苦心，设计了乞乞科夫终于悔改这一幕，人们认为这既不成功也不真实。小说写到这里就没能再写下去。随之便发生了作者焚稿的惨剧，他的思想已经动摇了。如果说《死魂灵》第二部的写作是个失败，那也是针对史诗未能实现的构想而言。

小说需要塑造一个正面典型，这听起来就像是从概念出发在搞创作，是拘泥于传统美学理念，也像是作家观念上的一个陷阱。有不少人认为作者失败的根源就在于此，乞乞科夫的悔改渗透了作家僵死的说教，从而扼杀了这部小说。其实，退一步想，就算是乞乞科夫没有悔改，也未必能够挽救第二部的写作。所谓正面形象的主人公塑造，在这个我们看似中庸的问题背后，隐藏着一种更为深刻的需要，也就是说，作者仍然非常需要一个不同以往的角色和形式，需要原先的结构无法提供的能量来源，在新的（或许是更高的）层面上推动长篇史诗的叙述。

认为乞乞科夫或沃兰德这类角色（道德上）没有资格充当小说主人公，因而需要另觅角色，这种看法无疑是怯懦的。纳撒尼尔·霍桑说："所谓诗人的洞察力，就是在被迫披有肮脏外衣的完美与崇高的奇怪混合体中，识别真伪和明辨是非的天赋。"② 这两个人物透视现实的阴暗面，具有自身的质的规定性。至于另觅一个角色或重新塑造角色，其意义不在于要去弥补道德主题上的漏洞，而应该仍然是一种纯形式的需要，是基于情感和想象力的一种提升。

人们会说，那个真实的乞乞科夫总是像幽灵似的出现。果戈理试图促使这个人物新生，改变他的形象和道德判断，事实上是在拆毁这部小说。"幽灵"这个词，与其说是比喻，还不如说是这个角色恰如其分的实质。他是叙述的视角，自身难以作为全称意义上的观察对象。尽管他也是作者理解中的主人公，但由于角色的特殊性，其行为和思想的变数其实是很小的。而小说写到第二部，仍然不能够跳出乞乞科夫的观察半径，将叙述导

---

① [英] 莱斯莉·米尔恩：《布尔加科夫评传》，杜文娟、李越峰译，华夏出版社2001年版，第178页。
② [美] 纳撒尼尔·霍桑：《七角楼房》，王誉公、王祖哲译，漓江出版社2001年版，第29页。

向新的方向，从而摆脱因袭的影子。不能不说这是史诗难以为继的一个非常现实的障碍。作者没有办法打破第一部已经封闭起来的那个成功模式，没有能力使它发生实质的变化了。

《死魂灵》未完成的写作是果戈理遗留的一个课题。在他确立的艺术样式与史诗的整体构想之间似乎有着难以解决的矛盾。随着作家去世，内在的矛盾保留下来，变成了文学史上悬而未决的遗憾。这位俄国的荷马，虽竭尽努力仍不能觅得理想的悲剧角色，难道这真是"运命所限"[①]？果戈理说："……那还要隔很长很长时间。"

现在，我们从《大师和玛格丽特》"主角登场"掷地有声的宣告中，似乎听到一丝弦外之音。这……是否可以视为一种有趣的反响？布尔加科夫对"主角"的确立和强调，应该看作是一个回答，——针对果戈理遗留的课题，为未竟的史诗寻找出路的一个（可能的）解决方案。这是从文学史角度解剖这部小说可以得出的立场。作者承接《死魂灵》的样式，必然要面对这个样式潜在的命题与挑战。尽管总体上讲，他的小说并不是果戈理时代所理解或是所能设想的那种史诗作品，而是一个作者自己意识到"在各种文化传统激励下而创造出来的人工文化制品"[②]，是作者所谓的"最后的落日时分的长篇"[③]，是一个终结。然而，它最初的出发点以及其后的一系列修改，确实是建立在果戈理的模式及其限度之上，我们姑且称其为史诗的一个变体。

人们感觉到，在很长一段时间里，自然主义或现实主义的理论似乎都难以概括果戈理的艺术（高尔基质疑果戈理是现实主义作家[④]），而这两类创作理念，仔细想来确实也不足以深入《死魂灵》阐述并预告过的那种诗学，那个部分是来自基督教绘画艺术的死亡与崇高的诗学源流。这里我们不妨设问：要是果戈理看见布尔加科夫最终的处理方法，他会作何感想？他会惊讶，会表示赞许吗？……果戈理个人的遗憾，是在于最后的总结性创作中，未能将他的《肖像》《罗马》直觉到的观念与《维》和《鼻子》《外套》等篇中的实验熔为一炉。而这自然不过是现时代的一种推测而已。果戈理不是20世纪具有美学自卫能力的作家。他的史诗的出发点

---

① 鲁迅：《古籍序跋集/译文序跋集》，中国文史出版社2002年版，第335页。
② ［英］莱斯莉·米尔恩：《布尔加科夫评传》，杜文娟、李越峰译，华夏出版社2001年版，第79页。
③ 转引自［俄］布尔加科夫《大师和马格丽达》，王振忠译，中央民族大学出版社1996年版，《译序》第8页。
④ ［苏联］高尔基：《俄国文学史》，缪灵珠译，上海文艺出版社1961年版，第212页。

也远远不是"总结性"的,并不是自觉意义上的一个文化终结,而是仍然不时闪现出蓬勃朝气的远方的漫游,是某种程度上易于迷失的自然活力,是一个扩散性的观念的作用力。

或许,这是俄国小说史上绝无仅有的现象。布尔加科夫承袭《死魂灵》样式并加以提炼,他解决了这个范畴内果戈理没有解决的问题。《大师和玛格丽特》的创作反过来可以加深我们的认识,例如,果戈理发明的长篇连锁喜剧,本质上是反小说的,因其诗与戏剧的高度,它持续传递的高潮包含后继阶段的一个大空虚。这一点果戈理用"抒情插笔"弥补。《死魂灵》第一部末尾的插笔,其抒情的才气和力度,也是足可弥补了。然而,诗的激越、声音与火焰,其后继阶段的沉寂在叙事文学中找不到形式上真正的替代品。这是富有挑战性的一个命题。而且必须意识到,这个形式的空虚中本身没有再生的力量;它的故事和庞大的人物群也难有正常意义上的结尾。

这就是为什么布尔加科夫要在类似的长篇讽刺剧之外去重新确立小说的主角,他保留这个形式,同时另起炉灶。在"有关基督和魔鬼的小说"修改过程中添加一个主角的故事,使得原有的形式嫁接于一个破碎的悲剧,而这个悲剧主人公的出现并没有改变莫斯科故事作为讽刺剧的形制,却在整体上改变了这部小说的叙述方向,甚至在作者无比精妙的构想中,将小说的支点进一步抽空,将其纳入魔法的境域。……离开文学史所能提供的背景,或许我们很难理解这些谜一般的步骤,或许很难听见两个文本之间对话的潜台词,也很难去捕捉这些命题对于小说的意义。

(原载于《外国文学评论》2005年春季号)

《维》与布尔加科夫幻象的表达

一

《维》出版于1835年,收录在小说集《密尔格拉得》内。这也是一篇风格怪异的创作,讲述妖婆、鬼怪对人施虐的一则民间奇闻。应该看到,它那"怪异"的性质并不全是表现在题材上面。中译者在"译后记"里总结说,该篇"从体例上看,似乎更接近《狄康卡近乡夜话》一些;可是,那反映现实的深度却又不是早期作品所能比拟的"。[①] 养蜂人鲁得·潘柯记述的乡村夜话,是这篇小说可以联系的一个背景,但在"体例"上它们是有区别的。前者属于抒情的风俗小品画,夹杂着小俄罗斯人可爱或可怖的幽灵传说,后者则是果戈理极富独创性时期的一个作品,是包含着神秘主义现实观的大的探索。问题可能是,在较长一个时期里,这种区别连同其内在的含义似乎都没有得到正面的揭示,甚至可以说,也未得到应有的关注和评价。

列夫·舍斯托夫于1920—1924年间评论陀思妥耶夫斯基和托尔斯泰的两篇文章中都提到了《维》这篇小说。他是从观念史的立场附带论述果戈理的创作,尽管较为笼统,可也意识到了这类短篇小说是要以一种不同的尺度来衡量,针对"由纯粹理性、'正常'直性子的人所创造的、受亚里士多德理论哲学颂扬的观念的可怕统治"[②],以《维》为代表的创作至少隐藏着对于经验的一般性界限的质疑。舍斯托夫的这种看法,恐怕是比较的接近于这篇小说的喻旨,而且与别林斯基等人的观点也有了本质上的分歧。

---

① 《〈密尔格拉得〉译后记》,《果戈理选集》第一卷,满涛译,人民文学出版社1983年版,第540页。

② [俄]列夫·舍斯托夫:《在约伯的天平上》,董友等译,上海人民出版社2004年版,第40页。

《维》与布尔加科夫幻象的表达

在评论《小品集》和《密尔格拉得》时，谈到《维》，别林斯基是这样说的：

> ……可以看到小俄罗斯风俗的图画，神学校的写照（不过，有点令人想起纳列日内的神学校来），神学校学生们，特别是哲学家霍马的肖像，这个霍马不是神学校一年级里的哲学学生，而是精神上、性格上、生活见解上的哲学家！不可比拟的 dominus 霍马啊！你除了烧酒之外对一切尘世事物保持禁欲主义的冷淡，这是多么伟大！你尝够了愁苦和恐怖，差一点落到魔鬼的爪子里去，可是在深而且广的酒瓶后面你把一切都忘记了，在那瓶底里埋葬了你的刚勇和你的哲学；有人问起你所经验到的情欲，你挥挥手答道："这世上什么卑劣的事情都会有的！"你在一夜之间白了一半头发，却还跳着特列巴克舞，那股劲儿使人见了会吐一口唾沫，喊道："这人跳得多么长久啊！"让各人照着自己的意见去判断好了，在我看来，哲学家霍马是足与哲学家斯柯伏罗达媲美的！……谁能把好处说尽呢？……不，尽管这篇中篇小说在幻想方面是失败的，却仍不失为一篇奇妙的作品。可是，就是里面的幻想部分，也只在描写幽灵的时候才显出了软弱，其他如霍马在教堂里读经、美女的复活、维的出现，都是优美绝伦的。①

这是《维》出版之后收到的一段评论。引文略有删节。论者强调"烧酒"这个细节，甚至将篇中人物与乌克兰的哲学家斯柯伏罗达相提并论，其理由在文中也都谈到了。那么，这是一篇置于"小俄罗斯风俗的图画"之中，歌颂人物"刚勇"哲学、"禁欲主义的冷淡"和气概的小说，但是，在"幻想方面"的描写却是失败的。将引文的大意概括一下就是如此。

这也便印证了别林斯基的又一个观点，那就是"一般说来，果戈理君是不大擅长写幻想作品的"，而《维》"也只在描写幽灵的时候才显出了软弱"。②为此他还特意引用了他的论敌谢维辽夫的一番批评："令人生畏的东西不能写得太详尽；幽灵只有在扑朔迷离的时候，才是可怕的；你如果能看出幽灵是一个黏液质的圆锥体，有着代替脚用的下巴和长在头顶

---

① ［俄］别林斯基：《文学的幻想》，满涛译，安徽文艺出版社1996年版，第173页。
② ［俄］别林斯基：《文学的幻想》，满涛译，安徽文艺出版社1996年版，第172页。

上的舌头，那就没有什么可怕了，可怕就变为丑陋了。"别林斯基对此表示"完全同意"。①

第二条意见（即谢维辽夫的"幽灵说"）似乎语重心长，显得无可争辩，足可谓是理智的基础上界定虚幻事物的一条法则。大体上讲，这固然也是需要接受的一种界定。有关于"幽灵"写作的这番建议，表面上看只是一个写作技法的问题，它的依据则是整个传统哲学对于"想象"的定义，即将"想象"的活动与模仿的概念等同起来。在谢维辽夫看来，幽灵的存在并不具有现实的规定性；既然如此，作家想要去模拟这种"令人生畏的东西"，就不应该写得过于实在。换言之，那些子虚乌有的事物可以作为审美的对象来加以表现，并做出恰当的暗示，可它们毕竟是虚幻的，其"可怕"之处也在于它们的虚幻，这个就是所谓的前提。因此，作家的处理一旦越过了分寸，结果反倒是不伦不类，在艺术上也就难免要陷于失败了。

或许这里的关键还在于，承认这样的前提，要相信这个前提是正确的，就必须要相信我们的现实经验是真实可靠的，并且从理论上讲一定是不容置疑的。因为单从某个方面来看，日常的现实总是真实而可信，这一点似乎毋庸置疑，否则的话，"幽灵说"的整个大前提也难免会出现疑问了。但是我们知道，这只是事情的一个方面。实际上，传统的叙事学有关于真实的概念也同样是建立在需要相信的基础之上的。与其说那是在遵循事实，还不如说是在思想上恪守一个共同的规则和前提。谢维辽夫的告诫，其实际的出发点就在这里。因此，问题并不在于我们所依赖的是常识还是神话，是模仿还是写意，问题在于人们是从何种意义上来看待经验所具有的真实性。如果我们看见的幽灵既非真实又非虚幻，这又该如何来评价呢？

提出类似的反诘，通过一个微型游戏的神秘范例使人们意识到这种反诘的存在，这样的作品，首先当数果戈理1835年出版的《维》。

二

哲学生霍马·布鲁特的故事，某种意义上讲是被误读了。别林斯基从这个人物身上总结了该篇的主题，并且给人物冠以"哲学家"的头衔。这是论者按照通常的做法，试图从典型人物的遭际当中去寻找一篇故事的主题。然而，那位从基辅来的穷学生在小说中不过是妖怪作祟的牺牲品，按照现实主义的理论来衡量，他也算不得典型人物。霍马是神学院一名普

---

① ［俄］别林斯基：《文学的幻想》，满涛译，安徽文艺出版社1996年版，第172页。

通的哲学生，难道这个身份也是对主题的一种揭示吗？在这里，"哲学"其实并不是一个关键词。所谓"对一切尘世事物保持禁欲主义的冷淡"、"刚勇"而"伟大"的哲学，这个斯巴达式的精神主题套在人物身上其实是不那么恰当的。别林斯基在文章中着重提到"烧酒"这个细节，正如舍斯托夫对于"精神苦闷"所作的本体论意义上的强调，都不外乎是从人格的角度，透过个别的细节去推敲作者的微言大义，忽视了小说整体上对于虚与实、内与外的联系所做的一种处理。而果戈理这篇小说的实质是在于它的叙述，实际上，它是通过创立一种叙述的特定范例来表达他的神秘主义的现实观，这多少已经超出了篇中人物的遭遇所包含的社会学的意义了。而且，它也同样超出了"妖精施虐于人"这个题材所具有的一种民间文学的性质。

《维》的故事是民间文学中常见的那种悲剧。篇中那位人物因为一段无辜而离奇的遭遇，碰上妖精，最终丢掉了性命。它起始于哲学生霍马假期和伙伴去郊游，在基辅附近的农庄遇到一桩谁都意想不到的事情。就在寄宿的当晚，霍马被农庄的主人骑在胯下，用扫帚敲打之后飞奔起来：

……忽然低矮的门打开了，老太婆弯腰走进羊圈里来。

"什么事，老太太，你要什么？"哲学生说。可是老太婆伸开双臂向他直奔过来。

"啊哈，哈！"哲学生想到："不过，敬谢不敏了，宝贝！你老啦。"他往后倒退了几步，可是老太婆肆无忌惮地又向他逼过来。

……

哲学生想用手推开她，可是奇怪的是，他发觉手抬不起来了，脚也动弹不得了，更使他吃惊的是，甚至嘴也发不出声音了：言词默默无声地在他的嘴唇上颤动着。他只听见他的心在跳动；他看见老太婆在向他走近来，把他的双手交叠在一起，使他的头俯倒，象猫一般迅速地跳上他的背脊，用扫帚往他的腰眼里打，于是他就象一匹骏马似的，把她负在肩上跳了起来。这一切发生得这么快，哲学生好容易才清醒过来，……直等到他们已经驰过了农庄，在他们面前展开了一片广阔的凹地，一边绵延着黑黝黝的炭一般的森林的时候，他才自思自忖道："哟，这是个妖精哪。"

双角往下倒挂的镰刀形的下弦月在天空里闪耀。微弱的深夜的光辉象透明的面纱一样轻轻地笼罩着大地，烟雾袅袅升起。森林、牧场、天空、溪谷——一切都好象是睁着眼睛睡着了。随便什么地方连

第四部分 文学史的对话

　　一丝风也没有。飒爽的夜气令人感到潮湿又温暖。树木和灌木丛的黑影，象彗星一样，形成尖锐的楔形，投射在倾斜的平原上。当哲学生霍马·布鲁特背上驮着一个不可理解的骑者在飞驰的时候，就是这样的一个夜晚。他感觉到一种令人苦恼的、不愉快的、同时又是甜美的感情涌上他的心头。……

　　……他拾起路上的一根劈柴，憋足了劲儿，鞭打着老太婆。她发出粗野的号泣，起初这声音是愤激的，来势汹汹的，后来变得软弱些，悦耳些，清脆些，后来静下来了，只是变成轻盈的银铃似的声音，一声声透入他的灵魂深处；他不由自主地产生一个疑念：这真是一个老太婆吗？"唉，我再也走不动了！"她疲惫不堪地说，接着就倒在地上。

　　他站定了，直对她的眼睛望着：天际露出了一抹曙色，基辅一些教堂的金顶在远方闪耀着。他面前躺着一个美女，有蓬松的浓密的辫发和长长的、箭一样的睫毛。她麻木不仁地把雪白的赤裸的双臂投向两边，把充满眼泪的眼睛向上翻着，呻吟着。

　　……他无论如何也琢磨不透一种什么奇怪的新的感情占有了他。他不想回农庄了，径自急急忙忙奔向基辅，一路上默想着这桩不可理解的事件。①

这是《维》中出现的有关于"魔女变形"的一个片段。如果说它的故事和题材的性质是属于民间古老的传说，那么此刻围绕着人物心理细节的一系列刻画又始终是立足于我们所在的那个现实。这里的叙述似乎把人带入一个既非幻想又非现实的事件的当中；篇中的人物感到不可理解的性质，对于读者来说同样也是不可理解的。然而我们看到，这个不可理解的过程确实是发生了，而且已经一览无遗地呈现出来。

作者在第一页的页面底端还加上了这样一个脚注：

　　"维"是民众想象的巨大的创造物。小俄罗斯人是用这个名字来称呼地神们的首领，那个眼皮一直耷拉到地面上的妖怪的。这整篇小说是一个民间传说。我丝毫也不想改动它，几乎就象我听到时那样把它朴素地复述出来。——果戈理注。②

---

① 《果戈理选集》第一卷，满涛译，人民文学出版社1983年版，第438—440页。
② 《果戈理选集》第一卷，满涛译，人民文学出版社1983年版，第429页。

作者声称，他并没有加入创作的成分，只是在复述一个道听途说的传闻。然而，这样的声明恰恰是很可疑的，难道这是像他说的那样是"朴素地复述出来"的"一个民间传说"吗？作者为什么要强调是在复述一个故事？这种欲盖弥彰的声明究竟想要说明什么？这里恐怕就像舍斯托夫所说的那样："如果认为果戈理在这些短篇小说中只是一个民间生活的旁观的'史学家'，那就错了。"①

三

霍马的故事，是作家的一个尝试。人们在《鼻子》、《狂人日记》和《外套》等篇中也能看到这种尝试的几个变化。人物忽然离开三度空间的叙述，通常被看作是与"现实"相对的"幻想"。这一点超出了篇中人物生活感受的单纯价值。

安德鲁·菲尔德在《纳博科夫的艺术生涯》中说："通过果戈理艺术（Gogolian art），人们不仅应该领会一种特殊的艺术风格，而且也该领会某种伴随着艺术家天才的特殊的'原始意识'（primitive consciousness）。"② 这句话可以应用于我们讨论的题目。所谓的"原始意识"应该是和语言意识的特殊表现联系在一起的。陀思妥耶夫斯基在论及同情心是俄国文学的基调时曾断言道："全部俄国文学出自果戈理的小说《外套》。"③ 除了同情心的表达，《外套》后半篇的写作还蕴含着另一种东西。当有关风俗、典型、幻想等标签，也就是那个时代的写实主义的一般性原则似乎不能概括其创作时，人们投之以忧郁的一瞥，要从瓶底的酒精提炼哲学无忧的启迪，——也许这只是自我情感作用的一种表现。我们说，果戈理研究的是人的意识。有时他的创作像变戏法一样试图加以掩盖，但这掩盖则是一种更大的揭示。

《维》可以告诉我们，此篇涉及幽灵与妖精的描写，并不仅仅是那个时代的作家所言的"幻想"。如果我们认同这一点的话，那么我们就能以不同的角度去看待他的实验。在这个方面，语言正好是一条有效的途径，将源自小俄罗斯的地神们的传说当作一个恰当的道具，用来说明和演示：一篇关于神话的小说，不是要去描绘神话，而是如何将神话引入现实，引入读者此时此刻所见的那个现实。这两者的结合则使人人得以目睹，现实

---

① ［俄］列夫·舍斯托夫：《在约伯的天平上》，董友等译，上海人民出版社2004年版，第83页。
② Field, Andrew, *Nabokov: His Life in Art*, Boston: Little Brown and Company, 1967, p. 192.
③ 转引自［苏联］高尔基《俄国文学史》，缪灵珠译，上海文艺出版社1961年版，第219页。

与幻想是如何融合并且对立的，而类似的空间现实（spatial reality）的实在图像可以超越传统的三度空间，在画面奇妙的转化过程中形成一个现实的片段。

这是从语言的视觉催眠力中结晶出来的一种幻象的艺术，确切地说，是果戈理在《维》的上半篇里形成的一个工作成果。现在我们知道，有人将现实和神话压缩在同一个时空的窥视孔里，与通常的观念和原则相悖，这个过程恰是要在读者可以分享的立场上剥去"幻想"理智的面纱，让人看到匪夷所思的事情是如何在一个三度空间里发生的。幻觉描写的"仿佛""像"在这里变成了单纯的"是"，而理智的自我解释的防线则被某种原始的肯定性的力量穿透。所谓的"朴素的复述"激起的叙述上的惊异与恐怖交织的神秘感，实质上是制约人们现实感觉的语言意识受到震撼与颠覆的一种结果。

同是涉及神魔题材，诗剧《浮士德》用于描绘和揭示象征意义的整套语言规则与果戈理体验到的东西似乎恰好对立起来。它们有不同的目的。前者囊括复杂的精神现象学，通过一系列隐喻的意义抵达现实。而《维》的立足点始终在于叙述，是叙述必然触及的常识与神话的潜在规则，通过叙述来改变现实所处的维度。或者说，是通过语言意识内在的戏剧性的揭示来揭示现实的构成。它意味着文学（或许是整个文化意识形态）的那种现实与幻想、真实与虚构的二元论是可以被打破的。这位作家可能是最先让我们知道，在此破坏的基础上，那种将现实等同于人工制品的幻象的法则最终能够确立起来。这也就是为什么我们要在概念的分析中将"幻想"与"幻象"加以区分，后者代表语言艺术不同于传统（也不同于20世纪现代派实验）的一种本质上的尝试。它与福音书用之于宣谕的表达自然也是不同的。我们说，当艺术作为一种俗世的能量试图逼近存在之限度时，它才可以是人们冒险解开意识之谜的一把钥匙。陀思妥耶夫斯基对于《外套》的认同，除了同情心的基调之外，或许还基于这一点。

四

1935年的《维》是叙事艺术包含革命性的一个标志。在《狄康卡近乡夜话》和《彼得堡故事》中已经可以找到类似的意识层面上的探索，这在上文中也谈到了。而从文学史的角度去看，我们似乎也不能草率地做出结论，说作家在这个方面的探索是完全被人忽略和遗忘的。

例如，在论及布尔加科夫的创作时，符·维·阿格诺索夫教授已经指出:"《大师和玛格丽特》集各种不同的色彩和写作手法于一身。作家乐于采用的,有浪漫风格(在写大师和玛格丽特的爱情故事时),有谢德林式的讽刺(比如,官僚穿的西服代替其主人独自对一些事情做出决定),有果戈理式的幻想(巫婆狂欢会,乘扫帚和猪人飞翔),间或还有民间诙谐(科罗维耶夫—法戈特和公猫别格莫特的传奇故事)。"①

"乘扫帚和猪人飞翔"的细节,应该追溯到哲学生霍马那个晚上的遭遇。这个从阅读中得来的启示,在布尔加科夫早期的作品《吗啡》中就有先兆了。医生波利亚科夫注射吗啡后,在河边看到一个拿三刺叉的老太婆脚不沾地的跑过来。② 另外,在那部"魔鬼小说"中,剧院财务襄理里姆斯基受到美女赫勒的惊吓,凌晨鸡叫时分,"刚才还是满头乌发的里姆斯基,此刻已成了白发似霜的老翁,头上已没有一根乌发"。③ 这个细节亦可追溯到挂有三角形镜子的房间,霍马不堪妖精的惊吓,一夜之间"头发一半已经变白了"。④ 这些是细节上的借鉴。

我们再来看《大师和玛格丽特》"第二十章"中的这个段落:

> 玛格丽特刚刚挂上电话,隔壁房间便响起了木头的撞击声,接着开始敲门。玛格丽特把门打开,一把地板刷子,鬃毛朝上,跳舞似的飞进了卧室。刷柄在地板上击打出急促的马蹄声,刷子像马蹶子似的跳动着,急于飞出窗外。玛格丽特欣喜地大叫一声,飞身骑上刷子。只是这时骑手才骤然想起她在忙乱中忘了穿衣服。她骑着刷子跑近卧榻,随手抓起一件天蓝色衬衫,拿它像军旗似的往上一挥,便飞身出了窗外。回荡在花园上空的华尔兹舞曲愈发激越嘹亮起来。
>
> 玛格丽特从小窗那儿一下子滑到楼下,看见尼古拉·伊凡诺维奇仍然坐在长椅上。他仿佛在长椅上凝固了,惊愕地倾听着二楼住户明亮的卧室里传来的喊声和喧闹。
>
> "永别了,尼古拉·伊凡诺维奇!"玛格丽特大喊,胯下的刷子像匹劣马似的在尼古拉·伊凡诺维奇面前蹦跳着。
>
> 尼古拉·伊凡诺维奇哎呀一声,坐在椅子上直往后退,两手一推一推地在椅子上移动,碰落了自己的公文包。

---

① [俄] 符·维·阿格诺索夫主编:《20世纪俄罗斯文学》,凌建侯等译,中国人民大学出版社2001年版,第318—319页。
② 《布尔加科夫文集》第一卷,石枕川译,作家出版社1998年版,第131页。
③ 《布尔加科夫文集》第四卷,戴骢、曹国维译,作家出版社1998年版,第204页。
④ 《果戈理选集》第一卷,满涛译,人民文学出版社1983年版,第502页。

第四部分　文学史的对话

"永别了,我要飞走了。"玛格丽特的喊声盖过了华尔兹舞曲。这时她意识到她根本不需要衬衫,便凶狠地狂笑着,一甩手,用衬衫蒙住了尼古拉·伊凡诺维奇的脑袋。尼古拉·伊凡诺维奇眼前一黑,咕咚一声跌下长椅,倒在方砖小路上。

玛格丽特转过身,想最后看一眼使她蒙受了那么多痛苦的小楼。她在辉煌的灯光中看见了娜塔莎惊恐的脸。

"永别了,娜塔莎!"玛格丽特拉长声音喊着,把刷子往上一提。"我身无形,我身无形,"她越喊越响,脸上被枫树枝杈抽打着,穿过枝杈间的空隙,飞出大门,到了小巷上空。随她一起飞翔的华尔兹舞曲已经完全疯狂。[1]

玛格丽特的"魔女变形"以及其后"飞翔"的篇章与《维》之间的联系,恰如阿格诺索夫教授所指出的那样。但是这种联系没有停留在细节上面,这一点稍后还要谈到。其实,变形的模式在另一篇小说《献给秘密的朋友》中已经预演过一次了。小说的第五、六节,绝望的作家正待自杀,恰逢编辑鲁道夫夜访叩门,后者变成"地狱之子"将作家从"可耻的死亡的恐惧"[2]中拯救出来。然后在《剧院情史》的第四、五章,这戏剧性的一幕又重演了一次。作家在歌剧《浮士德》的音乐中准备自杀,这时"扮成编辑模样的魔鬼"[3]不期而至。仿佛历史的文本不是纸上的东西,而是活生生的现实;经典上的人物重新变成虚构的人物,与现实世界的人物可以处在同一个时空里;严肃的作家自杀未遂,被靡菲斯特那存在的慰藉所搭救。这个巧妙转化为幻象的插曲已经重复了两次,均可视为《大师和玛格丽特》的前奏。或者换个角度讲,是作者遗留在外的一把(锻造秘密的)钥匙。典故是歌德的典故,而叙述离开三度空间那种诙谐的手法和意识则无疑是对果戈理美妙的阅读记忆播下的种子。

五

加斯帕洛夫认为,"《大师和玛格丽特》的第二部大大缺乏内在与外在的文学联系,结构过于粗糙"。[4] 这个判断是失之于草率的。"内在与外

---

[1]《布尔加科夫文集》第四卷,戴骢、曹国维译,作家出版社1998年版,第302—303页。
[2]《布尔加科夫文集》第二卷,曹国维、戴骢译,作家出版社1998年版,第91页。
[3]《布尔加科夫文集》第一卷,石枕川译,作家出版社1998年版,第225页。
[4] 转引自[英]莱斯莉·米尔恩《布尔加科夫评传》,杜文娟等译,华夏出版社2001年版,第270页。

在的文学联系"都是显而易见,且不说小说上下两部之间内在的结构联系,布尔加科夫在他的小说中安排魔女飞翔的那种做法,与另一个文本中的霍马那一幕荒诞的遭遇是有不可分割的联系,而《大师和玛格丽特》第二部的幻象艺术就是建立在这个"魔女变形"的样式之上的。我们甚至可以说,它是一个大胆的移植,是作家一系列的借鉴和文学提炼当中需要加以阐明的一例。变形使已有的样式得以复活,这是我们在外观上即可判明的。但这样讲还只是说明了它一个方面的价值。

事实上,玛格丽特变形的呼声是那个时代发出的最强音,这是精神对于唯物主义的有力唾弃,是意识对于社会存在的一次公然的挑衅和大不敬。玛格丽特飞翔的心声自始至终都有一种激动人心的诙谐和优美的语气,即便是她下降到评论家拉通斯基的窗口变得粗暴和刻薄了,调子也没有降低。旧的模式不仅复活,而且获得情感激越的核心与张力。

布尔加科夫借用旧的模式,让人清晰地看到这个模式可以触及的物质外延。他在悲剧故事的底子上完成变形充足的自由律。《维》的低烈度的尝试已经被新的综合的高度取代。人物意识的觉醒与死亡的抉择仍是基于叙事这一古老的媒介,同时打破那种古老的定力。阿格诺索夫教授上文指出的几种不同的样式成分,在这部小说中服膺于新的结构法则。而我们这里所说的这个魔女变形的样式无疑又是广受瞩目的,它是小说第二部在"死亡的虚无"之中立足的基点,其精神则渗透在整部长篇小说的创作当中。

第一部的开篇,魔鬼(及其随从)进入莫斯科的故事同样带有浓厚的幻象性质。而且那都是在叙述没有预兆的情况下发生的。和《维》的作者一样,布尔加科夫在两个世界的过渡之中甚至屏除了必要的渲染或解释,让叙述本身从现实的这一表面直接跃入一个虚构的表面。第一部与第二部的开篇均是在类似的跃进之中抵达,在魔鬼的进入和玛格丽特的飞翔当中人们被同一股力提升起来,是在类似于喜剧的紧张兴奋的状态下接受这个瞬间的过渡。这不是技巧上的什么转换,而是意识层面上发生的一个结果。现实与幻觉在融合的突变之中造成逻辑的"破裂";人们理智平衡的立足点就是在这样的过程之中被突然抽掉的,进而被纳入一个通常我们认为是虚幻编造的维度上面。问题恰恰在于我们无法否认那个"虚构的表面"也是真实的,因为,不可思议的现实完全是暴露在眼前,我们从未和它失去过视觉上的联系,而且事实上我们也找不到任何一个视觉上的盲点。可以说,视觉的催眠力是维系人物(或读者)物理和生理世界的保障,也是果戈理叙事艺术能够抛开象征,进而与所谓的魔法联结起来的一个秘诀。当布尔加科夫在书里口口声声地说"这部字字有据、事事属实的小说的第二部"①时,作者的声明和果戈理的那条脚注一样,其意味深长的信念似乎是建立在视觉的基础之上而不光是建立在隐喻的基础上的。

前后约相隔一百年,变形为魔女的玛格丽特飞了起来,比《维》中的老妖婆要飞得更远;飞翔的场面占据整整一个章节,通过月夜的林中沼地完成过渡,而黑暗之物的描写则如《维》中描写的那样,保留清晰的笔触和瑰丽的半透明色彩,其后便是进入魔鬼的冥界了。作家在小说时空的压缩和扩展中,让人物和读者实际的位置均发生移动,这是主观的"幻想"所难以包容的内与外的联系。无论研究者后来是否认为这一切都是个人真实体验的隐喻的表达,作为一名"被囚禁于苏联地理政治疆域内的作家"②,布尔加科夫将现实的幻象推动起来,而且画面推进得如此有力和深远,这大概是果戈理本人都未曾预料到的。

---

① 《布尔加科夫文集》第四卷,戴骢、曹国维译,作家出版社1998年版,第278页。
② [英]莱斯莉·米尔恩:《布尔加科夫评传》,杜文娟等译,华夏出版社2001年版,第272页。

布氏"黑弥撒"对歌德《浮士德》的继承与改造＊

一

布氏"黑弥撒"（black mass）是指《大师和玛格丽特》（总）第二十三章"撒旦的盛大舞会"的魔女加冕仪式；总体上还包括小说第二部开篇五个章节的叙述，即从玛格丽特变形和飞翔到魔王主持舞会的情节。

这五个章节的叙述继承了歌德的"巫女狂欢会"（Witches' Sabbath）模式，即《浮士德》第一部第二十一场"瓦尔普吉斯之夜"的情节：魔女身上涂擦油膏，骑扫帚柄、山羊和叉棍飞行，前往布罗肯山聚会。小说1933年的稿本中"舞会"一章的题目就叫作"巫女狂欢会"①。也有学者将"玛格丽特骑扫帚飞翔"归入"果戈理式的幻想"②。但是从"黑弥撒"的仪式及构成来看，布氏的创作与歌德诗剧应该有着更密切的亲缘关系。"瓦尔普吉斯之夜"开篇，靡菲斯特正是用"容克·沃兰德（Junker Voland）"的名字介绍他自己。③ 小说中沃兰德自称其膝盖风湿病是1571年在布罗肯山和魔女厮混的结果④。这些细节是在暗示"瓦尔普吉斯之夜"的神话谱系。包括小说第一部结尾写库兹明教授以水蛭驱魔的细

＊ 此文为国家社科基金后期资助项目《布尔加科夫魔幻叙事传统探析》（项目编号：11FWW009）阶段成果。

① Edythe C. Haber, "The Mythic Bulgakov: The Master and Margarita and Arthur Drews's The Christ Myth", *The Slavic and East European Journal*, Vol. 43, No. 2 (Summer 1999).

② 参见［俄］符·维·阿格诺索夫主编《20世纪俄罗斯文学》，凌建侯等译，中国人民大学出版社2001年版，第319页。和果戈理《维》中的魔女变形和飞翔的情节做比较，这种联系无疑是存在的。

③ 钱春绮译本叫作"福兰特公子"，并加注说是"中古高地德语中称呼恶魔的别名"，参见［德］歌德《浮士德》，钱春绮译，上海译文出版社1989年版，第226页。

④ 《布尔加科夫文集》第四卷，戴骢、曹国维译，作家出版社1998年版，第331页。

第四部分　文学史的对话

节，也能在"瓦尔普吉斯之夜"中找到出处。①

巴赫金《俄国文学讲座》论及索洛古勃的创作，"原编者脚注"有一段说明：

> 应当补充一点："假面舞会——火灾——女妖五朔节（五月一日之前夜，据中世纪民间传说，在德国的勃罗肯山上，女妖们举行狂欢集会）。"这些主题之密集的纠葛，是索洛古勃的主要长篇小说成为从《群魔》（陀思妥耶夫斯基）到《彼得堡》（别雷）再到《大师与玛格丽特》（布尔加科夫）这一系列上的一个链环。②

这段话点明"巫女狂欢会"模式，指出它在白银时代创作中形成的主题链。该模式的移植已经化为俄国文学自身的传统，梅列日科夫斯基《基督与反基督》三部曲之二《诸神的复活：列奥纳多·达·芬奇》，瓦列里·勃留索夫《燃烧的天使》，都已使用这个模式，布氏并非始作俑者。本文将《诸神的复活》、《燃烧的天使》和《大师和玛格丽特》视为一个系列，在此基础上试图分析它们的异同，进而阐明布氏创作的特质。

总体上讲，梅列日科夫斯基和勃留索夫的创作更多保留诗剧的气氛，对女妖五朔节（瞻礼日）的传说未作太大改造。两部小说对布罗肯山夜会的描述也是如出一辙，《燃烧的天使》中的鲁卜列希特和《诸神的复活》中的卡桑德拉，都是在涂擦油膏后从炉灶烟囱里飞出，"骑在一只黑色的、毛厚而蓬松的公山羊身上"；觐见魔王的过程也相仿，"履行亵渎神灵的典礼"时都有"割破乳头"的细节。这些情节延续歌德诗剧的幻象，探讨魔力与狂欢的主题。布氏的"魔女变形"开启小说第二部的幻象叙述，进入的正是"黑色魔法"的世界，异教渎神的世界，死亡和禁忌的世界。三部小说沿袭同一个神话模式，试图把诗剧的叙述转化为小说的叙述。

相比歌德的诗剧，梅列日科夫斯基和勃留索夫对"巫女狂欢会"的描绘出现了两点变化：一是渎神的淫欲描写极为露骨，二是注重历史性场景、空间向度和心理细节的描摹；前者属于神话学范畴，宣扬酒神巴克科斯的狂欢传统，后者属于叙事学范畴，是相对于诗剧的一种小说化处理，可视为布氏同类叙述的先驱。对"瓦尔普吉斯之夜"的模式进行小说化

---

① 参见钱春绮译本第233页有关"肛门幻视者"的描写。
② ［苏联］巴赫金：《文本对话与人文》，白春仁等译，河北教育出版社1998年版。

处理，利用歌德模式构筑小说化的魔幻场景，大体上讲，就是布氏和其他两位作家的共同点。

布氏和其他两位作家的不同点首先在于，其"巫女狂欢会"的描写基本剔除色情成分，几乎也是改变了酒神狂欢的既定成分，这一点本文稍后要做具体分析。其次是布氏对魔幻叙述的处理不同于梅列日科夫斯基和勃留索夫，虽说三部小说都注重"狂欢会"具体场景和心理感受的刻画，并呈现其魔幻叙事的独特肌理，但布氏的处理和其他两位作家的差异却是十分显著。

梅列日科夫斯基将"狂欢会"变成一个插曲，并在小说第四部第十节点明该插曲的梦魇性质，使它局限于梦幻的相对性；较之于歌德的诗剧，其幻象叙述的强度无疑是大大减弱了。勃留索夫的小说探讨中世纪魔法学，引导人物进入一门复杂的学科；其渊博的魔法学知识既包含迷恋也隐藏反讽，其叙述勾勒出中古奇幻和异域情调，给"魔幻场景"提供了一种文化形态学的基础和诠释。勃留索夫和梅列日科夫斯基的作品都是历史题材，前者写中世纪德国，后者写意大利文艺复兴盛期；尽管勃留索夫的"风格模拟"及"三重面具"的叙事包含现代诗学意识①，梅列日科夫斯基的"思想小说"的主题侧重于当代意识形态，但在相当程度上，历史题材的回溯使得魔法和秘教的气氛合法化；尤其是《燃烧的天使》，人物越是在时间和空间上接近魔法学策源地，其魔幻叙事的异质因素便越是受到削弱，同化为中古异域的一场奇幻体验。

可以说，勃留索夫和梅列日科夫斯基都是把魔幻叙述局限于历史叙述之中，实质是把人物的魔幻体验当作一种历史性传奇来描绘。尽管勃留索夫对梅列日科夫斯基的长篇历史小说持保留态度，试图打破"线型历史主义"观念，提供一种"被审美化的历史主义"图式②，本质上他还是把魔幻故事等同于历史性传奇，并未脱离"志怪"或"传奇"的窠臼。

布氏的不同之处在于，他的"巫女狂欢会"并不是一种历史性传奇的描绘，而是建立在现实讽喻的基础上，体现为对"当下"时间概念的一种摧毁和重建。玛格丽特的变形和飞翔，使用的道具相比之下最为普通；其场景描写也相对透明，剪除了魔法学的玄秘细节和装饰；其叙述达到的效果却最让人震撼。布氏将歌德的幻象嫁接于当下现实语境，并不提供"魔女变形"的某种合理性解释和前提，而是公开张扬叙事中的异质

---

① ［俄］瓦列里·勃留索夫：《燃烧的天使》，周启超、刘开华译，哈尔滨出版社1999年版。
② ［俄］瓦列里·勃留索夫：《燃烧的天使》，周启超、刘开华译，哈尔滨出版社1999年版。

因素，让魔幻叙事保持最大程度的惊奇。我们看到，作家通过对模仿论前提（语言反映现实）的巧妙利用和引导，营造一种现实和神话相互融合的语言镜像；人物的魔幻体验诉诸当下现实，而"当下"这个时间概念又嵌入末世论性质的神话时间；这种现实和神话互相融合的视觉效应越是显得"公开"和"逼真"，叙述的奇异、诙谐和颠覆的处理便越是富于张力，而其现实讽喻的力量也就越是尖锐和强劲。

如上所述，布氏将诗剧的叙述转化为小说的叙述，对这种转化的叙事学意义的考虑相比之下最为自觉，从而构建其"魔幻现实主义"的小说叙事法则。稍加观察不难发现，小说第一部和第二部的两个开篇（分别描述魔鬼沃兰德造访牧首塘和玛格丽特的变形及飞翔）是对诗剧形象的挪用和转化，而且从叙事学的角度讲两者是同构的，都是让幻象和现实出现在同一个视觉平面上，造成现实和神话互相融合的讽喻性画面，因此，"玛格丽特飞翔"也渗透着全篇的叙事法则。

从魔幻叙事角度考察歌德诗剧，有两个特点不能不注意，一是其魔性存在和现实性存在被置于同一个叙述层面，有意消除两者之间的界限，而非宣称所谓的假定性叙述，这在诗剧第一部第五场（"莱比锡奥艾尔巴赫地下酒室/快活的小伙们聚饮"）中就表现得很明显；二是基于中世纪德国民间传说的"巫女狂欢会"打破历史性传奇的范畴，试图在超时空的幻象叙述中展示玩闹性质的时事讽刺和抨击，以诙谐而奇异的方式表达对现实的讽喻。"瓦尔普吉斯之夜"的基调泼辣谐谑，并无勃留索夫和梅列日科夫斯基笔下那样露骨的淫欲色彩，而是张扬魔幻叙事本身的异质性和颠覆性，突出其讽喻的尖锐。这种创作旨趣在布氏笔下得到传承，"玛格丽特飞翔"一节被注入意识形态挑衅色彩，其讽刺的尖锐更是把全篇的幻象叙述推至戏剧性高潮；所谓超时空的幻象叙述，其本质是在于讽喻精神的扩展，而不仅仅是"魔幻场景"的玄秘演示。歌德的诗剧虽不具有小说叙事学意义上的那种自觉，却无疑是为布氏的创作带来了启迪。

英语布学研究十分重视布氏小说和歌德诗剧之间的对应关系，尤其是对人物形象、典故和细节的对比研究相当细致，取得了不少有价值的发现，但是从魔幻叙事角度看待小说和诗剧之间的关联，这个方面的探讨显得不足，尚未形成专题。布氏小说中的幻象叙述，并非像莱斯莉·米尔恩所说的是一种叙事的"插笔"或"装饰"[①]，而是居于全书主导地位。对这个问题的争议和讨论很有必要；它不是一般意义上的叙事技巧或叙事方

---

① ［英］莱斯莉·米尔恩：《布尔加科夫评传》，杜文娟、李越峰译，华夏出版社2001年版。

法的问题,实质是关乎该篇体裁属性的定义,——究竟是属于"神话小说""哲理小说""乌托邦小说""古典现实主义小说"还是"魔幻现实主义小说",而且涉及与加西亚·马尔克斯《百年孤独》、萨尔曼·拉什迪《撒旦诗篇》等篇创作性质的比较研究,故而有必要在研究中加以廓清。

二

前面已经谈到,布氏"黑弥撒"的仪式主调不同于传统模式,明显缺少传统的粗俗淫秽成分。这个问题的分析和探讨,关乎布氏小说的神话学意义。

传统"黑弥撒"的王后必须与魔王性交,这是仪式不可缺的部分。《诸神的复活》中的魔王蜕去山羊皮,变形为酒神巴克科斯与"女王"交合[①]。《燃烧的天使》中谈到"巫婆与恶魔联手的聚会上,常有一些令人耻辱、不堪入目、龌龊下流的狂欢仪式"[②],像《诸神的复活》中说的"僻静角落里的交媾——女儿跟父亲,兄弟跟姐妹,……到处都有成双成对的下流坯在蠕动"[③]。

这种露骨的淫欲描写在布氏小说中是没有的。舞会来宾亲吻玛格丽特膝盖,而不是像传统仪式中亲吻魔王屁股;礼仪的优雅取代了粗俗下流的细节。伊迪斯·哈勃的文章告诉我们,类似的色情描写原先是有的,1933年的稿本中写到玛格丽特进入柏辽兹故居,"见女巫跨坐在裸体男孩身上,拿烛台的脂油滴洒他的身体,男孩尖叫并在女巫身上抚摸抓挠;花瓶中的葡萄藤出现在玛格丽特面前,根茎是金色阳具形状;玛格丽特触摸阳具,它在她手中变得活跃起来……",而定稿中不仅删除这一段,也祛除河边森林狂欢序曲的色情意味[④]。沃兰德说他的膝盖风湿病是1571年在布罗肯山和魔女厮混的结果,说明他并不反感跟漂亮的魔女有染,但事实上他对玛格丽特并没有提出那种要求[⑤]。总之,布氏的"黑弥撒"小心避免色情渲染,与传统模式区分开来。

如何看待布氏删除传统狂欢会的淫秽成分?爱德华·埃里克森的文章

---

① [俄]梅列日科夫斯基:《诸神的复活》,刁绍华、赵静男译,北方文艺出版社2002年版。
② [俄]瓦列里·勃留索夫:《燃烧的天使》,周启超、刘开华译,哈尔滨出版社1999年版。
③ [俄]梅列日科夫斯基:《诸神的复活》,刁绍华、赵静男译,北方文艺出版社2002年版。
④ Edythe C. Haber, "The Mythic Bulgakov: The Master and Margarita and Arthur Drews's The Christ Myth", *The Slavic and East European Journal*, Vol. 43, No. 2 (Summer 1999).
⑤ Elizabeth Klosty Beaujour, "The Uses of Witches in Fedin and Bulgakov", *Slavic Review*, Vol. 33, No. 4 (Dec., 1974).

第四部分 文学史的对话

提供了一种较有代表性的解释,认为作者在熟练使用魔鬼学知识的同时,为避免冒犯基督教的象征性,任何被视为亵渎的描写都加以淡化和删减;魔鬼发誓满足玛格丽特一个要求,这是"浮士德"传统的典型再现,在这个传统中巫女必须公开否认基督教信仰,但在玛格丽特故事中我们看不到类似描写,这是因为玛格丽特作为象征是对应于圣母玛利亚;因此布氏剔除"狂欢会"的淫秽色情成分,倒不是由于他不喜欢此类描写,而是为了避免冒犯基督教的象征性[①]。

说玛格丽特对应于圣母玛利亚,这是要指出布氏神话谱系中的东正教意义。英语布学研究发现,布氏"黑弥撒"的创作,除了《浮士德》传统的影响,还有其他两种来源,一是对东正教仪式的戏仿,二是对古代异教神话知识的综合运用。埃里克森的文章指出,小说中撒旦为邪恶之徒举办舞会,应该理解为对"圣餐"(Eucharist)的一种戏仿;子夜是巫女聚会时间,而东正教一年中最大的庆典复活节也是被安排在子夜时分,作为复活节日(Easter Sunday)这一天的开端;更重要的是,东正教传统不仅想象基督访问地狱,也想象圣母玛利亚访问地狱;圣母升入天堂为人类求情,因此玛格丽特也可以在魔鬼阴司为人求情,不仅是为她的爱人大师,还为弗莉达、女仆娜塔莎等[②]。

东正教仪式的影响以及圣母访问地狱的典故,在伊丽莎白·斯坦波克—法默那篇重要论文中也有论述[③]。这为布氏的神话学来源提供了又一种参照,对我们理解该篇叙述时间的精心设置尤有助益。但是埃里克森的文章试图抹去"黑弥撒"的异教色彩,这么做是把相关的问题简单化了。

且不说撒旦舞会及其嗜血仪式是对东正教弥撒的冒犯,玛格丽特这个形象,其野性、纵情和愤激,从基督教教义看也不能说是正统的。玛格丽特没有照"浮士德"传统公开否认基督教信仰,鉴于苏联社会的无神论背景也是解释得通的,以此确认她的基督教象征性似乎显得较为牵强。魔鬼以"玛戈王后"的名义为玛格丽特加冕,这就清楚地标明其象征世俗权能的身份,也只有"玛戈王后"才会接受不计其数的淫邪之徒的朝拜,并喝下金杯中的鲜血。布氏"黑弥撒"的异教色彩是不容否认的,即便

---

① Edward E. Ericson, "The Satanic Incarnation: Parody in Bulgakov's Master and Margarita", *Russian Review*, Vol. 33, No. 1 (Jan., 1974).

② Edward E. Ericson, "The Satanic Incarnation: Parody in Bulgakov's Master and Margarita", *Russian Review*, Vol. 33, No. 1 (Jan., 1974).

③ Elisabeth Stenbock-Fermor, "Bulgakov's The Master and Margarita and Goethe's Faust", *The Slavic and East European Journal*, Vol. 13, No. 3 (Autumn, 1969).

是剔除了色情淫猥成分，该仪式的恶魔气质也是彰明较著。承认该仪式的描写借鉴东正教仪式成分，并不等同于布氏的"黑弥撒"是在宣扬东正教精神。再说，"戏仿"（parody）一词用来定义东正教仪式的作用，也未尝没有一点亵渎意味。

哈罗德·布鲁姆在论述歌德诗剧时指出："歌德以他习惯的大胆方式对荷马和雅典悲剧作了戏拟，从而献给我们一部最独特的诗作……像古典的瓦尔普吉之夜以及《第二部》结尾天堂的合唱一样，歌德所创造的海伦也是一种反经典的诗篇，令人难以想象地改造了荷马、埃斯库罗斯和欧里庇得斯等人的创作，甚至瓦尔普吉之夜也颠倒了希腊神话的源泉，终篇合唱则以巧妙的野蛮风格戏拟了但丁的《天堂篇》。"[1]

布氏"黑弥撒"也是在多种神话学来源的基础上形成新的综合；其主导精神是继承歌德的"大胆戏拟"和对经典模式的改造，最终形成其颇富个性的神话诗学体系。有关"撒旦舞会"一节，涉及的议题颇为复杂，这里试图指出其中一个值得重视的方面。

正如俄语布学研究指出，与复活节仪式的语义学建构（"生命—死亡—重生"）相反，对舞会大部分来宾而言，"黑弥撒"的语义学是按照"死亡—生命—死亡"的公式建构的[2]。换言之，布氏"黑弥撒"展示异教狂欢的场面，本质上却没有逾越基督教精神等级；舞会上复活的淫邪之徒复归于死亡；主角大师和玛格丽特，他们同样没有复活，其结局是富于浪漫色彩的"死亡"和"安宁"，而非基督教意义上的"重生"。这一点跟诗剧的处理不一样，歌德的"浮士德"最终是升天获救，而布氏的主角却是被安排在"灵簿狱"（limbo）里，没有被带往"光明世界"。如果说玛格丽特作为象征是对应于圣母玛利亚，那么这个安排就说不通了。

笔者认为，布氏的"黑弥撒"总体上是按照浪漫的喜剧性原则建构的。它以基督教神话为前提，既未逾越基督教精神等级，也未宣扬复活节的象征意义，而是显示布氏独特的神话诗学面貌。玛格丽特作为"接引者"形象，大师作为"受宠者"形象，保留歌德诗剧的原型意义；只是"接引者"的接引并非指向上天，而是通向魔鬼的阴司。我们看到，"黑弥撒"作为小说的一个叙事环节，承担着大师和玛格丽特悲剧的走向；通过主角与魔鬼为伍、魔王主持正义等情节，体现为"悲剧的形势向着

---

[1] ［美］哈罗德·布鲁姆：《西方正典：伟大作家和不朽作品》，江宁康译，译林出版社2005年版。

[2] О. Кушлина. Ю. Смирнов, Некоторые вопросы поэтики романа «Мамтер и Маргарита», см. М. А. Булгаков-драматург и художественная культура его времени. Сост. А. А. Нинов. М., 1988.

超自然存在突破"① 的喜剧性处理；死亡和魔力的结合是在歌剧般流光溢彩的舞台上展开；而超自然的魔性存在无疑是得到提升，成为某种惩恶扬善的道德化人格和中介，因此在相当程度上也是被浪漫化了。可以说，"黑弥撒"固有的那种鬼怪邪气和布氏的浪漫化倾向是在喜剧性的基调中获得平衡，而粗鄙淫秽描写显然已不适合布氏的创作格调，故而必须予以删除。

作家把世俗的权威、尊严和智慧几乎都给了魔鬼。魔鬼不仅选中玛格丽特，加冕她为舞会王后，而且帮她找到大师。这个构想体现布氏体系中的"魔力"及其定位，对全书的主题和基调的形成起到至关重要的作用。作家抑制传统的粗俗描写，意在提高魔鬼的精神等级，塑造传统模式中所没有的庄重高贵特性。小说不仅剔除淫秽色情描写，也对魔王的嘴脸及"狂欢会"粗鄙怪诞的场景彻底加以改造，使之具有慑服人心的庄严、惊讶、神秘、奇妙、优雅和嬉戏，也就是说，使之具有罗曼蒂克的魔幻色彩。魔王及其仆从的形象是透过一种"异教的精神美"获得正面描写，获得较高一级的肯定。正如有论者指出，这种描写还有一个特点与传统不同，王后、魔王及其随从都没有加入狂欢（除了别格莫特在香槟酒池里嬉戏），始终与来宾和舞会保持距离②。此类处理显示异教狂欢与庄严魔力之间的细致区分，与删除淫秽描写的动机是一致的，说明布氏"黑弥撒"在很大程度上摆脱了传统模式的制约，不仅让异教渎神的主题大为淡化，而且还注入一种浪漫的喜剧性格调，形成其独具一格的神话诗学面貌。

有人说，布氏笔下的魔鬼惩恶扬善，行为一点不像魔鬼；沃兰德这个角色绝非怀疑论者，这和歌德塑造的靡菲斯特相反；而由沃兰德讲述耶稣故事也是与魔鬼身份不符，因此有论者认为，单就魔鬼的描写而言，"《大师和玛格丽特》是对《浮士德》的一种颠倒处理"③。

这种处理还不限于靡菲斯特；和梅列日科夫斯基、勃留索夫的"玄妙大仙""列昂纳尔德大师"相比，布氏的魔王形象也是大为改观，充当起社会意识形态批判的司命之神。从整体结构看，魔鬼的存在已越出"黑弥撒"范围，成为贯穿全书的主要线索，这也是梅列日科夫斯基和勃留索夫的小说未能做到的。总的来说，布氏的"黑弥撒"体现一种"反

---

① 董问樵：《〈浮士德〉研究》，复旦大学出版社1987年版。
② Elizabeth Klosty Beaujour, "The Uses of Witches in Fedin and Bulgakov", *Slavic Review*, Vol. 33, No. 4 (Dec., 1974).
③ Edythe C. Haber, "The Mythic Bulgakov: The Master and Margarita and Arthur Drews's The Christ Myth", *The Slavic and East European Journal*, Vol. 43, No. 2 (Summer 1999).

经典"的诗学构想，无论是在叙事学还是在神话学的意义上，都是对歌德传统更为自觉的改造和拓展。

也许悖谬之处并不在于布氏的魔鬼惩恶扬善，而是在于某种程度上"魔鬼做的是驱魔工作"①。我们看到，作者一方面试图张扬"黑弥撒"异教狂欢的恶魔气质，一方面试图提高魔鬼的精神等级，赋予其庄敬高贵的特性；这种创作意图本身就包含尖锐的对立，由于打破逻辑上的统一性而容易让读者感到难以适从，甚至也会给全篇主题和形象的统一带来不利影响。然而，对这样一部复合型小说而言，那种试图消弭矛盾的统一性观念并不一定就是可取的，而取得对立元素的微妙平衡才真正值得重视。布氏的处理不仅富有新意，其对立元素的平衡和张力也堪称"精妙绝伦"（加西亚·马尔克斯语），从而构筑其开放的"多层次精巧结构"。事实上，布氏的复合型叙事意识为某种"介于现实主义和现代主义、后现代主义的模式"② 提供了范例，其影响已不限于当代苏联文学。

（原载于《外国文学》2013 年第 4 期）

---

① Joan Delaney, "The Master and Margarita: The Reach Exceeds the Grasp", *Slavic Review*, 31, No. 1 (March 1972).

② 温玉霞：《布尔加科夫创作论》，复旦大学出版社 2008 年版。

关于《大师和玛格丽特》体裁属性的两种界说

一 "梅尼普讽刺体"说

《大师和玛格丽特》的创作性质如何归类是一个需要探讨的课题。按照艾伦达·普劳弗的说法，该小说"不仅在30年代社会主义现实主义及苏维埃文学环境中显得不同寻常，在30年代任何一个国家中也都尤为不同寻常"。① 小说于1966—1967年首次发表在《莫斯科》11月和1月号上，似乎将读者置于缺乏知识准备的接受状况之中，让人去寻找解开问题的钥匙。

对该小说体裁属性的判断，首先来自苏联学者维利斯。他在为《莫斯科》杂志登载的《大师和玛格丽特》撰写《编后记》时指出，小说属于巴赫金定义的"梅尼普讽刺体"，是一种混合体裁的创作，其特点是将诗歌与散文、朴素叙述与怪诞幻想、哲学对话与讽刺喜剧结合起来，包含强烈的笑的成分，还有善与恶的哲学问题的探讨；从古代的卢奇安到中世纪以来的拉伯雷、塞万提斯等，这种体裁的发展源远流长，又为霍夫曼、果戈理和陀思妥耶夫斯基等人所拓展，延伸至布尔加科夫的创作。②

维利斯对巴赫金的援引，意义不仅在于给《大师和玛格丽特》的创作性质归类，还在于将苏联读者重新纳入欧洲文化统一体的视野；在经历数十年的隔离之后，布尔加科夫的小说创作和巴赫金的理论研究几乎在同一时间被发现，这个事件标志着"旧文化"连续统一体的回归，这是莱斯莉·米尔恩的著作中提出的看法。③ 尽管布尔加科夫不知道巴赫金的理

---

① Ellendea Proffer, "On The Master and Margarita", *Russian Literature Triquarterly*, No. 6 (Spring 1973), p. 536.
② A. Vulis, "Afterword", *Moskva*, November 1966, pp. 127–130.
③ [英] 莱斯莉·米尔恩：《布尔加科夫评传》，杜文娟、李越峰译，华夏出版社2001年版，第246页。

论，而巴赫金也从未论及布尔加科夫的创作，两者的联系却能够说明，这个"旧文化"统一体的延续具有某种共同的认识论基础，甚至超越了特定历史条件的限制。从文学的角度讲，两者都试图摆脱流行世界观及其固化的秩序和面具，实质也都强调非官方的文学和语言在创作中的意义。巴赫金通过《拉伯雷研究》告诉我们，这种意义事实上还没有受到重视。

"梅尼普讽刺体"的概念源自卢奇安的《对话录》。巴赫金把卢奇安视为"文艺复兴时期诙谐哲学的第三个源泉"，认为后者的作品（《梅尼普，或在冥间的旅行》）对拉伯雷的地狱情节（《庞大固埃》）产生重要影响，并指出："在卢奇安的这个诙谐的梅尼普形象中，我们强调诙谐与地狱（与死亡）、与精神自由、与言论自由的联系。"① 而卢奇安也是布尔加科夫喜爱的古典作家。将柏拉图式的哲学对话与滑稽可笑的讽刺喜剧结合在一起，这个模式对于布尔加科夫的影响毋庸置疑。《大师和玛格丽特》开篇第一章、第三章不就是此种影响的一个范例？卢奇安"认真追求滑稽可笑效果"的做法，不同于常规意义上的讽刺和幽默。巴赫金敏锐地指出，复活于文艺复兴时期的古希腊罗马的诙谐理论，与后来包括柏格森在内的诙谐哲学实质大相径庭，区别在于后者主要强调笑的"否定功能"，而中世纪的民间诙谐文化被引入人文主义轨道之后，作为非官方性的存在，在于其"包容世界的形式中，同时也在其最欢快的形式中"，特别具有"激进、自由和极其清醒的特点"；它的"否定"因而具有"极端"与"包罗万象"两个并行不悖的特点，——也许巴赫金引用卢奇安作品的片段更有说服力："……在人间总是有某些怀疑妨碍你笑，诸如经常有的怀疑：'谁知道，死后又怎样？'——在这里你则可以接连不断地、毫不犹豫地笑，像我这样笑……"② 卢奇安所说的"毫不犹豫的笑"，它与"精神自由"和"言论自由"深刻地联系在一起，同时甚至也能够抛弃这两种理由而进入某种"极端自由"。这是一种与存在的终极观念和死亡意识相关的诙谐哲学，使得冥界或地狱的游历与喜剧精神不可分割。在此意义上讲，布尔加科夫的小说为巴赫金的论述提供了注脚。

这里补充两点相关说明。其一，有论者断言《大师和玛格丽特》开篇的写作体现的是"十九世纪式的冗长与耐心"③，这个说法忽略了牧首

---

① [苏联]巴赫金：《拉伯雷研究》，钱中文主编，李兆林、夏忠宪译，河北教育出版社1998年版，第81—82页。
② [苏联]巴赫金：《拉伯雷研究》，钱中文主编，李兆林、夏忠宪译，河北教育出版社1998年版，第81—85页。
③ 余华：《布尔加科夫与大师》，载于《香港书评》（试刊号）1998年9月号。

第四部分 文学史的对话

塘章节的形式结构及其内在格调,是一种较为盲目的论断。沃兰德与"莫文协"作家的哲学对话,不能被视为传统叙事学意义上的铺垫,也很难与十九世纪长篇小说的一般范式等同起来。小说开篇这种妙趣横生的写作,事实上在巴赫金论述的"梅尼普讽刺体"渊源中可以找到各种变体和回响,包括歌德诗剧《浮士德》和陀思妥耶夫斯基《地下室手记》的喜剧性处理。将哲学对话与滑稽可笑的讽刺喜剧结合起来,并不属于通常的小说叙事范式。因此,以"梅尼普讽刺体"界定这个类型的叙事还是有意义的。

其二,英语布学研究论及沃兰德形象,除了苏联流行的"影射斯大林"一说之外,通常不超出诗剧(歌剧)《浮士德》范畴,但在具体论述中又碰到难以解决的矛盾,一方面从这个形象中找到诗剧原型及其重要暗示,一方面又发现沃兰德与墨菲斯托菲力斯这个形象难以相符,使得"戏仿说"、"颠覆说"和"原型说"等一系列论证都难以真正自圆其说。人物原型与诗剧典故的研究,关乎形象的内涵及小说主题的理解,因此是有必要的。沃兰德的形象,其精神格调与思想逻辑究竟与何种宗教(哲学)意识串联起来,如果单从《浮士德》范畴来谈,也会有不少令人困惑的问题。巴赫金论述"梅尼普形象中的诙谐与地狱(与死亡)、与精神自由、与言论自由的联系",似乎可以纳入沃兰德形象分析,以阐释其激进的、极端清醒而富于冥界包容力的喜剧精神。

"梅尼普讽刺体"这个概念的引入,不仅为界定该小说体裁属性提供了方便之门,也为理解这类体裁的文学史渊源打开一个窗口。在《〈拉伯雷〉的补充与修改》一文中,巴赫金论述"梅尼普讽刺在长篇小说发展史上的意义",将陀思妥耶夫斯基和果戈理视为发展史上的必然环节。如果能够较为准确地领会巴赫金论文的精神,我们也许会在另一个基座上确立《大师和玛格丽特》广博的互文性线索。换言之,只有在对该体裁特性深入理解的基础上,布尔加科夫与卢奇安、果戈理、陀思妥耶夫斯基等人的内在联系才能被恰当地揭示出来。巴赫金对"诙谐双重性"的阐释,——"诙谐不让严肃性僵化,不让它与存在的未完成的完整性失去联系","它使这种双重性的完整性得以恢复"[①],还有对"梅尼普讽刺"十四个基本体裁特点的概括,总的说来,都有助于我们深入理解这部小说的创作特性。

---

① [苏联]巴赫金:《拉伯雷研究》,钱中文主编,李兆林、夏忠宪译,河北教育出版社1998年版,第140页。

谈到《大师和玛格丽特》的体裁属性，伊丽莎白·斯坦波克—法默和莱斯莉·米尔恩都赞同并引用维利斯的论断。① 将近四十年英语布学研究中，这个说法几乎已成定论。但是也有不同看法。

艾伦达·普劳弗在《论〈大师和玛格丽特〉》一文中指出，布尔加科夫小说的重要特征并不完全符合"梅尼普讽刺体"，大师和玛格丽特的爱情故事、基督和彼拉多的故事似乎都不符合这个模式，而且小说的结构特点也不符合梅尼普讽刺，因为梅尼普作品是一种插曲式结构，角色出现而又消失，历险接着历险，这种结构属于线性结构，其悬念的构成是不可能的，而布尔加科夫是构筑悬念的大师，尽管他的小说中有许多不同形式的插曲，但它们之间并非毫无联系，小说中的三个世界（剧院世界、文学世界和幻想世界）在第一章便已经交会，成为后面所有章节的动因和解释，其情节结构的精心编织甚至扩展到次要人物和次要主题。以柏辽兹的脑袋为例，这个脑袋在小说第三章中被切断，在第十九章中被偷窃，在第二十三章中出现在撒旦舞会上，成为魔鬼的酒杯和哲学论证的实例，最后在第二十七章中成为刑侦人员搜索的对象，哪怕是细小的联系都是因果链上不可或缺的环节，此外，该小说并不像梅尼普讽刺体作品那样处在不停转换之中，它所有的故事情节只发生在两个基本地点，耶路撒冷和莫斯科，而莫斯科故事也只有三个主要地点，杂耍剧院（四个章节）、精神病院（五个章节）和花园街副302号楼（七个章节），布尔加科夫通过引入一系列神秘的人物和事件创造悬念，在神话的层面上构筑复杂的现实生活网络，其中彼拉多的故事并不是对《新约圣经》的戏仿，而是对神话故事的重述，这种重述的性质不是"梅尼普讽刺"，而是现实主义。②

艾伦达·普劳弗的文章，观点和论证都颇有说服力，但是没有对小说的体裁属性提出积极的定义。文章揭示了小说"结构精密"这个特点，但也基本忽略了该篇作为混合型创作的特点。诸如神秘剧、巫术、节庆狂欢和粗俗闹剧、对基督受难的写实主义描绘等，从体裁属性的角度解释，迄今为止也只有在巴赫金的理论中可以得到较为有力的支持，这一点是无可否认的。

---

① Elisabeth Stenbock-Fermor, Bulgakov's Tha Master and Margarita and Goethe's Faust, *The Slavic and East European Journal*, Vol. 13, No. 3 (Autumn 1969), p. 310. [英] 莱斯莉·米尔恩：《布尔加科夫评传》，杜文娟、李越峰译，华夏出版社2001年版，第246—248页。

② Ellendea Proffer, "On The Master and Margarita", *Russian Literature Triquarterly*, No. 6 (Spring 1973), pp. 536–539.

此外，符·维·阿格诺索夫在其《20世纪俄罗斯文学》中提出"神话小说"的定义，[1] 主要从基督教神话的角度来谈，值得参考。不足之处有两点，一是对"神话小说"的学理性阐释并不系统，二是忽略异教因素和狂欢精神在小说中的重要表现。符·维·阿格诺索夫和艾伦达·普劳弗的文章有个共同点，观点在一定范围内都比较符合情理，但像筛子一样做了过滤，还没有更多地考虑到小说体裁属性的微妙界定。当然，维利斯提出的结论，如果回到巴赫金的论述，仍有不少需要梳理和辨析的环节，留待探讨。

二 果戈理"史诗"说

《死魂灵》与《大师和玛格丽特》的创作比较，在英语布学研究中不算是热点。伊丽莎白·斯坦波克—法默、莱斯莉·米尔恩和艾伦达·普劳弗等人的论著中没有做过此类比较。沙龙·卢布克曼·艾伦的论文《从怪异到崇高：〈死魂灵〉、〈大师和玛格丽特〉的逻各斯及其炼狱景观》，从"史诗"的概念出发将两部作品相提并论，不仅对《大师和玛格丽特》的体裁属性做了另一番界说，而且对果戈理的课题也有新的阐发，值得加以关注。

将《死魂灵》的创作界定为"史诗"，这是果戈理自己提出来的，得到别林斯基的支持和辩护。康斯坦丁·阿克萨科夫、巴·瓦·安年科夫等人，从"古代史诗"的"透彻静观"的神韵加以认同。[2] 无论赞同与否，对果戈理"史诗"的界说成了一个探讨的课题。

除了艾伦达·普劳弗的文章所揭示的结构精密这个特点，我们不应该忽视魔幻叙事在布尔加科夫小说中的主导地位。富于"元叙述"观点的魔幻现实主义创作手法的高度运用，使得《大师和玛格丽特》不同于《死魂灵》，也不同于陀思妥耶夫斯基的《卡拉马佐夫兄弟》，尽管后两部作品常常被用来和前者比较。对小说主题、神话结构和象征寓意的分析，实质不能代替对这种创作手法的分析。符·维·阿格诺索夫的《20世纪俄罗斯文学》总结了《大师和玛格丽特》的主题（包括其创作主题），但未能说明主题的表达为何必须采用这种手法。

我们从"连锁喜剧"的结构模式分析《死魂灵》和《大师和玛格丽

---

[1] Ellendea Proffer, "On The Master and Margarita", *Russian Literature Triquarterly*, No. 6 (Spring 1973), pp. 536–539.

[2] ［俄］屠格涅夫等：《回忆果戈理》，蓝英年译，天津人民出版社1985年版，第57、336页。

特》，试图说明果戈理独特的创作遗产在文学史上的影响及关联，但并没有认为两部作品的创作形态是一致的。沙龙·卢布克曼·艾伦的论文以果戈理"史诗"命名布尔加科夫的小说，实质是把《死魂灵》《大师和玛格丽特》归入同一个创作范畴，这种看法比较耐人寻味。把无家汉这个角色的叙事功能和乞乞科夫的叙事功能相提并论，也是一种颇有新意的研究角度。但究竟能否将两部作品的体裁属性等同起来，则还需要进一步探讨。

通常我们会把《大师和玛格丽特》《百年孤独》《撒旦诗篇》等作品定义为"魔幻现实主义"（Magic Realism），但不会将《死魂灵》也划入这个范畴，因其创作形态仍有很大的差异。把长篇小说称为"长诗"或"史诗"（poema），这个提法来自果戈理的《死魂灵》。针对批评家的有关指摘，别林斯基曾撰文指出："果戈理把自己的长篇小说称为长诗，不是闹着玩的，并且他指的不是喜剧性的长诗。"别林斯基指出《死魂灵》全新的创作特点，其"纯粹民族性"的"幽默"和"讽刺"的现实主义力量，还有"发展到高度抒情性"的诗人的"人道主观性"，把俄国现代小说创作推向一个卓越的高度，而该小说没有被大众接受，其中一个原因是在于公众的趣味，倾向于结婚、发财、一帆风顺的大团圆式的"童话"，不能从"作品的思想和艺术处理手法"来欣赏，对此别林斯基的文章强调指出，"只有深刻的、强大地发展了的灵魂才能够理会幽默"，"俗众是不懂得、也不爱它的"，而且"在俄罗斯，没有一个诗人遭遇过像果戈理这样古怪的命运：连能够把他的作品背诵如流的人，都不敢把他视为伟大的作家"。[1]

别林斯基发表于1842年《祖国纪事》上的文章，第一个阐明《死魂灵》的诗学价值，给予这篇作品高度评价。康斯坦丁·阿克萨科夫致果戈理的信中谈道："我认为主要困难在于真正领悟史诗这个词的含义，起码我是这样理解的。我开始谈论《死魂灵》的时候，发现霍米亚科夫和萨玛林同我的看法相同。这是具有透彻静观的古代史诗，自然是现代的和不受拘束的，是我们时代的——但它是古代史诗。"[2] 这与果戈理秘书巴·瓦·安年科夫的评价比较接近，后者说："《死魂灵》第一卷中的前几章便在我记忆中留下了特殊的韵味。这同通常对物象进行深刻的静观之后所产生的那种平静的、匀称四溢的灵感非常近似。"[3]

---

[1] ［俄］别林斯基：《文学的幻想》，满涛译，安徽文艺出版社1996年版，第186—192页。
[2] ［俄］屠格涅夫等：《回忆果戈理》，蓝英年译，天津人民出版社1985年版，第336页。
[3] ［俄］屠格涅夫等：《回忆果戈理》，蓝英年译，天津人民出版社1985年版，第57页。

《死魂灵》第一卷出版之后引起的广泛争议,有必要从诗学的角度重新加以检验。阿克萨科夫和安年科夫的论断,指出作品包含的神韵及其静观内省的古典气质,并不能代替对该作品体裁属性的判断。《死魂灵》究竟是一部什么性质的小说?如果说它未完成的创作最终呈现的是一部"喜剧性的长诗",则又如何界定"史诗"这个概念?

维·伊·伊万诺夫在有关"悲剧性长篇小说"形式原则的研究中,引用柏拉图对于"史诗"的界定,认为"史诗是一种混合的体裁,一部分是叙事或讲述,——诗人自己向我们讲述出场人物,行动的环境和事件本身的发展,一部分是模仿的或戏剧性的,——在荷马那里行吟诗人的故事间以大量的长篇独白或出场人物的对话,他们的直接引语中的话语,我们听来仿佛是通过假面人物之口";总之,"史诗吸收抒情诗的某种成分和戏剧的某种成分";"史诗的这种混合性质是由于它起源于原始的混合艺术所致"[1]。

宽泛地讲,"史诗"的这种混合性质似乎能够揭示果戈理小说非常重要的特点。别林斯基和阿克萨科夫的评价不能说是批评家过甚其辞的一种附会。然而《死魂灵》作为"现代的和不受拘束的"小说,与"古代史诗"毕竟有所区别;阿克萨科夫尽管没有具体指出两者的区别,但也意识到了这个问题。巴赫金《关于史诗与小说——长篇小说研究方法论》的文章对此有过一番严格区分,他的鉴定不仅排斥了阿克萨科夫的判断,事实上也颠覆了果戈理的自我界定。巴赫金说:"长篇史诗作为一种特定的体裁,具有三个基本的特征:(1)长篇史诗描写的对象,是一个民族庄严的过去,用歌德和席勒的术语说是'绝对的过去';(2)长篇史诗渊源于民间传说(而不是个人的经历和以个人经历为基础的自由的虚构);(3)史诗的世界远离当代,即远离歌手(作者和听众)的时代,其间横亘着绝对的史诗距离。"[2]《死魂灵》的创作不符合"史诗"的基本特征。这是一部反映现实形成及其发展的现代欧式长篇小说。从巴赫金关于史诗和小说的界定之中可以得出这个结论。因此,果戈理所谓的"史诗小说",只能从概念的次要属性、派生属性以及概念本身的混合属性等方面来理解。或者说,我们不妨采用某个标准化概念作为参照,考察《死魂灵》之为俄国现代"史诗"的独特性,它的美学意识、叙事特征及其内

---

[1] [苏联]索洛维耶夫等:《精神领袖:俄罗斯思想家论陀思妥耶夫斯基》,徐振亚、娄自良等译,上海译文出版社2009年版,第388页。

[2] [苏联]巴赫金:《小说理论》,白春仁、晓河译,河北教育出版社1998年版,第515页。

在的矛盾和变异。

　　对果戈理创作批评的简短回顾，很有必要。体裁属性的问题始终是《死魂灵》研究中的纠结。别林斯基抱怨说，"连能够把他的作品背诵如流的人，都不敢把他视为伟大的作家"。这实际上牵涉对"喜剧性长诗"的美学接受和评价的问题。日常生活现实及其风格奇异的喜剧表现，是否应该具有崇高的诗学地位？《死魂灵》插入的创作自白主要谈两个问题，以上是第一个问题。根据"古典风格层次说"的原则，"日常生活现实虽然可在文学中占有一席之地，但只能局限于低层或中间层次的风格"，而埃里希·奥尔巴赫的文章认为，19 世纪早期的叙事学革命，尤其是司汤达、巴尔扎克等人的创作观念，反对的就是这个古典原则。[①] 果戈理的做法是试图为"低层或中间层次的风格"正名，赋予其小说以"史诗"的庄严性质。从今天的立场看，关于 19 世纪前期"反对古典风格层次说的革命"已经厘清，再作为论题探讨是显得过时了。然而，一旦涉及俄国文学及其诗学表现，问题似乎又不那么简单。

　　《死魂灵》第一卷所提供的，不是一般意义上的讽刺文学，而是怪异的长篇讽刺喜剧。有一些观点自然值得我们考虑，例如，纳博科夫认为该小说结构方式是受到《堂吉诃德》的主要影响[②]，而格里菲斯和拉比诺维茨也认为，奥维德和塞万提斯的"较小型的史诗"（lesser epics）正是果戈理有意借鉴的模式[③]。鉴于《死魂灵》诗学形态的丰富性，它亦可被视为"社会风俗小说"，或是司汤达、巴尔扎克等人代表的"现代现实主义小说"（即"批判现实主义小说"），甚至是"流浪汉小说"，等等。如果说其体裁属性不符合巴赫金关于"长篇史诗"的定义，那么作为试图反映广阔社会生活的画卷，其展开方式至少也具备宏深的视野和远景。这里的问题是，尽管《死魂灵》的作者和司汤达、巴尔扎克等人的做法一样，"根据当时的历史环境从日常生活中任意挑选个体的人，使其成为严肃小说、问题小说甚至悲剧作品中的再现对象"，从而"与有关不同风格层次的古典原则彻底决裂"，[④] 他的创作却是在另一个层面上大大倒退了一步，

---

　　① ［英］拉曼·塞尔登编：《文学批评理论：从柏拉图到现在》，刘象愚、陈永国等译，北京大学出版社 2000 年版，第 50—51 页。
　　② ［美］纳博科夫：《〈堂吉诃德〉讲稿》，金绍禹译，上海三联书店 2007 年版，第 16 页。
　　③ Griffiths, Frederick T. and Stanley J. Rabinowitzs, *Novel Epics: Gogol, Dostoevsky and National Narrative*, Evanston, IL: Northwestern UP, 1990, p. 65.
　　④ ［英］拉曼·塞尔登编：《文学批评理论：从柏拉图到现在》，刘象愚、陈永国等译，北京大学出版社 2000 年版，第 50 页。

试图退回到浪漫主义和神秘主义范畴，而且不仅要为表现日常现实的怪异讽刺喜剧正名，还要为它找到"摆脱低层或中间层次风格"的途径。其解决的途径接近于浪漫主义者宣扬的怪异（le grotesque）和崇高（le sublime）的混合。果戈理的诗学问题，实质不同于塞万提斯和奥维德，也不同于巴尔扎克和司汤达。果戈理的长篇怪异讽刺喜剧，就其"在严肃和有意义的语境中再现现实最平凡的现象"[1] 而言，是严肃的现实主义；就其"形态透视的不成比例和地理景观的巨大变形"[2] 而言，是有关艺术神话和民族神话的史诗类创作；就其高度抒情的"连锁喜剧"的结构模式而言，是怪诞精美的巴洛克风味的叙事。《死魂灵》复杂的创作形态，这种创作所体现的独特性和多元性，跟利哈乔夫著作中阐述的俄国现代性及俄国现代文化的巴洛克特质有关。所谓的怪异讽刺喜剧的创作地位问题，也跟文学不得不要承受国家意识形态的压力有关。换言之，俄国现代性问题及其相关的文学语言问题是俄国叙事学中的焦点问题，反映在哲学、美学及宗教神秘主义方面的讨论，从果戈理、陀思妥耶夫斯基到布尔加科夫，其基本的内容没有改变。布尔加科夫在他致苏联政府的信中，只是把这个现象阐述得更加明确清楚。由果戈理所奠立的俄国喜剧及讽刺文学的总体倾向，其主题和形式都不同于欧洲同类创作，尽管俄国文学长期以来接受欧洲文学哺育，其主题和形式也对欧洲文学造成影响。

果戈理试图将怪异讽刺喜剧从"低层或中间层次风格"中摆脱出来，他的做法似乎难以真正得到理解。这种做法是否意味着保守妥协，说明其潜意识里仍受"古典风格层次说"的局限，这也不能轻易断言。果戈理对于"史诗"的创作诠释，概而言之，便是追求"怪异"和"崇高"的某种结合。《死魂灵》的创作以失败告终。陀思妥耶夫斯基以"彼得堡史诗"命名的怪诞讽刺小说实质也未完成。我们甚至可以提出疑问，如果《大师和玛格丽特》只有莫斯科"连锁喜剧"这个部分，是否会重蹈前辈的覆辙？此类推测和怀疑，相信不会被看作对果戈理模式的一种非议。事实上，在陀思妥耶夫斯基，尤其是在布尔加科夫的怪诞讽刺类文学中，这个模式的存在有着深刻的影响和生命力。尽管我们会说，用以规范"不同风格层次的古典原则"，不仅被巴尔扎克、司汤达的现代现实主义摒弃，更被此后的现代主义以及后现代主义摒弃，不过耐人寻味的

---

[1] ［英］拉曼·塞尔登编：《文学批评理论：从柏拉图到现在》，刘象愚、陈永国等译，北京大学出版社 2000 年版，第 51 页。

[2] Griffiths, Frederick T. and Stanley J. Rabinowitzs, *Novel Epics: Gogol, Dostoevsky and National Narrative*, Evanston, IL: Northwestern UP, 1990, p. 65.

是，在果戈理和布尔加科夫的创作中，凸显悲剧的崇高和高贵，区分风格的高低不同层次（不管是否代表着古典的意义和原则），类似的意图总是像幽灵一样萦绕不去，蕴含着一种既有古典又有浪漫的典范文学风格的追求。

《死魂灵》主角乞乞科夫是"根据当时历史环境从日常生活中任意挑选的个体的人"，但是人物承载的叙事功能又完全不同于司汤达和巴尔扎克笔下的主角。说《死魂灵》不符合巴赫金定义中的"长篇史诗"，这是对的，但是小说的口语叙述和书面语叙述的混合，抒情因素和戏剧因素的混合，其实都反映了史诗类创作的传统特征。风格奇异的"连锁喜剧"包含着"再现现实最平凡现象"的严肃旨趣，同时它也确实属于"低层或中间层次风格"的轻松、谐谑、欢快、机巧的娱乐。小说的语态和篇章处理倾向于纯正和谐，即艺术品必须在各个部分都做到和谐才算是完美，这是以拉斐尔和贞提尔·贝里尼为楷模的传统艺术理想，但是另一个方面，小说的非连续性叙述，故事中套故事的插曲式结构（"戈贝金大尉的故事"），还有"通过各种隐喻、联想和即兴抒情的从句产生小说次要人物"[①]的做法，意味着果戈理也是现代主义创作的先驱。批判现实主义、"史诗"观念的叙事、怪诞讽刺喜剧以及现代主义诗学元素的混杂，出现在果戈理创作中，也出现在布尔加科夫创作中，其范畴的跨度之大，文体意识之多元和开放，呈现了俄国独特的巴洛克创作的风味。

英美果戈理研究，像唐纳德·方济、格里菲斯和拉比诺维茨、苏珊·福索、米尔斯·托德等人，在以罗札诺夫、勃留索夫、别雷、纳博科夫等人为代表的"反传统的果戈理批评"及俄国形式主义学派的基础上，对果戈理的文体、修辞、叙事方式、史诗观念和神话意识都有着精细别致的剖析。他们的研究也为这个课题的深入展开带来活力。唐纳德·方济论述19世纪俄国小说的文章认为，俄国叙事形式本质上就是怪异（eccentric）的，与它们声称要仿效的文学惯例总是格格不入。[②] 谈到对"史诗"的定义，格里菲斯和拉比诺维茨认为，史诗本身吸收各种体裁类型，无论是维吉尔的《埃涅阿德》还是但丁的《神曲》，都包含着各种体裁的混杂和变形，果戈理的史诗不能算是例外；此外他们还把古典和现代史诗与边缘文化及"殖民文学"联系起来，把边缘地区民族身份的概念与边缘地区史

---

① Nabokov, *Vladimir*, *Nikolai Gogol*, Norfolk: New Direction, 1944, p. 541.
② Fanger, Donald, On the Russianness of the Russian Nineteenth-Century Novel, *Art and Culture in Nineteenth-Century Russia*, Ed., Theofanis George Stavrou. Bloomington, IN: Indiana UP, 1983, pp. 40–56.

第四部分　文学史的对话

诗文学的概念联系起来，重新界定俄国史诗的所谓怪异特性。[1] 格里菲斯和拉比诺维茨的理论视角与别林斯基、卢卡奇和巴赫金的已经有所不同，这也是文化意识形态和理论话语发展变化的一种反映，而在沙龙·卢布克曼·艾伦的论文《从怪异到崇高：〈死魂灵〉、〈大师和玛格丽特〉的逻各斯及其炼狱景观》中，我们也看到这种变化所带来的影响。

沙龙·卢布克曼·艾伦的文章指出，语言游戏在果戈理和布尔加科夫的史诗中占据着显著地位，这是古典或中世纪史诗中通常见不到的。我们从历史的角度更加接近于现代史诗所表征的历史现实，而对于这种历史现实也是更加不能确定。果戈理和布尔加科夫的小说是以虚构的方式再现作者意识，它们尤其体现在乞乞科夫和无家汉身上。小说都是起始于并且回归于这些主角的沉思默想，从庸常现实到它崇高的虚构性修正，构成其叙事模式的转换。现代史诗小说中，作者和虚构意识之间的关系被置于显著地位，探索语言的炼狱或中间地带。这里所谓的"炼狱"是但丁《神曲》意义上的炼狱，代表着一个虚构的空间，它处于无意识的现实和作者对此现实的救赎之间。在其小说的狂欢化世界中，果戈理和布尔加科夫的美学是在乞乞科夫、无家汉那种未必可靠、稍显失常的精神状态中实现的。这些主角都是次要的边缘角色。无家汉的角色功能，就像唐纳德·方济、格里菲斯和拉比诺维茨的著作中所说的乞乞科夫的角色功能，代表着一种接受和反思的意识。这些稍嫌白痴的可笑角色变成了现代俄国小说的主角，恰恰是缘于他们的边缘性——从彼得堡怪异文化中渗入史诗的一个悖谬，而其边缘角色的立场所阐明的，是一种怪异的、精神分裂的文化所具有的创造性机制。乞乞科夫和无家汉，这些不可靠的角色是被剥夺了权利的漫游者典型，游荡在史诗景观和现代性之中。和奥德修斯的旅程一样，乞乞科夫和无家汉的旅程也为语言所驱使。这些角色都是通晓语言游戏的作者代言人。作为叙事者他们就像但丁，从语言缺乏指涉和目标的地狱圈中浮出水面，进入真实而有价值的语言。从本质上讲，这两部长篇小说都可称之为语言结构的史诗。[2]

沙龙·卢布克曼的论文代表一种观点，坚持从传统和中世纪史诗模式中挖掘与现代史诗相联系的元素，并着眼于果戈理、布尔加科夫小说的文

---

[1] Griffiths, Frederick T. and Stanley J. Rabinowitzs, *Novel Epics: Gogol, Dostoevsky and National Narrative*, Evanston, IL: Northwestern UP, 1990, pp. 9 – 10.

[2] Allen, Sharon L., From the Grotesque to the Sublime: "Logos" and the Purgatorial Landscape of "Dead Souls" and "Master and Margarita", *The Slavic and East European Journal*, Vol. 47, No. 1 (Spring, 2003), pp. 45 – 47.

本修辞特点的细致分析，能够体现"反传统的果戈理批评"的理论成果。"史诗"和彼得堡怪异文化之间的内在联系，"史诗"与但丁式的三重结构和精神维度之间的联系，还有作为语言结构的"史诗"与荷马、维吉尔和奥维德之间的区分和联系，这些论述都很值得关注。尤其是在但丁的意义上提出"史诗"作为"炼狱"的叙事空间问题，这个提法很有意义。实际上，俄国讽刺文学庞大的家族通常都被归入果戈理传统，但是冈察洛夫和萨尔蒂科夫—谢德林的创作严格说来还是有区别的，他们的创作与果戈理、陀思妥耶夫斯基和布尔加科夫的不同，还不能被称为怪诞的讽刺文学。如果要探讨果戈理传统的"怪诞"美学意识，恐怕还需要从"炼狱"这个词的社会学层面上展开论述。沙龙·卢布克曼的论文并没有在这个方面展开，但对于进一步的阐释带来了启发。

　　布尔加科夫的创作与果戈理传统的关系是一个饶有意味的课题。巴赫金晚期论文中谈到索洛古勃和安德烈·别雷对果戈理的继承，但是未能论及布尔加科夫。总的来说，俄国现代文学对现代性的参与非常独特。在俄国文学语境中探讨《大师和玛格丽特》的创作，也会帮助我们从文学史的角度重新回溯果戈理流派的特点，它的史诗和怪诞喜剧传统，魔幻叙事及宗教神秘主义观念，对于这个传统的创作意识和创作方法将会获得更为深入的认识。

"犬儒主义者"的悲剧和死亡

——试论《群魔》对《枯枝败叶》的创作影响*

早在20世纪70年代，苏联批评家叶·莫·梅列金斯基在其《神话的诗学》中提到加西亚·马尔克斯的长篇小说《枯枝败叶》，对这个创作予以高度关注，认为"神话化诗艺"在"第三世界文学"中已经"居于异常重要的地位"，与"西欧现代主义确有关联"。[①] 迄今为止，英美学者在该专题研究中得出的结论，与叶·莫·梅列金斯基的论断基本一致，认为《枯枝败叶》的创作影响主要有两个来源：一是现代派文学的多视点叙述结构和意识流手法；二是古希腊悲剧的情节模式和主题借用。通过福克纳的《我弥留之际》、伍尔夫的《达洛维夫人》和索福克勒斯的《安提戈涅》，可以清楚地看到这些影响的烙印。笔者认为，在《枯枝败叶》博采众长、含义复杂的创作中，至少还存在着第三个重要来源，即陀思妥耶夫斯基小说带来的深刻影响。这一点在马尔克斯研究中还缺乏专题论述。陀思妥耶夫斯基的《群魔》对《枯枝败叶》"死者形象"的塑造至关重要，包含人物形象、叙事方式和哲理逻辑的多重关联，我们从两个文本的比较研究中可以找到相关线索。

一

《枯枝败叶》中绰号"法国大夫"的神秘死者是该篇的中心人物。包括秘鲁作家巴尔加斯·略萨在内的不少论者认为，这是个谜一般不可索解的人物；围绕这个人物的悬而未决的问题太多，这也使小说的基本内容最终变得晦涩难解；有人甚至认为，由于小说叙述的"含糊不清与不确定

---

* 本文系2008年浙江省社科规划课题《俄国魔幻小说叙事研究：果戈理、陀思妥耶夫斯基和布尔加科夫》（08CGWW002Z）阶段性成果，项目编号7338，该课题受到浙江大学董氏基金科研项目资助。

① ［苏联］叶·莫·梅列金斯基：《神话的诗学》，魏庆征译，商务印书馆1990年版，第421页。

— 206 —

状态"，才导致种种悬疑得不到解答。①

这里如果引入陀思妥耶夫斯基小说进行比较研究，也许会得出一种较有启发性的观点。《枯枝败叶》的"死者"及其悲剧的定义，可以在俄国文学中找到谱系和诠释。法国大夫这个人物，就其宗教观的自相矛盾、对社会的蔑视以及行为的冷酷和富于哲理性而言，其精神血统最接近于《群魔》刻画的犬儒主义者——斯塔夫罗金。《群魔》的斯塔夫罗金和《枯枝败叶》的法国大夫，两者属于同一个精神类别。换言之，加西亚·马尔克斯对小说核心人物的塑造，其渊源是陀思妥耶夫斯基的创作。

《群魔》中译本的脚注对"犬儒主义"做了这样一个定义："犬儒主义在俄语中不同于我们一般所说的哲学中的犬儒学派，而是指公开蔑视道德、伦理和其他行为规范。"② 这就对人物古怪的人格特性做了非常清楚的界定，有助于我们理解同类人物的来源及其精神谱系。

《枯枝败叶》的法国大夫是一个聪明的"病态人物"；"一个人默默对抗上帝"，属于陀思妥耶夫斯基精心揭示的那类"犬儒主义者"。加西亚·马尔克斯刻画了这个人物的内在思想，采用的也是陀思妥耶夫斯基的语言。例如，当叙事人上校问法国大夫是否信仰上帝时，这个问题竟使后者失掉惯常的镇静，这个表现跟斯塔夫罗金何其相似，而法国大夫回答有关信仰的问题，用了这样一段话：

> 请您相信，我不是什么无神论者，上校。我不过是不愿意去想究竟有没有上帝。想到上帝存在，我感到不安；想到上帝不存在，我也感到不安。③

法国大夫的回答与基里洛夫对斯塔夫罗金的评论如出一辙："斯塔夫罗金如果信仰上帝，他又不相信他信仰上帝。如果他不信仰上帝，他又不相信他不信仰上帝。"④ 和陀思妥耶夫斯基笔下的斯塔夫罗金一样，法国大夫是用"一种巨大的智力把自己装备起来"；也就是说，他反对的是庸常和理智，依靠的还是理智的力量，而"他的理智的力量也就是他的十

---

① 转引自林一安编《加西亚·马尔克斯研究》，云南人民出版社1993年版，第541页。
② 参见臧仲伦译《群魔》第569页中译者脚注，译林出版社2002年版。
③ 《加西亚·马尔克斯中短篇小说集》，赵德明、刘瑛等译，上海译文出版社1982年版，第94页。
④ ［俄］陀思妥耶夫斯基：《群魔》，臧仲伦译，译林出版社2002年版，第757页。

字架"①。小说人物自相矛盾的宗教观是理解其悲剧的不可或缺的环节，否则，人物的自择行为（与世隔绝以及上吊自杀）也就失去了其内在逻辑的依托。正如 I. A. 理查兹谈到《群魔》的主人公时说："斯塔夫罗金既渴求卑劣的体验又充满自尊，这两者结合在一起就形成了他宗教上自相矛盾的关键。"② 将这句话移用在《枯枝败叶》的主人公身上，也是十分贴切的。我们看到，作家对人物的塑造，尤其是把一个如此反常的人物置于小说中心位置，所遵循的乃是陀思妥耶夫斯基的创作思想，而非索福克勒斯的模式。

　　从叙述方式上看，两部作品的处理也有相仿之处。陀思妥耶夫斯基"在整部小说结束之前除了叙述或转述斯塔夫罗金所发生的各类事件以外，极少言及主人公内在的思想情感和价值观念以及他种种不可理喻的行为的动机，因而给这个人物蒙上了一层神秘的面纱，直至小说结尾，通过他给达里娅的那封长信，作家才对主人公的精神世界崩溃和肉体的毁灭给予了解释"③，同样，《枯枝败叶》也是直到篇尾第八章才通过大夫和上校的对话，首次披露主人公的思想哲学。加西亚·马尔克斯深知这个环节的重要，通过末尾第八章的导向性提示做出种种交代。两部作品这种处理和安排上的相似，恐怕不是偶然的。人物形象的神秘性并不完全是由于叙述方式的相对性造成的。"死者"作为中心人物的神秘性归根结底是缘于他们与众不同的人格基调。

　　作为现代犬儒主义者，无论是《群魔》的斯塔夫罗金还是《枯枝败叶》的法国大夫，其一系列行为显示的"反人类"（misanthropy）倾向，自有其深刻的哲学背景。"在一个反省的时代，那些真正已经过去的事物却仍然似乎在延续，但实际上，它只是行尸走肉，人们生活在信仰的缺无之中。抛弃信仰及强迫自己去信仰是共同属于这个时代的。无神论者可以看似信仰者，而信仰者又看似无神论者；这两者都立于相同的辩证之中。"④ 可以说，人物的反叛和孤立反映时代深刻的思想局限，而人物的结局是"基于自我意志选择的必然毁灭的逻辑"，他们拒绝任何形式的归顺，自绝于人类，怀抱着对这种自我选择的清醒认识，达到肉体上的自我

---

① ［美］威廉·巴雷特：《非理性的人》，段德智译，上海译文出版社 2007 年版，第 160 页。
② ［德］赫尔曼·海塞等：《陀思妥耶夫斯基的上帝》，斯人等译，社会科学文献出版社 1999 年版，第 151 页。
③ 彭甄：《译序》，见《群魔》，译林出版社 2002 年版，第 6 页。
④ ［美］W. 考夫曼编著：《存在主义》，陈鼓应等译，商务印书馆 1995 年版，第 178 页。

弃绝,"把自己像个等而下之的虫豸一样从地球上消灭掉"①。

陀思妥耶夫斯基从一个传统的信仰层次观照现代犬儒主义者典型,刻画其内在的人格及自我毁灭的悲剧,既展示其人格变态和自我异化,同时也揭示其痛苦和慢性忧郁症的根源。因此,斯塔夫罗金的高傲和消沉,如果只是局限于世俗层面的动机论解释,势必会大大削弱这个人物的力量。从这一点来看,《枯枝败叶》对法国大夫的迂回叙述,包括人物上吊自杀的结局,更像是对斯塔夫罗金人格基调的一种再现和诠释。

二

在《关于陀思妥耶夫斯基的六次讲座》中,安德烈·纪德精辟地阐述了斯塔夫罗金这类人物的特质以及作家划分人物等级的方式:"他的人物并不以善恶的多寡,也并不以心灵的品行来划分等级(请原谅我使用了这一可怕的词组),而是以其傲慢的程度。""陀思妥耶夫斯基一方面为我们创造了卑贱者(他们之中有些人将谦卑推向到极端的卑下甚至于津津乐道于卑下),另一方面也向我们展现了高傲者(其中有的竟将高傲推至犯罪)。一般情况下,后者最聪敏。"②

《枯枝败叶》不仅着力刻画法国大夫极端傲慢的人格,而且还创作了一个类似于《群魔》的精神等级体系,尽管规模要小得多,处理上显得颇为简化,而且主题的氛围也有所不同,但是用来构成人物关系的那种等级划分方式则是十分相似。就像离群的虚无主义者沙托夫和自杀的工程师基里洛夫对斯塔夫罗金构成必不可少的陪衬和注脚,《枯枝败叶》中的上校和教士也组成一个围绕法国大夫的秘密小圈子,同样试图凸显以精神高傲(主人公同样被推至道德上的恶行)而不是以世俗品行为标志的一个等级体系。法国大夫是圈子里的中心人物,其余二人则臣服于他,具有小圈子秘密认同的性质。人物关系的这种处理与陀思妥耶夫斯基相比确实是大为简化,但是等级的划分也更为露骨。具有讽刺意味的是,上校和教士都是有宗教信仰的人,何以会臣服于这样一个品行反常的人物?同样是在小说第八章中,作者通过上校的独白交代说:

原来他是个叫上帝搅得不安的人。……我觉得他这股认真劲儿、

---

① [俄]陀思妥耶夫斯基:《群魔》,臧仲伦译,译林出版社2002年版,第831页。
② [法]安德烈·纪德:《关于陀思妥耶夫斯基的六次讲座》,余中先译,广西师范大学出版社2006年版,第71页。

他这种处境很可怕。我想，就因为这个，他比任何人都更值得怜悯。应该好好保护他。……我在内心深处发现了这样一股神秘的力量，就是这股力量促使我从一开始就极力地保护他。①

叙事人上校认为，法国大夫是在"一个人默默对抗上帝"。这就说明，尽管他不能完全理解后者的言行，却仍然表示某种怜悯和敬意；就像《群魔》中退隐的吉洪主教用不乏亲密的态度对"大罪人"另眼相看，上校也是在非世俗的层次上确认自己和法国大夫的关系，并将这种关系引荐给另一个人物教士。上校是这样描述绰号叫"小狗"的教士和法国大夫见面的场景：

> 我觉得，"小狗"在这个陌生人面前失去了平时那股锐气，讲起话来畏畏缩缩，不像他在布道坛上那样声若洪钟、斩钉截铁。平时他宣读《布里斯托年鉴》的天气预报的时候，他总是那么声色俱厉，咄咄逼人。②

这些精心烘托的细节无非是用来表现，两个人物都是由于主角的精神力量而慑服于他，而这种小圈子的崇拜与慑服的关系正是"斯塔夫罗金故事"的一个特色。《枯枝败叶》通过划分人物等级关系进一步确立其叙述模式，即由"聪明绝顶"的犬儒主义者扮演某种精神导师的角色，这个来自陀思妥耶夫斯基的创作意图在小说第八章中已经露骨地表达出来，也确实起到了破题的作用。

可以说，陀思妥耶夫斯基塑造极端傲慢的"大罪人"形象，并以这个形象为中心划分人物等级体系，这个模式的确立是跟他"反虚无主义"的主题表达密不可分。这里蕴含着一个批判性视角，而非单纯描述罪恶和亵渎；《群魔》的吉洪主教对此说得很透彻，——"完全的无神论比世俗的淡漠要强"③。这句话对于理解小说的主题无疑很重要。《枯枝败叶》也塑造"反对上帝的人""对人类的看法一贯冷漠的人"，但是必须看到，这个主题并没有从真正意义上展开。《群魔》通过斯塔夫罗金的故

---

① 《加西亚·马尔克斯中短篇小说集》，赵德明、刘瑛等译，上海译文出版社1982年版，第94页。
② 《加西亚·马尔克斯中短篇小说集》，赵德明、刘瑛等译，上海译文出版社1982年版，第112页。
③ ［俄］陀思妥耶夫斯基：《群魔》，臧仲伦译，译林出版社2002年版，第844页。

事展示了小说的"反社会、反人性和反宗教的个性对社会的挑战及其毁灭"的主题,它是通过对主人公"精神成长的追溯",通过对那些追随者的"多声部"叙述,尤其是通过对"人的灵魂"独特性的剖析来展示这个主题[①],相比之下,《枯枝败叶》缺少这样的展开,它对主角人格独特性的刻画更多是从一个静态、浓缩、暗示的立场完成,缺乏纵深联系和拓展,仅靠篇幅有限的"补白"暗示这个主题,确实会给读者带来理解上的困难。

以上通过两个文本的比较研究,我们大体上看到了《群魔》之于《枯枝败叶》的主体性影响。福克纳"自称写作《喧哗与骚动》是'学读书',意思是说,写作是消化读书心得的一个方式"[②],而《枯枝败叶》的创作也是如此,作者坦言要把"从读过的一切作家那里学得的一切文学技巧和文学手法,统统糅进作品里"(104)。我们看到,除了福克纳、伍尔夫、索福克勒斯,最重要的还有陀思妥耶夫斯基。

陀思妥耶夫斯基对拉美"新小说"的影响,是一个值得关注的比较研究课题。加西亚·马尔克斯曾在创作谈中说:"我的楷模就是索福克勒斯和陀思妥耶夫斯基……就阅读所及,我实际上喜欢所有的俄国短篇小说作家。陀思妥耶夫斯基我读得最入迷……"[③] 谈到《百年孤独》中奥雷良诺·布恩蒂亚上校所患的腋瘤,有人在访谈中指出:"你对腋瘤的处理跟陀思妥耶夫斯基对癫痫病的处理一模一样。"作家回答说:"是的。不过,那个人物的病没有治好。世界文学中让人难忘的故事之一难道不是斯麦尔佳科夫从楼梯上摔下来吗?再说,从来也不知道那是真的还是假的,是真的有病还是假装有病。但那是令人难忘的。"[④]

叶·莫·梅列金斯基的著作中尽管没有具体谈到俄国影响,却敏锐地指出拉美"新小说"中夹杂着"纯欧洲式的现代唯智论"倾向[⑤]。这是一个很准确的概括。从上述分析来看,"作为《百年孤独》前身的《枯枝败叶》",其核心人物塑造及叙事模式的生成,部分是基于外来的、非本土文化的渊源,包含对俄国文学的一种移植和借鉴。如果把这个专题拓展

---

① 彭甄:《译序》,见《群魔》,译林出版社2002年版,第4页。
② [美]戴维·明特:《福克纳传》,顾连理译,东方出版中心1996年版,第45页。
③ 《两百年的孤独——加西亚·马尔克斯谈创作》,朱景冬译,云南人民出版社1997年版,第171页。
④ 《两百年的孤独——加西亚·马尔克斯谈创作》,朱景冬译,云南人民出版社1997年版,第112页。
⑤ [苏联]叶·莫·梅列金斯基:《神话的诗学》,魏庆征译,商务印书馆1990年版,第418页。

开去，我们还会发现，陀思妥耶夫斯基对加西亚·马尔克斯的影响，并不局限于《枯枝败叶》。加西亚·马尔克斯创作中浓厚的存在主义基调，与陀思妥耶夫斯基、克尔凯郭尔等人的思想哲学有着千丝万缕的联系，而《百年孤独》的怪诞美学和巴洛克式的幽默，也渗透着陀思妥耶夫斯基的血液。这些问题尚需在研究中进一步揭示出来。

《异乡人的国度》的殖民和后殖民批评

一 殖民种族主义批判与"跨文化主义"立场

《异乡人的国度》涉及南非文学和其他地区后殖民文学,对殖民主义和种族主义问题做了一系列评议,与后殖民时代的身份、语境和批评话语之间有着密切联系。对这个专题的考察和分析,不仅有助于理解后殖民批评的相关议题,也有助于理解库切的立场和批评理念,对于研究库切小说创作也有内在意义。

首先,《异乡人的国度》对种族隔离政策和新老殖民主义观念都作了旗帜鲜明的批判,既涉及殖民主义种族歧视的理论根源,也涉及殖民历史的回顾和记忆。

在《丹尼尔·笛福的〈鲁滨逊漂流记〉》和《达芙妮·罗克》这两篇文章中,库切指出,从十九世纪欧美生物学继承来的"文明退化论"是伪科学,宣扬文明退化与人种杂交有关,这是支持种族歧视的一种理论,而南非1948年通过种族隔离政策正是以防止种族退化为主要借口;①西方殖民主义者所谓的"二次创造说",也是"以人类学为幌子,推行多元创生论,而多元创生论恰恰成了将人类分为高等民族和低等民族的依据,从而使种族歧视披上了科学的外衣"。② 通过笛福笔下的人物星期五,还有达芙妮·罗克的一系列小说人物,库切对殖民种族歧视的理论根源及其文学表现都做了剖析,指出笛福不仅没有能够正面回答美洲印第安人被写成野蛮人这一问题,而且还模糊了这个问题③,而南非作家达芙妮·罗克的"作品的组织安排,从本质上说具有种族主义倾向";她笔下的"人

---

① [南非]库切:《异乡人的国度》,汪洪章译,浙江文艺出版社2010年版,第290页。
② [南非]库切:《异乡人的国度》,汪洪章译,浙江文艺出版社2010年版,第31页。
③ [南非]库切:《异乡人的国度》,汪洪章译,浙江文艺出版社2010年版,第30—31页。

格分裂型人物根据的正是有关杂交人种的传统看法"[①]。

在《卡瑞尔·菲利普斯》和《诺埃尔·莫斯特德和东开普边陲》等文章中，库切回顾殖民历史的相关问题，认为卡瑞尔·菲利普斯的创作是旨在"重视西方可能会忘却的那段令人不愉快的历史"，因为蓄奴制留下的后遗症在附属国根深蒂固，即使时代已从英国殖民主义过渡到美国新殖民主义，情况也无多大改观[②]，而英国殖民者在南非历史中扮演的不光彩角色，容易被殖民主义意识形态所混淆。以格雷厄姆镇的政治文化象征含义以及"侬伽乌霁事件"为例，库切赞同诺埃尔·莫斯特德的观点，指出英国移民如何只为自己的社会利益着想，导致南非白人和黑人之间的相互仇视心理，还有英国人如何从科萨人内乱中暗自获利的事实。凡此种种，意在揭开文化意识形态遮蔽，对特定历史记述予以重新评价，强调英国殖民当局应为"十九世纪南非种族关系发生逆转"的历史负责。

作为出生于南非的白人作家，库切对殖民歧视和种族隔离政策的批判不遗余力，反映他身为作家的良知与政治敏感及其信奉的自由主义启蒙哲学的价值观，另外也反映了当代后殖民批评思潮的影响。从学理上讲，这种影响是不可忽略的。库切对笛福、达芙妮·罗克、托马斯·普林格尔等人的评论，都包含后殖民批评习惯采用的分析视角，也就是针对殖民权力主体和权力话语的心理模式分析，而他对"殖民主义的'同化'、'文明化'与殖民主义环境中'自我'的疏离问题"[③]的表述和关注，总的来说，也具有后殖民批评的术语、范畴和方法论特点。

其次，库切对殖民地政治文化史的看法，不同于赛义德的文化帝国主义批判，他对殖民主义环境中"自我"疏离问题的认识，与非洲及加勒比地区的"黑人文化传统认同"（negritude movement）也有所区分。

在《南非自由人士：阿兰·佩顿和海伦·苏兹曼》一文中，库切为人文主义自由派辩护，反对南非白人民族主义者。库切指出，白人民族主义者"仇视英国人及其文化"，这与他们"种族政策上的倒行逆施"和"骨子里的反犹情绪"实质沆瀣一气[④]。人文主义自由派对白人民族主义和黑人种族主义均不赞同；他们"希望英国裔同胞保持和发扬传统英国

---

① [南非] 库切：《异乡人的国度》，汪洪章译，浙江文艺出版社2010年版，第290—291页。
② [南非] 库切：《异乡人的国度》，汪洪章译，浙江文艺出版社2010年版，第228—229页。
③ [英] 巴特·穆尔-吉尔伯特：《后殖民批评》，杨乃乔等译，北京大学出版社2001年版，第56页。
④ [南非] 库切：《异乡人的国度》，汪洪章译，浙江文艺出版社2010年版，第365页。

价值观（如法制精神）"，"建议实行联邦制，给民众以普选权"，而不是像非国大设想的那样"建立一个统一的中央极权政府"①。因此，库切对殖民地政治文化遗产的评估，不同于法侬、赛义德等人的激进立场；他批判殖民主义造成的心理后果，也看到殖民历史和普适主义之间的关联。英国人带给非洲的政治文化遗产，尤其是"法治精神"的影响，不能单从黑人种族主义立场对其一概否认。从诺埃尔·莫斯特德的《边陲》可以看到，"19世纪中期开普殖民地制定的宪法是大英帝国最为开明的一部宪法"，南非下议院对英国议会大会辩论传统的继承，还有被迫西化的科萨人"进入新时代后给南非黑人造就一大批政治领袖"②，这些都说明殖民主义"同化"和"文明化"的问题较为复杂；如果单以后殖民批评的二元对立模式看待，则容易堕入思想的偏狭。

这个方面，《卡瑞尔·菲利普斯》一文尤其值得注意。库切谈到，美洲移民协会把非洲认作解决美洲种族问题的途径，这跟维加等人所持的泛非洲论思想颇为接近，认为黑人在精神上完全属于非洲，因此主张回归非洲寻根，而卡瑞尔·菲利普斯的创作告诉我们，问题不在于非洲能否重新接纳其失散在外的游子，而是非洲游子该如何看待自己的未来；由于第二次流散移民大潮的影响，人们看待这个问题的立场是复杂的，因为"无论是非洲还是流散居民的第二出生国，都不足以给游子们提供一个家的感觉"，按照卡瑞尔·菲利普斯本人的论述，"黑人从政治、经济均靠不住的加勒比地区流亡出来，置身于充满敌意和种族歧视的欧洲，他们……正在为自己的权利而努力奋斗，争取成为欧洲大陆未来的一部分"③。

库切认同卡瑞尔·菲利普斯的小说和随笔中所表达的权利诉求，从后殖民批评语境看，这也是对"黑人文化传统认同"，尤其是对"波里卡加"（bolekaja）批评行动的一种质疑，后者认为，沃勒·索因卡等非洲作家拥戴"欧洲现代主义美学"，他们的作品是由"受过西方教育的非洲精英用欧洲语言写成"，实质是"妆扮成'普适主义'的'欧洲同化主义'"，体现了"反非洲的、甚至种族主义的西方偏见"④。这种二元对立的批评模式是简单消极的，容易堕入沃勒·索因卡所说的"种族主义诡辩"，也会囿于安托尼·阿波亚赫所谴责的自

---

① ［南非］库切：《异乡人的国度》，汪洪章译，浙江文艺出版社2010年版，第360页。
② ［南非］库切：《异乡人的国度》，汪洪章译，浙江文艺出版社2010年版，第382页。
③ ［南非］库切：《异乡人的国度》，汪洪章译，浙江文艺出版社2010年版，第223页。
④ ［英］巴特·穆尔-吉尔伯特：《后殖民批评》，杨乃乔等译，北京大学出版社2001年版，第73—74页。

闭的"乡土主义"①。诚如威尔逊·哈里斯所说,"跨文化主义"(cross-culturalism)"再也不能被抹去,因为,若干世纪以来整个世界就是在这个基础上建立起来的",因此应该"超越对立而达到一种不得已而为之的跨文化主义"②。

可以在此意义上理解库切对南非诗人布莱顿巴赫伦理哲学的两个主题——"杂种性"和"游牧性"所给予的关注,他对后者以"杂种"和"杂种语言"定义南非白人的做法表示肯定,并指出种族隔离政策的荒谬与那些坚信种族纯洁的逻辑如出一辙。③ 我们看到,"跨文化主义"对殖民问题和语言问题采取一种更现实的态度,但这并不意味着殖民主义环境中的"自我"疏离问题已得到解决。非洲和加勒比地区的英语作家,像奈保尔、德里克·沃尔科特还有库切本人,不得不在其创作和批评中对这个问题一再加以探讨。

二 后殖民语境中的文化选择及其身份认同问题

作为白人移民后裔,库切的文学教育属于"欧洲传统或非洲的欧洲传统"④,这一点他和纳丁·戈迪默、多丽丝·莱辛等人相近。从《异乡人的国度》的风格和文体看,库切的文论属于"评价批评"(reviewer critic)类型,精神上接近于约翰逊博士的英国文论传统,方法上与埃德蒙·威尔逊、约翰·厄普代克等人的导论式批评相仿,主要是以历时性展开为轴心,在逸事、文本、传统、技艺、社会趋势等多种考察之间取得平衡;文本分析贯穿思想史和文学史脉络,将叙事和社会文化阅读的视角结合起来,评论现代派和后现代文学,审视不同创作主体在其历史语境中的意义。与流行的"新文论"(后现代后殖民批评)相比,库切的批评语言及其价值观总体上较为传统。

库切的价值观继承欧洲人文主义和自由主义理想;他对文学的理解也是基于欧洲传统。他不像克里斯多弗·考德威尔、后期本雅明和威尔逊,从马克思主义观点看待诗学问题,试图得到更系统的历史化解释的方法,也不像卡尔维诺,从结构主义观点看待诗学问题,倡导一种有计划有纲领

---

① [英]巴特·穆尔-吉尔伯特:《后殖民批评》,杨乃乔等译,北京大学出版社2001年版,第71—74页。
② [英]巴特·穆尔-吉尔伯特:《后殖民批评》,杨乃乔等译,北京大学出版社2001年版,第68页。
③ [南非]库切:《异乡人的国度》,汪洪章译,浙江文艺出版社2010年版,第342—350页。
④ 《心智:大作家访谈录》,本书编委会编,北京大学出版社2010年版,第319页。

的"元小说"观念,而是把源于欧洲人文主义启蒙传统的"创造性和个人自立"视为考察中心。因此,《异乡人的国度》尽管在学理上与后殖民批评理论有联系,却不能被视为典型的后殖民批评文本。从《卡瑞尔·菲利普斯》一文亦可看到,库切对菲利普斯重述奥赛罗的异议,说明他并不赞同单纯以阶级、性别和种族的立场审视文学创作。

库切的文学批评,也因此凸显所谓的欧洲传统与后殖民语境的内在矛盾。他评论戈迪默和屠格涅夫的文章,并不是针对南非文学和俄国文学的一般意义上的比较研究,而是深入探讨"跨文化主义"遭遇的矛盾和困境。换言之,对于处在后殖民语境的第三世界文学而言,如何面对和审视诸如传统、经典、个体、历史、小说这些跨文化概念,这是一个具有现实意义的问题。

在《戈迪默和屠格涅夫》一文中,库切考察了戈迪默文艺观念的变化过程,从她标举欧洲作家作为黑人作家的创作楷模,到她彻底放弃这一立场,认为白人文化将自身标准强加于人的时代已经过去,这个过程实质包含着一个彼此矛盾的逻辑命题:"戈迪默一方面悉心倾听、接受、甚至赞同与自己同行的黑人作家对欧洲的指责(正题),另一方面,她又表示拥护强大的欧洲文学和政治传统(反题),但(合题)又强调与自己的同行黑人作家目标是一致的。"[①] 换言之,戈迪默一方面"对把欧洲文学样板强加于人乃至将其奉为圭臬的做法持有保留意见",另一方面试图从欧洲文学寻求精神样板,徘徊于黑人激进分子和白人自由派知识分子两大阵营之间。戈迪默提出的问题,即欧洲作家是否还值得学习的问题,被纳入另一个更复杂、更为个人化的问题之下,"如何运用双重性质的文学话语,既让艺术家扮演雪莱的孤独预言家角色,又能让艺术家为人民讲话,而同时也不必被迫接受高雅艺术和大众艺术的标准,尽管其中的一种标准是戈迪默本人为代表的崇欧派作家所奉行的,另一种标准是非洲黑人作家所通常采用的",而事实上,戈迪默对以上问题的答案似乎还未找到。[②]

"跨文化主义"选择伴随一系列矛盾和压力,这在后殖民语境中具有引人注目的共通性。即便是第二次移民大潮之后的加勒比地区,蓄奴制已被推翻,种族意识略微淡化,后殖民语境中的个体也仍不能完全独立;他们"内心飘忽不定,不知未来该以何人为自己的创作样板",库切提醒说,

---

① [南非]库切:《异乡人的国度》,汪洪章译,浙江文艺出版社2010年版,第304页。
② [南非]库切:《异乡人的国度》,汪洪章译,浙江文艺出版社2010年版,第316页。

第四部分　文学史的对话

这是本世纪加勒比地区作家的写作背景，只有在这个背景下，像 V. S. 奈保尔、艾迈·塞瑟尔、德里克·沃尔科特等人的创作思想才能得以把握。①

《异乡人的国度》试图强调的一个观点是，文学样板的形成及其借鉴有赖于知识体系的历史性参照，亦即蕴含于本源和传统的一整套创造谱系的参照，而任何所谓"去中心化"的后现代批评对于文学批评而言，归根结底还是不得要领的。戈迪默创作中的政治意识，她"以西方意识来写非洲反抗欧洲的斗争就是证明"，欧洲政治和文学传统的价值观仍在发挥主导作用，而"波里卡加批评行动"宣扬的乡土主义观念和种族主义立场都不是一种可取的态度，或者说不是一种正视现实的态度。正是在此前提下，库切以其个人视角和身份，提出欧洲传统在后殖民语境中的限制问题。在《何为经典》一文中，他把自己的经验和 T. S. 艾略特的经验加以对照，揭示他这个类型的作家（"英语外缘作家"）所遭遇的困境和尴尬。

T. S. 艾略特精心构建的"罗马—天主教文明"这一不无蛊惑力的新身份，在库切看来无非是代表殖民地人（亦即艾略特所谓的"外省人"）对其普遍命运的一种自我修正和诉求而已。殖民地人在其宗主国文化中成长起来，但在现实生活中又与这种"父国文化"有所隔离；生长于"外省"的年轻知识分子，努力将其所继承来的欧洲文化运用于日常经验世界中，普遍会有"生不逢时""不合时宜"以及"活得很不自然、捉襟见肘"的感觉，而艾略特的批评事业及其新身份的构建，便是要给这种尴尬的命运赋予一种意义。②库切从"社会文化"而不是从"超验"的角度对此加以剖析，他认为，正是由于大都会高雅文化不会以任何显见的方式根植于殖民地日常生活中，因此似乎只能存在于超验的领域中，而其极端的表现便是一方面责备自己所处的环境缺乏艺术性，一方面投身于高雅文化的审美体验，从而构成福楼拜"外省风俗"研究中早已有所揭示的一种命运。

库切的反思在其自传体小说《青春》中已获得主题性思考和表现；他的"自传体小说三部曲"均以"外省生活场景"（scenes from provincial life）为副标题，从概念上讲是意味着与福楼拜和 T. S. 艾略特的一种联系。在《何为经典》一文中他从批评的角度重提这个问题，也揭示其文化经验的自我矛盾的特性：库切对文学的理解遵循欧洲传统，却难以漠视自身所处的后殖民背景；库切对后殖民批评的激进立场及二元对立模式并

---

① ［南非］库切：《异乡人的国度》，汪洪章译，浙江文艺出版社 2010 年版，第 218 页。
② ［南非］库切：《异乡人的国度》，汪洪章译，浙江文艺出版社 2010 年版，第 8—9 页。

不赞同，他的批评却倾向于当代学术和政治上"边缘论述"①的途径。《异乡人的国度》未能提供明确的诗学纲领和历史导向，展示批评"非此即彼"的雄辩术，而是着眼于个案分析，对任何一种流派的既成纲领和意见都不顺从，体现其自我怀疑精神和尖锐的问题意识，归根结底这也是缘于库切自身的文化矛盾，他对后殖民语境中"自我疏离"的悲剧性体认和反思。

　　按照霍米·巴巴的观点，后殖民的或迁移的经验之于主流文化并非简单的敌对关系②，但我们也看到，这种经验与主流文化的关系却带有限制性。换言之，必须承认欧洲文化代表着一套本源性的知识和创造谱系，作用于现代性的意识和想象，同时也必须承认后殖民语境中的文化实践有其艰难的身份认同问题。库切认为，即便是像 A. S. 拜厄特这样的英国本土作家，也存在着传统模式与当下状况断裂的问题③，可见后殖民语境所包含的矛盾及其限制并不限于第三世界，实质已变成当今文化生活中的普泛现象。在《布莱顿·布莱顿巴赫的回忆录》一文中库切谈到，布莱顿巴赫定义的"杂种"是指"没有自我的人"，如同"镜中的一张脸"和"毫无本质可言的文本的影子"④。这让人联想到《尤利西斯》中斯蒂芬·代达勒斯有关爱尔兰艺术的那个著名比喻。而这也意味着，所谓"跨文化主义"追求必定带来"自我"的疏离和失落，同时也应该带来"自我"的不断重塑和改变，从而步入其"不可确定的未来"。

　　作为一个非典型性的后殖民批评文本，《异乡人的国度》对于后殖民语境中身份问题的表述值得引起注意。库切以殖民地外省人身份与欧洲传统及其主流文化发生关联，审视不同创作主体在其历史语境中的位置，尤其是对后殖民语境中的文化选择和创作方法所作的关注和思考，体现了"跨文化主义"的历史和现实文化的典型意义。

---

① 《心智：大作家访谈录》，本书编委会编，北京大学出版社 2010 年版，第 325 页。
② ［英］巴特·穆尔-吉尔伯特：《后殖民批评》，杨乃乔等译，北京大学出版社 2001 年版，第 91 页。
③ ［南非］库切：《异乡人的国度》，汪洪章译，浙江文艺出版社 2010 年版，第 212 页。
④ ［南非］库切：《异乡人的国度》，汪洪章译，浙江文艺出版社 2010 年版，第 345 页。

第五部分

莎剧经典的中国重生

李小林　著

野心/天意

——从《麦克白》到《血手记》和《欲望城国》

昆剧《血手记》①和京剧《欲望城国》②均改编自莎士比亚的著名悲剧《麦克白》,是 20 世纪 80 年代以来中国戏曲改编莎剧的比较成功的案例。两剧的演出在国内外都引起了不小的反响,但相关的学术研究却不多。③ 本文结合改编文本和演出录像以及相关演出资料,对两剧的表演文本④进行考察,并着重分析中国版麦克白(马佩/敖叔征)形象的变异。通过比较,我们发现,中国版的两个麦克白在心理轨迹上有着惊人的相似性,但与莎剧麦克白相比却都发生了内质的变形。为何在戏曲剧种、文本

---

① 昆剧《血手记》,郑拾风改编,艺术指导黄佐临,导演李家耀,上海昆剧团演出。本文所据改编剧本(未出版复印件)和演出光盘 VCD(1987 年录制)均于 2005 年 7 月购于上海昆剧团。

② 京剧《欲望城国》,李慧敏改编,导演吴兴国,台湾当代传奇剧场演出。本文所据改编剧本发表于《中外文学》1987 年第 15 卷第 11 期,演出光盘 DVD(台湾当代传奇剧场 2005 年发行)。

③ 有关两剧的研究请参见曹树钧《莎翁四大悲剧戏曲编演的成就与不足》(张冲主编《同时代的莎士比亚:语境、互文、多种视域》,复旦大学出版社 2005 年版,第 352 页);亢西民《昆剧〈血手记〉与莎剧〈麦克白〉比较摭谈》(高福民、周秦主编《中国昆曲论坛 2004》,苏州大学出版社 2005 年版);章新强《中国戏曲舞台上的〈血手记〉》(《中国戏剧》2006 年第 2 期);李伟民《莎士比亚悲剧〈血手记〉在中国的传播和影响》[《西北民族大学学报》(哲学社会科学版) 2006 年第 1 期];胡耀恒《西方戏剧改编为平剧的问题——以〈欲望城国〉为例》(《中外文学》1987 年第 15 卷第 11 期);Catherine Diamond(戴雅雯)《做戏疯,看戏傻:十年所见台湾剧场的观众与表演(1988—1998)》(吕健忠译,台湾书林出版有限公司 2000 年版,第 316 页);徐宗结《从〈欲望城国〉和〈血手记〉看戏曲跨文化改编》(《戏剧》2004 年第 2 期);叶汀《两岸三地戏曲舞台上的麦克白》(洪忠煌主编《莎士比亚与二十一世纪》,天马图书有限公司 2003 年版);Lei, Bi-qi Beatrice, *Macbeth in Chinese Opera*, in Moschovakis, Nicholas R., eds., *Macbeth: New Critical Essays*(New York: Routledge, 2008)280 - 284.

④ "表演文本"("performance text"或"spectacle text")由 Marco de Marinis 提出,实际指舞台绘景(scenography),包括舞台和服装设计、灯光、表演场地的安排、演员在表演场地的活动等视觉方面的内容,是文本的视觉对应物。

结构和表演风格如此迥异的两剧中竟会出现主人公心理特质的一致性倾向？中国版麦克白的内质变形究竟隐含着怎样的深层原因？中国版《麦克白》果真如有些学者所言"遗失了原剧中的精华"了吗？本文将对这些问题进行探讨。

一　改编意图：莎士比亚戏曲化

昆剧《血手记》和京剧《欲望城国》的改编者在其改编意图上极为相似。首先，他们都想借助于莎士比亚戏剧给中国传统戏曲注入新鲜的活力。《血手记》的艺术指导、导演黄佐临说："我想借助莎翁的《麦克白斯》，给昆曲这个'温'字打一针'强心针'。"[1]《欲望城国》的导演吴兴国也说："希望能让国剧从古老的时空中走出来。"[2] 如前所述，《血手记》和《欲望城国》均改编于 20 世纪 80 年代，那时中国戏曲因为缺乏时代性正面临着危机。所以，两位导演不约而同地想到了这个"说不尽的莎士比亚"。

两剧在改编意图上的另一个共同点是莎士比亚戏曲化，即用中国戏曲的形式演绎莎士比亚。黄佐临曾说，"莎士比亚时代的舞台与我国戏曲的传统舞台有许多相似之处，二者演出都质朴无华，不用布景，连续不断，突出人物……"因此，他希望"充分发挥本剧种传统的程式手段'载歌载舞'，努力使莎剧昆曲化"。[3] 吴兴国也发现莎剧《麦克白》与京剧有很多共同点，比如"剧本对语言功能的发挥和诗的应用、浓厚的叙述性、剧中人物常常跳出情节与观众交谈、人物出现的秩序性和场次繁多……等"，这些"使剧情的转化能合理而自然"。[4]

莎士比亚戏剧与中国戏曲之间的相似性为戏曲改编莎剧提供了便利。《麦克白》是"以一个人物为主串起许多零散场面的史传式剧作"，中国戏曲多数结构与此相似，只是线索比较单一，剧情比较简单。昆剧《血手记》即按照中国传统戏曲的"一人一事""一线到底"的结构原则，将《麦克白》剧中的一些次要情节和人物删除，突出麦克白夫妇弑君篡位这一主要情节，共设计了晋爵、密谋、嫁祸、刺杜、闹宴、问巫、闺疯、血偿八场戏。京剧《欲望城国》也删减了原作中的一些次要情节和人物，采用了话剧的分幕分场的结构形式，将莎剧原作的五幕二十七场精简为四

---

[1]　黄佐临：《昆曲为什么排演莎剧》，《戏曲艺术》1986 年第 4 期。
[2]　吴兴国：《从传统走入莎翁世界》，《中外文学》1987 年第 15 卷第 11 期。
[3]　黄佐临：《昆曲为什么排演莎剧》，《戏曲艺术》1986 年第 4 期。
[4]　吴兴国：《从传统走入莎翁世界》，《中外文学》1987 年第 15 卷第 11 期。

幕十四场。

两个改编本都将剧中的背景从原作的苏格兰移置中国古代，《血手记》的故事发生在中国古代的郑国，《欲望城国》则是在东周战国时期的蓟国。两个改编本中的人物也都用了中国人名。

这样，昆剧《血手记》和京剧《欲望城国》围绕英雄弑君篡位这一主要情节展开戏情，在戏曲舞台上向国内外观众演绎中国古代一个善良正直的英雄是如何被其野心毁灭，而这也正是莎剧《麦克白》的主题。

二 表演文本分析：麦克白/马佩/敖叔征

麦克白这一人物形象最突出的特征是有着"诗人的想像"。[①] 莎剧运用大量的内心独白来表现他内心活动的延展、冲突、纠结和痛苦。那么，中国戏曲是如何通过唱念做打的综合表演手段来展现人物的这一性格特点的呢？在这种演绎中麦克白又如何在内质上变了形。

（一）女巫预言：野心的象征/天意的暗示

在莎剧原作中，女巫的预言是麦克白走向弑君篡位之路的第一诱因。昆剧《血手记》和京剧《欲望城国》也分别在第一场戏（"晋爵"/"山鬼"）中设置了仙姑/山鬼的预言。莎剧三女巫在昆剧的舞台上成了一高二矮的三仙姑。她们在昏暗朦胧，烟雾升腾的"鬼影滩"上变幻舞姿、显现其阴阳二面，分别念着"我乃真也假"，"我乃善也恶"，"我乃美也丑"。[②] 而到了京剧舞台，三女巫干脆变成一个长发飘飘的山鬼。她在幽暗阴森，狂风呼号的森林中发出尖厉古怪的声音："山精水怪现身影，聚毒为蛊扰人心，不喜天下太平世，兴风作浪无安宁。"[③] 与莎剧中的女巫一样，昆剧三仙姑和京剧山鬼在戏中各自代表不可知的超自然力量，要诱惑从战场归来的英雄麦克白/马佩/敖叔征。

然而，莎剧三女巫说话含蓄："美即丑恶丑即美，翱翔毒雾妖云里。"[④] 这仅仅暗示了一个黑白颠倒的混乱时代，剧中没有迹象表明"麦克白的

[①] A. C. Bradley, *Shakespearean Tragedy: Lectures on Hamlet, Othello, King Lear, Macbeth* (New York: Palgrave Macmillan, 2007) 268.

[②] 本文所引《血手记》台词，均以上海昆剧团演出的《血手记》（VCD，1987 年录制）为主，并参照郑拾风改编的《血手记》剧本（未出版复印件，购于上海昆剧团）。

[③] 本文所引《欲望城国》台词，均以台湾当代传奇剧场演出的《欲望城国》（DVD，2005 年发行）为主，并参照李慧敏改编的《欲望城国》剧本（《中外文学》1987 年第 15 卷第 11 期）。

[④] 本文所引《麦克白》台词见朱生豪等译《莎士比亚全集（五）》，人民文学出版社 1994 年版。

第五部分　莎剧经典的中国重生

行动是受女巫以及其他外在力量的驱使"。① 而昆剧三仙姑和京剧山鬼则明确表示要捉弄马佩/敖叔征。京剧中山鬼上场说道："明日，大将敖叔征搬兵还朝，必打森林经过。不免，在此等候于他，作弄一番。"说完发出了扬扬得意的长笑。昆剧三仙姑临下场时的台词"姐妹们，你们看，自寻死路的贵人来了！"同样道出了她们有着"捉弄"的意图。与莎剧原作相比，昆剧和京剧为英雄出场提供了一个更加险恶的外在环境，为日后英雄弑君篡位寻找借口留有了些许空间；而莎剧女巫说话的含蓄和不确定则意味着麦克白对自己日后的命运将要承担起责任。

从内容上看，三仙姑/山鬼的预言与三女巫大致相同，然而，马佩/敖叔征对于预言的反应却与麦克白有所不同。马佩/敖叔征先是吃惊，转而怒斥："你们，胆敢戏弄于我！"（马佩）"妖魔大胆，竟敢如此称道，分明是要陷我于不忠不义，休走看剑。"（敖叔征）好像他们全无弑君的念头。而原作中麦克白听到"未来的君王"的祝福时由吃惊转为害怕，"全然失去常态，心卜卜地跳个不住"，这表明麦克白心中早有弑君的想法，他"无论是接受还是拒绝诱惑，在他的内心已经有了诱惑"。② 随着剧情发展，马佩/敖叔征的心理也产生了些微变化，但他们很快平复了心情；而麦克白一经女巫的挑逗就再也没有停止过对预言的想象。正如许多学者所言，女巫实际是麦克白内心欲望的象征。③

因此，我们看到在莎剧中，野心一开始就被植入麦克白的内心，所以，当女巫的预言后来应验，他并不感到吃惊，反而陷入了更深的遐想："最大的尊荣还在后面。"相比而言，在昆剧和京剧中，野心仍被悬置在马佩/敖叔征的外部，仙姑/山鬼的预言只在他们的头脑中停留了片刻，他们的内心很快就恢复了常态。所以马佩/敖叔征后来得到国王封赏时异常震惊。马佩倒吸一口气，用了一个惊眼"亮相"；敖叔征更是吃惊得跌坐在地，等众人退场后，他独自站在舞台上，惊惧的双眼瞪着前方。

---

① A. C. Bradley, *Shakespearean Tragedy: Lectures on Hamlet, Othello, King Lear, Macbeth* (New York: Palgrave Macmillan, 2007), p. 261.

② A. C. Bradley, *Shakespearean Tragedy: Lectures on Hamlet, Othello, King Lear, Macbeth* (New York: Palgrave Macmillan, 2007), p. 262.

③ A. C. Bradley, "symbolical representations of thoughts and desires which have slumbered in Macbeth's breast and now rise into consciousness and confront him", See A. C. Bradley, *Shakespearean Tragedy: Lectures on Hamlet, Othello, King Lear, Macbeth* (New York: Palgrave Macmillan, 2007), p. 263; 方平：《女巫的预言"唤醒了他朦胧的野心"》，见方平《"人"的悲剧——谈悲剧〈麦克白斯〉的"莎味"》，载《读书》1987 年第 12 期；等等。

（二）夫人怂恿：野心的明晰/天意的强化

如果说女巫的预言唤醒了麦克白的"朦胧的野心"，那么麦克白夫人的怂恿则使这野心渐趋明晰并最终促使麦克白走上弑君篡位的不义之路。中国版麦克白夫人（铁氏/敖叔征夫人）也扮演了同谋者的角色。与麦克白夫人相同，铁氏/敖叔征夫人在性格上都表现得极其强势。"铁氏"之名就显得强悍；敖叔征夫人眉心画有红痣，显得冷面有心计。她们像麦克白夫人那样用"舌尖的勇气"，为自己的丈夫扫除了障碍。铁氏说："哼哼，当断不断，妇人之仁！"敖叔征夫人也说："哼！说什么大丈夫，威猛将，却原来也是这般无能。"这些言语与麦克白夫人的"是男子汉就应当敢作敢为"的怂恿如出一辙。

不过，需要指出的是，麦克白夫人/铁氏/敖叔征夫人在劝说意图上却不尽相同。麦克白夫人竭力怂恿丈夫，是因为她和麦克白怀有同样的野心："你的信使我飞越蒙昧的现在，我已经感觉到未来的搏动了。"而铁氏和敖叔征夫人却不约而同地想到了天意。昆剧中马佩将仙姑的预言和国王封赏之事告诉了铁氏，她反而劝说马佩："这一字并肩王，并非吉兆，不如辞掉。"见马佩犹疑，她又干脆说："既然交不得兵权，就要动用兵权……"马佩骇然战抖。接着铁氏指出这是天意："王爷休要惊慌，此番御驾亲临，乃是天意呀！"因为有了天意的支撑，刚刚听到"动用兵权"还感到骇然的马佩很快接受了夫人的"弑君嫁祸"之计。京剧中敖叔征夫人的劝说更加强化了天意。当敖叔征告知夫人所遇山鬼之事时，夫人立刻说："莫非这是天意不成么？"敖叔征为鬼魅之言应验而心绪不宁时，夫人却欣喜地唱道："你是那，真龙显，天赐河山。"后来，敖叔征夫人又进一步劝说夫君："今夜，若遂了心愿，便可屏王室，霸诸侯，江山一统，列国敬仰，此乃天命所归，民之大幸也。"敖叔征夫人的最后一句高亢悠长的念白，一下子激起了敖叔征的雄心。在夫人的"上天""机缘"的劝说下，他决心弑君。

（三）国王被害：野心的驱使/天意的召唤

在莎剧原作中，麦克白弑君之前内心深处进行着野心与正义的较量。一方面他觉得作为国王的臣子、亲戚和城堡的主人，不该犯弑君之罪；另一方面，他又感到难以抑制自己"跃跃欲试的野心"，这种痛苦挣扎让他思维狂乱甚至出现幻觉，一柄带血的刀子在他眼前摇晃。最后，野心占了上风，时钟催促麦克白仓促行动。但马佩/敖叔征最终是在天意的召唤下完成了谋杀，尽管昆剧与京剧也分别用唱腔和无言的动作表达了他们下决心动手弑君前的犹豫和慌乱。当马佩犹豫不决之时，铁氏的画外音"九五之尊，虎踞龙床，皇天有命，违命不祥"给马佩以力量，一句一声锣，重重地敲在马佩的心上，画外音使马佩野心再度膨胀，他接唱："既然是纷纷吉兆报祯祥，隐约约天赐龙泉指方向，到手的九五之尊莫彷徨。"敖叔征则是在夫人的"上天""机缘"和"男子汉""威猛将"的双重推动下完成了恶行。

（四）鬼魂闹宴：灵魂的拷问/鬼魂的纠缠

昆剧《血手记》第五场"闹宴"和京剧《欲望城国》第三幕第三场"大宴"分别设置了"鬼魂闹宴"的戏。与莎剧原作中的麦克白一样，为了巩固王位，马佩/敖叔征杀害了威胁性最大的同行将军杜戈/孟庭。然而，麦克白/马佩/敖叔征的内心对于同行将军的惧怕因素是不同的，因而，鬼魂出现时他们的表现也有所不同。

虽然麦克白谋害班柯将军是因为女巫曾预言班柯子孙将君临朝政，他对此无法接受；但谋害班柯的一个最主要原因是班柯的高贵品德令他生畏："我对于班柯怀着深切的恐惧，他的高贵的天性中有一种使我生畏的东西。"实际上，麦克白内心恐惧的是正义。然而麦克白又明白"以不义开始的事情，必须用罪恶使它巩固"。于是，新的罪行在继续发生。

昆剧和京剧在改编中都强化了权力相争的因素，至于原作中班柯高贵天性的威慑力根本没有提及。马佩对杜戈鬼魂唱道："只怨你错时机棋输一着，咱岂敢百战功劳付流沙。"他谋害杜戈是不失时机地除掉自己有力的竞争对手。敖叔征谋害孟庭将军除了害怕孟庭将山鬼预言告知国王为自己带来杀身之祸之外，更重要的理由是担心他的子嗣将会登上蓟王之位："你的后代要称王，难道我敖叔征就无有后代了么？！"

由于麦克白/马佩/敖叔征谋杀同行将军班柯/杜戈/孟庭的动机不一样，他们后来面对其鬼魂的反应就有了明显的差异。麦克白的台词表明他的内心对班柯的惧怕。"去！离开我的眼睛！让土地把你藏匿了！"他希望班柯鬼魂消失，其实是要排斥在道义上受到的再次审判。马佩/敖叔征却表现得极为强悍。面对杜戈鬼魂，马佩先是脸色大变："这该杀的又来了！"他在惊恐中抖掉了自己的王冠，但后来又拔剑追杀鬼魂。同样，当孟庭鬼魂出现并逼近敖叔征时，敖叔征一边说"你……你若再不离去，我！我！我就杀了你！"一边持剑向孟庭砍去，最后他还爬上桌子大叫"孟庭，我才是……真命天子，你休想夺去江山"。马佩/敖叔征对于鬼魂的追杀表明他们以为战胜鬼魂就能稳坐江山，他们的心中几乎没有半点悔意。

（五）再访女巫：探知命运/再寻天意

麦克白在受到班柯鬼魂的惊吓后，决定重访女巫探知命运。但他深知:"我已经两足深陷于血泊之中,要是不再涉血前进,那么回头的路也是同样使人厌倦的。"马佩/敖叔征则是在处境不利时重访仙姑/山鬼,祈求她们的保佑。马佩/敖叔征将一切归于天意,他们认为此前的弑君行为都是因为听从了仙姑/山鬼的话。马佩唱道:"仙姑呵,祸与福来往穿梭,全为你劝说寡人攀登宝座。"敖叔征则将自己眼前不利的处境怪罪于老天,"唉!想我敖叔征,本是个忠义大将,不想却犯下这弑君背义的罪过。难道这都是上天的安排不成吗!"既然马佩/敖叔征认为是天意使然,那么现在重访仙姑/山鬼就是为了再次寻求天意的支撑。

马佩/敖叔征得到仙姑/山鬼的肯定答复之后精神为之一振。昆剧中马佩发出一声响亮悠长的"带马"之后狂放地唱道:"苍天不亡我奈我何!"京剧中敖叔征则决定按照山鬼的嘱咐去做:"我要杀得他人仰马翻,鬼哭神嚎,杀得他天昏地暗,日落星沉!"而且他坚信山鬼的预言是天意所示,"你们全都来吧!苍天注定你等,俱是我刀下之鬼……"

在莎剧中,麦克白得到幽灵的答案之后也曾经获得信心和力量,"幸运的预兆!好!勃南的树林不会移动,叛徒的举事也不会成功,我们巍巍高位的麦克白将要尽其天年"。而且,他还将恶念立即付诸行动,即突袭了武将麦克德夫的城堡。然而这一猛烈的行动之后,麦克白仍常常陷入幻想之中,心理更加麻木。"我的头脑,永远不会被疑虑所困扰,我的心灵永远不会被恐惧震荡。"正如赫士列特所说:"他的思想迷离恍惚,他的行动突然而猛烈,因为他觉得自己的决心靠不住。"[1]

(六)英雄毁灭:坦然和清醒/不甘和困惑

和麦克白一样,马佩/敖叔征最后都落得毁灭的下场,不同的是,马佩/敖叔征带着困惑死去,麦克白则坦然接受死亡。

莎剧里麦克白从一开始就很清楚自己弑君行为的后果"我们树立下血的榜样,教会别人杀人,结果反而自己被人所杀;……这就是一丝不爽的报应"。事实上,对于没有人的尊荣的日子,麦克白早已厌倦,所以,当他发现女巫的预言破灭后,没有过多的指责。马佩/敖叔征却对未来充满指望,因此,当仙姑/山鬼预言中的恶兆出现时,马佩和敖叔征的反应就相当激烈。当马佩得知"那城外森林渐渐移动"之时,他惊立片刻,瞪大的眼睛里露出了惶恐的神情,面对郑元大军大叫:"不好,仙人的话果然应验了!"虽然他上马迎战,但心里已经乱了方寸。京剧中敖叔征听

---

[1] [英]赫士列特:《莎士比亚戏剧人物论(1817)》,见杨周翰编选《莎士比亚评论汇编》(上),中国社会科学出版社1979年版,第198页。

到三报"森……林移动……了!!"时大惊失色,并一脚踹了报子。岂料随着音乐由慢而急,敖叔征亲眼看到了森林移动;音乐突然停止,全场寂静,只听到敖叔征恐慌的声音:"森林!森林它真的移、移、移……动了!"他内心的坚强支撑突然间动摇,心理渐渐走向崩溃。

对死的认识就是如此不同:马佩/敖叔征一直依赖天意,对未来充满指望,所以一旦失去天意的支撑,其心理也就随之塌陷了;麦克白在预感到末日来临时,深知这是"不爽的报应",即"公正的惩处",希望尽快结束悲惨的命运。

尽管麦克白希望尽快结束自己的命运,但他面对马尔康率领的来讨伐的英军,没有逃遁,表示"我要战到我的全身不剩一块好肉"。最后他在与麦克德夫的交战中仍然"擎起我的雄壮的盾牌,尽我最后的力量"。麦克白如英雄般倒下。马佩最初也表现出英雄好汉的情怀,"我马佩呵,料来日不长,七尺躯宁战死不投降!"两军交战中,起先他在气势和武艺上都占优势,他乜斜着杜宁大将等人,心里好像在说:你们都是仙姑所言"十月怀胎的人",怎会是我的对手呢?但后来,当他与梅云对峙时,不想梅云却大声笑道:"哈!哈哈!我,母亲怀胎七月,早产了我梅云。"马佩大惊,结果被梅云枪挑下马,众士兵上前将他乱刀砍死。而敖叔征面对即将来临的毁灭则表现出绝望和挣扎。他在众将士的默默注视下痛苦地将硬靠(戎装)背后的四面靠旗一根根拔出扔下高台,这象征他信心的渐渐丧失。当乱箭穿身后,他手指苍天,瞪大眼睛,满脸痛苦和困惑,仿佛在说:苍天,你为何要捉弄我敖叔征呢?最后他摔后僵尸[①]倒下。

马佩/敖叔征到死都没能明白自己的罪责,天意使他们无法直视自己的野心和罪恶,一个死得不甘,一个死得困惑;而麦克白从弑君念头的产生直至死亡,始终有着清醒的罪恶意识,所以坦然接受毁灭的结局。

三 "重塑的莎士比亚"

就《血手记》和《欲望城国》两剧本身而言,它们在戏曲剧种、剧本结构和表演风格上都不相同,然而在人物塑造上却有着上述惊人的相似,这一点颇耐人寻味。据说,《血手记》的"标题和一个舞台色调显然是受了徐晓钟导演的话剧《麦克白》(1980年)当中血手意象的启发",[②]

[①] 后僵尸,戏曲表演基本功中的毯子功。演员僵直身体,往后跌扑。
[②] Li Ruru, *Shashibiya*: *Staging Shakespeare in China*(Hong Kong: Hong Kong UP, 2003), p. 121.

而《欲望城国》在改编之前虽然也参照过好几个版本，包括昆剧《血手记》，但它"并没有取法于它的创意"，其"所有偏离莎士比亚情节之处"，"全都因袭黑泽明（Akira Kurosawa）在一九五七年推出的电影《蜘蛛巢城》（*Throne of Blood*）的改编"。① 由此可见，两剧在改编前并不曾相互取经；那么，是什么原因造成马佩和敖叔征形象塑造上的相似呢？同时，通过以上对表演文本的分析，可以发现中国戏曲改编本塑造的两个相似的麦克白，却与它们的原型有着内质的变形，这种内质的变形导致了人们的一个最主要的批评，即戏中"人物的心理冲突减弱了"。② 心理冲突是《麦克白》一剧的最重要的特色，《欲望城国》的导演吴兴国分明说过：《麦克白》"对犯罪心理的刻画之深，在放眼世界的剧本中都难有匹敌"，③ 而《血手记》导演黄佐临从英国剑桥大学毕业、曾专门研究莎士比亚，④ 不可能不知莎剧的这一特色。那么，究竟是什么缘故使两剧在塑造人物时向着同一方向偏移？两部改编作品中的人物果然"心理冲突减弱了"吗？

中国版麦克白的内质变形首先表现在对女巫预言的诠释上。莎剧中女巫的预言很含蓄，暗示了麦克白的朦胧的野心。而中国两剧则强化了仙姑和山鬼的神秘力量，致使她们的预言不约而同地被铁氏和敖叔征夫人理解为天意，天意就成为她们劝说丈夫弑君篡位的有力依据。为此，有批评者指出：《血手记》马佩的"政治野心的企图被巧妙地变形为顺从神意的行为"；⑤《欲望城国》"舍行为动机而代之以预言，又抹煞敖叔征内在的心理特征"。⑥

实际上，原作和改编中对于女巫预言的不同处理反映了人们对待命运的两种不同态度。莎士比亚利用了古希腊悲剧中常见的命运观念，但他"从来没有使天神直接干预人事，他也无意于阐明对超自然影响的信

---

① Catherine Diamond（戴雅雯）：《做戏疯，看戏傻：十年所见台湾剧场的观众与表演（1988—1998）》，第43页。
② Catherine Diamond（戴雅雯）：《做戏疯，看戏傻：十年所见台湾剧场的观众与表演（1988—1998）》，第52页。
③ 吴兴国：《从传统走入莎翁世界》。
④ 黄佐临：《莎士比亚剧作在中国舞台演出的展望》，见《莎士比亚在中国》，上海文艺出版社1987年版，第2页。
⑤ Lei, Bi-qi Beatrice, *Macbeth in Chinese Opera*, p. 284.
⑥ Catherine Diamond（戴雅雯）：《做戏疯，看戏傻：十年所见台湾剧场的观众与表演（1988—1998）》，第54页。

念"。① 毕竟他所处的时代已经是文艺复兴时期，不仅人们要求个性解放，而且意大利政治家马基雅维利提出的意志或野心，也经由英国悲剧作家马洛的创作"进入伊丽莎白时期主要悲剧的结构中"。② 因此，我们不难理解，莎士比亚没有让女巫对麦克白产生决定性的影响，而是将重心落在了麦克白自己身上。同时，莎士比亚的创作还接受了中世纪的"基督教的道德惩罚观"，③ 这就使得麦克白既有"跃跃欲试的野心"，又不乏灵魂的自省意识。

我们再来看中国版的麦克白。起先他们在夫人的劝说下，将女巫预言理解为天意，这一点颇似孔子和儒家的"天命"论，但后来当他们对弑君感到犹豫害怕时，又想到"梦空人间"（敖叔征）、"劳心者心碎，劳力者空忙"（马佩），似乎又有了佛家的意味，再当他们不顺之时，或"求仙人降祯祥消灭灾祸"（马佩），好像又有道教的色彩，或怨天尤人"难道这都是上天的安排不成吗！"又像是宿命论；这里唯独没有原作中的"道德惩罚观"。正如有位中国学者所指出的：中国文化虽然历史久远，其宗教仍是出于避祸趋福、长生求仙之念，并无忏悔罪恶迁善爱人的思想。④ 西方一位哲人也曾说过："东方人相信实体性的力量只有一种，它在统治着世间被制造出来的一切人物，而且以毫不留情的变幻无常的方式决定着一切人物的命运；因此，戏剧所需要的个人动作的辩护理由和反躬内省的主体性在东方都不存在。"⑤ 吴兴国自己也这样说："中国舞台上不曾创造过类似的角色，也就是虽然不义，却因为承认自己的诸般罪行与自欺而深感罪咎，因此使得旁人纵使不愿意却也不得不赞赏，甚至同情。"⑥ 于是，中国的麦克白在天意的遮掩下，不去直视自己的野心，而在挥剑刺杀与良心不忍之间动摇、在犯罪背义与害怕败露之间徘徊。中国版麦克白并不缺乏心理冲突，只不过心理冲突的内容发生了变形。他们缺少令观众感动的"某种崇高的高贵品质"，⑦ 即良心的自我谴责。应该说，这样的"麦克白"正是中国历史和戏曲舞台上常见的人物，就如吴兴国所言，战

---

① ［英］阿·尼柯尔：《西欧戏剧理论》，徐士瑚译，中国戏剧出版社1985年版，第134页。
② ［英］阿·尼柯尔：《西欧戏剧理论》，徐士瑚译，中国戏剧出版社1985年版，第212页。
③ ［英］阿·尼柯尔：《西欧戏剧理论》，徐士瑚译，中国戏剧出版社1985年版，第205页。
④ 参见梁漱溟《东西文化及其哲学》，上海世纪出版集团、上海人民出版社2006年版，第95页。
⑤ ［德］黑格尔：《美学》第三卷下册，朱光潜译，商务印书馆1986年版，第297页。
⑥ Catherine Diamond（戴雅雯）：《做戏疯，看戏傻：十年所见台湾剧场的观众与表演（1988—1998）》，第52页。
⑦ ［英］阿·尼柯尔：《西欧戏剧理论》，徐士瑚译，中国戏剧出版社1985年版，第159页。

国时代"政治伦理败坏,常有臣弑君的情事"。[1]

其次,中国版麦克白的内质变形还反映在他们与班柯鬼魂(杜戈/孟庭)的较量上。莎剧中麦克白惧怕班柯鬼魂,是因为在麦克白看来,后者是正义的化身。在莎士比亚的戏剧中,"超自然现象却总是和一个活生生的悲剧人物的思想与观念联系在一起的"。《麦克白》一剧中的班柯幽灵,"如果不全是,至少部分是麦克白内心的幻象"。[2] 班柯对于麦克白无疑是灵魂的拷问。

而中国版班柯鬼魂就像传统戏曲那样,象征着前来复仇的冤魂。这样的处理就如有论者所言,《血手记》中的"超自然因素不仅为这出戏提供了令人激动的效应和惊人的场面,而且也忽略这对夫妇的道义上的责任";[3]《欲望城国》的观念"相当接近民俗信仰中神鬼报应的想法,缺少莎剧中的人道与伦理精神"。[4] 确实,我国传统的民俗信仰与传统戏曲有着千丝万缕的联系,仅从戏曲剧目看,表现神鬼、灵异、果报的戏就非常多。据说,这两出剧就都借鉴了表现复仇冤魂的传统京剧《伐子都》。在《欲望城国》里,"《伐子都》成为改编的心理和艺术表现的基础"。[5]《血手记》中扮演马佩的计镇华在表演时也运用了《伐子都》中的身段。[6] 该剧中铁氏被鬼魂逼疯,更是全面地运用了传统戏曲中表现鬼魂的手法。被马佩夫妇害死的郑王、杜戈、梅妻甚至鹦鹉都变成了一个个有实体的鬼魂形象追逼着铁氏,还采用了"鬼魂喷火"的传统特技。这简直就是传统戏《打金砖》的翻版。[7] 莎剧的鬼魂戏就这样从形式到内涵被演绎成中国戏曲舞台上的鬼魂戏,莎剧麦克白也就演变成中国传统鬼魂戏中常见的被冤魂报复的对象。

最后,中国版麦克白的内质变形还体现在他们的死亡结局上。在莎剧中,麦克白清楚这是"公正的裁判",所以坦然地面对死亡。这种"对自己的罪行负责正是伟大人物的光荣"。[8] 中国版麦克白不仅死得不甘和困

---

[1] 转引自 Catherine Diamond(戴雅雯)《做戏疯,看戏傻:十年所见台湾剧场的观众与表演(1988—1998)》,第42页。
[2] [英]阿·尼柯尔:《西欧戏剧理论》,第130页。
[3] Lei, Bi-qi Beatrice, *Macbeth in Chinese Opera*, p. 284.
[4] 胡耀恒:《西方戏剧改编为平剧的问题——以〈欲望城国〉为例》。
[5] 参见 Shih Wen-shan, *Intercultural Theatre: Two Beijing Opera Adaptations of Shakespeare*, Dissertation (University of Toronto, 2000) p. 227。
[6] 转引自陈方《演绎莎剧的昆剧〈血手记〉》,载《戏曲研究》2008年第76辑。
[7] 转引自陈方《演绎莎剧的昆剧〈血手记〉》,第29页。
[8] [德]黑格尔:《美学》第三卷下册,朱光潜译,第309页。

惑，而且导演还安设了乱刀砍死和乱箭穿身的死亡方式，这里含蓄地透出恶人终遭千刀万剐的结局，也迎合了观众的恶有恶报的传统心理。

实际上，善恶必报的主题与莎剧密切相关，只是这一主题原本隐含在莎剧的人物心理活动中。但是，当这一主题遇到有着偏重道德教化传统的中国戏曲时，它就被自然地强化了。所以有人提出："《欲望城国》之所以成功，其实存在着很吊诡的因素：莎翁原剧写的是人的野心欲望如何一步一步吞噬自我的过程，而这出戏的故事框架及结局却又恰恰对上了'善恶到头终有报'的中国传统观念，所以这出戏的观众直可'各取所需'的各自获得情感洗涤或道德教化的满足。"①

中国的戏曲传统及其形成这种戏曲传统的历史、文化、民俗、信仰等综合因素，既导致了两出不同戏剧的内在一致，也导致了中国版麦克白的内质变形以及两剧题旨对原著的偏离。在这种偏移中，《血手记》和《欲望城国》因为改编者自觉或不自觉地融入主体意识，将莎剧文本的原初"意义"（meaning）读解成带有中国文化的"意味"（significance），结果一致呈现出东方式的诠释：莎剧麦克白的野心被披上了东方文化色彩的天意外衣；麦克白的灵魂拷问变成了中国戏台上常见的鬼魂索命；莎剧中隐含的善恶必报思想被凸显为佛教的因果报应观念；麦克白的内倾性的良心谴责被演绎成马佩/敖叔征外倾性的天意规避。莎剧中的每一点模糊的暗示在中国戏曲中都得到明晰和强化从而变形，而且，这种变形有着自身内在逻辑的一致性，即情节内容与戏曲形式的统一。

中国版麦克白的内质变形曾引起过人们对其悲剧精神的质疑。有人指出京剧《欲望城国》中敖叔征的毁灭"更是情节剧的、宿命论的，而不是悲剧的"。② 一位外国评论者则指出，昆剧《血手记》"把马克白诠释成彻头彻尾、毫不含糊的恶棍"。③ 莎剧麦克白的悲剧性是明显的，他虽然是反面人物，但他弑君之后，犯罪意识时刻折磨着他，血腥的想象令他恐怖；他诅咒女巫但不转嫁责任，"即使最后希望破灭，他仍能傲视一切：大地、地狱和天堂，在这种傲视中保留了某种庄严或崇高的品质"。④

---

① 王安祈：《当代戏曲（附剧本选）》，三民书局2002年版，第148页。

② 参见 Shih Wen-shan, *Intercultural Theatre: Two Beijing Opera Adaptations of Shakespeare*, p. 276。

③ 转引自 Catherine Diamond（戴雅雯）《做戏疯，看戏傻：十年所见台湾剧场的观众与表演（1988—1998）》，第42页。

④ A. C. Bradley, *Shakespearean Tragedy: Lectures on Hamlet, Othello, King Lear, Macbeth*, p. 277.

因此有学者指出："《麦克白》独特的地方是把一个坏人转变为一位英雄。"① 而中国版《麦克白》却与之不同。开场时马佩/敖叔征是英武的大将、国王的忠臣，但弑君之后他们不再有心灵的恐惧，更没有痛苦的自责。甚至弑君前他们的紧张慌乱也不同于莎剧麦克白：他们惧怕的是杀人的恐怖和败露的后果，而莎剧麦克白惧怕的是"行动的可怕的卑劣"。② 其结果是，莎剧麦克白由于有着内在的崇高和庄严而给人以心灵的感动，"麦克白从来没有完全失去我们的同情"。③ 而中国版麦克白虽然从行当上看是以正面形象（老生/武生④）出现的，但由于其内心世界的困惑和糊涂，到剧终时无论其弑君的卑鄙行为还是其缺乏自省和责任的内心世界，都使他从最初的忠臣猛将转变为后来的暴君。正如上文所指出的，有学者认为"敖叔征不再是个悲剧英雄，而是佛教果报观念的一个象征人物"；中国版麦克白凸显了"善恶到头终有报"的中国传统伦理道德的主题。在这个意义上，中国版麦克白是缺少了某种悲剧的意义；这也似乎印证了黑格尔所说的东方因缺少"个人动作的辩护理由和返躬内省的主体性"而没有真正的悲剧的这一观点。⑤ 其实，自近代以来学者们对中国古典戏曲是否有悲剧这一论题就展开过许多讨论，⑥ 20 世纪 80 年代正是这一讨论处于白热化的阶段。在此大背景下，莎剧的这两出改编戏曲里所隐含的内质变形，却似乎以实际行为论证了黑格尔的观点，这不能不引起人们的深思。

时至今日，中国社会现实又发生了巨大的变化，一种包含了道德承担意识的个体观正在觉醒。同时，随着东西方文化交流的深入，人们对基督教的灵魂忏悔和罪恶意识亦不再感到陌生。这是否意味着黑格尔所言的悲剧所需要的"人物已意识到个人自由独立的原则"⑦ 这一前提在当今中国或许不再缺乏了？面对时代的变迁和人们思想观念的变化，莎剧麦克白的

---

① ［英］阿·尼柯尔：《西欧戏剧理论》，第 217 页。
② A. C. Bradley, *Shakespearean Tragedy: Lectures on Hamlet, Othello, King Lear, Macbeth*, p. 270.
③ A. C. Bradley, *Shakespearean Tragedy: Lectures on Hamlet, Othello, King Lear, Macbeth*, p. 277.
④ 若按戏曲行当划分，昆剧马佩这一角色是用老生行来表演的，老生在戏曲中一般是正面人物；京剧敖叔征这一角色结合了武生、老生、大花脸的特点于一身，为的是塑造麦克白复杂的性格，但敖叔征的外形总体上仍是一个英雄形象。
⑤ 黑格尔："但是根据我们所知道的少数范例来看，就连在中国人和印度人中间，戏剧也不是写自由的个人的动作的实现，而只是把生活的事迹和情感结合到某一具体情境。"见［德］黑格尔《美学》第三卷下册，朱光潜译，第 298 页。
⑥ 郑传寅：《中国戏曲文化概论》（修订版），武汉大学出版社 1993 年版，第 171—179 页。
⑦ ［德］黑格尔：《美学》第三卷下册，朱光潜译，第 297 页。

改编会不会出现新的变形?① 中国版麦克白的遮盖野心的天意外衣是否应被揭开？直视野心进行良心自我谴责或寻求天意借以规避责任，哪一种更能震撼人的灵魂？这些应当是编剧、导演、演员和观众共同来思考的问题。

---

① 昆剧《血手记》在首演 22 年后于 2008 年重新排演；相关情况见沈斌《是昆剧　是莎剧——重排昆剧〈血手记〉的体验》，载《上海戏剧》2008 年第 2 期。

第六部分

西方目光下的俄罗斯文化

龙瑜宬　著

以赛亚·伯林与俄罗斯文化

在进入以赛亚·伯林（Isaiah Berlin，1909—1997）异常丰富而又多有矛盾的思想世界时，其复杂的文化基因向来被视为打开第一道大门的钥匙：这是一位出生于俄国里加、以俄语和德语为母语的犹太后裔，年幼时即逃离故乡，求学英伦，并最终在此成就了自己在观念史和政治思想领域的非凡声望。而在这一系列的文化印记中，俄罗斯经历最容易让人联想到的，恐怕是革命与专制恐怖带来的负面示范。伯林及其研究者都反复提及他在1917年革命中目睹一名警察被暴民拖行濒死的一幕。伯林承认这给他带来了"一种终生不灭的对肉体施暴的恐怖感"。① 而成年后的三次访苏经历，则进一步向其展示了对"精神"施暴带来的毁灭性后果。② 毫无疑问，很大程度上正是这些极端体验和自己的侥幸逃离，刺激伯林做出了"消极自由—积极自由"的著名区分，并始终坚持将前者（"免于……的自由"）视为不可稍有退让的底线，而对容易导向一元化的后者（"去做……的自由——去过一种已经规定的生活形式的自由"）抱有极大警惕。③

然而，这些负面记忆绝非伯林与俄罗斯的全部联系。首次与伯林接触的伊朗哲学家拉明·贾汉贝格鲁（R. Jahanbegloo）"很惊讶他对俄国文化有着非常亲密的感觉"；④ 而对于那些更熟悉伯林的人来说，他一直是别林斯基、赫尔岑、舍斯托夫、阿赫玛托娃、帕斯捷尔纳克等一批俄罗斯思想家、文学家在西方的热心引介者，是"俄国问题尤其是俄国文学和政治评论界的一尊守护神"。⑤ 事实上，在伯林思想与学术理路的形成过程

---

① ［伊朗］拉明·贾汉贝格鲁：《伯林谈话录》，杨祯钦译，译林出版社2002年版，第4页。
② 关于伯林1945、1956和1988年三次访苏的详情，及其对苏联政治、文化的批评，可参阅张建华《以赛亚·伯林视野下的苏联知识分子和苏联文化》，《俄罗斯研究》2012年第3期。
③ ［英］以赛亚·伯林：《自由论》，胡传胜译，译林出版社2003年版，第199—200页。
④ ［伊朗］拉明·贾汉贝格鲁：《伯林谈话录》，第2页。
⑤ 这是乔治·凯南的评语，引自斯特罗布·塔尔博特（Strobe Talbott）为以赛亚·伯林《苏联的心灵：共产主义时代的俄国文化》一书所写的导言（潘永强、刘北成译，译林出版社2010年版，第4页）。

中，俄罗斯文化产生了多重影响。他对俄罗斯知识分子与相关社会、文化现象的丰富阐述，为这些领域的研究提供了可贵视角；而反过来，在破解那些困扰学界已久的伯林思想谜团时，这些论述可以提供的线索也远比想象中要多。

一 俄罗斯智性传统与伯林的观念史研究

观念史研究被认为是以赛亚·伯林"最特别的，也许还是最重要的成就"，20世纪30年代，他因受命写作一部马克思传记而进入这一领域，其中不乏偶然成分；但由哲学而入历史的研究路向此后贯穿其学术生涯。他的多部作品都被冠以"观念史"的副标题，如《维柯与赫尔德：对观念史的两项研究》(Vico and Herder: Two Studies in the History of Ideas, 1976)、《反潮流：观念史论文集》(Against the Current. Essays in the History of Ideas, 1979)、《扭曲的人性之材：观念史篇章》(The Crooked Timber of Humanity. Chapters in the History of Ideas, 1990)、《现实感：观念及其历史研究》(The Sense of Reality: Studies in Ideas and Their History, 1996)等。[①] 在这些著述中，伯林凭借渊博学识和罕见的历史想象力，突破现代学科分类的壁垒，对某些中心观念形成及发挥影响的智性气候进行探查，并致力于再现特定时代与文化中人们关于外部世界与自身的看法。哪怕其政治哲学论说日渐为后辈挑剔和覆盖，伯林在观念史领域的声望也始终未被撼动。

有意思的是，很长一段时间内，观念史研究对于他所在的牛津，甚至整个英国的学术传统而言都是十分陌生的，"在缺乏意气相投的同事和支持性的制度背景的时候，伯林差不多是单枪匹马地为自己创造了一座思想的收容所"。[②] 当人们好奇伯林对观念史的这种兴趣到底来自何处时，最容易被追溯到的，仍然是他在俄罗斯革命中的见闻：在"人生的这个相当早的阶段"，他已开始受到"自由、平等、自由主义、社会主义"的影响，并意识到政治观点对人类历史与社会生活可能产生的作用。[③] 而伯林在回忆中，

---

① [美] 罗伯特·诺顿：《以赛亚·伯林的思想史》，陶乐译，载刘东、徐向东主编《以赛亚·伯林与当代中国：自由与多元之间》，译林出版社2014年版，第193页。

② [美] 罗伯特·诺顿：《以赛亚·伯林的思想史》，陶乐译，载刘东、徐向东主编《以赛亚·伯林与当代中国：自由与多元之间》，译林出版社2014年版，第194页。

③ [伊朗] 拉明·贾汉贝格鲁：《伯林谈话录》，第9页。伯林在《扭曲的人性之材》开篇更明确提到，以俄国革命为代表的20世纪"这些波澜壮阔的运动其实都是肇始于人们头脑中的某些观念，亦即人与人之间曾经是、现在是、可能是以及应该是怎样的关系"，他认为人们应该知道，"在领袖们——尤其是那些身后有一大群军队的先知——头脑中某些最高目标的名义下，这些关系是如何被改变的"。[英] 以赛亚·伯林：《扭曲的人性之材》，岳秀坤译，译林出版社2009年版，第5—6页。

还提供了另一条重要线索：青年时代的他在伦敦图书馆读到了亚历山大·赫尔岑著作。他相信，"正是赫尔岑使我爱上了社会思想史和政治思想史。这就是我研究思想史的真正的开端"。① 在《彼岸书》（«С того берега»，1850）、《法意书简》（«Письма из Франции и Италии»，1855）和《往事与随想》（«Былое и думы»，1868）等几部日后最常为伯林引用的作品中，赫尔岑不为任何教条所役，纵谈社会、道德与美学问题，对同时代俄国与一系列西方流亡地的民风民情进行了生动刻画；尤其是通过对各国政党主张、领袖形象以及动荡前后社会风向的近距离考察，为1848年的欧洲革命提供了"尸检"报告。它们无疑为伯林本人的观念史研究提供了绝佳范本。②

但除了这些直接触因，在赫尔岑写作背后那个更为深广的俄罗斯智性与知识分子传统还为伯林的研究提供了深层底色——对于这一传统，离开苏联后一直坚持阅读俄罗斯经典的伯林有着相当完整的认识。其传记作家约翰·格雷（John Gray）更直言，正是对此传统的浸淫，让伯林的写作取向迥异于英美同行：

> 伯林曾经说过（实际情况也确实如此），他对英国经验主义的深刻理解和毫无疑义的吸取都是经由英美哲学和康德哲学而形成的。然而，在英美哲学那种专业式的枯燥论述与伯林的著作间有一种深刻的差别，这种差别也许不单纯是伯林独特的写作风格问题，也不仅表现为伯林对与他完全不同的思想家具有一种（通过想象的移情作用）深邃的洞察力，而且还表现在他对理智生活和知识分子的责任的理解上，这些都不是英国式的而是俄国式的。伯林最主要的工作，虽然也体现在他力图寻求一种区别于英国经验论的严密而透彻的标准，但更表现在他对理智的作用（这在英国哲学中是没有得到充分认识的）的理解上，他把理智看作是一个人与整个人类生活的概念相联系的能力，伯林这种观点的根源仍然扎在俄国的

---

① ［伊朗］拉明·贾汉贝格鲁：《伯林谈话录》，第11—12页。
② 甚至，伯林与赫尔岑采用的文体与论述风格都颇为相似：他们都偏好以机动灵活的散文迂回攻击对象论述中的疏漏，对之进行证伪；而自身并不努力建立或证成某一完备的思想体系。这种攻大于守、本人观点隐藏于论述对象之后的风格正是伯林政治哲学主张备受争议的原因之一。但它却更为贴合复杂的思想史面貌，也能很好地发挥其"价值多元论"这一思想精髓。参阅简森·费雷尔《以赛亚·伯林与随笔政治》，牟潘莎译，载《以赛亚·伯林与当代中国》，第166—176页；以及艾琳·凯利关于此文的评议，第188—189页。

第六部分　西方目光下的俄罗斯文化

传统中。①

事实上，在《辉煌的十年》一文中，伯林曾对这一传统的形成历史与独特内涵进行详细探讨：在他看来，拿破仑战争对于俄罗斯观念史的意义不亚于彼得大帝的西化改革。它带来了俄罗斯民族主义情绪的增长，使得受教育者开始对自己产生认同的这一共同体内部之贫穷与野蛮感到强烈不安。而此时又恰逢浪漫主义运动兴起，其核心观念"人格完整"与"整体献身"对民族心受挫的俄罗斯人产生了巨大吸引力。他们对知识的渴求与道德热情、社会责任紧密相连，由此形成的"知识阶层"及其历史后果亦回传西方，被伯林判定为"俄国对世界上的社会变化的最大一项贡献"。② 如下文将讨论的，伯林并不接受俄罗斯知识分子所信奉的那种"真理的完整性"，但他们对机械主义模式的拒斥，在人格与思想、文字间建立的那种强相关性，却赢得了伯林的共鸣。和俄罗斯知识分子一样，伯林所理解的"观念"不仅是理性层面的认识、判断，更蕴含着人对内部与外部世界的那些或显或隐的态度。而正是在捕捉这些态度时，伯林展现了格雷文中提到的那种"想象的移情"能力，这也被公认为其观念史写作能够如此引人入胜的重要原因。尤其是人们发现，越是那些信念强烈、言辞激烈的"异端分子与魅力型领袖"，他越能"深入内里"，尽显其人格与心态。③ 对于愿为自己所执观念承担一切后果的俄式激情，伯林深感警惕，却也能充分理解和传达其中的诱惑。

关于自己这种移情式的观念史研究，伯林曾语焉不详地将之描绘为"一种复杂的、含糊不清的、需要借助心理学视野以及丰富想象力的研究工作"。④ 而并非偶然地，《辉煌的十年》对俄罗斯"社会批评"传统的开创者别林斯基批评方法的引述，恰恰可以对伯林本人的工作加以注解：

> 任何时刻，他（别林斯基——引者注）若想传达一项文学经验，他都用上生命、他整个人，力图捕捉该项经验的本质。……他自己也

---

① [美]约翰·格雷：《伯林》，马俊峰等译，昆仑出版社 1999 年版，第 6—7 页。
② 参阅 [英] 以赛亚·伯林《俄国思想家》，彭淮栋译，译林出版社 2001 年版，第 138—177 页。
③ 钱永祥：《"我总是活在表层上"——谈思想家伯林》，转引自刘东《伯林：跨文化的狐狸》，载《以赛亚·伯林与当代中国》，第 136 页。
④ [伊朗]拉明·贾汉贝格鲁：《伯林谈话录》，第 25—26 页。

说过，要了解一位诗人或思想家，你必须暂时整个进入他的世界、任令自己受他看法支配、与他的情绪浑同合一，简言之，体悟其经验、信仰及信念。①

如果说，别林斯基"就是这样'体悟'莎士比亚与普希金、果戈里与乔治·桑、席勒与黑格尔的影响"，那么，伯林也是如此"体悟"／"移情"别林斯基及在其影响下的俄罗斯进步青年的：

……他博读群书而教育不足，激情风烈，既无传统教养的拘束，也没有天生温和的脾气，而且动辄陷入道德的暴怒，胸中如沸，不义或虚伪之事当前，即不顾时地、不顾何人在旁，抗声疾斥。追随他的人采用这种姿态，因为他们是激愤的一群。于是，这腔调成为新真理的传统腔调，凡说新真理，都须以受辱之痛犹新之感，出以怒气腾腾之口。②

对于别林斯基从黑格尔式寂静主义转为激进民主派的思想历程，伯林亦进行了细致追踪。但他更着力挖掘的，始终是这位批评家作为"俄国知识阶层的良心"在道德方面的一贯性。也是从那种宽泛的观念史研究角度出发，伯林认为由别林斯基引入的炽热的社会批评"腔调"在俄罗斯文学中再未消散，而且影响深远——因为检查制度的森严，也因为浪漫主义放大了这一文明体固有的象征传统，文学在别林斯基时代已经是俄罗斯知识阶层活动的中心舞台。文学与社会、政治运动紧密缠绕："在俄国，社会与政治思想家变成诗人与小说家，具有创造力的作家则成为政论家。"③ 哪怕经历了 20 世纪的大变革，这一传统也未完全中断。这解释了文学问题在《俄国思想家》（*Russian Thinkers*，1978）与《苏联的心灵》（*The Soviet Mind*，2003）两部伯林直接以俄罗斯为研究对象的论文集中占据了大量篇幅。而更有趣的是，伯林也至少部分继承了这一综合性写作传

---

① ［英］以赛亚·伯林:《俄国思想家》，第 191—192 页。毫无疑问，除了个人天赋外，别林斯基的这种"移情"活动也深受德国浪漫主义的影响。而在研究维柯这位"德国历史学派的先见者"以及赫尔德等德国思想家时，伯林对"移情"说也有着详细说明。如罗伯特·诺顿在《以赛亚·伯林的思想史》一文中详细论证的，伯林的观念史研究与其德国文化基因同样有着深刻联系（第 196—212 页）。但将这一方法运用于对作品的解读，并取消生活与创作间的界限，确为别林斯基领衔的俄国"社会批评"的独特发明。

② ［英］以赛亚·伯林:《俄国思想家》，第 209 页。

③ ［英］以赛亚·伯林:《俄国思想家》，第 311 页。

统，将人的欲望、情绪以及各种隐秘动机与那些更宏大的观念现象勾连起来。其研究者发现，他在观念史方面的成果"便是关于民众生活和思想的措辞优美、具备了一部小说的全部文学品质的研究论文，同时也是对历史上各种观念的批判性的考察报告"。① 关于这一点，从上文引用的那一小幅别林斯基思想肖像已可感受一二。

二 "直击"多元论与一元论的角力

除了将伯林引入一个新的研究领域并影响其论说风格外，俄罗斯对于伯林发挥自己的核心思想，也即价值多元论更有着特殊意义。这一贯穿伯林全部著作的观念相信绝对价值在人类社会是客观存在的，但这些价值却并不必然可以相互通约："人的目的是多样的，而且从原则上说它们并不是完全相容的，那么，无论在个人生活还是社会生活中，冲突与悲剧的可能性便不可能被完全消除。于是，在各种绝对的要求之间做出选择，便构成人类状况的一个无法逃脱的特征。"② 在此，伯林试图反拨的，是古老却仍持续产生强大影响的一元论，一种相信所有真正的问题都有且只有一个真正答案的"柏拉图式的理念"。尽管在不同时代、不同文化圈中找到了马基雅维利、维柯、赫尔德等一批否定"和谐大结局"必然存在的同盟者，但唯有19世纪以降的俄罗斯，为伯林提供了一个规模庞大的"角力场"，可以最近距离地观看多元论与一元论的残酷冲突，以及思想者在同一场域下做出的多种选择。关于这一点，伯林作品的重要编辑者之一艾琳·凯利（Aileen Kelly）提供了一个有力证明：

> 伯林论及道德和政治理论的主要著作与他讨论俄国问题的文章之间的内在关系反映在它们平行的著述年谱中。确立了伯林多元主义精髓的主要几篇文章发表在1949年至1959年之间（继而结成题为《自由四论》的文集）；而在他论述俄国思想家的十篇论文中有九篇首度发表于1948年至1960年之间（唯一的例外是他晚期对屠格涅夫的研究）。他批判历史目的论思维的长文《历史的必然性》写在1953年，也正是在同一年，他发表了《刺猬与狐狸》，描述了托尔斯泰的怀疑论现实主义与其所追求的普世性解释原则之间

---

① ［伊朗］拉明·贾汉贝格鲁：《伯林谈话录》，第3页。
② ［英］以赛亚·伯林：《自由论》，第242页。

的冲突。①

事实上，西方世界往往认为俄罗斯知识分子理性能力不足，且多为狂热的一元论者。冷战背景下，这种印象被进一步强化。而伯林在自己的多篇论文与讲演中对此提出异议。在他看来，俄罗斯思想家绝不缺乏怀疑精神与批判能力。他们本身深受专制之苦，敏感于思想的压制，渴望打破偶像；而更重要的是，因为身处欧洲边地，在同时吸收多种竞争性西方思想之余，他们还可凭依"后发"优势对西方发展道路进行考察。这一切反而让俄罗斯知识分子更容易对绝对观念产生警惕。众所周知，西方工业化进程付出的代价一直与俄罗斯知识分子的精神取向及道德感不符，而欧洲1848年革命的失败，更让他们清楚地看到抽象概念对实情的阉割。他们开始质疑西方模式的普适性，并更多地关注本土的特殊需求与已有资源。② 但与此同时，伯林也承认，严酷的社会现实、受辱的民族心，或许再加上东正教神学的影响，都要求俄罗斯知识分子尽快找到确定、绝对的解决之道。多元的选择和一元化诉求的相互牵扯就此成为19世纪俄罗斯知识分子必须面对的智性与精神挑战。

而如果说，"自由""平等""正义"这类同样好的价值之间的冲突在那些政治、社会体制相对更成熟的文明体（如伯林一家逃往的盎格鲁—撒克逊文化）中，更容易以代价相对较小的方式实现必要的调和，那么，在选择空间被进一步挤压了的专制俄国，这种平衡、折中似乎很难实现，重大损失更难避免。③ 伯林所强调的价值多元论的潜在悲剧性也因此被大大凸显。最终，绝大多数俄罗斯思想家还是难以直面历史的无解。他们需要相信存在"某种在原则上能够解决这所有问题的理论体系；甚

---

① 艾琳·凯利：《一个没有狂热的革命者》，载马克·里拉等主编《以赛亚·伯林的遗产》，刘擎、殷莹译，新星出版社2006年版，第7页。引文中提到的十篇论文包括后来收入《俄国思想家》的七篇，分别为：《俄国与1848》（"Russian and 1848", 1948），《刺猬与狐狸》（"The Hedgehog and the Fox", 1953），《辉煌的十年》（"A Remarkable Decade", 1954年演讲，1955—1956出版），《赫尔岑与巴枯宁论个人自由》（"Herzen and Bakunin on Individual Liberty", 1955），《俄国民粹主义》（"Russian Populism", 1960），《托尔斯泰与启蒙》（"Tolstoy and Enlightenment", 1960年演讲，1961年出版）以及论屠格涅夫思想的《父与子》（"Fathers and Children", 1970年演讲，1972年出版）。另外三篇是伯林为赫尔岑《彼岸书》、《俄国人民与社会主义》和《往事与随想》英译本（前两部出版于1956年，最后一部出版于1968年）所作的序言。
② 参阅［英］以赛亚·伯林《俄国思想家》，第1—24页。
③ ［英］艾琳·凯利：《伯林与赫尔岑论自由》，龙瑜宬译，载《以赛亚·伯林与当代中国》，第231页。

第六部分　西方目光下的俄罗斯文化

至认为，发现这种体系是一切道德、社会生活和教育的根本出发点和落脚点"。① 在伯林的层层剖析下，他们可以是某些流行思想最有力的批判者，而同时又因为对确定答案的极度渴求，成为另一些抽象思想、理论最不遗余力的鼓吹者：

> 托尔斯泰谴责所有关于历史或社会的普遍理论所具有的荒谬的简约性，这是被意欲发现某种统一真理的需要所驱使的，这种真理能够抵抗它所遭受的毁灭性攻击。无政府主义者巴枯宁摧毁了所有体系化思想家的自命不凡，这些思想家寻求确立和规范人类社会的形式。他告诫了马克思的"科学社会主义"背后存在的权威主义，但是他自己对毁灭意志之创造力量的浪漫崇拜蕴含着同等险恶的寓意。一些人将民粹主义者对俄国农民之纯正美德所抱的信念视为乌托邦的幻想而予以摒弃，但其中的许多人继而又接受了主张无产阶级之拯救使命的马克思主义式的幻想。②

让这些崇拜、幻想变得更危险的是，同样的思想主张在其原生地西方还需要与其他思想传统竞争，并相互制衡、解读，而当它们被抽离出这一对话场，并被俄罗斯知识分子视为最后一根救命稻草，就更容易被加以功利化和激进化解读，奉以独尊地位。③ 不难发现，在伯林关于19世纪俄国思想家的这些解读中，"铁幕"另一端的苏联始终在场。那种让人几乎自愿地摈弃生活经验与道德本能的思想体系操控，确实可被视为这场延续数代的多元选择与一元诉求对抗大剧的最后一幕。④ 但无论如何，伯林反

---

① ［英］以赛亚·伯林:《苏联的心灵》，第125页。
② 艾琳·凯利:《一个没有狂热的革命者》，第11页。
③ ［英］以赛亚·伯林:《俄国思想家》，第148页。这一西方理论跨界失效现象也为当时的俄国知识分子注意到。如C. H. 布尔加科夫在1905年革命后就反思道："在这棵深深根植于历史的、西方文明枝叶繁茂的大树上，我们仅仅选中了一根树枝。我们并不了解，也不愿去理解所有的树枝。我们充分相信，我们已经为自己嫁接了最为正宗的欧洲文明。然而，欧洲文明不仅拥有纷繁的果实和浓密树枝，而且还拥有滋养大树的根须，在一定程度上它们以自己健康的浆汁保证诸多含毒的果实无害于人。由此，甚至那些具有否定意义的学说，它们在自己的祖国，在其他许多与之对立的思想潮流中，具有完全不同的心理意义和历史意义。与之相比，当它们出现在文明荒漠时，却企图成为俄罗斯教育和文明的唯一基础。"C. H. 布尔加科夫:《英雄主义与自我牺牲——关于俄国知识阶层宗教特质的思考》，收入《路标集》，彭甄、曾予平译，云南人民出版社1999年版，第30页。
④ 《俄国思想家》一书的编辑者就指出，伯林同一时期在《外交事务》上发表那些讨论苏联问题的文章"与本书所收诸文颇有可以合勘之处"（第3页）。

对将这一幕视为俄罗斯社会与思想发展的必然结果,更不相信这是向所谓历史"顶点"的迈进。相反,他将19世纪数位最富批判力的俄国思想家对历史的思考与在苏联官方意识形态中扮演着关键角色的那种一元论历史图景反复加以比照:

> 托尔斯泰和马克思一样,清楚看出,历史如果是一门科学,我们必定可能发现并且具陈一套历史准则,持这套准则,与经验观察之资料联合运用,则预测未来即切实可行如地质学或天文学。但是,历史其实不曾达到这等境界,他比马克思及其信徒更明白,而且一本他习惯的独断方式,直言不讳,更补以各种论点,明示这个目标无望达成。他还以一项看法,论定此事,认为这种科学希望如获实现,将会结束我们所谓的人类生命:"我们如果承认人类生命能用理性加以规矩编制,生命的可能性也就毁灭了。"[①]
>
> 此二人(黑格尔与马克思——引者注)亦会预测资产阶级在劫难逃,以及死亡、熔岩与新文明。但是,想到脱缰而出的巨大毁灭力量,想到一切纯洁无辜之人、愚妄之徒以及可鄙的平庸无识之辈都大难临头而犹懵然不知可怕命运,黑格尔等人冷嘲热讽、幸灾乐祸之意,溢于言表。赫尔岑想见权力与暴力扬威横行之景,则并不如此拜服迎接;他对人类弱点既无鄙视,也没有虚无主义与法西斯主义核心性格里那种浪漫的悲观。因为他认为这巨变既非不可避免、亦非光荣之事。……(赫尔岑《法意书简》:)"人类由现代科学而解脱贫穷与无法无天的巧取豪夺,却并未自由,反竟不知怎的,被社会吞噬,宁非怪事?要既了解人权的全盘广度与真境,以及所有神圣性质,又不至于摧毁社会,不至于将社会化为原子,是社会问题里最困难的一个。"[②]

不无讽刺的是,这些历史决定论、线性进步论的挑战者在苏联被(有所批判地)视为"先贤",进入思想圣殿陪祭。他们复杂的洞见也随之被大大简化和歪曲,更遑论引文中那些关于一元论惨剧的预言了。伯林对这些思想的过快遗落深感遗憾。在这位价值多元论者看来,冲突、变化、偶然既是不可避免的,也为个体在历史中发挥能动性提供了更多缝

---

① [英]以赛亚·伯林:《俄国思想家》,第37—38页。
② [英]以赛亚·伯林:《俄国思想家》,第118—120页。

隙。在渴望思想自由的"密闭恐惧症"和渴求确定之物的"广场恐惧症"这两端之间还有诸多可能。19 世纪俄国思想家们虽然饱受多元与一元的角力之苦，却也因此而激发出了惊人的创造力：正是在这个并不多见的思想活跃期里，出现了下文还将继续讨论的那些原创性观念与实践。① 俄国思想家、文学家对所在共同体的历史可能性提出种种设想，远较被"人为辩证法"控制的"苏联心灵"更具活力。

三 移情于历史重压下的思想之狐

"狐狸"与"刺猬"是伯林著述中传播甚广的一对区分概念："狐狸多知，而刺猬有一大知"，"狐狸"型思想家多疑善变，"捕取百种千般经验与对象的实相与本质"，而拒绝将之收束到某个无所不包的一元体系；与之相对的"刺猬"型思想家则在观念与生活方面强调某个中心识见的存在，"而本此识见或体系，行其理解、思考、感觉"，非此则觉得没有意义。② 不难理解，经过多元论者伯林的渲染，后来者多竞相以"狐狸"自勉或誉人。

不应忘记的是，伯林最初提出这一区分，就是在那篇讨论托尔斯泰历史观念的长文中。而除了托尔斯泰，他还重点分析了 19 世纪俄国另外两只感性力量与怀疑精神发达的"巨狐"：屠格涅夫与赫尔岑。三人都与同时代风靡俄国知识界的德国浪漫主义历史观保持着相当距离，意识到历史并无"顶点"，终极方案可能并不存在：除了提出"微积分"论，对各种历史决定论大加讽刺外（《刺猬与狐狸》），托尔斯泰还格外敏感于"知识"与"幸福"之间的不谐。他一方面认为在俄罗斯唯有农民以直觉把握了朴素真理，另一方面又不肯放弃启蒙大众之职责，在"谁来教""教什么"的问题上苦思不得其解，徘徊于寂静主义与启蒙理想之间（《托尔斯泰与启蒙》）；西化色彩最浓的屠格涅夫其实仍然身处俄罗斯文学中心传统，他的每部长篇小说均触及社会政治焦点问题。但作家既感佩左派面对社会不义的挺身而出，又深深担忧那种以为掀翻一切后新世界即告建成的革命虚无主义。因其观点的暧昧，屠格涅夫一生中屡屡被左、右阵营夹击，对价值间的不可调和可谓有着切实体验（《父与子》）；至于赫尔岑，

---

① 这一思想活跃期同时也是俄罗斯文学的黄金时代。这些文学作品中展现出的精神深度，尤其是那种异常丰富而跳跃的心理描写在当时的西方文学界看来是颇为独特的。而在其经典论著中，奥尔巴赫同样将之归因于 19 世纪的俄国承受着多种生活模式与价值观之间的激烈冲突。参阅 [德] 埃里希·奥尔巴赫《摹仿论》，吴麟绶等译，商务印书馆 2014 年版，第 617—618 页。

② [英] 以赛亚·伯林：《俄国思想家》，第 25—26 页。

伯林曾在《自由四论》中引其"飞鱼"说("飞鱼"的存在,并不能证明所有"鱼"都想"飞")挑战传统自由主义假定的那种普遍人性。① 这位"对自由怀有巨大激情"的俄罗斯文化精英痛苦地承认,对大多数民众而言,重要的与其说是自由,不如说是更好地被管理,相较于选举权,人们可能更愿意选择面包(《赫尔岑与巴枯宁论个人自由》)。

不过,面对类似的价值冲突困境,三位俄罗斯思想家的选择却各异,构成了一个小小光谱。而以观点暧昧著称的伯林难得地在这一光谱前明确"站位",这正有助于厘清围绕其多元论产生的一些常见质疑:不难理解,天性是"狐狸"、却想当"刺猬"的托尔斯泰并未获得伯林的最多认同。如前文所述,这位对同代知识分子多有讽刺嘲弄的大文豪事实上还是融入了19世纪俄国思想的主流。他始终不能放弃对单一、明晰真理的幻想,提出的问题也总是过于笼统。真正耐人寻味的是,是伯林在屠格涅夫与赫尔岑之间的选择。初看起来,保持独立观察者形象的自由主义者屠格涅夫应该比革命煽动家、社会主义者赫尔岑更能得到伯林的认同。屠格涅夫甚至可以说是伯林"消极自由"观的绝佳代言人:他始终立于岸边,准确地指出俄罗斯社会的种种乱流,而不肯轻易被左、右任何一派"拉下水"。而伯林也丝毫无意将"避免做太明确社会与政治寄托"的中间派贬为骑墙者。在《父与子》一文中他甚至用大量篇幅指出,在一个观点尖锐对立的社会,"道德敏感、诚实、思想负责之人"要坚持自己的怀疑与批判精神,所需付出的代价并不比一头扎进某个阵营、再无反顾的人少。他提示道,屠格涅夫式困境不仅困扰着1860年代到1917年革命的俄罗斯自由主义者,还日益普遍化,"在我们时代已经成为每个阶级里的人的困境"。② 这其中无疑也包括伯林本人:因为既怀疑传统自由主义的理性主义预设,又坚决批判左派的非理性主义倾向,他同样受到了不同阵营的夹攻。③ 但这并未动摇他对站队的拒斥。一个令人印象深刻的例子是,1988年,在谈到"左派和马克思主义的命运"时,伯林认为1968年的风暴过后,欧洲的左派运动已经陷入低潮,而苏联等社会主义国家建设的失败更促使了社会主义信念的日渐崩溃,"整个世界在向右转"。他感慨道:"我真不希望这样。我是一个自由主义者。"④ 习惯了

---

① [英]以赛亚·伯林:《自由论》,第58页。另外,在《赫尔岑与巴枯宁论个人自由》一文中,伯林也引用了这一比喻,见《俄国思想家》,第113页。
② [英]以赛亚·伯林:《俄国思想家》,第356页。
③ [伊朗]拉明·贾汉贝格鲁:《伯林谈话录》,第135页。
④ [伊朗]拉明·贾汉贝格鲁:《伯林谈话录》,第119页。

伯林对苏联政治的批评后，这样的表态多少是让人意外的。其中，当然有自由主义者素来左斜、"与任何打破人类藩篱者亲近"的成分，① 但它更传达出伯林身上（和屠格涅夫一样的）那种喜欢在多种观念之间穿梭的"狐狸"取向。

然而，伯林对屠格涅夫这位同盟的认同却是有所保留的。原因在于，后者的极端清醒、不轻使情绪有时竟近于冷淡："他喜欢自持于一种中间立场，对于自己缺乏'信仰意志'（will to believe），甚至几有得意太过之势"，"他把他的艺术与他自己分开；作为一个人，他并不深心切望问题的解决"。② 这种超然态度让屠格涅夫那些直指社会焦点问题的作品仍能保持一种纤细剔透、"圆成周至"的美感，却在客观上导向了思想者对现实的不加干涉。在这一点上，屠格涅夫与看似处于光谱另一端的、晚年一头扎进某种带有不可知论色彩的新宗教的托尔斯泰其实并无本质区别。而这种超然倾向，恰非伯林所乐见：这位自由主义者加价值多元论者多次声明，消极自由是必要的，却不充分，"否则生活就不值得过了"③，而承认我们选择某些善可能意味着对另一些善的损害、甚至放弃，也并不像其批评者所说的那样，必然堕入相对主义的深渊。④ 在这个问题上，被伯林引为强援的，正是最初将其领入观念史研究道路的赫尔岑。

很长一段时间内，赫尔岑在西方知识界以及苏联官方书写中都被匆匆贴上"早期社会主义者"的标签，很少得到更深入的阅读、讨论。而伯林不仅亲自为赫尔岑作品的英译本作序、大力推荐，更在自己的论文中反复展示其作为"一流的欧洲思想家"的超凡魅力。在其观念史写作中，也许只有赫尔岑的作品被如此频繁且大篇幅地引用。作为一只"思想之狐"，赫尔岑同样深知历史没有脚本，人们也不可能一劳永逸地找到某种完备方案，但他并不认为这有多么可怕。在《往事与随想》中，他以一贯的辛辣笔调反问道：

> 当人们知道，他们吃饭和听音乐、恋爱和玩乐是为了自己，不是为了完成上天的使命，不是为了尽快达到无限（发达的）完美境界，难道他们就会停止吃喝，不再恋爱和生育子女、欣赏音乐和女

---

① ［英］以赛亚·伯林：《俄国思想家》，第350页。
② ［英］以赛亚·伯林：《俄国思想家》，第239页。
③ ［伊朗］拉明·贾汉贝格鲁：《伯林谈话录》，第138页。
④ 伯林的辩白及相关评价，可参看：Steven Lukes, "Berlin's Dilemma", *Times Literary Supplement*, March 27, 1998, pp. 8–9。

性的美吗?①

　　而更进一步,赫尔岑指出,恰恰因为历史道路没被预定,人生和历史才会充满深刻的乐趣,个人才能充分调动自己的意志,选择自己的道路,甚至在无路可行之处,"硬辟出一条来"。② 也只有放弃对一切抽象原则、普适模式的幻想后,人们才能更具体地应对当下的问题。就赫尔岑本人而言,他珍视个人自由,且坚持自由本身就是目的,不能以他物之名(无论多么高尚)牺牲自由,否则就是活人献祭,但除了承认现阶段"想飞的鱼"在俄国只是极少数外,他的政治实践实际上对伯林"两种自由"的划分作出了一个重要补充,即消极自由往往是需要通过积极自由来争取和保障的,在一个没有基本人权保障的专制社会尤其如此。1857 到 1867 年间赫尔岑在伦敦(后迁至日内瓦)坚持出版俄语杂志《钟声》,影响甚巨。可以说,他几乎独力为俄罗斯革命舆论宣传打开了一片天地。然而,对于大暴乱可能毁灭(他本人从属其中的)文化精英们最珍视的那些宝物,这位革命家同样也有着清醒认识,"不管他和他的社会主义朋友做出多少努力,他做不到完全自欺欺人",这让他不断徘徊于"悲观主义和乐观主义之间、怀疑主义和对自己的怀疑主义的怀疑之间";只是归根结底,他的道德观,他对俄罗斯残酷现实的认识还是不允许他否认一场大变动的正义性。③ 在这种情况下,赫尔岑能想到的最理想的方案,是一种以俄罗斯村社自治传统为基础,而又充分考虑个性发展的"个人主义的社会主义",也即希望在几种竞争性价值之间达成一种动态平衡。可惜,即使是这样的折中,"也都因为大众对民粹主义知识分子的宣传的抵触而粉碎"——关于这一点,赫尔岑在被伯林称为"也许是十九世纪关于人类自由的前景最具有指导性和预言性的冷静而动人的文章"——《致老友书》中做出了坦率回应。④

　　可以说,伯林笔下的赫尔岑比屠格涅夫多一份激情,又比托尔斯泰少一份执念。他全情投入自己的选择,而这并不妨碍他时刻准备根据实情对之加以调整:"牺牲那些自己所憎恶的,这并不困难。关键在于:放弃我们

---

　　① [俄]亚历山大·赫尔岑:《往事与随想》,项星耀译,人民文学出版社 1993 年版,下卷,第 233 页。
　　② Alexander Herzen, *From the Other Shore and The Russian People and Socialism*, London: Weidenfeld and Nicolson, 1956, p. 39.
　　③ [英]以赛亚·伯林:《扭曲的人性之材》,第 247—250 页。
　　④ 此处论述见艾琳·凯利《伯林与赫尔岑论自由》,第 228 页。

所爱的，如果我们相信它不是真的的话。"① 凭借这种同情把握特定语境中相互影响的多个因素，并进而进行"灵敏的自我调适"的能力（伯林称之为"现实感"②），赫尔岑的多元论主张与毫无原则的相对主义划清了界限。不容否认的是，伯林对赫尔岑思想的呈现多少有"六经注我"之嫌，例如，他大大弱化了赫尔岑对理性主义的推崇以及对俄国村社所持的幻想；③ 那些过分移情的刻画有时更像是伯林的热烈自白：他曾声称自己之所以能正视人类悲剧而保持安宁心态，是因为他"总是生活在表层上"，批评者据此批评其"浅薄"，并以此解释其学说的不成体系。④ 但从伯林选择将屡败屡战的赫尔岑（而非更少犯错的屠格涅夫）称为"我的英雄"，足可看出他相信人在森严历史中终究有一定限度的自由，且真切希望个体利用这种自由对生活进行必要的介入，"没有人的选择就没有人的行动，一切事情都是人做的"。⑤ 他之所以常常表现出对积极自由的警惕，是因为它比消极自由更频繁地被滥用，然而，这并不影响他同时承认，积极自由在正常生活中可能"更重要"⑥；他所说的"生活在表层"，的确有不试图建构或投身某个完备体系之义，但这与其说是因为浅薄，莫若说是因为看透人不可能掌握"深层"的终极奥秘。而生活中最需要勇气和"不浅薄"的，恰恰是在承认价值有限性的前提下，仍相信自己可以过一种连贯而富有道德的生活。虽然赫尔岑的具体实践并未取得成功，甚至充满悲剧性，但越是考察价值间的不可调和以及倒向一元体系后可能带来的惨烈结果，伯林越是倾向于相信，（他笔下的）赫尔岑式的"低调"选择，也即坚持在"表层"对多个选项进行平衡与叠加，已经是最稳妥可行的：

> 在社会或者政治方面，总会有冲突发生；由于绝对的价值之间必然会有矛盾，这就使得冲突在所难免。然而，我相信，通过促成和保持一种不稳定的平衡状态，这些冲突可以降低到最小；这种不稳定的

---

① Alexander Herzen, *From the Other Shore and The Russian People and Socialism*, p. 53.
② 对"现实感"的解释，参见［英］以赛亚·伯林《现实感》，潘荣荣、林茂译，译林出版社2004年版，第27页。伯林关于赫尔岑"有着太强的现实感"之说，见［英］以赛亚·伯林《反潮流：观念史论文集》，冯克利译，译林出版社2002年版，第247页；《俄国思想家》，第135页。
③ E. Lampert, "Berlin, Isaiah. Russian Thinkers (Review)", *The Slavonic and East European Review*, Vol. 57, No. 2 (Apr., 1979), p. 299.
④ 伯林的这一说法见伊格纳蒂夫《以撒·伯林传》，转引自刘东《伯林：跨文化的狐狸》，第138页。
⑤ ［伊朗］拉明·贾汉贝格鲁：《伯林谈话录》，第136页。
⑥ ［伊朗］拉明·贾汉贝格鲁：《伯林谈话录》，第37页。

平衡会不断遭到威胁，也不断需要修复——而这一点，我再重复一遍，恰恰就是文明社会的前提。是合乎道德的行为，否则，我们人类就必定会不知所终了。你是不是要说，这种解决问题的办法有点太灰暗了？这种做法，不能像那些鼓舞人心的领导人所做的那样，称之为英勇的行为？不过，假如这种看法之中还有一些真理的话，也许就足够了。①

四 选择性忽略"刺猬"

和所有二元区分一样，"狐狸"与"刺猬"之分亦容易失之机械、绝对。当伯林频频用此单一模式来分析、解释取向各异的俄罗斯人物和现象，本身就不免犯一些"刺猬"的错误。② 最明显的莫过于他笔下的"狐狸"其实都多少有些"刺猬"气——哪怕是最"滑溜"不可捕捉的屠格涅夫，也始终坚持自己的古典美学趣味与政治改良立场，即使因此得罪涅克拉索夫与赫尔岑等一干好友也从未退让。此外，因为是从苏联极权恐怖"回望"历史，这位流亡者对自己认定的"刺猬"也很难像对"狐狸"那样予以足够同情，在其评价体系中，二者过分偏于两极。

而尤其引人注目的是，伯林关于俄罗斯思想家的论著对保守派"刺猬"着墨甚少，与后者在历史中产生的实际影响颇不成比例。在与贾汉贝格鲁的谈话中，他更明确将陀思妥耶夫斯基、（更典型的）斯拉夫派成员以及索尔仁尼琴等人剔除出"知识阶层"，因为他理解中的知识阶层应持启蒙观点，"追求理智，反对墨守传统，相信科学方法，相信自由批判，相信个人自由"，"简单地说，他们反对反动，反对蒙昧主义，反对基督教会和独裁主义的政体"。③ 这也让他笔下的俄罗斯知识分子史主要呈现为"一出世俗的、自由派的道德剧"，对陀思妥耶夫斯基等保守派的选择动机并未进行深入的挖掘。对于俄罗斯文化至为重要的宗教问题，包括被公认为俄国思想家对世界一大贡献的宗教哲学成就更是被轻易放过。④

对论述对象的这种筛选，首先当然与伯林个人气质及智性倾向有关。

---

① ［英］以赛亚·伯林：《扭曲的人性之材》，第 22—23 页。对那些认为伯林"浅薄"的批评的反驳，参看刘东《伯林：跨文化的狐狸》，第 138 页。该文也对伯林"观念叠加"的思想路向进行了详细论述（第 139—142 页）。

② George M. Young, Jr., "Isaiah Berlin's Russian Thinkers", *The Review of Politics*, Vol. 41, No. 4 (Oct., 1979), p. 596.

③ ［伊朗］拉明·贾汉贝格鲁：《伯林谈话录》，第 166—170 页。伯林关于"知识阶层"的更多界定，还可参阅《苏联的心灵》，第 158 页。

④ George M. Young, Jr., "Isaiah Berlin's Russian Thinkers", pp. 596 – 597.

第六部分 西方目光下的俄罗斯文化

在被问及为何从未著文讨论陀思妥耶夫斯基时，他很干脆地承认自己"是个无可救药的世俗之人"，陀式的生活哲学无法令其同情。类似的，他也无法接受路标转化派对俄国知识阶层的批评，认为后者哪怕"犯什么错误"，"在本质上也是神志清爽的人"；① 其次，从伯林具体的论证思路来看，要凸显西方与国内专制双重压力下 19 世纪俄国"善"与"恶"，尤其是个人自由与正义社会、目的与手段、精英文化与大众需求之间的不可协调，将那些有自由化倾向的知识分子作为例证确实要更为"得心应手"；最后，这样一个"世俗化俄罗斯"也透露出伯林思想体系的两大支柱、价值多元与自由主义之间的微妙关系。从对赫尔岑选择的认可，包括对其"飞鱼"一喻的引用确实可以看到，伯林挑战了理性主义的一元论自由主义。他并不认为可以脱离具体历史语境赋予"自由"以绝对优先地位。后者是且仅是多种竞争性价值中的一种（这正是自由主义者认为伯林实际抽掉了自由主义基石的原因所在）。但与此同时，在《自由四论》中，伯林又曾明确指出多元主义蕴含着"消极的"自由标准，② 因为"多元论与特定一元论的某种和解，多少设定了后者对其他文化采取了一种宽容自由的态度"，但"当多元主义的宽容超出人性底线，伯林便会用自由概念来约束"。③ 在俄国保守派那些"反动""蒙昧"的主张中，伯林看到用思想灌输或压制性手段侵害个人选择权的巨大风险，"而缺乏选择的自由意味着人性的丧失"。④ 这应该也进一步导致了伯林对这类"刺猬"的不假辞色。

然而，保守派"刺猬"所选择的传统资源未必就只有僵化和压制性的一面。例如，对俄罗斯宗教传统有更多体认的别尔嘉耶夫反而认为（伯林眼中的"巨狐"）托尔斯泰是"片面"和"直线性"的，而陀思妥耶夫斯基是更复杂、更深刻的。他那些疯狂却充满创造力的作品最突出地反映了俄罗斯民族精神结构中"虚无主义"与"启示录主义"的悲剧性冲突与并存。⑤ 毫无疑问，解读者本人不同的思想立场影响着他们对同一

---

① ［伊朗］拉明·贾汉贝格鲁：《伯林谈话录》，第 157—158 页。
② ［英］以赛亚·伯林：《自由论》，第 244 页。
③ 参阅何恬《伯林难题及其解答》，《国外社会科学》2014 年第 4 期。文章讨论了国际学界关于伯林"价值多元论能否证成自由主义"问题的三种意见。而本文取第三种、也即思想史解读视角：不以"刺猬"的标准（一套完备的逻辑体系）去解读这只"狐狸"的思想；强调伯林只是历史地、灵活地从各种思想体系中选择了部分观念进行叠加。
④ ［伊朗］拉明·贾汉贝格鲁：《伯林谈话录》，第 67 页。
⑤ 参阅［俄］别尔嘉耶夫《陀思妥耶夫斯基的世界观》，耿海英译，广西师范大学出版社 2008 年版，第 5—11 页。

些对象的解读，对之进行简单的正误判定是没有意义的；就我们的论题而言，更具启发性的也许是指出，可以通过引入别尔嘉耶夫解读中的那种宗教精神维度来补充伯林给出的托尔斯泰肖像，从而更好地解释作家身上"狐狸性"与"刺猬性"的并存（既是怀疑一切不能被自己理性推导出的答案的虚无主义者，又有着渴望终结与极限的启示录冲动）。这样的补充，或许也能让该肖像更好地融入俄罗斯背景。①

此外，很多时候，与伯林笔下那些在西方现代理念与俄罗斯落后现实间挣扎的"狐狸"一样，保守派"刺猬"的选择也极富现实感与悲剧性。在评价当代俄罗斯保守派精神领袖索尔仁尼琴时，伯林就显得过于缺乏同情。他批评陀思妥耶夫斯基的这位继承者"不是反对权威的，他反对的是特殊的共产主义的权威"；"他是一个俄罗斯的爱国者，酷似一个 17 世纪的信徒，起来反对彼得大帝及其推行的一切现代化"。② 然而，就在其最为重视的作品、革命史《红轮》（《Красное Колесо》，1989）中，通过对斯托雷平改革（不无想象性成分）的描写，索尔仁尼琴热情宣扬了自己心目中俄罗斯的最佳道路：一条既主动吸纳现代世界主流价值、又能保存民族传统与经验，从而有效抵御进步风险的"平衡之路"。③ 这可以被视作作家的"理想纲领"。而如果说在现实中的政治实践中，索尔仁尼琴表现得远为偏激、强硬，那在很大程度上也是因为其"现实感"的发达而非思想上的故步自封——从苏联来到"铁幕"另一端的西方，他不无意外地发现了同样的现代性逻辑，而其晚年所见之新俄罗斯，不仅没有迎来自由派知识分子想象中的世界主义共同体，反而面临着更为严酷的外部挤压与内部分裂。正是在以异见者姿态与这些强势话语（它们也应被归入伯林所说的"权威"之列）进行对抗的过程中，索尔仁尼琴一路逃回了传统，形象也日益保守——这当然与他心目中的理想方案存在距离，但至少是比"斯大林时代的苏联"和"叶利钦时代的俄罗斯"要好的选项。而一旦环境稍有变化，索尔仁尼琴又往往忍不住往平衡点进行微调：其晚年针对东正教提出的种种改革意见在更正统的信教者眼中不免充满"实

---

① 例如，牛津学者罗莎蒙德·巴特利特（Rosamund Bartlett）在 2010 年推出的《托尔斯泰大传——一个俄国人的一生》（*Tolstoy: A Russian Life*）中就引用别尔嘉耶夫关于俄罗斯人宗教气质的描述，对托尔斯泰个性中那些对立的极端倾向进行了令人信服的解读（朱建迅等译，现代出版社 2014 年版，第 77 页）。
② ［伊朗］拉明·贾汉贝格鲁：《伯林谈话录》，第 169 页。
③ ［俄］亚历山大·索尔仁尼琴：《1914 年 8 月》，何茂正、胡真真等译，江苏文艺出版社 2010 年版，第 3 卷，第 643—728 页。关于书中斯托雷平"平衡之路"的详细分析，可参阅龙瑜宬《巨石之下：索尔仁尼琴的反抗性写作》，浙江大学出版社 2015 年版，第 129—143 页。

用主义"的味道，而在与普京会面时，这位所谓的"国家主义"的支持者强调的却是"国家的强大对于俄罗斯统一很重要，但国家的强大并不能给我们带来俄罗斯的繁荣。后者需要打开千百万人的嘴，让他们的嘴和他们的手都获得自由，可以安排自己的命运"。[①] 这样的保守派其实已经很难被简单地划入"刺猬"阵营，而如果能保持对现实的敏感，对传统不断进行再创造，他们的主张也并不必然会导致伯林所担心的那种一元化灾难。

无论如何，俄罗斯特殊的文化与历史为以赛亚·伯林思想提供了丰富的灵感；他也以价值多元主义者加自由主义者的特殊视角展现了一个充满冲突与活力，富有思想和精神深度的俄罗斯世界。而即使是其论述中那些"刺猬"式的不足，也与他对"狐狸"的成功描绘一样，证明了这位思想家所倡导的对不同语境中的个体选择进行移情的、历史化理解的重要性。诚如伯林努力向 20 世纪的"劫余者"说明的，人性、人的思想世界与历史一样复杂难测，理想生活只能在不同文明与多种价值的艰难协商中不断接近。

（原载于《俄罗斯研究》2016 年第 4 期；人大复印报刊资料《文化研究》2017 年第 1 期全文转载）

---

① Сараскина, Л. И., Александр Солженицын. М.：Молодая Гвардия，2008. C. 874.

"落在两扇磨石间的谷粒":索尔仁尼琴在西方(1974—1994)

1974 到 1994 年的二十年流亡生活,构成了亚历山大·伊萨耶维奇·索尔仁尼琴(Александр Исаевич Солженицын,1918 – 2008)思想肖像上最令人困惑的一道裂缝:此前,他创作的一系列揭露"古拉格群岛"真相的作品,在世界范围内引起巨大反响,并为其赢得了 1970 年的诺贝尔文学奖,而在真正来到"群岛"之后,他却出人意料地调转枪头,开始向自由世界开火。深感"震惊"之余,西方读者痛诉作家"不爱我们",[①] 对他的评价也从"人权斗士"逆转成了"冷酷的好战者""神秘教条的保守主义者",以至"自由和民主的敌人"。[②] 相应的,作家在隐居佛蒙特后完成的大量作品再未获得此前的那种普遍关注。

要解释索尔仁尼琴立场的这种转变,最便捷的做法,莫过于将其归结为作家只是在习惯性地保持自己的持异见者姿态,甚或是为了"沽名钓誉"而故作惊人之举。[③] 然而,从预言苏联内部的崩溃,到质疑西方专家热议的俄罗斯自由化改革方案,作家这一时期发表的诸多意见,在不断被听众嗤笑、拒绝后,似乎总能得到历史不同程度的回应,并由此不断回到批评视野。这让人很难相信他在西方只是完成了一场浅薄的表演。根据事后的追溯,更多论者倾向于相信,对索尔仁尼琴最初定位的偏差,是由于冷战中两大阵营彼此隔绝、信息不畅,而作家在流亡前又有意识地向自己最重要的反极权盟友隐瞒了一些观点。这样的解释无疑说出了部分真相。

[①] Mary McGrory, "Solzhenitsyn Doesn't Love Us", in Ronald Berman ed., *Solzhenitsyn at Harvard*: *The Address*, *Twelve Early Responses*, *and Six Later Reflections*, Washington, D. C.: Ethics and Public Policy Center, 1980, pp. 61 – 63.

[②] Michael Scammell, *Solzhenitsyn*: *A Biography*, New York: Norton, 1984, p. 917.

[③] 这一观点,在中国学界一度十分流行,具体的论述篇目可参阅陈建华主编《中国俄苏文学研究史论》第 3 卷,重庆出版社 2007 年版,第 394—396 页。

第六部分　西方目光下的俄罗斯文化

不过，从作家的流亡笔记《落在两扇磨石间的谷粒》（Угодило зернышко промеж двух жерновов）以及这一时期他与友人的通信来看，哈佛演讲中描绘的那个深陷危机的现代西方，即使对于他本人而言，也超出了原有的认识和想象。而流亡中卷入的一系列论战，更促使索尔仁尼琴对其最为珍视的革命史进行了改写。凡此种种，都提示我们，有必要对索尔仁尼琴的这次跨文化之旅进行更为细致的考察。

一　并不单一的前理解

俄罗斯知识分子，尤其是作家，对西方资本主义的反感，俨然已经成为一种传统。这与他们属于西方派还是斯拉夫派、政治立场是"左"还是"右"，并无必然关联。对于这些深受东正教文化熏陶的心灵而言，以逐利为唯一目标的工商业发展，不可避免地会带来贪婪、庸俗和人情的冷漠，而高度理性的专业化分工更将使个人的精神世界变得逼仄。这样的认识，在他们亲临西方后，往往不是被消除，而是被进一步强化。当然，也有许多研究者相信，这种集体的拒斥不过是一个欠发达国家自卑心理的反弹。但至少从19世纪开始，文化、艺术方面的辉煌成就，确实让俄罗斯知识分子有了某种骄傲的理由。进入苏联时代，尤其是冷战铁幕落下后，上述认识和想象被再次激化。苏联政权大力宣扬自身的类清教徒精神，西方社会则被贴上了"腐朽堕落"标签，深为"高尚的苏维埃人"所不齿。

俄罗斯知识分子的固有想象，以及封闭环境下苏联强大的意识形态宣传，不太可能对索尔仁尼琴毫无影响。[1] 在流亡西方之前，其作品中已经出现了不少对西方的"类型化"批评。除了在剧本《内心之光》（又称《风中之烛》）中特意模糊故事背景、希望处理发达国家"共有的问题"外，[2] 在那封著名的《致苏联领导人的信》中，作家更是直接批评了西方的片面追求物质繁荣与科技进步，以及对传统和地球生态的毫不怜惜。[3] 尤其值得指出的是，根据自己在劳改营中的见闻，索尔仁尼琴还率先揭露了"二战的最后一个秘密"，谴责西方同盟国应斯大林政府的要求强行遣

---

[1]　和同时代的其他苏联人一样，索尔仁尼琴了解西方的渠道十分有限。二战中，他曾踏上德国领土，在后来创作的《胜利者的欢宴》《普鲁士之夜》等作品中，作家都提到德国城市的整洁、生活的富足给自己这个骄傲的苏联军官带来的巨大冲击。

[2]　参见 Keith Armes, "Introduction", in Aleksandr Solzhenitsyn: *Candle in the Wind*, trans. by Keith Armes, Minneapolis: University of Minnesota Press, 1973, pp. 12–13。

[3]　参见［俄］亚历山大·索尔仁尼琴《致苏联领导人的信》，载《苏联持不同政见者论文选译》，外文出版局1980年版，第203—207页。

"落在两扇磨石间的谷粒":索尔仁尼琴在西方(1974—1994)

返大量的苏联自愿逃离者,间接地将后者送进了劳改营。① 这大大加深了索尔仁尼琴关于西方国家精神出现萎缩的看法。在《囚徒》剧终,即将被执行死刑的沃罗滕采夫留给狱友的最后遗言就是:"不要等待来自西方的帮助:那些富饶的国家缺乏力量和意志。"② 毫无疑问,这些关于西方的负面认识和想象,已经给索尔仁尼琴流亡后的许多批评言论埋下了伏笔。

然而,同样不容忽视的是,流亡前的作家得到了西方舆论的大力支持。这几乎成为他与苏联政府周旋的最重要的筹码。③ 尤其是 1970 年索尔仁尼琴获颁诺贝尔文学奖,相当程度上是在西方世界的支持下成为现实的。在被迫推迟了四年的获奖演说中,索尔仁尼琴动情地指出了这一奖项对自己的帮助,坦承如果没有这种"外部"支持,自己"未必能够挺得住"。④ 而西方不仅作为最重要的反极权同盟得到了索尔仁尼琴的感激,作为位于铁幕另一端的一个截然不同的世界,它还被几乎所有苏联持异见者视为"自由""开放"的代名词。对于一位以语言文字为武器,却多年无法获得言论自由的作家而言,这样的西方即使不是充满诱惑力的,至少也是能激发好奇的——尽管并非自愿流亡——索尔仁尼琴,他在初抵西方之际马上就感觉到了一种"自由的幸福"。他决定充分享受这种在其过往生命中从未有过的"自由",尽快投入自己被长期阻碍的写作事业之中:"如果我来到的真是一个自由的世界,那么我就希望能自由。"⑤

不过,以惜时如金闻名的索尔仁尼琴在流亡的最初几年里(1974—1976),还是罕有地放下了手头创作,积极出游。在瞻仰了意大利、法国等地的历史胜迹后,他更在笔记中留下了大量的兴奋之辞。从这些文字中不难感受到"西方"对于俄罗斯人的另一重意涵:在现代化道路上日益落后、或者说边缘化后,俄罗斯的确开始以"西方"作为"议定本土文化时一个相对照的反面存在",⑥ 但除此之外,"西方"还代表着一个将俄罗斯包容在内的庞大文明共同体。和陀思妥耶夫斯基等诸多前辈一样,索

---

① 索尔仁尼琴揭露的这个"秘密",也在西方引发了广泛关注。在作家之后,西方史学界对此已有多部专门的研究著作问世。参见 Michael Scammell, *Solzhenitsyn: A Biography*, p. 899。
② Солженицын, А. И., Пьесы и киносценарии. Вермонт, Париж: YMCA, 1981. C. 249.
③ 在如何处理索尔仁尼琴的问题上,来自西方的压力对苏联高层的决策产生了重要影响。参阅沈志华主编《苏联历史档案选编》第 31 卷,社会科学文献出版社 2002 年版,第 84—106 页。
④ [俄] 亚历山大·索尔仁尼琴:《癌症楼》,姜明河译,译林出版社 2013 年版,第 482 页。
⑤ Солженицын, А. И., Угодило зёрнышко промеж двух жерновов: Очерки изгнания// Новый мир. 1998. No. 9. C. 59.
⑥ 参见艾恺《世界范围内的反现代化思潮——论文化守成主义》,贵州人民出版社 1999 年版,第 62 页。

尔仁尼琴对前现代时期那个"更健康"的西方文明始终心怀崇敬。加上对 20 世纪初"俄罗斯文艺复兴"运动的关注，作家在相当长一段时间内其实还是倾向于相信，"精神的西方"完全有能力拯救"理性的西方"①。就在那封写于流亡前一年的《致苏联领导人的信》中，在指出现代西方已经误入歧途后，索尔仁尼琴接着又乐观地表示，西方文明仍然未失去自己"强大的能量"和"发明力"，只要其展开适当的重建，就不难"根除临头的危机"。②

无论如何，身处苏联时，作家对西方的认识就是多重、而非单一的；在流亡之初，他也和其他文化跨界的"新手"一样，表现出了对新环境的好奇，以及重新寻找自己位置的某种期待。而对于这位苏联持异见者代表的突然来访，西方同样予以了热切的关注：后斯大林时代，"和平共处"的口号并未能改变两大阵营在意识形态方面的森严对立。苏联内部的反抗声音总能激起西方的浓厚兴趣，更何况索尔仁尼琴发出的是直接"顶撞橡树"的巨响。在西方人看来，作家孤身挑战苏联政府，以亲历者的有力证词揭露黑暗真相，这样的抗争几乎充满英雄主义色彩。③再加上如前文所说，这位"英雄"多少还是在西方的支持下成长起来的，这也在心理上增加了西方大众对作家的认同和亲近感。

固然，如索尔仁尼琴后来逐渐发现的，至迟从 1972 年开始，随着《致大牧首的信》和《古拉格群岛》等作品的秘密流传到西方，西方社会（尤其是左翼）对他的评价已经有所反弹。④但无论如何，索尔仁尼琴与强权政府的直接对抗，已经足以保持人们对他的基本好感。在《内心之光》1973 年的英文版中，导读作者也提到了索尔仁尼琴对"国际化背景"的强调，但却选择将其解读为作家在苏联审查制度下的一种无

---

① 参见 Olivier Clément, *The Spirit of Solzhenitsyn*, trans. by Sarah Fawcett and Paul Burns, New York: Barnes & Noble Books, 1976, pp. 16 – 18。
② [俄] 索尔仁尼琴：《致苏联领导人的信》，第 206 页。这与索尔仁尼琴这一时期接触到的西方刊物也有很大关系。参见 Donald R. Kelley, *The Solzhenitsyn-Sakharov Dialogue: Politics, Society, and the Future*, Westport, Conn: Greenwood Press, p. 55。
③ 参见 Solomon Volkov, *The Magical Chorus: A History of Russian Culture from Tolstoy to Solzhenitsyn*, N. Y.: Alfred A. Knopf, 2008, p. 218。
④ 参见 Солженицын, А. И., Угодило зёрнышко промеж двух жерновов//Новый мир. 1998. No. 9. С. 63; Жорж Нива, Солженицын. М.: Художественная литература, 1992. C. 39 – 40。

奈"伪装",并指出作品所描写和针对的其实就是苏联现实。[1] 之所以会出现这种"自动过滤",显然还是因为论者已经将索尔仁尼琴默认为了西方力量在敌对阵营内部的一位代言人。而 1974 年苏联政府的驱逐,更是完成了作家"抗暴英雄"肖像的最后一笔。自由世界很自然地将他的流亡视为自己对共产主义世界受难者的又一次庇护,大众关于"恐怖苏联"与"幸福西方"的双重想象更是从中得到了极大的满足。

由此,当索尔仁尼琴 1974 年 2 月 13 日被押送到西德机场时出现了庞大的接机队伍,且法、英、西德、挪威四国争相对其提出政治庇护,也就不足为奇了。等待作家与西方的,似乎将是一场"亲密"接触。然而,如本文开篇就已提到的,事情的发展出乎所有人的意料。索尔仁尼琴很快发现"西方危机"之深重超出了自己的预想;[2] 其大胆的批评言论也迅速耗尽了这个"开放"社会对他的好感。

二 俄罗斯作家眼中的西方危机

如果说索尔仁尼琴在苏联时对西方的"自由"最为期待,那么,当他真正开始流亡生活后,最先让其感到失望的,也是西方的"自由"。而给他带来这一印象的,又恰恰是新闻媒体这一往往被认为最能体现西方自由精神的领域:暂居地外大批记者的昼夜蹲守,让作家不胜其烦。他认为媒体不仅在浪费俄罗斯人求而不得的宝贵自由,也侵犯了自己保持沉默的自由。在一次不愉快的贴身跟拍经历后,索尔仁尼琴对记者发出了"你们比克格勃更坏"的严厉斥责。[3] 这除了给第二天的新闻提供了绝佳素材外,也让西方媒体对索尔仁尼琴的评价一落千丈。

不难理解,在被尊奉为"无冕之王"的西方记者们看来,一直希望影响民众的作家没有理由不满足自己的要求,在大众媒体上发表宣言,评论时事。可惜,长期生活在苏联的索尔仁尼琴,并未能分享西方社会对媒体价值的这种认同。甚至,作为一个对文字抱有严肃态度的传统俄罗斯作家,他还特别容易去挑剔大众媒体对轰动性效果的追求。从记者们追问的问题来看,索尔仁尼琴认为他们其实"并不真正关心古拉格惨剧"。热衷

---

[1] Keith Armes, "Introduction", pp. 9 – 10.
[2] 参见 Alexzander Solzhenitsyn, *Warning to the West*, Toronto: McGraw-Hill Ryerson Ltd., 1976, p. 126。
[3] Солженицын, А. И., Угодило зёрнышко промеж двух жерновов//Новый мир. 1998. No. 9. C. 54.

的只是将"一切琐碎细节"放在耸动的"大标题"下,而自己刚刚离开恐怖现场,实在无法像个"媒体明星"一样来配合"做秀"。① 这些批评在经过记者们的渲染后,又被指认为作家"反对言论自由"的表现。② 由此引发的舆论震动则让索尔仁尼琴更加认定,他关于急功近利的媒体会"简化和歪曲"自己思想的担忧是有道理的。③

对媒体的这种不满,也让索尔仁尼琴开始以一种更为谨慎的态度审视西方其他领域表现出的"自由"精神。随着观察的深入,在他的流亡笔记中,这个词语带上了越来越浓厚的讽刺色彩。到了1978年的哈佛演讲,作家将自己的观察详细列出,指出相较于被赋予的各种权利,"自由"背后的责任,在西方并没有得到相应的强调:和媒体的随意炒作相仿,食品生产商可以在产品中添加各种有害物质,青少年观看的动画节目中充斥着色情和暴力。毕竟,从"理论上说",不能侵害商家"在自由企业经济中的权利",而顾客仍有不购买这类商品的自由,"青少年也有权选择不去观看或不接受"这样的节目。在竭力保持"中立"的情况下,国家和社会很少能阻止成员因为"自由"的滥用而堕落。这样确实可以保障个人摆脱父权国家的桎梏,但也在很大程度上悬置了道德问题。同时,和托克维尔的观点相似,作家认为,在自由、民主社会表面的开放活跃之下,存在着严重的"多数人的暴政"。(像他自己这样)有个性、有独立思考能力的人太容易被那些不负责任的草率发言所淹没。④ 最终,对公众生活产生影响的,很可能只是危险的群众本能,以及善于迎合和煽动这种"民意"的媒体。⑤

当然,在任何一个社会,基本的规则和评判标准都不可能完全缺席。作家认为在现代西方,唯有法律被赋予了这样的意义,并且得到普遍认同:

---

① 同时,这位前古拉格犯人还认为生活于自由世界的人们缺乏最基本的"斗争常识"。当对方要求自己发表公开声明时,根本没有想到这样做可能会让其尚在国内的亲友和支持者陷入险境。索尔仁尼琴在《牛犊顶橡树》的附录《看不见的盟友》中对这些"盟友"进行了描写,但出于安全考虑,二十年后才发表了这部作品。参阅 [英] 约瑟夫·皮尔斯《索尔仁尼琴:流放的灵魂》,张桂娜译,上海三联书店2013年版,第228页。

② 参见 Michael Scammell, *Solzhenitsyn: A Biography*, pp. 851 – 852。很快,《纽约时报》对《致苏联领导人的信》"原稿"(未经作家允许)的刊载和刻意渲染,让作家卷入了到西方后的第一场"丑闻"。关于这一事件的详细过程,可参阅 Michael Scammell, *Solzhenitsyn: A Biography*, pp. 868 – 869。传记作者也是当事人之一,证词相对可靠。

③ 参见 Солженицын, А. И., Угодило зёрнышко промеж двух жерновов//Новый мир. 1998. No. 11. С. 133 – 134。

④ Alexzander Solzhenitsyn, "A World Split Apart", *Solzhenitsyn at Harvard*, pp. 8 – 10.

⑤ Alexzander Solzhenitsyn, "A World Split Apart", *Solzhenitsyn at Harvard*, pp. 10 – 11.

"落在两扇磨石间的谷粒":索尔仁尼琴在西方(1974—1994)

  这被认为是终极的解决之道。如果从法律的角度来看,一个人的行为是合法的,那么就再没有什么其他要求了。没有人会指出,"合法"并不意味着已经尽善尽美,并进而主张自我约束、或放弃这些权利,呼吁牺牲或无私的犯险,……每个人都竭力扩张,直到法律允许的极限。①

  一个关于现代性的著名论述是:"法律不禁止的就是被允许的",这等于拒绝了道德评价在行为上的应用。事实上,法律的衡量标准和衡量方式都低于伦理的标准。这是灵性或与灵魂相关的平庸构成的氛围。②

  在此,索尔仁尼琴所质疑的,显然不是法律对于一个健康社会的必要性,而是其充分性。他强调,"法律"只能代表对人的最低要求。将法律作为标示"人的权利和正当性的界限"的最高标准,反映了社会精神的普遍"平庸"。而索尔仁尼琴对西方社会的这一批评,很大程度上也是源于其个人的西方经历。来到西方后,作家开始直接接触自己的诸多出版商,但出版事宜并未如其期望的那样高效展开。合作者对翻译质量和效率并不怎么关心,总是"要求先签合同和付预付款";发现书的销量不错,"又开始争夺其他书稿的出版权",利益问题每每被"轻易地诉诸公堂",这让作家大感失望与疲惫。③ 而就在索尔仁尼琴决定用《古拉格群岛》的版税成立基金,资助苏联境内的政治犯及其家庭后不久,他被指控为"偷税者"。尽管作家最终胜诉,这一事件还是在媒体的推波助澜下成为了轰动一时的丑闻。④ 对于已经习惯"萨米兹达特"(самиздат,地下刊物)运行方式、曾与其他作家一起不计报酬地通宵校稿排印的索尔仁尼琴而言,西方世界的"精明"和"清醒"显得如此难以理解和适应:

  我总是在比较西方这里和我们那儿的人,对于西方世界遗憾地感到困惑不解。怎么会这样呢?难道西方人比我们那儿的人差吗?当然不是。但当仅仅从法律的水平要求人性时——标尺从高尚与荣誉的层

---

 ① Alexzander Solzhenitsyn, "A World Split Apart", *Solzhenitsyn at Harvard*, pp. 7 – 8.
 ② [英]约瑟夫·皮尔斯:《索尔仁尼琴:流放的灵魂》,第310页。这是索尔仁尼琴接受采访时的回答。
 ③ 参见 Солженицын, А. И., Угодило зёрнышко промеж двух жерновов//Новый мир. 1998. №. 11. C. 99, 119。
 ④ 有媒体甚至直接称索尔仁尼琴为"小偷"。一些左翼人士也借此事证明,索尔仁尼琴在《古拉格群岛》中的证词并不可信。参见 Солженицын, А. И., Угодило зёрнышко промеж двух жерновов//Новый мир. 1999. №. 2. C. 87 – 89。

面降低了，如今甚至连这样的概念都消失了——于是，滑头与敷衍塞责便有机可乘了。……更高的律法应当在我们心中。这里的这种冰冷的法律气息，我根本适应不了。①

毫无疑问，流亡者身上常见的"思乡病"会让"西方这里"和"我们那儿"的对比变得更加强烈。这位被驱逐到西方的前古拉格囚徒甚至开始感叹自己"在东方进退得宜，在西方却多么盲目"。② 而作家固然很难与其西方合作者分享苏联持异见者运动中的那种自我感动和牺牲，其西方批评者也完全有理由从自己的文化逻辑出发，指出正是因为长期生活在一个缺乏基本法制精神的社会，索尔仁尼琴才会这么难"搞清楚这张权利和法律的网络"，从而让自己深陷诉讼泥沼（同时，也正是法制的缺席才让苏联持异见者的那种个人牺牲成为一种常态）。甚至，如有些研究者已经提到的，索尔仁尼琴关于"法律"的这种认识，在俄罗斯历史中早已有迹可循：在东正教中"法律与恩惠，与信仰以及爱，尖锐对立"；和19世纪那些讽刺西方"兄弟与兄弟间订立合同"的斯拉夫主义者一样，作家并未能分辨清"机械化的、只在诉讼技术层面展开"的"法律主义"（legalism）和"以正义感为基础的、创造性的、有目的"的"法律性"（legality）。再加上相比许多出身贵族的前辈，作为标准"十月的孩子"，索尔仁尼琴的西学素养远谈不上深厚。过多地依据个人有限的流亡经历，让他对西方的认识和批评更难做到全面、客观。

应当说，索尔仁尼琴本人也多少意识到了这一问题。1974年3月22日，在回复美国参议员乔治·赫尔姆斯的来信时，作家就指出，自己对对方提到的那个"拥有多重传统和取向、复杂多元的美国"其实很感兴趣，但长期以来，他"仅仅通过我们和你们的几个新闻记者粗浅和转引的表述来认识你们的国家，因此往往会忽视这些传统和取向"，而即使他如今已身在西方，"时间和精力的有限"可能仍会长期妨碍他"亲身体会你们的问题的复杂性、规模和现实状况"。③ 初到西方的作家在写这封信时或许还有些客套意味。然而，从1976年开始，因为与西方的关系持续恶化，

---

① Солженицын, А. И., Угодило зёрнышко промеж двух жерновов//Новый мир. 1998. No. 11. C. 118.

② Солженицын, А. И., Угодило зёрнышко промеж двух жерновов//Новый мир. 1999. No. 2. C. 88.

③ Солженицын, А. И., Угодило зёрнышко промеж двух жерновов//Новый мир. 1998. No. 9. C. 119.

"落在两扇磨石间的谷粒"：索尔仁尼琴在西方(1974—1994)

作家开始隐居佛蒙特，用铁丝网将住宅围起来，终日埋头创作俄罗斯革命史《红轮：往日叙事》（以下简称《红轮》）。[①] 这确实让他很难再有机会"沉浸"于西方，把握西方世界更多丰富的细节。而在不断被指责"不懂西方"后，索尔仁尼琴索性宣称，自己"所有的兴趣"、"所关心的所有事情都在俄罗斯"。[②] 这虽是负气之言，但也说明了部分事实——正如多年后作家所承认的，对苏联政治的熟悉和担忧，让他对冷战的发展形势过分悲观，并因此而采用了更为严厉的措辞来描述西方的危机。[③]

不过，与西方社会的这种疏离，也许还不足以让人们完全否定索尔仁尼琴相关批评的价值。这位俄罗斯作家天性中确有愿意在人群中"用最大的声音发出呼喊"的一面，[④] 否则他也不会在隐居两年后，选择影响广泛的哈佛讲台发表那场注定会激怒听众的讲演。但和卡西尔笔下被狄德罗视为"病态"的卢梭不无相似，索尔仁尼琴也属于那种"不从社会中逃离，就不能效力于它，就不能向它奉献出他原可奉献的东西"的思想者。[⑤] 因为强调精神的独立，拒绝被任何一种世俗权威当作工具，这类思想者往往陷于孤独。何况，索尔仁尼琴始终认为自己发言的最好方式，还是经过足够沉淀的写作。这让他在苏联时就处于一种出世与入世的矛盾中：执傲，不合群，同时又最需要人群的倾听和支持。到了西方后，这一状态并未出现本质的变化。

而更为重要的是，作家的"旁观"位置虽然有其不利的一面，却也让他有可能以外部视角，看到西方人因为太过熟悉而容易忽视的一些关键问题。甚至，正如作家逐渐意识到的，恰恰是他的俄罗斯经验，让其对西方社会的某些现象格外敏感。如果仔细阅读他关于西方"无限制的自由"与"法律主义"的具体论述，人们其实可以发现作家思想的一些连贯之处：在索尔仁尼琴看来，造成"自由"在现代西方失去其实际内涵的根本原因，正是在苏联同样盛行的物质至上而道德相对，以至虚无。它也造成了"短视"、"勇气衰竭"和"意志丧失"等一系列连锁反应。与几个

[①] 索尔仁尼琴的这一举动大大激怒了西方媒体。后者讽刺他"为自己建了一个新的古拉格"，而索尔仁尼琴称，"是西方先拒绝自己的"，他希望与"疯狂的周围世界分开"。参见 Солженицын, А. И., Угодило зёрнышко промеж двух жерновов//Новый мир. 1999. No. 2. C. 70, 77。

[②] 参见［英］约瑟夫·皮尔斯《索尔仁尼琴：流放的灵魂》，第239页。

[③] 参见［英］约瑟夫·皮尔斯《索尔仁尼琴：流放的灵魂》，第289页。

[④] 参见 Солженицын, А. И., Угодило зёрнышко промеж двух жерновов//Новый мир. 1998. No. 9. C. 111。

[⑤]［德］卡西尔：《卢梭·康德·歌德》，刘东译，生活·读书·新知三联书店2002年版，第10—11页。

第六部分　西方目光下的俄罗斯文化

世纪前思想家们的乐观预计不同，在解除了各种传统的束缚后，"自由"的人们并未更积极地投入对正义生活的营造之中。相反，因为不再有任何"坚固"之物的支撑和约束，人们对实用和实利的追逐可能更加肆无忌惮："出于什么理由人们值得拿珍爱的生活冒险，去保护所谓的共同利益?"① 在任何价值都不牢靠，任何话语都被打回"权利"的原形时，所谓的"共同利益"变得毫无感召力。对物质层面的"快乐"的追逐，主宰了所有看似自由的"个体"。② 诚然，如西方批评者所提醒的，作家此时面对的是一个经验型的传统，推崇的是"多种价值之间的充满活力的竞争"，也正是依靠这样的传统，西方才避免了古拉格这类恐怖灾难，③ 然而，当"相对主义"不再是一种认真感受和思考后的怀疑、挑战，而完全变成了道德犬儒的遁词时，它本身也悖论性地成了一种可怕的"思想体系"——这正是索尔仁尼琴在《古拉格群岛》中提出的一个核心概念。④ 在这一点上，对作家的演讲予以肯定的一些西方读者给出了更为有力、也更令人震动的"内部"证词：当时美国的许多师生都倾向于认为，无法证明希特勒的价值观（"更喜欢酷刑、劫掠、有系统的谋杀、专制和奴役"）要"低于其对手的"，因为将自己的价值观"强加"在其他人身上是"傲慢"而错误的。人们拒绝进行基本的道德判断，却认为这就是"自由"的表现。⑤ 做任何选择（注定是"相对合理"的）变得永远不如"什么都不选"高明。可是，当所有思想和立场都需要在"相对主义"面前为自己辩护时，"相对主义"本身怎可例外？早在自己的第一部长篇小说《第一圈》中，索尔仁尼琴就已经借涅尔仁与看门人斯皮里东的一段对话挑明，在"相对"与"绝对"之间，不应建立起简单的"非此即彼"关系。反对倾轧人性的必然律、一元论（"播的是裸麦，长出来的却是野草"），并不意味着否认"多元"同样可以、且应当有具体的精神内涵和道德底线（"捕狼犬是对的。吃人的人是错的"），⑥ 而质疑道德相对主义，也并不必然意味着要重新匍匐于威权之下。

进入西方后，索尔仁尼琴仍会频繁提及自己的宿敌马克思主义，这并

---

① Solzhenitsyn, "A World Split Apart", pp. 6–7.
② Solzhenitsyn, "A World Split Apart", p. 7.
③ James Reston, "A Russian at Harvard", *Solzhenitsyn at Harvard*, p. 38.
④ [俄] 亚历山大·索尔仁尼琴：《古拉格群岛》上册，田大畏等译，群众出版社1982年版，第171页。
⑤ 参见 Michael Novak, "On God and Man", *Solzhenitsyn at Harvard*, pp. 135–136。
⑥ 对《第一圈》这段对话的具体分析，可参见龙瑜宬《索尔仁尼琴的历史观念与写作》，《国外文学》2014年第1期。

非偶然。不过，如今的他，意识到这一学说"最为成功"的一点，不是促成了俄罗斯的"伟大实验"，而是在世界范围内"传染了'善与恶是相对的'这样的信念"。① 马克思一方面特别有力地揭示和抨击了现代社会的庸俗和逐利（这也是包括青年索尔仁尼琴在内的几代俄罗斯人拥戴德国话语、拥抱革命的一大原因），另一方面，却又用自己的历史唯物论更彻底地摧毁了那些曾经被认为"坚固"和"神圣"的东西：所有观念都被认为根植于现实的物质存在之中；人的所思所想也都会以他所处的那个社会的物质生产方式为转移。传统的道德观被认为是"过时"且"可笑的"。而正是因为有着与这种"失重"生活斗争的丰富经验，索尔仁尼琴才会如此迅速地在西方发现那么多自己熟悉的东西。具体政治制度的不同，甚至是对抗，并未能遮盖苏联和西方社会在现代性精神气质上的相似：

> 人们确实可以看到，在一种被腐蚀的人本主义与任何一种社会主义之间存在着同样的基石：没有节制的唯物论；摆脱宗教和宗教性的责任感（在共产主义政权中达到了反教权独裁的地步）；根据一种所谓的科学方法专注于社会结构问题（这最后一点，对于启蒙时代和马克思主义都是十分典型的）。并非偶然的，共产主义的所有修辞性誓约都围绕着（大写的）人，以及人的尘世欢愉。初看起来，这似乎有一种丑陋的平行：今天的西方和今天的东方，在思考和生活的方式方面有着共同的特点？但这就是唯物论发展的逻辑。②

而更进一步，索尔仁尼琴相信，西方如果不对现代性逻辑进行根本的反思，将来就很可能重复俄罗斯的灾难。甚至，这位正在写作俄罗斯革命史的作家还多次宣称，自己已经在眼前这个"丧失了勇气和理智"的西方，看到了"前革命"时期俄罗斯的影子：

> 我们是从那个将成为你们的未来的地方注视西方，或者说我们回望了七十年看我们的过去，它突然在今天开始重复自身。我们所看到的，总是和那时所发生的一样：成年人听从他们孩子的意见；年轻的一代被一些肤浅、没有价值的思想左右；教授们害怕自己不够时髦；记者们拒绝为他们如此轻易挥霍的言辞负责；对革命极端主义者的普

---

① Solzhenitsyn, *Warning to the West*, p. 58.
② Solzhenitsyn, "A World Split Apart", p. 19.

第六部分　西方目光下的俄罗斯文化

遍同情；有着严肃异见的人们不能、或不愿意说出它们；大多数人被一种宿命感消极地困扰；软弱的政府；社团的防卫性反应变得麻痹；精神的混乱导致了政治的动乱。①

从自己的俄罗斯经验出发，作家出人意料地指出：相较于恐怖"群岛"已经浮出水面的苏联，长处安乐、并不知道自身隐患的西方的处境可能更为危险。但比俄罗斯幸运的是，西方还有改变的机会。在此基础上，索尔仁尼琴更相信，他的俄罗斯身份不仅不是他和西方沟通的障碍，还应成为后者认真聆听其声音的理由："20世纪数不清的大事件降临在我们头上，以一种不幸的方式丰富了我们俄罗斯的经验"，"不懈而真诚地尝试将我们各自的经验传达给彼此，至为关键"。②

不过，在看到索尔仁尼琴对现代西方的批评，是以其个人经历和俄罗斯经验作为基础的同时，也许还是应当指出，对于西方世界而言，作家发出的这类声音并不能说是完全陌生的。《华盛顿邮报》的特邀作家乔治·F. 威尔就针对哈佛演讲掀起的批评狂潮写道，事实上，"索尔仁尼琴的观点与西塞罗、奥古斯丁、阿奎那、帕斯卡尔、托马斯·莫尔、埃德蒙·伯克的观点相当一致"。③ 作家关于物质主义、理性主义和个人主义的批评，也并不只是所谓"俄罗斯斯拉夫主义传统的某种遗存"，事实上，这类声音在受到现代性冲击的各大文明（包括最先掀起这股浪潮的西方）广泛存在。④ 与索尔仁尼琴观点尤其相近的，是舒马赫（E. F. Schumacher）等分产主义者（distributist）。同样意识到现代西方片面强调进步、膨胀物欲造成的巨大风险，并有着相近的宗教背景，这批思想家也提出了"限制"的必要性。而索尔仁尼琴到西方之时，恰恰是《小的是美好的》（*Small Is Beautiful*）这类作品畅销之际。⑤ 这一方面证明了索尔仁尼琴的许多观察和批评，其实是点中了西方的要穴；同时也提醒人们，西方对作家言论的反应如此强烈，绝不只是思想之"罪"。它在很大程度上还源于冷战的特殊气氛。如果说，正是从一种标准的冷战思维出发，在这位反极权作家流

---

① Solzhenitsyn, *Warning to the West*, p. 130.
② Solzhenitsyn, *Warning to the West*, pp. 92 – 93.
③ 转引自［英］约瑟夫·皮尔斯《索尔仁尼琴：流放的灵魂》，第246—247页。
④ 甚至，索尔仁尼琴和苏联自由主义持异见者代表萨哈罗夫的许多具体争论，也可以在同时期的西方知识界中找到对应。参见 Donald R. Kelley, *The Solzhenitsyn-Sakharov Dialogue*, pp. 155 – 165。
⑤ 索尔仁尼琴在西方也读过舒马赫等分产主义者的作品。不过他强调，双方观点的高度相似，并不存在直接影响的关系。考虑到他在《致苏联领导人的信》中早已提出类似观点，这一说法当可成立。参见［英］约瑟夫·皮尔斯《索尔仁尼琴：流放的灵魂》，第218—219页。

"落在两扇磨石间的谷粒"：索尔仁尼琴在西方(1974—1994)

亡前，西方已经默认他是一位"自己人"；那么按照同样的逻辑，当这位苏联来客开始批评西方时，人们也会轻易判定他原来是选择苏联、认同专制的。虽然反对"思想体系"的作家曾在发布会上公开表示，自己"想避开左派和右派的专制，甚至东西方的对立也不那么重要，最危险的是人类灵性的普遍危机"①，但对于只关心其"站队"情况的听众而言，这样的表态是很难被认真对待的。而根据"不是朋友就是敌人"的对抗逻辑，作家在西方报刊的批评文字中读出了《真理报》的味道也就不足为奇了："《纽约时报》开放的怀疑精神扩展到了所有的价值上，除了它自己的价值。"②

除了冷战这一时代语境外，索尔仁尼琴的避难者身份同样会加大西方社会倾听其批评意见的难度。不要说作家在流亡前接受了西方的帮助，就在发表《分裂的世界》《警示西方》这类演讲和政论时，索尔仁尼琴也正享受着西方的政治庇护。在这种情况下，给出"指导意见"的似乎更应该是恩惠的施予者，而非身处"低位"的受惠者——在听完索尔仁尼琴的哈佛演讲后，评论者讽刺道："这位来自地狱的避难者，似乎在谴责我们这些处在炼狱中的人，因为我们没有生活在天堂。"③ 事实上，这样的身份尴尬让索尔仁尼琴本人也忍不住在流亡笔记中悲叹，自己如此不遵守被庇护者"基本礼仪"的行为，实在太容易被视作"忘恩负义"了。④ 然而，接连在苏联和西方现场看到"先进思想的黑风"造成的巨大"折磨和伤害"后，⑤ 作家认为自己报答西方的最好方式，不是去发表那些显然能讨得庇护者欢心的称颂之辞，而是"帮助西方清醒和自我拯救"。⑥ 在这样的表态中，可以清晰地看到这位俄罗斯作家对"作家—先知"身份的某种自矜。可惜，与其他让索尔仁尼琴在西方碰壁的俄式传统一样，文学中心主义对于美国这样的市民社会而言十分隔阂。甚至可以想象，索尔仁尼琴在论战中越是急于发出"警示"，其庇护者就越容易感到被冒犯。而尽管（或者可能正是因为）身处一个信息更新迅猛的时代，作家不受欢迎的形象一旦形成，就再难被他在论战之外释放的善意松动一二。

---

① 转引自［英］约瑟夫·皮尔斯《索尔仁尼琴：流放的灵魂》，第237页。
② 转引自［英］约瑟夫·皮尔斯《索尔仁尼琴：流放的灵魂》，第246页。
③ 转引自［英］约瑟夫·皮尔斯《索尔仁尼琴：流放的灵魂》，第246页。
④ Солженицын, А. И., Угодило зёрнышко промеж двух жерновов//Новый мир. 1998. No. 9. C. 53.
⑤ ［俄］索尔仁尼琴：《致苏联领导人的信》，第203页。
⑥ 参见 Солженицын, А. И., Угодило зёрнышко промеж двух жерновов//Новый мир. 1998. No. 9. C. 103。

索尔仁尼琴的儿子伊格纳特从小所受教育"跨越了盎格鲁—撒克逊文化传统和俄罗斯文化传统",他的下列评述,也许可以为这场让双方都感到沉重不堪的跨文化之旅加上一个生动的注脚:

> 人们,尤其是媒体,总是以老套的反应来思考问题。他们已经有了一个索尔仁尼琴形象的模板:"隐居的、严厉的、一个现代的耶利米①。"……他说话的腔调和表达方式是西方所不习惯的。比如,当我父亲发表他那篇饱受争议的哈佛演讲时,他是诚恳的、充满激情的。但是,他炽热的激情仅仅被看作是不礼貌的、是苛刻的。也许,以下的事实又加重了这一点:他用俄语讲话,他的讲话是通过译者的翻译才能被听懂。可能这使他的激情失去了个性,也使它听起来比它本身更为苛刻。无论如何,我父亲的方法在盎格鲁—撒克逊圈子中没有得到理解。他的方法不是盎格鲁—撒克逊式的。对于盎格鲁—撒克逊人来说,他是不够礼貌的。②

三 挑战以西方为中心的世界主义想象

对西方社会的批评,无疑为流亡时期的索尔仁尼琴招来了最多批评。但正如作家所承认的,这不是他在这一时期最关注的问题。在被强行驱逐出境后,这位古拉格斗士迫切希望利用自己在国际社会的影响力,从"远处"继续支持俄罗斯解放事业。1975年,在应美国劳联—产联邀请发表的第一场演讲,亦即自己的"美国首秀"中,索尔仁尼琴重点谈到了苏联境内基本人权的缺乏以及苏联对自由世界的巨大威胁。他呼吁西方社会与政府不要轻信虚假的"缓和"政策,不要继续向苏联经济提供援助与投资。在他看来,这等于给"活埋"持异见者的苏联政府递上铁锹。③出乎其意料的是,这样的发言不仅被西方媒体指责为"冷战言论",④ 更让其国内的同胞无法接受:人们痛斥作家沉浸于意识形态之争,不顾一切

---

① 耶利米:《圣经·旧约》中的一位著名先知,因为预言神的审判而遭到同胞的敌视,饱经苦难,内心痛苦,却始终坚持自己的传道使命。又被称为"流泪的先知"。
② 这是伊格纳特接受皮尔斯采访时的回答。[英]约瑟夫·皮尔斯:《索尔仁尼琴:流放的灵魂》,第249—250页。
③ Solzhenitsyn, *Warning to the West*, p. 84.
④ 针对这种批评,索尔仁尼琴指出,自己反对的只是以政治实用主义为基础的不牢靠的"假缓和"。在 *Warning to the West* 中,他提出了以"彻底终止意识形态论战"为前提的"真正的缓和"(第276页)。

地阻断祖国的外界援助，这将大大孤立俄罗斯，甚至让大量民众得不到美国的谷物，陷入饥荒。对此，索尔仁尼琴试图通过区分"俄罗斯"与"苏联"来表明自己的态度。但显而易见，这在实际政治外交中是根本无法操作的。作家最终也只能承认，如何砍斫共产主义这只"章鱼"的腕足，而又不伤及被其紧紧缠绕的俄罗斯，这个难题并不像他当初设想的那么简单。① 不过，索尔仁尼琴仍然重申了自己此前在剧本《囚徒》中表达的观点，即俄罗斯归根到底只能自救，不能将希望完全寄托于西方的帮助。② 这里的"帮助"不仅仅是物质方面的，更是思想层面的。

而正是在这一点上，索尔仁尼琴与西方自由主义者、俄罗斯侨民以及苏联境内诸多持异见者之间，有着更为深刻的分歧。对后者而言，西方"先进的"政治体制和文化，正是让俄罗斯摆脱专制命运的唯一途径。早在 1969 年，索尔仁尼琴与《新世界》编辑部就维克多·恰尔马耶夫的"民族布尔什维克主义"展开的一场争论，就已触及了这一问题。和《新世界》的自由派知识分子一样，索尔仁尼琴并不认同恰尔马耶夫将俄罗斯革命视为俄罗斯民族精神发展高潮的看法。但如果说自由马克思主义者们是"以革命的名义拒绝俄罗斯的民族传统"，那么他的观点正好相反："必须以俄罗斯民族传统的名义拒绝革命。"③ 索尔仁尼琴对俄罗斯民族性的这种强调，当然也可以从其对一元化体系的批判中找到根源。而在 1972 年完成的一篇演讲词中，他还从更积极的一面强调了民族特质的可贵：

> 近来，有一种时髦的议论，说各民族将被同化，在现代文明的大圈子里，各民族的差异将消灭……在此我只能说：民族差异如果消灭了，这将使我们变得毫无特色，其后果比我们所有的人变成一个模样——性格相同，相貌相同——还要糟糕。众多的民族，这是人类丰富性的体现，人类综合性的丰富个性的体现。它们中的最小民族也有自己的独特色彩，包含着上帝构设的独特晶面。④

---

① 参见 Солженицын, А. И., Угодило зёрнышко промеж двух жерновов//Новый мир. 1999. No. 2. C. 84 – 85。
② Solzhenitsyn, *Warning to the West*, p. 84.
③ 不过，这种观点在苏联、包括在持异见者中都是极为异端的。因此，"索尔仁尼琴选择了缄默，没有指责革命，甚至强忍着不提他同意恰尔马耶夫对西方的许多批评"。[英] 约瑟夫·皮尔斯：《索尔仁尼琴：流放的灵魂》，第 194—196 页。
④ [俄] 索尔仁尼琴：《为人类而艺术——获诺贝尔文学奖的演说词》，何茂正译，《俄罗斯文艺》1998 年第 4 期。

第六部分 西方目光下的俄罗斯文化

在写作这篇演讲词时,索尔仁尼琴还只是从国内的自由派知识分子那里感受到一种向西方"普适道路"靠拢的朦胧渴望。而当他来到并身处上述想象的中心西方后,作家对民族"同化"的压力有了更切实的感受:无论是他对西方的批评,还是他认为俄罗斯和西方一样有权利和能力"通过累积的民族经验的有机发展"走出危机的观点,都经常被论者归结为一种悖逆"时代大潮"、自我封闭的斯拉夫主义。尤其让索尔仁尼琴警惕的是,这样的看法不仅仅存在于大众媒体,更被西方的许多学术著作宣扬。按照这些著作的描绘,在俄罗斯单薄的历史和传统中根本不存在什么可以"有机发展"的资源。部分研究者更指出,20世纪俄罗斯革命之所以会走向极权政治,其根源恰恰就在于这个他们评价不高的俄罗斯传统。正是它们把西方提供的一本"好经"给念歪了。有鉴于此,1980年初,作家在《外交事务》上发表了一组文章,对"西方对俄罗斯的各种错误认识"进行了系统梳理和批驳。

在文章中,索尔仁尼琴重点对西方相关历史研究中的一些倾向提出了质疑。他指出,专家学者在看待俄罗斯传统时,总是抱着一种"西方中心主义"的态度,不断地惊异于"这个奇怪的世界"为什么"总是拒绝接受西方对于事物的看法?为什么它拒绝跟随西方社会的显然更高等的道路?"文明间的"差异",被描述为"正误","俄罗斯因为她与西方的每一个不同点遭到谴责"。[①] 而在具体的论述中,因为渠道被阻,研究者可以获得的材料有限,且往往"已经被马克思主义污染过"。再加上他们那种强烈的价值预设,这些材料被进一步剪裁。甚至,索尔仁尼琴指责研究者在方法上也经常复制(以马克思主义为指导的)苏联学术,采取一种彻底摈弃了"精神历史"的社会学研究模式。以理查德·派普斯的《旧制度下的俄罗斯》(*Russia Under the Old Regime*)为例,索尔仁尼琴认为该书"没有一章提及宗教,或在俄罗斯精神与公共生活中占据重要地位的宗教辩护者",而是"完全从物质利益的角度描绘俄罗斯社会"。在这样的描述中,俄罗斯全部历史的唯一"目的",似乎就是"创造一个警察国家"。作家嘲讽道,对于更早进入现代民主社会的西方国家而言,俄罗斯主要就是个"粗暴的东方专制国家";"几乎所有的研究都将她的历史缩减为'伊凡雷帝加彼得大帝'"。然而,归根结底,"政治体制"只是"文明"的一部分。如果没有那些在历史中沉淀下来的组织"智慧"以及

---

① Solzhenitsyn, *The Mortal Danger: How Misconceptions about Russia Imperil America*, N. Y. Harper & Row Pub., 1980, pp. 9 – 10.

"落在两扇磨石间的谷粒":索尔仁尼琴在西方(1974—1994)

宗教等精神因素的平衡、缓冲,光凭各种政治恐怖与血腥镇压,如何可能让这片大地上的人民凝聚在一起,且维系千年之久呢?①

而对于那种在俄罗斯传统,以至"民族性"与俄罗斯大革命的失败之间建立简单因果关联的做法,索尔仁尼琴的反应尤为激烈。他承认共产主义在现实运转中,必然会带有"民族"与"地方"特性,② 但西方某些学者将一切负面现象都"倒推"为俄罗斯文化的某种"固有缺陷",有着太过强烈的价值预设,也因此而模糊了一些基本事实。例如,虽然列宁等人明确表达过自己对雅各宾派的崇拜,并在宣言和行动上不断对之进行模仿,部分研究者还是坚称十月革命与法、德激进思潮的涌入毫无关系,一切都根源于俄罗斯的政治恐怖与农民起义"传统",③ 而革命结束不久苏联就开始修建古拉格群岛,则被认为完全"得益"于沙皇时代丰富的强制劳动经验。官方对农奴和战俘的残酷奴役,甚至人民自身的"奴性"被认定为俄罗斯的固有特色。作为《古拉格群岛》的作者,索尔仁尼琴也曾多次提及"彼得大帝的强制劳动营",并不打算对其进行美化。但作家认为它在规模、管理以及根本性质上都与苏联时代的劳改营有着明显的区别,这一点从二者对"政治犯"的不同处理上可以看得最为清楚。当"一个流着鼻涕的小男孩因为将一份反政府传单贴在围栏上而被捕",他在两个时代将获得的惩罚有着质的不同。④ 列宁、斯大林等人亲历过的"过于宽松",甚至能多次逃脱的流放生活,不仅让他们"对沙俄政权的'无能'极为鄙视",更从中汲取了"教训"。⑤ 可以说,"两害相权"下让帝俄之害反而显得较轻的那些"现代"因素,才是索尔仁尼琴希望追问,而西方部分俄罗斯历史研究者选择性漠视的(可以作为补充的一点是,第一座现代意义上的集中营出现在19世纪的欧洲殖民地,换言之,它绝非某种"俄罗斯性"的特定产物⑥)。与上述研究的结论相悖但逻辑一致的是,另一些西方学者提出,俄罗斯革命和苏联早期政权最初还是深受西方进步思想(尤其是"真正的马克思主义")影响的,而且也取得了

---

① Solzhenitsyn, *The Mortal Danger*, pp. 9 – 13.
② Solzhenitsyn, *The Mortal Danger*, pp. 119 – 120.
③ Solzhenitsyn, *The Mortal Danger*, pp. 114 – 118.
④ Солженицын, Пьесы и киносценарии. С. 237.
⑤ 可参阅[美]安妮·阿普尔鲍姆《古拉格:一部历史》,戴大洪译,新星出版社2013年版,第 xix—xx 页。
⑥ 可参阅[美]安妮·阿普尔鲍姆《古拉格:一部历史》,戴大洪译,新星出版社2013年版,第 xx—xxii 页。

第六部分　西方目光下的俄罗斯文化

辉煌的成就，"1917—1921 年的恐怖被称作'新生的黎明'或者高峰"。①可惜的是，继任者斯大林"放弃了马克思主义而选择从俄罗斯历史中汲取教义"——虽然西方研究者笔下的这位"俄罗斯民族主义者"，一直是以最残酷和彻底地摧毁俄罗斯传统社会而著称的。② 索尔仁尼琴辛辣地指出，将责任完全推给俄罗斯民族、传统的特殊性，可以帮助"过去曾支持过苏联血腥政权"的一些西方知识分子"卸掉思想包袱"，甚至让其继续保持对马克思主义的"幻想"。③

从现代叙事学的角度来看，要对历史作任何本质论意义上的再现都是不可能的。在各种书写的背后，都隐藏着不同的"叙事政治"。由于对所属文明、或者所信奉的学说抱有强烈自信，西方研究者或许会更愿意谈论文化和价值的普适性，不愿意以民族、国界自缚手脚，而索尔仁尼琴则还在为俄罗斯的基本生存问题担忧。由此，他在论述同一段历史时，自然会更愿意强调文明多样性的可贵以及共同体传统的活力。他的目标，也不是提供下一步"实验"的"最佳"方案，而是如何以"最小"的代价来摆脱眼前这种"最坏"的局面。更何况，此时的他已经认定现代西方同样面临深重危机，绝非完美。由此，这位最著名的反极权人士才会出人意料地率先指出，俄罗斯不能"从极权主义的冰崖上突然跳向民主制"，它需要谨慎而平缓的变革。④

而真正值得注意的是，索尔仁尼琴对俄罗斯传统的这种坚持，遭到的最为激烈的批评并非来自西方，而是来自自己的同胞。俄罗斯批评者纷纷指出，索尔仁尼琴的言论，太容易被希望借助民族主义情绪来进行社会动员的苏联官方所利用，阻碍俄罗斯人实现"个人自由"。⑤ 这其实又回到了当年索尔仁尼琴与《新世界》的那场争论。只是此时已经离开苏联反极权斗争"前线"的作家，开始更为直白地表露自己的观点。在多篇文章中，索尔仁尼琴明确指出，他反对"民族布尔什维克主义"中的沙文主义和侵略主义，更加不赞成"将共产主义和爱国主义紧密联系起来，把革命及苏联随后的历史当作俄罗斯精神的胜利来赞扬"。⑥ 苏联官方提

---

① Solzhenitsyn, *The Mortal Danger*, p. 8.
② Solzhenitsyn, *The Mortal Danger*, pp. 12–14.
③ 在出席胡佛研究所的宴会时，索尔仁尼琴对美国的俄苏研究还有过一次集中的批评。参见 Michael Scammell, *Solzhenitsyn: A Biography*, p. 952。
④ Solzhenitsyn, *The Mortal Danger*, p. 59.
⑤ 参见［俄］安德烈·萨哈罗夫《评索尔仁尼琴〈致苏联领导人的信〉》，载《苏联持不同政见者论文选译》，第 239 页。
⑥ ［英］约瑟夫·皮尔斯：《索尔仁尼琴：流放的灵魂》，第 221 页。

倡的那种民族主义强调的是臣民的"出身"/血统，以及建立在此基础上的对共同体的"忠诚"；与之相对，他所呼吁的那种民族意识，是以共同体对成员基本权利的尊重为前提的。共同体的力量，来自有着共同民族精神（尤其是东正教精神）的各个成员之间"真正的情感联系"。① 而如果只是就一个人对自己所属族群和文明的"眷恋"而言，作家并不打算否认自己是个"民族主义者"或者"爱国者"。②

不过，索尔仁尼琴的这些回应也许并未能触及问题的根本。他的民族主义立场之所以会在俄罗斯知识分子内部和西方引来一致批评，一个更为隐蔽，也更重要的原因，还在于"民族主义"这一原本意涵复杂的概念，已经被那种以抽象个体为单位、强调普适价值的强势话语挤压得只剩下负面色彩。在冷战造成的对抗与分裂局面中，"从文化特殊性走向更大的普适性"，无论如何都称得上是高尚而"引人入胜"的理想。③ 尤其是长期自外于"主流"价值的俄罗斯，似乎只有越彻底地抹除自己的身份标记，才越能融入国际社会。④ 然而，如克雷格·卡洪在《后民族时代来到了吗？》中所指出的："不归属于任何社会团体、社会关系或文化，那是不可能的。那种可以选择自己所有'身份'的纯粹的抽象个人观念极具误导性。"⑤ 这不仅是就个体长成的"自然"过程而言，也与国际政治以民族国家为基本单位的大格局仍未发生根本性变化直接相关。无论是因为历史的"阴影"，还是现实的利益分歧，对于西方而言，俄罗斯总是散发出一种强烈的"异族"气息。对"民族主义"的指责，很多时候是为西方提供了一种便捷的攻击武器。索尔仁尼琴曾根据自己的流亡经验提醒道，那些对爱国主义大加贬斥的同胞并不知道，作为其"模板"的美国其实盛行爱国主义。⑥ 而颇有"只许州官放火，不许百姓点灯"意味的是，作家要求苏联"这个最主要的侵略国全面回缩"，让俄罗斯人"专注自身事务"的想法，却被判定为一种危险的"俄罗斯民族意识"。⑦ 与之类似的，作为俄罗斯自由主义侨民的典型，供职于加州大学国际研究学院的亚历山

---

① Solzhenitsyn, *The Mortal Danger*, p. 68.
② Сараскина, Л. И., Александр Солженицын. М.：Молодая Гвардия. 2008. С. 760.
③ [美] 克雷格·卡洪：《后民族时代来到了吗？》，《中国学术》2005年总第21辑。
④ 索尔仁尼琴指出，那些力图融入西方社会的俄侨为西方斯拉夫研究和想象提供了最重要的"有倾向性的材料"。Солженицын, А. И., Угодило зёрнышко промеж двух жерновов// Новый мир. 1999. No. 2. С. 97–99.
⑤ [美] 克雷格·卡洪：《后民族时代来到了吗？》，《中国学术》2005年总第21辑。
⑥ Солженицын, А. И., Россия в обвале. М.：Русский путь. 2002. С. 152–153.
⑦ Solzhenitsyn, *The Mortal Danger*, pp. 56–57.

大·雅诺夫（Alexander Yanov），一方面无法理解"索尔仁尼琴这样的斯拉夫主义者"为什么就是不能痛快地承认西方文明所代表的那些"主流"的价值，另一方面，他却也不能不在同一本书中尴尬地提到，自己的这种"诚意"并未能打动西方人。他的许多西方同行倾向于将所有俄罗斯人都视为民族主义者，并认为"萨哈罗夫与索尔仁尼琴、与勃列日涅夫并无区别"。[1] 这样的"怪现象"只能说明，所谓的世界主义"其实是对一种特定的且具有发展潜力的跨越疆界的文化生产过程和社会网络形成过程的参与"。也就是说，它同样"具有特殊的而非仅仅是普适性的内涵"。[2] 事实上，若非从一开始就认定西方文明代表着历史发展的唯一正解，西方与俄罗斯知识精英也不会不假思索地将俄罗斯曾经拥有和目前尚存的一切，统统排除在可以利用的"世界资源"之外，而像索尔仁尼琴这样认为本国历史与传统并非毫无可取之处的保守者，或许也不会如此让人难以忍受。

四 在西方重写俄罗斯历史

在自己的诺贝尔演讲词中，索尔仁尼琴不仅提到了民族特性的可贵，也特别强调，在区域联系空前紧密的现代世界，任何民族都不能只用自己的特殊价值去衡量一切，人类需要展开更为有效的交流。当时，作家对此前景颇为乐观。但到1978年，流亡仅仅数年后，他承认自己已经不再抱有这种乐观态度。[3] 对文化隔阂的痛苦体认和身份的尴尬，让作家在西方始终处于精神"流亡"状态。而让其处境更加恶化的是，每当作家在西方陷入恶战时，苏联境内也会掀起对他的批判高潮[4]——即便索尔仁尼琴与西方交战的原因，可能正是因为他试图为俄罗斯进行辩护。加上俄侨与国内持异见者纷纷指责其思想"倒退"，作家感觉自己腹背受敌，被"东方和西方两扇磨石同时挤压"。这也是索尔仁尼琴流亡笔记标题的

---

[1] Alexander Yanov, *The Russian challenge and the year 2000*, N. Y. : Basil Blackwell, 1987, pp. xi – xiii.

[2] [美] 克雷格·卡洪：《后民族时代来到了吗？》，《中国学术》2005年总第21辑。

[3] Солженицын, А. И., Угодило зёрнышко промеж двух жерновов//Новый мир. 1998. No. 11. C. 134.

[4] 有意思的是，苏联媒体经常会直接引用西方同行对作家的批评言辞。参见 Michael Scammell, *Solzhenitsyn: A Biography*, pp. 950 – 951. 这一时期索尔仁尼琴的前妻与过去的一些朋友集中出版了一批书籍，对作家进行了严厉指控。参见 Солженицын, А. И., Угодило зёрнышко промеж двух жерновов//Новый мир. 2001. No. 4. C. 111; Сараскина, Л. И., Александр Солженицын. C. 167。

"落在两扇磨石间的谷粒":索尔仁尼琴在西方(1974—1994)

由来。① 相较于流亡前作战对象和立场的明确,离开抗争前线的作家反而更感疲惫和无力。在收到索尔仁尼琴的来信后,其国内的好友深感担忧:"他本来精力非常旺盛,可是信上说,勉强提起精神工作";②"他住在这里的时候——不管发生什么情况——从来没有抱怨过。现在他没完没了地抱怨。抱怨所有人"。③

好在这位阿赫玛托娃眼中的"光明天使"并未真的失去斗志。作为一位作家,索尔仁尼琴最终还是选择用自己最擅长的方式来表达自己的观点和态度。在佛蒙特的隐居生活中,他将自己绝大多数的精力投入了革命史《红轮》的写作之中:这部作品的主体部分由《1914 年 8 月》、《1916 年 10 月》、《1917 年 3 月》和《1917 年 4 月》四个大"节"(узел)组成,各节又分有多卷,规模庞大。索尔仁尼琴从青年时代开始构思此书,在流亡前已经完成第一大节的初稿和第二大节的一部分,到 1989 年才勉强完成全稿。④ 按照作家本人的说法,《红轮》不仅是他一生最重要的作品,而且在整个流亡时期,此书就像他的"呼吸","拯救"了他,让他能够"避开没有出路的现代生活"。⑤ 他更加自信地建议自己愤怒的西方批评者"要去读读《红轮》",因为关于俄罗斯的历史,它将给出一个"不同于浅薄的时髦观点的解答"。⑥ 从这类表态可以看出,索尔仁尼琴在佛蒙特展开的革命史写作,已不再是单纯的关于"俄罗斯"的,甚至也不仅仅是"历史"。它与现实语境以及默认在场的读者有着明显的对话性。

---

① Солженицын, А. И., Угодило зёрнышко промеж двух жерновов//Новый мир. 1999. No. 2. C. 87 – 89.

② [俄]利季娅·丘可夫斯卡娅:《捍卫记忆——利季娅作品选》,蓝英年、徐振亚译,广西师范大学出版社 2013 年版,第 407 页。

③ [俄]利季娅·丘可夫斯卡娅:《捍卫记忆——利季娅作品选》,蓝英年、徐振亚译,广西师范大学出版社 2013 年版,第 424—425 页。

④ 到 20 世纪 80 年代末,作家意识到,因为《红轮》前四个大节规模过于庞大,加上自己年龄与精力的限制,他只可能以一种"综述"的形式来完成计划中剩余的部分。从第五大节开始,作家放弃了那些"虚构"的人物,并将笔墨集中于真实的历史人物、事件,终于在 1989 年完成了《红轮》的全部写作。其中涉及 1917 年的第五到九大节相对详细。第十到二十大节简单概括了 1918 年 2 月—1922 年春的事件。另还标出了打算写作的 1928—1945 年五个尾声。参见 Солженицын, А. И., Угодило зёрнышко промеж двух жерновов//Новый мир. 2003. No. 11. C. 51 – 52. 但作家并未感到太多的遗憾,因为他相信 1917 年 4 月之后俄罗斯形势的变化,与其说是"质变",不如说是"量变"(详见下文分析)。Солженицын, А. И., Апреле Семнадцатого//Собрание сочинений:В 30 т. Т. 16. М. :Время. 2009. C. 565.

⑤ Солженицын, А. И., Угодило зёрнышко промеж двух жерновов//Новый мир. 2001. No. 4. C. 124.

⑥ Solzhenitsyn, *The Mortal Danger*, pp. 105, 111.

第六部分　西方目光下的俄罗斯文化

事实上，作家的西方经历在《红轮》中留下了极为鲜明的烙印。从最直观的层面来说，他看到了许多只可能在西方看到的历史资料。除了在苏黎世列宁故居、胡佛"战争、革命暨和平"研究所和巴赫梅季耶夫档案馆等地借阅了大量珍贵史料外，作家还亲自成立了"全俄回忆录文库"，向俄侨征求回忆录。而要揭示被官方历史叙事严重扭曲的真相，这些一手材料和个体记忆的重要性不言而喻。不过，在很大程度上，决定索尔仁尼琴从浩如烟海的史料中"读出什么"的，还是西方经历为他提供的新的问题意识。1976 年，索尔仁尼琴大幅度地修改了在苏联完成的《1914 年 8 月》初稿，新增了近四分之一的篇幅（集中于第六十到七十三章）来专门描写"斯托雷平 1905 年如何出现，以及在他之后、直到 1914 年俄罗斯的飞速发展"。[1] 而从《古拉格群岛》中对斯托雷平的描写可以看出，至少在苏联时，作家对这位"臭名昭著"的"反动大臣"还谈不上有什么特别的好感。[2] 在革命史原来的设计中，他也只打算让斯托雷平在古奇科夫主宰的声部中作为一个补充性的人物出现。但在胡佛研究所阅读相关史料时，索尔仁尼琴却不可抑制地感到"斯托雷平站在我的眼前，灼烧着我的头脑"。[3] 尽管对这场改革的追述不可避免地会造成"1914 年 8 月"这个时间节点的混乱，作家仍坚持作出了上述改动。而他之所以会如此"不计后果"，很大程度上就是因为其通过这位大臣富有成效的改革找到了有力的证据，可以回击在苏联与西方都十分流行的那种"帝俄一片黑暗"说，并指出"革命"并非俄罗斯历史发展的"必然"。

在修订版的《1914 年 8 月》中，作家以翔实的数据材料证明，相对于革命恐怖行动的泛滥和疯狂，斯托雷平采取的镇压措施，远不像人们惯常所描述的那样"残暴"。相反，他可以说是用最小的代价稳住了局势。而在政治、经济改革方面，他更成功地同时顶住保守与激进两方的压力，[4] 做到了"向前，但轻踩刹车"。以关键的农村改革为例，斯托雷平立志建立强大的自耕农阶层，让农民真正获得土地所有权和自主经营权。

---

[1] Солженицын, А. И., Угодило зёрнышко промеж двух жерновов//Новый мир. 1998. No. 11. C. 138.

[2] 参见［俄］亚历山大·索尔仁尼琴《古拉格群岛》下册，第 106 页。当时的索尔仁尼琴只是希望证明，即使与臭名昭著的"斯托雷平反动时期"相比，苏联的统治也更为恐怖。

[3] Солженицын, А. И., Угодило зёрнышко промеж двух жерновов//Новый мир. 1999. No. 2. C. 74 – 75.

[4] ［俄］亚历山大·索尔仁尼琴：《1914 年 8 月》，何茂正、胡真真等译，江苏文艺出版社 2010 年版，第 666 页。

他劝说右派应该看到，"农民，一旦没有自家的土地，他们就不再尊重其他任何人的财产"；①但在对官地、贵族领地以及农民土地的数量与分布情况进行了实际了解后，斯托雷平又反对像左派所提议的那样，强行剥夺地主的土地，"一旦再分配土地体制启动，就不仅仅停留在分配地主的土地，进而要瓜分富裕农民的土地，所有优秀的东西都得崩溃，分地的成果为零"②（索尔仁尼琴在小说中进行的这类分析，很难不让人联想到苏联农村改革带来的惨重后果）。与之相对的是，他鼓励将更多的精力投入推广新的耕种法和提高产量上去，同时也希望通过国家的补贴和优惠政策，充分照顾那些处于无权地位的农民的利益。③加上宗教与地方自治方面的稳健政策，索尔仁尼琴坚信斯托雷平的这场改革，不仅让尼古拉二世顺利渡过了第一阶段的统治危机，也让现代化变革与俄罗斯传统融合，为一战前的俄罗斯创造了一个黄金发展期。战前俄国成为世界上最大的粮食出口国，"从下顿河到高加索，穿过整个库班大草原，作家描绘了自己所熟悉（他出生于此）的地区经济'腾飞'的景象"。④小说中的库班庄园主托姆恰克，正是作家以自己的外祖父为原型塑造的。这位曾经一贫如洗的农奴，一方面能够秉持东正教朴素道德观念（"为了工作人员什么也不吝惜，不是小心地紧紧抱着财富不放"⑤）；另一方面，又善于向德国垦殖者学习新技术（包括"怎样把广阔的草原划成一方块一方块的防风垦殖地；怎样按轮作体系轮番种植小麦、玉米、向日葵、苜蓿、驴豆，使其一年一年长得更茁壮，更丰收；怎样把所有母牛换成产三桶奶的德国母牛"；等等⑥）。其日益红火的生活具体诠释了斯托雷平农村政策的成功。

而生产效率的大幅提高，更让托姆恰克这样的农庄主可以将"大批的、沉重的"产品，源源不断地输送到远方市场。⑦事实上，在《红轮》中，除了农村、农业面貌的改变外，晚期帝俄"大变革"的成功，还表现在国内外贸易繁荣、工业生产高速增长、教育普及，以至"白银时代"

---

① ［俄］亚历山大·索尔仁尼琴：《1914年8月》，何茂正、胡真真等译，江苏文艺出版社2010年版，第652页。
② ［俄］亚历山大·索尔仁尼琴：《1914年8月》，第679—680页。
③ ［俄］亚历山大·索尔仁尼琴：《1914年8月》，第680页。
④ Olivier Clément, *The Spirit of Solzhenitsyn*, p. 161.
⑤ ［俄］亚历山大·索尔仁尼琴：《1914年8月》，第81页。
⑥ ［俄］亚历山大·索尔仁尼琴：《1914年8月》，第78页。
⑦ ［俄］亚历山大·索尔仁尼琴：《1914年8月》，第78页。

第六部分　西方目光下的俄罗斯文化

文化高峰的出现等各个方面。① "人民生机勃勃的日常生活越来越方便，国家采取思维健全的方式运作。"② 与一般认识中的"中间派"那种骑墙形象截然不同，索尔仁尼琴笔下的斯托雷平在和左右两翼同时作战的过程中，表现出了"最大的自持力、最坚定的勇气、最有算计的耐心以及最精确的知识"。③ 作家甚至认为，斯托雷平超越了彼得大帝，因为他在引入现代理念改变俄罗斯落后面貌的同时，还最大限度保证了"我们国家的生存基础——人民的心灵世界"不受伤害。④ 种种描绘让斯托雷平成了整部《红轮》中最为丰满动人的一个形象。而如果联系这一时期作家本人的处境，就不难理解他"再发现"和塑造这一人物时的动情：斯托雷平因为坚持缓慢调适而既被保守势力疏离，又被进步人士斥为反动，举步维艰却始终不改初衷。这几乎完美地折射了作家"落在两扇磨石间"的心态。除了挑战主流叙事外，如此书写斯托雷平"中间道路"的成功，或许也是孤独隐居的索尔仁尼琴进行的某种自我鼓励与暗示。

无论如何，1911年改革派的旗帜斯托雷平遇刺身亡，成了作家笔下帝俄命运的转折点。社会秩序的恢复被视为斯托雷平政府不可饶恕的罪行，因为这让革命变得越来越难了（革命的初衷却已经被忘记）。在多次从恐怖袭击中侥幸逃生后，这位改革者最后还是死于一场颇有"玩票"性质的暗杀，甚至未能得到社会舆论的基本同情。"世人得以见到光明，而使其然者反受其辱。"⑤ 在作者看来，这场充满荒诞感的暗杀也是"整个20世纪的一次预演"⑥：被激进而粗陋的历史想象控制，俄罗斯人过于轻率地"扼杀"了暴力革命之外的其他可能性。虽然也用大量篇幅描写了斯托雷平死后统治阶层犯下的诸多错误，甚至坦言"革命永远是政府犯重大错误的标志"，⑦ 但在作家看来，越来越激进失衡的"社会舆论"

---

① 在《红轮》中，索尔仁尼琴集中塑造了一系列年轻女性形象，来表现白银时代的开放多元，尤其是通过对西方血液的选择性输入激活和丰富了俄罗斯传统。参见 Olivier Clément, *The Spirit of Solzhenitsyn*, pp. 164 – 165。

② ［俄］亚历山大·索尔仁尼琴：《1914年8月》，第705页。

③ ［俄］亚历山大·索尔仁尼琴：《1916年10月》，夏广智、林全胜等译，江苏文艺出版社2011年版，第63页。

④ 改革所针对的农村村社似乎并未被作家放在这个"心灵世界"的中心，［俄］亚历山大·索尔仁尼琴：《1914年8月》，第705页。

⑤ 改革所针对的农村村社似乎并未被作家放在这个"心灵世界"的中心，［俄］亚历山大·索尔仁尼琴：《1914年8月》，第784页。

⑥ 改革所针对的农村村社似乎并未被作家放在这个"心灵世界"的中心，［俄］亚历山大·索尔仁尼琴：《1914年8月》，第734页。

⑦ ［俄］亚历山大·索尔仁尼琴：《1916年10月》，第396页。

"落在两扇磨石间的谷粒":索尔仁尼琴在西方(1974—1994)

才是 20 世纪俄罗斯灾难的根源。

索尔仁尼琴曾在《古拉格群岛》中指出,克里米亚战争后,俄罗斯在西方启蒙思想影响下形成的"社会舆论",已经成为可以与专制制度对抗的"最伟大的力量"。[①] 然而,一种真正健康的"社会舆论"应该是由个人自由表达、能够互相影响的意见汇聚而成的,它不仅不应受到政府的左右,也不应受到社会中单一意见、思想派别的挟持(那种"封闭的开放"对于在自由世界陷入舆论旋涡的索尔仁尼琴而言,无疑是十分熟悉的)。如前文已经提到的,在《红轮》一、二大节中,索尔仁尼琴描述了"大革命前的俄罗斯"/"今日的西方"的精神失序。作为一个相对概念,"进步"并不能给一个社会带来坚固的价值内核。不过,相较于"今日的西方"而言,身处欧洲"边地"的俄罗斯所追求的"进步"有更明确的所指:以西方现代文明为模板,几代俄罗斯进步知识分子"憎恨俄罗斯的一切",将本土文化中所有"前现代特征"都视为俄罗斯进入现代国家行列的阻碍,急于与之割裂。[②] 这样一种决绝的反传统文化立场,又与政治激进主义互为表里。既然西方先行者已经找到了历史的正解,那么俄罗斯不妨走得更快、更直接些。就像申加廖夫等人借用那个"命运之书"的传说所强调的,西方已经率先读完历史女巫手中那一整本"命运之书",俄罗斯就不要再妄想同历史的铁律"讨价还价","任何人都避不开进步的阶梯。无论如何,西方所经历的那些阶段,我们都要艰难地走过"。[③] 在整部小说中,无论是在罢工风潮里,还是在杜马、城市联盟的辩论中,抑或在前线士兵的溃逃路上,进步知识分子总是熟练地运用一整套经过功利化、激进化解释的现代政治术语,以抽象的"人民"的名义发言,带动舆论不断向"左"倾斜。在《1914 年 8 月》中,索尔仁尼琴甚至连用四章(第五十九到六十二章)的篇幅,描写了老牌革命知识分子阿格涅萨姑姑如何对后辈进行"教义"讲解。在她的慷慨陈词中,已经不难找到日后支持"古拉格群岛"运转的一些基本法则:

> 绝对不准用旧的道德标准评判革命者。对一个革命者来说,一切有助于促进革命胜利的言行,都是合乎道德标准的,而一切有碍于革命胜利的言行,都是不道德的。革命是一种伟大的范畴,这就是从专

---

① [俄] 亚历山大·索尔仁尼琴:《古拉格群岛》下册,第 93—94 页。
② [俄] 亚历山大·索尔仁尼琴:《1916 年 10 月》,第 1017 页。
③ [俄] 亚历山大·索尔仁尼琴:《1916 年 10 月》,第 316—317 页。

制向人民享有更高权利、更加正义的社会的转变，向最高真理社会过渡的过程。凡是知道生命的全部价值并能献出自己生命的人，都知道他该付出什么，应该夺取什么，他就有权夺取他人的性命。①

诚然，通过对其所在声部的深入模拟，小说也毫无保留地展现了阿格涅萨姑姑这类知识分子的个人美德与良好动机。但他们对俄罗斯命运的判断，在很大程度上受制于话语本身，与具体实情无关。② 而尤为重要的是，激进舆论一旦形成，就很难再被个人、包括最初煽动起这股舆论的人精准控制。相反，它会依靠自己抢占的道德制高点，成为一种新的，也更恐怖的"专制力量"。在一种要求快速"站队"的气氛中，本应是知识分子"基本属性"的独立思考能力反而成为禁忌。早在大革命真正爆发前，俄罗斯已经出现一种"精神陷阱"：但凡敢与左派争论的人都会被贴上"极右黑帮反动分子"的标签，而敢与青年争论的，就是"暗探局特务"。③ 也只有在这样的氛围下，斯托雷平才会被认为"罪无可恕"。而在《1917年3月》（俄历2月）中，物质基础仍然坚固（粮食储备并未真正出现短缺，对德战争也即将进入反攻阶段④）的帝俄政府才会毫无抵抗之意，在短短三天时间内应声崩塌。原本毫无革命准备的杜马和反对派政党轻松获胜。然而，也正因为只是以一股不代表真正理性选择的躁动民气作为初动力，这场革命才从一开始就走向了无序、盲动与暴力。从2月27日开始，"逮捕、抢掠、防火、酗酒、报仇与凶杀"，在"全城所到之处毫无阻挡。所有的政权被扫荡殆尽，所有的通讯设施尽皆中断，所有的法律都失去了效力"。在一切秩序都被打破的情况下，兵痞街霸肆意作乱，甚至连全城在押的刑事犯，也被当作"反抗专制的英雄"获得"解放"，"全城闹得人人自危，随时都可能遭到任何人的攻击"。⑤

而此后的革命更如出笼猛兽，再难受缚。关于自由主义政党在俄罗斯大革命中的最终落败，研究者通常会提及自由主义这一政治理论在失序社会的天然局限性：它以"假定存在的共同价值标准"作为前提，本身却

---

① ［俄］亚历山大·索尔仁尼琴：《1914年8月》，第571页。
② 最有说服力的是，整部小说对四届国家杜马的速记记录进行了大量抄录，揭示出杜马已经从"独立于政府"转为"对抗政府"。致力于解决实际民生问题的建议总被认为是与万恶的专制制度妥协，无法得到代表们的倾听和讨论。关于这个问题的总结性论述，可参见［俄］亚历山大·索尔仁尼琴《1917年3月》，何茂正等译，江苏文艺出版社2013年版，第174—175页。
③ ［俄］亚历山大·索尔仁尼琴：《1916年10月》，第1019页。
④ 参见［俄］亚历山大·索尔仁尼琴《1917年3月》，第140、298页。
⑤ 参见［俄］亚历山大·索尔仁尼琴《1917年3月》，第979页。

并不能提供任何可以产生共同价值标准、建立秩序的手段。① 但除了这一点外,在《红轮》中,作者还着力表现了俄罗斯自由派(看似与"软弱无能"相对立)的另一面:相较于欧洲其他各国的自由主义者,他们本来就要左倾得多,也总是更"宽容地对待界限的向左扩展"。② 在经历了革命初期的惊慌后,罗江科、米柳科夫等人很快在等待其表态的公众面前,塑造了自己足够"进步"的形象,发表了一系列情绪激昂但与其政治立场并不符合的演讲和政令。尽管对革命形势的日渐失控不无担忧,他们也同样被这些势必会进一步激化事态的发言所感动,相信正是自己在创造历史。③ 加上激进舆论的催化,这些政治领袖终于被"自我绑架",自觉不自觉地从"革命"走向"更革命"。在与苏维埃谈判的过程中,米柳科夫等人不能不被自己以前喊出的一些口号缚住手脚,怕"公开的自我背叛",也怕"人家痛恨、咒骂、谴责他,以为他是罗曼诺夫皇朝的捍卫者"。④ 在索尔仁尼琴看来,苏维埃执委会提出的"一号令"(3月1日)和"八项条件"(3月2日),没有遭到多少阻拦就通过了,这意味着"在自由主义知识分子战胜帝国敌人的同时,苏维埃意识形态却窃取了胜利果实"。⑤ 很快,面对更"进步"、更善于迎合庶民政治心理的挑战者,临时政府和被其推翻的帝俄政府一样,在力量占优的情况下完全失去了捍卫自身合法性的勇气。布尔什维克要做的,仅仅是将自由主义者"扔在地上"的权力"捡起来"。⑥

从更广阔的社会思想,而非具体的政治观念出发,索尔仁尼琴最终对在西方广为流行的"肯定二月革命、否定十月革命"的观点进行了驳斥(更不用说苏联官方史学所主张的"十月胜过二月"了)。他提出,二月革命与十月革命之间并无明显断裂,"俄罗斯民族无可挽回的损失,从二月革命就已经开始了"。⑦ 作家甚至认为自己此前长期将十月革命视为革命史"中心"的判断也不正确:"主要的事件其实是1917年二月革命。"⑧ 对中心的这一调整,不仅从根本上改变了《红轮》的结构,也被索尔仁

---

① 参见刘东《理论与心智》,江苏人民出版社2001年版,第115—126页。
② [俄] 亚历山大·索尔仁尼琴:《1917年3月》,第1526页。
③ [俄] 亚历山大·索尔仁尼琴:《1917年3月》,第638—640页。
④ [俄] 亚历山大·索尔仁尼琴:《1917年3月》,第1550页。
⑤ Солженицын, А. И., Размышления над Февральской революцией. http://www.solge nizin.net.ru/razdel-sb-elbook-615-pgs/0/.
⑥ [英] 约瑟夫·皮尔斯:《索尔仁尼琴:流放的灵魂》,第261页。
⑦ Солженицын, А. И., Размышления над Февральской революцией.
⑧ Солженицын, А. И., Угодило зёрнышко промеж двух жерновов//Новый мир. 1998. No. 11. C. 153.

尼琴视为自己的一次"思想转折"。而和"重新发现"斯托雷平相似，促成这种转变的，首先也是作家1976年春在胡佛研究所查阅到的大量资料。当时，《1917年3月》的写作尚未正式开始。在研究所的两个月时间里，作家"陶醉地'翱翔'"于各种关于二月革命的材料之中，后者"打开"了他的眼睛，让他"知道过去发生了什么，怎么发生的"。① 不过，从研究所回来后，索尔仁尼琴逐渐意识到，从开始进入西方到发现新史料这两年时间里，二月革命的问题其实早已从各种"缝隙"中显示出来。尤其是他此前对西方的"直觉式的坦率批评"，已经构成了"那个在二月革命材料中发现的新知的一股细流"。② 也就是说，作家仍然是带着特定的"前理解"开始阅读研究所的材料的。《红轮》中心的转移，与他两年来所处语境与自身思想的变化息息相关。一方面，被迫流亡在客观上让作家得以摆脱此前那种"对打"式的二元思维，有可能去质疑被布尔什维克指责、却"在苏联（持异见者中）和西方都得到广泛支持的"二月革命③；另一方面，也是更重要的一点，如前文所讨论的，在流亡生活中，索尔仁尼琴已经从反思现代性的角度，注意到了西方同样危机重重，并且与苏联在"现代"精神气质上颇为一致。由此，他才会力排众议地将（自由主义的）二月革命与（马克思主义的）十月革命勾连起来。作家相信，这两场看似对立的革命从根本上说都是以全民对"进步"的激进理解，以及关于"人取代神重新创造历史"的狂热想象作为支撑的。"当权者既不是人民委员，也不是工人代表苏维埃，更不是杜马委员会，而是那些普通百姓，他们才拥有最充分的权力。普通百姓的权力就是自作主张，他们和所有人都是这样理解的：这就是真正的人民权力。"④

不可否认，作为一位先是经历了古拉格灾难，后来又在铁幕另一端发现类似精神危机的作家，索尔仁尼琴在自己的革命史中对"政治变革"表现出了超乎寻常的冷漠。按照《红轮》的描述，抛开那些宏伟的政治叙事不论，"政府以及其他统治机构的变换"，似乎并未能改变俄罗斯当时面临的"任何一个严峻的现实问题，而只是让它们的解决变得更难"。

---

① Солженицын, А. И., Угодило зёрнышко промеж двух жерновов//Новый мир. 1998. No. 11. C. 153.

② Солженицын, А. И., Угодило зёрнышко промеж двух жерновов//Новый мир. 1999. No. 2. C. 68–69.

③ Солженицын, А. И., Угодило зёрнышко промеж двух жерновов//Новый мир. 1999. No. 2. C. 68.

④ [俄] 亚历山大·索尔仁尼琴：《1917年3月》，第1312页。

"落在两扇磨石间的谷粒":索尔仁尼琴在西方(1974—1994)

而"'自由''革命''新纪元'这类神奇的字眼,也并没有让维系基本秩序变得不必要"。革命"新人"中最好的那部分(如新任农业部长申加廖夫),也"不能不和他们那些'无能'的前辈忙活完全一样的事情"。而更多政客则一味以多半带有破坏性的口号迎合大众,博取晋升资本。① 在各种臆想的新事物、新思想中反而透出了"真正的庸俗"。失去传统约束力的民众沉浸在"吃不完的白面包"、"不用再给军官敬礼"和"报复所有欺负过自己的人"这类想象之中。"节日"一词开始频频出现在《1917年3月》这一大节中,② 但与《1914年8月》中农庄主托姆恰克将收获的日子视为自己"最大的节日"不同,彼得格勒人此时享受的是一个以摧毁和破坏"红轮"为主题的狂欢节。拒绝狂欢的"红色",也就代表着成为公敌。"一名身穿军服的军官因为没有佩戴红色标记,被一群无知的平民百姓赶到一所房子的楼梯上,用枪给打死了,鲜血与脑浆溅了满墙。"③ 以自由的名义(往往要加上暴力的手段)造反的士兵和工人尽量让更多人参与罪行,"从而让犯罪不再成其为犯罪"。而"革命运动越是成为'全体性'的,就越是需要'敌人'"。④ 退一步说,索尔仁尼琴相信,就算没有后来的十月革命,这种以对俄罗斯母体的粗暴损害为代价的、外在的"进步",也不能像革命者,以及后来许多西方与俄罗斯知识分子所设想的那样,解决共同体生活中的一切重大问题:

> 如果只是建立共和国,一个已解体的国家又能从中得到些什么呢?或者与日俱增的政治狂热能让人们的现有生活变得更好些?它能带来什么原则让我们摆脱内心里的痛苦、摆脱精神上的不幸呢?难道我们生活的实质就是政治性的吗?
> ……如果自己心里都搞不明白,又怎么去改造世界?⑤

而在《1917年3月》的大纲《关于二月革命的思考》中,索尔仁尼琴甚至提出,1917年发生的一切,是一场愈演愈烈的"十五年大革命"

---

① Немзер, А. С., «Красное колесо» Александра Солженицына: Опыт прочтения. М.: Время. 2011. С. 193 - 194.

② Немзер, А. С., «Красное колесо» Александра Солженицына: Опыт прочтения. М.: Время. 2011. С. 207.

③ [俄] 亚历山大·索尔仁尼琴:《1917年3月》,第982页。

④ Андрей Немзер, «Красное колесо» Александра Солженицына. С. 217.

⑤ [俄] 亚历山大·索尔仁尼琴:《1917年3月》,第1937页。

第六部分　西方目光下的俄罗斯文化

的开端（标志这场革命"大功告成"的，是 20 世纪 30 年代初"农民被彻底铲除"）。① 这进一步证明了作家所质疑的，与其说是二月革命中摆在台面上的那些政治理念，还不如说是以二月革命为象征、正式开启的俄罗斯现代化急行军过程——并非偶然的，在小说后面三个大节中，当俄罗斯形势日益危急时，早已身亡的斯托雷平仍以不同形式不断"出场"，提示着人们，除了"激进"与"倒退"，俄罗斯本来还可能走上另一条道路。②

在索尔仁尼琴写作《红轮》的最后几年间，苏联形势开始急剧变化。对此，作家感到振奋不已。但在一片要求改革"快点，再快点"的热潮中，他也感受到了一种熟悉的危险气息。③ 为此，索尔仁尼琴花了大量时间缩写《1917 年 3 月》，并通过"美国之声"播出，提醒自己的同胞不要在狂喜中迷失方向。④ 1990 年他又着手写作《我们如何安置俄罗斯》，希望以自己多年的历史研究作为基础，参与讨论后共产主义时代的俄罗斯应当如何展开重建。在这部改革方案中，索尔仁尼琴广泛借鉴了托克维尔、穆勒、熊彼特、波普尔等西方政治思想家的观点，并对自己在瑞士阿彭策尔州亲历的"小空间民主"议政场景大加赞赏，⑤ 但与此同时，作家再次重申，普适于所有民族的所谓完美方案并不存在，历史也不会以断裂形式行进。俄罗斯人应做好持久作战的准备，并着力恢复自己的精神传统，获取重建过程中最重要的秩序源泉与道德约束。⑥ 有理由认为，索尔仁尼琴在西方最终选定的这一"保守"立场，不仅不是向壁虚构之物，反而是在极为激烈的文明对话与交锋中形成的。

可惜，20 世纪初的那种精神混乱再次征服了俄罗斯大地。尽管在 20 世纪 80 年代末、20 世纪 90 年代初，身为反极权代表的索尔仁尼琴在祖国的声望达到了顶峰，他关于"重铸民族性"的呼吁还是让一心向西方看齐的同胞大感失望，应者寥寥。作家只能在异乡看着"重病"的俄罗

---

① Солженицын, А. И., Размышления над Февральской революцией.

② Edward E. Ericson, Jr., "For the Love of Russia", *Modern Age*, 2000, Vol. 42, No. 2.

③ Солженицын, А. И., Угодило зёрнышко промеж двух жерновов//Новый мир. 2001. No. 4. C. 61 – 62.

④ Солженицын, А. И., Угодило зёрнышко промеж двух жерновов//Новый мир. 2003. No. 11. C. 36.

⑤ Solzhenitsyn, *Rebuilding Russia: Reflections and Tentative Proposals*, trans. by Alexis Klimoff, N. Y.: Farrar, Straus, and Giroux, 1991, pp. 83 – 85. 关于索尔仁尼琴在阿彭策尔州议政现场的具体见闻和感受，可参见 Солженицын, А. И., Угодило зёрнышко промеж двух жерновов//Новый мир. 1998. No. 9. C. 108 – 111。

⑥ 关于"我们如何重建俄罗斯"的具体讨论，参见刘文飞《伊阿诺斯，或双头鹰》，中国社会科学出版社 2006 年版，第 356—360 页。

斯被"盲目而缺乏理性地大力催促着完成'新的一跃'"。全方位的激进改革不仅没有创造"奇迹",反而让俄罗斯内部的分裂和赤贫化变得更加严重。索尔仁尼琴悲叹,这简直就是对1917年2月的"戏拟"。① 他逐渐意识到,自己对俄罗斯革命的研究,以及关于激进变革存在风险的警告,与其说是出现得太晚,不如说是太早:对于仍然相信历史必然进程的俄罗斯来说,它们还不能被认真倾听。人们还是认定,"只要打开闸门,给市场以自由,包括经济在内的一切问题都会迎刃而解",② 而那些对"一个有着无限的消费品的世界"的允诺,也仍然要比"索尔仁尼琴所呼吁的自我限制的主张"诱人得多。③

对此,索尔仁尼琴也不能不感到灰心。④ 然而,1994年,在流亡了二十年后,作家还是选择离开始终未能让其获得归属感的西方,回到"深渊"中的祖国。在流亡笔记的最末,他引用了罗蒙诺索夫的名言:"我活过,罪也受过,我知道,祖国的儿孙后代将怜悯我。"⑤ 在生命的最后十余年间,屡败屡战的索尔仁尼琴还将继续去冲撞那些在东、西方都流行的、比极权政治更加强大的"观念上的橡树"。而无论是"黑色星期一"后其作品销量的回升,还是21世纪初俄罗斯学界掀起的斯托雷平热,⑥ 或许都暗示着,在历史的不断检验和校正中,这些被夹在"磨石间"的"谷粒"所发出的声音,并非没有可能熬成传统。

(原载于《俄罗斯研究》2014年第5期)

---

① Солженицын, А. И., Угодило зёрнышко промеж двух жерновов//Новый мир. 2003. No. 11. C. 68.
② 谭索:《叶利钦的西化改革与俄罗斯的社会灾难》,社会科学文献出版社2009年版,第2页。
③ [英]约瑟夫·皮尔斯:《索尔仁尼琴:流放的灵魂》,第279页。
④ Солженицын, А. И., Угодило зёрнышко промеж двух жерновов//Новый мир. 2003. No. 11. C. 90.
⑤ Солженицын, А. И., Угодило зёрнышко промеж двух жерновов//Новый мир. 2003. No. 11. C. 92.
⑥ 无论是认为斯托雷平是"有自由主义倾向的保守主义者",还是"保守的自由主义者",近年大多数研究者都对这位"现实的中间派"及其改革成效有了更为积极的评价。参见吴贺《21世纪俄罗斯学界关于斯托雷平研究的概述》,《世界历史》2010年第3期。

《在西方目光下》中的俄罗斯

1886年，已经流亡多年的约瑟夫·康拉德（Joseph Conrad，1857—1924）终于加入英国国籍，从法律上摆脱了自己的"俄国公民"身份。[①] 而在发表的诸多文字中，这位波兰革命者后裔除了痛斥帝俄之专制、蒙昧外，更断然否认自己与其存在任何文化或精神上的联系。该主题的反复出现以及作家态度之激烈，甚至让康拉德研究中出现了专门的"俄罗斯议题"。[②]

作为作家唯一一部以俄罗斯为背景的小说，完稿于1910年的《在西方目光下》（*Under Western Eyes*）也几乎从一开始就被纳入这一讨论背景之中。尤其是冷战期间，评论者十分顺当地将小说读解为受难者的一份"证词"，或是认为作家对那篇发表于日俄战争期间的著名檄文《独裁与

[①] 1795年，经俄、奥、普第三次瓜分，作为一个独立国家的波兰在欧洲政治版图上消失。而因多次参与反抗帝俄、争取民族独立的地下活动，康拉德的父亲于1862年获罪，一家人也随其开始了艰苦的流放生活。其间，父母的先后离世给康拉德带来沉重打击。1874年他离开祖国开启了自己的航海生涯。关于这段痛苦经历可参考：Owen Knowles, "Conrad's Life", in J. H. Stape ed., *The Cambridge Companion to Joseph Conrad*, Cambridge: Cambridge University Press, 1996, pp. 4 – 8。

[②] Willam Freedman, *Joseph Conrad and the Anxiety of Knowledge*, Columbia: University of South Carolina Press, 2014, p. 98. 《文学与人生札记》（*Notes on Life and Letters*, 1921）中有多篇涉及俄罗斯与波兰问题的重要文章，而在《在西方目光下》之前完成的《黑暗的心》（*Heart of Darkness*, 1899）与《间谍》（*The Secret Agent*, 1907）两部小说中，俄国人都曾作为次要人物出场，并在殖民掠夺或恐怖袭击这类罪恶活动中扮演着推波助澜的角色。在私人信件中，康拉德也常常表明自己对俄罗斯的漠视态度，如在1912年写给友人的信中，他声称自己"实际上完全不了解"俄罗斯人，"在波兰，我们与俄罗斯人不相往来，我们知道他们在那儿，这就已经够让人讨厌的了"。Frederick R. Karl, *The Collected Letters of Joseph Conrad*, Vol. 4, Cambridge: Cambridge University Press, 1990, p. 490. 康拉德尤其反感批评家强调其写作的"斯拉夫性"，并极力将自己的写作归入英法传统。See Peter Kaye, *Dostoevsky and English Modernism, 1900 – 1930*, New York: Cambridge University Press, 1999, pp. 124, 129 – 130.

战争》（"Autocracy and War"，1905）又进行了一番文学演绎。① 这类研究的盛行，让托尼·坦纳（Tony Tanner）忍不住在 1961 年著文抱怨："太多缺乏感觉的批评已经让这部作品变成了一本粗糙而充满愤怒的反俄情绪的小册子。"② 当代研究者对这类批评进行了卓有成效的清理，发掘出小说叙事的种种矛盾。但在去意识形态化的过程中，将《在西方目光下》视为探究康拉德个人创伤之捷径的倾向反而加强了：小说被普遍认为是康拉德作品中"最具自传性的一部"，主要人物之间思想与精神气质的碰撞，被一再追溯到"1857 到 1874 年间作家经历的核心冲突"。③ 而古斯塔夫·莫夫（Gustav Morf）等早期论者通过传记研究与精神分析方法做出的推论也在约瑟夫·多布林斯基（Joseph Dobrinsky）、吉斯·卡拉班（Keith Carabine）等人近年的研究中激起新的回响，作家因逃离帝俄、"背叛"祖国波兰而产生的愧疚心理被判定为理解拉祖莫夫忏悔行为的关键。④ 无论是否道破，在这些讨论中，小说中的俄罗斯都多少被简化为一系列自传性事件的集合地，无声地接受着作家愤怒或悲伤"目光"的审视。

但越来越多的材料与研究也显示，俄罗斯带给康拉德的体验与问题意识要远比他愿意公开承认的更为复杂。而且，在这个问题上，直接进入

---

① Lewis M. Magil 发表的 "Joseph Conrad: Russia and England" (*in A Quarterly Journal Concerned with British Studies*, Vol. 3, No. 1 [Spring, 1971], pp. 3 – 8) 就颇为典型。文章大量引用《独裁与战争》原文解读小说，最后总结称康拉德以俄罗斯为"可怕的例子"，证明了在实现"人类统一"这一珍贵理想的过程中，有着无政府主义与道德虚无主义历史的民族"已经并将继续遭遇巨大的困难"。关于冷战时期《在西方目光下》更详细的研究情况，参阅：Owen Knowles and Gene M. Moore, *Oxford Readers's Companion to Conrad*, Oxford: Oxford University Press, 2000, p. 384。

② Tony Tanner, "Nightmare and Complacency: Razumov and the Western Eyes", 转引自 Owen Knowles and Gene M. Moore, *Oxford Readers's Companion to Conrad*, p. 382。

③ Tony Tanner, "Nightmare and Complacency: Razumov and the Western Eyes", 转引自 Owen Knowles and Gene M. Moore, *Oxford Readers's Companion to Conrad*, p. 382; Daniel C. Melnick, "Under Western Eyes and Silence", *The Slavic and East European*, Vol. 45, No. 2 (Summer 2001), p. 231。最常为论者提及的，是小说人物拉祖莫夫与霍尔丁分别代表了康拉德成长过程中母系与父系留下的双重遗产。See Jeremy Hawthorn, "Introduction", in Joseph Conrad, *Under Western Eyes*, Oxford: Oxford University Press, 2008, pp. xviii – xix.

④ See John G. Peters, *Joseph Conrad's Critical Reception*, New York: Cambridge University Press, 2013, pp. 26, 146; Keith Carabine, "*Under Western Eyes*", *The Cambridge Companion to Joseph Conrad*, pp. 122 – 139.

"敌人的领域"的《在西方目光下》也留下了最多"破绽"。① 1908 年作家就曾颇为兴奋地给一众友人去信介绍这部小说的构思,称自己"正努力抓住俄罗斯事物的真正灵魂"(the very soul of things Russian);② 这位宣称自己对俄罗斯人"没有了解"也"毫无兴趣"的作家更明确写道,希望在小说中呈现的"不只是外在的礼仪风俗,而是俄国人的感情与思想","这主题已经长时间地萦绕于心中,现在必须一吐为快"。③ 而在后来为《在西方目光下》再版写的札记中,康拉德再次表露了用这部作品探究俄罗斯历史、政治以及最为重要的"民族心理"的野心;尤其值得注意的,作家承认,在写作过程中,他清楚地意识到"来自民族与家庭的独特经历"会对达成上述写作目标所要求的"客观公正"造成不利影响。为此,他投入了巨大精力以"做到超脱"。④ 这也在相当程度上解释了为何小说的写作时长与艰难程度会大大超出康拉德的预期。⑤

当然,无论怎样奋力"超脱",和所有关于异域的书写一样,《在西方目光下》归根结底仍是自我的一种映射;但比起这一程式化结论,映射的具体"介质"与过程也许更值得探究。在充分借鉴已有研究的基础上,本文希望论证,在俄罗斯这个真实与虚构相混合的特定空间中,康拉德看到的不仅仅是自己渴望逃离的过去,更有充分激发其探索欲望的诱惑——这片土地并不那么容易被绘入这位"海洋""丛林"小说家此前已经完成的那幅文学地图,甚至对其中隐含的秩序构成了威胁。在对它的探索中,处理某些普泛性命题的诉求让康拉德做出了压制个人强烈情绪的努力,但与此同时,又看似悖论地推动了作家对更深层的自我意识的发掘。而所有这一切,构建了小说中俄罗斯的多重形象。

---

① 即使仅从《在西方目光下》中俄罗斯人物富有寓意的名字来看,康拉德关于自己"连(俄语)字母也不认识"的说法就很难成立。See Peter Kaye, *Dostoevsky and English Modernism*, 1900 – 1930, p. 123. 而 1924 年,作家也一度承认,之所以拒绝承认与俄罗斯文化传统的关联,可能是"自我欺骗"的需要。See Willam Freedman, *Joseph Conrad and the Anxiety of Knowledge*, p. 97. 当然,研究者的关注点更多地还是集中于《在西方目光下》和俄罗斯文学(尤其是陀思妥耶夫斯基的创作)之间的关系。本文将在最后一部分对这一问题做出回应。

② Frederick R. Karl, *The Collected Letters of Joseph Conrad*, Vol. 4, p. 8.

③ Frederick R. Karl, *The Collected Letters of Joseph Conrad*, Vol. 4, p. 14.

④ [英] 约瑟夫·康拉德:《作者札记》,《在西方目光下》,赵挺译,上海译文出版社 2014 年版,第 1—2 页。本文凡小说引文,都出自这一译本,后文将随文标出页码,不再另注。英文版本将参考前注提到的 2008 年牛津版。

⑤ 此外,这时期作家的经济与健康状况也加重了其写作负担。关于小说的成书与出版情况,可参阅 Owen Knowles and Gene M. Moore, *Oxford Readers's Companion to Conrad*, pp. 382 – 384。

一 被驱逐的"边地"幽灵

《在西方目光下》的情节并不复杂：身世不明的俄国大学生拉祖莫夫一心在彼得堡求学。一日，成功暗杀政府大臣的同学霍尔丁突然前来求助。几经挣扎后，拉祖莫夫告发了友人，导致其被捕并很快被处以极刑。接着，因此告密经历，他被当局派往日内瓦监视那里的俄罗斯革命者，结果遇到霍尔丁的妹妹。两人相互倾慕，拉祖莫夫最终选择对其说出实情，却被革命者施暴致残。1907年刚开始创作这部作品时，作家将标题定为"拉祖莫夫"，也即聚焦于主人公个体。而最终之所以改为"在西方目光下"，是因为所有人物与事件都是在叙事者"我"、一位西方语言教师的"目光之下"展现的。[1] 换言之，拉祖莫夫的悲惨故事只有通过"我"的翻译和讲述才得以保存，而"我"也明确指出，这个故事的"目标"是西方读者。（123）

这一标题与相应的解释很容易让人联想到一场规模更为庞大的书写活动：16世纪以来，西方旅行者与观察家已留下大量记录俄罗斯印象的文字。而和其他东方主义话语并无本质差异，作为一个被观看的对象，这个国度"专制""野蛮"而"毫无法律与个人自由"，处处映照着美好的西方世界。[2] 不过，与康拉德笔下那些分布于亚、非、拉美的遥远的冒险地还是稍有不同，俄国与所谓的中心地带无论在地理，还是文化源头上都相对接近一些。它更像是一片住着"穷亲戚"的欧洲"边地"。[3] 尤其是从彼得大帝开始，俄罗斯在政府主导下积极进行西化改革，拉近与"中心"的距离。这种靠近反而意味着它在西方的形象不那么清晰和稳定。至少，19世纪的俄罗斯已有足够信心和力量干涉欧洲事务，如康拉德在《独裁与战争》中所抱怨的，其"欧洲宪兵"的身份被西欧诸强普遍接受。[4] 对于作家的归化国英国而言，俄国更已成为海外利益的有力竞争者。19世纪末20世纪初在巴尔干争端与日俄战争中的不同立场，让两国关系颇为紧张，但也让这个庞大的专制帝国开始真正进入英国大众的视野，引发后

---

[1] [英]康拉德：《作者札记》，第3页。

[2] William Henry Chamberlin, "Russia under Western Eyes", *Russian Review*, Vol. 16, No. 1 (Jan., 1957), pp. 3–12. 作者借用康拉德小说的标题，在文章中梳理了近四个世纪西方关于俄罗斯的书写历史。

[3] [美]尼古拉·梁赞诺夫斯基、[美]马克·斯坦伯格：《俄罗斯史》，杨烨、卿文辉等译，上海人民出版社2007年版，第8页。

[4] [英]康拉德：《独裁与战争》，收入《文学与人生札记》，金筑云等译，中国文学出版社2000年版，第106、130页。

第六部分　西方目光下的俄罗斯文化

者的好奇。① 而俄罗斯在文化层面的异军突起，标志着其西方形象的进一步松动：几乎就在康拉德努力获得新身份的同一时期，西欧知识界对俄罗斯文学、艺术与"俄罗斯心灵"产生了极大兴趣。康拉德身边的许多朋友也深陷这股热潮，开始善意地将作家的写作归入"伟大的斯拉夫文学传统"。② 可以说，在受到"中心"辐射的同时，"边地"俄罗斯也在不断侵入"中心"。

对此，康拉德很难保持沉默。作为一位流亡的波兰人，他对与帝俄相关的地缘政治问题的敏感与担忧远远超过其他欧洲作家。③ 同时，因为用非母语写作而受到质疑，康拉德还向故友坦言，自己渴望能用"他们（英国人）自己的语言告诉他们点什么"。④ 这意味着他不仅要用西方读者能理解的语言来进行表述，还必须讲出一些后者并不知道、且感兴趣的东西。这无疑也是一直否认自己与俄罗斯存在联系的康拉德此时愿意发表"一个讲给西方人听的俄国故事"的动力之一。而小说对叙事者"我"身份的精心设定，或许也透露出这位有着跨界经历的作家并非没有意识到自己充当"中介"的真正优势所在：小说叙述过半后，一直以标准的英国绅士形象示人的"我"突然揭破，自己其实直到九岁时才离开出生地圣彼得堡。（206）而这番自陈正是为了打消拉祖莫夫的戒心，获得后者不愿向"西方人"吐露的独家真相。

但在小说绝大部分篇幅中，"我"的出身却丝毫未影响"我"将俄罗斯视为彻底的异域，用"我"的"西方目光"对那些穿过边界的俄罗斯人加以审视。甚至，对于在家门口遭遇的这些所谓异族，"我"探索的热情还不如远航冒险的马洛。"我"欣然接受了西方关于俄罗斯的流行话语，并在自己的实践中加以扩散：那些报道俄罗斯恐怖事件的报纸，正是"我"的日常读物。当"我"向读者形容被霍尔丁暗杀的 P 先生"性格疯狂，鸡胸"、"一张脸像烤焦的羊皮纸，戴着一幅眼镜，目光呆滞"时，

---

① 参见［美］尼古拉·梁赞诺夫斯基、［美］马克·斯坦伯格《俄罗斯史》，第 355—357、369 页。稍后俄罗斯的斯托雷平改革（1906—1911）与 1907 年英俄协约的签订让英国人对俄国的观感更为复杂。See Samuel Hynes, *The Edwardian Turn of Mind*, London: Pimlico, 1991, p. 311; L. R. Lewitter, "Conrad, Dostoyevsky, and the Russo-Polish Antagonism", *The Modern Language Review*, Vol. 79, No. 3 (Jul. 1984), p. 660.

② Peter Kaye, *Dostoevsky and English Modernism, 1900–1930*, pp. 129–130.

③ See Harold Ray Stevens, "Conrad, Geoplitcs, and 'The Future of Constantinople'", *The Conradian*, Vol. 31, No. 2 (Autumn, 2006), pp. 15–27.

④ Zdzislaw Najder, *Conrad's Polish Background: Letters to and from Polish Friends*, trans. Halina Carroll, London: Oxford Universtiy Press, 1964, p. 234.

"我"所依据的并不是宅居苦读的拉祖莫夫的日记(尽管"我"曾承诺,讲述整个故事时自己"所起的作用就是利用我的俄文知识,也只要这点知识就够了",1);"我"的自信源自"曾经有一度",这位先生的"肖像几乎每月都会出现在欧洲某家图片报上",而这家图片报显然对其血腥镇压手段有着详细描写,让"我"深信这位俄国重臣"为国效力的方式就是囚禁、流放、绞杀。他做这些事时,不论男女老少,一视同仁,不遗余力,不知疲倦"。(5—6)

哪怕在凭借母语优势逐渐与日内瓦的俄罗斯人有了更多交往后,"我"对真正走进对方世界一事仍持消极看法。将俄罗斯"翻译"给西方的亲身经历不仅没有证明二者最基本的可通约性,反而只是为"我"的否定性判断增加了权威:"我"不断抱怨"源文化"给自己的翻译带来的阻碍,并断言俄罗斯人是一个根本不能被理解的族群;(2)当霍尔丁小姐热烈地表达她与母亲对"我"的信任时,"我"的第一反应却是"深深感到自己作为欧洲人与她们之间的隔膜",并决心将"旁观者"扮演到底。(373)而造成这种隔膜的,正是早已让西方人谈之色变的俄罗斯专制制度:"只要两个俄国人碰到一起,专制的阴影就会如影随形地出现,沾染他们的思想,他们的观点,他们之间最紧密无间的情感,他们的私人生活。"(118)尤其是,作为一名语言教师,"我"还特别敏感地注意到了专制阴影在俄罗斯人语言中留下的痕迹:一方面,它让拉祖莫夫这样的"小民"在谈话中言辞模糊、拒绝袒露心迹,甚至将沉默视为最好的自我保护手段;另一方面,却又让许多俄罗斯人,尤其是那些坚信自我正义的反抗者无形中也沾染了专断气质,形成一种丝毫不关心听众所想为何的"独白"风格。而无论是上述哪种症状,都导致了正常的信息交流无法进行。诚如论者已经指出的,"我"翻译的整个故事就是以"误读"构成的。① 在专制的黑色深渊里,每个人都不能正确地表达自己和理解他人,拉祖莫夫更是因此而被直接推入绝境。

毫无疑问,在以"专制臣民"描绘出某种"连贯"的俄罗斯性时,"我"实际确认的是西方与俄罗斯之间不可弥合的"断裂":"这个故事里面包含的愤世嫉俗、冷酷残忍、道德沦丧甚至道德苦痛在我们这一端的欧洲已经销声匿迹了。"(179)在此过程中,"我"当然也带着一种优越感否定了自己与"那一端"的亲缘性。甚至,(与康拉德一样)民族身份

---

① Penn R. Szittya, "Metafiction: The Double Narration in *Under Western Eyes*", *ELH*, Vol. 48, No. 4 (Winter 1981), p. 818.

第六部分　西方目光下的俄罗斯文化

暧昧的"我"在面对"侵入"的俄罗斯人时还表现出更强的防御姿态。即使小说中的俄罗斯人无不习惯性地引用各种西方典故与时髦思想，他们与"真正"的西方人之间的区别仍然被穿梭于两个世界的"我"尽收眼底：流亡革命领袖彼得·伊凡诺维奇以自由与女权斗士的姿态在西欧赢得广泛同情，而"我"极尽详细地转录了其向女随从特克拉施暴的故事，（159—169）揭穿了他"专制暴君"的真实面目；为革命活动提供经费的S夫人"自我标榜是现代世界和现代情感的引领者，并像伏尔泰和斯塔尔夫人一样，庇护日内瓦这座共和之城"，（137）"我"则直言其经历都是"披上神秘外衣的专制独裁"的产物，充满了受虐狂的臆想，与那些法国典范"不可同日而语"。（156）在此，与顽固不化的俄罗斯性对应的，似乎是某种正统而纯洁的西方性，俄罗斯人对它的模仿不可避免地伴随着走形与损耗。而让"我"尤其憎恶的，是那些利用西方规则逃离专制镇压的极端革命分子，他们在深入日内瓦这个民主的腹地后却蔑视这些规则。其聚集地"小俄罗斯"向西方人封闭，"我"偶尔闯入后，竟撞破一桩针对巴尔干地区的军事阴谋，"见识了古老稳定的欧洲幕后的乱象"。（367）

　　这些文字似乎颇为准确地预言了欧洲世界即将迎来的大动乱。不过，需要立即指出的是，在将俄罗斯视为一股破坏性力量的同时，"我"更小心地将之置于西方目光"之下"，也即可以认知与控制的范围内。作为俄罗斯人亟亟以求的现代政治权利的实际享有者，"我"不仅轻松识破了他们与其试图扮演的角色之间的差异，更自信握有历史走向的正确剧本，随时可以对俄罗斯人的表演加以点评。在和"我"就霍尔丁事件交谈了一番后，痛苦挣扎中的拉祖莫夫敏感地意识到，一切对"我"来说"不过是一出戏"，"可以怀着优越感居高临下地欣赏"。（219）而从《旗帜早报》上得知霍尔丁遇难消息的夜晚，"我"在睡梦中也一度强烈地感觉到自己"像是在看戏，而且自己陷入感动不可自拔"，（122）但次日，相较于"戏中人"霍尔丁母女，"我"已快速从中抽离，并以"站在不确定的同情立场的西方人"的超然态度批评霍尔丁实施的暗杀"使人联想到炸弹和绞架——这是一种疯狂的、俄国式的令人谈之色变的东西"。（124）对于端坐一侧的西方观众而言，这样的剧目终究与现实生活相距太远，更谈不上有何教益。当"我"注视着这幕大戏时，生活在日内瓦的俄罗斯人更多地被抽象为舞台上的一个个妖魔符号，如"野兽"（彼得·伊凡诺维奇）、"巫婆"（S夫人）和"侏儒"（朱利斯·拉斯帕拉）等等。他们高呼自由却缺乏实感，幻想发挥作用的空间总是大于实际能够影响的范围。① 至于主要存在于"我"的书写中的俄罗斯本土,更是毫无真实感可言——在与索菲亚·安东诺芙娜交谈时,拉祖莫夫根本心不在焉,但这位女革命者对俄罗斯形势的总结性描绘仍出现在了"我"翻译的拉祖莫夫日记中:"那儿的人们身处邪恶之中却麻木不仁,身边是些比食人女妖、食尸鬼和吸血鬼更坏的家伙们在看守。"(283)实际上,这段"译文"基本沿用了康拉德在《独裁与战争》中所用的修辞。② 而相较于恐怖与威胁,"虚张声势"显然更能概括"我",以及日俄战争期间的康拉德急于用这些密集的形象向西方传递的俄罗斯形象。毕竟,对于成熟理性的西方受众而言,只存在于想象中的妖魔并无任何威胁性,它们的强大也总是与某种致命的缺陷(如专制之于帝俄)相伴。正如大戏终会落幕,而传说中越界作恶的恶灵总会在"公鸡啼鸣"时消失,③"边地"永远无法真正侵入文明世界的"中心"。

二 抵抗西方目光的"受辱者"

在"我"看来,俄罗斯就是这样一个与西方格格不入的异邦,危险却并不具有真正的颠覆性力量。然而,"我"的权威并非不可动摇。在《元小说:〈在西方目光下〉中的双重叙事》这篇影响颇大的论文中,斯兹提亚(Penn R. Szittya)指出,康拉德属于那类能够战胜自身想象的作家,因为他强烈意识到了这一想象的局限,包括"过于夸大、隐秘的放纵以及那些似是而非的判定",而他的这种自反意识尤其突出地表现在《在西方目光下》叙事的双重性上。④ 在"我"对俄罗斯的许多指认中,人们难免会怀疑自己听到的是康拉德自己的声音(比如前面那段可疑的日记"译文",以及后面还将提到的"我"对革命的批判),但无论是小说叙事的矛盾重重,还是康拉德思想本身的复杂与变化不定,都会提醒人们对他与"我"之间的距离加以更谨慎的辨识。想象并精细模拟"我"的"西方目光"意味着将之更彻底地对象化。而对"我"的审视正好为康拉德提供了一个机会,让他可以清楚地看到那些指认背后所隐藏的独断与傲慢——相比康拉德笔下另一个让研究者着迷的叙事者水手马洛,身为语言教师且安享西方小资产阶级生活的"我"经历贫乏,

---

① See H. S. Gilliam, "Russia and the West in Conard's *Under Western Eyes*", *Studies in the Novel*, Vol. 10, No. 2 (Summer 1978), p. 227.
② [英]康拉德:《独裁与战争》,第106、116页。
③ [英]康拉德:《独裁与战争》,第106—107页。
④ Penn R. Szittya, "Metafiction: The Double Narration in *Under Western Eyes*", pp. 817-819.

却更热衷于在表述中对有限经验进行理性规整、确认秩序。① 而如果说，作为一位"对自己流亡边缘人身份"有着持久意识的作家，康拉德曾"十分小心地用一种站在两个世界的边缘而产生的限制来限制马洛的叙述"，② 那么，这种限制在《在西方目光下》变得远为直接，且饱含讽刺意味。

小说一开篇，"我"就以从业者的经验指出语言和叙事并不可靠，"词语是现实的大敌"，因为现实总是比语言这种人为建构的秩序更为复杂，沉浸于词语意味着对"想象力、观察力和洞察力"的扼杀。（1）而按此逻辑，只存在于"我"的叙述中的那个俄罗斯当然也是可疑的。作者甚至让"我"亲身示范了这一指认过程的失败：在明知词语之局限性的情况下，"我"仍然试图用一个关键词来揭示那个庞大帝国的道德风气。一番冥思苦想后，"我"相信这个词正是"愤世嫉俗"（cynicism, 73）。但在"我"的频繁使用中，该词的词义不仅模糊且高度风格化，恰恰显示出作为对象的俄罗斯很难一言以蔽之：它可以指怀疑一切价值、不惜以狂暴形式摧毁一切，但同时，又可追溯至更久远的古希腊传统，并结合俄罗斯文化中对尘世欢愉的否定，指向遭受苦难时的坚忍与自我牺牲。"我"在霍尔丁小姐身上看到的正是这样一种精神倾向。③ 虽然"我"坚持以成熟世故的庇护人姿态称她的"愤世嫉俗"是幼稚而又无望的，（115）但第一次见面"我"就被其深深吸引。"我"一边强调自己并不理解"东方逻辑"，一边又不断寻找各种理由造访霍尔丁小姐的寓所，按照作者的设计，成了"她的理想情怀，宽广心胸和纯真情感"的目击者。④ 而所有这一切都让"我"深刻感受到自己的"衰老"：

> 她的眼神坦荡而直接，像一个还没被人情世故带坏的年轻人。她的目光中透着一股巾帼豪气，但并不咄咄逼人。如果说是天真又多思的沉着自信可能更准确……只要看她一眼就能知道，她的热情会因某

---

① 一个很有趣的现象是，马洛和"我"的生活正对应了作家流亡生活的两个阶段（先是以水手、后是以语言工作者的身份谋生）。他们或许也代表了康拉德对自身形象两种不无矛盾的想象。See Jeremy Hawthorn, "Introduction", p. xxi.
② ［美］爱德华·W. 赛义德：《文化与帝国主义》，李琨译，生活·读书·新知三联书店2003年版，第31页。
③ 此处关于"愤世嫉俗"这一关键词的分析，参考了 H. S. Gilliam, "Russia and the West in Conard's *Under Western Eyes*", pp. 220 – 221; see also Keith Carabine, "*Under Western Eyes*", pp. 126 – 134。
④ ［英］康拉德：《作者札记》，第3页。

种思想甚至某个人而激发出来。……但显然我成不了能令她激情澎湃的人，——我的思想也成不了那样的思想！（112—113）

对于"我"这位保有维多利亚时代拘谨做派的老绅士而言，霍尔丁小姐代表的青春世界可视却不可欲。她对个人信仰与情感的忠实追随，让"我"忍不住感慨（像自己这样的）西方人是不是过分珍视生活，以至于和俄罗斯人一样"滥情夸大"了某些价值。（115）"我"拒绝接受她有关西方民族实利至上、缺乏超越性追求的批评，（126）但与这些情感炽热的俄罗斯人身处同一空间时，久居日内瓦的"我"却开始不自觉地感到，这个作为西方文明"窗口"的城市也不尽美好："市镇上整齐划一的斜坡屋勾勒出它那清晰可辨的轮廓"，"显得妥帖但不优雅，舒适却不投契"，天空"非但不显得高远，反而被黝黑丑陋的少女峰形成的屏障一下子挤压得逼仄不堪"。（155）[①] 尤其是在城市花园陪伴霍尔丁小姐等待拉祖莫夫时，"我"对日内瓦生活的怀疑在想象性的对比中达到了顶峰：毫无疑问，只有在这个自由世界，两位俄罗斯青年才可以获得在本土没有的畅谈机会，但逐渐占据了"我"视野的那对喝着啤酒、"平淡无奇"甚至"土里土气"的瑞士夫妇似乎也并不指向某种值得期待的理想未来。（192）

正如衰老的"我"终究无法点燃霍尔丁小姐的热情，过于成熟理性的西方陷入了平庸；俄罗斯野蛮而落后，但也保留了更多的青春激情——很容易指出，小说中的这类描写无非是重复了"理性的、物质的西方"／"情感的、精神的东方"这样一组经典的二元形象。与康拉德其他作品中那些处于"西方目光之下"的异域一样，这里的"俄罗斯"只是（作者眼中）失去上升活力的西方世界对自我力量的一种想象与召唤。但康拉德并不那么牢靠的西方立场也许会要求我们的分析更为周全一些。事实上，正是这部小说让康拉德的"异乡人"身份在其同时代评论者的眼中变得格外突出。人们声称，与其标题相悖，《在西方目光下》明显有着"带有俄罗斯思维习惯的洞察力"；[②] 康拉德的创作"与其说是英式的，不如说是斯拉夫式的……虽然是用英语写作，他却有

[①] 长期居住于某一城市，往往代表着人与城市风格的亲近，而这里"我"对日内瓦印象的改变，意味着"我"对"自己的生活方式与思想"产生怀疑，并开始为那些此前加以排斥的特质所吸引。See H. S. Gilliam, "Russia and the West in Conard's *Under Western Eyes*", p. 225.

[②] Unsigned review, *Nation*, 21 October 1911. 转引自 Keith Carabine, "*Under Western Eyes*", p. 123.

第六部分　西方目光下的俄罗斯文化

着东欧的血液"。① 而自 19 世纪上半期，在浪漫主义与民族主义思潮的影响下，上面提到的那种关于俄罗斯与西方的想象性对比就已频频出现在俄罗斯知识界的讨论以及文学创作中，② 这似乎让上述批评有了更多根据。

应当看到，丰富的跨界经历让康拉德对任何一个世界的认识都很难是本质化的，也不可能拥有"纯粹"的西方或斯拉夫目光。③ 如斯兹提亚所说，当他把小说标题从"拉祖莫夫"改为"在西方目光下"，康拉德与其说是进一步明确、不如说是"刻意模糊了自己对这个俄罗斯故事的立场"；读者很容易发现老教师言行中的种种矛盾，其"唯一的连贯之处"，也许就是反复申诉，自己并不能真正理解眼前发生的一切。而康拉德当然也知道他在叙事中选择的这个面具是"可笑而不胜任的"。④ 甚至，我们完全有理由赞同某些更富有反西方中心主义热情的分析，承认对"我"那种僵化目光的嘲讽本身正是作者希望表现的"主题的一部分"。⑤ 但过分拔高康拉德相对于"我"的高明却是不适宜的。康拉德真正的尴尬恰恰在于，作为一位对西方主导的帝国秩序并非毫无怀疑的作家，他自己也无法想象出这个秩序之外的其他可能。⑥ 而无论他的位置（如果真的存在这样一个固定的"立足点"的话）更靠向哪一边，只要是以将理性推举到前所未有之高度的西方现代文明作为标准，那些彼此存在明显差异的

---

① R. A. Scott-James 发表于 *Daily News*（13 October 1911）的文章，题目不详，转引自 Norman Sherry ed., *Joseph Conrad: The Critical Heritage*, London: Routledge and Kegan Paul Ltd., 1973, p. 20。

② 普希金《叶甫盖尼·奥涅金》（1823—1831）、《青铜骑士》（1833）等作品已触及俄罗斯与西方文明的激烈碰撞。而在 20 世纪 40 年代正式形成的斯拉夫派与西方派两大阵营更有意识地将两种文明加以对比。尽管存在观点分歧与细节差异，但总的来说，"斯拉夫主义者痛恨法律、法理思考、胁迫与暴力；所有这些都归于西方社会的属性"；相对应地，他们号召回到彼得大帝改革前崇尚"风习、仲裁和道德教育"的"有机"的俄罗斯传统。艾恺《世界范围内的反现代化思潮——论文化守成主义》，贵州人民出版社 1999 年版，第 64—66 页。此外，亚历山大·赫尔岑在回忆录《往事与随想》中记录的康·阿克萨科夫等人对斯拉夫传统进行"再发明"的逸事，也很具代表性。参见［俄］亚历山大·赫尔岑《往事与随想》（中），项耀星译，人民文学出版社 1998 年版。

③ 康拉德被赛义德称为"自觉的外国人"，而关于流亡状态带来的多重的、非本质化视角，可参阅［美］爱德华·W. 赛义德《知识分子论》，单德兴译，生活·读书·新知三联书店 2013 年版，第 54—55 页。

④ See Penn R. Szittya, "Metafiction: The Double Narration in *Under Western Eyes*", pp. 822 - 823. 关于"我"在讲述故事时暴露出的种种破绽与矛盾，可参阅 Willam Freedman, *Joseph Conrad and the Anxiety of Knowledge*, pp. 92 - 95。

⑤ See H. S. Gilliam, "Russia and the West in Conard's *Under Western Eyes*", pp. 218 - 219; see also Jeremy Hawthorn, "Introduction", pp. xxi - xxii.

⑥ ［美］爱德华·W. 赛义德：《文化与帝国主义》，第 30—32 页。

"非西方"文明就会无一例外地出现在坐标轴的另一端,都表现出某种"非理性""情感化"的特质。这或许是作家描绘的庞大地图有时也不免给人以色彩单调之感的根本原因。

不过,康拉德毕竟成长于俄罗斯与西方直接竞争文化控制权的波兰,[①]自己的写作又屡屡被归入"斯拉夫传统",在所谓的非西方世界中,他对俄罗斯试图建立"另一种秩序"的对抗声音确实格外熟悉,产生的情绪也尤为微妙:尽管并未遭受政治与地理意义上的殖民,甚至在周边区域还扮演了殖民者的角色,俄罗斯同样生活在西方这一强势文明的压力之下。在积极向"中心"靠拢的同时,身处东西方之间的特有尴尬也让其率先反弹,成为世界上第一个使用"西方世界"这个概念标示"他者"的地方。[②]俄罗斯知识界那些关于"情感俄罗斯"与"理性西方"对立形象的书写即出现在这一背景之下。与《在西方目光下》中痛骂西方已然堕落的S夫人在街头进行的、带有神秘意味的公开"展示"一样,(138)它们表现出某种自我东方化倾向,但非此,似乎也难以在高压下勾勒自己的形象。毋庸赘言,对于俄罗斯斯拉夫主义中狭隘,甚而带有外扩性霸权倾向的那一面,康拉德深恶痛绝。在波兰的文化归属问题上,他更竭力让西方诸强相信,尽管被帝俄殖民,波兰"在道德和精神上"始终与西方存在"亲密关系",[③]不过,这并不意味着康拉德对广义的斯拉夫世界发出的意在标示文明边界、强化共同体内部凝聚力的申诉完全无动于衷。关于这一点,研究者已从其1881年与舅父的通信中找到一些证据。[④]从逃离帝俄到游历西方殖民地,康拉德对强势文明的碾压深有体会。小说中,

---

[①] [英]康拉德:《瓜分的罪行》,收入《文学与人生札记》,第133—151页;朱建刚、唐薇:《俄国思想史中的"波兰问题"——保守派的视角》,《俄罗斯研究》2014年第1期。

[②] 艾恺:《世界范围内的反现代化思潮》,第62页。

[③] [英]康拉德:《瓜分的罪行》,第149页。

[④] 在1881年的一封回信中,舅父Tadeusz Bobrowski表示很高兴看到身处异乡的康拉德能"表现出对我们民族事务的热情"。他指出,来信中"基于泛斯拉夫主义的理想的描述从理论上看美好而易行,但在实际操作中,将遭遇巨大的困难",因为各个"有影响力的民族"都希望能争夺这个斯拉夫联盟的领导权,包括康拉德本人,也为了提高波兰的地位而赋予了其一些"并不全然符合实际"的优点。See Zdzislaw Najder, *Conrad's Polish Background*, pp. 79 - 80. 研究者据此判断,虽然在"领导权"问题上与泛斯拉夫主义的主要倡导者俄罗斯保守派知识分子存在分歧,康拉德在这一时期还是接受了该思潮的基本主张,希望实现斯拉夫各民族大联合,走一条不同于西欧的发展道路。See Peter Kaye, *Dostoevsky and English Modernism*, 1900 - 1930, pp. 137 - 138; see also Eloise Knapp Hay, "Reconstructing 'East' and 'West' in Conrad's Eyes", in Keith Carabine, eds., *Context for Conrad*, Bouder/Lublin: Maria Curie-Sklodowska University, 1993, pp. 24 - 25.

当看到一位普通日内瓦工人在街头安然享受休憩时光时，拉祖莫夫突然迸出了一声恶毒的咒骂："有选举权！有被选举权！受过启蒙！可还是个畜生。"（224）这句没头没脑的咒骂也许比任何长篇宏论都更能传达出落后者的满心渴慕与强烈的挫败感。当俄罗斯的形象从"傲慢的专制帝国"摆向"受辱的民族"时，作家如其所承诺地表现出了对个人创伤的"超脱"，流露出某种珍贵的同情。

坚信"我们俄罗斯人将会寻找到一种更好的形式实现民族自由"的霍尔丁小姐正是因此而被想象性地赋予了特殊魅力。（117）"当理智明显看不到出口的时候，情感却可能找到一条出路，没人能够知道这条路是通向拯救还是通向万劫不复——情感甚至根本就不提这个问题。"①康拉德对波兰的这番寄语，吊诡地在这一俄罗斯女性形象身上得到先行验证。小说中，且不论其对西方的直觉式批评确实抓到了某些要害，霍尔丁小姐的自信与激情似乎就足以让"我"的世界不再那么封闭自满。"我"甚至开始不自觉地从掌控局面的观看者转而成为被观看者："她看着我，目光中有种令我不自在的超凡的洞察力"；（145）"她朝我投来迅速的一瞥。短暂，却不偷偷摸摸……反而是我自己看她时不那么大方"。（156）而在这种目光的交互与身份的转化中，"我"那种手握历史剧本的优势地位也被严重动摇：相较于那些俄罗斯行动者，"我"甚至更像虚幻无力的"幽灵"，在霍尔丁母女身旁"盘旋逗留，却无法为她们提供保护"。（139）尤其是，"我"曾老到地批评霍尔丁小姐轻视西方"政治自由的各种实际操作方式"，并劝导这位理想主义者"对于爱和坚忍，最理想的设想也需要活生生的人类体现"；（117）但随着霍尔丁事件的发酵，连"我"自己也意识到，西方经验并不完全适用于（更不用说轻松解决）俄罗斯问题：

> 我现在不想奢谈自由，因为哪怕一点较为开明自由的观点，对于我们不过是讲几句话，表表雄心，或为选举投票（就算有感觉，也不会触及我们灵魂深处的情感），但对于生活在同一片天空下，和我们几乎没有差别的另一部分人来说，却是对毅力的严峻考验，关系到泪水、悲痛和鲜血。（354）

在这番自白中，一直将俄罗斯人描绘为异类的"我"罕有地承认他们"和我们几乎没有差别"，并表达了某种超越民族与政治边界的人道关

---

① ［英］康拉德：《瓜分的罪行》，第141页。

怀。霍尔丁等人不再是"我"眼中不真实的舞台影像，他们在历史森严结构中做出的牺牲得到正视，并被归入"我"所说的关于理想的"活生生的人类体现"。更有意思的是，当"我"日渐为霍尔丁小姐身上那种可以抵御生活中种种不义与苦难的"俄国人的天性"折服时，两人隐含支配性质的性别关系也奇异地发生了颠倒：羞怯的"我"感到她身上有着"英雄"气概（a quality of heroism，145）和"阳刚"味道（masculine quality，155）。至少在这些时刻，在作者的想象中，霍尔丁小姐及其背后的那个俄罗斯世界已不再只是一个被动接受"我"审视的对象。

三 悲剧性的冲突之地

然而，也正因为仅仅获得了作者情感而非理智层面的认同，小说中俄罗斯的前途命运仍然晦暗不明。甚至，相较于早已成为众矢之的的专制政府，霍尔丁小姐最终选择的革命道路还在小说中遭到了更多质疑。如前所述，从语言到行事，"我"在俄罗斯革命者身上都看到了与其反抗对象一样的气质。而在霍尔丁小姐面前一向木讷寡言的"我"也唯就革命问题发表过一长篇演说，痛陈"希望被扭曲出卖，理想被丑化嘲讽——这就是所谓的革命成功"。（148）

利维斯直言，这里的老教师"让人毫不怀疑地是在替康拉德说话"。[①] 挣扎于理想主义与怀疑主义，既无法接受严酷的社会现实，又担心革命走向自由的反面；既想争取集体的进步，又想保全个体的自由，康拉德对这些困境绝不陌生。而众所周知，他选择了远走逃避。但这并不意味着问题的解决。小说中有一幕，"我"远远看着桥上的拉祖莫夫，而拉祖莫夫"身子朝栏杆外探出一大截"，俨然被桥下湍急的河水"摄去了魂魄"。（217）乍一看，这幅画面俨然就是 18 世纪以来西方文学对"崇高"景致的描绘。[②] 然而，在康拉德笔下，那个既安全、又可以通过与对象的对抗获得精神提升的黄金位置已不复存在。现实生活中的康拉德最终站在了

[①] ［英］F. R. 利维斯：《伟大的传统》，袁伟译，生活·读书·新知三联书店 2009 年版，第 287 页。小说中的这些文字还曾大大激怒爱德华·加纳特。作为俄罗斯革命与流亡人士的著名同情者，他指责作家将自己的"仇恨"注入了小说之中。而在回信辩解时，康拉德重申了这部作品"关心的除了思想再无其他"，并且忍不住抱怨这位左翼友人只看到自己愿意看到的"真相"。See Norman Sherry ed., *Joseph Conrad: The Critical Heritage*, pp. 176 – 177. 到 1920 年小说再版时，作家相信刚过去的俄罗斯大革命已经验证了《在西方目光下》的这部分内容。［英］康拉德：《作者札记》，第 1 页。

[②] Stephen Bernstein, "A Note on *Under Western Eyes*", *Journal of Modern Literature*, Vol. 19, No. 1 (Summer 1994), pp. 161 – 163.

第六部分　西方目光下的俄罗斯文化

"我"的位置，避免被毁灭性的历史洪流瞬间吞没，但在虚构世界中，或许是作为一种补偿，作家将更多热情投入于塑造拉祖莫夫式的人物：和"我"安稳却略显乏味的生活不同，他们被逼入死角，必须在各种同样珍贵，却相互冲突的价值间做出悲剧性的抉择。这种极致的生命体验让康拉德着迷，反复出现于他的作品，作家甚至宣称："创作唯一合理的基石即在于勇敢承认所有不可调和的对立，它们让我们的生活如此高深莫测、负累沉重，如此令人迷醉、危险重重——却又如此充满希望。"①

这些对立性冲突无疑普遍存在于人类生活。但在康拉德笔下那"一长串被各种对立观折磨得痛苦不堪的主人公"中，拉祖莫夫被卡拉班判定为一个"最高版本"，因为在他身上集中了太多的矛盾和焦虑。这当然与《在西方目光下》格外贴近康拉德本人的独特经历，尤其是那些他"不赞成却又无法逃避的波兰记忆"有关；② 但也许同样重要的是，与康拉德选择栖身的善于调和各种竞争性价值的盎格鲁—撒克逊文化相较，俄罗斯这一空间本身提供了绝佳的观察"标本"。一方面，这里无处不在的专制阴影进一步挤压了选择的"余地"；另一方面，"边地"的特殊位置，又偏偏让俄罗斯人面临着更多种价值、生活模式之间的激烈冲突。前文提到的种种表演或真实抗争无不是在此大背景下展开。而作为全书核心的告密事件更是对这种选择困境的直接演绎。无须像《吉姆爷》（*Lord Jim*, 1900）或《诺斯特罗莫》（*Norstromo*, 1904）那样刻意"造境"，拉祖莫夫就在一个再普通不过的日子、在都市的一间小屋里被带到生死选择的关口。因为背叛霍尔丁而心绪难平，他列出了多达五组矛盾，包括："历史/理论""爱国主义/国际主义""演变/革命""指引/毁灭""统一/断裂"。（72）与选择继承十二月党人遗志的霍尔丁兄妹不同，他选择了每组对立性价值的前一项。毋庸赘言，拉祖莫夫的告密是不可辩驳的道德污点，但仅就其对保守立场的选择而言，他确实和诸多拥有卓越心智的俄罗斯人一样充分考虑到了现实的严酷与复杂。（36）而他的第二次告密，竟是在日内瓦的卢梭岛上完成的。他写告密信时，小岛一片寂静，"只有那位《社会契约论》作者阴郁的青铜雕像静静地伫立着，俯瞰底下拉祖莫夫低垂的头"。（325）这个讽刺性画面所揭示的，有专制政府对拉祖莫夫施加的无形压力，因为立约首先要求个体具有充分的自由，"强力并不能产生任

---

① Frederick R. Karl and Laurence Davies, *The Collected Letters of Joseph Conrad*, Vol. 2, Cambridge: Cambridge University Press, 1986, pp. 348 – 349.

② Keith Carabine, "*Under Western Eyes*", p. 126; see also Jacques Berthoud, "Anxiety in *Under Western Eyes*", *The Conradian*, Vol. 18, No. 1 (Autumn 1993), p. 1.

何权利",① 但更多的讽刺,却是留给被拉祖莫夫告发的那些革命者,以及他头顶的那位契约论作者的。作为卢梭思想的信徒,霍尔丁和日内瓦的革命领袖都不假思索地默认拉祖莫夫必定会与自己立约,"以其自身及其全部的力量共同置于公意的最高指导下"。② 但拉祖莫夫、这个名字意为"理性"的年轻人的选择却一再动摇了"公意"存在的基础、一个在启蒙时代影响广泛的思想命题——每个理性的主体在相同自然条件下判定的善会相一致,同样好的价值之间会天然和谐。③

事实上,除了革命者和代表保守一方的拉祖莫夫外,事件中还有另一个俄罗斯人面临着选择:被霍尔丁寄予厚望的"人民"的代表兹米安尼奇。他的遭遇更能凸显选项间的难以"和谐":在革命者的想象中,这位马车夫身上"有种对自由不可或缺的需求",(60)哪怕他的理性力量尚未完全觉醒,也不妨先让他做出觉醒后必然会做出的选择;就连他最后的自杀,在革命者看来也只可能是为了向共同的事业赎罪。(311)然而,小说不断揭示的真相完全是对这一系列卢梭式推论的嘲讽。读者被告知,兹米安尼奇自始至终沉浸在自己庸俗,却也同样真实的酒色生活中;(29)他死于一场失败的爱情,与政治没有丝毫关系。(308)在他所居住的人口密集的贫民窟里,拉祖莫夫的引路人更三次向其确认,这样的浑噩度日正是"地道"的俄罗斯人的表现。(28—29)换言之,对于俄国异常庞大的未受教育阶层而言,争取政治权利根本就不是首要需求。相较于"管理自己",他们很可能会将"被妥善地管理"放在优先位置。而兹米安尼奇们与更加西化的社会精英之间的这种严重隔阂,让人们更难按照所谓的历史或政治进步序列来简单判定霍尔丁与拉祖莫夫的正误。在做出选择的时刻,他们都主动或被迫地牺牲了自己珍视的部分理念。

正是作为一个充满悲剧性的冲突之地,俄罗斯让康拉德既恐惧,又难抵窥探的诱惑。对应于他纾解个人创伤与"客观"探究这片冲突之地的两种诉求间的紧张,《在西方目光下》在"渲染专制制度的决定性影响"与"表现比政治更复杂的人心"之间矛盾地摇摆着。拉祖莫夫剧烈而跳跃的心理状态成为小说的焦点。④ 评论家更称赞这是英国文学里"詹姆斯·乔伊斯《尤利西斯》中利奥波德·布卢姆之前心理刻画最丰富复杂

---

① [法] 卢梭:《社会契约论》,何兆武译,商务印书馆 2010 年版,第 10 页。
② [法] 卢梭:《社会契约论》,何兆武译,商务印书馆 2010 年版,第 20 页。
③ 参阅 [英] 以赛亚·伯林《自由及其背叛》,赵国新译,译林出版社 2005 年版,第 34—40 页。
④ Frederick R. Karl, *The Collected Letters of Joseph Conrad*, Vol. 4, p. 9.

第六部分　西方目光下的俄罗斯文化

的一个角色"。① 但在俄罗斯文学中，这样的心理描写自 19 世纪以来就已形成强大传统。而按照奥尔巴赫的分析，这恰恰与这个国度承受着多种生活模式与价值观之间异常激烈的冲突有关。② 若循此说，哪怕康拉德有意抹除自己阅读俄罗斯文学的一些痕迹，我们至少仍然可以从平行比较的角度指出，在对价值冲突与选择困境的描写中，他前所未有地靠近了不得不直面这些难题的俄罗斯同行。而事实上，除了被推向极致的心理描写外，从主题到情节、人物设定，《在西方目光下》与《罪与罚》的互文性都如此之明显，以至于欧文·豪（Irving Howe）、皮特·凯（Peter Kaye）等一批研究者都断言，没有陀思妥耶夫斯基的示例，就不会有这部作品，"它可以被视作对《罪与罚》的系统性重写"。③

在此前提下，两部小说的一个明显差异，或许能在最后为我们更好地揭示康拉德写作这个俄罗斯故事时遭遇的困境：身为斯拉夫主义的坚定拥护者，陀思妥耶夫斯基相信俄罗斯终将克服"西方目光"带来的种种挤压。他把救赎的希望放在俄罗斯自身传统，尤其是东正教精神上，为此不惜对作品结尾进行"降神"式的处理，而《在西方目光下》不仅基本悬置了《罪与罚》中最重要的宗教主题，更对冲突的最终解决提出了质疑。和拉斯柯尼科夫不同，拉祖莫夫的忏悔与信仰的觉醒并无关系，他也并未因为正视自己的道德污点而获得索尼娅式的宽恕。他被暴打致残的结局讽刺性地"剥夺了整个叙事都在渴求的忏悔作用，也剥夺了对他的任何真正有意义的宽慰或对他人的作用"。④ 作为一个带着怀疑目光的跨界旅行者，康拉德得以避开狭隘的民族与地域主义，⑤ 但与此同时，"无根"也

---

① ［美］理查德·拉佩尔：《〈在西方目光下〉中文版导读》，《在西方目光下》，第 8 页。
② 参阅［德］埃里希·奥尔巴赫《摹仿论》，吴麟绶等译，商务印书馆 2014 年版，第 617—618 页。以赛亚·伯林在其经典著作《俄国思想家》（彭淮栋译，译林出版社 2006 年版）中详细分析了托尔斯泰、屠格涅夫与赫尔岑等人对帝俄激烈的价值冲突困境的回应，可以作为参考。
③ Peter Kaye, *Dostoevsky and English Modernism, 1900–1930*, p. 120. 该书第五章对康拉德与陀思妥耶夫斯基的关系进行了深入研究。陀思妥耶夫斯基及其创作向来被视为"俄罗斯性"的典型代表，而康拉德一方面毫不掩饰自己对他的憎恶之情，另一方面，却又最了解这位同行的魅力所在，并试图对之加以超越，这样一种复杂关系，正可以视为康拉德对俄态度的一个缩影。关于两位作家之间的关系，还可参阅 Owen Knowles and Gene M. Moore, *Oxford Readers's Companion to Conrad*, pp. 95–96；胡强《康拉德政治三部曲研究》，中国社会科学出版社 2008 年版，第 234—260 页。
④ Kenneth Graham, "Conrad and Modernism", *The Cambridge Companion to Joseph Conrad*, p. 215.
⑤ 《在西方目光下》对霍尔丁小姐这类美好形象的塑造，让《罪与罚》中对波兰人的种族性侮辱尤其刺眼。见陀思妥耶夫斯基《罪与罚》，朱海观、王汶译，人民文学出版社 2015 年版，第 378、535 页。

意味着无法与世界建立任何有效的联系。小说付梓数日后,作家发生了严重的精神崩溃。某种程度上,《在西方目光下》对"俄罗斯灵魂"的追踪和对作家个人记忆、身份的捕捉一样,不断接近又不断脱手:它/他是渴望进入中心的边缘者,却又难以摆脱异类的烙印;文明间的等级秩序让其感到民族心的受辱,但在理智层面却并未发现其他可能的存在;最终,深陷于种种对立性冲突,却找不到任何坚实的价值内核可以作为支点。在嘲讽没有亲人关爱的拉祖莫夫试图抓住"俄罗斯"作为最后的身份标记的同时,康拉德不能不面对自己更为彻底的无处着力:"他活在世上就像一个人在深海里游泳一样孤独。"(9)

(原载《外国文学评论》2016 年第 2 期)

第七部分

中、日、俄文学关系

王胜群 著

地区作为方法

——兼论俄、日、中三国比较文学研究

> 如果要复兴区域研究的传统，那么确实需要认识到，地区本身就是历史的产物，而诸地区得以浮现的历史最终服从于全球的动力学。
>
> ——阿尔让·阿帕杜莱[1]

> 这个大写想象的西方，在不同的国族主义论述语境中扮演着不同的角色，它曾经是对立体、参考架构、学习对象、丈量标准、追赶目标、（亲密的）敌人，甚至成为论辩及行动时的借口。简单地说，在过去的一、两个世纪，"西方作为方法"是普遍性的存在，支配着知识生产的结构。
>
> ——陈光兴[2]

一　引言

1996 年，继《文明的冲突？》（1993）一文发表后，美国政治思想学者塞缪尔·亨廷顿出版了论著《文明的冲突与世界秩序的重建》（*The Clash of Civilizations and the Remaking of World Order*）。在这部具有持续影响力同时也招致了无数批评的著述中，亨廷顿提出用文化和文明的分析框架重新勾勒冷战后的国际政治秩序，开启了以"文明"观察、理解乃至预测当今世界格局的全新范式。所谓"文明"，在亨廷顿看来，更多地指向一种"文化实体"。他将世界上的主要文明划分为中华文明、日本文

---

[1] Arjun Appadurai, *Modernity at Large: Cultural Dimensions of Globalization*, Minneapolis: University of Minnesota Press, 1996, p. 18.
[2] 陈光兴：《去帝国：亚洲作为方法》，台北：行人出版社 2006 年版，第 348 页。

明、印度文明、东正教文明、伊斯兰文明、西方文明、拉丁美洲文明以及可能存在的非洲文明,试图由此展现20世纪以来世界体系由西方文明独占支配地位过渡到多文明相互作用的阶段这一变化。值得注意的是,在一个细节处,亨廷顿声称"用'东方'和'西方'来识别地理上的区域是令人困惑不解的和种族中心主义的",理由是"东方"和"西方"不具备固定参照点,"完全取决于你站在何处"[①]——在此几乎不必再重提萨义德早在《东方学》(Orientalism,1978)中即开启的有关"东方"的建构的一系列讨论。尽管亨廷顿全书的许多观点饱受争议,但显而易见,其基本立场也不乏从西方内部解构"西方中心主义"的色彩。正是基于同一立场,他进一步阐述了西方文明本身也是一个具有独特性的文明而非普适文明、现代化不等于西方化等观点。

当然,就打破"西方/东方"="普遍主义/特殊主义"的意义而言,亨廷顿将西方特殊化的努力固然是重要的。无可否认的是,作为过去数十年来愈趋兴盛的后殖民主义研究的重要成果之一,"西方/东方"的思维框架以及各自的概念分野已经在很大程度上得到拆解和重审。然而,即便在今日,作为常识性的知识背景与话题讨论的默认前提,"西方"仍然指涉"19世纪的西欧和20世纪又加上了北美的所谓西方"[②]这一不无暧昧却相对稳定的场域。事实上,亨廷顿所探讨的"西方"也基本延循此一轮廓。尽管他从多个层面有力地论证了西方的衰落与"非西方"地区的复兴,在此基础上试图阐明西方的中心地位业已发生或即将发生的变化,其中有关文明冲突的一系列洞见也准确地预言了迄今二十余年间爆发的种种国际争端,却未能预料到下述事实:在当今的国际秩序体系和知识生产领域中,西方的中心地位非但没有瓦解,某种程度上还得到了进一步的巩固和强化。[③]

今时今日,作为近代以来帝国和殖民主义留下的根深蒂固的历史"遗产"(或言"后遗症"),西方中心主义并非只是某种幻觉或者神话,而是几乎弥散于所有社会、学术领域中的客观存在。即使是以一种表面上

---

① [美]塞缪尔·亨廷顿:《文明的冲突与世界秩序的重建》,周琪等译,新华出版社1998年版,第31页脚注。
② [日]酒井直树主编:《西方的幽灵与翻译的政治》,江苏教育出版社2002年版,第X页。
③ 今时今日,我们或许更能体会到阿什斯·南迪在三分之一个世纪前所描绘的图景:"西方如今已无处不在,在西方之中,也在西方之外;在结构之中,也在思想之内"(Athis Nandy, *The Intimate Enemy: Loss and Recovery of Self Under Colonialism*, Delhi: Oxford University Press, 1983, p. 11)。

难以觉察甚至看似相反的形式——如渗透到日常话语中的那些被视为政治正确的"中性"概念或措辞、在西方主流世界获得巨大声誉的少数族裔学者和作家的存在。① 在讨论非西方国家的议题时，也很难想象能完全脱离与西方进行比较、协商的思考背景。甚至非西方社会中时而暗涌、时而抬头的民族主义思潮与舆情，也恰恰构成了对无可撼动的西方中心地位的回应和注脚。最具讽刺意味的是，正是在非西方学术研究领域，一面对西方主导的话语霸权进行着旷日持久的讨伐，另一面却无论在学术建制、知识生产还是评价指标上，仍习以为常地将西方作为绝对的参考坐标，最终仍滑向了与西方中心主义的共谋。

面对上述现实，本文提出"地区作为方法"的理论和研究路径，尝试构建一个由俄罗斯、日本和中国三个非西方民族国家所组成的"地区"研究框架，并在此框架之下进一步探讨开展三国间比较文学研究的可能性。

二 作为方法的地区："俄、日、中"地区框架的可能性

出于对西方中心主义的学术状况和知识生产体制的挑战，本文主张的"地区"框架无疑是作为"西方"的反命题提出的。就字面而言，"地区/西方"的形构也许很容易被视作是对"西方/东方""中心/边缘""普遍/特殊"等所有类似的二元论的承续或简单替代。诚然，"所有的对抗性政治都带有一种讽喻，即它是依附在其敌对者身上的"②，这一点无须讳言。毋宁说，地区并非自律性的存在，也不可独立于世界这个整体，反而正是透过西方这面巨大棱镜的折射，才获得了历史地理的定位和文化主体性。无论是否愿意承认，西方作为地区不可或缺的他者，无处不在地潜藏于地区的历史与现实背景中。有意忽视或抹杀西方在地区的历史、现实中的影响，一味强调地区的主体性，甚至复制和重构出一套东方中心主

---

① 关于后者，不妨引述印度学者阿吉兹·阿罕默德的一段尖锐的指摘对此进行说明。在论述了由语言导致的西方与非西方文本在翻译层面的不对称性之后，他继续说道："这就导致只有一小部分碰巧用英语写作的作家大受欢迎。比如我们可以看到，《纽约时报》把萨尔曼·拉什迪《午夜之子》的描写方法评价为'一个大陆找到了自己的声音'——似乎如果你不会讲英语，就是无声的。又如理查·布瓦里耶在评价爱德华·萨义德的著作《拉里坦》时说：'得益于萨义德此书的伟大贡献，巴勒斯坦从此获得了自己的历史。'这句话如今成为萨义德一部近作的封底用语。这是一个像摄影机暗箱一样颠倒的世界：不是巴勒斯坦的现实经验构造了萨义德的视野，而是萨义德的著作为巴勒斯坦历史创造了空间！"（［印］阿吉兹·阿罕默德：《在理论内部：阶级、民族与文学》，易晖译，北京大学出版社2014年版，第95页）。

② 张京媛主编：《后殖民理论与文化批评》，北京大学出版社1999年版，第8页。

义的话语，决非本研究的目的所在，也是本研究从一开始就极力避免的陷阱。

从广义上来看，本研究应归属于区域研究的范畴。汪晖观察到1970年代以后美国的中国研究领域中出现了一种区域转向："这类研究一方面超越民族国家的框架，在不同区域之间构成了比较性的关系，另一方面又将区域设定为一种新的、形态不同的主体，如亚太、欧洲、东亚和东南亚等等，并在不同的时间层次中对区域进行观察。"① 研究可分为两类，一类是针对国家行政区划的区域，另一类是超越民族国家边界的跨国性区域。如果按照这种划分，那么本研究无疑更接近后者。不过，本研究力图凸显"方法"这一问题意识。在此，有必要先对"方法"的历史脉络做一番梳理。

1960年，日本思想家、中国学研究者竹内好做了一场题为"作为方法的亚洲"的演讲。本次演讲的出发点源自其他一贯的问题关切，即以"亚洲"（主要指中国）作为观照日本的镜子，借以反省日本自身的种种问题。在论及现代化的类型时，竹内试图抛开日本学界历来沿用的西欧基准，而将中国作为日本的参照对象，并对后二者的现代化进程进行了一番比较。竹内认为，日本的现代化由于完全原封不动地引入西欧模式，引发了一系列水土不服的问题，而中国则以本民族的事务为中心，从而获得了更为纯粹的现代化。由此他得出结论，提议日本应停止一味追随西欧的足迹，转而"以亚洲的原理为根基"②。事实上，演讲延续了竹内早自1940年代便开始的对中日现代化模式的关注（例如其1948年发表的《中国的现代与日本的现代》），整个论述框架也仍然未能摆脱其历来秉持的"欧洲（西方）/亚洲（中国）"二元对立的思考模式。

而有意识地与竹内好的上述"方法"进行磋商的，是1989年提出"作为方法的中国"③ 的历史学者沟口雄三。在同名论著中，他试图打破竹内好未能摆脱的"先进/落后"一元论模式，将"中国"作为重新认识日本的媒介和契机。沟口指出，中国的现代化并非像以往日本学界所主张的对传统的全盘否定，而是以固有传统为根基，走出了一条与欧洲、日本都不同的道路；由此返观日本，便会发现日本的现代化道路本质上也并非

---

① 汪晖：《跨体系社会与区域作为方法》，载《亚洲视野：中国历史的叙述》，香港：牛津大学出版社2010年版，第285页。
② 竹内好：「方法としてのアジア」、『竹内好セレクションⅡ——アジアへの/からのまなざし』、東京：日本経済評論社2006年版，第44頁。
③ 溝口雄三：『方法としての中国』、東京：東京大学出版会1989年版。

是对西欧的盲从,同样是脱胎于自身的前现代基础,实现了独特的自我革新。在这一点上,沟口得出了与竹内好相反的结论,认为西方的冲击并未摧毁中日两国前现代以来的结构,而仅仅是促成了一种蜕变和变形。最后,沟口强调,所谓以中国为方法,最终是以世界为目的。这即是说,并非要以欧洲作为标准来衡量中国(亚洲),而是把欧洲作为多元化世界的构成要素之一,反过来也完全可以由中国(亚洲)认识、衡量欧洲。显而易见,与立足于东西对立的竹内的"方法"不同,沟口所持的"方法"本质上更近于文化多元主义(multiculturalism)的立场。

当然,无论是借镜亚洲、中国以批判日本的竹内好,还是在重审中国现代化的基础上对日本现代化加以肯定的沟口雄三,由于出发点均在于反思日本本身的问题,难免带有把作为参照体的亚洲和中国合理化、理想化的倾向。2006年,陈光兴在沟口的启发之下,进一步提出了"亚洲作为方法"。这一主张部分来源于他长年的知识实践和在地经验,比如开办覆盖亚洲的跨国学术刊物,促进亚洲知识圈的互动和知识生产等。概言之,陈光兴的"亚洲作为方法"旨在将亚洲定位为主体,同时也将亚洲问题化,最终试图构建一个彼此参照的开放性视野和想象空间,"使亚洲社会可以透过彼此的对照,看到自身的困境,相互启发突围的方式,更为积极的走出新的可能性"[1]。在此,"方法"指的是一种突破既有限制与框架的"中介过程"。并且,陈光兴强调"亚洲作为方法"的核心意涵在于,既然对西方问题的持续焦虑不具有生产力,倒不如承认西方早已内在于我们的主体性构造之中,在此前提下,积极地将主体性进行多元转化,以便展开更具生产性、批判性的工作。而"亚洲作为方法"的最终目的是通过对亚洲经验的批判性研究,开启理解世界史的不同视角,提出新的问题。

不难发现,从竹内好的"作为方法的亚洲"到沟口雄三的"作为方法的中国",再到陈光兴的"亚洲作为方法",一系列"方法"为我们勾勒出非西方地区的主体性在约半个世纪的研究历程中的浮现轨迹,具有重要的启示意义:首先,"方法"意味着不再将西方作为讨论的前提与衡量标尺,而是关注非西方地区自身的历史经验和现代性脉络,重新观照和理解整个地区过去的历史与当下的现实;其次,在地区框架下,超越内部各单一民族国家的界限,由以往惯性地与西方进行互动,转向构建地区内部的交互对话,从而生发出新的契机与可能性。借由"方法",地区在被建构成主体的同时,也成为了一个联结内部个体间关系的媒介空间,提供

---

[1] 陈光兴:《去帝国——亚洲作为方法》,台北:行人出版社2006年版,第339页。

了一个卓有成效的基本分析框架。

本文提出的"地区作为方法"即是植根于上述问题脉络。与此前的"方法"不同的是，本研究不仅关注地区的主体性，同时也希望将西方积极地纳入对话和思考的框架之中，建立一个更具包容性的结构。具体而言，"地区作为方法"是在承认西方中心主义仍渗透于地区的历史叙事这一前提的基础上，尝试对其进行抵抗和突破的范式。这要求在处理地区内部的议题时，一方面对西方中心主义保持警觉，摒弃"中心／边缘""冲击／回应"①等两极化范式，建立一个开放的体系和相互参照的问题场域，另一方面对地区内部的民族主义和基于本质主义的反西方话语进行审慎的判断，时刻意识到西方作为历史上与现实中的"他者"，与地区有着千丝万缕的关联和交互影响。

基于上述问题意识，本研究尝试构建一个包含俄罗斯、日本和中国三个相邻的非西方国家的"地区"框架（或者说模型）——当然，构设此一框架的出发点和原动力，也来自一个令人无奈的隐而不彰的事实，即：在西方中心主义所支配的话语结构中，对非西方地区之间关系的探考往往并不具有天然合法性。② 在此微妙现实困境的激发下，"地区"作为一种有效的批评立场和分析策略，提供了在俄、日、中三国之间建立关系的可能性。作为初步的尝试，本研究将以"现代性"这个历史与现实相交会的关键时刻／场域作为切入口，在上述框架下，重新勾画一幅本地区内部文学现代性的生成图景。下面将对俄、日、中之间的文学关系进行简要的概观，以检视本研究路径的必要性和可能性。

三 概观俄、日、中三国"文字之交"

就通行的定论而言，日本现代文学大致以明治20年代初期为起点，中国现代文学则于"五四"（1917—1927）前后拉开序幕。③ 本文将包含上述时期及其前后的过渡期，统称为中日现代文学的生成期，以此作为考

---

① 如所周知，列文森（Joseph R. Levenson）在描述西方对中国近代思想和社会历史的深远影响时，提出了极富争议性的"（西方）冲击／（中国）回应"模式。可参阅［美］列文森《儒教中国及其现代命运》，郑大华、任菁译，中国社会科学出版社2000年版。

② 或者说，地区框架并非是不言自明的，正如困扰着陈光兴等学者的一个问题："常常让人不解的是，在亚洲内互动需要自我正当化，跟欧、美互动反而不需要"（陈光兴：《去帝国：亚洲作为方法》，台北：行人出版社2006年版，第346页）。

③ 这里要作说明的是，在相关汉字词的选择上，中文"现代"在日文里通常对应"近代"，"现代文学"在日文中则对应"近代文学"。为避免歧义，本文统一采用中文术语"现代／现代文学"（英文则对应"modern/modern literature"）。

察范围。众所周知，在这一特定的文学史转折时期，两国文学相继发生了语言与文体的革新、文学思潮的变迁等。而相比这些直观可见的变化，文学现代性发生的具体过程更值得注意。钱理群等在《中国现代文学三十年》中指出："'五四'文学革命之所以能够称为中国现代文学的光辉起点，就是因为它在批判封建主义旧文学，吸收、借鉴西方文学、与世界文学取得密切联系的问题上，采取了毫不含糊、毫不妥协的坚决态度。"①这一指摘的关键之处在于触及了中国文学现代性的核心维度，即在空间层面（而非时间层面）与世界文学发生横向的对话。显而易见，这一维度并非中国文学所独有，而同样存在于日本文学现代性之中。中日两国在现代文学的生成期，汲取了大量的外国文学、思想和文化资源。其中，在以西欧文学为代表的西方文学之外，俄罗斯文学占据了尤为重要的一席。

　　近代日本对俄罗斯文学的接受，一般认为始自俄国虚无党题材作品的译介。②在19世纪70、80年代爆发的日本自由民权运动热潮中，带有无政府主义和民粹主义倾向的俄国虚无党（nihilist）的革命活动引起了广泛关注。1880年代初，在风靡一时的政治小说热潮中涌现了一批俄国虚无党题材的翻译作品。如杣田策太郎的《鲁国奇闻烈女之疑狱》（1881）、西河通彻的《露国虚无党事情》（1882）、川岛忠之助的《虚无党退治奇谈》（1882）、宫崎梦柳的《虚无党实传记鬼啾啾》（1885）等。有研究者指出："此类俄国虚无党小说，与其说在当时的政治小说中担负着自由民权思想的教化功能，不如说是鼓动一种反体制的叛逆情绪和实施行为的作品，因此在文学上恐怕并未留下什么值得注意的影响。"③随着自由民权运动的退潮，虚无党小说的热度也迅速削减。但以此为契机，原本关注英、法、德、美等西方文学的明治文学界，从这一时期开始注意到了俄罗斯文学。比如屠格涅夫的小说《父与子》便作为"虚无党"一词的出处

---

① 钱理群等：《中国现代文学三十年》，上海文艺出版社1987年版，第15页。

② 学者陈建华曾谈及清末中国对于俄国虚无党小说的译介，认为"虚无党小说在中国清末的流行只是一种特定环境中出现的特殊的译介现象"（《二十世纪中俄文学关系》，高等教育出版社2002年版，第58页）。事实上，日本对于俄罗斯文学的译介和接受正肇始于虚无党小说，并对晚清虚无党小说的译介产生了重要的影响。相关研究可参阅如下：中村忠行「晩清に於ける虚無黨小説」（『天理大学学報』1973年第3期），森川登美江「清末小説点描 5：ロシア虚無黨を描いた小説」（『大分大学経済論集』2000年第3期），李艳丽《晚清俄国小说译介路径及底本考——兼析"虚无党小说"》（载《外国文学评论》2011年第2期）。

③ 新谷敬三郎：「概観　日本におけるロシア文学」、福田光治・剣持武彦・小玉晃一編『欧米作家と日本近代文学　ロシア・北欧・南欧篇』，東京：教育出版センター1976年版，第39—40頁。

引发了关注。[1]

不过，从严格意义上来说，日本最早的俄罗斯文学译作是 1883 年 6 月东京法木书屋出版的普希金的长篇小说《露国奇闻·花心蝶思录》（1836，即今中译《上尉的女儿》），译者是东京外国语学校俄文系毕业的高须治助。根据李定的数据，"日本的俄罗斯文学翻译始于 1883 年，至十九世纪末已译出作品 50 余种，二十世纪初年译作量平均在 150 种左右"[2]。太田三郎关于明治以来日本翻译文学（英、法、德、美、俄五国文学）年翻译作品数目的统计图表显示，从 1868 年到 1908 年约四十年间，英国文学的年译作量都位列第一，而逐年增长的俄罗斯文学译作量自 1908 年起超过英国文学，此后直到 1930 年代中期均居首位。[3] 明治文坛代表作家如二叶亭四迷、幸田露伴、森欧外、田山花袋、上田敏、德富芦花等，都翻译（多为转译）过俄罗斯文学作品，同时也通过翻译实践摸索现代文学的新文体与创作方法。小森阳一认为，在陀思妥耶夫斯基所处时代的俄国和近代日本之间，可以发现一些类似点，比如"在后发型的现代化过程中，知识分子使用的核心概念几乎都是外来语，并时常在西欧式的事物与迄今为止的自身这二者间展开精神上的拉锯战……"[4] 换言之，传统的失落与自我身份认同的混乱所导致的知识分子的精神危机，是 19 世纪俄国与日本在面对强势引进的西欧文化时所共通的问题。正是这些日本在现代化进程中的种种焦虑，催生了其对于俄罗斯文学异乎寻常的关心。值得一提的是，肄业于东京外国语学校俄文科的二叶亭四迷（1864—1909），不仅在俄罗斯文学影响下创作了被视为日本现代文学开篇之作的小说《浮云》（1887—1889）[5]，其翻译的屠格涅夫《猎人笔记》中的短篇《幽会》（1888），更是对日本自然主义文学产生了至关重要的影响。

---

[1] 如 1879 年 10 月 28 日《朝野新闻》刊登的一则评论《鲁国虚无党之况》，当中提到"虚无党"一词为屠格涅夫小说《父与子》中首创，具体可参阅：安田保雄「ツルゲーネフ」、福田光治・剣持武彦・小玉晃一编『欧米作家と日本近代文学　ロシア・北欧・南欧篇』，東京：教育出版センター1976 年版，第 47 頁。

[2] 李定：《俄国文学翻译在中国》，载智量等《俄国文学与中国》，华东师范大学出版社 1991 年版，第 355 页。

[3] 太田三郎：「翻訳文学」、『岩波講座日本文学史　第 14 巻』，東京：岩波書店 1959 年版。

[4] 小森陽一：「発刊に寄せて」、福井勝也『日本近代文学の「終焉」とドストエフスキー———「ドストエフスキー体験」という問題に触れて』，東京：ノベル出版 2008 年版，第 1 頁。

[5] 正如小田切秀雄所言，日本现代文学以"明治二十年六月二叶亭四迷的《浮云》第一篇刊行"（『二葉亭四迷———日本近代文学の成立』，東京：岩波書店 1970 年版，第 13 頁）作为正式确立的标志，这已成诸种文学史著述的基本定论。

从明治到大正时期，包括普希金、莱蒙托夫、屠格涅夫、果戈里、托尔斯泰、陀思妥耶夫斯基、冈察洛夫、契诃夫、高尔基、安特莱夫等俄国经典作家的作品以及别林斯基、杜勃罗留波夫等批评家的重要文论相继得到译介。不过，由于明治时期外语教育偏重以英文为首的西欧发达国家语言，缺乏精通俄语的人材，[①] 因此，除了二叶亭四迷、濑沼夏叶等少数直接由俄文原文进行翻译的译者以外，此一时期的俄罗斯文学作品大多转译自英文等西欧语种。[②] 直到明治末大正初期以后，升曙梦、米川正夫、中村白叶、神西清等学者才相继成为从事俄罗斯文学译介与研究的中坚。其中，特别要提到的是升曙梦（1878—1958），他不仅是日本俄罗斯文学研究界划时代的开拓者，[③] 而且在中国早期对俄罗斯文学的引介中也发挥了至关重要的作用。20世纪20年代，升曙梦撰述的有关俄罗斯文学的评介文章曾被大量译介到中国，频见报章[④]。1921年，《小说月报》第12卷号外《俄国文学研究》专号中，刊载了一篇陈望道翻译的论文《近代俄罗斯文学底主潮》，文末有一段关于原作者升曙梦的简短介绍："升曙梦是日本当代文坛中一个最伟大的俄国文学介绍者；他以研究俄国文学为全生

[①] 明治时代开设的主要俄语学习场所只有尼古拉神学校（如濑沼夏叶、升曙梦等）和东京外国语学校（矢崎镇四郎、二叶亭四迷等）。这两处培养了日本最早的一批从俄文直译俄罗斯文学作品的译者。关于日本近代的俄语教育，可参阅如下：渡辺雅司「ロシア語」、『ロシア語ロシア文学研究』1983年第9期；杉山秀子「日本におけるロシア語教育（戦前）」、『駒澤大学論集』2001年第9期。

[②] 20世纪初在日本留学的中国知识青年，也需借由西欧语言译本阅读、翻译俄罗斯文学作品。如周作人如此回忆1906年与鲁迅、许寿裳等人在日本学习俄文的经历："我们学俄文为的是佩服它的求自由的革命精神及其文学，现在学语固然不成功，可是这个意思却一直没有改变。这计划便是用了英文或德文间接的去寻求，日本语原来更为方便，但在那时候俄文翻译人材在日本也很缺乏，经常只有长谷川二叶亭和升曙梦两个人，偶然有译品在报刊发表，升曙梦的还算老实，二叶亭因为自己是文人，译文的艺术性更高，这就是说也更是日本化了，因此其诚实性更差，我们寻求材料的人看来，只能用作参考的资料，不好当作译述的依据了"（周作人：《学俄文》，《知堂回想录》，香港：三育图书有限公司1980年版，第214页）。此外，周作人提到在日本赚得第一笔翻译稿费后，在钱还未寄到时先向友人借了一百元，"去到丸善书店买了一部英译屠格涅夫选集，共有十五本。每本里有两三张玻璃版插图，价钱才只十五先令，折合日金三十元，实在公道得很"［周作人：《翻译小说（下）》，载《知堂回想录》，第209—210页］。这里说到的"丸善书店"便是当时日本引进俄罗斯文学作品西欧译本的重要渠道。

[③] 关于升曙梦的研究可参阅如下：和田芳英『ロシア文学者昇曙夢 & 芥川龍之介論考』、大阪：和泉書院1991年版；田代俊一郎『原郷の奄美——ロシア文学者昇曙夢とその時代』、福冈：書肆侃侃房2009年版。

[④] 关于升曙梦在五四时期的译介情况，可参阅孙乃修《屠格涅夫与中国——二十世纪中外文学关系研究》的相关章节："升曙梦及其俄国文学论著"（学林出版社1988年版，第164—167页）。

事业，与俄国文学造就极深，关于俄国文学的著作与译作也极丰富。当今日本文坛既没有一个人不受俄国文学的刺激与暗示，像升曙梦这一类伟大的介绍家，在日本自然是文坛的奇功异勋者了。但同时也可以称为我们东亚文坛里的奇功异勋者，因为我们中国现在似乎还没有这一伟大的俄国文学底介绍者。"此外，郑振铎在其撰写的中国首部俄国文学史著作《俄国文学史略》（1924）的附录《关于俄国文学研究的重要书籍》中，也开列了升曙梦的两本著述：《露国现代之思潮及文学》（东京新潮社，1915）和《露国近代文艺思想史》（东京大仓书店，1918）。冯雪峰翻译的《新俄文学的曙光期》（1926）、《新俄的无产阶级文学》（1927）和《新俄的演剧运动与跳舞》（1927）等升曙梦的文艺理论著述，也相继由北新书局出版。当中介绍的俄苏文艺理论，对于此一时期高涨的中国左翼文学运动也产生了相当大的影响。

诚如新谷敬三郎所言："从明治以来直至今日，对日本文学产生持续而深刻影响的外国文学并非欧美文学，而是俄罗斯文学……在日本人的文学、思想及其背后更为重要的精神生活中，俄罗斯人的文学观念所施加的影响力，尽管并非总在正面的方向上发挥着作用，但确是不可估量的。"[1]尽管明治维新以后日本将西欧作为关注和学习的主要对象，倾力译介了一大批西欧文学作品，但俄罗斯文学在日本的传播以及对日本现代文学的影响——例如，俄国现实主义文学对于日本写实主义乃至自然主义文学的启示、托尔斯泰对日本白桦派文学的影响、苏联文艺理论与日本普罗文学、俄国现代主义文学与日本新感觉派文学的关联等，无论在广度还是深度上，都是其他外国文学难以比肩的。

较之日本，俄罗斯文学对于中国现代文学乃至社会文化、精神生活的影响之深，更是不遑多论。俄罗斯文学在中国的译介始于晚清。1903年，清末首批赴日留学生戢翼翚根据前述高须治助的日译本（《露国奇闻·花心蝶思录》），将普希金的《上尉的女儿》转译为中文，题名为《俄国情史》，由上海大宣书局出版。这是俄罗斯文学在中国最早的译作单行本。[2]

---

[1] 新谷敬三郎：「概観　日本におけるロシア文学」、福田光治・剣持武彦・小玉晃一编『欧米作家と日本近代文学　ロシア・北欧・南欧篇』，東京：教育出版センター1976年版，第17頁。

[2] 在此之前，1872年8月《中西闻见录》创刊号上刊登了一则由美国传教士丁韪良翻译的《俄人寓言》，被认为是中国最早翻译过来的俄罗斯文学作品。此外还有1900年收入美国传教士林乐知等译的《俄国政俗通考》中的三篇克雷洛夫语言。具体可参阅陈建华《二十世纪中俄文学关系》（第二章"清末民初到中俄文学关系——从《俄人寓言》到克雷洛夫寓言"，高等教育出版社2002年版，第40—48页）。

从时期上看，如果以辛亥革命为分水岭，在此之前俄罗斯文学尚未引起太多关注，仅有少量主要由日译本转译而来的作品，包括前面提到的虚无党小说。①与明治日本的情形相类似，戊戌变法后晚清政治小说的译介和创作也一度掀起了热潮。虽说其间存在着显见的影响关系，然而有所不同的是，日本的政治小说是自由民权运动中诞生的产物，多承载着创作者（本身多为从政者）的民权思想和政治主张，因此在运动本身落幕后，政治小说也便不再有人问津。与之相反，在清末中国的启蒙主义思潮中，政治小说被视作开启民智、救国救民的利器而大加倡导。首倡者梁启超断言："彼美、英、德、法、奥、意、日本各国政界之日进，则政治小说为功最高矣"②，大力鼓吹政治小说的政治功用性。数年后，梁启超更是在影响深远的《论小说与群治之关系》（1902）一文中极言："欲新一国之民，不可不先新一国之小说。"③虽然政治小说这一文学形式在中国亦很快不复流行，但借助于小说（文学）以"改良群治"的内核并未随之消失，而是继而成为了新文化运动的重要注脚，被五四新文学的倡导者们所承继。无论是陈独秀在《文学革命论》这一文学革命的纲领性文论中呼吁的"今欲革新政治，势不得不革新盘踞于运用此政治者精神界之文学"④，还是后来常被征引的鲁迅关于写作目的的著名自述"揭出痛苦，引起疗救的注意"⑤，共同传达了贯穿整个中国现代文学转型期的基本理念和旨归。

正是在此背景下，俄罗斯文学被引介进来。五四前后更出现了俄罗斯文学译介和研究的热潮。俄罗斯文学的重要作家作品以及文艺理论、思潮开始得到大规模的引介。"据统计，五四以前，从1900到1917年，我国翻译的俄国文学作品（含单行本和报刊译文）共为105种……不过这一时期俄国文学作品在中国的译介，在全部外国文学作品中译本（文）总数中所占的比例还比较小，其中作品译本的单行本所占比例还不足

---

① 清末对俄罗斯文学作品的译介数量还很少，并且在相当程度上借助了日本的中介作用。如李定指出："'五四'以前中国人自主选择、翻译俄国文学作品可以以辛亥为界分为前、后期。前期的媒介主要是日语，这与早期从日译本转译西书是一脉相承的……清末的俄国文学译者不少人就是留日学生，不少译作发表或出版于日本"（《俄国文学翻译在中国》，载智量等《俄国文学与中国》，华东师范大学出版社1991年版，第354页）。

② 梁启超：《译印政治小说序》，载《饮冰室合集》，香港：中华书局1989年版，第35页。

③ 梁启超：《论小说与群治之关系》，载《饮冰室合集》，香港：中华书局1989年版，第6页。

④ 陈独秀：《文学革命论》，载《新青年》1917年第6号。

⑤ 鲁迅：《我怎么做起小说来》，载《鲁迅全集第四卷·南腔北调集》，中国文联出版社2013年版，第402—403页。

5%。到五四前后出现了明显转折，移译俄罗斯文学成为一种风气。自1917年底至1927年，我国共翻译出版外国文学作品单行本180余种，其中俄国文学作品65种，占翻译总数的35%左右。"① 这些数据足以表明五四时期对俄罗斯文学的特别关注。究其原因，五四前夕发生的十月革命通常被认为是最直接、最重要的契机，而另一方面也与日本的影响密不可分。

明治维新后的日本对包括俄罗斯文学在内的世界文学和文艺思潮进行积极引介的氛围，极大地刺激和感染了在日留学的中国知识分子。李大钊在《日本之托尔斯泰热》（1917）一文中，对日本文坛的托尔斯泰研究盛况大为感慨，并由之反观国内的情形，写道："且日本对于世界之文学家思想家，如柏格森、倭根（即奥伊肯）、达阿儿（即泰戈尔）、尼采等，莫不精研其学说，介绍其思想，固不独于托翁已也，特于此等其热炽之度较为稍逊耳。返以观吾国文学界思想界之销沉，冷寂若死，人之举国若狂以研究之人物学说，吾则能举其名者盖鲜。噫！文化之盛衰，民族之兴亡系之，此岂细故也哉！"② 实际上，有感于邻国在与世界文学潮流碰撞下激发出来的活力，急于改变国内文艺界萧条局面的焦切心态，在当时的进步知识分子群体中颇具代表性。包括李大钊在内，此一时期开始积极推动俄罗斯文学译介与传播的主力，如鲁迅、周作人、田汉、瞿秋白、耿济之等，几乎都曾负笈于日本。他们在早年留学期间不可避免地受到了日本对俄罗斯文学接受语境的熏染，回国后不仅大量译介了升曙梦等日本学者关于俄罗斯文学的研究与评介文章，也积极地撰写了不少有关俄罗斯文学作品与思潮的著述。比如田汉的论文《俄罗斯文学思潮之一瞥》（1919），周作人的《文学上的俄国与中国》（1921），瞿秋白与蒋光慈合著的文学史著作《俄罗斯文学》（1927）等，都极大地推动了这一时期俄罗斯文学在中国的传播与研究。

仅以鲁迅为例，众所周知，这位宣称"俄国文学是我们的导师和朋友"③ 的中国现代文学巨匠毕生在写作之外，也致力于外国文学译介工作，其中大部分的热情与精力都贡献给了俄罗斯文学。早在1907年所作

---

① 汪介之：《论中国文学接受俄罗斯文学的多元取向》，载《南京师大学报》2009年第2期。
② 李大钊：《日本之托尔斯泰热》，载《李大钊全集》第一卷，人民出版社2006年版，第254—255页。
③ 鲁迅：《祝中俄文字之交》，载《鲁迅全集第四卷·南腔北调集》，中国文联出版社2013年版，第363页。

的《摩罗诗力说》一文中，鲁迅就提到"若夫斯拉夫民族，思想殊异于西欧"，并如此介绍道："俄罗斯当十九世纪初叶，文事始新，渐乃独立，且益昭明，今则已有齐驱先觉诸邦之慨，令西欧人士，无不惊其美伟矣。顾夷考权舆，实本三士：曰普式庚，曰来尔孟多夫，曰鄂戈理"①，而后以较多篇幅介绍了普希金和莱蒙托夫的诗歌，还在篇末援引了柯罗连科的《末光》。1909 年，鲁迅与周作人合作编译了两册《域外小说集》，其中收录的 16 则短篇译作中有 6 篇为俄罗斯文学作品，鲁迅翻译的 3 篇是安特莱夫的《谩》、《默》以及迦尔洵的《四日》。在 1920 年代，鲁迅主要借助于日文和德文译本，翻译了包括小说、童话在内的大量俄罗斯文学作品以及苏联文艺理论，如 1921 年翻译阿尔志跋绥夫的中篇小说《工人绥惠略夫》和短篇小说《幸福》《医生》，1922 年翻译了《爱罗先珂童话集》，1923 年翻译了爱罗先珂的童话剧《桃色的云》，1929 年翻译了收录俄、日作家与批评家的论文集《壁下译丛》和卢那卡尔斯基（现通译卢那察尔斯基）的《艺术论》，1930 年翻译了蒲力汗诺夫（现通译普列汉诺夫）的《艺术论》和卢那卡尔斯基的论文集《文艺与批评》、苏联的有关文艺会议录《文艺政策》以及雅各武莱夫的长篇小说《十月》，1931 年翻译了法捷耶夫的长篇小说《毁灭》等。② 1930 年代，鲁迅翻译了多种俄苏文学作品。而广为人知的是，直到逝世前他仍埋首于果戈理《死魂灵》第二部的翻译。当然，除了翻译以外，鲁迅也写下了不少关于俄罗斯文学以及作家的评介文字，更是其自身的创作中贯穿着俄罗斯文学的强烈影响，因篇幅所限，此不赘述。③

四 结语："现代性"视野下的俄、日、中文学关系

所谓"现代性"（modernity）及其衍生的过程"现代化"（modernization），无疑是包含着政治、社会、经济、教育以及哲学、科学、宗教等全方面变化过程的复杂概念。就时间而言，世界的现代化进程发端于西欧。自 15 世纪的文艺复兴开始，历经数世纪的宗教改革、科学革命和启

---

① 鲁迅：《摩罗诗力说》，载《鲁迅全集第二卷·坟》，中国文联出版社 2013 年版，第 341 页。
② 参见鲁迅于 1932 年自撰的《鲁迅译著书目》，载《鲁迅全集第三卷·三闲集》，中国文联出版社 2013 年版，第 134—142 页。
③ 关于鲁迅生平的翻译活动，可参阅顾钧《鲁迅翻译研究》（福建教育出版社 2009 年版）。关于俄罗斯文学对鲁迅创作的影响，可参阅冯雪峰《鲁迅创作的独立特色和他受俄罗斯文学的影响》（载《人民文学》1949 年创刊号）、王富仁《鲁迅前期小说与俄罗斯文学》（天津教育出版社 2008 年版）。

第七部分 中、日、俄文学关系

蒙运动乃至政治革命、工业革命,西欧的现代化无疑走过了一个漫长的过程。而本研究的对象俄罗斯、日本和中国,作为步入现代化行列较晚的国家,或者说作为与西方"内源的现代化"(modernization from within)相对的所谓的"外源或外诱的现代化(modernization from without)"国家,① 都曾经历在现代化早期全力以赴效仿、追赶西方的阶段。② 正如酒井直树所指出的,"从历史的角度看,'现代性'基本上是与它的历史先行者对立而言的;从地缘政治的角度看,它与非现代、或者更具体地说,与非西方相对照"③。关于"西方"与"现代性"之间的关联性,酒井直树还做过更为具体而犀利的论述:

> 尽管西方被说成是一个远离于东方的单独的地理区位,它却被视为向世界的外围地域扩展和辐射。因此,现代性作为一个历史运动表现为一种放射流,正像前面说到的将"理论"信息在全球范围传播的图示所标明的那样。在这样的关于现代性历史的理解下,就会产生某种放射的幻象。缺少了这种幻象,欧洲中心性的观念就难以维系。毫无疑问,在这样一幅图景中,现代性的多样性是没有存身之地的。世界的历史主义图式是现代性的多样性破产,并将之演变成单一的拱形同质化过程,是现代性直接等同于西方化,我们通常所理解的现代性以及"西方"的概念也就应受到质疑。"西方"概念的出现,正是因为现代性绝无可能设法从它的禁锢和它的放射性模式的控制中逃逸。④

虽说将"现代化"简单视作"西方化"的这一思路,在今天看来已显得颇为过时。包括前述亨廷顿在内的研究者们,各自从不同的角度对之进行了反复驳斥。更不必说在现代化研究领域,以东亚地区为代表的多元

---

① 罗荣渠:《现代化新论:世界与中国的现代化进程》,北京大学出版社 1993 年版,第 123 页。
② 在现代化研究领域,对这三个国家的现代化经验进行两两比较的经典研究有美国学者 C. E. 布莱克的《日本和俄国的现代化:一份进行比较的研究报告》(周师铭等译,商务印书馆 1992 年版)和日本学者依田憙家的《日中两国现代化比较研究》(卞立强等译,北京大学出版社 1997 年版),可供参阅。
③ 酒井直树:《现代性与其批判:普遍主义和特殊主义的问题》,载张京媛主编《后殖民理论与文化批评》("前言"),北京大学出版社 1999 年版,第 384 页。
④ [日] 酒井直树主编:《西方的幽灵与翻译的政治》,江苏教育出版社 2002 年版,第 X 页。

现代化模式，早已引发了国际学界持久的关注和讨论。① 但回顾历史，非西方地区的现代化早期阶段历来被等同于"欧化"或"西化"——以酒井直树的说法而言，因为西方始终被认为是现代性的辐射源，或者说"西方"概念的顽固存在本身就潜藏着这一根深蒂固的观念。而在此种现代化观念的前提下，非西方地区的现代化也便成了缺乏合法性的"私生子"。一个突出的例子便是日本。在明治的现代化进程之初对于西方的盲目效仿，使得日本现代化在很长时期内背负了肤浅、扭曲和外发之名，这种创伤（trauma）带来的后果是催生了日本思想界延续至今的反思和论辩。②

事实上，俄、日、中三国在由前现代向现代过渡的过程中，相继从西方汲取了宝贵的文学和思想资源。而19世纪后半期俄国与日本在现代化道路上率先取得了引人瞩目的成就，也因而进入了近代中国知识分子的视野，成为被借鉴的楷模。③ 由此可见，西方不仅是直接促成非西方地区现代化发生的关键外部力量，也是间接推进现代化在地区内部流通的历史动因。如此一来，本国现代化过程中与西方的"影响/被影响"关系成为了三国学界的关注热点，这不可避免地强化了盘踞于现代性话语场中的西方本位主义，使现代性的内涵趋于单一化和同质化，遮蔽了现代性的多元性。

本研究则尝试在俄、日、中地区框架之下，考察俄罗斯文学如何作为一种不同于西方现代性的"辐射源"参入中日两国的现代化进程，对两国文学现代性的生成产生了怎样的影响。当然，现代化是一个整体变迁的历史过程，不仅限于文学领域，还涉及政治、思想、社会、文化等诸个方面。但文学领域的现代化，也即由传统文学向现代文学转型的过程，不仅是现代化进程的重要组成部分，也是社会全方位变化的缩影。尤其中日现代文学的诞生期，既是文学领域由古典向现代转化的时期，又是本土固有体制和秩序全盘崩解，新的体制和秩序尚未建立的社会转型期。考察这一时期俄罗斯文学与两国文学的交涉、影响，是观照俄、日、中这一地区内

---

① 有关国内外现代化研究领域的理论成果以及研究动向，可参阅钱乘旦主编《世界现代化历程·总论卷》，江苏人民出版社2010年版。
② 最典型的一场讨论，莫过于1942年的以"现代的超克"（近代の超克）为主题的著名座谈会。在此不作赘述，可参阅如下。河上徹太郎：『近代の超克』，東京：冨山房1979年版；子安宣邦：『「近代の超克」とは何か』，東京：青土社2008年版。
③ 1898年，康有为在《日本书目志·自序》中就提到"大地之中，变法二骤强者，唯俄与日也"（康有为：《日本书目志·自序》，载《康有为全集》第三卷，中国人民大学出版社2007年版，第264页）。

— 323 —

部现代性的生成和流通面貌的极佳视角。本文仅作为研究的开端和导论，提出"地区作为方法"的思考路径，今后将通过一系列具体的议题展开考察。

（原载于《南大日本学研究》，南京大学出版社2021年版）

"俄国想象"与近代中日对俄罗斯文学的引介[*]

俄罗斯文学在中国的译介与传播肇始于清末,崛兴于"五四"。近代中国知识分子最早注意到俄罗斯文学是受到日本的影响。早有学者指出:"正是由于日本文坛的刺激,中国新文学先驱者们才得以关注俄国文学……据统计,辛亥革命之前中国所译俄国作品基本上是通过日文转译的。"[①] 自 1880 年代起,日本便陆续介绍、翻译了大批俄罗斯文学作品。在 20 世纪初数十年间,日本在中俄文学关系中担负了重要的媒介职能。围绕近代中日俄三国间的文学关系,既有研究已取得一定成果。但目前为止讨论主题基本还局限于文学领域,尤其多集中在以日本为中介的翻译研究层面。[②] 然而,作为各自现代化探求实践的重要组成部分,中、日对俄罗斯文学的引介并不仅仅是纯粹的文学翻译活动,而是充满了复杂的权力交锋、意识形态冲突和主体性危机的历史性场域。因此,超越单一的文学视野,在事实或现象层面的影响研究以外,引入话语、历史等层面上互为参照的平行视角,对于理解中、日与俄罗斯之间错综复杂的文学关系,也极为必要并且有效。

出于上述问题意识,本文聚焦于中日两国的现代化转型期——日本明治时期与中国五四时期,尝试将两国对俄罗斯文学的引介过程,并置于东

---

[*] 本文为浙江省哲学社会科学规划立项课题"俄罗斯文学与中、日现代文学生成因缘研究"(项目编号:17NDJC200YB)的阶段性成果。

[①] 王向远:《中国早期写实主义文学的起源、演变与近代日本的写实主义》,《中国文化研究》1995 年第 4 期。

[②] 如前章所述,在翻译文学史方面,如郭延礼、连燕堂等学者的相关专著,各辟章节介绍了戢翼翚、吴梼等从日译本转译俄罗斯文学的清末译者,并提供了较为翔实的译本信息及相关的文学交流史实;在个案研究方面,如中村忠行、李艳丽等对晚清虚无党小说译介路径的考辨、樽本照雄对吴梼由日文转译契诃夫、高尔基的考察,以及陈遐关于俄罗斯文学在日本的译介对于创造社作家的影响的研究等等。

亚探求现代性的整体脉络中进行对比考察。需要说明的是，本文关注的重点并非俄罗斯文学在中、日具体的译介与传播情形（这方面两国学界已有大量相关的先行研究），而是回到具体历史语境下，探讨一个迄今未被讨论的问题：在近代东亚的外国文学译介风潮中，俄罗斯文学之所以能够脱颖而出、备受瞩目，与中、日现代化转型期的"俄国想象"① 有何内在关联？或者说，后者究竟如何参涉、影响了两国引介俄罗斯文学的历史过程？本文将分别检视近代中、日对俄罗斯文学的引介实践，对此问题进行回应，并以二者所构成的"对话"为切入点，重新思考东亚现代化转型期的内在困境与对抗策略。

一 明治日本：作为另一个"他者"的俄国想象

众所周知，自 1868 年明治维新以降，日本在新政权领导下开始全力推行系统化学习西方的政策。需要注意的是，最初其学习对象只限于以西欧与北美为主体的西方，并不包括俄国。这主要归因于明治初期盛行的以"文明等级论"为内核的世界观。如 1869 年《明治月刊》（官版，开物新社）曾把世界诸国按文明的序列划分为"文明国""开化国""半开化国""夷俗国"和"野蛮国"五个等级，其中将俄国归为"开化国"一级。同年，启蒙思想家福泽谕吉在所著《掌中万国一览》中，又将世界各国分成"浑沌、蛮野、未开、开化文明"四类。其中，美、英、法、德四国被明确定级为"开化文明"。而俄国虽亦被列入此类，却被指陈"缙绅贵族独极尽穷奢，小民则多苦于苛政、无智识，毕生不得尝自由之味"②；与之并提的是，美国"律令而权制，国民同享教化自由，行善者多幸，修德者身安。此方为开化文明之真境"③。诸如此类颇具影响力并广为流传的看法显示，其时与位居文明金字塔顶端的西方相比，俄国被视为相对落后的次等国。这亦即意味着，俄国实际上被排除在了日本所欲求教的现代化楷模之外。在明治初期这种对世界差序格局的认知下，相较于

---

① 本文所使用的"俄国想象"这一术语在含义上不同于"俄国观"。在此，"想象"一词试图强调引介/接受主体（中、日）带有自我投射的集体性共识与形构过程，而非关于被接受/引介的对象（俄罗斯文学）本身。就此意义而言，"想象"也接近于本尼迪克特·安德森的《想象的共同体》（*Imagined Communities*: *Reflections on the Origin and Spread of Nationalism*, London: Verso, 1991）中的含义：无关虚假/真实性，关键在于被想象的方式。

② 福沢諭吉：「掌中万国一覧」、『福沢諭吉全集 2』，東京：岩波書店 1959 年版，第 464 頁。

③ 福沢諭吉：「掌中万国一覧」，第 465 頁。另外，关于福泽谕吉的"文明论"思想的生成背景及影响，可参阅赵京华《福泽谕吉"文明论"的等级结构及其源流》，载刘禾主编《世界秩序与文明等级》，生活·读书·新知三联书店 2016 年版。

此时纷涌而入的英、法、德等西欧文学，俄罗斯文学尚未进入当时读者的视野。

如前章所提到的，明治10年代，兴盛一时的政治小说热潮中曾涌现了大批俄国虚无党题材的作品。这被视为俄罗斯文学最早引起日本文学界注意的契机。例如，屠格涅夫的长篇《父与子》便曾作为"虚无党"一词的出处而见诸报端①。尽管如此，俄罗斯文学引发更为广泛的关注还要到明治20年代以后。1890年2月，综合杂志《国民之友》（第74期）刊登了一则题为《俄国的小说及小说家》（「魯国の小説及び小説家」，"鲁国"一词为日本对俄国旧称）的文章，其中写道："白雪皓皓如常，寒风飒飒不绝，以如此冷酷黑暗之地闻名之鲁国，其文学而今有若曙光微茫，遍传于世。"同年9、10月，该杂志便以《俄国文学泰斗托尔斯泰》（「露国文学の泰斗トルストイ伯」上、中、下，"露国"亦为日本对俄国旧称）为题，介绍了"震撼欧美两大陆"的俄国作家托尔斯泰。显而易见，19世纪后半期俄国作家在西方文坛显著上升的影响力是唤起日本重视的关键因素。尽管在经历维新以来一系列卓有成效的政治、经济、教育等领域的现代化改革后，明治日本得以成功地跻身于世界强国之列，但还未能摆脱"对西洋的自卑感和对进步的自卑感"②。尤其表现在思想文化领域，明治日本极力否弃本土传统而崇奉西方为典范。因此，饱受西方瞩目的俄罗斯文学便极大地吸引了其歆羡的目光。也正因如此，即便在日俄战争（1904—1905）中击败俄国而确立在西方俱乐部成员的地位之后，日本对俄罗斯文学的兴趣也有增无减。在日俄战争结束后，一度掀起了俄罗斯文学的翻译高潮。并且，根据太田三郎的统计，自此就年翻译作品数目而言，俄国文学自1908年超过英国文学，直至1930年代中期常居翻译文学首位③。究其原因，战争这一重大事件无疑是促发对俄全方位关注的催化剂，但正如升曙梦所注意到的，在当时的舆论界，"虽在战争中取胜，却在文学上落败了"之类的言论不绝于耳④。此种论调便是明治日本现代

---

① 关于屠格涅夫在日本的早期译介情况，可参阅安田保雄「ツルゲーネフ」（福田光次・剣持武彦・小玉晃一编『欧米作家と日本近代文学——第三卷　ロシア・北欧・南欧篇』教育出版センター1976年版）。

② 丸山真男：《日本的思想》，区建英、刘岳兵译，生活·读书·新知三联书店2009年版，第23页。

③ 太田三郎：「翻訳文学」、『岩波講座日本文学史第14卷』，東京：岩波書店1959年版，第22頁、表A。

④ 昇曙夢：「日本文学と露西亞文学」、中島健蔵・吉田精一編『比較文学——日本文学を中心として』，東京：矢島書房1953年版，第272頁。

化进程中潜存的文化焦虑的直观反映。其结果是，西方不仅成为日本引进俄罗斯文学的参照标准，同时也提供了作品译介的重要渠道。通过英、德、法等西欧语言译本阅读乃至转译俄文作品，成为明治直至大正时期知识阶层的普遍选择①。

与此同时，明治的现代化大潮以迅猛之势渗透到社会生活的各个层面，带来剧烈的动荡和冲击。在大量涌入的西方文明与本土传统的矛盾冲突下，固有秩序、生活习俗与价值观念的日益衰微，引发了明治日本人精神层面的混乱与不安。由此，他们对西方现代主义文学抱有强烈疏离感的同时，却对俄罗斯文学怀有一种特殊的亲近感。这一点看起来很大程度上源于俄罗斯文学书写的"前现代"（premodern）景观。例如，作家宫本百合子谈到自己看托尔斯泰的小说曾深为感动，因为被唤醒了年幼时生活过的村庄风景与人事的记忆。② 而实际上，这种情感内在呼应的是明治读者对日本现代化进程中不断消逝的本土传统的"乡愁"（nostalgia）。八岛雅彦在论及托尔斯泰的接受时指出："不仅限于托尔斯泰的文学，日本人对于俄国文学普遍感到有种土腥气，甚至觉察出西欧文学所没有的怀念与可亲。"③ 不难发现，此种情感关联着一种基于线性时间观的俄国想象：在明治的现代化道路上，如果说西方代表着"新"，标识着日本的前进方向，那么俄国则象征着"故"，投映着日本自我形象的过去时。这种二元对立式的认知，无疑根植于把文明的空间差异转化为时间差距的一种典型的现代性观念。而究其本质，仍是以西方为中心的文明等级论的延伸。颇具悖论意味的是，在此种语境下，俄罗斯文学反而以一种象征性补偿的形式，被明治日本的读者视作西式现代化途中的一方精神故土，借由纾解现代性症候下的原乡情结。

---

① 如作家田山花袋在对明治时代文坛的回想中多处提及，包括他自己在内的明治文学青年之间经常相互借阅俄罗斯文学的英译本，并且热烈地交流读后感（『東京の三十年』，東京：岩波書店 1981 年版）。作家岛崎藤村也回忆自己在青年时期与身边的朋友们通过英译本反复阅读与讨论《猎人笔记》、《处女地》和《父与子》等作品，无一例外都成了屠格涅夫的忠实读者（『飯倉だより』，東京：岩波書店 1943 年版）。此外，根据新谷敬三郎的考察，大量进口西欧语言译本俄罗斯文学作品的丸善书店，是明治以来俄罗斯文学进入日本的重要路径；而柳富子在对明治、大正时期关于契诃夫的译介与评论的研究中，指出早稻田英文科学生的贡献占了绝对比重（新谷敬三郎：『「概観」日本におけるロシア文学』、柳富子：「チェーホフ」、福田光次・剣持武彦・小玉晃一编『欧米作家と日本近代文学——第三巻　ロシア・北欧・南欧篇』，東京：教育出版センター 1976 年版）。

② 宫本百合子：「作者の言葉」、『貧しき人々の群』，東京：角川書店 1953 年版，第 207 頁。

③ 八岛雅彦：「日本におけるトルストイの原像」、柳富子编『ロシア文化の森へ——比較文化の総合研究』，東京：ナダ出版センター 2001 年版，第 498 頁。

较之这种现代化转型期的精神焦虑与情感失落感，身处东西方文明夹缝中的知识分子的身份认同危机，构成了明治日本面临的现代化困境的另一个层面。事实上这也是俄国在现代化进程中曾遭遇的问题。在谈到被视为日本现代文学开篇之作的《浮云》（1887—1889）的创作过程时，二叶亭四迷坦承在这部小说中关于"新旧两种思想的冲突"的描写受到了冈察洛夫的《悬崖》所启发，并对之进行了模仿①。以二叶亭为代表的明治知识分子，在现代与传统的冲突、新旧秩序的更迭中产生的主体性焦虑与内在紧张，也在俄罗斯文学的"多余人"形象中迸发出共鸣②。相对于前述线性发展观的现代性观念，文明的空间差异也逐渐开始被意识。尤其到明治末期，部分留欧归来的知识分子对完全照搬西方模本的所谓"外发性"③ 现代化模式发出质疑。此种情况下，俄罗斯文学又作为先于日本而"对现代化路线产生怀疑、并时而生发出抵抗的实例"④，激起了日本知识分子的兴趣和关心。

　　如此追溯俄罗斯文学在日本明治时期的接受轨迹，可以窥见其间交织的复杂且不无矛盾的俄国想象。在明治初期盛行的文明等级观影响下，西方与俄国虽同为外部"他者"，但前者被视为更高等更优越的文明，成为日本效法的楷模和竭力追赶的对象，后者则被排拒在求教视野之外。而在此后的现代化实践过程中，作为西方之外的另一个"他者"，俄国为明治日本提供了一种对西方现代性的补偿乃至于反思、抵抗的想象。俄罗斯文学不仅因其在西方文坛的影响力激发了明治日本的密切关注，更是在西式现代化道路上被引为象征性的精神代偿乃至发出质疑、反思的先驱性范本。明治日本对俄罗斯文学的引介，看似是日俄间的二元文学关系，

---

　　① 二葉亭四迷：「作家苦心談」、『二葉亭四迷全集　第 5 卷』，東京：岩波書店 1964 年版，第 163 頁。

　　② 关于俄罗斯文学中"多余人"形象对明治文学的影响，可参阅松本鶴雄『ロシア文学と明治「余計者」小説考——「浮雲」、「其面影」、「青春」、「何処へ」、「それから」を中心に』（『群馬県立女子大学紀要』1984 年第 4 号）。

　　③ "外发性"是夏目漱石对日本现代化性质的著名判定。他于明治末年的演讲《现代日本的开化》（「現代日本の開化」1911）中谈道："西洋的开化（也即一般的开化）是内发性的，日本现代的开化是外发性的。这里所说的内发性是指由内部自然生发之意，恰如花开，花瓣自然而然地向外破蕾而出。而外发性是指在强加的外力作用下不得已采取某种形式。"（「社会と自分——漱石自選講演集」，東京：筑摩書房 2014 年版，第 59 頁）值得注意的是，西洋的开化被夏目漱石称为"一般的开化"，这透露出即便是在批判日本现代化模式的语境中，西方仍被作为衡量的标准。

　　④ 松本健一：『ドストエフスキイと日本人——二葉亭四迷から芥川龍之介まで（上）』，東京：第三文明社 2008 年版，第 116 頁。

实则始终内置于日本、西方、俄国三者关系的复杂框架之中。最终，在明治日本引进的外来文学资源中，俄罗斯文学与西方文学形成并存互补型架构。

二 五四时期："镜像化"想象的建构

与前述明治初期日本的情况相类似，相较于晚清以来广受关注的西方文学，俄罗斯文学传入中国之初也遭遇了冷落。在清末以来反传统求新学的背景下，作为中国现代化主导性动力群体[①]的知识分子的目光，多投向了发达的西方以及新崛起的日本。尽管日本文坛对俄罗斯文学的关注引发了部分留日知识分子的注意，但直至五四运动前夕爆发的十月革命，才吸引众多感时忧国的知识分子转而关注俄国社会，也迅速加温了其对俄罗斯文学的热情。俄罗斯文学的功能性、工具性价值受到中国知识分子的重视，被视为一条通往社会、思想革命的途径，为变革中国现实提示了新的可能性。"文学之于俄国社会，乃为社会的沉夜黑暗中之一线光辉，为自由之警钟，为革命之先声"[②]——李大钊的这句著名论断便直观地反映了当时进步知识群体对俄罗斯文学的期待视野。同样，瞿秋白在为一本俄罗斯短篇小说选集所作的序言中写道："听着俄国旧社会崩裂的声浪，真是空谷足音，不由得不动心。因此大家都来讨论研究俄国。于是俄国文学就成了中国文学家的目标。"[③] 郭绍虞在《俄国美论与其文艺》一文中强调文学与社会的相互关系，将"卒至创造新俄罗斯"的俄国文学称为"光明的指导者"[④]。正是在此语境下，俄罗斯文学较之西方文学取得了压倒性优势，在五四时期掀起译介与传播的热潮。

而在这些乐观而积极的话语表象背后，中国知识群体接受外来文化的深层心理颇耐人寻味。一方面，他们迫切渴望引进外来思想文化资源以促进变革，如"对西方事物的狂热追求表明了力图将整个 19 世纪压缩到 10

---

① 正如许智霖所直观指出的："从启动现代化的动力群体来看，西欧属于资产阶级主导型，日本属于政府官员主导型……中国则可称之为知识分子主导型。"［《中国现代化史（第一卷，1800—1949）》，学林出版社 2006 年版，第 20 页］与日本的情况有显著差异的是，近代以来，中国知识分子在包括政治、社会、文化等诸领域中都居于主导性地位。因此，本节主要聚焦于这一群体的话语实践。

② 李大钊：《俄罗斯文学与革命》，载《李大钊文集》（上），人民出版社 1984 年版，第 581 页。

③ 瞿秋白：《俄罗斯名家短篇小说集》序，载《瞿秋白文集·文学编》第二卷，人民文学出版社 1986 年版，第 248 页。

④ 郭绍虞：《俄国美论与其文艺》，载 1921 年《小说月报》号外《俄国文学研究》，第 9 页。

年之内的努力"①；另一方面，尤其是在1920年代启蒙思潮渐次让位于民族主义浪潮的文化思想氛围中，中国知识分子对西学的接受态度显得十分暧昧，时常陷入自相矛盾的困境。在这一点上，史书美的指摘极具启发性。她敏锐地捕捉到中国知识分子对"西方"这一概念的二元划分倾向，即对存在于中国领土上的帝国主义（"殖民西方"）与引进中国的西方文化话语（"都市西方"）予以严格区分。② 这种区分无疑成为引进西方文化资源的一种行之有效的策略，"因为如此一来，对西方文明的追寻就不会受到来自于'西方帝国主义存在于中国'这一事实的压抑和限制"③。实际上，近代中国知识分子自向外来文明求教之初，便抱持着对其学习对象——史书美仅以"西方"笼统地加以涵盖而未作进一步区分——合法性问题的忧虑。这不禁引发追问：具体到俄罗斯文学的引介当中，中国知识分子的此种忧虑是如何得到化解的？与史书美所观察到的"都市/殖民"的两分策略又有何不同之处？

　　细察之下不难发现，五四知识分子在谈及俄罗斯文学时，往往反复强调中俄两国之间的相近、相似性，并诉诸某种共通的修辞模式。例如，瞿秋白主张文学是社会的反映，直言创造新文学的材料虽不必非取之于俄国文学，"然而俄国的国情，很有与中国相似的地方，所以还是应当介绍"④。又如鲁迅晚年宣称，虽然伟大的文学是永久的，"但我自己，却与其看薄凯契阿，雨果的书，宁可看契诃夫，高尔基的书，因为它更新，和我们的世界更接近"⑤。与此类似，周作人在著名的《文学上的俄国与中国》一文中，尽管对中俄国民性的若干差异作了详细的对比分析，仍再三申明："我的本意，只是想说明俄国文学的背景有许多与中国相似，所以他的文学发达情形与思想的内容在中国也最可以注意研究"，并强调"中国的特别国情与西欧稍异，与俄国却多相同的地方"⑥。这一表述既言"中国的特别国情"（独特性），又及"与俄国却多相同的地方"（相似

---

① 李欧梵：《文学的趋势Ⅰ：对现代性的追求1895—1927年》，载费正清编《剑桥中华民国史1912—1949年》上卷，杨品泉等译，中国社会科学出版社1994年版，第551页。
② [美] 史书美：《现代的诱惑：书写半殖民地中国的现代主义（1917—1937）》，何恬译，江苏人民出版社2007年版，第17、43页。
③ [美] 史书美：《现代的诱惑：书写半殖民地中国的现代主义（1917—1937）》，第312页。
④ 瞿秋白：《俄罗斯名家短篇小说集》序，载《瞿秋白文集·文学编》第二卷，人民文学出版社1986年版，第249页。
⑤ 鲁迅：《叶紫作〈丰收〉序》，载《鲁迅全集第七卷·荆天丛笔》（下），中国文联出版社2013年版，第200—201页。
⑥ 周作人：《文学上的俄国与中国》，载《新青年》1921年第8卷第5号。

性),在逻辑上不乏自相抵牾之处,却正透露出深植于五四知识分子内心的一种集体意识:既寄望于外来文化资源以促成本国的现代化变革,又力求保持中国自身的主体性与民族文化特性。而不应忽略的是,这些异同比较得以成立的预设前提,在于将作为参照物的西方视为绝对"他者"的表征(差异性)。而反过来也恰恰佐证了西方作为潜在衡量标尺和价值权威的隐形在场。

相对于上述这种开宗明义式的表达,对中俄之间亲缘性的强调也常以另一种叙述方式呈现。以广为引据的鲁迅的一段话为例:"那时就知道了俄国文学是我们的导师和朋友。因为从那里面,看见了被压迫者的善良的灵魂,的酸辛,的挣扎……我们岂不知道那时的大俄罗斯帝国也正在侵略中国,然而从文学里明白了一件大事,是世界上有两种人:压迫者和被压迫者!"① 类似于前述史书美所提出的区分策略,鲁迅在此也采用了两分法:一是俄国在国际政治中的帝国主义属性,二是俄罗斯文学内含的普适性的人道主义精神。同样,后者被赋予以高度价值和重要性,使前者可以被搁置。但不同于区分策略中对西方文化优越性的凸显,后者更强调了中俄内部作为"被压迫者"立场的相似性。这一点在鲁迅的另一篇文章中体现得更为具体而显明。鲁迅抱憾于历来中国文学描写的大众"平和得像花鸟一样",然而看到一些外国小说"尤其是俄国、波兰和巴尔干诸小国的小说"时,"才明白了世界上也有这许多和我们的劳苦大众同一运命的人,而有些作家正在为此而呼号,而战斗"。② 当然,知识精英以启蒙者和引导者的身份立场,意图为"被压迫"的底层民众代言,确是"五四"以来常见的话语景观。③ 但此处重要的是,对于以鲁迅为代表的五四知识分子而言,"劳苦大众同一运命"也即"被压迫者"的相似境遇,消泯了中俄两国间政治意识形态层面的对立性。在此之上,还有着对作为知识分子"为此而呼号、而战斗"的责任感与使命感的强烈认同。由此,

---

① 鲁迅:《祝中俄文字之交》,载《鲁迅全集第四卷·南腔北调集》,中国文联出版社 2013 年版,第 363 页。
② 鲁迅:《英译本〈短篇小说选集〉自序》,载《鲁迅全集第六卷·荆天丛笔》(上),中国文联出版社 2013 年版,第 647 页。
③ 关于中国知识阶层为底层大众发声这一现象的内在机制,贺萧(Gail B. Hershatter)有过一段极富洞见的归纳指摘:"二三十年代时,中国知识分子经常以替工农、妓女和其他地位卑者申冤诉苦为己任(同时也为其福利和对之的管理出谋划策)。……他们并不承认自己享有社会权力、处于下属群体的上方并参与对他们的压迫,而是以下属群体受到的压迫作为证据,来讨伐中国的政治和文化"(《危险的愉悦——20 世纪上海的娼妓问题与现代性》,盛宁、韩敏中译,江苏人民出版社 2010 年版,第 29 页)。

中俄间的相通、相似性得到进一步复沓与巩固，也为俄罗斯文学笼罩上一层道德优越性的光晕。

尽管具体表述方式各有不同，但正是种种中俄"相似性"话语（不妨如此加以概括），贯穿着整个五四时期的"俄国想象"，甚至构成近代中国引介俄罗斯文学的基调。本文无意于分析此类话语本身所对应的历史真实性，因为关键问题不在于此。更为重要的是，从生产和流通效应上来看，与其说它表达了知识分子群体在特定历史语境下对于俄国的共识，毋宁说反映了他们基于同种心理机制而分享的一套共通的话语策略。透过"相似性"话语的表象，可以清晰地洞见中国知识分子在现代化转型期的历史语境下所抱持的焦虑与欲望的杂糅：对于大量引进的外来文化资源，既需辨别、界定其异质性以确认中国的本土特性，又需从中寻求同质性以探索中国问题的解决之道。在此两难困境中，西方文学与俄罗斯文学实际上被进行了微妙的区分：五四知识分子念兹在兹的中俄"相似性"，使后者被贴上合法性的标签，赋予引介的优先权。

进而言之，中国知识分子接受外来文化资源的态度表明，如果说对于西方是凭借二元划分式的处理而试图削弱殖民主义的威胁（此种运作其实正清晰地显示出，西方被定位为全然异己的绝对他者），那么对于俄国则更构建了一种极富张力的"镜像化"想象。这其中包含着双重含义：一方面，以俄国为"鉴"，冀望于通过向其求教以促成文学改革、思想启蒙乃至社会变革；另一方面将其同化为中国的镜像，进行去意识形态化的"相似性"话语的生产与反复，从而赋予了俄罗斯文学以合法性，引为效仿、借鉴的典范。正是基于此种"镜像化"想象，对俄罗斯文学的引介不仅得以规避中西文学关系的两难困境，还暗含了中国知识分子对现代性的另类探究途径的吁求。

而反过来，在现代化探索实践中五四知识分子的主体性焦虑，也在此显露无遗。他们虽看似彻底冲破了晚清体用之争的束缚，彻底与本土传统相决裂而走向全盘西化，实则仍为本土主义（nativism）的幽灵所缠扰。不禁令人联想到，在描述20世纪以来西方对中国社会和思想文化的全面冲击时，列文森运用了一个意味深长的比喻："西方给予中国的是改变了它的语言，而中国给予西方的是丰富了它的词汇。"[1] 尽管列文森的论断不乏要商榷之处，但在此不妨借用这一比喻，如此概括中国知识分子在俄

---

[1] ［美］列文森：《儒教中国及其现代命运》，郑大华、任菁译，中国社会科学出版社2000年版，第139页。

罗斯文学引介过程中一系列运作的集体共谋：他们试图将俄罗斯文学作为新鲜的"词汇"引进，通过"镜像化"想象的构建以消解其原有"语法"，借此回避与中国"语言"环境的冲突，亦免于本土"语言"及文化主体性被改变的威胁。在今日看来，这一诉求不仅具有浓重的理想化倾向，后亦为政治革命洪流裹挟而染上文化民族主义的激进色彩，但这仍烛照出特定时代中国知识分子在西方现代性之外探寻本民族出路的可贵尝试。

三 结语：作为对抗性话语的俄国想象

近代以来，随着帝国主义与殖民主义在全球范围内的扩张，东亚不可避免地被卷入以西方为中心的世界秩序体系。在强烈的危机意识与现实困境的共同驱使下，中日两国相继走上寻求变革、全力探索现代化的道路。两国对于俄罗斯文学的大规模引介，便是在此种现代化转型期的历史语境中展开的。

正如本文所试图阐明的那样，中、日对俄罗斯文学的引介实际上都内置于与西方的复杂关系之中，贯穿着各自的现代化焦虑及其影响下的"俄国想象"。看似在中俄、日俄文学关系中缺席的西方，却正潜藏于背景之中并且规约着关系的诸多方面。就此意义而言，在上述多元关系中扮演重要角色的西方亦非实体性的具象存在，而同样对应着一种"西方想象"——作为现代性的源起与旨归，既被视作现代性的普适标准，也构成了对非西方的本土性的挑战与威胁。以中、日为代表的东亚的现代化进程，事实上始终摆荡于"现代性/本土性""西方/非西方"的对立结构之间。而随着现代化进程的开展，东亚的本土文化遭到了全面批判与否弃，无从成为对西方现代性的抗衡。由此催生的焦虑之下，明治日本将俄国作为西方之外的另一个他者，也即对于西方现代性的补偿、补充乃至于反思、抵抗的文化想象；五四时期的中国则将西方置于绝对他者的地位，同时通过中俄"相似性"话语的生产与反复，构建了一种"镜像化"的俄国想象。近代中日两国对俄罗斯文学的"偏爱"都并非出自历史的偶然，而是在遭遇强势的西方时，各自借助了对于俄国这一对抗性话语的挪用。显而易见，中、日的"俄国想象"亦即是"西方想象"的回声，二者互为表里地共同参涉了两国对俄罗斯文学引介的历史过程。

值得注意的是，截然相异的挪用方式，实际上折射出中日两国对于现代性显著不同的接受/抵抗（resistance）模式。有别于丸山真男所指出的，外来思想在日本通常呈现空间性的"杂居"状态①，"镜像化"想象反映出中国知识分子的接受机制，更困囿于本土文化的身份认同焦虑。这一点显示出东亚现代化的不同面向。然而在深层动机上，可以看到中日两国都有意识地乞灵于俄罗斯文学，力图打破西方中心主义的文明空间秩序，从"现代化＝西方化"的单一价值困局中突围，最终在西方现代性的裂隙中探寻新的路径与可能性。

(原载于《外国文学研究》2017年第6期)

---

① ［日］丸山真男：《日本的思想》，区建英、刘岳兵译，生活·读书·新知三联书店2009年版，第11—17页。

"风景"/"人生":写实主义与中、日文学的现代性转型*

写实主义作为中日两国现代文学诞生初期在外来影响下兴起的最为重要的文学思潮,曾长期居于两国文学界的支配地位,并在两国现代文学史上产生了深远的影响。[①] 早在明治 20 年代(1887—1897),日本就在欧洲写实主义的触发下,开启了文学现代性的实践之路。在中国,写实主义于五四运动前后数年间完成了从引入到高潮的过程,其后形成了现当代文学的主流,正可谓"一部现实主义的流变史就是一部中国现当代的文学史"[②]。不同于与现代主义思潮密切相关的西方现代性,中、日文学的现代性却与看似早已"过时"的写实主义密不可分。考察两国对写实主义思潮的早期引介,无疑也是观照各自文学现代性生成面貌的极佳视角。

本文无意重复已有研究对写实主义在中、日的传播脉络的梳理工作,而旨在从"现代性"的视角出发,重新回到两国现代文学草创期的历史现场——日本明治 20 年代初期和中国"五四"前后,探讨作为"舶来品"的写实主义究竟在其中扮演了何种历史角色、如何获得合法性,进而怎样参与了各自文学现代性的构建等一系列的问题。为此,以下将聚焦于中日两国围绕写实主义展开的种种话语实践,在相互对照中展开考察。

---

* 本文为浙江省哲学社会科学规划立项课题"俄罗斯文学与中、日现代文学生成因缘研究"(项目编号:17NDJC200YB)的阶段性成果。

① 本文采用源于日译的"写实主义"而非流传更广的"现实主义",不仅出于中、日术语统一之便,更是为了区别于 1920 年代末至 1930 年代中国左翼文学运动中兴起的后期现实主义思潮,如从日本与苏联引入的新写实主义或无产阶级写实主义、社会主义现实主义等。

② 俞兆平:《中国现代三大文学思潮新论》,人民文学出版社 2006 年版,第 199 页。

一 明治 20 年代：两种"风景"

在开始本文的讨论前，不妨先来回顾一下柄谷行人在《日本现代文学的起源》中所作的精彩论断：

> 现代文学的写实主义，显然是在风景之中确立而成的。因为写实主义的描写对象，即风景或作为风景的人——普通的人，并非一开始就存在于外部，而是必须作为"与人相疏隔的作为风景的风景"来加以发现。①

这段略显抽象的议论，实则指出了一个关键的命题："风景的发现"，即写实主义所描写的对象"风景"，并非某种客观、先验的存在，而是源于"发现"。这一被称作"颠倒"的机制实际上贯透了柄谷行人现代文学起源论的核心，不仅颠覆了"写实主义"所隐含的"先有实而后写之"的认识论前提，重新界定了"写"与"实"之间的先后与因果关系，也为本文的讨论提示了一个重要的思考架构。

不过，由于柄谷行人再三强调《日本现代文学的起源》一书本身绝非文学史，毋宁是对文学史的批判，故而他虽敏锐地洞察到写实主义的本质以及发生机制，但未欲对日本的写实主义潮流深加考辨，甚至有意排除历来将写实主义和浪漫主义相对立的文学史的划分。"写实主义不仅描写风景，还时时创造风景。"② 这里需要进一步追问的是：在日本现代文学诞生的明治 20 年代，写实主义所"创造"的"风景"，究竟指的是什么？当然，根据柄谷行人的观察，这一时期的写实主义还仅仅是"风景的萌芽"，因为尚未发生决定性的"颠倒"③。我们不妨把目光投向明治 20 年代初几乎同时问世的二叶亭四迷的两部写实主义作品：长篇小说《浮云》（1887—1889）和译作《幽会》（1888），对各自"风景的萌芽"一窥究竟。

如所周知，日本近代最早系统提出写实理论的是坪内逍遥的《小说神髓》（1885—1886）。在这部文论中，逍遥力斥近世以来尤其是江户末期盛行的借劝善惩恶之名生编乱造稗史、情史以取媚读者的戏作文学，提倡"旁观地、如实地模写"人情世态，从而拓辟了日本现代文学写实的

---

① 柄谷行人：『日本近代文学の起源』，東京：講談社 1980 年版，第 29—30 頁。
② 柄谷行人：『日本近代文学の起源』，第 30 頁。
③ 柄谷行人：『日本近代文学の起源』，第 21 頁。

方向。① 正是在逍遥的指导和力推之下，被誉为"明治文坛写实小说之元祖"② 的《浮云》才得以问世。不过，需要注意的是，《浮云》并非脱胎于逍遥的写实论，而是浸润着19世纪俄罗斯现实主义文学的影响。肄业于原东京外国语学校俄语科的作者二叶亭曾明言，《浮云》第二编"效仿了陀思妥耶夫斯基、冈察洛夫的笔法"，第三编则"完全师法于陀思妥耶夫斯基"。③ 从内容来看，以明治初期的世相和青年知识分子的苦闷为主题的小说《浮云》，无论是对西潮冲击下日本社会"新旧两种思想的冲突"的描写，还是对明治官僚体制的抨击，都处处闪现着俄国批判现实主义的色彩。④

然而，二叶亭的这部标志着日本现代文学诞生的作品，却远不及其译作《幽会》（「あひびき」）在明治文学史上留下的影响深远。一个饶有兴味的事实是，《幽会》是译自屠格涅夫《猎人笔记》（1852）中的一则短篇，与《浮云》同样具有俄罗斯文学的背景。但不同于《浮云》的写实是对明治日本社会现实面貌的描摹，《幽会》之所以成为广为传诵的名篇，很大程度上要归功于二叶亭开创性地采用"言文一致体"翻译的对自然风景诗意而生动的描绘。可以说，《幽会》给当时的日本文坛带来一阵前所未有的新鲜气息，尤为此后十年间位居明治文坛主流的自然主义作家们奉为典范。田山花袋如此谈论自己初次读到《幽会》时的震惊体验："由庞大的四书五经、汉文学和国文学哺养而成的我的头脑和文学素养，深深地被这细致且有着不可思议的叙述方式的文字打动了。"⑤ 诗人蒲原有明更是极言《幽会》阅读体验之难忘，并提到国木田独步"甚至声称因此篇而打开了观察自然之目"⑥。

事实上，国木田独步的名作《武藏野》（1898）不仅直接自《幽会》汲取了灵感，更大段摘引了后者写景部分的原文。在这部作品中，国木田

---

① 坪内逍遥：『小説神髄』，東京：岩波書店1936年版，第62頁。
② 朝日新聞社編：『明治大正史：Ⅴ芸術篇』，東京：朝日新聞社1931年版，第71頁。
③ 二葉亭四迷：「予が半生の懺悔」、『文章世界』1908年第6号。
④ 二叶亭四迷曾在访谈中提到，《浮云》中有关"新旧两种思想的冲突"的描写是受到冈察洛夫的《悬崖》启发，对于明治官场的批判也"或因看了俄国小说后，对俄国的官吏感到极其厌憎，便将此种情绪应用于日本了"（「作家苦心談」、『新著月刊』1897年5月）。如同中村光夫指出的那样，二叶亭四迷的理想的文人生活态度，就类似于一个时期"为社会变革燃舍身之热情，以笔代剑而彻贯其志的俄国文学家"（中村光夫：『明治文学史』，東京：筑摩書房1963年版，第136頁）。
⑤ 田山花袋：『東京の三十年』，東京：博文館1917年版，第34頁。
⑥ 蒲原有明：「あひびきに就て」、坪内逍遥・内田魯庵編：『二葉亭四迷』，東京：易風社1909年版，第241—242頁。

借用了《幽会》对俄罗斯风景的描写方式，悉心描绘了自己亲眼观察到的武藏野地区的四季风情，褪去了武藏野长久以来作为"名胜古迹"的固定面孔，实现了与以往风景的"切断"①。或者正如有研究者指出的，武藏野本是知名的春日赏樱胜地，而国木田却独辟蹊径地描绘了当地的夏日景观，从而提示出一种迥异于传统风景描写的"全新美学意识"②。不难发现，《幽会》给明治日本文坛注入了新鲜血液，主要在于它突破了日本文学传统中概念化的风景描写模式，转而着眼于现实、日常性的风景——像蒲原有明所言"宛若昨日路过的郊外景色"③。这一风景描写的写实手法，也为自然主义作家岛崎藤村的《千曲川素描》（1911）等一系列作品提供了至关重要的示范。

某种意义上，《幽会》带来的写实与坪内逍遥所倡导的写实论亦是相通的。在《小说神髓》中，逍遥批判以曲亭马琴的《八犬传》为代表的传统戏作文学的主人公均是理想化、脸谱化的人物，而非"现世人们的真实写照"④。同理，《幽会》的写实主义内核亦在于剥去理想化的"脸谱"，打破程式化的传统审美规范，传达一种基于日常经验的私人化感受。在此意义上，《幽会》的写实不止是提供了某种新的观察视角或叙事方法，更促成了文学范式的根本性转型。

在明治末期席卷日本文坛的自然主义风潮中，《幽会》的写实脉络得到了承续和进一步的衍生。相较之下，小说《浮云》关注社会问题的批判现实主义萌芽则并未成长于适宜的土壤，最终成了断流。对《幽会》不吝溢美之词的蒲原有明尖锐地批评道："《浮云》实乃难读之作。不客气地说，其特色便在于漫无际涯的苦闷腔调。"⑤ 这实际上也反映了两部作品在明治文坛截然不同的接受情况。被视为日本现代文学开山之作的《浮云》，最终无可避免地走向了夭折的命运。不无讽刺的是，二叶亭本人在中断《浮云》的写作后也逐渐淡出文坛，转而在其一向批判的官僚体制内觅得了一席安身之处。在某种意义上，二叶亭的转向构成了日本现代文学史上的一个极具象征性的事件。按照周作人的说法，二叶亭"志

---

① 柄谷行人：『日本近代文学の起源』，東京：講談社1980年版，第75頁。
② 小林実：『明治大正露文化受容史——二葉亭四迷・相馬黒光を中心に』，東京：春風社2010年版。
③ 蒲原有明：「あひびきに就て」、坪内逍遥・内田魯庵編：『二葉亭四迷』，東京：易風社1909年版，第242頁。
④ 坪内逍遥：『小説神髄』，東京：岩波書店1936年版，第61頁。
⑤ 蒲原有明：「あひびきに就て」、坪内逍遥・内田魯庵編：『二葉亭四迷』，東京：易風社1909年版，第241頁。

在经世，不以文学家自任"①。但反过来，这也正表明"经世"与"文学"之间不可调和的矛盾，在日本现代文学诞生之初已然显现。《浮云》和《幽会》的不同命运，其实也预示了二叶亭的困境和选择的必然性。

丸山真男曾把作家的"精神"未能从"感性的自然"（包括身体）中分化、独立出来，而始终为碎片化的感受经验所牵制的特征，称为"日本式写实主义的极致"②。就观照和把握现实的方式而言，相比《浮云》引发的对同时代种种社会问题的思考，《幽会》受到关注的显然仅仅是"感性的自然"的层面，两部写实主义作品呈现出了截然不同的两种风景。耐人寻味的是，二叶亭四迷将《幽会》原作者屠格涅夫的"诗想"形容为"正值樱花绚烂开至极盛，渐近凋零之时"的"晚春之相"，有种"天色茫远、胧月当空的夜晚，走在两旁种满樱花树的狭长小径上的意趣"③。以日本传统审美意象樱花来譬喻屠格涅夫的风格，不仅过滤了作家的民族特质，也抹去了其作品的历史性和时代性。后被中国新文学作家视为"人性的叙述者，也是时代的描写者"④的屠格涅夫形象在此则全然无迹可寻。

纵观坪内逍遥提倡的"模写论"到《幽会》衍生出的写实谱系，不难发现，其间共通的是一种站在旁观者的立场上欣赏、再现"风景"的姿态。借用逍遥的比喻而言，写作者当如"观棋者"，观棋时不语，只对他人如实描述棋局战况即可。⑤而柄谷行人所言"只有在对周遭外物漠不关心的'内在之人'那里，风景的发现才成为可能"⑥，这里的"内在之人"亦即是旁观之人。对于眼前之"实"的发现，同时也是对外在现实的疏离与回避，意味着作家始终置身于"景框"之外，拒绝介入庞杂多样的现实当中。事实上，写实主义在明治后期发展成了标榜"无理想""无解决"的自然主义，而在此脉络上诞生的"私小说"，几乎完全退守于私人领域，专注平凡琐碎的个体经验和内心情感。显而易见，自写实主义的"风景"被"发现"之后，日本现代文学的主流与政治、社会等外在现实相行渐远，趋于内向化和封闭化。石川啄木有感于此种社会和文学

---

① 周作人：《日本近三十年小说之发达》，载《新青年》1918 年第 5 卷第 1 号。
② 丸山真男：「肉体文学から肉体政治まで」『丸山真男集　第四卷』，東京：岩波書店 1995 年版，第 212—213 頁。
③ 二葉亭四迷：「余が翻訳の標準」、『成功』1905 年第 1 号。
④ 胡适：《宿命论者的屠格涅夫》，载欧阳哲生编《胡适文集（10）》，北京大学出版社 1998 年版，第 754—763 页。
⑤ 坪内逍遥：『小説神髄』，東京：岩波書店 1936 年版，第 62—63 頁。
⑥ 柄谷行人：『日本近代文学の起源』，東京：講談社 1980 年版，第 23 頁。

"风景"/"人生":写实主义与中、日文学的现代性转型

现状发表了名文《时代闭塞之现状》(1955),其标题也成了对这一时代最恰切的形容。

1948年,竹内好在《中国文学的政治性》一文中,以处于"文学与政治紧密相联的开放状态"的中国文学为参照,指出日本的局限性在于一种"文坛行帮(guild)意识"①。小田切秀雄也表达过类似的不满。他一方面感慨二叶亭四迷的"变节""自文学领域的败退"②,另一方面也痛感于日本未能像欧洲那样在民主主义革命过程中形成国民文学,而是发展成了"自我封锁的文坛文学",从而"在与社会相孤立的场域中以有限的读者为对象,于一种'逃亡奴隶'般的框架内,开启了文学的成熟之路"③。而日本现代文学的这种发展状况,与接下来要分析的中国现代文学的情形,构成了鲜明而意味深长的对照。

二 "人生的文学":"五四"前后的写实主义

写实主义在中国现代文学史上的地位,诚如安敏成所言,"没有其他任何术语如此决定性地影响了中国的小说和批评"④。与日本类似,中国最早提倡写实亦是基于对本土文学的否定,但后者伴随着远为激烈和彻底的革命性。早自新文化运动发起之初,"写实"便被确立为现代文学与古典文学之间的分水岭。众所周知,陈独秀在著名的《文学革命论》中所提出的"三大主义"也即文学变革的三个方向,其一便是"推倒陈腐的铺张的古典文学,建设新鲜的立诚的写实文学"⑤。胡愈之更明确地将写实主义称为"新旧文学中间的摆渡船",认为唯有写实文学"可以救正从前形式文学,空想文学,'非人'的文学的弊病"⑥。对五四新文学作家而言,是否写实俨然以一种历时性的方式划定了中国文学"新/旧""现在/

---

① 竹内好:「中国文学の政治性」、『竹内好セレクションⅠ——日本への/からのまなざし』、東京:日本経済評論社2006年版,第155—156頁。当然,这里的"政治"用竹内的原话来说,可以理解为一种"广义上的政治感觉"(第157頁)。或者说像孙歌注意到的那样,"竹内好所讨论的'政治'实际上是极朴素的因而也更为本源性的内容,即与社会整体利益相关的行为空间,它倒有些近似于我们今天所说的'公共领域'"(《竹内好的悖论》,北京大学出版社2005年版,第72页)。
② 小田切秀雄:『二葉亭四迷——日本近代文学の成立』、東京:岩波書店1970年版,第129頁。
③ 小田切秀雄:『二葉亭四迷——日本近代文学の成立』,第155—156頁。
④ 安敏成:《现实主义的限制——革命时代的中国小说》,姜涛译,江苏人民出版社2011年版,第3页。
⑤ 陈独秀:《文学革命论》,载《新青年》1917年第2卷第6号。
⑥ 胡愈之:《近代文学上的写实主义》,载《东方杂志》1920年第17卷第1号。

过去"的分界线,就像茅盾所断言的,"在大体上看来,他们心目中的新文学是写实主义的文学"①。正是新文学者对写实主义不遗余力的提倡,构成了中国文学现代性转型的重要契机。

不过,尽管写实文学被目为与古典文学相对立的"新鲜"事物,一个难以绕过的前提性问题是,尽管中国传统美学的核心被认为是"写意",但无论是作为创作理念、美学原则还是艺术表现手法,"写实"在古典文学中也并不鲜见。就像普实克所注意到的,在具有"写实传统"的中国文学作品中,"'真实性'向来被奉为最高的价值"②,并且,五四运动后兴起的新文学与其猛烈抨击的文言文学传统之间有着密切联系,二者最引人注目的共通特征便在于"执着于现实,不愿逃避个人特定的现实的倾向"③。由此可见,中国古典文学的非写实性,似乎并非是自明之理。毋宁说,正是在新文学者的反复表述和诘难之下,中国古典文学被塑造成了新文学,也即写实文学的对立面,亟待予以"救正"。

如此看来,新文学作家给中国古典文学贴上"非写实"标签的种种话语实践,无异于一种对本土文学传统的重新建构和"发明"④。在很大程度上,他们由此定性了中国文学的"过去"。借用宇文所安的精妙譬喻而言,民国时期对传统中国的"盖棺论定",是一种"把过去涂抹上防腐的油膏,做成一具木乃伊"的行为⑤,其效果在于,"一旦过去被有效地定义,也即给它划出一道疆域,它就可以代表一个国家文化的稳固的遗产,这个国家文化可以从此出发来推行变革"⑥。换句话说,新文学作家凭借写实主义向存在"弊病"的本土文学传统发难,正是为了合理化革新中国文学的必要性。不难发现,在五四知识分子群体作为"想象的共

---

① 茅盾:《"五四"运动的检讨——马克思主义文艺理论研究会报告》,载《茅盾全集·第十九卷中国文论二集》,人民文学出版社1991年版,第239页。

② [捷]普实克:《中国文学中的现实与艺术》,载普实克《抒情与史诗——中国现代文学论集》,郭建玲译,上海三联书店2010年版,第90页。

③ [捷]普实克:《中国文学中的现实与艺术》,第90页。

④ 从中,我们可以清晰地辨识出霍布斯鲍姆提出的"传统的发明"(the invention of tradition)的痕迹。根据其观点,"'被发明的传统'意味着一套通常已经被公开或私下接受的规则所控制的实践活动,具有一种仪式或象征性,试图通过重复来灌输一定的价值和行为规范,而且必须暗合与过去的连续性"([英]霍布斯鲍姆、兰格编:《传统的发明》,顾杭、庞冠群译,译林出版社2004年版,第2页)。

⑤ [美]宇文所安:《过去的终结:民国初年对文学史的重写》,载《他山的石头记——宇文所安自选集》,田晓菲译,江苏人民出版社2002年版,第307页。

⑥ [美]宇文所安:《把过去国有化:全球主义、国家和传统文化的命运》,载《他山的石头记——宇文所安自选集》,田晓菲译,江苏人民出版社2002年版,第346页。

同体"进行"反传统"的自我文化身份的构建过程中,写实主义提供了一套行之有效的话语工具。

在此前提下,我们必须进一步探问的是:如果"写实"的确古已有之,那么五四时期引入的作为外来思潮的写实主义究竟有何新颖之处?或者说,何种新的"风景"进入了人们的视线?

值得注意的是,虽说中国对写实主义的早期引介直接受到东邻日本的影响①,但其最重要的范本当属俄罗斯文学。在写实主义思潮兴起的1920年代初期,俄国作家被视为"最特色、实能挑写实主义之宗"②,俄罗斯文学则被作为"理想的写实派文学"③备受推崇。甚至有学者提出,中国对俄罗斯文学"误读的起始"便在于把18世纪后期以来俄国文学的主体看成是现实主义。④ 茅盾曾如此形容遭遇这一新的"风景"时受到的冲击:"恐怕也有不少人象我一样,从魏晋小品、齐梁词赋的梦游世界伸出头来,睁圆了眼睛大吃一惊的,是读到了苦苦追求人生意义的十九世纪的俄罗斯古典文学。"⑤ 实际上,关于俄罗斯文学"追求人生意义"的见解并非茅盾的一家之言,而是当时颇为流行的通论。比如鲁迅被广为援引的著名论断"俄国的文学,从尼古拉斯二世时候以来,就是'为人生'的"⑥,周作人也认为:"文学的本领原来在于表现及解释人生,在这点上俄国的文学可以不愧为真的文学了。"⑦ 在新文学者看来,"为人生"乃是俄罗斯文学最为醒目的特质。受此影响,1920年代最具代表性的新文学刊物《小说月报》《文学旬刊》等,"都是鼓吹着为人生的艺术,标示着写实主义的文学"⑧。由此可见,"人生"不仅是当时理解与接受俄罗斯文

---

① 参见王向远《中国早期写实主义文学的起源、演变与近代日本的写实主义》(载《中国文化研究》1995年冬之卷)。
② 雁冰:《文学上的古典主义浪漫主义和写实主义》,载《学生杂志》1920年第7卷第9号。
③ 周作人:《文学上的俄国与中国》,载《艺术与生活:周作人自编文集》,河北教育出版社2002年版,第68页。
④ 林精华:《误读俄罗斯:中国现代性问题中的俄国因素》,商务印书馆2005年版,第73—102页。
⑤ 茅盾:《契诃夫的时代意义》,载《世界文学》1960年1月。此处茅盾将魏晋小品、齐梁词赋与19世纪俄罗斯文学对置,而无视二者间明显的时差与文类的错位,显然也有意识地凸显了中国文学传统的"非写实"倾向。
⑥ 鲁迅:《〈竖琴〉前记》,载《鲁迅全集第四卷·南腔北调集》,中国文联出版社2013年版,第342页。
⑦ 周作人:《文学上的俄国与中国》,载《艺术与生活:周作人自编文集》,河北教育出版社2002年版,第68页。
⑧ 郑振铎:《五四以来文学上的论争》,载《中国新文学大系导言集》,天津人民出版社2009年版,第64页。

学的关键词,还构成了 1920 年代初期写实主义的具体所指。

问题在于,"人生"在当时并无明确、统一的界定。什么样的文学可以称为"人生的文学"? 对此不同论者的意见往往显示出微妙的分歧,甚至不乏相左之处。其中,周作人和茅盾的观点颇具代表性。

受托尔斯泰的"平民艺术"论影响,周作人提出著名的"平民文学"论,主张"研究平民生活——人的生活——的文学"。他提倡创造"以真为主"的"人生的艺术品",有别于"以美为主"的"纯艺术品"。[①] 在《新文学的要求》一文中,周作人阐述了"人生的文学"的两项特征:"一,这文学是人性的;不是兽性的,也不是神性的。二,这文学是人类的,也是个人的;却不是种族的,国家的,乡土及家族的。"[②] 在他看来,"人类"与"个人"是一体的,"人生的文学"实质上就是"个人以人类之一的资格,用艺术的方法表现个人的感情,代表人类的意志,有影响于人间生活幸福的文学"。不难发现,这一主张是周作人在《人的文学》中提出的"个人主义的人间本位主义"[③]的延伸,体现了个人主义与人道主义的复合意涵。

与之相对,茅盾明确反对只描写局部的、狭窄琐细的个人生活,声称"文学家所欲表现的人生,绝不是一人一家的人生,乃是一社会一民族的人生"[④],从而将"人生"的范畴扩展到社会、民族的宏大面向,提倡描写具有时代性和社会性的广阔人生。而除了题材的广度,茅盾也格外注重作家表现"人生"的态度。在回应吴宓对写实小说的激烈非难时,茅盾论及俄国写实派与西方的区别,强调"写实派的第一义是把人生看得非常严肃"[⑤]。此外,茅盾认为屠格涅夫和托尔斯泰"都有绝强的社会意识,都是研究人类生活的改良,都是广义的艺术家——广义的艺术观念便是老老实实表现人生"。[⑥]

不难发现,两位作家关于"人生""人生的文学"的阐述看似各异其

[①] 周作人:《平民的文学》,载《艺术与生活:周作人自编文集》,河北教育出版社 2002 年版,第 3—7 页。
[②] 周作人:《新文学的要求》,载《艺术与生活:周作人自编文集》,河北教育出版社 2002 年版,第 19 页。
[③] 周作人:《人的文学》,载《艺术与生活:周作人自编文集》,河北教育出版社 2002 年版,第 11 页。
[④] 佩韦(茅盾):《现在文学家的责任是什么?》,载《东方杂志》1920 年第 17 卷第 1 号。
[⑤] 冰(茅盾):《"写实小说之流弊"?》,载《时事新报·文学旬刊》1922 年第 54 期。
[⑥] 雁冰(茅盾):《编辑余谭俄国近代文学杂谭》(下),载《小说月报》1920 年第 11 卷第 2 号。

趣，本质上不乏共通之处：无论是"有影响于人间生活幸福的文学"还是"研究人类生活的改良"，"人生的文学"最终都明确地指向了现实变革的目标。如同鲁迅回顾自己从文的初衷和原动力，即"必须是'为人生'，而且要改良这人生"①。而这也是新文学作家力图与"把文学看作消遣品，看作游戏之事，看作载道之器，或竟看作牟利的商品"②的"旧派"划清界限的关键。

由此可见，新文学作家提倡写实主义，与其说为了倡导某种新的艺术技巧或是写作手法，不如说，是一种新型叙事话语的建构。其背后潜含的是"五四"知识分子的文化精英立场以及站在这一立场上启蒙和引导大众的使命感。"写实"意味着将文学与现实人生紧密关联，力图以文学来主导思想启蒙、参与社会变革，"由艺术界而影响于实生活"③，进而促成对现实的改造——这构成了"五四"前后中国写实主义的核心话语，实际上也展现了中国文学现代性的重要面向。

与日本写实主义发展到自然主义后标榜"旁观""无解决"的立场相反，中国的写实主义自始至终贯彻着主动介入现实的理想和致力"解决"现实问题的意图。换句话说，"经世"与"文学"不仅不存在矛盾冲突，还是理想化的统一体。诚如郑伯奇后来总结谈到的那样，"文学研究会的写实主义始终接近着俄国的人生派而没有发展到自然主义"④。五四时期的写实主义被赋予了迥异于古典文学的现代身份，作为传统的对立面，开辟了新型的话语范式。从结果看来，与日本文学相反，中国现代文学并未走向"自我封锁的文坛文学"，而是逐渐成为了与社会、政治密不可分的公共话语空间。

三 结语：作为现代性"触发装置"的写实主义

1929年，著名的苏联电影理论家、导演爱森斯坦在恩·考夫曼的《日本电影》俄译本后记中，言辞激烈而又不乏恳切地写道：

---

① 鲁迅：《我怎么做起小说来》，载《鲁迅全集第四卷·南腔北调集》，中国文联出版社2013年版，第403页。
② 沈雁冰（茅盾）：《自然主义与中国现代小说》，载《小说月报》1922年第13卷第7号。
③ 周作人：《文学上的俄国与中国》，载《艺术与生活：周作人自编文集》，河北教育出版社2002年版，第75页。
④ 郑伯奇："导言"，载《中国新文学大系：小说三集（影印本）》，上海文艺出版社2003年版，第12页。

进步的日本戏剧家不是从他们戏剧的封建形式传统中提炼出他们独特的表演原则和技术,却热衷于搬用我们那些"直觉主义者"的松散混乱的表演。结果是可悲的和令人忧虑的。电影方面,日本也在极力模仿那些极端低劣的美国流行片和欧洲的平庸货色。①

在这篇题为《镜头以外》的文章中,爱森斯坦从汉字的结构与组合、日本古典诗歌和传统戏剧中,目睹了蒙太奇这一新的"风景",从而发出上述感慨。这里存在一个颇为耐人寻味的悖论:爱森斯坦未曾留意到,他所痛陈的舍弃自身传统而搬用外来事物的"可悲"现象,恰与其自身的实践是同构的。如果放在本文的论域中进行类比的话,中日两国在各自的现代文学草创期,并未从自身的传统当中寻求文学现代化的资源,而通过对来自欧洲,尤其俄国写实主义思潮的吸纳与衍生,以一种否弃本土传统的形式,最终促成了文学的范式转型——恰恰就像爱森斯坦以反向的视线凝注于作为"他者"的东方传统,从中"发现"蒙太奇一样。

正如本文所讨论的,明治20年代,写实主义为日本文坛带来观照"风景"的全新视角,打破了以往程式化的美学规范;而中国"五四"前后,"人生"的写实文学被赋予了新的现代性身份以及期待视野,催生了文学的价值转换,使文学的社会功用性获得空前的重视和强调。王德威在重审晚清小说的现代性时提示我们:"西方的冲击并未'开启'了中国文学的现代化,而是使其间转折更为复杂,并因此展开了跨文化、跨语系的对话过程。这一过程才是我们定义'现代性'的重心。"② 作为现代性"触发装置"的写实主义,即是在中、日现代文学生成过程中与各自的文学传统展开"对话",从而提供了对本土文学传统进行重审和重塑的契机,最终导向了一种根本性的范式转换,实现了文学的现代转型。

毋庸置疑,除了写实主义以外,中、日文学的现代性转型还包含着许多其他方面的探索实践。但在对写实主义的引介过程中,我们可以观察到一种集中的展示。一方面,中、日对于写实主义的引介,都围绕着"现代/传统"这组关键的二元对立展开,彰显了借由这一外来思潮以对抗本土文学传统的深层欲望。两国对写实主义的吸收和接受也显示出一些共同特征。例如,打破因袭与陈规的束缚,摆脱传统文学的"文以载道"或

---

① [俄] 爱森斯坦:《蒙太奇论》,富澜译,中国电影出版社2003年版,第494—495页。
② 王德威:《被压抑的现代性——晚清小说新论》,宋伟杰译,北京大学出版社2005年版,第4页。

道德教化的色彩，取而代之以平民化、个人化的倾向，同时也伴随着语言的革新，即言文一致运动/白话文运动等等。另一方面，虽同样取道于俄罗斯写实主义文学，中日两国对写实主义的接受以及本土化过程存在着显著差异，分别发展出外向化/内向化的迥异倾向，直至今日仍发挥着持续而复杂的影响。

参考文献

一　中文文献（含译著）

［印］阿吉兹·阿罕默德：《在理论内部：阶级、民族与文学》，易晖译，北京大学出版社 2014 年版。

阿英编：《晚清文学丛钞》，《俄罗斯文学译文卷》（上下册），中华书局 1961 年版。

［俄］爱森斯坦：《蒙太奇论》，富澜译，中国电影出版社 2003 年版。

安敏成：《现实主义的限制——革命时代的中国小说》，姜涛译，江苏人民出版社 2011 年版。

冰（茅盾）：《"写实小说之流弊"？》，载《时事新报·文学旬刊》1922 年第 54 期。

［美］布莱克：《日本和俄国的现代化——一份进行比较的研究报告》，周师铭等译，商务印书馆 1992 年版。

布莱克：《现代化的动力》，段小光译，四川人民出版社 1988 年版。

陈春生：《瞿秋白与俄苏文学》，中国社会科学出版社 2011 年版。

陈独秀：《文学革命论》，载《新青年》1917 年第 6 号。

陈方竞：《鲁迅与中国现代文学批评》，北京大学出版社 2011 年版。

陈光兴：《去帝国——亚洲作为方法》，台北：行人出版社 2006 年版。

陈建华：《20 世纪中俄文学关系》，学林出版社 1998 年版。

陈建华主编：《中国俄苏文学研究史论》第一卷，重庆出版社 2007 年版。

陈平原：《中国小说叙事模式的转变》，上海人民出版社 1988 年版。

陈思和：《中国新文学整体观》，上海文艺出版社 1987 年版。

陈遐：《时代与心灵的契合——十九世纪俄罗斯文学与前期创造社文学之关系》，浙江大学出版社 2006 年版。

陈小眉：《西方主义》，冯雪峰译，南京大学出版社 2014 年版。

陈晓明：《无法终结的现代性——关于中国文学的"当代性"的思考》，载《学术月刊》2016年第8期。

费正清编：《剑桥中华民国史（1912—1949年）》上卷，杨品泉等译，中国社会科学出版社1994年版。

冯雪峰：《鲁迅创作的独立特色和他受俄罗斯文学的影响》，载《人民文学》1949年创刊号。

[美] 弗雷德里克·詹姆逊：《詹姆逊文集 第4卷 现代性、后现代性和全球化》，王逢振译，中国人民大学出版社2004年版。

符杰祥：《"中国苏菲亚"是怎样炼成的——秋瑾与"西方美人"的文化政治》，载《文艺争鸣》2016年7月。

戈宝权：《中外文学因缘——戈宝权比较文学论文集》，北京出版社1992年版。

顾钧：《鲁迅翻译研究》，福建教育出版社2009年版。

郭绍虞：《俄国美论与其文艺》，载1921年《小说月报》号外《俄国文学研究》。

郭延礼：《中国近代翻译文学概论》，湖北教育出版社1997年版。

韩南：《中国近代小说的兴起》，上海教育出版社2004年版。

贺萧：《危险的愉悦——20世纪上海的娼妓问题与现代性》，盛宁、韩敏中译，江苏人民出版社2010年版。

胡适：《宿命论者的屠格涅夫》，载欧阳哲生编《胡适文集（10）》，北京大学出版社1998年版。

胡星亮：《果戈理与中国现代喜剧》，载《南京大学学报》1991年第3期。

[英] 霍布斯鲍姆、兰格编：《传统的发明》，顾杭、庞冠群译，译林出版社2004年版。

[日] 酒井直树：《现代性与其批判——普遍主义和特殊主义的问题》，载张京媛主编《后殖民理论与文化批评》，北京大学出版社1999年版。

[日] 酒井直树主编：《西方的幽灵与翻译的政治》，江苏教育出版社2002年版。

康有为：《日本书目志·自序》，载《康有为全集》第三卷，中国人民大学出版社2007年版。

[英] 雷蒙·威廉斯：《关键词：文化与社会的词汇》，刘建基译，生活·读书·新知三联书店2005年版。

李春林：《鲁迅与东欧传统现实主义文学》，《山东师范大学学报》2000年第2期。

参考文献

李大钊：《俄罗斯文学与革命》，载《李大钊文集（上）》，人民出版社1984年版。

李大钊：《日本之托尔斯泰热》，载《李大钊全集》第一卷，人民出版社2006年版。

李定：《俄国文学翻译在中国》，载智量等《俄国文学与中国》，华东师范大学出版社1991年版。

李欧梵：《文学的趋势Ⅰ：对现代性的追求1895—1927年》，载费正清编《剑桥中华民国史1912—1949年》上卷，杨品泉等译，中国社会科学出版社1994年版。

李艳丽：《晚清俄国小说译介路径及底本考——兼析"虚无党小说"》，《外国文学评论》2011年2月。

李泽厚：《中国现代思想史论》，生活·读书·新知三联书店2008年版。

连燕堂：《20世纪中国翻译文学史 近代卷》，百花文艺出版社2009年版。

梁启超：《论俄罗斯虚无党》，载《饮冰室文集之十五》（《饮冰室合集》），香港：中华书局1989年版。

梁启超：《论小说与群治之关系》，载《饮冰室文集之十》（《饮冰室合集》），香港：中华书局1989年版。

梁启超：《译印政治小说序》，载《饮冰室文集之三》（《饮冰室合集》），香港：中华书局1989年版。

[美] 列文森：《儒教中国及其现代命运》，郑大华、任菁译，中国社会科学出版社2000年版。

林毓生：《中国意识的危机——"五四"时期激烈的反传统主义》，穆善培译，贵州人民出版社1986年版。

刘禾：《跨语际实践——文学，民族文化与被译介的现代性（中国，1900—1937）》，宋伟杰等译，生活·读书·新知三联书店2002年版。

刘禾主编：《世界秩序与文明等级》，生活·读书·新知三联书店2016年版。

刘小枫：《现代性社会理论绪论——现代性与现代中国》，上海三联书店1998年版。

鲁迅：《〈竖琴〉前记》，载《鲁迅全集第四卷·南腔北调集》，中国文联出版社2013年版。

鲁迅：《鲁迅译著书目》，载《鲁迅全集第三卷·三闲集》，中国文联出版社2013年版。

鲁迅：《摩罗诗力说》，载《鲁迅全集第二卷·坟》，中国文联出版社2013年版。

鲁迅：《我怎么做起小说来》，载《鲁迅全集第四卷·南腔北调集》，中国文联出版社 2013 年版。

鲁迅：《叶紫作〈丰收〉序》，载《鲁迅全集第七卷·荆天丛笔（下）》，中国文联出版社 2013 年版。

鲁迅：《英译本〈短篇小说选集〉自序》，载《鲁迅全集第六卷·荆天丛笔（上）》，中国文联出版社 2013 年版。

鲁迅：《祝中俄文字之交》，载《鲁迅全集第四卷·南腔北调集》，中国文联出版社 2013 年版。

［英］罗伯特·杨：《白色神话：书写历史与西方》，赵稀方译，北京大学出版社 2014 年版。

罗荣渠：《现代化新论——世界与中国的现代化进程》，北京大学出版社 1993 年版。

［美］马泰·卡林内斯库：《现代性的五副面孔》，商务印书馆 2002 年版。

茅盾：《果戈理在中国——纪念果戈理逝世百年纪念》，《文艺报》1952 年第 4 号。

茅盾：《契诃夫的时代意义》，《世界文学》1960 年 1 月。

倪蕊琴、陈建华主编：《论中苏文学的发展进程》，华东师范大学出版社 1991 年版。

佩韦（茅盾）：《现在文学家的责任是什么？》，《东方杂志》1920 年第 17 卷第 1 号。

平保兴：《论五四时期俄罗斯文学翻译的特点》，《俄罗斯文艺》2002 年第 5 期。

平保兴：《周作人与俄罗斯文学的译介》，《俄罗斯文艺》2001 年第 4 期。

普实克：《抒情与史诗》，郭建玲译，上海三联书店 2010 年版。

普实克：《中国文学中的现实与艺术》，《抒情与史诗》，郭建玲译，上海三联书店 2010 年版。

钱乘旦主编：《世界现代化历程·总论卷》，江苏人民出版社 2010 年版。

钱理群等：《中国现代文学三十年》，上海文艺出版社 1987 年版。

瞿秋白：《俄罗斯名家短篇小说集》序，载《瞿秋白文集 文学编第二卷》，人民文学出版社 1986 年版。

任淑坤：《五四时期外国文学翻译研究》，人民出版社 2009 年版。

［美］塞缪尔·亨廷顿：《文明的冲突与世界秩序的重建》，周琪、刘绯等译，新华出版社 1998 年版。

社科院编：《鲁迅与中外文化的比较研究》，中国文联出版公司 1986 年版。

参考文献

沈雁冰（茅盾）：《自然主义与中国现代小说》，《小说月报》1922年第13卷第7号。

［日］实藤惠秀：《日本文化之中国的影响》，张铭三译，新申报馆1944年版。

［日］实藤惠秀：《中国人留学日本史》，谭汝谦、林幸彦译，生活·读书·新知三联书店1983年版。

史书美：《现代的诱惑——书写半殖民地中国的现代主义（1917—1937）》，何恬译，江苏人民出版社2007年版。

宋炳辉：《视界与方法：中外文学关系研究》，复旦大学出版社2013年版。

孙歌：《竹内好的悖论》，北京大学出版社2005年版。

孙乃修：《屠格涅夫与中国——20世纪中外文学关系研究》，学林出版社1988年版。

田汉：《俄国文学思潮之一瞥》，《民铎》1919年第6、7期。

田露：《苏菲亚形象的传入与晚清侠义小说创作的转变》，《中国现代文学研究丛刊》2010年第2期。

丸山真男：《日本的思想》，区建英、刘岳兵译，生活·读书·新知三联书店2009年版。

汪晖：《反抗绝望——鲁迅及其文学世界》，河北教育出版社2000年版。

汪晖：《跨体系社会与区域作为方法》，载《亚洲视野：中国历史的叙述》，香港：牛津大学出版社2010年版。

汪晖：《亚洲视野：中国历史的叙述》，香港：牛津大学出版社2010年版。

汪剑钊：《中俄文字之交：俄苏文学与20世纪中国新文学》，漓江出版社1999年版。

汪介之：《论中国文学接受俄罗斯文学的多元取向》，《南京师大学报》2009年第2期。

汪介之：《文学接受与当代解读——20世纪中国文学语境中的俄罗斯文学》，北京师范大学出版社2010年版。

汪介之：《选择与失落——中俄文学关系的文化观照》，人民文学出版社2012年版。

王德威：《被压抑的现代性——晚清小说新论》，宋伟杰译，北京大学出版社2005年版。

王德威：《写实主义小说的虚构：茅盾、老舍和沈从文》，复旦大学出版社2011年版。

王富仁：《鲁迅前期小说与俄罗斯文学》，天津教育出版社2008年版。

王向远:《中国早期写实主义文学的起源、演变与近代日本的写实主义》,《中国文化研究》1995年第4期。

王向远:《中日启蒙主义文学思潮与"政治小说"比较论》,《外国文学评论》1995年第3期。

王向远:《中日现代文学比较论》,湖南教育出版社1998年版。

韦勒克:《批评的诸种概念》,罗钢等译,上海人民出版社2015年版。

[俄]维·费·沙波瓦洛夫:《俄罗斯文明的起源与意义》,胡学星、王加兴、范洁清译,南京大学出版社2014年版。

温儒敏:《新文学现实主义的流变》,北京大学出版社1988年版。

夏志清:《中国现代小说史》,刘绍铭等译,香港中文大学出版社2001年版。

许智霖:《中国现代化史(第一卷,1800—1949)》,学林出版社2006年版。

严家炎:《"五四"文学思潮探源》,《北京大学学报》(哲学社会科学版)2009年第4期。

严家炎:《中国现代小说流派史》,人民文学出版社1989年版。

雁冰(茅盾):《编辑余谭 俄国近代文学杂谭》(下),《小说月报》1920年第11卷第2号。

雁冰:《文学上的古典主义浪漫主义和写实主义》,《学生杂志》1920年第7卷第9号。

杨联芬:《晚清至五四:中国文学现代性的发生》,北京大学出版社2003年版。

杨义:《中国现代小说史》(全三卷),人民文学出版社1986年版。

[日]依田憙家:《日中两国现代化比较研究》,卞立强等译,北京大学出版社1997年版。

[英]以赛亚·伯林:《俄国思想家》,彭淮栋译,译林出版社2001年版。

俞兆平:《中国现代三大文学思潮新论》,人民文学出版社2006年版。

愈之:《近代文学上的写实主义》,《东方杂志》1920年第17卷第1号。

袁荻涌:《郭沫若与俄罗斯文学》,《郭沫若学刊》1995年第3期。

袁荻涌:《鲁迅对苏联文学的认识和译介》,《贵州师范大学学报》1998年第1期。

[美]詹明信:《晚期资本主义的文化逻辑》,陈清侨等译,生活·读书·新知三联书店1997年版。

张京媛主编:《后殖民理论与文化批评》("前言"),北京大学出版社1999年版。

参考文献

郑伯奇：《导言》，《中国新文学大系：小说三集（影印本）》，上海文艺出版社2003年版。
智量主编：《俄国文学与中国》，华东师范大学出版社1991年版。
［日］中村忠行：《日本文艺对中国文艺的影响》，《台大文学》1942年第7卷第4期。
周作人：《回想鲁迅之二》，《宇宙风》1936年第30期。
周作人：《平民文学》，《每周评论》1919年第1卷第5号。
周作人：《人的文学》，《新青年》1918年第5卷第6号。
周作人：《日本近三十年小说之发达》，《新青年》1918年第5卷第1号。
周作人：《文学上的俄国与中国》，《新青年》1921年第8卷第5号。
周作人：《新文学的要求》，载《艺术与生活——周作人自编文集》，河北教育出版社2002年版。
周作人：《知堂回想录》，香港：三育图书有限公司1980年版。
［日］樽本照雄编：《新编增补　清末民初小说目录》，贺伟译，齐鲁书社2002年版。

二　日文文献

さいとう・けいしゅう：『中国人日本留学史』，東京：くろしお出版1981年版。
阿部軍治：『白樺派とトルストイ——武者小路実篤・有島武郎・志賀直哉を中心に』，東京：彩流社2008年版。
安丸良夫：『「方法」としての思想史』，東京：校倉書房1996年版。
八島雅彦：「日本におけるトルストイの原像」、柳富子編：『ロシア文化の森へ——比較文化の総合研究』，東京：ナダ出版センター2001年版。
柄谷行人：『日本近代文学の起源』，東京：講談社1980年版。
長谷川天渓：「トルストイの沙翁論を読む」、『早稲田文学』1907年2月。
長谷川天渓：「トルストイの芸術論」、『早稲田学報』1902年5、6月。
朝日新聞社編：『明治大正史：Ⅴ芸術篇』，東京：朝日新聞社1931年版。
川戸道昭・榊原貴教編：『明治翻訳文学全集　新聞雑誌編』（ロシア文学編10巻），大空社1996—2001年版。
島村抱月：「トルストイの芸術及思想」、『読売新聞』1910年11月27日。
島村抱月：「囚はれたる文芸」、『早稲田文学』1907年1月。
島崎藤村：「トルストイの『モウパッサン論』を読む」、『藤村全集9巻』，筑摩書房1967年版。

島崎藤村：「長谷川二葉亭氏を悼む」、坪内逍遥・内田魯庵編：『二葉亭四迷』，東京：易風社 1909 年版。

島崎藤村：『飯倉だより』，東京：岩波書店 1943 年版。

徳富蘆花：『トルストイ』，東京：民友社 1897 年版。

渡辺京二：『逝きし世の面影』（風景とコスモス），東京：平凡社 2005 年版。

渡辺雅司：「ロシア語」、『ロシア語ロシア文学研究』1983 年第 15 号。

二葉亭四迷：「送別会席上の答辞——魯庵の挨拶に答へて」、『趣味』明治 41 年 7 月。

二葉亭四迷：「予が半生の懺悔」、『文章世界』1908 年第 6 号。

二葉亭四迷：「余が翻訳の標準」、『成功』1905 年第 1 号。

二葉亭四迷：「作家苦心談」、『新著月刊』1897 年 5 月。

福井勝也：『日本近代文学の「終焉」とドストエフスキー——「ドストエフスキー体験」という問題に触れて』，東京：ノベル出版 2008 年版。

福田光次・剣持武彦・小玉晃一編：『欧米作家と日本近代文学——第三巻 ロシア・北欧・南欧篇』，東京：教育出版センター 1976 年版。

福沢諭吉：「掌中万国一覧」、『福沢諭吉全集 2』，東京：岩波書店 1959 年版。

高橋誠一郎：『欧化と国粋——日露の「文明開化」とドストエフスキー』，東京：刀水書房 2002 年版。

宮本百合子：「作者の言葉」、『貧しき人々の群』，東京：角川書店 1953 年版。

溝口雄三：『方法としての中国』，東京：東京大学出版会 1989 年版。

絓秀実：『「帝国」の文学——戦争と「大逆」の間』，東京：以文社 2001 年版。

亀井秀雄：『感性の変革』，東京：講談社 1983 年版。

和田芳英：『ロシア文学者 昇曙夢 & 芥川龍之介論考』，大阪和泉書院 2001 年版。

河上徹太郎：『近代の超克』，東京：冨山房 1979 年版。

後藤明生：『日本近代文学との戦い』，京都柳原出版 2004 年版。

吉田精一編：『日本近代文学の比較文学的研究』（柳富子「ツルゲーネフと二葉亭四迷」、紅野敏郎『トルストイと「白樺」派』），東京：清水弘文堂 1971 年版。

江藤淳：「リアリズムの源流」、『新潮』1971 年 10 月。

金子筑水：「魯国の新文豪トルストイ」、『早稲田文学』1894 年 7、8 月。

参考文献

井桁貞義：『ドストエフスキーと日本文化——漱石・春樹、そして伊坂幸太郎まで』，東京：教育評論社 2011 年版。
鈴木貞美：『現代日本文学の思想——解体と再編のストラテジー』，東京：五月書房 1992 年版。
柳富子：『トルストイと日本』，東京：早稲田大学出版部 1998 年版。
柳富子：『ロシア文化の森へ—比較文化の総合研究』，東京：ナダ出版センター 2001 年版。
木村毅：「トルストイと日本文壇」、『新潮』1934 年 3 月。
木下豊房：『近代日本文学とドストエフスキー——夢と自意識のドラマ』，横浜成文社 1993 年版。
内田魯庵：「トルストイと日本の文壇」、『トルストイ研究』1916 年 9 月。
内田魯庵：「トルストイの思想の移入及び伝播」、『トルストイ全集 13』，東京：春秋社 1919 年版。
籾内裕子：『日本近代文学と「猟人日記」』，東京：水声社 2006 年版。
平川祐弘：『和魂洋才の系譜——内と外の明治日本』，東京：河出書房新社 1976 年版。
坪内逍遥：「トルストイ対シェイクスピア」、『早稲田文学』1907 年 11 月。
坪内逍遥：『小説神髄』，東京：岩波書店 1936 年版。
坪内逍遥・内田魯庵編：『二葉亭四迷』，東京：易風社 1909 年版。
蒲原有明：「『あひびき』に就て」、内田魯庵「二葉亭の一生」（坪内逍遥・内田魯庵編『二葉亭四迷』，東京：易風社 1909 年版）。
蒲原有明：「あひびきに就て」、坪内逍遥・内田魯庵編：『二葉亭四迷』，東京：易風社 1909 年版。
青野季吉：「トルストイと近代文学」、『世界文学全集月報』，東京：河出書房 1957 年版。
三好行雄：『日本文学の近代と反近代』，東京：東京大学出版会 1972 年版。
桑原謙蔵：「露西亜最近文学の評論」、『早稲田文学』（31 号ゴンチャロフ、33 号トルストイ、34 号トルストイの作中人物の問題、36 号ドストエフスキー、41 号ツルゲーネフ）明治 26 年 1 月から 31—41 号の各号に連載。
森川登美江：「清末小説点描　5：ロシア虚無党を描いた小説」、『大分大学経済論集』2000 年第 51 号。
杉山秀子：「日本におけるロシア語教育（戦前）」、『駒澤大学論集』2001

年第 55 号。

昇曙夢：「日本文学と露西亞文学」、中島健蔵・吉田精一編：『比較文学——日本文学を中心として』、東京：矢島書房 1953 年版。

石塚正英など編：『近代の超克——永久革命』、東京：理想社 2009 年版。

松本鶴雄：『ロシア文学と明治「余計者」小説考——「浮雲」、「其面影」、「青春」、「何処へ」、「それから」を中心に』、『群馬県立女子大学紀要』1984 年第 4 期。

松本健一：『ドストエフスキイと日本人——二葉亭四迷から芥川龍之介まで』、東京：第三文明社 2008 年版。

太田三郎：「翻訳文学」、『岩波講座日本文学史　第 14 巻』、東京：岩波書店 1959 年版。

藤井省三：『ロシアの影——夏目漱石と魯迅』、東京：平凡社 1985 年版。

田代俊一郎：『原郷の奄美——ロシア文学者昇曙夢とその時代』、福岡書肆侃侃房 2009 年版。

田口律男：『都市テクスト論序説』、京都松籟社 2006 年版。

田山花袋：「近代の小説」、『田山花袋全集』（新輯別巻）、東京：文泉堂書店 1974 年版。

田山花袋：『東京の三十年』、東京：岩波書店 1981 年版。

桶谷秀昭：『文明開化と日本的想像』、岡山福武書店 1987 年版。

丸山真男：「肉体文学から肉体政治まで」、『丸山真男集　第四巻』、東京：岩波書店 1995 年版。

武者小路実篤：「トルストイ雑感」、『トルストイ全集　別巻　トルストイ研究』、東京：河出書房新社 1978 年版。

夏目漱石：『社会と自分——漱石自選講演集』、東京：筑摩書房 2014 年版。

小林実：『明治大正露文化受容史——二葉亭四迷・相馬黒光を中心に』、東京：春風社 2010 年版。

小林秀雄：『小林秀雄全集・私小説論』、東京：新潮社 1978 年版。

小森陽一：『近代文学の成立——思想と文体の模索』、東京：有精堂 1986 年版。

小田切秀雄：『二葉亭四迷——日本近代文学の成立』、東京：岩波書店 1970 年版。

小沢正雄：「日本文学とドストエフスキー」、『ロシア・西欧・日本』、東京：朝日出版社 1976 年版。

参考文献

伊藤整：『日本文壇史』，東京：講談社 1953—1973 年版。
原卓也・西永良成編：『翻訳百年——外国文学と日本の近代』，東京：大修館書店 2000 年版。
中村光夫：『明治文学史』，東京：筑摩書房 1963 年版。
中村喜和・トマス・ライマー編：『国際討論　ロシア文化と日本——明治・大正期の文化交流』，東京：彩流社 1995 年版。
中村忠行：「晩清に於ける虚無党小説」、『天理大学学報』1973 年第 24 号。
中島国彦：『近代文学にみる感受性』（22 章：「『猟人日記』と近代の作家たち」），東京：筑摩書房 1994 年版。
中島健蔵、吉田精一等：『比較文学——日本文学を中心として』，東京：矢島書房 1953 年版。
中条省平：『反＝近代文学史』，東京：文藝春秋 2002 年版。
竹内好：「方法としてのアジア」、『竹内好セレクションⅡ——アジアへの/からのまなざし』，東京：日本経済評論社 2006 年版。
竹内好：「中国文学の政治性」、『竹内好セレクションⅠ——日本への』，東京：日本経済評論社 2006 年版。
子安宣邦：『「近代の超克」とは何か』，東京：青土社 2008 年版。

三　英文文献

Anderson, Benedict, *Imagined Communities: Reflections on the Origin and Spread of Nationalism*, London: Verso, 1991.

Anderson, Marston, *The Limits of Realism*, Berkley: University of California Press, 1990.

Appadurai, Arjun, *Modernity at Large: Cultural Dimensions of Globalization*, Minneapolis: University of Minnesota Press, 1996.

A. Fuji, James, "Writing Out Asia: Modernity, Canon, and Natsume Soseki's Kokoro", Positions, 1: 1, 1993.

Chen, Xiaomei, *Occidentalism: A Theory of Counter-Discourse in Post-Mao China*, Maryland: Rowman & Littlefield Publishers, 2002.

Duara, Prasenjit, *Rescuing History from the Nation: Questioning Narratives of Modern China*, Chicago: University of Chicago Press, 1996.

Gamsa, Mark, *The Reading of Russian Literature in China*, New York: Palgrave Macmillan, 2010.

Hershatter, Gail, *Dangerous Pleasures: Prostitution and Modernity in Twentieth-century Shanghai, Berkeley: University of California Press, 1997.

Keene, Donald, *Dawn to the West: Japanese Literature of the Modern Era*, New York: Columbia University Press, 1998.

Nandy, Athis, *The Intimate Enemy: Loss and Recovery of Self Under Colonialism*, Delhi: Oxford University Press, 1983.

Raymond, Williams, *Keywords: A Vocabulary of Culture and Society*, Revised edition New York: Oxford University Press, 1983.

Rimer, Thomas ed. , *A Hidden Fire: Russian and Japanese Cultural Encounters, 1868 – 1926*, Stanford and Washington: Stanford University Press, 1995.

Senuma, Shigeki, "The Influence of Russian Literature in Japan", *Japan Quarterly*, 7 (3): 343 – 349, 1960.

Shih, Shumei, *The Lure of the Modern: Writing Modernism in Semicolonial China, 1917 – 1937*, Berkeley: University of California Press, 2001.